ÜBER TONY PARK

Tony Park wurde 1964 geboren und wuchs in den westlichen Vorstädten von Sydney, Australien, auf. Er arbeitete als Journalist, Berater für Öffentlichkeitsarbeit und Pressesekretär. Ausserdem diente er 34 Jahre lang in der australischen Armeereserve, einschliesslich eines Einsatzes in Afghanistan im Jahr 2002. Er ist der Autor von über 20 weiteren Thriller-Romanen, die alle in Afrika spielen. Tony und seine Frau Nicola leben je zur Hälfte in einem Haus in Australien und in einem Haus am Rande des Krüger-Nationalparks in Südafrika.

www.tonypark.net

RED EARTH

TONY PARK

Übersetzt von
MAYA VON DACH

Ingwe
PUBLISHING

Erstmals veröffentlicht von Pan Macmillan Australia im Jahr 2016
Diese Ausgabe wurde 2023 von Ingwe Publishing veröffentlicht.
Urheberrecht © Tony Park 2016
www.ingwepublishing.com
Das moralische Recht des Urhebers wurde geltend gemacht.

Rote Erde
EPUB: 978-1-922825-12-4
POD: 978-1-922825-13-1
Umschlaggestaltung von Leandra Wicks

Für Nicola

TEIL I

PROLOG

Man nannte ihn ›Inqe‹ und er flog über das gesamte südliche Afrika, immer auf der Suche.

Der Himmel war klar und der Tag warm, perfektes Flugwetter, obwohl bald die Sommerstürme zu erwarten waren. Unter ihm zogen goldene Wiesen und Felder vorbei. Inqe war auf dem Weg zu den sanften Hügeln und den Feuchtgebieten an den Küsten in KwaZulu-Natal, fast siebenhundert Kilometer südlich von seiner Basis im Krüger-Nationalpark entfernt. Er war nicht allein, sondern hatte auf beiden Seiten Begleitung.

Sie überquerten die Drakensberge, den monumentalen, schuppigen Rücken des Drachens, und unter ihnen öffnete sich das grünere, üppigere Land im Süden. Am fernen Himmel entdeckte Inqe dunkle Flecken, er änderte die Richtung leicht und flog auf sie zu. Als er näherkam, sah er die Vögel in einem bestimmten Landemuster fliegen, jeder perfekt in der Formation, bis er an der Reihe war, zu landen. Inqe fügte sich in die Spirale ein.

Während er kreisend auf den Zeitpunkt für seine Landung wartete, bemerkte Inqe weiteren Verkehr in der Luft. Über dem King Shaka International Airport befand sich eine Boeing im Landeanflug und ein kleiner Hubschrauber flog tief und schnell auf sie zu, scheinbar wild entschlossen, irgendeine Mission zu erfüllen.

Er richtete seine Aufmerksamkeit wieder auf die anderen um ihn herum und auf ihr Ziel am Boden. Diejenigen, die gelandet waren, machten sich bereits an die Arbeit. Er hoffte, nicht zu spät zu kommen. In der Thermik, die von den sonnengewärmten afrikanischen Wiesen aufstieg, roch er den süssen Duft, der die anderen Kreisenden und auch sie selbst, Inqe und seine Begleiter, nach Zululand gelockt hatte.

Den Tod.

1

»ZAP-Wing, hier ist Tracker«, sagte Nia Carras ins Mikrofon, das an ihrem Kopfhörer befestigt war. »Ich habe das Ziel geortet.«

Sie passte ihren Kurs leicht an und lenkte ihren Robinson R44-Hubschrauber in eine weite Kurve, um dem auszuweichen, was wie ein wirbelnder Tornado aus schwarzen Punkten im blauen Himmel aussah. »Das ist ein Volltreffer, over.«

»Verstanden, Tracker«, sagte Simon, der diensthabende Einsatzleiter von ZAP-Wing, des ›Zululand Anti-Poaching Wings‹, einer Luftwaffeneinheit zur Abwehr von Wilderern, die vierundzwanzig Wildtierreservate in der Provinz KwaZulu-Natal überwachte. »Können Sie bestätigen, dass es ein Nashorn ist, over?«

Nia betätigte den Mikrofonschalter. »Ich komme näher, ZAP-Wing, aber hier wimmelt es von Geiern und ich muss vorsichtig sein.«

Nia zog ihre Umlaufbahn enger und senkte die R44, wobei sie dauernd sowohl nach beiden Seiten wie auch über sich Ausblick hielt. Auf dem Kadaver des toten Tieres unter ihr wippten die Köpfe und schlugen die Flügel Dutzender Geier, die sich um die schmackhaftesten Häppchen ihrer leblosen Beute stritten. Der Lärm des sich nähernden Hubschraubers schreckte einige der Vögel auf, die daraufhin unbeholfen zum Start ansetzten. Jeder der Geier hatte eine Flügelspannweite von bis zu zwei Metern.

»Ich komme jetzt in Sichtkontakt«, sagte Nia in ihr Funkgerät. Sie war daran gewöhnt, sowohl den Himmel um sich herum wie auch ihre Instrumente anhaltend zu überprüfen. Einen Moment lang ruhte ihr Blick auf dem Satellitennavigationssystem im Cockpit. »Hey, ZAP-Wing, Sie wissen bestimmt, dass der Kadaver ausserhalb des Parks ist, oder? Ende.«

Nia spähte durch den aufsteigenden Vorhang aus Vögeln und versuchte, etwas zu erkennen, das darauf schliessen liess, von was für einem Tier sie frassen. Das häufigste und schwerwiegendste Ziel der Wilderer in der Provinz waren Nashörner.

»Negativ, Tracker«, sagte Simon. »Wir haben über die Hotline von jemandem den Anruf erhalten, er nehme an, im Park sei ein Tier getötet worden, over.«

»Nun, das dürfte falsch sein. Es ist gleich ausserhalb, im Gebiet der lokalen Bevölkerung.« Ein durch das Geräusch von Nias Motor aufgeschreckter Weissrückengeier stürzte sich auf den Kopf des toten Tieres. »Warten Sie, ZAP-Wing. Ich sehe nun ein Horn, aber es ist bestimmt nicht ein Nashorn-Horn. Es ist ein totes Nguni, Ende.«

»Eine Kuh?«

»Richtig. Da ist aber etwas merkwürdig. Ich gehe runter und schaue es mir genauer an.«

»Sie haben das Sagen, Tracker, und wir wissen es auf jeden Fall zu schätzen, dass Sie den Weg auf sich genommen haben.«

Nia hörte das nachlassende Interesse in Simons Stimme. Wenn es sich nicht um ein totes Nashorn im Hluhluwe-iMfolozi-Park handelte, war es nicht nötig, die Polizei oder die Anti-Wilderer-Teams des Nationalparks einzuschalten. In den aneinandergrenzenden früheren Wildtierreservaten von Hluhluwe- und iMfolozi, die mittlerweile zu einem gemeinsamen Park zusammengelegt wurden, lebte eine grosse Anzahl von Spitz- und Breitmaulnashörnern. Die Kuh, die wahrscheinlich von einem Auto oder einem Lastwagen angefahren worden war, lag in der Nähe der geteerten

Hauptstrasse, die zwischen den beiden Reservaten in Richtung Mtubatuba verlief.

Eigentlich hätte Nia zu ihrer Basis am Virginia Airport, an der Küste, nördlich von Durban, zurückkehren müssen, aber sie hatte noch etwas Treibstoff und es war ein schöner Tag zum Fliegen. Es war ein guter Morgen gewesen, obwohl er nicht so begonnen hatte. Kurz vor sechs Uhr hatte sie von der Leitstelle von ›Motor Track‹, dem Unternehmen für die Ortung und Verfolgung vermisster Fahrzeuge, bei dem ihr Arbeitgeber, ›Coastal Choppers‹, unter Vertrag stand, einen Notruf erhalten. Vor einem Pub in Ballito war ein VW Jetta gestohlen und zuletzt auf der N2 gesehen worden. Ihr Kollege, John Buttenshaw, der normalerweise mit ihr flog und die Peilantenne bediente, wurde gleichzeitig aufgeboten. Zu dieser Tageszeit schaffte Nia es in neun Minuten von ihrem Haus in Umhlanga Rocks nach Virginia. Als sie am Tor von Coastal Choppers ankam, war dieses noch verschlossen und im Büro brannte kein Licht. In diesem Moment klingelte Nias Mobiltelefon.

»John?«, fragte sie, als sie seine Nummer auf dem Bildschirm aufleuchten sah. »Was ist los?« John, ein Hubschrauberpilot in Ausbildung, der in seiner Freizeit die notwendigen Pflichtstunden aufstockte, wohnte viel näher am Flughafen, nur einen Kilometer entfernt. Normalerweise war er, wenn Nia ankam, schon da und machte alles bereit. Zusammen schoben sie dann den Robinson R44 nach draussen und sie startete ihn.

»Du wirst es nicht glauben«, sagte der sehr gestresst klingende John, »als ich aus meinem Haus fuhr, kam ein betrunkener Kerl auf einem Fahrrad schreiend um die Ecke und fuhr mir direkt ins Auto.«

Nia vergewisserte sich, dass John unverletzt war – was er war –, aber der Betrunkene hatte sich den Kopf an der Windschutzscheibe angeschlagen und John wartete mit ihm auf einen Krankenwagen. Einen Fahndungseinsatz allein zu fliegen, war für sie nicht ideal, aber John vermutete, noch mindestens eine Stunde lang beschäftigt zu sein. Sie rollte also die R44 allein heraus, holte Johns Peilmaterial aus dem Büro und zog allein los, um den gestohlenen Jetta zu suchen und zu finden.

Es war eine ziemlich ereignislose Mission. Nördlich der Stadt Hluhluwe fing sie das Signal des im Auto versteckten Funkortungssenders auf und fand das Fahrzeug verlassen am Rand der N2. Die Bodenmannschaft von ›Motor Track‹, ihr Freund Angus Greiner und sein Partner, Sipho Baloyi, trafen etwa zwanzig Minuten nach ihr ein, während Nia das Fahrzeug umkreiste. Sie flog im Tiefflug vorbei und dass ›Banger‹ – Angus' Spitzname –ihr einen Kuss zuwarf. Über Funk bestätigten sie ihr, das Auto sei in Ordnung. Zum Glück für den Besitzer hatte dieser in letzter Zeit vergessen, den Tank aufzufüllen und dem Jetta war der Sprit ausgegangen.

»Wahrscheinlich waren das ein paar Kerle, die einfach schnell von der Kneipe nach Hause fahren wollten«, mutmasste Banger über Funk. »Wir füllen etwas Benzin hinein und ich bringe ihn zum Besitzer zurück. Sipho folgt mir, dann sehen wir uns später, Schätzchen.«

Einige der Fahrzeuge, die sie suchten, wurden für den Ausbau von Ersatzteilen gestohlen, andere umlackiert und über die nahe gelegene Grenze nach Mosambik geschmuggelt oder bei einem Raubüberfall verwendet. Weitere, wie dieser Jetta, wurden für eine schnelle, einfache Fahrt nach Hause entwendet. Dies war ein guter Morgen, sagte sich Nia. Das Fahrzeug war wiedergefunden, niemand überfallen oder erschossen und kein weiteres Verbrechen begangen worden. Ausserdem hatten sich Banger und Sipho, um die sie sich ständig Sorgen machte, nicht mit Bewaffneten auseinandersetzen müssen. Die beiden waren, genau wie andere Bodencrews, immer auf der Suche nach Action und dabei manchmal so mutig, dass es an Dummheit grenzte. Aber Nia musste gestehen, dass Bangers Leichtsinn Teil der Anziehungskraft war, die er auf sie ausübte.

Nia flog langsam eine Runde um die tote Kuh, wobei sie sorgfältig nach fliegenden Geiern Ausschau hielt, denn ein Zusammenstoss mit einem dieser riesigen Vögel konnte sie zum Absturz bringen. Die meisten der Geier hatten sich aus dem Staub gemacht, doch durch die Plexiglasscheibe sah Nia mehrere Vögel, vielleicht ein Dutzend oder sogar noch mehr, die noch immer beim Kadaver auf dem Boden lagen. Viele von diesen hatten ihre Flügel ausgebreitet, als ob sie sich sonnten. Sie flog den Hubschrauber so nah heran, wie sie sich traute.

»ZAP-Wing, hier haben wir ein Problem«, sagte sie und ging in den Schwebeflug über.

»Was ist los, Tracker?«, fragte Simon.

Alle Geier, die dazu in der Lage waren, hatten sich davongemacht, doch die Vögel am Boden bewegten sich überhaupt nicht. Die Knochen des Brustkorbs der Kuh waren freigelegt und leuchteten strahlend weiss auf dem graubraunen Gras und den blutroten Überresten des Tieres.

Nia betätigte den Funkschalter. »Ruf besser den Geiermann an, ZAP-Wing. Hier liegen eine Menge toter Vögel am Boden.«

* * *

Suzanne Fessey verschloss die Tür des Hauses in Hillcrest, das sie und ihr Mann für die letzten sechs Monaten gemietet hatten. Sie hob ihr Baby hoch und ging mit ihm zum Toyota Fortuner.

Sie hatte gemischte Gefühle, als sie das Haus verliess und das Baby mitnahm. Sie würde ihren Mann nie wieder sehen. Sie waren nicht bereit gewesen für ein Kind und hatten es weder erwartet noch gewollt. Dennoch hatten sie beschlossen, die Schwangerschaft durchzuziehen.

Suzanne hatte das Haus von vorne bis hinten geputzt, gesaugt, geschrubbt und gewischt. Es war keine Spur mehr von ihr zu finden. Sie schloss den Fortuner auf und setzte den Kleinen zwischen ihren Habseligkeiten in den Kindersitz. Der Kleine zappelte und gluckste, als sie ihn anschnallte – er war aktiv und unternehmungslustig und sie wusste, dass es nicht mehr lange dauerte, bis er lief. Es war erstaunlich, wie viel Zeug man anhäufen konnte, aber sie hatte nicht viel mitgenommen.

Nachdem sie ihren Sohn angeschnallt hatte, fuhr Suzanne rückwärts aus der Einfahrt und durch das Tor aus dem kleinen, ummauerten Anwesen heraus. Sie bog rechts ab, fuhr die Strasse hinunter und über die Auffahrt auf die N3 in Richtung Durban. Es war ein warmer Tag, also drehte sie die Klimaanlage auf und schaltete den Sender ›East Coast Radio‹ ein.

Sie hörte das Ende der Nachrichten. Die Sharks hatten am Wochenende im Rugby die Stormers besiegt. In der Zusammenfassung der Nachrichten ging es um weitere Stromabschaltungen und einen korrupten Lokalpolitiker. Nichts Ungewöhnliches, dachte sie.

Bevor die Musik wieder anfing, schaltete Suzanne das Radio aus. Sie schaute auf die Uhr im Armaturenbrett. Wenn sie nicht zu viele Pausen einlegte, wäre sie um vier Uhr nachmittags in einem Bungalow am Indischen Ozean in Mosambik und könnte dort ihr neues Leben beginnen.

Suzanne war absichtlich spät losgefahren, um nicht in den Hauptverkehr zu geraten. Sie umfuhr Durban und bog auf die N2 nach Norden, wo es tatsächlich ruhig war, so dass sie die Stadt bald hinter sich liess. In einer knappen Stunde würde sie sich die Nachrichten erneut anhören. Sie drehte sich nach hinten und schaute zu ihrem Sohn. Eines der letzten Male.

Smaragdgrüne Zuckerrohrfelder säumten die Strasse und sie sah, dass der Himmel zu ihrer Rechten, dort, wo er auf das nahe, wenn auch ausser Sichtweite liegende Meer traf, einen dunkleren Blauton annahm. Als sie über eine Brücke fuhr, erhob sich ein Schopfadler von seinem Sitzplatz auf dem Geländer und Suzanne beobachtete, wie er in den klaren Himmel flog. Sie erinnerte sich an eine andere Zeit und ein anderes Leben, als sie noch ein Kind war und ihre Eltern mit ihr nach Hluhluwe-iMfolozi fuhren, um Tiere zu beobachten. Ihr Vater interessierte sich für Vögel, aber Suzanne nicht – sie hasste grundsätzlich alles, was ihrem Vater gefiel. Mit siebzehn lief sie von zu Hause weg und lebte danach auf der Strasse. Ihr Leben war ein Alptraum, der weder durch Dagga, also Haschisch, noch durch Tics oder gar Heroin gelindert wurde und fast genauso schlimm war, wie ihre Zeit zu Hause. Mit Hilfe eines guten, wenn auch schwachen Mannes hatte sie ihr Leben schliesslich wieder in den Griff bekommen. Und sie hatte ein Kind von ihm bekommen. Erst vor Kurzem erkannte Suzanne zwei Dinge über sich selbst: Sie war sowohl eine

Kämpferin wie auch eine Überlebenskünstlerin. Also würde sie einen besseren Platz im Leben finden.

Husten, Würgen und ein furchtbarer Geruch aus dem hinteren Teil des Wagens befahlen ihr, sich umzudrehen. »Oh, nein!«

Ihr Sohn hatte sich übergeben, so dass er selbst, der Kindersitz und alles vor ihm voll war. Der Gestank brachte sie zum Würgen und sie hämmerte wütend auf das Lenkrad. »Scheisse, Scheisse, Scheisse!«

Vor ihr, neben einer Bushaltestelle, stand eine Art kleiner Wohnwagen und Suzanne sah zwei Autos: Einen verbeulten Pick-up, in Südafrika *Bakkie* genannt, der als Zugfahrzeug vor den Wagen gespannt war sowie einen roten VW Golf. Im Näherkommen sah sie, dass es sich beim Anhänger um einen fahrenden Grillwurst-Stand handelte. Dies war ein guter Ort, um anzuhalten und das Baby mit Feuchttüchern zu säubern. So hart Suzanne auch war, diesen Geruch ertrug sie nicht. Sie bremste ab und hielt an.

* * *

Shadrack Mduli schaute in den Aussenspiegel seines Golfs und sah den weissen Fortuner, der nach links blinkte, um bei den stehenden Fahrzeugen anzuhalten. Er stiess seinen Partner, Joseph Ndlovu, in die Rippen.

»Das ist ja unglaublich, Joseph! Fast wie eine Hauslieferung«, jubelte Shadrack.

Joseph streckte sich und gähnte. »Was, Bruder? Wovon sprichst du? Ich habe geschlafen.«

Shadrack zeigte mit dem Daumen über seine Schulter. »Schau mal. Spätes Fortuner-Modell, weiss, alleinstehende Frau am Steuer. Sie kommt direkt auf uns zu. Unser Glück hat sich gewendet.«

Das würde noch einfacher, als er gedacht hatte, erkannte Shadrack. Die Frau hielt gut fünfzig Meter vom Wagen des Bratwurstverkäufers entfernt an. Er schaute zum mobilen Imbissstand, konnte aber den Koch darin nicht erkennen. Wenn er diesen nicht sehen konnte, bedeutete dies, dass es für den Koch genauso unmöglich war, sie zu sehen.

Die sichtlich aufgebrachte Frau stieg aus ihrem Auto und drehte sich zur Hintertür. »Komm, lass uns gehen!«, forderte Shadrack und Joseph entfaltete seine im kleinen Golf eingepferchte, schlaksige Gestalt.

Shadrack zog die Neun-Millimeter-Pistole aus dem Hosenbund seiner tiefsitzenden Jeans, ging auf die Frau zu und hob die Waffe. Joseph folgte ihm. »Schlüssel hergeben, aber sofort!«

Sie drehte sich zu ihm um. Shadrack schloss die Lücke zwischen ihnen und richtete die Waffe aus nächster Nähe auf ihr Gesicht. »Sofort, sagte ich! Geben Sie mir die Schlüssel oder ich puste Ihnen den Kopf weg.«

Die Frau starrte ihn an. Shadrack war es gewohnt, dass seine Opfer schrien, weinten oder wie wild nach ihren Schlüsseln kramten, um sie ihm zu geben, aber nicht, dass ihn jemand einfach nur anstarrte. Er hatte noch nie bei einem Raubüberfall einen Menschen getötet, glaubte aber fest daran, es tun zu können. Diese Frau verhöhnte ihn mit ihrem Blick. Nun, dann wäre sie seine erste. Er drückte fester auf den Abzug und hoffte, die Muskelspannung beruhige das leichte Zittern in seinen Händen. »Letzte Chance. Stehen Sie nicht einfach so da.«

»Shad-..., Bruder!«, rief Joseph hinter ihm.

Shadrack riskierte, einen kurzen Blick zur Seite zu werfen und sah, dass Joseph an der Fahrertür stand.

»Der Schlüssel steckt im Zündschloss«, sagte er.

Aus dem Augenwinkel sah Shadrack die Bewegung, war aber zu langsam, um sich zu bewegen. Er spürte einen Schlag auf sein Handgelenk und drückte im selben Moment instinktiv ab. Sein Schuss ging daneben. Diese Frau hatte ihn geschlagen und noch nie hatte ihm jemand so die Stirn geboten. Nun bewegte sich ihre andere Hand ebenfalls. Er schwang die Hand mit der Waffe zu ihr zurück, doch bevor er schiessen konnte, lag er auf dem Rücken auf dem Boden und seine Ohren summten von der Druckwelle eines weiteren

Schusses. Er fragte sich, was passiert sei, denn er war sicher, keinen zweiten Schuss abgegebenen zu haben.

Shadrack versuchte, die Hand zu heben, um mit seiner Pistole zu zielen, fühlte sich aber zu schwach dafür. Er blickte an sich hinunter und sah, wie sich ein roter Fleck auf seiner Brust ausbreitete und Blut sein weisses T-Shirt durchnässte. Er sah, dass die Füsse der Frau über ihn hinwegstiegen, dann hörte er das Knirschen ihrer Schuhe auf dem Kies des Rastplatzes. Der Motor des Fortuners heulte auf und die Räder drehten kreischend auf dem losen Untergrund durch.

»Mein Baby!« Die Frau drehte sich um und unterstrich ihr Geschrei mit zwei Schüssen auf das flüchtende Fahrzeug.

Als die Betäubung, die der Schock des Einschlags der Kugel ausgelöst hatte, nachliess, spürte Shadrack den Schmerz. Er drehte sich mühevoll um und schrie dabei auf. Seine Augen wurden trübe und die Anstrengung, die es brauchte, um seinen rechten Arm zu strecken und die Hand zu bewegen, liess ihn fast ohnmächtig werden. Doch es war die Schmerzen wert. Er sah die Frau vor seinem Lauf, doch sie war nur noch ein verschwommenes Ziel. Verflucht sei sie. Er drückte einmal, zweimal, dreimal ab und hatte die Genugtuung, sie stolpern zu sehen, bevor seine Welt unterging.

2

Themba Nyathi fühlte sich krank.

Er wusste, dass er gesundheitlich völlig in Ordnung war. Er hatte seinen Puls mit dem Sekundenzeiger seiner billigen chinesischen Uhr gemessen und das Innere seines Munds und des Rachens im zerbrochenen Spiegel der Schultoilette untersucht. Er hatte sogar seinen Freund Bongi gebeten, mit der Hand an der Stirn zu fühlen, ob er Fieber habe.

»Du bist in Ordnung, aber vielleicht liegt dir ja etwas anderes auf dem Magen«, hatte Bongi gesagt und ihn gutmütig ausgelacht.

Themba hatte die Stirn gerunzelt, als sie durch den Flur hinaus in den heissen, feuchten Morgen von Zululand stürmten. In Mtubatuba war es immer heiss. Im Winter heiss und trocken, im Sommer heiss und feucht. Aber die Sonne und das Wasser brachten Leben hervor und es spross überall: In den sattgrünen Gräsern, im Zuckerrohr der Felder, in den Bäumen des Buschs und bei den Tieren, für die der üppige, feuchte Sommer die Zeit der Geburten war.

Themba nahm die Welt um sich herum bewusster als irgendwann sonst in seinen siebzehn Jahren wahr und hatte guten Grund dafür, die ihn umgebende Natur zu schätzen. Vielleicht hat sie ihm sogar das Leben gerettet. Er hatte diese Theorie dem neuen Mädchen an der Schule, Lerato, erklärt und ihr erläutert, wie seine kürzlich entdeckte Liebe zum Busch ihm geholfen hatte, mit einigen schrecklichen Dingen, die in seinem Leben passiert waren, fertig zu werden. Er hatte jedoch verpasst, Lerato zu sagen, dass er für einige dieser schlimmen Erlebnisse selbst verantwortlich gewesen war. Genau dieses Versäumnis war es, das ihn nun krank machte, da war er sich sicher.

»Hey, du liest zwischen den Stunden immer dieses Buch, Themba«, hatte sie in der Morgenpause zu ihm gesagt.

Themba hatte aufgeschaut. Lerato Dlamini war das wichtigste Gesprächsthema in der Schule. Sie war hübsch, intelligent und es hiess, ihr Vater, ein ehemaliges Parlamentsmitglied des ANC, dem eine LKW-Firma und zwei Zuckerrohrfarmen gehörten, sei sehr wohlhabend.

Die schlauen Jungs, die bösen Jungs, die Fussballspieler, eigentlich alle Jungen in der Schule, wetteiferten um Leratos Aufmerksamkeit, aber sie machte einen ziemlich hochmütigen Eindruck. Themba mochte das Wort ›hochmütig‹, das er erst vor Kurzem entdeckt hatte und nun so oft wie möglich zu benutzen versuchte. Es liess sie unerreichbar erscheinen, was ihre Anziehungskraft nur steigerte.

Themba blinzelte. »Wie bitte?« Ein Husten unterbrach seine beiden Worte, als ob er an seiner Frage zu ersticken drohe.

Lerato blickte auf ihn herab wie eine Giraffe, deren Aufmerksamkeit von einem kleinen Wesen unter ihr geweckt wurde. »Dieses Buch. Tiere. Warum interessierst du dich so sehr für dieses Zeug?«

Themba hatte sich über die Lippen geleckt und dann auf den Einband seines Buches geschaut, als ob er erst jetzt entdecke, worum es darin ging. »Es sind ... es sind nicht nur Tiere. Es sind ... es sind Vögel und Schlangen, und ..., und sogar einige Bäume und Pflanzen.«

Lerato hatte laut gelacht, wirklich. »Oh, *dann ist* es ja gut. Ich *liebe* Schlangen und Bäume.«

Themba wusste nicht, warum sie sich über ihn lustig machte, aber das war ihm auf einmal egal. Das Wichtigste war, dass sie wusste, dass es ihn gab und überhaupt mit ihm sprach – auch wenn sie ihn verspottete. »Wusstest du, dass *Inkwazi*, der afrikanische Schreiseeadler, sich fürs ganze Leben paart?«

Ihre Augen weiteten sich.

Idiot, schalt Themba sich selbst. Er hatte die Information, die er zuletzt in seinem Feldführer gelesen hatte, wieder ausgespuckt und die Folgen des Gesagten schossen wie das Gift einer schwarzen Mamba durch seinen Körper. Er spürte, dass sich sein Körper zu versteifen begann und fühlte sich wie gelähmt.

»Das ist wirklich schön.« Lerato stellte den Rucksack voller Bücher auf den Boden und setzte sich neben ihm auf die Holzbank. »Ich hätte nie gedacht, dass sich Vögel verlieben und heiraten könnten.«

Themba hatte sich auf eine weitere Stichelei gefasst gemacht. Vielleicht schlossen sich seine Ohren in einer Art Abwehrmechanismus, denn was Lerato sagte, hörte sich an, als spräche sie unter Wasser mit ihm. Dennoch schnappte er etwas von dem auf, was sie sagte. »Schön?«, krächzte er.

»Ja, schön.«

Er wagte, den Kopf ein wenig zu drehen, um in ihr hübsches Gesicht zu schauen und sah zu seiner Überraschung, dass sie ihn anlächelte. Aber überhaupt nicht spöttisch. Hatte sie wirklich etwas von Liebe gesagt?

Themba spürte, dass sich das Blut wieder einen Weg durch das bittere Gift in seinen Adern bahnte. In seine Fingerspitzen kehrte Gefühl zurück – er wackelte heimlich mit ihnen, um sich zu vergewissern, dass er noch am Leben war – und in seinem Gehirn wurde ein Schalter umgelegt. »Wenn es um Tiere, sowohl Vögel wie auch andere Wildtiere geht, müssen wir uns vor Anthropomorphismus hüten, was bedeutet ...«

»Tieren menschliche Eigenschaften zuzuschreiben ... Das Wort habe ich schon gehört«, ergänzte Lerato.

»Entschuldigung.« Er war beeindruckt. Wie ›hochmütig‹ hatte er auch ›Anthropomorphismus‹ als eines seiner persönlichen Wörter betrachtet. Er war jedoch froh, sogar mehr als froh, es mit Lerato zu teilen. »Aber ja, es ist schön, sich zwei Lebewesen vorzustellen, die ihr ganzes Leben miteinander verbringen und wenn Schreiseeadler Menschen wären, würden wir das wahrscheinlich auf Liebe zurückführen.«

Sie lachte wieder. »Du bist witzig.«

Er spürte, wie die Lähmung zurückkam. Selbst wenn sie sich nur über ihn lustig machte, wollte er nicht, dass sie ging. »Männliche und weibliche afrikanische Steinböckchen, kleine Antilopen, leben auch irgendwie zusammen und teilen sich das gleiche Revier.«

»Ernsthaft? Ich wusste nicht, dass es auf der Welt so viel Monogamie gibt.«

Allein die Bewegung ihrer Lippen, als sie die Worte formte und der Anblick ihrer perfekten, gleichmässigen weissen Zähne, wenn sie lächelte, erweckten ihn wieder zum Leben und machten ihn froh, am Leben zu sein. Jetzt musste er sich nur noch etwas Witziges einfallen lassen, um sie in seiner Nähe zu halten. Aber das gelang ihm nicht.

»Was ist mit Löwen?« fragte Lerato und füllte damit die Kluft des Schweigens, die sich in nur drei Sekunden zwischen ihnen aufgetan hatte.

Themba atmete aus, doch dann schloss er schnell den Mund, damit sie seine Erleichterung nicht bemerkte. »Oh nein, Löwen paaren sich nicht fürs Leben, ganz im Gegenteil. Löwinnen paaren sich im Laufe ihres Lebens mit verschiedenen Männchen, je nachdem, welches Männchen das Rudel übernommen hat. Männchen kommen und gehen. Wenn sie älter werden, fordern junge Männchen sie heraus und buhlen um die Kontrolle über das Rudel.«

Lerato lachte wieder. Sie lachte sehr viel. »Gangsta.«

Themba hatte das Gefühl, sie mache sich wieder über ihn lustig, doch zu seiner Überraschung streckte Lerato die Hand aus und legte sie auf seinen Unterarm. Es fühlte sich wie ein elektrischer Schlag an. »Du hast schon echte Löwen gesehen, oder? In freier Wildbahn, meine ich, nicht im Zoo?«

Er hatte mit dem Kopf genickt. »Ja, während meiner Ausbildung zum Junior- Nashornwächter im Hluhluwe-iMfolozi-Park.«

»Ja, ich erinnere mich, da hast du einen ganzen Monat lang im

Busch gelebt, oder?« Lerato konnte ihre Verwunderung nicht verbergen. »Ist das nicht verrückt?«

Diesmal war Themba an der Reihe, zu lachen. »Ja, es war ein Monat. Woher weisst du das?«

»Ich war bei dem Vortrag, den du vor ein paar Wochen in der Schule gehalten hast.«

Themba spürte, wie er vor Verlegenheit errötete. »Du hast meinen Vortrag gehört?«

Sie wiegte ihren Kopf von einer Seite zur anderen. »Nun, jedenfalls ein bisschen davon.«

Themba war von Mike Dunn, dem Koordinator des einmonatigen Kurses, dazu ermutigt worden, ein Forum zu finden, in dem er über das Gelernte sprechen konnte und so bat Themba den Schuldirektor widerwillig um Erlaubnis. Zu Thembas Entsetzen hatte der Schulleiter zugestimmt und an einem schwülen Montagmorgen fand er sich vor mehr als vierhundert Schülerinnen und Schülern wieder. Er stolperte und stotterte durch seine schriftlich vorbereitete Rede und ärgerte sich, als er bemerkte, dass einige der älteren Jungen und Mädchen schwatzten, während er präsentierte. Die jüngeren Schüler hingegen schienen sich für seine Geschichten zu interessieren, besonders für die über den Löwen.

»Ich erinnere mich, dass du in einem Zelt warst«, berichtete Lerato, »und mitten in der Nacht zwei Löwen hörtest, die darum herumliefen. Du sagtest, es habe sich angehört, als ob sie schnurrten, nur viel lauter. Du musst schreckliche Angst gehabt haben.«

Sie erinnerte sich! Themba spürte, wie sein Herz voller Stolz anschwoll. »So schlimm war es auch wieder nicht. Das Wichtigste, was unsere Ausbilder uns beibrachten, war, unsere Zelte geschlossen zu halten und sehr leise zu sein. Es war gar nicht so einfach.« In Wahrheit war Themba in seinem Schlafsack wie versteinert gewesen und hatte gezittert, als sein Zeltkamerad Julius aus dem Fenster des Zelts spähte und die Umrisse der beiden riesigen Löwinnen sah. Themba hatte gedacht, er sterbe sicher. Julius hatte vorgeschlagen, sie sollten zum Kleinbus rennen, der auf dem Campingplatz geparkt war, was Themba aus der Erstarrung weckte. Er zischte seinem

Freund wütend zu, er solle nicht einmal daran denken, so etwas Dummes zu tun.

»Ernsthaft?«, sagte Lerato.

»Ja. Man muss wissen, dass Löwen nach Sicht und Ton jagen, nicht nach Geruch. Sie sind wie Hauskatzen, die eine Maus oder einen Gecko jagen. Wenn ihre Beute flieht, jagen sie ihr nach und ein Menschen hat keine Chance, einem Löwen zu entkommen.«

Lerato fiel ein wenig in sich zusammen. »Ich habe noch nie einen Löwen gesehen, nicht einmal im Zoo.«

»Ich werde dir einen zeigen.« Die Worte waren aus Thembas Mund gesprudelt, bevor er überhaupt darüber nachgedacht hatte, wie er das tun könnte. Er hatte kein Auto, kein Geld und keine Möglichkeit, Lerato in den Nationalpark zu bringen.

»Ach ja? Und wie willst du das denn machen?«, hatte sie ihn sofort durchschaut.

»Ich werde einen Weg finden.«

»Nun, viel Glück dabei. Aber mein Vater würde mich sowieso nirgendwo mit dir hingehen lassen – mit überhaupt keinem Jungen, meine ich.« In diesem Moment fing Leratos Telefon an, einen Rap zu spielen. »Da wir gerade von meinem Vater sprechen, lass mich das mal erledigen. Ich habe ihn angerufen, um ihn zu fragen, ob er mich jetzt abholen kann.«

Es war ein merkwürdiger Schultag. Die Lehrpersonen hatten gerade einen improvisierten Streik wegen ihrer Löhne ausgerufen, so dass die Schule bereits vor dem Mittagessen endete. Themba ging immer zu Fuss in die Schule und wieder nach Hause, sieben Kilometer pro Strecke, aber Leratos Vater brachte sie jeden Morgen in einem glänzenden, neuen schwarzen BMW zur Schule und holte sie jeden Nachmittag ab.

Sie nahm das Gespräch entgegen, stand auf und ging weg, um mit ihrem Vater zu sprechen. Obwohl sie nur wenige Meter weiter stehen blieb, hatte Themba das Gefühl, ein Stück von ihm sei abgehackt worden, als sie ging.

»Was? Nein, ich verstehe. Schon gut. Es gibt jemanden, der bestimmt helfen kann. Er ist ein guter Kerl, Dad, ehrlich. Nein, Dad, er ist nicht wie andere Jungs, er ist irgendwie nett. Er ist nicht der Typ, der irgendetwas versuchen würde, glaub mir, bitte. Hier, du kannst selbst mit ihm reden.«

Themba sah zu Lerato auf, als sie zu ihm zurückkehrte. Er wusste nicht, ob er richtig gehört hatte. »Was ist los?«, murmelte er ihr zu.

Sie liess ihr Telefon sinken. »Mein Vater kann mich nicht abholen oder seinen Fahrer schicken, weil er einen Geschäftstermin hat, an dem er teilnehmen muss. Es ist dringend und er kann sich nicht davor drücken. Er will mich immer gut beschützt wissen. Ich muss also ein Taxi nach Hause nehmen, aber er hat furchtbare Angst, dass mir etwas passieren könnte. Hier.« Sie drückte ihm das Telefon in die Hand.

»Hallo?«, sagte Themba zaghaft.

»Meine Tochter sagt, dass man dir vertrauen kann, stimmt das?«, sagte die tiefe Stimme ohne Vorrede oder Begrüssung am Telefon.

»Ähm. Ja. Ja, natürlich, Sir.«

»Hör mir gut zu, Junge. Weisst du, wer ich bin?«

Themba schluckte. »Ja, Sir. Herr Bandile Dlamini«, und weil er nicht wusste, was er sonst noch sagen sollte, fügte er hinzu: »ein sehr wichtiger Mann.«

»Ich brauche keine Schmeicheleien von dir, sondern deine Hilfe. Wenn meiner Tochter irgendetwas passiert, sie stolpert, sich den Zeh anstösst oder ihr ein Haar gekrümmt wird, bist du dafür verantwortlich und bezahlst dafür. Hast du mich verstanden?«

Themba verstand den leisen, drohenden Ton perfekt. »Ja, Sir.«

»Gib meiner Tochter nun das Telefon zurück.«

Lerato hatte ihrem Vater versichert, es werde alles gut gehen und Themba bringe sie bestimmt sicher nach Hause.

Leratos Mathematiklehrerin war zurückgeblieben, um dieser, ihrer Lieblingsschülerin, etwas zu erklären und so verliessen die beiden die Schule als Letzte. Themba wartete mit einem mulmigen Gefühl oder vielleicht auch etwas anderem in der Magengegend.

»Ich warte nicht länger hier«, murrte Bongi.

»Okay, schon gut, dann sehen wir uns morgen«, antwortete Themba.

Bongi gab ihm einen Klaps auf den Arm. »Mann, du hast es schwer.«

»Ich weiss es nicht.« Schon während er die Worte sagte, wusste Themba, dass sie eine Lüge waren.

Bongi ging weg und wedelte winkend, ohne sich umzudrehen, mit der Hand in der Luft. Themba schaute auf seine Schuhe hinunter, die vorn bei den Zehen zerkratzt waren. Er befeuchtete einen Finger, wischte sie ab und rieb sie danach an der Rückseite seiner Hosenbeine. Die Schuhe sahen nicht viel besser aus und die Tatsache, dass er arm war, war nicht zu verbergen. Er seufzte. Leratos Vater mochte froh sein, dass er seine Tochter nach Hause brachte, aber er würde Themba niemals erlauben, sie zu einem Rendezvous oder etwas Ähnlichem auszuführen.

»Hallo. Ich bin fertig.«

Leratos Stimme war melodiöser als jeder Buschvogel, den er je gehört hatte. Sein Herz fühlte sich an, als ob eine unsichtbare Hand es umschliesse und drücke.

»Gut«, krächzte er, »dann lass uns gehen.«

Als er mit dem hübschesten Mädchen der Schule an seiner Seite durch das Tor zur Strasse ging, wo sie ein Minibustaxi abholen würde, fühlte sich Themba wie der glücklichste Junge der Welt. Ein Teil von ihm ärgerte sich ein wenig darüber, dass Lerato ihrem Vater gesagt hatte, man könne ihm vertrauen, weil er im Gegensatz zu den anderen Jungen, die laut und stolz vor ihr herumstolzierten, um ihre Aufmerksamkeit zu gewinnen, eine Art harmloser Streber sei. Aber er tröstete sich mit der Tatsache, dass sie niemanden anderes vorgeschlagen hatte, um sie zu begleiten. Die Zeiten, in denen er so tat, als wäre er ein harter Kerl, waren vorbei. Obwohl das Taxi mit einem Dutzend oder mehr Leuten vollgestopft sein würde, wäre es im Vergleich zu seinem normalen täglichen Weg eine Luxuslimousine. Er blickte zum Himmel, um ein kurzes, stilles Dankgebet zu sprechen und sah einen Hubschrauber.

* * *

BANDILE DLAMINI HOFFTE, mit seiner Tochter gehe alles gut. Seit seine Frau Siphokazi zwei Jahre zuvor bei einem Autounfall ums Leben gekommen war, war er, was Leratos Sicherheit betraf, paranoid. Sie hatten sich mehr Kinder gewünscht, aber Siphokazi hatte keine mehr bekommen können.

»Zum Mona-Markt«, wies er seinen Fahrer an.

»Ja, Boss. Steht der Deal?«

»Ja.«

Auf dem Mona-Markt in der Nähe von Hlabisa, westlich des Hluhluwe-iMfolozi-Parks, wurden legal und illegal Tierprodukte und verschiedene andere Grundlagen zur Herstellung von *Muti* – traditionellen Arzneimitteln – gehandelt.

Im Kofferraum des BMW befand sich eine Tasche mit mehreren hunderttausend Rand. Bandile Dlamini wischte sich die Handflächen am Stoff der Hose seines massgeschneiderten Anzug ab. Er war nicht wirklich auf dem Weg zu einem Geschäftstreffen, wie er seiner Tochter erzählt hatte.

Er war auf dem Weg zum Markt, um dort drei Nashornhörner zu kaufen, die von illegal in den Nationalparks von KwaZulu-Natal gewilderten Tieren stammten.

3

Mike Dunn hielt seinen Land Rover Defender am Strassenrand an. Er griff in den Kofferraum, hob den Waffenkoffer vom Boden auf, öffnete ihn und nahm sein .375er Jagdgewehr heraus.

Der Busch war sein Büro und einen Grossteil seiner Zeit verbrachte er im Land der ›Big Five‹, zwischen Löwen, Leoparden, Büffeln, Nashörnern und Elefanten. Zu seinem Schutz trug er immer das Brno-Gewehr bei sich. Wenn er sich ausserhalb des nahe gelegenen Hluhluwe-iMfolozi-Parks aufhielt, wagte er es nicht, das Gewehr im Wagen zu lassen, wenn er nicht da war. Niemand wäre so verrückt, einen Defender zu stehlen, aber ein schweres Jagdgewehr war bei Nashornwilderern oder kriminellen Waffenhändlern, die diese belieferten, sehr begehrt.

Mike roch den Kadaver, bevor er ihn sah. Der Himmel war klar und und als er durch das lange Gras des unbewirtschafteten Feldes schritt, war ausser dem schürfenden Reiben seiner Segeltuchgamaschen, einem Schutz gegen Zecken, kein Geräusch zu hören. Es wehte kein Windhauch. Sein khakifarbenes Hemd klebte ihm bald am Körper.

Er war für den Anblick bereit, der dem schrecklichen Geruch

entsprach. Der Gestank war wie eine unsichtbare, undurchdringliche Wand. Mit jedem Schritt bewegte er sich tiefer hinein, bis er zum Teil davon wurde. Mike war der Tod nicht fremd und nun erkannte er ihn: Ein gezähntes Dreieck von aus dem Gras ragenden weissen Rippen, begleitet vom Geräusch summender, fressender Schmeissfliegen.

Mike wischte sich den Schweiss aus den Augen. Er wusste, worauf er sich einliess und was für ein schrecklicher Anblick ihn erwartete. Nur war wissen und sich darauf vorbereiten nicht dasselbe wie tatsächlich dafür gewappnet sein.

Zuerst dachte er, alle Vögel seien tot, doch ein ersticktes Kreischen erregte seine Aufmerksamkeit. Er lief eilig zu einem Weissrückengeier, der offensichtlich noch lebte. Dieser versuchte, als er Mike sah, wegzuspringen, hatte aber offensichtlich den Gleichgewichtssinn verloren. Er stolperte, seine riesigen Flügel ausbreitend, über seine eigenen Krallen und stürzte zu Boden. Er würgte und versuchte krampfhaft, das vergiftete Fleisch wieder loszuwerden. Sein Hals krümmte sich und der Kopf wurde während des qualvollen, schmerzhaften Prozess des Sterbens krampfartig nach hinten gebogen.

Mike betätigte den geölten Bolzen seines Gewehrs, um einen gezielten Schuss zu platzieren. Er wusste aus bitterer Erfahrung, dass er nichts für diese grossartige Kreatur tun konnte, als ihn zu erlösen. Der Schuss hallte über das *Veld*, das weite, offene, buschdurchsetze Grasland.

Er ging zum Kadaver und spürte, wie Wut seine Traurigkeit verdrängte, als er den ersten der Körper betrachtete. Als er neben dem Geier kniete, stellte er sich kurz vor, was er täte, wenn er die für so eine Freveltat Verantwortlichen auf frischer Tat ertappen würde. Wenn einer von ihnen bewaffnet wäre und eine Waffe auf ihn richtete, wäre es sein gutes Recht, ...

Nein. Es half nicht, über das Erschiessen von Wilderern nachzudenken und genauso wenig, über die Leute, die die Endprodukte verwendeten. Die Jagd auf Wilderer, ihre Verhaftung oder sogar ihre Tötung, wenn sie das Feuer auf Nationalpark- oder Sicherheitskräfte eröffneten, war nur ein Teil des Kampfes gegen die aktuell dramatische Nashornwilderei. Mike vertrat auf Konferenzen, in Medieninterviews und am Lagerfeuer die Ansicht, der Krieg gegen die Wilderei werde nicht im afrikanischen Busch gewonnen, sondern müsse in den Köpfen ausgetragen und entschieden werden.

Einen vietnamesischen Geschäftsmann vom Glauben abzubringen, das Horn des Nashorns sei ein passendes Statussymbol oder ein Heilmittel gegen Krebs, war jedoch leichter gesagt als getan. Auch einen afrikanischen Gläubigen der traditionellen Medizin davon zu überzeugen, dass das Schlafen mit einem Geierkopf unter dem Kopfkissen weder Erfolg bei einem Vorstellungsgespräch noch die Wahl der richtigen nationalen Lottozahlen garantiere, war schwierig.

Mike ging zu einem weiteren toten Vogel – er schätzte, dass mindestens zwei Dutzend dalagen. Seine Schultern sackten nach vorn und sein Herz schmerzte. Er liess sich auf ein Knie nieder und stellte sein Gewehr auf dem Kolben ins gelbe Gras. Dieser Geier und zehn weitere in unmittelbarer Nähe waren, wahrscheinlich kurz bevor der Hubschrauber bei ihnen eintraf, geköpft worden. Das Blut aus dem Hals der ehemals prächtigen Geschöpfe tränkte die rote Erde Zululands. So war es immer. Mike blickte auf und suchte das Grasland um sich herum ab. Er sah keine Bewegung, aber bei einem weiteren Blick auf die leblosen Vögel, die um die Überreste der Kuh herum verstreut lagen, sah er, dass auch mehrere, ein Dutzend oder mehr, noch Köpfe hatten.

»Wo bist du?«, fragte er, dem Hitzedunst am Rande der Lichtung zugewandt. Wer auch immer das getan hatte, wer auch immer diese Kuh getötet oder, was wahrscheinlicher war, das überfahrene Tier vom Teer auf die Wiese geschleppt und dann mit Carbofuran oder einem ähnlichen Gift versehen hatte, war wahrscheinlich ganz in der Nähe. Mikes Finger krallten sich um den geölten Holzschaft des Gewehrs, so dass seine Knöchel weiss durch die sonnengebräunte Haut schimmerten.

Mike stand auf und suchte die Baumgrenze ab, entdeckte aber keine Bewegung. Er ging zu den ausgehöhlten Überresten der Kuh. Die Geier hatten sie mit der ihnen eigenen rasenden Effizienz ausgeweidet und gehäutet. Er kniete sich wieder hin, um die Szene genauer zu untersuchen, wobei sein Blick an einigen violetten Körnchen hängenblieb. Es handelte sich eindeutig um Carbofuran. Landwirten setzten das Gift zur Bekämpfung von Schädlingen und Blattläusen ein, es war aber für Vögel und Tiere genauso schädlich. Tödlich genug, um einen Löwen zu töten. Bauern in Kenia hatten es jahrelang illegal gegen Raubtiere eingesetzt. Unter Wilderern trug das Gift den Spitznamen ›Zwei Schritte‹, was die Distanz bezeichnete, die ein Opfer zurücklegen konnte, bevor es der tödlichen Substanz erlag.

Mike zog einen verschliessbaren Plastikbeutel aus der Gesässtasche seiner Shorts und einen Stift aus dem Hemd. Mit diesem schöpfte er etwas vom Gift in die Tüte. Mit etwas Glück konnte ein Labor die genaue Zusammensetzung und die Quelle des Gifts feststellen.

Die Zulu nannten die Geier ›Inqe‹, was so viel wie ›derjenige, der das Land reinigt‹ bedeutet. Geier erledigten in der Natur die Drecksarbeit, indem sie die Überreste toter Tieren, die davor anderen als Nahrung gedient hatten, beseitigten. Sie verhinderten damit die Ausbreitung von Krankheiten, fielen jedoch nicht über gesunde Tiere oder Menschen her. Kurz gesagt, sie taten nichts Falsches, sondern unglaublich viel Gutes und Wichtiges. Der Mensch allerdings dankte den Geiern für ihre wertvolle Arbeit, indem er sie verleumdete und vergiftete.

Mike war wütend, traurig, niedergeschlagen und äusserst aufgewühlt. Er ging mit gesenktem Blick um den Tatort herum und hielt nach Spuren Ausschau. Er hatte versucht, seine Kontaktperson auf dem Polizeirevier von Mtubatuba, Sergeant Lindiwe Khumalo, anzurufen, aber nicht einmal die Telefonzentrale erreichen können. Doch Mike ahnte den Grund, hatte er doch in den Nachrichten gehört, in Durban habe es eine Bombenexplosion gegeben. Er kümmerte sich wenig um internationale Politik oder Politiker, und obwohl er den Tod der amerikanischen Botschafterin und ihrer Leibwächter bedauerte, war sein Krieg weder im globalen Krieg gegen den Terrorismus noch im Kampf der Religionen, sondern hier, im blutgetränkten Gras von Zululand.

Dennoch gab es Parallelen, überlegte er, während er den Boden nach Fussabdrücken, Reifenspuren und anderen Anzeichen der Menschen absuchte, die diesen Massenmord begangen hatten. Während Terroristen sich auf religiöse Überzeugungen beriefen, und junge Männer und Frauen dazu zu brachten, sich für etwas Ätherisches aufzuopfern, für ein Versprechen auf ein besseres Leben nach dem Tod, töteten die Wilderer hier Tiere und Vögel, um den Glauben ihrer Kunden an unbewiesene Mythen auszunutzen. Es war alles verrückt.

Das Fährtenlesen hatte er als Jugendlicher von seinem Vater, der jagte, gelernt. Mike selbst hatte nie ein Interesse an der Jagd gehabt, ausser ab und zu ein Impala für den Kochtopf zu schiessen. Schon in jungen Jahren hatte Mike eine Karriere beim alten ›Natal Parks Board‹, ins Auge gefasst. Er hatte es geschafft und gedacht, im Busch einen Job fürs Leben zu haben. Doch 1994, mit dem Ende der Apartheid und der Wahl Nelson Mandelas, zog der Wandel in Südafrika ein. Wie die überwältigende Mehrheit seiner Altersgenossen wusste Mike, dass sich ihr Leben dadurch ändern würde.

Im Gegensatz zu anderen war er nicht verbittert, als die Axt fiel. Er war einer der Glücklichen, die, um ihrer Liebe zur Tierwelt nachzugehen, ein Universitätsstudium absolviert hatten. Als er schliesslich von der in ›Ezemvelo KZN Wildlife‹ umbenannten Behörde entlassen wurde, verliess er sie als einer der führenden Experten des Landes für Raubvögel, insbesondere Geier, und fand bald eine Stelle bei einer Nichtregierungsorganisation. Das Geld von ausländischen Spendenden und von südafrikanischen Unternehmen mit einer sozialen Haltung hielt ihn in der Arbeit, trug aber wenig dazu bei, das Blutvergiessen einzudämmen. So deprimierend seine Arbeit oft war, so schätzte er doch die Vorteile, die sie mit sich brachte. Er bereiste das südliche Afrika, arbeitete mit zahlreichen unterschiedlichen Nationalparks zusammen, zählte Nester und verfolgte den Flug der Vögel mit GPS-Geräten. Er schulte Polizei- und Parkbeamte darin, worauf sie bei Geiertötungen achten mussten und begleitete sie gelegentlich bei Einsätzen. Er hielt Vorträge, gab Medieninterviews und arbeitete mit anderen Forschenden und Freiwilligen zusammen. Er war sein eigener Chef und seine Geldgeber waren für die Aufmerksamkeit, die seine Arbeit erregte, dankbar.

Mike musste die Vögel, die noch nicht geköpft worden waren, einsammeln. Er suchte erneut die Baumgrenze ab. Er war sich sicher, dass derjenige, der für dieses barbarische Verbrechen verantwortlich war, in der Nähe war, ihn wahrscheinlich sogar beobachtete und darauf wartete, dass er ging.

Er blieb bei einem weiteren toten Geier stehen. Es war ein Ohrengeier, grösser und kräftiger als die Weissrückengeier, die ihn umgaben. Mit seinem sichelartig gebogenen Schnabel und seiner Kraft war er der ›Dosenöffner‹, der auch die härteste Haut öffnen konnte. Er frass zuerst, weshalb er mit grösster Wahrscheinlichkeit als einer der ersten starb. Mike streichelte den rosafarbenen Hals. Seine Praktikanten waren in der Regel überrascht, wie weich und doch stark diese Haut war. Obwohl die Vögel ihre scharfen Schnäbel beim harten Kampf um eine Beute unbarmherzig einsetzten, sah er nur selten eine Kerbe oder Narbe.

Mike hob das Gewehr wieder hoch und ging auf die Büsche zu. Seine Sinne waren geschärft und die Härchen auf seinen Armen kribbelten. Er hatte noch nicht mehr als ein Dutzend Schritte gemacht, als das Handy in seiner Tasche vibrierte.

Er blieb stehen und dachte einen Moment lang nach. Wenn dort tatsächlich ein bewaffneter Wilderer war, sollte er wenigstens jemandem sagen, was er tat. Er zückte sein Telefon. Er erkannte die Nummer nicht sofort, hoffte aber, es sei die Polizei. »Mike Dunn.«

»Mister Mike, ich bin's, Solly.«

Solomon Radebe war ein etwa sechzigjähriger ehemaliger Nationalpark-Ranger aus Mtubatuba. Er war aus dem Parkdienst ausgeschieden, nachdem ihn ein Büffel angegriffen und sein rechtes Bein so zertrampelt hatte, dass es an mehreren Stellen gebrochen war. Seither hinkte er. Solly, ein lebenslanger Wildtierschützer, hatte vor seiner Pensionierung mit Mike zusammengearbeitet und sie waren in Kontakt geblieben. In der Vergangenheit hatte er Mike immer wieder über den illegalen Handel mit Geierköpfen informiert.

»Hallo, Solly, wie geht's?«

»Gut und Ihnen?«, kam es zurück.

»Mir geht es gut«, sagte Mike und nachdem der Höflichkeit genüge getan war, fragte er: »Was gibt es denn, Solly?«

»Auf dem Mona-Markt ist heute viel los, und zwar gerade jetzt. Es ist wichtig, Mr. Mike. Ein grosser Mann ist hier, mit einem schicken Auto und Bodyguards. Es passiert bestimmt gleich etwas.«

Mike hatte nie Grund, Sollys Instinkte oder seine Informationen anzuzweifeln. Als der Büffel angriff, bemerkte Solly dies frühzeitig. Er stellte sich zwischen einen anderen Wanderführer und die Touristen-Gruppe, um diese vor dem Angriff zu schützen, den er kommen sah. Er schoss auf den Büffel und verwundete ihn tödlich, aber die Wucht des Angriffs schleuderte das massige Tier weiter und begrub Sollys Körper unter sich. Solly erhielt eine Belobigung für seine Tapferkeit.

»Inwiefern, Solly?«

»Eine grosse Sache. Ich habe diesen Mann schon einmal gesehen. Er ist ein Ex-Politiker und ich glaube, er ist hier, um etwas sehr Wertvolles zu kaufen oder zu verkaufen.«

»Wie wertvoll?«

»So wertvoll, dass es gerechtfertigt ist, dass er sowohl einen Leibwächter wie auch einen Fahrer mitbringt.«

»Du beobachtest sie!«

»Ja, das tue ich, Mister Mike. Aber ich möchte sie nicht selbst ansprechen.«

Mike hätte gern mehr Zeit beim Kuhkadaver verbracht, um Beweise zu sammeln und den Tatort zu fotografieren, doch Solly hatte gute Instinkte und er war furchtlos. Mike musste die Entscheidung treffen, was er lieber tun wollte: Den Tatort eines Verbrechens an Wildtieren untersuchen oder versuchen, ein weiteres Unrecht zu verhindern.

Er ging zu seinem Wagen zurück und nahm ein Windmessgerät, ein Feuerzeug und einen Fünf-Liter-Kanister mit Kraftstoff, den er für solche Fälle mitführte, aus dem Kofferraum. Mit dem Gewehr über der Schulter rannte er zum Kadaver und den toten Geiern zurück. Er hielt den Windsack hoch und prüfte, ob er die Richtung und die Geschwindigkeit zu seinen Gunsten einsetzen konnte. Das war so, denn der Wind war nur schwach und blies in Richtung der Strasse. Er bemerkte einen weiteren Pluspunkt: Das Gras auf der anderen Strassenseite war erst kürzlich abgebrannt worden.

Mike stellte das Gerät, den Treibstoff und sein Gewehr ab und machte sich an die Arbeit. Er schleifte die toten Geier zum Kadaver, mit dem sie vergiftet worden waren und stapelte die toten Tiere aufeinander. Als er damit fertig war und seine Kleider vor Schweiss trieften, schüttete er die Hälfte des Benzins über den grausigen Haufen. Er zündete eine Handvoll trockenes Gras an, warf es in die Luft und der Scheiterhaufen begann mit einem Zischen zu lodern. Am liebsten hätte er Leute dabeigehabt, die aufpassten, dass das Feuer nicht ausser Kontrolle geriet, aber um diese Tageszeit war er zumindest sicher, dass der Wind die Richtung nicht änderte. Das Feuer würde Gras entzünden, doch die Flammen am Strassenrand aufgehalten werden und von selbst ausbrennen. Mike warf einen Blick zurück zu den Bäumen und hoffte, dass die Mistkerle, die das getan hatten, gerade zusahen, wie der Rest ihres Gewinns in Rauch aufging. Er packte seine Sachen zusammen und ging zum Land Rover zurück.

Bis zum Mona-Markt war es nicht weit und er beschleunigte seinen Land Rover bis zur Geschwindigkeitsbegrenzung. Dörfer und kahle, überweidete Hügel zogen an ihm vorbei. Als er in Sichtweite der Marktstände kam, fuhr er von der Strasse ab und parkte, aber nicht allzu nahe. Solly kam ihm die Strasse hinunter entgegen.

Der Markt erstreckte sich auf beiden Seiten einer Nebenstrasse. Er bestand aus einer linearen Ansammlung von baufälligen Ständen und Hütten aus Holz, Wellblech und anderen ausgedienten Baumaterialien. Hier und da gab es ein paar grössere Häuser aus Lehmziegeln. Einige Verkäufer boten ihre Waren auf behelfsmässigen Regalen im Freien an. Von der Hauptstrasse gingen Seitengassen ab und Mike wusste, dass illegale Produkte meist dort zu finden waren. Solly führte ihn zur Rückseite eines Backsteingebäudes, in welchem eine ›Shebeen‹, eine Bar für Einheimische, betrieben wurde.

Der Markt war ruhig. Der Ansturm zum Monatsende, wenn die

Leute ihren Lohn erhalten hatten, war gerade vorbei und viele der Stände waren geschlossen, mit ausfransenden Planen oder Plastikfolien abgedeckt und gegen die Witterung geschützt. Ein räudiger Hund mit hervorstehenden Rippen trottete die Strasse entlang und suchte nach Resten von Essbarem. Eine Frau, die Tomaten und Kohlköpfe verkaufte, wetterte etwas auf Zulu.

Nachdem sie sich begrüsst und die Hände geschüttelt hatten, sagte Solly: »Ich ging so nahe wie möglich an sie heran und erkannte den grossen Mann, der offensichtlich das Kommando hat. Er trägt eine dunkle Brille, so dass ich aus der Ferne nicht sicher war.«

»Wer ist es?«

»Bandile Dlamini.«

»Der ehemalige Politiker, der zum Unternehmer wurde?«

Solly schaute nach links und rechts. »Ja. Er spricht viel über den Schutz der Wildtiere und den Kampf gegen die Nashornwilderei.«

»Was macht er dann hier?«

Solly zuckte mit den Schultern. »Ich glaube nicht, dass es ein Fototermin für die lokalen Medien oder eine Wahlkampfveranstaltung ist. Er ist jetzt zu seinem Auto zurückgegangen. Er hat einen Fahrer und einen weiteren Mann, der wie ein Leibwächter aussieht.«

»Warum braucht ein Geschäftsmann einen Leibwächter?« fragte Mike. »Er ist doch kein Regierungsminister, der Schutz braucht.«

Wieder schaute sich Solly um und vergewisserte sich, dass sich niemand in Hörweite befand. »Ich habe Gerüchte über ihn gehört. In den Tagen des Kampfes, bevor er in die Politik ging, transportierte er Waffen und Sprengstoff für den ANC, aber es heisst, er habe auch kriminelle Banden beliefert. Man erzählt sich, er sei ausserdem an Autodiebstählen beteiligt gewesen, wobei er die Fahrzeuge nicht selbst stahl, sondern Werkstätten betrieb, in denen gestohlene Fahrzeuge zerlegt und neu lackiert wurden. Aber das ist alles Jahre her.«

Mike hatte Dlaminis klare Worte in den Zeitungen gelesen und ihn einmal auf einer Konferenz über Nashornwilderei getroffen, aber weder Zeit noch Gelegenheit gehabt, sich eine eigene Meinung über den Mann zu bilden. »Schauen wir uns um.«

Sie gingen hinter der Kneipe auf die staubige Strasse hinaus, der entlang sich der Markt erstreckte.

Die meisten Verkäufer grüssten die beiden, aber bei einigen Ständen zog sich jemand in den Schatten hinter seiner Blechhütte zurück und vermied den Blickkontakt mit Mike. Vielleicht weil er dachte, er sei von der Polizei oder vom Nationalpark, oder den alten Solly erkannte. An einem der Stände bemerkte Mike einen Giraffenschädel, dessen getrocknete Haut sich noch über den Knochen spannte und daneben einen Satz Stosszähne von einem Nilpferd. Der Verkäufer warf schnell eine Decke über seine Ware, aber diese war Mike im Moment egal.

Solly legte eine Hand auf Mikes Unterarm und deutete die Strasse hinunter. Mike sah die schwarze BMW-Limousine mit den getönten Scheiben, an deren Motorhaube ein schwergewichtiger Mann mit Lederbomberjacke und Sonnenbrille lehnte.

»Dieser Mann ist der Fahrer«, erklärte Solly.

Die hintere Tür auf ihrer Seite wurde geöffnet und ein Mann stieg aus.

»Das ist aber nicht Dlamini«, sagte Mike.

»Nein, der Leibwächter«, sagte Solly. »Dlamini ist auf dem Rücksitz.«

Der Fahrer zog den Schlüssel aus seiner Tasche und drückte auf der Fernbedienung den Knopf für die Entriegelung des Kofferraums. Dieser öffnete sich und der mit Jeans und einem grauen Kapuzenpulli bekleidete Bodyguard hob einen Stoffbeutel heraus, dann schloss er ihn wieder.

Mike und Solly standen zwischen zwei Ständen, wo sie nicht auffielen, den Mann mit der Tasche aber dennoch verfolgen konnten. Er überquerte die Strasse, kam in ihre Richtung und steuerte eine etwa hundert Meter entfernte kleine Hütte an.

»Kommen Sie, wir gehen hinter die Läden«, schlug Solly vor.

Er führte Mike nach hinten und sie bewegten sich vorsichtig, aber zügig, an der Reihe der Stände entlang. Abseits der Strasse stöberten Hühner im Müll, kochten Frauen über kleinen Feuern Maisbrei und brachten junge Männer Warennachschub für die verschiedenen Verkäufer.

»Hier ist es«, sagte Solly und legte den Finger an die Lippen. Sie gingen leise in den hinteren Teil des Ladens.

Obwohl sein Zulu fast so gut war wie das des alten Rangers, liess Mike Solly übersetzen.

»Der Mann mit der Tasche will etwas verkaufen«, sagte Solly. »Der andere Mann fragt, was es ist.«

»Inqe«, flüsterte Mike, bevor Solly den nächsten Satz übersetzen konnte. »Geierköpfe.«

Mike holte tief Luft und versuchte, sich zu beruhigen. Er hätte die baufällige Hintertür der Hütte am liebsten eingetreten und den Mann mit der Tasche gepackt und zu Boden geworfen. Wahrscheinlich war er bewaffnet, aber Mike hatte auch eine Waffe.

Solly legte seine Hand wieder auf Mikes Arm. »Geduld, wir müssen warten.«

Mike atmete aus. »Du hast Recht. Hören wir einfach zu.« Mike legte den Finger an die Lippen, um Solly mitzuteilen, dass er verstand, was die Männer sagten und keine weitere Übersetzung benötigte.

Der Leibwächter erklärte, die Geierköpfe seien frisch, noch nicht einmal getrocknet. Im Gegenzug fragte der Standbesitzer, wie viele er habe. »*Ishumi nanye.*«

Elf. Mike erinnerte sich an die kopflosen Vögel, die er bei der vergifteten Kuh ausserhalb des Hluhluwe-iMfolozi-Parks gefunden hatte. Genau die gleiche Anzahl. Das war kein Zufall, sondern es mussten die Köpfe der Vögel sein, die er verbrannt hatte. Hätte der Suchhelikopter nicht einige Vögel verscheucht, wären es noch mehr gewesen.

Die Männer stritten über den Preis, bis der Käufer dem Verkäufer schliesslich einen für ihn akzeptablen Betrag bot. Es war eine stolze Summe. Mike dachte an Dlamini, der in seiner grossen schwarzen Limousine auf der anderen Strassenseite wartete. Geierköpfe waren gutes Geld wert. Aber war das genug, damit ein so angesehener

Mann wie Dlamini es riskierte, in der Öffentlichkeit herumzuhängen, während sein Lakai den Handel abwickelte?

Der Standbesitzer erklärte dem Leibwächter in der Hütte, um bezahlen zu können, müsse er das Geld zuerst an einem anderen Ort holen. Es war logisch, dass der Mann kein Geld in seiner Hütte aufbewahrte oder bei sich trug, denn er wollte bestimmt nicht bestohlen werden. Solly und Mike waren auf dem Rückweg, zwischen dem Laden und dem Nachbargebäude, als sie hörten, dass die Hintertür knarrend geöffnet wurde.

Mike griff hinter seinen Rücken und zog die Pistole. Als der Standbesitzer in Sichtweite kam, ging er drei Schritte nach vorne, legte die Hand von hinten um den Mund des Mannes und hielt ihm die Pistole an die Schläfe.

Der Standbesitzer machte grosse Augen, wehrte sich aber nicht.

Solly löste den Gürtel von seiner Hose und während Mike die Waffe weiterhin auf den Mann richtete und den Finger auf seine eigenen Lippen legte, um ihn zu ermahnen, still zu sein, fesselte Solly die Hände des Standinhabers hinter dessen Rücken. Mike nahm einen Putzlappen, der an einem Drahtzaun zwischen den Hütten zum Trocknen aufgehängt war und stopfte ihn dem Mann in den Mund. Sie liessen ihn auf die Knie zu Boden sinken. Solly holte ein Messer aus seiner abgewetzten Anzugjacke und hielt es dem Mann an die Kehle, während Mike in den hinteren Teil der Hütte zurückkehrte.

Er legte den Kopf schief und ging der Wand der Hütte entlang zur Hintertür. Drinnen gab es Bewegung. Mike hielt inne, er spürte die Anspannung und das Adrenalin, das seine Nerven zum Zittern brachte. Der Mann, dem Solly nun ein Messer vorhielt, war wohl im Begriff gewesen, ein Verbrechen zu begehen, hatte aber kein Geld ausgehändigt. Mike fragte sich, ob sie zu früh zu weit gegangen waren, aber der Gedanke an die elf kopflosen Geier und die anderen Vögel, die er abgeschlachtet gefunden hatte und deren Jungvögel damit zum Tod verurteilt waren, machte ihn wütend. Dieses Geschäft, da war er sich sicher, ging über das Töten von Vögeln für die traditionelle Medizin hinaus und diente nur als Vorwand, um einen Vorhang zu lüften.

Mike warf einen Blick zurück zu dem gefesselten Mann. Er sah erschrocken aus. Dass er mit Rhinozeroshorn handelte, war unwahrscheinlich. Seine Käuferschaft waren Einheimische, die einen Glücksbringer suchten, oder einen Trank, um ihr Los im Leben zu verbessern. Diese Ware war nichts für vietnamesische Geschäftsleute, die eine halbe Welt entfernt sassen und dort einen Kater vermeiden oder ihre Geschäftskontakte beeindrucken wollten.

Die Hintertür der Hütte knarrte, als sie aufschwang.

Mike bewegte sich in die Richtung, in der Dlaminis Leibwächter, der wahrscheinlich nachsehen wollte, wo der Standbesitzer blieb, heraustrat. Er bemerkte, dass der Mann unter seinen Kapuzenpullover griff und aus einem Schulterholster unter dem linken Arm eine schwarze Pistole zog. Er stand mit dem Rücken zu Mike, der ein paar Schritte nach vorn machte, den Arm hob und den Kolben seiner Waffe auf den Hinterkopf des Mannes schlug. Der Leibwächter sackte zusammen. Mike drückte den Mann zu Boden, riss ihm die Pistole aus der Hand und steckte sie in seine Tasche.

Der Mann stöhnte und krümmte sich im hinteren Teil des Stalls auf dem Boden. Er war nicht bewusstlos, aber betäubt. Mike bückte sich erneut und hob den Sack, den der Leibwächter neben sich hatte fallen lassen, auf. Die glasigen Augen in den rosagrauen Köpfen mit den hakenförmigen Schnäbeln sahen ihm daraus entgegen. Mike gab dem Mann einen Tritt.

»Wer sind Sie?«, krächzte der Mann.

»Halt die Klappe.« Mike richtete seine Waffe auf ihn. »Was macht dein Boss hier?«

»Wer?«

Mike trat den Gefolgsmann erneut. »Dlamini. Erzähl mir nicht, dass er nur hier ist, um den Verkauf einiger Geierköpfe zu beaufsichtigen.«

Der Mann spuckte aus. »Ich weiss nicht, wovon Sie reden und wenn Sie nicht von der Polizei sind, lassen Sie mich in Ruhe.«

»Wenn ich mit dir fertig bin, wirst du dir wünschen, ich wäre die Polizei.«

»Hey«, rief Solly, »warten wir doch einfach auf die Polizei.«

Solly hatte recht, aber Mike war wütend. Die Tasche mit den Geierköpfen hatte ihn erzürnt. »Da steckt mehr dahinter als nur die Geierköpfe.«

»Da stimme ich Ihnen zu«, sagte Solly, »aber wir sind keine Gesetzeshüter.«

Mike ignorierte die warnenden Worte des älteren Mannes und wandte sich an den Gefolgsmann. »Wenn du die Geierköpfe für Bandile Dlamini auslieferst, bist du nur ein Kurier und kein Schwerverbrecher. Sag mir, woher du sie hast, und ich lege ein gutes Wort für dich ein, wenn die Polizei kommt.«

Der Mann spuckte etwas Blut aus. » Verdammt noch mal. Ich werde der Polizei sagen, was Sie mir angetan haben und Sie wegen Körperverletzung anzeigen, weisser Mann.«

Es lag Mike nicht, den Mann über die Tritte hinaus, die er ihm verpasst hatte, weiter zu quälen, aber er musste ihn zum Reden bringen. Er packte ihn an der Kapuze seines Oberteils und schob ihn um die Ecke des Stalls, zum dort sitzenden, gefesselten und geknebelten Stallbesitzer. »Okay. Wie wäre es, wenn ich dich freiliesse? Ich nehme die Köpfe mit und dieser Kerl«, er deutete mit der Pistole auf den Standbesitzer, »kann den Polizisten erzählen, dass er niemals Geierköpfe kaufen wollte und stattdessen mit der Polizei und den Nationalparkbeamten kooperiert hat. Du kannst zu Dlamini zurückgehen und ihm sagen, du hättest die Köpfe verloren und das Geld nicht bekommen. Was hältst du davon?«

Die Augen des Mannes huschten zum Standbesitzer, dann zurück zu Mike und schliesslich zu Solly. Als er sah, dass der alte Ranger kein Mitleid mit ihm hatte, blickte er wieder zu Mike. »Was wollen Sie?«

»Ich habe dich bereits gefragt«, sagte Mike. »Wer ist dein Chef?«

»Diese Geierköpfe gehören nicht mir. Ich habe sie nur abgeliefert.«

»Und in wessen Auftrag machtest du die Lieferung?«, fragte Mike zurück.

»Ficken Sie sich. Ich will einen Anwalt.«

Mike beugte sich über den Mann und hielt ihm erneut die Pistole an den Kopf. »Du denkst, ich werde nicht schiessen, stimmt's?«

Der Mann starrte ihn an. »Ich weiss, dass Sie das nicht tun werden, und ich werde Sie anzeigen.«

Mike sah zu Solly. »Bringen Sie den Standbesitzer weg, ausser Sichtweite. Er muss das nicht sehen.«

Solly zögerte. »Mister Mike ...«

»Los, Solly. Dieses Stück Scheisse wird niemand vermissen, schon gar nicht sein Chef, denn er hat sowohl die Ware wie auch das Geld verloren. Lass mich das zu Ende bringen. Er nützt uns nichts mehr und es wird Zeit, dass ich ihn auf seinen Weg schicke.« Mike holte die Pistole seines Gefangenen aus der Tasche und reichte sie Solly.

Solly nahm die Schusswaffe, zog den Standbesitzer an den gefesselten Handgelenken hoch und stiess ihn in Richtung der Strasse.

»Bitte«, sagte der Mann zu Mikes Füssen. Mike hatte nie die Absicht gehabt, ihn hinzurichten, genoss aber die Genugtuung, die Angst in seinem Gesicht zu sehen.

Solly, der nicht zu wissen schien, ob Mike bluffte oder nicht, warf ihm einen besorgten Blick zu. »Was soll ich tun?«

»Sperren Sie den den Kerl irgendwo ein und rufen Sie die Polizei an. Die sind zwar mit einer Menge anderer Leute beschäftigt, werden aber schon kommen. Lassen Sie Dlamini nicht sehen, dass Sie unseren Ladenbesitzer hier haben, sonst fährt er vielleicht weg. Wir wollen auch ihn.«

»Sie verstehen das alles falsch«, sagte der Gefangene.

Der Mann warf Solly einen Blick zu, aber der Ex-Ranger wandte ihnen, wahrscheinlich aus einer gewissen Abscheu vor beiden, den Rücken zu.

»Solly kann dir nicht helfen, das kann nur ich.« Mike hob die Pistole so, dass sie zwischen die Augen des Mannes gerichtet war. »Und in diesem Moment könnten wir die beiden einzigen auf der Welt lebenden Menschen sein. Sprich ein Gebet.«

Der Mann leckte sich schnell wie eine Schlange über die Lippen. »Warten Sie. Ja, es geht hier um viel mehr als um die Köpfe.«

Mike blickte über den Lauf der Waffe. »Um was denn?«

»Grösseres Zeug als Geierköpfe.«

»Sag's mir.«

»Bandile Dlamini ist nicht involviert.«

Mike rollte die Augen. »Wie auch immer. Sag mir, was du weisst.« Der Mann zögerte, als frage er sich, ob er fortfahren solle. Mike drückte die Pistole in die Lücke zwischen seinen Augenbrauen. »Komm, erzähl. Dir bleibt eine Minute, um mir etwas Nützliches zu erzählen, sonst bringe ich dich um.«

Der Mann seufzte. »Wenn Sie das vorhätten, hätten Sie es schon längst getan.«

Mike presste den Kiefer zusammen und zwang sich, ruhig zu atmen. »Was auch immer passiert, ich übergebe dich den Bullen und wenn du mir nichts erzählst, das ich verwenden kann, bist du dafür verantwortlich ist, dass Bandile auch ins Gefängnis geht.«

»Sie müssen uns gehen lassen.«

»Was muss ich?«

Der Mann nickte energisch mit dem Kopf. »Ja, ich meine es ernst. Ich wollte bei diesem Geschäft nicht mitmachen.«

»Welchem Geschäft?« Mike verlor langsam die Geduld.

»Es kommt ein Mann hierher.«

»Was für ein Mann?«

»Ein *Umlungu,* ein Weisser.«

»Na und?«, fragte Mike. »Was will denn dieser weisse Mann?«

»Er will drei Nashornhörner verkaufen.«

Mike pfiff durch die Zähne. »Bandile handelt also mit Nashorn-Horn?«

»Das habe ich nicht gesagt«, erwiderte der Mann. »Bandile Dlamini ist ein ehrlicher Mann. Er kämpft für die Nashörner. Er hat von diesem Geschäft gehört und bereitete eine Operation vor, um diesen Verbrecher zu fangen.«

Mike spottete. »Genau. Okay und ich spiele mit.«

»Das ist kein Spiel.«

»Erzähl mir alles, was du weisst.«

»Ein Mann bringt die Nashornhörner und Bandile bietet ihm Geld dafür an. Wenn er die Hörner dann inspiziert, wird der Lieferant von Polizisten aus Durban verhaftet.«

»Und wo sind diese Polizisten jetzt?«

Der Mann zuckte mit den Schultern.

Dieser Plan klang zu weit hergeholt. Wäre Bandile Dlamini wirklich Teil einer verdeckten Operation gewesen, hätte sich die Polizei, wenn auch verdeckt, bereits vor Ort und in Position befunden. Sie hätten nicht zugelassen, dass dieser Mann nebenbei ein Geschäft mit Geierköpfen machte und ebenso wenig, dass Mike ihnen zuvorkam. Der Mann tat sein Bestes, um seinen einflussreichen Chef aus der schwierigen Situation zu befreien. Wahrscheinlich dachte er, der Verlust des Nashorn-Horns werde dadurch aufgewogen, dass keiner von ihnen ins Gefängnis müsse.

»Wer ist der weisse Mann, den Dlamini trifft?«, fragte Mike. »Wie heisst er?«

Solly war zwischen den benachbarten Hütten hindurchgehuscht, bis er wieder die Strasse hinaufsehen konnte, in der Bandile Dlaminis Auto immer noch geparkt war. Mike wandte den Blick kurz von seinem Gefangenen ab und sah ein Auto schnell die Strasse hinauf und vorbeirauschen.

»Hast du die Marke des Wagens erkannt?« fragte Mike Solly.

»Ein Audi Q5. Er fährt in die Nähe von Dlaminis BMW. Jetzt ist ein weisser Mann ausgestiegen und der Audi weggefahren.«

»Scheisse!«, fluchte Mike.

4

———

Nachdem sie früher am Tag das gestohlene Fahrzeug aufgespürt und die Geier vom Kadaver verjagt hatte, landete Nia Carras war mit ihrem Hubschrauber auf dem ruhigen Landeplatz in Mtubatuba. Bevor sie sich auf den Rückweg zum Flughafen von Virginia machte, ging sie zur Toilette und holte sich eine Cola aus dem Automaten. Sie freute sich aufs Surfen und einen kühlen Drink nach der Landung, als ihr Telefon klingelte. Es war über Bluetooth mit dem bordeigenen Kommunikationssystem des Hubschraubers verbunden und der Name von John Buttenshaw wurde angezeigt.

»Hallo John, geht es dir gut, ist alles in Ordnung?«

»Gut? Nun, eigentlich nicht. Der Typ, der in mein *Bakkie* gefahren ist, war nicht versichert. Ich habe den ganzen Morgen im Büro gesessen. Aber Nia, wir haben einen weiteren Einsatz. Auf der N2 bei Stanger wurde gerade ein Fahrzeug entwendet und hör dir das an: Es ist ein Baby drin.«

Nia fluchte. »Nein, das kann doch nicht wahr sein. Also gib mir die Details.«

John las die Informationen vor, die die Leitstelle von der Besitzerin des Fahrzeugs erhalten hatte, einer Frau, die den Notruf von

Motor Track angerufen hatte. Ihr Fahrzeug war ein weisser Toyota Fortuner, ein sehr häufiges Fahrzeug und beliebtes Ziel für Diebe. Sowohl sein Motor wie auch sein Getriebe passten perfekt in ein Minibus-Taxi und skrupellose Taxibetreiber rüsteten ihre Fahrzeuge manchmal mit gestohlenen Teilen auf. »Der Fortuner hat ein Schiebedach, Nia, sowie einen halblangen Dachgepäckträger und wurde zuletzt in Richtung Norden fahrend gesehen.«

»Das ist gut, John, danke.« Die zusätzlichen Details über das Schiebedach und den Gepäckträger waren ein Bonus, denn sie würden ihr helfen, das gestohlene Fahrzeug aus der Luft von anderen Toyotas zu unterscheiden, die sie zwangsläufig überfliegen würde.

»Okay, ich kümmere mich darum. Wo ist Banger?« Nia wendete die R44 und richtete die Nase nach unten, um die Geschwindigkeit zu erhöhen. Noch während sie drehte, schaltete sie das Ortungsgerät wieder ein. Jeder Gedanke an einen entspannten Surfnachmittag war verflogen.

»Ich habe ihn angerufen und ihm eine WhatsApp geschickt, warte aber noch auf eine Antwort.«

»Okay. Wir haben das Auto, das wir heute Morgen gesucht haben, gefunden – verlassen und ohne Treibstoff. Banger und Sipho hatten Benzin dabei und Banger wollte das Auto zum Besitzer zurückfahren. Damit sollte er allerdings längst fertig sein.« Banger und Sipho waren gute Fahrer, aber Nia wusste, dass sie sich nach getaner Arbeit für die Rückfahrt nach Durban manchmal Zeit liessen. Sie hatten beide grossen Appetit und es würde sie nicht wundern, wenn sie irgendwo ein Steers oder Wimpy gefunden hätten und dort assen. Wenn sie irgendwo anhielten, wo es kein Telefonsignal gab, wäre dies unverantwortlich, aber Bangers Magen setzte sich manchmal, genau wie ein anderer Teil seines Körpers, über sein Gehirn hinweg.

Wäre John mit ihr geflogen, hätte er die Ortungsantenne, die wie die kleinere Version einer altmodischen Fernsehantenne aussah, in der Hand gehalten und sie von links nach rechts geschwenkt, um zu versuchen, das Funksignal des im Toyota versteckten Senders zu empfangen. Nia konnte das während dem Fliegen nicht tun, also positionierte sie die Antenne auf dem Sitz des Kopiloten und flog den

Hubschrauber in einer stetigen Schlangenlinie nach links und rechts. Damit simulierte sie, wie John die Antenne bewegte.

Der Empfänger war an der Antenne selbst befestigt, die wiederum mit ihrem Kopfhörer verbunden war. Daneben befand sich ihr iPad, auf das sie eine Satellitennavigations-App geladen hatte. Zuerst hörte Nia nur Rauschen, doch als sie von Hluhluwe in Richtung N2 flog, tickte in ihrem Kopfhörer ein leise kratzendes, klopfendes Signal.

Probeweise drehte sie nach links, nach Norden und das Geräusch verstummte, also drehte sie die Robinson um hundertachtzig Grad herum und das Signal kehrte zurück. Es wurde stärker und wurde schliesslich zum klaren, sich regelmässig wiederholenden Ticken.

»Ja!«

Nia ging über der N2 von 1000 Fuss Höhe weiter hinunter, reduzierte ihre Geschwindigkeit und überprüfte den Treibstoffvorrat. Die Zeit bei den Geiern hatte viel Kerosin verbraucht. Die zunehmende Lautstärke und sich verändernde Frequenz des Signals in ihren Kopfhörern verriet ihr, dass der Fortuner auf sie zukam, so dass sie abbremsen und Treibstoff sparen konnte. Jetzt musste nur noch Banger kommen, der nicht mehr weit entfernt sein sollte.

Sie betätigte ihr Funkgerät. »Bodenpersonal, Bodenpersonal, Bodenpersonal, hier ist der Hubschrauber.«

Es kam keine Antwort. Normalerweise blieb Nia nach Eingang eines Anrufs nur mit Banger, oder wer immer vom Bodenpersonal im Dienst war, in Kontakt. Diese wiederum erhielten die neuesten Informationen aus dem Kontrollzentrum von Motor Track, so dass sie und John sich um das Fliegen und die Verfolgung kümmern konnten. Aber heute war eindeutig kein normaler Tag. Sie tippte auf den Bildschirm des iPads, um ihre aktuelle Position zu markieren und die GPS-Koordinaten blinkten auf.

Nia nahm ihr Handy in die Hand und wählte Johns Nummer aus der Liste der letzten Anrufe.

»Hallo, Nia.«

Sie verzichtete auf die höfliche Einleitung. »Gibt es etwas Neues von Banger? Ich kann ihn über Funk nicht erreichen.«

»Er muss irgendwo sein, wo er keinen Empfang hat. Ich kann ihn auch nicht erreichen.«

»Scheisse!«, kommentierte Nia. »Ich empfange ein starkes Signal vom Fortuner. Er fährt auf der N2 nach Norden.« Nia las John die GPS-Koordinaten vor. »Gib sie an Banger weiter, wenn du ihn erreichst. Hey, warte, ich glaube, ich sehe den Fortuner.«

Nia sah, dass unter ihr ein weisser Toyota mit halbem Dachgepäckträger und Schiebedach über die Autobahn raste. Er überholte eine Fahrzeugkolonne und schwenkte kurz bevor ein Lastwagen entgegenkam zurück auf die linke Spur. Sie entgingen nur knapp einem Frontalzusammenstoss.

»Ich habe ihn, John. Ich nehme die Verfolgung auf. Banger soll kommen, aber sofort!«

»Okay, Nia, ich versuche es.«

Nia beendete das Gespräch und wendete den Hubschrauber, so dass sie hinter und über dem dahinrasenden, gestohlenen Fahrzeug nach Norden flog. Durch das Plexiglas sah sie blinkende blaue Lichter vor sich, die in ihre Richtung kamen. »Wo wollt ihr denn so eilig hin?«, fragte sie sich selbst.

Nia drückte die Kurzwahltaste und rief John erneut an. »Hey«, sagte sie, als er abnahm, »ich habe gerade drei Polizeiautos unter mir durchfahren sehen, die in Richtung Durban unterwegs sind. Was ist dort los? Suchen die Cops etwa nach diesen Typen, weil ein Baby an Bord ist?«

Nia hatte in der Luft keine Waffe dabei und durfte nicht versuchen, einen flüchtenden Autodieb im Landeanflug zu stoppen. In ihrem Beruf war Sicherheit das oberste Gebot und ihre einzige Aufgabe war, ein gestohlenes Fahrzeug aufzuspüren, im Auge zu behalten und seine Position dem Bodenpersonal – wo auch immer es sich befand –zu melden.

Sie behielt die Strasse im Auge, um den Fortuner nicht aus den Augen zu verlieren. Er bewegte sich wie ein Gepard, der sein Mittagessen jagt. Nia wusste, dass das Signal des Peilsenders, das immer noch stark in ihren Ohren tickte, jederzeit ausfallen konnte. Autodiebe arbeiteten in der Regel zu zweit und während der eine fuhr, riss der andere hektisch Türverkleidungen ab, zog den Teppich hoch, zerrte das Armaturenbrett weg und durchwühlte auf der Suche nach dem Peilsender des Fahrzeugs alle möglichen Orte. Sobald sie ihn gefunden hatten, warfen sie ihn aus dem Fenster oder versuchten, wenn sie irgendwo, beispielsweise an einer Tankstelle, anhielten, ihn einem anderen Fahrzeug unterzujubeln.

»Das Kontrollzentrum hat die Polizei angerufen«, sagte John, »aber ich habe keine Rückmeldung, ob sie die Verfolgung aufnehmen oder nicht. Ich bezweifle es ehrlich gesagt sogar.«

Es war nicht ungewöhnlich, dass Nia, Banger und Sipho als Erste am Tatort waren oder ein gestohlenes Auto fanden und das Bodenpersonal eine Verhaftung vornahm. Eigentlich war dies sogar eher die Norm, denn die Fahndungsunternehmen waren besser darauf eingestellt, schnell zu reagieren als die Polizei. Nia war jedoch der Meinung, dass ein Fall, bei dem es um ein Baby ging, die Polizei auf den Plan rufen müsste.

»In Durban hat es eine Explosion gegeben, Nia.« Die Worte sprudelten nur so aus John heraus. »Die Polizeifrequenz ist dauernd besetzt, es ist verrückt. Wenn ich es richtig verstanden habe, ist die amerikanische Botschafterin in Südafrika bei einem Sprengstoffanschlag getötet worden.« John hielt inne, um durchzuatmen.

»Eine Bombe? In Durban?« Trotz aller Probleme Südafrikas gehörte das Land nicht zu den terroristischen Zielen. Sie überholte den Fortuner, liess sich dann aber ein wenig zurückfallen, um sicherzugehen, dass der Fahrer sie weder in den Spiegeln noch durch das Schiebedach sehen konnte. Ein weiteres Polizeiauto wurde unter ihren Kufen hindurch sichtbar und raste mit heulender Sirene in Richtung Provinzhauptstadt. Nia konnte sich vorstellen, dass der Polizeifunk überlastet war und die gestressten Beamten in der Einsatzleitzentrale, die Anrufe von Einheiten aus der ganzen Stadt und den umliegenden Gegenden entgegennehmen mussten. Der Autodieb musste in Panik geraten sein, als er das erste Polizeiauto an sich vorbeifahren sah, aber mittlerweile würden er und sein Partner jubeln.

»Yip. Es heisst, die Botschafterin habe ein AIDS-Hospiz besucht und sei auf dem Weg zum Hafen gewesen, um dort einen Besuch auf einem US-Kriegsschiff zu absolvieren. Aber was machen wir jetzt mit dem vermissten Kind?«

»Ich versuche, zu überlegen, John.« Sie hoffte, es gehe dem Baby gut, konnte sich aber nicht vorstellen, in welchem Zustand die Mutter war. Nia war einunddreissig und unverheiratet. Nach dem Studium war sie viel in der Welt herumgekommen, teilweise als Rucksacktouristin und später als Wanderpilotin. Die Idee, ein Kind zu bekommen, gefiel ihr, aber sie hatte den Mann noch nicht getroffen, mit dem sie eine Familie gründen wollte. Banger war ein lustiger Typ, aber es fiel ihr schwer, sich ihn als Vater vorzustellen.

Am allerwenigsten konnte sich Nia vorstellen, ein Baby zu bekommen und es dann zu verlieren, erst recht nicht durch ein zufälliges Gewaltverbrechen.

Von ihrer relativen Fluggeschwindigkeit ausgehend, schätzte Nia, der *Tsotsi*, der Verbrecher im Fortuner, sei mit etwa 140 Stundenkilometern Geschwindigkeit unterwegs. Nia schaltete auf den Notrufkanal der Polizei. Nach der Bombenexplosion gab es natürlich jede Menge Gerede. Sie begriff immer noch nicht genau, was geschehen war. In anderen Teilen Afrikas waren amerikanische Botschaften angegriffen worden, aber wie konnte so etwas in ihrem Südafrika passieren?

»John, ruf vielleicht jemand anderes vom Bodenpersonal an, Peter und Chris. Vielleicht sind sie, obwohl sie keinen Dienst eingetragen haben, nüchtern und können herkommen. Es wird eine Weile dauern, von Durban hierher zu fahren, aber jetzt muss jemand handeln, egal was in der Stadt passiert ist.«

»Okay, Nia. Ich kümmere mich darum.«

»Warte, John. Ruf das Kontrollzentrum an. Banger sollte denen Informationen weitergeben, aber Gott weiss, wo er ist. Sag der Zentrale, dass ich den Fortuner verfolge und ihn nicht aus den Augen lasse. Die Mutter muss ja verrückt werden und jemand muss sie benachrichtigen, wie der Stand der Dinge ist.«

»Gut, mach ich.« John klang fast erleichtert, dass sie ihm etwas Einfaches und Konkretes zu tun gegeben hatte, obwohl es eigentlich

ein Hilferuf war. Sie hatte den armen Kerl mit Anweisungen über-
häuft, aber mehr fiel ihr nicht ein. Der Toyota war immer noch in
Sichtweite und solange sie Treibstoff in den Tanks hatte, würde der
Scheisskerl da unten nicht abhauen können.

Das war verrückt. In den letzten Jahren war die Zahl der Autodiebstähle in Südafrika zurückgegangen. Einige der älteren Piloten,
die sie kannte, hatten berichtet, dass sie früher tägliche Einsätze
geflogen hätten, um gestohlene Fahrzeuge aufzuspüren, manchmal
sogar mehrere Flüge an einem Tag. In diesen Zeiten trugen die
Piloten selbst Waffen, transportierten bewaffnete Sicherheitsbeamte
und halfen bei der Festnahme bewaffneter Diebe. Immer wieder gab
es Schiessereien. Heutzutage gab es mehr Regeln und der Job
bestand eher aus Aufspüren und Beobachten als aus einer fliegenden
Angriffseinheit.

Der Himmel um sie herum war klar, der Tag immer noch perfekt.
Es gab wenig, was sie im Moment tun konnte, ausser auf eine Rückmeldung zu warten und den Fortuner im Blick zu behalten. Das war
einfach, solange das Fahrzeug auf der Autobahn blieb.

* * *

»HALT ENDLICH DIE KLAPPE!«, schrie Joseph das schreiende Kind auf
dem Rücksitz an. Im Fortuner roch es nach Babykotze und Joseph
bekam einen Würgereiz.

Er umklammerte das Lenkrad so fest, dass seine Hände schmerzten. Dann schaute er einmal mehr in den Rückspiegel, aber es war
keine Polizei hinter ihm her. Ein weiteres Polizeiauto flog mit
heulender Sirene und Blaulicht in entgegengesetzter Richtung an
ihm vorbei. Bei den ersten drei Polizeifahrzeugen hatte er gedacht, sie
würden bestimmt umdrehen und ihn verfolgen. Aber irgendwo
schien etwas Grosses passiert zu sein und bis jetzt hatte die Polizei
ihn ignoriert.

Doch in der Situation, in der er steckte, konnte Joseph nicht so
tun, als ob alles in Ordnung wäre, denn das war es nicht. Shadrack
lag am Ort des Diebstahls auf dem Boden, vielleicht sogar tot, und er

hatte ein Baby auf dem Rücksitz des gestohlenen Wagens. Er schaute es noch einmal an. Es weinte immer noch und er fragte sich, was er tun sollte.

Er musste so schnell wie möglich von der Autobahn runter, bevor die Polizei ihn aufgriff. Er war weit weg von zu Hause, doch dort wollte er eigentlich auch gar nicht hin. Falls Shadrack am Leben war und ihn der Polizei verriet, würden sie dorthin fahren, zu seiner Mutter. Er dachte angestrengt nach. Dann sah er ein Schild, auf dem er Mtubatuba las. Zwischen dort und dem Hluhluwe-iMfolozi-Park, nahe der Bergbaustadt Somkhele, hatte er Verwandte. Sie würden ihm helfen und dort könnte er das Auto verstecken.

Einerseits hätte er am liebsten einfach angehalten, den Fortuner und das Baby zurückgelassen und sich aus dem Staub gemacht, andererseits wollte er diesen Job zu Ende bringen. Dieser Teil überwog. Der Toyota war nicht nur mit dem Baby, sondern auch mit viel hochwertigem Zeug beladen. Es sah aus, als stecke die Frau mitten in einem Umzug. Ihm waren ein Flachbildfernseher, mehrere Laptops und der Inhalt eines ganzen Kleiderschranks aufgefallen. In der Handtasche auf dem Sitz neben ihm hatten sich zwei neue iPhones, ein iPad und ein Bündel Bargeld befunden. Das Geld, US-Dollar und Rand, sowie die Telefone hatte er bereits eingesteckt, aber mit all diesen Geräten wäre ein Vermögen zu machen.

Das Baby. Joseph überlegte, was er mit ihm machen sollte, denn es schrie und schrie, so dass er mit viel mehr als nur mit dem Geruch von Erbrochenem zu kämpfen hatte. Er hatte wenig Mitleid mit dem Kind. Solange er nichts mit ihm tun musste, war ihm eigentlich egal, was mit ihm geschah.

Er schüttelte den Kopf. Das war Wahnsinn. Er hatte nicht nur ein Auto gestohlen, sondern ein Kind entführt. Die Zeitungen und das Fernsehen wären verrückt danach. Wahrscheinlich war es bereits in den Nachrichten. Schnell schaltete er das Autoradio ein und obwohl weder die volle noch die halbe Stunde war, sprach ein Nachrichtensprecher. Das Herz hämmerte ihm in der Brust.

Mittlerweile wurde die Meldung bestätigt, dass bei einer Bombenexplosion, die heute Morgen die Innenstadt von Durban erschütterte, die US-

Botschafterin in Südafrika, Anita Rosenfeld und zwei ihrer Leibwächter getötet wurden. Die südafrikanische Nationale Verteidigungsarmee wurde auf den Strassen eingesetzt und riegelte die Stadt ist ab. Bislang bekannte sich niemand zu dem Anschlag.

Botschafterin Rosenfeld sollte heute ein Hospiz besuchen und zusammen mit nicht näher bezeichneten südafrikanischen Regierungsvertretern an einer Cocktailparty an Bord eines US-Kriegsschiffs teilnehmen, das in Durban angelegt hat. Es ist kein Geheimnis, dass die USA Südafrika in den Krieg gegen den Terror in anderen Teilen des afrikanischen Kontinents einbinden wollen. Gemäss Expertenaussagen bedeutet der heutige, vermutlich von einem Selbstmordattentäter verübte Anschlag, dass Südafrika durch eine engere Zusammenarbeit mit den USA zur direkten Zielscheibe würde.

Er und das gestohlenen Fahrzeug mit dem Kind wurden nicht erwähnt. Joseph atmete lang und heftig durch die Nasenlöcher aus und versuchte, sich zu beruhigen. Die Polizei, die seinen Weg gekreuzt hatte, war auf dem Weg nach Durban. Eine Bombe würde sie vorläufig beschäftigen, aber irgendwann würde jemand nach dem Kind oder dem Fortuner suchen, weshalb er sie beide loswerden musste. Er spielte mit dem Gedanken, zur nächsten Polizeistation zu fahren und das Baby dort auf der Strasse abzuladen, denn dies erwartete die Polizei bestimmt am allerwenigsten.

Nein, zu riskant, überlegte er.

Das Fahrzeug selbst würde er bei seinem Cousin, Themba Nyathi, deponieren. Dieser würde sich zwar nicht freuen, Joseph zu sehen, aber wenn Themba sich beschwerte oder damit drohte, zur Polizei zu gehen, brächte Joseph den scheinheiligen jungen Angeber schnell zum Schweigen.

5

———————

Egil Paulsen stieg aus dem Audi. Das Fahrzeug, in dem seine drei Männer noch immer sassen, machte eine Kehrtwende und fuhr davon. Egil stand auf der gegenüberliegenden Strassenseite vom Mann, den er als Bandile Dlamini erkannte. Er hatte das Bild des ehemaligen Politikers in Dutzenden von Online-Artikeln über die politische und geschäftliche Karriere des Mannes im Internet gesehen.

Er war nicht der einzige amtierende oder ehemalige Politiker, der in korrupte Geschäfte verwickelt war. Das Problem bei diesem Handel hier war jedoch, dass Egil als Verkäufer auftrat, obwohl er nichts zu verkaufen hatte.

Im Idealfall wären seine Männer bei ihm gewesen, aber Egil hatte Bilal, Ibrahim und Djuma weggeschickt, um den gestohlenen Fortuner mit dem Baby an Bord zu suchen. Doch Paulsen war nicht sehr besorgt über das Ungleichgewicht in der Feuerkraft. Wenn sein zukünftiger Geschäftspartner überhaupt je jemanden bei seinen Geschäften getötet hatte, dann sicher nicht annähernd so viele Männer und Frauen wie Egil Paulsen.

Egil brauchte ein paar Sekunden, um Dlamini zu beäugen. Er war so hell, wie Bandile dunkel war, betrachtete sich selbst aber als genauso afrikanisch. Er war in Port Shepstone, 120 Kilometer südlich von Durban, geboren und aufgewachsen. Seine norwegischen Vorfahren waren, durch das Angebot von Land in der britischen Kolonie Natal angelockt, in den 1880er Jahren nach Südafrika gekommen und hatten sich hauptsächlich in der Umgebung von Egils Geburtsort niedergelassen.

Er war nicht in der kalten, klaren Strenge des skandinavischen Europas aufgewachsen, sondern auf der blutroten Erde Afrikas, mitten unter seinen Wildtieren und seiner Politik des Hasses. Egils Grossvater hatte während des Zweiten Weltkriegs mit der südafrikanischen Armee in Italien gedient und sein Vater in Südwestafrika, dem heutigen Namibia und in den ersten Schlachten in Angola gekämpft.

Der südafrikanische Grenzkrieg war zu früh beendet worden, als dass der frisch eingezogene Egil noch hätte Kriegsdienst leisten können, aber als junger Soldat wurde er in den Townships eingesetzt. Er hatte die Schläge und Machetenwunden, die die Zulu den Xhosa zufügten, gesehen, sowie Menschen, denen mit Benzin gefüllte Reifen um den Hals gelegt und angezündet wurden, so dass sie bei lebendigem Leib verbrannten. Er hatte erst mit Tränengas, dann mit Kugeln auf randalierende Jugendliche geschossen und er hatte getötet.

Während so viele seiner Surferfreunde und haschrauchenden Kollegen das Armeeleben gehasst hatten, hatte er es geliebt. Aber er fühlte sich um den echten Einsatz betrogen und war von der Richtung, in die sich Südafrika bewegte, desillusioniert. Seine Eltern waren zwar nicht burischer Herkunft, aber dennoch konservative Anhänger des Apartheidregimes. Nach Ablauf seines Militärdienstes reiste Egil nach Europa, um in Norwegen entfernte Verwandte zu besuchen und kam dort in einer Bar mit einigen norwegischen Wehrpflichtigen ins Gespräch. Diese sprachen davon, nach Bosnien zu reisen, einem Teil des ehemaligen Jugoslawiens, um gegen den serbischen Angriff zu kämpfen.

Egil schloss sich in Bosnien den Mudschaheddin an, Kämpfern aus aller Welt, die die bosnischen Muslime unterstützten. Er erprobte sich im echten Kampf gegen bewaffnete Männer, verfiel dem Leben am Abgrund und konvertierte zum Islam. Sein Glaube führte ihn in weitere Kriegsgebiete: Nach Tschetschenien, wo er Russen tötete, nach Afghanistan, wo er gegen die Amerikaner und ihre Verbündeten kämpfte und in die Berge von Tora Bora, wo er nur knapp der Gefangennahme entging.

Egil ging auf den Shebeen zu und Dlamini schlenderte langsam über die Strasse in dieselbe Richtung. Dem grossen Mann folgte sein Fahrer im Schlepptau, der in der einen Hand eine grüne Safari-Reisetasche trug. Obwohl er kein Nashornhorn besass, hatte Egil nicht die Absicht, den Ort ohne das Geld, das der Fahrer in dieser Tasche mit sich führte, zu verlassen und genauso wenig ohne ein Auto, mit dem er seine Männer einholen konnte.

Die beiden Zulu-Männer betraten die Bar zuerst. Es war das grösste Gebäude neben dem Markt, aus Backsteinen gebaut, aussen mit grobem Putz verkleidet und weiss getüncht. Die ›Starlight Lounge‹ warb mit kaltem Castle Lite Bier und ›fröhlichen Zeiten‹. Im Inneren befanden sich, wie Egil wusste, zwei Räume: Einer mit einer zementierten Bar und der andere mit einem mit zerrissenem Filz überzogenen Billardtisch. Im hinteren Teil, in einem separaten Gebäude, befanden sich fünf nebeneinander liegende Räume, in denen die dort residierenden Prostituierten ihr Gewerbe ausübten.

Als er sich näherte, schloss Egil ein Auge. Schon bevor er eintrat, überfiel der Geruch von schalem Bier, Desinfektionsmittel sowie Resten von Urin und Erbrochenem seine Sinne. Er holte tief Luft.

Als er den Raum betrat, stellte er fest, dass Dlamini mit dem Rücken zur Wand an einem Tisch hinter dem Billardtisch Platz genommen hatte. Ein Mädchen in einem engen roten Kleid verzog sich durch die Hintertür und ein Mann, der gerade einen Stoss machen wollte, legte den Queue auf dem zerrissenen Filz des Tisches ab, bevor er und sein Freund in den Barraum gingen. Die Musik, die aus den Lautsprechern an der Wand dröhnte, störte Egil fast so sehr wie die Gerüche. Dlamini, der möglicherweise sah, wie Egil zusammenzuckte, rief dem Barmann auf Zulu etwas zu. Die Musik verstummte.

Dlamini hatte Egil gesagt, er bringe zwei Männer mit, aber vom zweiten war keine Spur zu sehen und Egil fragte sich, ob er sich irgendwo verstecke und darauf warte, ihm aus dem Hinterhalt eine Falle zu stellen.

»Sie stehen mit leeren Händen da. Wo ist Ihr Auto hingefahren? Und wo ist die Ware?«, erkundigte sich Dlamini ohne Vorrede. Der Fahrer stand, die Tasche in der Hand, hinter seinem Chef.

»Ich habe sie nicht.«

»Was?«

»Sie wurde gestohlen.«

Dlamini ballte seine Hände, die sichtbar auf der zerkratzten und mit Zigaretten verbrannten Plastikplatte ruhten, zu Fäusten. Er schaute auf die Uhr. »Sie haben meine Zeit vergeudet, dabei muss ich dringend woanders hin. Sagen Sie mir, was geschehen ist, schnell.«

»Das Fahrzeug, in dem die Ware transportiert wird, wurde entwendet. Das ist Südafrika, so was passiert.«

»Ich weiss, was in meinem Land vor sich geht. Wo wurde es gestohlen?«

Egil hielt die Frage für berechtigt. Ausserdem hatte Dlamini vielleicht, wie in früheren Berichten angedeutet, seine Finger im Autodiebstahl oder konnte seine Kontakte nutzen. »Auf der N2, nördlich von Durban. Ich habe Informationen, dass es in unsere Richtung fährt und meine Männer darauf angesetzt. Der Besitzer des Wagens hat sich mit der Ortungsfirma in Verbindung gesetzt. Wo ist Ihr zweiter Mann?«

»In der Nähe. Er beobachtet uns.«

Egil bemerkte, dass Dlamini kurz aufgeschaut hatte. Vielleicht wusste er selbst nicht, wo sein Leibwächter war. »Ich brauche das Geld, das Ihr Fahrer in dieser Tasche hat. Ich liefere Ihnen das Horn, sobald meine Männer und ich es gefunden haben.«

Dlamini lachte. »Sie machen natürlich Witze.«

Dlamini warf einen Blick nach hinten und sprach leise auf Zulu zu seinem Fahrer. Was Bandile Dlamini nicht wusste, war, dass Egil Paulsen zu einem grossen Teil von einem Zulu Kindermädchen, einer *Gogo,* aufgezogen worden war. Dieses war, im Gegensatz zu seinen Eltern, die kalt und grausam waren, immer liebevoll mit Egil umgegangen. Sie hatte vom Tag seiner Geburt bis zu dem, an dem er das Haus verliess, Zulu mit ihm gesprochen.

»Nehmt ihn mit«, hatte Dlamini den Fahrer angewiesen.

Egils Reflexe waren auf den blutigsten Schlachtfeldern seiner Zeit geschärft und getestet worden. Er hatte jede Prüfung bestanden und jeden dieser Wettkämpfe, bei denen es darum ging, wer am schnellsten, am treffsichersten und am rücksichtslosesten war, gewonnen. Mit einer wendigen Bewegung zog er die Pistole aus dem Gürtel und feuerte.

Die erste Kugel traf den Fahrer in die Brust, die zweite ins Gesicht, wobei ihm, als er nach hinten stürzte, die Tasche mit dem Geld aus den Fingern fiel.

Noch während er schoss, ging Egil in die Knie, um ein kleineres Ziel abzugeben. Dlamini mit seiner grossen Gestalt zog sich vom Tisch zurück. Egil wusste nicht, ob der Geschäftsmann bewaffnet war, wollte aber nicht warten, bis er es herausfand. Er gab einen Schuss ab und traf den Mann in die rechte Schulter. Bevor er einen zweiten Schuss abgeben konnte, versperrte eine Gestalt die Hintertür der Kneipe, so dass das hereinfallende Licht abrupt wegfiel. Egil tauchte ab, rollte hinter den Billardtisch, kroch von dort zwei Meter weiter, sprang wieder auf und gab zwei Schüsse in Richtung Tür ab.

* * *

Mike Dunn duckte sich und wich aus dem Türrahmen zurück. Die Bewegung kam gerade noch rechtzeitig, denn zwei Schüsse schlugen dort ein, wo er eben noch gestanden hatte. Der Mann mit dem weissen Haar war zu schnell für ihn.

Mike versuchte, das Gesehene zu verarbeiten und gleichzeitig zu vermeiden, in einen tödlichen Kampf verwickelt zu werden, was nicht einfach war. Mike hörte aus dem Inneren des Gebäudes einen Schmerzensschrei.

»Verfolgen Sie mich nicht, ich habe eine Geisel!«, hörte er eine Stimme von drinnen.

Mike hatte gesehen, wie Dlamini eine Kugel abbekam und sich an die Schulter griff, also nahm er an, dass der weisshaarige Mann ihn in seiner Gewalt hatte. Mike rannte um die Kneipe herum in die Gasse zurück, ging zum vorderen Teil der Bar und spähte um die Ecke.

Der weisse Mann ging, einen Arm um Dlaminis Hals gelegt, rückwärts und überquerte die Strasse. Der Weisse hatte die Segeltuchtasche des Fahrers, die vermutlich voller Bargeld war, an ihrem langen Trageriemen um den Oberkörper geschlungen. Dlamini hielt seine Hand auf das blutende Loch in seiner Schulter gedrückt.

Der weisshaarige Mann blieb mitten auf der Kiesstrasse stehen. Die Leute verzogen sich in den Schutz der verschiedenen Stände. Er drückte die Pistole fester an Dlaminis Kopf.

Mike blickte hinter sich. Solly hatte Dlaminis verbliebenen Mann in der Gasse niedergeschlagen. Sie hatten alles durcheinandergebracht, aber dem Mann damit wahrscheinlich das Leben gerettet.

»Mach dich bereit, mich zu decken«, forderte Mike Solly auf.

»Wäre es nicht besser, einfach abzuwarten? Nicht einmal ein Geschäft mit einem Nashorn-Horn ist es wert, dafür zu sterben.«

»Ja, da hast du recht«, stimmte Mike zu, »ausserdem will ich Dlamini lebend. Aber wenn wir nichts tun, wird der Weisshaarige ihn töten, sobald er aus der Stadt heraus ist. Er hält ihn jetzt nur als menschliches Schutzschild am Leben, wahrscheinlich weil er weiss, dass Dlamini einen zweiten Mann hat.«

Mike liess Solly und den Gefangenen zurück und lief hinter die Reihe der Marktstände. Er blickte zwischen ihnen hindurch und blieb stehen, als er bei Dlaminis Auto ankam. Der weisshaarige Mann, der Dlamini mit einem Arm umschlungen hielt, bewegte sich jetzt langsamer. Mike holte tief Luft, hob seine Pistole und stützte sie an der Blechwand einer Hütte auf.

Der Mann erreichte Dlaminis Auto und trat von hinten dagegen. Er sagte etwas, das Mike nicht hören konnte.

»Lawrence, komm heraus«, rief Dlamini.

Keine Chance, dachte Mike. Vermutlich war Lawrence der Mann, den Solly festhielt.

Der Weisshaarige lächelte, als er Dlamini in den Rücken stiess. »Runter auf die Knie, Hände hinter den Rücken. Schlüssel.«

Dlamini tat wie ihm befohlen und holte seine Schlüssel aus der Tasche. Der Weisshaarige schnappte sie sich. Mike richtete sich auf. Dlamini liess seinen Körper langsam nach unten sinken und der Mann griff hinter ihm durch und öffnete die Fahrertür des Wagens.

Mike zielte hoch, auf die Brust des strohblonden Mannes. Einen Moment lang schwankte er und überlegte, ob er einen Mann wie diesen einfach kaltblütig erschiessen könne. In diesem Moment zwang ihn sein Ziel dazu, seine eigene Hand zu heben, denn der Mann richtete seine Pistole auf Dlaminis Hinterkopf.

Mike drückte den Abzug. Der Körper des Weissen zuckte, doch einen Sekundenbruchteil nach dem Treffer feuerte auch er und Bandile Dlamini kippte mit dem Gesicht nach vorne in den Staub. Mike feuerte erneut, aber der hellhaarige Mann, der auf ein Knie gesunken war, konnte sich ins Auto hochziehen. Mike war sich nicht sicher, ob er ihn getroffen hatte oder ob ihn ein Beinahetreffer hatte zusammenzucken lassen.

Mike duckte sich zurück in den Schatten, als vier oder fünf Kugeln in seine Richtung flogen. Ob getroffen oder nicht, der Mann bedeutete immer noch eine Gefahr.

Aus der Richtung, in der Solly geblieben war, kamen weitere Schüsse und der fliehende Mann musste den Schusswechsel auch in diese Richtung erwidern. Der Motor des BMWs schnurrte auf und der Hellhaarige trat das Gaspedal durch.

Mike schaute um die Ecke der Hütte und feuerte erneut. Er sah, wie zwei von Sollys Schüssen die Windschutzscheibe des Autos trafen und schoss zwei weitere Kugeln ins Fenster der Beifahrerseite. Die schwarze Limousine geriet auf der unbefestigten Strasse ins Schleudern und raste über den Marktplatz.

»Verdammt!« Während der Wagen davonfuhr, schritt Mike auf die Mitte der Feldstrasse hinaus und leerte sein Magazin auf den verschwindenden BMW.

Er nickte grimmig. Sie gingen zu Dlamini, der mitten auf der

Strasse lag. Die neugierigen Standbesitzer wagten nun, aus ihren Verstecken auf die Strasse zu kommen.

Ein Mann hatte sein Handy in der Hand und fotografierte die Szene. »Sie«, rief Mike ihm zu, »rufen Sie besser einen Krankenwagen!«

Mike liess sich neben Dlamini, der aufstöhnte und sich eine Hand auf die Schulter hielt, auf die Knie fallen. Zwischen Dalminis Fingern tropfte Blut hervor. »Sie hatten Glück.«

Dlamini hustete und schauderte dabei. »Ich kann mich nicht darüber freuen. Aber immerhin hat er mit seinem zweiten Schuss nicht getroffen, also muss ich dankbar sein. Ich habe mich nach vorne fallen lassen, damit er denkt, er hätte mich getroffen.«

»Solly, such etwas, mit dem ich die Blutung stoppen kann!«, wies Mike an. »Einer der *Sangomas* kann bestimmt helfen.« Solly nickte und rannte zu den nächstgelegenen Ständen, um einen der traditionellen Heiler zu suchen.

»Ich brauche ein Auto«, sagte Dlamini.

Mike zog sein Taschentuch heraus und drückte es auf die Wunde in Dlaminis Schulter. »Sie gehen nirgendwo hin, bis die Polizei mit Ihnen fertig ist. Was hatten Sie mit diesem Mann zu tun?«

Dlamini sah ihm in die Augen. »Das geht Sie nichts an.«

»Dann lassen Sie mich Ihrem Gedächtnis auf die Sprünge helfen. Der Kerl hätte Ihnen in den Kopf geschossen, wenn ich ihn nicht davon abgehalten hätte. Sie sind hierhergekommen, um von ihm Nashorn-Horn zu kaufen.«

»Ich bin hier, um einem Hinweis nachzugehen, dass ein weisser Mann Nashorn-Horn verkauft. Ich arbeite mit der Polizei zusammen.«

»Hier gibt es keine Polizei und ich habe Ihren eigenen Helfer mit Geierköpfen verhaftet. Das allein reicht schon, um Sie einzusperren.«

»Ich weiss nichts über irgendwelche Geierköpfe.«

Solly kam mit ein paar Verbänden und einer Kompresse aus Pflanzenmaterial zu ihnen. »Der *Sangoma* sagt, dies werde die Blutung verlangsamen.«

Mike riss ein Stück von Dlaminis massgeschneidertem Hemd

weg und wies den Mann an, stillzuhalten, während er die Wunde verband. » Herr Dlamini, Sie können jetzt oder später reden. Warum wollten Sie Rhinozeroshorn von ihm kaufen?«

»Ich wollte nichts kaufen und er hatte nichts zu verkaufen, aber er hat mich bestohlen.«

»Sie verraten das nationale Erbe unseres Landes. Ich sollte Sie auch umbringen.«

»Nein, das stimmt nicht. Ich habe mich immer gegen das Wildern ausgesprochen. Wie auch immer, das Wichtigste ist jetzt, dass ich zu meiner Tochter komme.«

»Was ist mit dem Geld in der Tasche, die der Mann mitgenommen hat?«, wollte Mike wissen.

»Das Geld ist echt, aber dieser Mann hätte niemals damit davonkommen dürfen. Ich war hier, um so zu tun, als ob ich Nashorn-Horn von ihm kaufen wolle und meine Männer beabsichtigten, ihn auf frischer Tat zu ertappen.«

»Interessante Geschichte, aber warum haben Sie Ihre Falle gestellt, obwohl die Polizei offensichtlich nicht beigezogen wurde?«

»Es ist keine Geschichte, sondern die Wahrheit. Ich wollte einen Nashorn-Horn-Händler erwischen. Bitte, helfen Sie mir. Ich habe kein Auto mehr und muss nach Hause zu meiner Tochter.«

»Sagen Sie, haben Sie gesehen, wo ihn meine Kugel getroffen hat?«

»Ich bin nicht sicher, ob Sie getroffen haben«, sagte Dlamini. »Bitte, ich brauche ein Auto.«

»Wo ist Ihr Telefon?« fragte ihn Mike.

»Nachdem er auf mich geschossen hatte, hat er mich gefilzt. Er ist auf mein Telefon getreten und hat es zerbrochen. Rufen Sie sie bitte für mich an und bringen Sie mich zu ihr.«

»Wie ist der Name Ihrer Tochter?«

»Lerato.«

»Geben Sie mir ihre Telefonnummer.« Während Dlamini die Nummer diktierte, tippte Mike sie in den Kontaktbereich seines Telefons. Als er fertig war, rief er nach Solly.

»Bitte ...«

Mike sah hinunter. Dlaminis Kopf war auf den Boden gesunken und seine Augen waren geschlossen. Er legte seine Finger auf die Schlagader am Hals des Mannes. Der Puls war spürbar, aber seine Atmung flach.

»Die Ambulanz kommt«, berichtete Solly.

Mike spürte, dass das Telefon in seiner Hand vibrierte. Er kannte die Nummer nicht, aber es war ein Tag voller Überraschungen. »Mike Dunn.«

»Mike, howzit, ich bin John Buttenshaw von ›Coastal Choppers‹ am Flughafen von Virginia – wir machen die Luftüberwachung für ›Motor Track‹, die Leute, die Autos suchen.«

Mike dachte einen Moment lang nach. »Oh, genau. Ihre Leute haben die Informationen über die Geier an mich weitergegeben. Ich weiss das zu schätzen, aber im Moment bin ich mit etwas anderem beschäftigt.«

»Nein, nein, warten Sie, es ist dringend! Waren Sie dort, beim Kadaver und den toten Geiern?«

»Ja, ich war da. Sagen Sie Ihrem Piloten danke für seine tolle Arbeit.«

»Ihre, die Arbeit der Pilotin. Der Kadaver, das ist ein Tatort, richtig?«

Der Mann klang jung und panisch, seine Worte kamen stockend. »Ja, zumindest war es so, bevor ich alles verbrannt habe. Geier sind gesetzlich und durch den Zulu-König geschützt. Nach Stammesrecht ist es technisch gesehen ein Kapitalverbrechen, einen Geier zu töten – was aber in der Wirklichkeit nicht viel bedeutet.

»Grossartig«, sagte John. »Mike, ich muss mit der Polizei sprechen, die gerade bei Ihnen ist, das ist sehr, sehr wichtig.«

Mike seufzte. »Ich bin längst nicht mehr bei der toten Kuh, sondern mittlerweile auf dem Mona-Markt, meinem zweiten Tatort des Tages. Aber auch hier gibt es keine Polizei und ich habe sie nicht erreichen können. Alle Nummern sind besetzt und die Polizisten, die ich kenne, sind wegen der Bombe in Durban beschäftigt. Sie haben doch von dem Sprengstoffattentat gehört, oder?«

»Ja, natürlich. Verdammt noch mal. Ich muss wirklich mit ein paar Polizisten reden.«

»Ich auch. Was ist denn bei Ihnen los?« Mike drückte mit Daumen und Zeigefinger auf seinen Nasenrücken, während John von dem gestohlenen Auto und dem verschwundenen Baby erzählte. »So etwas gibt es nur in Afrika.«

»Unserer Pilotin geht der Treibstoff aus«, fügte John hinzu. »Sie ist diejenige, die Ihren Kadaver und die Geier gefunden hat und hat viel Benzin verbraucht, um die Vögel vom Gift fernzuhalten. Der Fortuner ist immer noch unterwegs und nicht weit von euch entfernt.«

»In Ordnung. Ich muss jetzt gehen. Geben Sie mir fünf Minuten, dann rufen Sie mich an oder schicken Sie mir eine SMS mit Ihrer Funkfrequenz. Geben Sie mir durch, wo Ihre Pilotin ist.«

»Nein, Mann«, lehnte John ab, »Sie sind ein Zivilist. Ich bitte Sie nicht darum, den Kerl zu fangen, sondern nur darum, einen Polizisten herbeizuholen oder, wenn einer zu Ihnen kommt, ihm zu sagen, dass er mich kontaktieren soll. Diese Typen waren bewaffnet, als sie das Auto klauten und ...«

Das Adrenalin beflügelte Mikes Sinne noch immer. Ja, mittlerweile war er ein ›Zivilist‹, wie John es gesagt hatte, aber früher war er nicht nur ein Forscher gewesen, sondern ein Fusssoldat im Kampf gegen die Wilderei. Nun verliess er sich wieder auf die Instinkte, die er als Krieger entwickelt hatte. Ein Kind war in Gefahr und das rief eine kaum verdrängte, schmerzhafte Erinnerung in ihm wach – etwas, das ihn immer noch verfolgte. Er hatte versucht, es wiedergutzumachen, indem er in Südafrika Jugendlichen mit Verhaltensschwierigkeiten half, ihrem Leben eine neue Richtung zu geben, indem er mit ihnen im Busch, im Naturschutz und im Nashornwächterprogramm arbeitete. Aber es fühlte sich für ihn so an, als sei es nie genug. Es war für ihn unmöglich, sich selbst zu rehabilitieren, aber er wollte nie aufhören, es zu versuchen. Die Frau, die heute so viele Geier gerettet hatte, kämpfte nun um ein Baby und die Polizei war keine Hilfe dabei. »Ihre Pilotin hat mir geholfen, also werde ich mich revanchieren. Setzen Sie mich bitte mit ihr in Verbindung.« Er lief zurück zum Defender.

6

Nia Carras hatte Mühe, ihre Nervosität zu unterdrücken. Der Fortuner war von der N2 nach links abgebogen und steuerte in nordwestlicher Richtung nach Hluhluwe-iMfolozi.

Der Fortuner raste an der Kohlenmine von Somkhele vorbei, überholte wie wild jedes Auto, das vor ihm fuhr und entging nur knapp einem Frontalzusammenstoss, als er eine Anhöhe hinauf und über eine unübersichtliche Kuppe fuhr. Das Signal des Peilsenders war immer noch laut und deutlich, was ihr sagte, dass der Mann entweder allein war, oder sein Komplize den Sender nicht gefunden hatte. Der Fortuner verlangsamte seine Fahrt und bog erneut links ab, diesmal auf eine Feldstrasse, die in eine ländliche Gegend mit vielen Hütten führte. Auf dem spärlichen, trockenen Gras, das die rote Erde kaum verdeckte, weideten Kühe und Ziegen.

»Näherst du dich deinem Zuhause?«, fragte sie den Fahrer rhetorisch, als das Heck des Fortuners in einer Kurve ins Schleudern geriet.

Ihr Telefon klingelte. Es war John. »Bitte sag mir, dass meine Rettung unterwegs ist.«

»Nun ja, irgendwie schon«, sagte John.

»Ich habe keine Zeit für Spielchen, John. Wer kommt denn?«

»Erinnerst du dich an die toten Geier, die du heute Morgen gefunden hast?«

»Ja ntürlich, John.«

»Der Geiermann, der den Kadaver untersucht hat – sein Name ist Mike – ist auf dem Weg zu dir.«

Nia rollte mit den Augen. »Ein Vogelfreund? Das ist mein Bodenpersonal?«

»Ich fürchte ja. Ich habe ihn gebeten, ein paar Polizisten zu suchen, aber er hat darauf bestanden, selbst Chuck Norris zu spielen. Er wird sich bald mit dir in Verbindung setzen. Vielleicht kann er den Fortuner einfach aus der Ferne verfolgen.«

Nia fragte sich, wozu ein streberhafter Forscher gut sein konnte. Wahrscheinlich war er ein fleissiger Doktorand, der keine Freunde hatte. Aber wer auch immer er war, er war die einzige Person, die auf Johns Anruf geantwortet hatte und langsam wusste sie nicht mehr, was tun. Sie hatte nicht mehr genug Treibstoff, um nach Virginia zurückzukehren und die Zeit, während der sie auf Johns Nachricht gewartet hatte, damit verbracht, andere Flugplätze und sogar den King Shaka Airport zu kontaktieren, um eine Genehmigung für eine Notlandung einzuholen.

»Okay, John. Gib ihm diese Koordinaten.« Nia tippte auf das iPad und las ihm die Zahlen der Kreuzung vor, an der der Geländewagen die Teerstrasse verlassen hatte. »Der Fortuner fährt jetzt langsamer, in ländliches Gebiet. Er ist in Richtung Nordwesten, in die Hügel zum Wildtierreservat unterwegs. Gib dem Mann meine Nummer und sag ihm, er soll mich anrufen. Wenn wir Glück haben, verstecken sie den Toyota irgendwo, oder sie fangen an, ihn zu zerlegen. Vielleicht findet dieser Geier-Typ ja einen Ort, an dem er ihn unter Beobachtung halten kann, während ich lande und auftanke.«

»Klingt nach einem guten Plan«, stimmte John zu und legte auf.

Als sie sah, dass sich die Staubwolke hinter dem Fortuner nicht mehr bewegte, wich Nia scharf nach links aus. Der Fahrer hatte neben einer Ansammlung von drei schäbig aussehenden Hütten angehalten.

Ihr Telefon klingelte, doch sie konnte nicht rangehen, da sie zu sehr mit dem Fliegen beschäftigt war. Sie entfernte sich vom *Kraal*, der Häusergruppe, und flog eine Runde. Sie drückte die Nummer auf ihrem Telefon, um den Rückruf zu starten.

»Howzit, hier ist Mike Dunn.«

»Der Geier-Mann?«

»Ja, genau der. Ich habe gehört, bei Ihnen gibt es ein Problem.«

»Das kann man so sagen.«

»Ich habe Ihre Koordinaten und versuche, mir vorzustellen, wo genau Sie hingeflogen sind, seit ich mit Ihrem Kollegen gesprochen habe. Sehen Sie ein blaues Rondell, das auf einem Hügel thront, wahrscheinlich östlich von dem Ort, an dem Sie sich gerade befinden?«

Nia war beeindruckt. »Ja, genau. Woher wissen Sie das?«

»Ich kenne dort einige Leute. Ich verbringe viel Zeit bei den Dorfgemeinschaften rund um den Nationalpark.«

»Okay, wie auch immer. Meinen Sie, Sie können bald hier sein und den Ort überwachen, bis die Polizei kommt?«

»Ich glaube, das schaffe ich.«

Seine Stimme war tief und sein Tonfall ruhig. Nia tat ihr Bestes, um professionell und cool zu wirken, aber sie war sich nicht sicher, ob ihr das gelang. Der Typ hörte sich an, als hätte sie ihn gefragt, ob er ihr von der Bar ein Bier bringen könne.

»Aber machen Sie keine Dummheiten«, warnte sie ihn. »In diesem Auto ist ein Baby.« Während sie sprach, sah sie unten eine Bewegung. »Okay, warten Sie. Der Fahrer ist aus dem Auto gestiegen. Er macht eine Pause, vielleicht um den Peilsender zu finden und ihn loszuwerden. Er weiss nicht, dass ich hier bin. Das ist Ihre Chance, den Fuss aufs Gas zu drücken und aufzuholen.«

»In Ordnung. Ich bin bald da.«

»So schnell Sie können. Ich kann nicht länger als zehn Minuten hierbleiben, sonst muss ich hier, wo ich bin, hinunter gehen. Ich will das Kind nicht verlieren.«

»Verstanden.«

Nia beendete das Gespräch. Sie wollte nicht riskieren, sich dem Fortuner zu nähern und entdeckt zu werden, aber gleichzeitig wollte sie den Dieb im Auge behalten, um zu sehen, was er mit dem Kind machte. Aus dem Augenwinkel heraus nahm sie eine Bewegung wahr und für eine Sekunde dachte sie, es sei der Geiermann, der bereits hier sei. Leider war es nur ein weisses Minibustaxi. Der Fahrer des Fortuners zerrte Sachen aus dem hinteren Teil des Fahrzeugs und liess alle möglichen Gegenstände auf den Boden fallen. Sie konnte seinen Hintern sehen, der aus dem Kofferraum des Fahrzeugs ragte.

Das Minibustaxi verlangsamte, vielleicht weil der Fahrer neugierig war, dann hielt es an.

* * *

STABSFELDWEBEL VUSI MATSEBULA hatte auf dem Rücksitz des überfüllten Taxis angenehm geschlafen, bis dieses mit einem Ruck zum Stehen kam. Er wurde schlagartig wach. Er erinnerte sich vage an einen dumpfen Aufprall, als ob das Taxi gegen etwas gefahren wäre. Das war das Allerletzte, was er brauchte. Er rieb sich die roten Augen.

Vusi schaute an der schwangeren Frau neben sich vorbei aus dem Fenster des Taxis und sah einen schräg geparkten weissen Fortuner.

»Was ist passiert?«, fragte er die Frau.

Sie schüttelte den Kopf und schimpfte. »Ein verrückter junger Mann wirft Dinge aus dem Auto und etwas davon hat das Taxi getroffen. Aber der Fahrer ist nicht gerade beeindruckt davon.«

Ein Adrenalinstoss weckte ihn gänzlich auf. Ein junger Mann stand auf der Fahrerseite des Fahrzeugs. Er trug eine tiefhängende Jeans, aus der seine Unterhose über den Hosenbund hinaushing. Er griff mit seiner rechten Hand hinter den Rücken und Vusi sah, dass der Mann eine Pistole zog. Vusi stand in der engen Kabine des Taxis auf.

»Hey, pass auf, was du tust«, sagte der Mann im Anzug vor ihm, als Vusi ihn anrempelte, während er seine Neun-Millimeter-Pistole Z88 herauszog.

»Ruhe, Köpfe runter.«

»Er hat eine Waffe«, sagte eine Frau links von Vusi und zeigte auf seine Pistole.

»Pst. Ich bin von der Polizei«, zischte Vusi.

Der Taxifahrer stieg aus dem Wagen, zog seine Hose hoch und deutete mit dem Finger auf den jungen Mann. Vusi konnte sehen, dass der Mann neben dem Fortuner seine Waffe immer noch hinter seinem Rücken versteckt hielt, doch der Fahrer hatte diese offensichtlich nicht bemerkt.

»Hey, Sie! Warum werfen Sie mit Sachen auf mein Taxi?«, schrie der Fahrer in Zulu.

Der junge Mann hob seinen Arm und richtete seine Waffe auf den Fahrer. »Halt die Klappe und verschwinde, Alter.«

»Scheisse«, flüsterte Vusi. »Alle in Deckung gehen.« Vusi schob sich, die Pistole an seinem rechten Bein befestigt und ausser Sichtweite, zur Tür des Taxis. Der junge Mann hielt die Augen auf den Fahrer gerichtet, der keinen Schritt zurückwich.

»Was ist hier los?«, sagte ein Mädchen in Schuluniform, neben dem ein Junge sass, mit zitternder Stimme.

»Es ist alles in Ordnung«, versicherte Vusi dem Mädchen schnell. »Bleib einfach unten. Das Mädchen senkte den Kopf und der vielleicht siebzehnjährige Junge legte seine Hand auf ihren Rücken und schützte sie mit seinem Körper. Vusi nahm sich einen Moment Zeit und drückte die Schulter des Jungen.

Der Fahrer wedelte mit dem Finger. »Geh zurück und leg die Waffe weg oder ...«

»Joseph, nein!«

Vusi blickte zurück auf den Sitz, an dem er gerade vorbeigegangen war. Der Schüler, der das Mädchen beschützte, hatte sein Fenster aufgeschoben und rief dem Bewaffneten zu. Vusi rollte mit den Augen. Dieser Tag verschlechterte sich zusehends. Er dachte an seine Frau und sein Kind, die nur ein paar Kilometer weiter auf ihn warteten. Angesichts des Sturms, der an diesem

Morgen über Durban ausgebrochen war, hatte er Glück, dass er am Ende seiner Schicht gehen durfte, aber nun schien er in seinen persönlichen Albtraum hineingerissen zu werden. Er holte tief Atem.

»Themba!«, rief der Mann mit der Pistole und schaute zum Bus. »Verdammt, steig aus dem Bus, ich habe dich gesucht. Warum hast du den Bus nicht einfach angehalten und bist hier, bei dir zu Hause, ausgestiegen?«

Vusi verdrehte die Augen und sah den Schüler Themba an.

»Ich habe noch etwas zu erledigen, Joseph. Hey, Cousin, nimm doch die Waffe runter und beruhige dich, Mann.«

»Sag mir nicht, was ich tun soll, Themba. Steig sofort aus dem Taxi und komm, ich brauche deine Hilfe!«

»Das kann ich nicht tun, Joseph«, antwortete Themba.

Vusi hockte sich tiefer in das Taxi und flüsterte: »Themba.«

Der Junge blickte zu Boden.

»Sieh mich nicht an, Themba«, sagte Vusi. Der Jugendliche schaute wieder aus dem Taxi. »Du musst weiter mit dem Kerl reden. Wer ist er?«

»Mein Cousin, Joseph«, sagte Themba aus dem Mundwinkel heraus.

»Denkst du, er wird er die Waffe benutzen?«, erkundigte sich Vusi. Das Schweigen von Themba sagte Vusi alles, was er wissen musste.

Themba holte tief Luft. »Joseph, nimm deine Waffe runter und lass den Fahrer zurück ins Taxi steigen, bitte. Herr Fahrer, bitte, lassen Sie uns einfach weiterfahren.«

Sowohl der Fahrer als auch Joseph sahen Themba an. Vusi kroch über den Boden des Wagens. Er glitt wie eine Python zwischen den beiden Vordersitzen hindurch und rollte auf der gegenüberliegenden Seite aus dem Taxi auf den Rasen. Joseph hielt seine Waffe nun nicht mehr auf den Fahrer, sondern auf den Bus und seine Fahrgäste gerichtet. Vusi ging in die Hocke und schob sich mit dem Rücken zum Fahrzeug langsam nach vorne. Seine Pistole war geladen und schussbereit.

»Themba, steig sofort aus dem Bus. Ich brauche deine Hilfe, Cousin.«

»Nein, das tue ich nicht, Joseph.«

Joseph richtete seine Pistole auf den Kopf des Fahrers. »Steig aus dem Taxi, oder ich erschiesse den Dicken da.«

Im Taxi begann eine Frau zu schreien. Vusi sah ein Stück der Türverkleidung des Fortuners auf dem Boden. Es war klar, dass Joseph das Innere des Fahrzeugs ausgeschlachtet hatte. Über dem Aufruhr war ein weiteres Geräusch zu hören, das Weinen eines Babys. Vusi konnte sich aber nicht daran erinnern, einen Säugling oder gar ein Kleinkind an Bord des Minibusses gesehen zu haben. Er fluchte leise auf Zulu.

Vusi holte tief Luft. Er konnte Joseph nicht einfach erschiessen, ohne sich vorher zu identifizieren. Ausserdem stand der Taxifahrer zwischen ihm und dem Autodieb und versperrte ihm teilweise die Sicht. Zu seinen Schwierigkeiten kam hinzu, dass er Angst hatte. Vusi arbeitete seit mehr als fünfzehn Jahren in der polizeilichen Öffentlichkeitsarbeit und hatte seither nicht mehr mit Kriminellen auf der Strasse zu tun. Er war übergewichtig und brauchte eine neue Brille. Er umklammerte seine Z88 fester und versuchte, das Zittern seiner Hände zu unterdrücken, aber die Anstrengung machte es nur noch schlimmer.

»Polizei , ...«, begann er zu rufen, aber als er sich aufrichtete und seine Pistole ausstreckte, griff der Fahrer, der sah, dass Josephs Aufmerksamkeit wieder auf Themba gerichtet war, hinter den Rücken und zog seine eigene Pistole heraus. »Runter!«

Vusi rannte aus seiner Deckung an der Vorderseite des Lieferwagens heraus. Joseph drehte sich um und feuerte einen Schnellschuss ab, der den Taxifahrer in die Brust traf und den grossen Mann in die Flucht schlug. Vusi gab zwei Schüsse ab. Der erste Schuss ging daneben, aber der zweite schien Joseph in die linke Schulter zu treffen. Der Körper des jüngeren Mannes drehte sich zur Seite, was bedeutete, dass Vusis nächster Schuss an ihm vorbeirauschte.

Joseph hatte jedoch immer noch seine Waffe in der Hand und schoss. Vusi musste ausweichen, um nicht vom umstürzenden Fahrer getroffen zu werden und der Bruchteil einer Sekunde, den dies dauerte, gab Joseph die Möglichkeit, sein Ziel anzuvisieren. Er feuerte erneut.

* * *

NIA BEOBACHTETE ENTSETZT, was sich unter ihr abspielte. Innerhalb von Sekunden war alles vorbei.

Sie sah den schweren Mann fallen, dann tauchte ein weiterer Mann mittleren Alters mit einer Waffe aus seinem Versteck am vorderen Ende des Taxis auf. Auch er stürzte im Schusswechsel und lag genauso still wie der Fahrer im blutverschmierten Gras.

Nia drückte die Wahlwiederholungstaste auf ihrem Telefon, das über Bluetooth mit ihrem Kopfhörer verbunden war.

»Ich bin noch etwa zehn Minuten entfernt«, sagte der Geiermann ohne Vorrede.

»Beeilen Sie sich, hier schiessen Leute aufeinander.«

»Sind Sie okay?«

»Nein, mir geht es nicht gut. Hier unten liegen zwei Männer. Ein Minibus-Taxi hielt neben dem Fortuner an. Der Entführer ist erschrocken oder so und die Situation ist ausser Kontrolle geraten.«

»Ich komme so schnell ich kann.«

»Können Sie einen Anruf für mich machen?«

»Ja.«

»Rufen Sie einen Krankenwagen. Zwei Menschen sind verletzt und es scheint noch nicht vorbei zu sein.«

Der Bewaffnete wich vom Kleinbus zurück und ging in Richtung Toyota. Nia sah, dass ein jüngerer Mann, eigentlich kaum mehr als ein schlaksiger Junge in einer Schuluniform, aus dem Taxi kletterte und am Bewaffneten vorbei zum Fortuner lief. Sie musste etwas tun, um weiteres Blutvergiessen zu verhindern.

Nia senkte den Kollektivantrieb und schickte den Robinson in einen schnellen Sturzflug. Sie neigte sich stark nach rechts und benutzte das Pedal, um das Heck in einer engen Kurve nach unten zu ziehen, wobei sie den Tatort zu ihrer Rechten behielt. Die Kraftstoffwarnleuchte blinkte auf. Das war der Effekt des Flugbenzins, das in den Tanks schwappte. Als sie sich wieder aufrichtete, erlosch die Leuchte, zeigte aber, wie gefährlich nahe am Treibstoffminimum sie war. Der Schütze bedrohte den Schüler nicht, sondern richtete seine Aufmerksamkeit und seine Wut auf sie – er hatte den Hubschrauber entdeckt.

Der Bewaffnete sah zu ihr auf und sie sah in seinen Augen einen irren Ausdruck. Der Mann hob seine Pistole und Nia sah, wie sie in seiner Hand hüpfte. Irgendwo am Hubschrauber klirrte Metall auf Metall. Nia kletterte in einer Kurve höher, wobei das Warnlicht erneut blinkte.

Als sie aus der Reichweite der Pistole stieg, sah sie, dass der Bewaffnete zum Taxi zurücklief. Er rief etwas über die Schulter zurück und befahl dem Jungen offenbar, einige Gegenstände vom Rücksitz des Fortuners zu reissen, was dieser auch tat. Nia sah Haushaltsgegenstände, ein Bügeleisen, einen Karton, der auseinanderfiel und seinen Inhalt, Teller und anderes Geschirr, auf den Rasen verteilte, sowie Decken und Bügel mit Kleidern.

Nia zog in eine enge Kurve und hob den kollektiven Hebel an, um die Leistung zu erhöhen und das Drehmoment des Hauptrotors zu nutzen, um ihr zu helfen. Sie war sich des Risikos bewusst, dass der Motor wegen Treibstoffmangels durchbrennen könnte und bereitete sich im Geiste auf eine Notlandung vor, eine Selbstrotation im Tiefflug.

Als sie den Jungen in seiner Schuluniform das nächste Mal sah, hielt er ein Militärgewehr mit einem gebogenen Magazin in der Hand. Sie erkannte sofort, dass es eine AK-47 war.

Sie wusste von Piloten, auf die geschossen worden war, aber sie konnte kaum glauben, dass es ihr gerade passiert war. Ihr Herz hatte schmerzhaft in ihrer Brust zu schlagen begonnen. Wenn nicht ein Kind im Fortuner gesessen hätte, wäre sie schon lange nicht mehr hier.

Der Mann mit der Pistole kletterte erneut ins Taxi und stieg diesmal mit einem Teenager in Schuluniform aus, einem Mädchen. Sie wehrte sich gegen ihn, aber er packte sie, hielt ihr die Pistole an den Kopf, hoch genug, dass Nia sie sehen konnte, und drängte sie zum Toyota.

Der Bewaffnete schien das Mädchen und den Jungen in den vorderen Teil des Toyotas zu beordern, während er selbst den freien Platz im Fond einnahm. Sie schlugen die Türen zu.

Im Minibustaxi hatte gleichzeitig jemand den Fahrersitz übernommen, doch der Bus schlingerte mit hoher Geschwindigkeit rückwärts die rote Erdstrasse hinunter, nach links und rechts ausscherend, wobei die Person, die fuhr, versuchte, die Kontrolle zu erlangen.

Nia schaltete das Radio wieder auf die Notruffrequenz der Polizei und informierte darüber, was sie gesehen hatte und dass auf sie geschossen worden sei. Dabei stellte sie sich vor, dass, selbst wenn die Polizei nicht sofort reagieren konnte, immerhin die Medien, die den Polizeikanal abhörten, die Geschichte aufgriffen. Das übte immerhin Druck auf die Polizei aus, endlich Ressourcen zur Rettung des Kleinkinds und der Jugendlichen einzusetzen. Sie hatte den Eindruck, der Schütze habe die Schülerin als Geisel genommen, da er die Waffe auf sie und nicht auf den Jungen, der mit einer AK-47 bewaffnet war, richtete. Vielleicht hatte er den Jungen auf andere Weise bedroht, aber die Art, wie die beiden jungen Männer miteinander umgegangen waren, liess Nia vermuten, dass die beiden sich kannten. Ihr Telefon klingelte.

»Noch fünf Minuten entfernt«, sagte der Geiermann.

»Beeilen Sie sich, aber seien Sie vorsichtig. Mensch, ich weiss nicht, vielleicht kommen Sie besser gar nicht, denn da unten bringen sich die Leute gegenseitig um!«

»Okay, bleiben Sie in der Leitung.«

Der Fahrgast, der das Steuer des Taxis übernommen hatte, wendete den Bus und verschwand in Richtung Mtubatuba. Nia sah, dass sich der Fortuner in Bewegung setzte. Sie folgte ihm und flog mit der R44 so nah heran, wie sie es noch nie bei einem fahrenden Fahrzeug getan hatte. Langsam flog sie vor dem Toyota her. Der Junge am Steuer beschleunigte auf neunzig Kilometer pro Stunde.

Sie machte sich Gedanken über den Jungen und fragte sich, wie gut er fahren konnte. Er sah nicht älter als sechzehn oder siebzehn aus. Nia überlegte, ob sie ihn vielleicht ausbremsen könne, war sich aber des Mädchens und des Babys im Auto sehr bewusst. Das Letzte, was sie wollte, war, dass der Kerl einen Unfall baute und die Unschuldigen an Bord zu Schaden kamen.

Nia fürchtete sich sehr vor einem Motorschaden, aber sie musste dennoch etwas versuchen. Sie trat das Pedal, um herumzudrehen, wobei sie den Helikopter waagrecht zu halten versuchte, damit der Treibstoff nicht herumschwappte. Sie war so tief wie möglich und ihre Kufen befanden sich auf Höhe der Windschutzscheibe, dann landete sie direkt vor dem gestohlenen Auto. Der Fahrer bremste, aber anstatt aufzugeben, wie Nia gehofft hatte, bog er von der schmalen Schotterstrasse ab und fuhr ins Veld hinaus.

»Ich sehe Sie am Horizont. Ich bin fast da. Wie sieht's aus?«, fragte der Geiermann.

Nia sprach ins Headset. »Die Sache ist am Arsch. Ich nehme nun die Verfolgung auf, muss aber so schnell wie möglich landen. Ich habe fast keinen Sprit mehr. Der Junge am Steuer ist gerade ins Veld gefahren, das hat ihn ausgebremst. Wenn Sie sich beeilen, können Sie ihn vielleicht einholen.«

»In Ordnung. Ich komme gerade zum *Kraal*. Ich sehe die beiden Männer am Boden. Ich habe den Krankenwagen gerufen, aber es sieht aus, als ob es zu spät sei und ... Moment mal.«

»Beeilen Sie sich«, drängte Nia den Mann leise.

»Einer der Männer ist noch am Leben. Ich muss anhalten und ihm helfen.«

Nia atmete aus und blies ihre Wangen auf. Das war verrückt. »Im Auto vor mir sitzen ein Baby und eine entführte Schülerin.« Nia wartete auf eine Antwort, dann versuchte sie es erneut. Nichts. Sie lenkte den Hubschrauber in einer weiten Kurve in den Steigflug, wobei sie den Neigungswinkel so gering wie möglich hielt, um den verbleibenden Treibstoff in ihren Tanks konstant zu halten. Sie blickte hilflos auf das Fahrzeug hinunter, das durchs Gras pflügte. Der Junge steuerte auf die Bäume zu, wobei er schnell und souverän fuhr. Sie sah jetzt, was er vorhatte. Er fuhr zwischen die dornigen Akazien, wo er wusste, dass sie nicht landen und ihn blockieren konnte, danach wollte er die Strasse auf der anderen Seite des Hügels wieder erreichen.

Das Brennstoff-Warnlicht leuchtete nun andauernd und verlangte, dass sie absetzte. Widerwillig kehrte sie zum *Kraal* zurück. *Sie* landete den nur noch von Treibstoffgas gespeisten Hubschrauber etwa fünf Meter vom Strassenrand entfernt in der Nähe eines Land Rover Defender mit Bildern von Geiern auf den Türen. Ein Mann kniete über eines der Schussopfer gebeugt am Boden und schützte den Verwundeten mit seinem Körper vor Nias Rotorstrahl. Nia schloss die Augen und erlaubte sich einen kurzen Seufzer. Sie war so nah wie noch nie in ihrer Fliegerkarriere daran gewesen, eine Notlandung machen zu müssen. Sie zog am Griff der Rotorbremse, die an einer kurzen, von der Cockpitdecke hängenden Kette befestigt war, schnallte sich ab, streifte sich den Kopfhörer ab, steckte ihr Telefon aus und sprang hinunter.

Ihr Telefon zirpte und sie nahm den Anruf, zu erschöpft, um auf das Display zu schauen, an. »Hier ist Nia.«

»Schätzchen, ich bin's.«

Nia liess sich gegen den Hubschrauber sinken. »Mensch, Banger, es tut gut, deine Stimme zu hören.« Dann schlug ihre Erleichterung in Wut um. »Wo zum Teufel warst du?«

»Ich hatte einen verpassten Anruf von dir, konnte dich aber nicht erreichen. Wegen der Bombe in Durban ist das verdammte Netz verstopft. Nun endlich habe ich Virginia erreicht und John hat mir gesagt, wo du bist. Gib mir deine genaue Position.«

Sie hatte sich Sorgen um ihn gemacht, aber offensichtlich war er zumindest in Sicherheit. Sie beschrieb, wo sie gelandet war. »Hey, wenn du John erreichst, sagst du ihm bitte, dass ich Treibstoff brauche?«

»Okay, ich gebe die Nachricht weiter, aber ich bin in der Nähe. Du bist zwischen Mtubatuba und iMfolozi, richtig?«

»Ja, genau. Ich wünschte, ich hätte dich früher erreichen können. Es gab diesen Fahrzeugdiebstahl, aber dabei haben sie ein Baby entführt und dann gab es hier eine Schiesserei und ...« Nia kämpfte gegen eine aufsteigende Flut von Tränen.

»Puh, Mädel. Bleib einfach dort, ich komme. Gib mir einfach deine GPS-Koordinaten, oder wenn du zuerst eine Minute brauchst, schick sie mir per SMS. Ich habe deinen früheren Locstat von John aufgeschnappt. Wir sehen uns bald, Okay?«

Nia schniefte. Die Realität dessen, was sie eben erlebt hatte, wurde ihr gerade erst bewusst.

7

M ike hatte in seinem Leben schon einige Schusswunden gesehen, aber diese hier war schlimm.

Der Mann, den er verarztete, war ein Polizeibeamter. Vusi hatte ihm seinen Namen und den Dienstgrad nennen können. Mike hatte das Hemd des Polizisten aufgerissen und ein Loch in seinem Bauch entdeckt, aus dem sich Blut über die Seite des Mannes ergoss. Mike zog sein eigenes Hemd aus, knüllte es zusammen und hiess Vusi, es gegen die Wunde zu drücken, während er den Erste-Hilfe-Kasten auspackte, den er immer bei sich trug.

»Mist. Wie geht es ihm?«

Mike blickte auf und sah die Silhouette einer Frau, die direkt vor der Sonne stand, was es schwierig machte, ihre Gesichtszüge zu erkennen. Immerhin ergab sich ein erster Eindruck, nämlich dass sie attraktiv war. Und wütend.

»Nicht gut. Wer weiss, wie lange der Krankenwagen braucht, um hierher zu gelangen.« Mike senkte die Stimme. »Wenn ich nicht angehalten hätte, wäre er verblutet.«

Die Frau fuhr sich mit einer Hand durch ihr ungeordnetes Haar. »Das ist eine Sauerei.«

»Können Sie mir bitte die Flasche mit Kochsalzlösung aus dem Erste-Hilfe-Kasten reichen?«, fragte er.

Sie sank auf die Knie und reichte ihm den kleinen Einweg-Plastikbehälter. »Entschuldigung. Ich bin Nia.«

»Mike. Helfen Sie mir.« Als Mike sein Hemd von Vusis Wunde zog, strömte Blut heraus. Er biss das Ende der Kochsalzflasche ab und spritzte die Flüssigkeit über das Einschussloch und um es herum und drückte dann einen Wundverband darüber. »Wir müssen ihn umdrehen.«

»Keine Austrittswunde«, kommentierte Nia.

Er nickte. Sie schien zu wissen, was Sache war, und mit ihrer Hilfe drehte er Vusi um, legte ihm den Verband um den Rücken und befestigte ihn. »Er hat eine Menge Blut verloren. Können Sie ihn, falls der Krankenwagen nicht bald kommt, nach Durban fliegen?«

Nia schüttelte den Kopf. »Das war mein letzter Tropfen Treibstoff. Ich sitze hier fest, bis meine Leute Nachschub bringen.« Sie nahm die Hand des Polizisten und sah ihm in die Augen. »Halten Sie durch, Mann, wir besorgen Ihnen Hilfe. Sie werden wieder gesund.«

Mike war sich da nicht so sicher, aber Nia hatte ihre mürrische Stimmung abgelegt und beruhigte den Patienten, was in einer solchen Situation manchmal das Einzige war, das man tun konnte. »Danke. Das Auto, das Sie verfolgt haben; sagen Sie mir, was Sie gesehen haben.«

Nia holte tief Luft und liess die Schiesserei zwischen dem Taxifahrer und dem Polizisten, mit dem Schuljungen, der dem Autodieb zu helfen schien und dem Mädchen, das in den Fortuner gezwungen wurde, Revue passieren. Sie legte eine Hand an ihre Stirn. »Ich glaube, ich habe es vermasselt.«

»Wie?« Sie war wirklich sehr hübsch, stellte er jetzt, wo er sie richtig sehen konnte, fest. Ihr schwarzes Haar war zu einem kurzen, praktischen Bob geschnitten und ihre Haut hatte eine gleichmässige, zarte mediterrane Färbung. Mit dem Finger hatte sie einen Fleck von Vusis Blut auf ihre Stirn geschmiert.

»Der Entführer hatte mich bis zu diesem Zeitpunkt nicht gesehen. Ich hielt mich abseits und er war zu beschäftigt. Dann ging ich näher heran, worauf er in Panik geriet. Er schoss auf mich und dann ging die Sache erst richtig los. Er schoss auf Vusi und den Taxifahrer, der dabei getötet wurde. Der Bewaffnete beschloss, zusätzlich zum Baby eine weitere Geisel zu nehmen – ein Schulmädchen. Verdammt.« Sie sah zum Fahrer, dessen Körper regungslos im Gras lag.

»Geben Sie nicht sich selbst die Schuld, sondern dem Schützen«, sagte Mike. »Ich glaube nicht, dass es Ihnen geholfen hätte, wenn ich früher gekommen wäre. Ich habe zwar eine Waffe, aber so wie es sich anhört, war diese Schiesserei innerhalb von Sekunden vorbei.«

Sie blinzelte ein paar Mal und Mike hatte das Gefühl, sie kämpfe gegen Tränen an, obwohl etwas an ihrer nüchternen Art ihm sagte, dass es nicht ihre Art war, Schwäche zu zeigen.

»Sie hätten sie vielleicht aufhalten können«, erwiderte sie.

Mike zuckte mit den Schultern. »Wenn ich auf den Toyota geschossen hätte, hätte ich vielleicht das Baby oder das Mädchen getroffen. Ich bin ein guter Schütze, aber aus einem anderen fahrenden Fahrzeug mit einem Gewehr einen bewaffneten Mann auszuschalten, ist so gut wie unmöglich.«

»Ja, ja, ja. Waffen sind nichts Fremdes für mich.« Sie winkte mit der freien Hand abweisend und sah ihn dann an. »Sie sagten am Funk, dass Sie sich in dieser Gegend auskennen.«

Er nickte.

Nia gestikulierte an ihrem Hubschrauber vorbei in die Richtung, in die der Fortuner verschwunden war. »Wohin führt diese Strasse?«

»Entweder zurück zur N2 oder nach Hluhluwe-iMfolozi.«

Nia sah die Strasse hinauf, dann wieder zu ihm. »Wenn also auf der Autobahnauffahrt eine Polizeisperre errichten würde, könnte man sie möglicherweise anhalten.«

»Viel Glück heute bei der Suche nach Polizisten«, sagte Mike. »Haben Sie von der Bombe gehört?«

»Ja. Gibt es weitere Dörfer zwischen hier und dem Nationalpark?«

»Ein paar kleine Kraals. Euer Entführer muss hier draussen

jemanden kennen. Es ist nicht die Art von Ort, an dem er einfach verschwinden kann.«

Nia sah sich um. »Warum sollte er ausgerechnet hier anhalten?«

»Komisch«, sagte Mike und folgte ihrem Blick.

»Was ist lustig, ich möchte gern über etwas lachen.« Nia kümmerte sich um Vusi und wischte ihm mit Mikes blutigem Hemd über die Stirn.

»Ich kenne einen jungen Burschen, der hier in der Nähe wohnt.«

»Ich habe niemanden im Kraal gesehen, ausser ein paar Ziegen.

Mike spürte, wie die Sonne auf seinen nackten Rücken stach, hatte aber keine Lust, Nia um sein Hemd zu bitten und zu spüren, wie Vusis Blut an seiner Haut klebte. Er hatte ein altes Hemd im Kofferraum des Land Rovers, das er benutzte, wenn er sich unter den alten Wagen legen musste, um etwas zu reparieren. Sobald der Krankenwagen eintraf, würde er es holen– *falls* er eintraf. »Haben Sie schon einmal von Kinder-Haushalten gehört?«

Nia nickte. »Mama und Papa sterben an AIDS und das älteste Kind muss die Familie weiterführen.«

»Der Junge, der in der Hütte da drüben wohnt«, Mike zeigte auf eine runde Lehmziegelhütte mit Strohdach, "*ist* eine solche Familie. Seine Eltern sind tot, sein älterer Bruder hat sich ebenfalls angesteckt und ist verschwunden. Seine jüngere Schwester wurde von ihrem Onkel, dem einzigen überlebenden nahen Verwandten, vergewaltigt. Das kleine Mädchen ist jetzt in einer Pflegefamilie untergebracht.

»Menschenskind«, sagte Nia. »Haben sie den Jungen nicht auch in Pflege genommen?«

Mike schüttelte den Kopf. »Er kam in den Jugendarrest, weil er dabei erwischt wurde, wie er mit seinem Cousin, dem Sohn des Onkels, ein Auto klaute. Er wollte es verkaufen, um Geld für die Schule und Essen zu verdienen. Während er im Gefängnis war, liess er seine Schwester beim Onkel.«

Nia blickte zum Himmel und dann wieder zu Mike. »Und der Onkel?«

»Tot. Aus dem Hintereingang einer *Shebeen*, einer Kneipe heraus erschossen.«

»Gut, dass wir einen wie ihn los sind. Ist der Junge jetzt wieder draussen, fertig mit Absitzen?«

»Ja«, bestätigte Mike.

»Glauben Sie, es gibt eine Verbindung zwischen dem heutigen Entführungsfall und dem Jungen? Denken Sie, er hat den Fortuner gestohlen? Der Typ, der auf mich geschossen hat, war noch jung, vielleicht Anfang zwanzig.«

Mike blickte über die sanften Hügel hinweg auf die Linie, die die Grenze zwischen magerem bewirtschaftetem Farmland und wildem Busch markierte. Hluhluwe-iMfolozi war dem Himmel auf Erden so nahe wie möglich. Es war ein Ort der Zuflucht und möglicherweise auch ein Zufluchtsort für eine aufgewühlte Seele. »Ich hoffe sehr, dass er es nicht war.«

* * *

Themba fuhr, wie nie in den letzten zwei Jahren. Es war alles so beängstigend. Nicht nur, dass Joseph ständig mit seiner Pistole herumfuchtelte und nun die AK-47 auf seinem Schoss liegen hatte und auch nicht, weil Lerato weinte. Es war furchterregend, weil Themba beinahe vergessen hatte, wie aufregend es war, schnell zu fahren, weil jemand hinter ihm her war.

Themba hatte die AK im Fortuner gefunden und kurz überlegt, ob er seinen Cousin erschiessen solle, aber er konnte es nicht tun. Joseph hatte ihm das Gewehr aus den Händen gerissen und ihm befohlen, loszufahren. Er schämte sich. Auf dem Rücksitz dieses gestohlenen Autos befand sich ein Baby und das war selbst für Themba, der einige Erfahrung mit dem Fahren gestohlener Autos hatte, einfach falsch.

»Was überlegst du, Cousin?«, spottete Joseph auf dem Rücksitz.

Themba warf einen Blick in den Rückspiegel und sah, dass Josephs Gesicht grau geworden war. Er hatte ein Kleidungsstück vom Stapel auf dem Rücksitz des Fahrzeugs genommen, es zusammengerollt und mit einem Gürtel um Josephs verletzte Schulter gebunden. Der unbeholfene Verband hatte den Blutfluss verlangsamt, aber Josephs schwere Augenlider widersprachen seinem irren Grinsen.

»Ich habe dich gefragt, was du auf dem Herzen hast.«

»Warum musstest du mich da hineinziehen, Joseph? Das ist es, was ich denke. Und was machst du mit einem Baby in diesem Auto? Bist du verrückt?«

»Dreh dich nach vorn, Schlampe, und sieh mich nicht an«, sagte Joseph zu Lerato, die sich die Augen abwischte und wieder nach vorne sah.

»Lass sie in Ruhe, Joseph«, sagte Themba und schaute in den Spiegel. »Und beantworte bitte meine Frage. Warum?«

»Ich hatte nicht vor, zu dir zu kommen, in Ordnung? Ich hatte ... Probleme. Ich brauchte Hilfe.«

Themba wusste, dass ein Autodiebstahl heutzutage kein Ein-Mann-Job mehr war, denn dafür konnte zu viel schief gehen. Joseph hatte bestimmt einen Partner gehabt, jemanden, der fuhr, während er nach dem Peilsender suchte, oder umgekehrt. »Warum arbeitest du allein?«

Joseph starrte zwei Sekunden lang aus dem Fenster, bevor er er den Kopf wieder herumriss. »Das geht dich einen Scheissdreck an. Fahr einfach los. Wir müssen ein Versteck finden und von dort muss ich den Käufer kontaktieren. Ich werde ihn dazu bringen, zu uns zu kommen.«

Themba schüttelte den Kopf. »Du weisst, dass der Käufer das nicht tut. Das ist zu riskant, Mann. Ich habe eine bessere Idee. Ich bringe dich in die nächste Klinik und setze dich dort vor der Tür ab. Das Baby lege ich in der Nähe hin, wo es irgendjemand findet, und danach zünde ich dieses Fahrzeug an. Keiner merkt etwas. Du sagst den Ärzten einfach, dass du in einen Raubüberfall verwickelt wurdest.«

»Nein. Ich lasse weder dich noch deine kleine Freundin hier aus den Augen, bis ich mein Geld für dieses Scheissauto von diesem weissen Mann in der Tasche habe. Wer ist sie eigentlich?«

Themba sah zu Lerato und blickte dann wieder zu seinem

Cousin. »Niemand besonderes, sie war einfach im Bus. Wir sollten sie gehen lassen, Joseph.«

»Du hättest meinen Namen nicht benutzen dürfen, jetzt weiss sie ihn. Wie heisst du, sexy Girl?«

Lerato verschränkte die Arme und starrte entschlossen aus der Windschutzscheibe. Joseph beugte sich zwischen den Sitzen vor und drückte ihr das Ende des Laufs seiner Pistole an die Schläfe.

Ich fragte: »Wie du heisst, meine Süsse?«

»Joseph, lass sie in Ruhe!«

Sie schluckte schwer. »Lerato.«

»Le-ra-to, ein schöner Name. Rollt richtig gut von der Zunge. Werden du und ich Freunde, Lerato?« Er drückte die Pistole fester hin.

»Bitte tun Sie mir nicht weh. Können Sie Themba und mich nicht einfach gehen lassen?«

»Aha«, sagte Joseph. »Du und mein Cousin kennt einander also *doch*. Ist ja auch klar, dieselbe Schuluniform und so.«

»Mein Vater«, hauchte Lerato, »ist ein wichtiger Mann. Wohlhabend und mit Verbindungen zur Regierung. Sie wollen ihn doch nicht verärgern. Bitte, lassen Sie mich einfach gehen und ich sage nichts.«

Joseph grinste. »*Wohlhabend*, sagst du? Nun, dann bezahlt er mich vielleicht dafür, dass ich dich zurückbringe, Le-ra-to. Was denkst du, Cousin, wird Leratos Papa etwas Geld hinblättern, um sein kleines Mädchen heil zurückzubekommen?«

Themba starrte seinen Cousin an. »Du ziehst sie da nicht mit hinein, Joseph. Ich halte an und lasse sie raus, sobald ich einen sicheren Ort finde.«

Joseph klopfte mit dem Lauf der Pistole gegen Thembas Kopf. Du gibst hier keine Befehle, Cousin! Du weisst, dass es so nicht funktioniert. Solange ich die Waffen habe, habe ich hier auch das Sagen!«

Themba fuhr weiter, wobei er regelmässig in den Rückspiegel schaute, um zu sehen, ob ihnen jemand folgte. Er fragte sich, warum der Hubschrauber sie nicht mehr verfolgt hatte. Er behielt auch das Baby im

Auge, das überraschenderweise bereits eingeschlafen war. Er versuchte, weniger Gas zu geben, aber Joseph stiess ihm erneut in den Nacken und befahl, schneller zu fahren. Er hatte ein wenig Angst, war aber vor allem wütend auf seinen Cousin. Joseph hatte noch nie eine Waffe auf ihn gerichtet, geschweige denn ihm eine an den Kopf gehalten. Ausserdem gefiel ihm nicht, wie Joseph Lerato ständig angrinste. »Joseph, bitte, du brauchst uns nicht. Du weisst, dass ich den Bullen nichts sage und ich werde auch dafür sorgen, dass Lerato dies nicht tut. Stimmts, Lerato?«

Sie sah ihn wieder an. Sie schniefte und ihre schönen, grossen Augen waren rot, verschwollen und trüb. »Ja, natürlich. Ich sage kein Wort.«

Joseph lachte auf dem Rücksitz, zuckte dabei aber zusammen. Themba betrachtete seinen Cousin erneut im Spiegel und sah, dass Josephs Augenlider langsam zufielen. Die Wunde muss schlimmer sein, als er zugeben will, dachte Themba. Er wollte nicht daran denken, dass sein Cousin sterben könnte, doch so, wie er sich heute benommen hatte, fiel es ihm schwer, Mitleid mit ihm zu empfinden.

»Nicht langsamer werden.« Joseph hob den Kopf und öffnete die Augen. »Wir müssen einen Platz zum Anhalten finden, damit du das Auto durchsuchen kannst. Halt sofort an.«

Themba runzelte die Stirn. Er überlegte, ob er Joseph sagen solle, er solle zur Hölle fahren, aber dann beugte sich sein Cousin zu Lerato hinüber. Sie schrie auf, als er ihr die Waffe an den Kopf presste.

»Okay, okay.« Themba hielt an.

»Raus.« Joseph machte eine Bewegung zu Lerato und hängte sich die AK-47 über die gesunde Schulter. »Hier rüber, knie dich hin!«

Themba stieg aus, hielt seine Arme locker an den Seiten aber ballte und löste seine Fäuste.

»Sieh mich nicht so an, Cousin.« Lerato kniete sich vor Joseph hin, der die Waffe auf sie gerichtet hielt. »Wenn du ihn in zehn Minuten nicht gefunden hast, schaue ich, wie gut deine kleine Spiel-gefährtin mit dem Mund ist.«

»Denk nicht einmal daran!«

»Okay, dann töte ich sie jetzt einfach. Du hast recht, ich brauche keinen von euch als Geisel und sie weiss jetzt schon zu viel über mich und über dich.« Er hob den Arm und richtete den Lauf zwischen Leratos Augen. »Auf drei. Eins, zwei ...«

Themba warf die Hände hoch. »Schon gut, hör auf, ich suche ihn.«

Er machte sich an die Arbeit, untersuchte den Sitz und die Teppiche. Er öffnete den Kofferraum und zerrte weitere Haushaltsgegenstände heraus.

»Schneller, Themba, mir wird hier langweilig«, keuchte Joseph.

»Ich brauche Werkzeuge. Wo ist es?«

Joseph zuckte mit den Schultern. »Woher soll ich das wissen? Vielleicht beim Ersatzreifen?«

Themba fluchte und warf einen DVD-Player weg sowie eine Plastiktüte, die zerriss, so dass ein halbes Dutzend Paar Damenschuhe auf den Rasen fielen. Er sah eine rote Metallbox und als er nach ihr griff, spürte er, dass sie beruhigend schwer war. Er öffnete den ausladenden Deckel. Werkzeug.

»Mach vorwärts!«, schnauzte Joseph.

Das Werkzeug im Kasten war umfangreich. Es gab eine Menge elektrischer Geräte – einen Lötkolben mit Lötzinn, verschiedene Sorten isolierter Drähte und ein Multimeter. Aber Themba grub tiefer, bis er einen Akkubohrer fand. Er drückte auf den Einschalthebel und tatsächlich, er war aufgeladen. Er fand eine Packung Bohrer und Schraubeneinsätze, montierte einen davon und steckte ein paar andere ein. Er ging zur Vorderseite des Fortuners und begann, die Türverkleidungen auszubauen.

Bei der Arbeit sammelte sich Schweiss unter seinen Armen, auf der Stirn und der Oberlippe und er wischte ihn immer wieder weg. Er ging methodisch vor und fuhr mit den Händen in die Türen und unter die Teppiche, während er sich um das Fahrzeug herumbewegte. Als er die Seite erreichte, auf der Joseph und Lerato sassen, sah er, dass sie ihn anstarrte.

»Fragst du dich, was dein Freund macht, Lerato?«, verspottete Joseph seine Gefangene.

Sie sagte nichts, aber Themba spürte, wie seine Verlegenheit zunahm, während er unter dem Wimmern des Bohrers arbeitete. Er wollte, dass sie sich wieder in Bewegung setzten. Wenn die Polizei das Fahrzeug noch verfolgte, würden sie sie bald finden und er wollte nicht, dass Lerato bei einer Schiesserei verletzt wurde. Er sah wieder das Gesicht der Frau hinter dem Steuer des Hubschraubers vor sich. Sie hatte gesehen, wie er mit der AK-47 herumfuchtelte. *Verdammt, ich hätte Joseph einfach erschiessen sollen.*

Nein. Das war der frühere Themba, der da in seinem Kopf sprach. Aber es war genauso der frühere Themba, der den Fortuner systematisch von innen zerlegte.

»Er ist einer der Besten, dein Freund«, sagte Joseph spöttisch zu Lerato. »Er sucht den versteckten Peilsender, das Ding, das uns fast dem Hubschrauber in die Fänge getrieben hätte. Die Pilotin hat uns lange gejagt, aber sobald wir den Sender haben, belästigt uns niemand mehr. Stimmt's, Themba?«

Themba sagte nichts, er war zu beschäftigt. Er entfernte die letzte Schraube in der inneren Seitenverkleidung hinten rechts im Kofferraum des Toyota. Themba hatte das Gefühl, er finde dort etwas – er kannte dieses Kribbeln aus der Zeit, in der er mehr oder weniger hauptberuflich als Hilfs-Autodieb tätig war. Und tatsächlich fand der den Sender.

»Was hast du gefunden, Themba?«

Themba spürte Stoff hinter der Platte. Er zog das ganze Stück heraus und schaute in den Hohlraum. Dort befand sich eine Stofftasche, etwa so gross wie ein Schulranzen. Dies war kein Peilsender, aber jemand hatte es aus irgendeinem Grund dort versteckt. Er öffnete den Kordelzug an der Oberseite der Tasche.

»Themba?«

»Ähm ..., ich dachte, ich hätte es gefunden, aber es ist nicht da. Ich suche weiter«, rief er zurück. Themba öffnete die Stofftasche und schaute hinein. Er pfiff leise vor sich hin. Es befanden sich drei Gegenstände darin, jeweils so lange wie von seiner Fingerspitze bis zu seinem Ellenbogen. Sie waren gebogen und glatt, aber nicht von Menschenhand gefertigt. *Nashorn-Horn.* Themba rechnete in seinem

Kopf nach. Jedes Horn, so hatte er gelernt, konnte zwei bis drei Kilogramm wiegen. Wenn es, sagen wir, acht Kilogramm Horn waren, bei einem Wert von etwa 65'000 US-Dollar pro Kilogramm, so enthielt die Tasche mehr als eine halbe Million Dollar oder Millionen von Rand.

Er kramte schnell in der Tasche. Sie enthielt auch die Schwänze dreier Nashörner. Themba war über diese Entdeckung entsetzt. Die Schwänze selbst waren eigentlich wertlos, doch dienten sie als Beweis dafür, dass diese Hörner von drei verschiedenen Nashörnern stammten. Die wohlhabenden Geschäftsleute in Vietnam und die organisierten Kriminellen, die sie belieferten, wollten von den Wilderern den Nachweis, dass das Horn, das sie lieferten, von wilden, freilebenden Nashörnern stammte und nicht aus irgendeinem Tresor, in dem die Hörner von auf natürliche Weise verstorbenen Tieren gelagert wurden.

Am Boden der Tasche befanden sich zwei Ersatzmunitionsmagazine für die AK-47. Schliesslich schlossen sich seine Finger um etwas Glattes, Rundes und Schweres, etwa so gross wie ein Kricketball. Er zog das Ding heraus und konnte kaum glauben, was er da sah, denn etwas solches hatte er bisher nur in Filmen gesehen.

»Nein, hier ist nichts, ich habe mich geirrt«, sagte Themba zu Joseph und liess die Kugel in die Tasche seines Schulblazers gleiten. Als er mit der Arbeit an der gegenüberliegenden Seitenwand begann und der Bohrer in seiner Hand surrte, schlug sein Herz noch schneller. Joseph hatte ihn dazu gebracht, das Radio während der Fahrt anzulassen und im Hintergrund lief Musik, während er arbeitete. Aber Themba war zu besorgt und zu sehr mit sich selbst beschäftigt gewesen, um darauf zu achten. Jetzt kamen aber die Nachrichten, die mit der Meldung begannen, dass in der Innenstadt von Durban eine Bombe explodiert und dabei die US-Botschafterin ums Leben gekommen sei. Der grösste Teil der Nachrichtensendung bestand aus Spekulationen über den Anschlag und Berichten über das darauffolgende Chaos. Themba entspannte sich bei seiner Arbeit wieder, aber die nächste Meldung in den Nachrichten liess ihn aufhorchen und seine Tätigkeit unterbrechen. In der Meldung hiess es, die Polizei fahnde nach Autodieben, die ein Fahrzeug mit einem Baby an Bord gestohlen hätten.

Nach Angaben der Polizei wurden ein Taxifahrer getötet und ein Polizeibeamter verwundet, als sie versuchten, die Diebe aufzuhalten. Im gestohlenen Toyota Fortuner wurden zwei Männer und eine Frau gesehen. Die beiden Männer im Auto sollen Schüsse auf einen Hubschrauber, der sie verfolgte, abgegeben haben. Die nicht identifizierte Frau trägt eine Schuluniform und es ist nicht bekannt, ob sie zur Bande gehört oder ein unschuldiges Opfer ist, wie das Kind.

Themba knallte den Bohrer zu Boden. »Sie ist unschuldig, wir sind beide unschuldig«, flüsterte er in Richtung des Raiogeräts. »Und ich habe auf gar niemanden geschossen.«

»Was sagst du da? War das die entscheidende Meldung, die ich gerade gehört habe?«, rief Joseph.

Themba fuhr mit der Hand an der Innenseite des hinteren Seitenfachs entlang, das er gerade freigelegt hatte. »Nein, ich habe noch nichts.«

Schliesslich strichen seine Finger über die kleine Beule. Jemand, der nicht wusste, was er tat, jemand, der nicht bereits eine ganze Reihe von Toyota Fortuners durchsucht hatte, hätte vielleicht angenommen, es handle sich einfach um ein weiteres Teil der Karosserie. »Ich habe ihn.« Er riss die Wanze los, stieg aus und warf sie so, dass sie vor Josephs Füssen landete.

»In Ordnung, Cousin, gute Arbeit.«

»Jetzt kannst du losfahren, Joseph und niemand kann dich orten. Lass uns gehen. Du kennst mich, ich verrate nichts. Im Radio liefen gerade die Nachrichten, dort ging es um eine Bombe in Durban. Noch weiss niemand von dir.« Das Baby fing wieder an zu weinen.

Joseph schien einige Sekunden lang über den Vorschlag nachzudenken, dann sah er das Kind an.

»Lass das Baby bei uns«, sagte Themba. »Du willst doch nicht mit ihm erwischt werden. Wir werden es an einem sicheren, anonymen Ort hinlegen, zum Beispiel in einem Krankenhaus oder vor einer Kirche.«

Joseph sagte nichts, sondern bewegte die Hand, die er an seiner verletzten Schulter gehalten hatte. Als er seine Handfläche betrachtete, war sie glitschig von hellem Blut. Er liess die Hand mit der Waffe sinken und starrte Themba an.

»Joseph? Komm schon, Mann, lass uns gehen.«

Themba hörte das Dröhnen eines Fahrzeugmotors aus der Richtung, in die sie unterwegs waren. Sie drehten sich alle um und blickten dorthin, wo das Geräusch herkam.

8

Themba beobachtete, wie der schwarze Audi Q5, der eine rote Staubfahne hinter sich herzog, auf sie zu raste

Joseph ging ein paar Schritte auf das Auto zu und Themba gab Lerato ein Zeichen, zu ihm zu kommen. Ihr Gesicht war vor Angst verzerrt und sein Herz hämmerte in seiner Brust.

Als das Fahrzeug näherkam, sah Themba das blaue Licht durch die Windschutzscheibe blitzen. Er seufzte, schaute zum Himmel und dankte Gott. Er blickte wieder zu Lerato, die das Kind aus dem Autositz genommen hatte und es an sich drückte, während sie ihm immer wieder zu murmelte, alles werde gut. Themba fragte sich, wen sie damit zu beruhigen versuche, das Baby oder sich selbst.

»Es ist vorbei, Joseph.«

Sein Cousin sah ihn ausdruckslos an und schwankte. Die Pistole hing schlaff an seiner Seite. Joseph hustete und Blut rann ihm über die Lippen.

»Sie bringen dich in ein Krankenhaus.«

Es gab keine Sirene, aber Themba vermutete, es handle sich bei den Polizisten um Kriminalbeamte, daher sei der Audi nicht gekennzeichnet und nur mit einer tragbaren Lampe auf dem Armaturenbrett ausgerüstet. Etwa hundert Meter vor ihnen hielt der Audi an.

»Gott sei Dank«, sagte Lerato, die bei Themba stand.

»Joseph, nimm das Gewehr runter«, sagte Themba.

Joseph blickte mit glasigen Augen vom Auto weg und zurück zu Themba.

Die Türen des Audis öffneten sich. Drei Männer stiegen aus und nahmen jeweils hinter einer den Türen Feuerschutzstellung ein. Themba bemerkte, dass sie alle militärische R5-Gewehre hatten. Diese Männer meinten es ernst.

»Polizei! Legen Sie Ihre Waffen nieder, heben Sie Ihre Hände über den Kopf und gehen Sie langsam vom Auto weg. Lassen Sie das Kind im Auto.«

Der Mann, der die Befehle erteilte war ebenso wie einer der anderen kaffeefarben, während der dritte der Schützen ein Schwarzer war. Obwohl es einiges zu erklären gab, war Themba sich sicher, dass sie ihm glaubten, wenn sie seine Begründungen hörten und er damit problemlos davonkam. Die Polizisten würden sehen, dass Joseph die AK-47 hatte und er unbewaffnet war. Die Frau am Funkgerät hatte gesagt, er habe auf den Hubschrauber geschossen, was aber ganz und gar nicht stimmte. Themba hob seine Hände.

»Leg das Baby hin!«, wies Themba Lerato an.

Sie nickte und ging zum Auto zurück.

Joseph trat hinter dem Toyota hervor und streckte die Arme zur Seite aus, seine Pistole baumelte harmlos am Abzugsbügel in seinen Fingern.

Die Männer aus dem Audi bewegten sich, die Gewehre erhoben, vorsichtig vorwärts. »Lasst eure Waffen fallen, alle beide«, rief der Mann.

Lerato beruhigte das Baby, setzte es wieder in den Autositz und schnallte es an.

Joseph liess die Pistole von seinem Finger gleiten und ins Gras fallen, dann löste er das Gewehr und legte auch dieses hin. Themba folgte seinem Cousin und ging vom Heck des Fortuners nach vorne, wo Joseph unsicher stehen blieb. Themba hielt die Arme erhoben. Er war so froh, dass Joseph nicht wie ein Gangster beschlossen hatte, sich zu prügeln.

»Klären«, sagte der Mann, der bis anhin das Wort ergriffen hatte. Ein einziges Wort.

Die ersten beiden Schüsse, die der Mann, der die Befehle gab, kurz hintereinander abfeuerte, trafen Joseph in die Brust, doch bevor er zu Boden ging durchlöcherten ihn weitere Kugeln.

»Nein!« Als eine Kugel den dicken Stoff seines Blazer durchschlug, spürte Themba, wie etwas an ihm zerrte. An der Seite seiner Brust brannte etwas. Er versuchte zu rennen, stolperte aber über seine eigenen, zu grossen Füsse und fiel hinter das Auto. Das rettete ihm wahrscheinlich das Leben.

Themba konnte nicht fassen, was er gesehen hatte. Joseph hatte seine Waffe fallen lassen und sowohl er wie auch Themba stellten eindeutig keine Bedrohung für die drei Polizeibeamten dar.

Lerato kroch zu ihm. »Themba? Themba, was ist hier los?«

»Ich habe keine Ahnung, Lerato.«

»Vorwärts!«, rief einer der Männer. »Erledigt sie, aber passt auf das Kind auf.«

Themba sah seinen Cousin Joseph an, dessen Augen in den blauen Himmel von Zululand starrten. Sein Volk, die Zulu, waren ›die Kinder des Himmels‹, wie es die wörtliche Bedeutung des Namens sagte. Themba war sich zwar sicher, dass Joseph nicht auf dem Weg dorthin war, dennoch hatte er nicht verdient, auf diese Weise zu sterben.

Lerato stand auf und wedelte mit einer Hand in der Luft. »Nicht schiessen, ich war eine Geisel. Nicht …«

Themba hörte die Schüsse, packte Leratos anderen Arm und zerrte sie auf den Boden hinunter. Als er unter dem Fahrgestell des Toyotas durchspähte, sah er drei Beinpaare, die sich durch das Gras und auf sie zu bewegten.

»Sie haben versucht, mich *zu töten*«, zischte Lerato.

»Es sind keine Polizisten«, sagte Themba.

»Glaubst du? Aber hinter was sind sie her und warum wollen sie uns töten?«

In Thembas Kopf fügten sich die Teile wie bei einem Zusammensetzspiel zusammen. Das Nashorn-Horn und die AK-47, die unter all den Kleidern und Besitztümern versteckt waren. Wem auch immer das von Joseph gestohlene Fahrzeug gehörte, war auf der Flucht und zog mit einer verborgenen Ladung im Wert von Millionen Rand und einer AK zum Schutz um, vielleicht sogar ins Ausland. Diese *Tsotsis* wollten, was im Auto war, das Baby inbegriffen. Gleichzeitig legten sie es darauf an, keinerlei Zeugen zurücklassen. Vielleicht waren sie korrupte Polizisten, oder, so dachte Themba, das Kind gehörte zu einem von ihnen.

Themba kroch zur Stelle, an der Joseph hingefallen war.

»Was machst du, Themba?«

»Sie werden uns nicht am Leben lassen. Das sind Gangster, Lerato und sie sind hinter den Nashorn-Hörnern her.«

»Was für Hörner?«

Themba konnte die aufsteigende Panik in Leratos Stimme hören, hatte aber keine Zeit für Erklärungen. Er nahm die weggeworfene AK-47, legte sich auf den Bauch und zielte mit dem Gewehr unter dem Auto durch. Er sah die Beine näherkommen, schaltete die Sicherung auf Automatik, legte das Sturmgewehr auf die Seite und drückte ab. Die AK ruckte, so dass er sie kaum noch kontrollieren konnte. Er hörte einen Mann schreien und sah Beinpaare zur Seite fallen als zwei Männer auf dem Boden aufschlugen. Das Baby auf dem Rücksitz des Fortuners begann zu wimmern. Themba sah niemanden mehr, der sich bewegte, also schwang er das Gewehr in Richtung des geparkten Audi. Er hielt es so ruhig wie möglich, dann zog er den Kolben fest an seine Schulter und feuerte erneut. Er hielt den Finger gedrückt, bis das Magazin leer war. Als der Korditrauch in der warmen Brise verwehte, sah er mit Genugtuung, dass aus dem durchstochenen Kühler Dampf zischte und der Audi auf vier platten Reifen liegen blieb.

»Aufstehen!«, rief der Mann seinen Kameraden zu.

»Lerato, steig ins Auto und leg dich hinten auf den Boden«, sagte Themba. »Nimm das Baby und deck schütze es unter deinem Körper.«

»Ich habe Angst, Themba!«

»Ich auch, aber wir können nicht hierbleiben.«

»Du hast keine Munition mehr.«

»Steig ein«, sagte er erneut.

Lerato zog sich hoch und kroch auf den Rücksitz des Fortuners. Das Baby schrie mit weit aufgerissenem rosa Mund und geröteten, dicken Wangen.

Themba griff in die Tasche seines Schulblazers und zog die Handgranate heraus, die er in der Tasche aus Nashornhorn entdeckt hatte.

Er wartete, bis Lerato auf dem Rücksitz des Fortuners sass. Als er sah, wie sie das Kind aus dem Sitz nahm, ihren Oberkörper darüber beugte und es damit abschirmte, schlug ihm das Herz bis zum Hals. Wie konnte das alles nur passieren? Er zog den Stift aus der Granate.

»Flankiert ihn!«, rief einer der Männer.

Themba wusste, dass er es sofort tun musste, bevor die Gruppe sich trennte. Er stand auf und hörte sofort das Zischen einer Kugel. Sie flog an seinem Gesicht vorbei und ihr folgte das Donnern und Klirren, als ein weiterer Schuss vom Toyota abprallte und einen Meter von ihm entfernt im Dach eine silberne Scharte aus blankem Metall hinterliess. Er sah, dass sich die Männer bereits voneinander entfernten, also warf er die Granate zu den beiden, die am nächsten beieinanderstanden.

»Ich sehe das Mädchen nicht, es muss im Wagen sein«, rief einer der Männer. Das Schiessen hörte auf.

»Granate!«, rief ein anderer.

Sie würde bald auf dem Boden aufschlagen, sagte sich Themba, stemmte sich hoch und stieg vorne ins Fahrzeug. Er wandte sich auf dem Fahrersitz um, drehte den Schlüssel, legte den Gang ein und trat das Gaspedal durch. Ein Geräusch wie bei einem Hagelschauer ertönte an der rechten Seite des Geländewagens und hinter ihm zersprang das Fenster. Lerato schrie auf. Themba blickte sich um und sah eine Rauchfahne. Zwei der Männer waren bereits wieder aufgestanden, aber einer lag noch immer am Boden und krümmte sich vor Schmerz. Themba beobachtete, dass von seinem mit Schrapnell übersätem Körper Rauch aufstieg.

»Bleib liegen«, rief Themba Lerato zu. Das Baby schrie hysterisch.

Er schaute in den Rückspiegel und sah, dass die beiden kräftigen Männer immer noch mit ihren Gewehren auf ihn zielten und hörte eine Kugel irgendwo im Heck einschlagen. Ihm wurde klar, dass sie sehr gezielt schossen, nämlich auf seine Reifen. Sie wollten das Baby nicht verletzen.

Themba riss das Lenkrad herum und der Toyota machte einen Schlenker nach links, bog dann wieder nach rechts ab und fuhr im Zickzack davon. Er wollte ihnen kein leichtes Ziel bieten. Doch wieder hörte er, wie sich eine Kugel in die Karosserie bohrte. »Seid ihr beide in Ordnung?«

»Ich bin noch am Leben, wenn du das meinst«, gab Lerato zurück.

Sie fuhren einen Hügel hinunter und in der Senke waren sie für einen Moment ausser Sichtweite der Verrückten, die sie zu töten versuchten. Auf der anderen Seite entdeckte Themba links einen groben Feldweg, der eher für den Viehtrieb schien als zum Befahren. Er bog auf ihn ab.

Er rechnete damit, dass der Audi es nicht schaffen würde, bremste aber so wenig wie möglich. Er lenkte das Fahrzeug eisern weiter, Leratos Schreie ignorierend, die genau wie das Baby im unwegsamen Gelände hin und her geworfen wurde und wie ein Gummiball auf ab hüpfte und.

Lerato hob den Kopf und schaute aus dem Rückfenster, dann traf sie Thembas Blick im Rückspiegel. »Wohin fahren wir, Themba?« Während sie wieder auf die Seite geschaukelt wurde, hob sie das Baby hoch und setzte es fluchend zurück in den Kindersitz.

Themba hielt ihren Blick eine Sekunde lang fest, bevor er seine Augen wieder auf die zerfurchte Piste richtete. »Ich habe keine Ahnung.«

9

———

Als die Sanitäter gerade den verletzten Polizisten in den Krankenwagen luden, erreichte Banger allein mit dem Wagen der Sicherheitsfirma den Ort des Geschehens. Es war immer noch keine Polizei anwesend.

»Schätzchen, Gott sei Dank bist du in Sicherheit. Tut mir leid, dass ich so spät komme. Ich habe Sipho zu Hause abgesetzt und hatte ewig keinen Telefonempfang mehr.« Er rannte zu ihr, umarmte sie und hielt sie dann auf Armeslänge von sich. »Mensch, bist du sicher, dass du in Ordnung bist? Das ganze Blut ...«

Nia nickte in Richtung des abfahrenden Krankenwagens. »Es ist seins. Mir geht's gut, jedenfalls mehr oder weniger.«

Er drückte sie wieder fest an sich und sie schmiegte sich an ihn, oder zumindest so nah wie dies möglich war, denn er trug eine kugelsichere Weste und hatte eine Neun-Millimeter-Pistole in einem Holster an seiner Brust. Er roch nach Schweiss und Waffenöl. Sie sah ihm in die Augen und er küsste sie, fuhr mit den Fingern durch ihr Haar und massierte dabei sanft ihre Kopfhaut. Er wusste genau, wie er sie beruhigen konnte.

Nia wollte einfach nur nach Hause gehen und ein Bad nehmen, aber es gab hier noch etwas zu erledigen, sogar eine ganze Menge.

Widerstrebend löste sie sich aus der Umarmung. Der Geiermann war in der nahen Hütte im *Kraal* verschwunden. Er kam jetzt zu ihnen zurück und wischte sich die blutigen Hände mit einer Handvoll Gras ab. »Banger, das ist ...«

»Mike Dunn«. Er kam zu ihnen und hielt Banger eine geschlossene Faust hin. »Ich will Sie nicht mit Blut beschmieren.«

»Angus Greiner. Alle nennen mich Banger.« Er schielt seine Faust an die des älteren Manns und sah dann von Dunn zu Nia. »Also, könnt ihr mir mal sagen, was hier los ist?«

Nia liess die Ereignisse Revue passieren und während sie sprach, brodelten die Emotionen in ihr hoch. Als sie zum Moment kam, in dem auf sie geschossen wurde, konnte sie ihre Worte kaum noch formulieren und musste darum kämpfen, kontrolliert zu bleiben.

»Ist schon gut, Schätzchen.« Er klopfte ihr auf die Schulter. »Ist die Polizei schon weg?«

»Nein, sie sind noch nicht hier. Wohl wegen dieser Bombe in Durban oder so«, sagte sie.

»Aber ich hörte in den Radionachrichten, dass ein Verfolgungshubschrauber beschossen worden sei und die Polizei ermittle«, widersprach Banger.

Nia schüttelte den Kopf. »Nein, ich habe John gesagt, ein Junge habe eine AK-47 auf mich gerichtet und ihn gebeten, dies das an die Polizei weiterzugeben. Dabei müssen Missverständnisse eingeflossen sein.«

Banger nickte. »Ja, dies hat meine Aufmerksamkeit erregt. Als ich mit John sprach, sagte er mir, dass ihr sie am Verfolgen seid. Ich will diese Bastarde erwischen.«

»Wir sollten auf die Polizei warten, Banger«, sagte Nia.

Mike schaute die Feldstrasse hinauf, in die Richtung, in die der Fortuner weggefahren war und dann wieder zurück zum *Kraal*. »Der Junge, von dem ich Ihnen erzählt habe, heisst Themba ...«

Nia nickte.

»Das da drüben ist sein Zuhause und ich habe dort ein paar Schulbücher gefunden, auf denen sein Name steht. Ich wusste, dass er hier irgendwo wohnt, nur nicht genau, wo.«

»Glauben Sie, dass er einer der Autodiebe ist? Dass er rückfällig geworden ist und wieder klaut?«

»Wer ist das?«, unterbrach Banger.

Nia erzählte ihm, was sie wusste.

»Wir wissen nicht, ob er einer der Täter ist«, ergänzte Mike. »Sie sagten, er trug eine Schuluniform?«

Nia stemmte die Hände in die Hüften. »Ja, ganz genau. Vielleicht hat der Entführer den Fortuner hierhergebracht, um ihn zu verstecken? Er ist auf jeden Fall mit dem Kind weggefahren.«

»Und mit einem Mädchen. Glauben Sie, dass sie da auch mit drinsteckt?«

Nia zuckte mit den Schultern. »Vielleicht? Eigentlich wissen wir nur, dass sie weg sind und dass sie ein Kleinkind bei sich haben.«

»Also gut, ich fahre los und hole diese Kinder«, sagte Banger.

Nia wandte sich von ihm ab und ging zu ihrem Hubschrauber. Ein Anflug von Wut rötete ihre Wangen. Sie wusste, dass es unsinnig war, zornig zu sein, aber es ärgerte sie, dass Banger, kaum war er aufgetaucht, schon wieder gehen wollte. Hinter sich hörte sie Mike etwas sagen, verstand aber nicht genau, was er mit leiser Stimme murmelte. Sie glaubte, ihn sagen zu hören: »Geh zu ihr«, was sie noch mehr erzürnte.

»Schätzchen?«

Sie schreckte vor ihrem Kosenamen zurück, sah Banger aber gar nicht erst an. Stattdessen ging sie zum Hubschrauber, öffnete die Tür und kletterte auf den Pilotensitz.

Banger kam zu ihr und schaute mit seinen blassgrünen Augen zu ihr hin. Er hatte eine seltsame Hautfarbe, ziemlich exotisch, die er ihr als ein Erbe seines ungarischen Vaters und seiner irischen Mutter erklärt hatte. Seine Eltern waren in den siebziger Jahren nach Südafrika eingewandert und Angus war, genau wie Nia, in Durban aufgewachsen. Sie hatten sich bei Joe Cools am Strand kennengelernt.

»Schätzchen, es tut mir leid. Der alte Knabe sagt, ich soll hier bei dir bleiben.«

Nia schnaubte. Sie hatte Mike nicht wirklich als einen ›alten

Knaben‹ angesehen. Sie blickte zu ihm hinüber, wie er durch die rechte Hintertür in seinen Land Rover griff. Er war gross, schlaksig und hatte dunkles, mit einigen grauen Strähnen durchzogenes Haar. Er zog eine Waffentasche heraus, öffnete deren Reissverschluss und zog etwas heraus, was wie ein schweres Jagdgewehr aussah. Er legte das Gewehr ab und fand im Fahrzeug einen ledernen Patronengürtel, den er sich umschnallte. Er wirkte wie ein Mann, der wusste, was er tat. Er hatte ein längliches, kantiges Gesicht und Nia fand, er sehe irgendwie gut aus. Sie fragte sich in der Tat, wie alt er war. Vielleicht Mitte vierzig, schätzte sie, etwa fünfzehn Jahre älter als sie, was aber für Banger, der noch zwei Jahre jünger als sie war, als ›alt‹ durchgehen mochte.

Sie blickte zu Banger zurück. Wie sie surfte er, daneben trainierte im Fitnessstudio. Er war braungebrannt und durchtrainiert, so dass er auf dem Cover eines Fitnessmagazins gute Figur gemacht hätte. »Mir geht es gut.«

»Ja? Du siehst nicht gerade danach aus. Was tust du jetzt?«

»Ich muss hier warten, bis die Firma Treibstoff schickt und niemand weiss, wie lange das dauert. Ich mache mir Sorgen um das Baby, Angus.«

Er nickte. »Ich mir auch. Und ausserdem mache ich mir Sorgen um dich. Du hast heute dein Leben aufs Spiel gesetzt.«

Sie spürte, wie die Wut sie wieder erfüllte. »Dein Leben *ist jeden Tag* in Gefahr. Ich weiss, wie viele Sicherheitsleute in diesem Land erschossen werden. Du warst in Afghanistan wahrscheinlich sicherer, als hier.«

Er grinste. »Wahrscheinlich.«

Banger war Polizist gewesen, nachdem er bei der Beförderung zum Detektiv übergangen worden war aber aus dem Dienst ausgetreten. Wie viele Südafrikaner mit Polizei- oder Militärerfahrung ging er nach Afghanistan. Als ziviler Sicherheitsmitarbeiter schützte er wichtige Persönlichkeiten und fuhr in Konvois Waffen für die Amerikaner und die NATO aus Pakistan. Als die akute Phase des Kriegs vorüber war, kehrte er nach Hause zurück.

»Wir sollten hier auf die Bullen warten«, sagte Nia.

Mike ging zum Hubschrauber hinüber. »Sie haben recht, genau das sollten wir«, sagte er und unterbrach damit ihr Gespräch. »Aber in diesem Auto sind Kinder in Gefahr. Wir können nicht einfach warten. Ich werde ihre Spur aufnehmen und sehen, ob ich sie finde.«

»Sie werden doch nicht etwa versuchen, sie aufzuhalten und etwas Dummes tun, oder?« Nia fühlte einen Anflug von Sorge um den Mann, vielleicht weil er der einzige Mensch war, der ihr zu Hilfe gekommen war, als sie jemanden brauchte.

»Ich kann Sie unterstützen«, sagte Banger.

Mike sah zu Bangers Kleinauto. »Aber nicht damit. Die Strasse wird hier oben immer schlechter. Falls die in die Richtung der Berge statt auf die Autobahn gefahren sind, kommen Sie damit nicht weiter als einen Kilometer.«

»Der Kerl hat eine AK47 und es steht zwei gegen einen. Sind Sie sich sicher, dass Sie das auf sich nehmen wollen?«

»Ich will sie finden, plane aber keine Schiesserei«, sagte Mike.

Nia verschränkte die Arme. »Nun, ich kann nichts machen. Aber wenn ich aufgetankt habe, kann ich nach dem Fortuner suchen. Bis dahin müsst ihr das unter euch ausmachen.«

Banger sah ihr in die Augen. »Bist du wirklich Okay?«

»Mir geht es gut.«

»Ich gehe«, sagte Mike.

Banger ging zu seinem Patrouillenwagen, griff unter den Vordersitz, zog einen Revolver 38 Spezial heraus und brachte ihn Nia.

»Was ist das?«, fragte sie ihn.

»Meine Ersatzwaffe.«

»Legal?«

Bangers Mund verzog sich zu einem halben Grinsen. »Ähm.« Sie nahm die Pistole. »Ich hoffe, ich muss sie nicht benutzen.« Banger küsste sie.

Mike sass bereits im Land Rover und liess den Motor an., als Banger zur Beifahrerseite gerannt kam und sich hineinschob. Er warf Nia noch einen Kuss zu und sie lächelte ihn an.

* * *

Mike fuhr so schnell, wie er sich auf der gewellten roten Erdstrasse traute. Nach ein paar Kilometern sah er ein stehendes Auto, einen Audi, bei dem drei Türen offenstanden. Er verlangsamte. Es war ein schwarzer Q5 gewesen, der den weissen Mann am Mona-Markt abgesetzt hatte.

Banger schrieb auf seinem Handy eine SMS und lächelte vor sich hin. Mike vermutete, er kommuniziere mit der Hubschrauberpilotin. *Dieser Kerl ist ein Glückspilz,* dachte er. Es war mutig von ihr, in der Nähe des gekaperten Toyotas zu bleiben, während Leute auf sie schossen. »Sehen Sie sich das an«, sagte er.

Banger blickte auf, legte das Telefon weg, zog die Neunmillimeter aus seinem Brustholster und entsicherte sie. »Sehen Sie mal, wie tief das Auto liegt. Die Reifen sind zerschossen. Aber bleiben wir ruhig, Mann.«

Mike nickte. Als sie sich näherten, sah er Einschusslöcher und blanke Metallkratzer, wo die Kugeln den Lack beschädigt hatten. Er hielt den Land Rover an, stieg aus und nahm sein Gewehr mit.

Banger näherte sich dem Audi mit erhobener Pistole, die rechte Hand von der linken gestützt. Mike hörte ein Zischen, wie von einer Schlange und sah eine dunkle Pfütze auf dem Boden unter dem Kühler. Er schnupperte die Luft.

»Sprengstoff«, erklärte Banger und zeigte auf einen Fleck aus verbranntem Gras und aufgewühlter Erde. »Eine Granate.«

»Erleben Sie in Ihrem Beruf viele Granatenangriffe?«, fragte Mike.

»Nein, aber ich habe in Afghanistan genug davon gesehen.«

Mike nickte. Der Junge war frech, grossspurig und von langen Stunden im Fitnessstudio aufgepumpt, wenn nicht sogar von Steroiden, doch er hatte auch einige Erfahrung. Mike suchte den Boden ab und begann einen Kreis um das Auto zu ziehen, während Banger das Fahrzeug selbst untersuchte.

»Nichts drin«, sagte Banger.

Mike liess sich auf ein Knie fallen und strich mit zusammengekniffenem Daumen und Zeigefinger über einen umgeknickten Grashalm. Als Banger zu ihm herüberkam, hielt er dem Sicherheitsmann die Hand hin.

»Blut.«

Mike rieb es zwischen seinen Finger. »Frisch.« Er stand auf und stellte sich so hin, dass die Spuren zwischen ihm und der Sonne lagen. »Ein Mann, der ein Bein hinterherzieht. Er geht in diese Richtung.«

»Zum Hubschrauber, von dem wir gerade gekommen sind?«

Mike schaute zurück auf die Strasse und dachte dasselbe wie Banger. »Wir haben ihn nicht gesehen.«

»Scheisse, er könnte auf dem Weg zu Nia sein. Wenn wir ihn nicht gesehen haben, muss er sich vor uns versteckt haben.«

Mike setzte seine Runde fort, jetzt schneller und entdeckte die Spuren zweier weiterer Männer. Er folgte ihnen und versuchte, den Verlauf des Kampfes nachzuvollziehen. Er blieb stehen und bückte sich, um ein paar Patronenhülsen aufzuheben. »5,56 Millimeter, R5s, in drei Schüssen abgefeuert. Diese Typen meinen es ernst. Ich war heute Morgen auf dem Mona-Markt bei einem Nashorn-Horn-Handel, der schief gelaufen ist. Da war ein genau solcher Audi wie dieser hier. Das könnten Wilderer sein.«

Banger folgte ihm auf dem Fuss. »Das ist verrückt. Ich habe ein schlechtes Gefühl.«

»Ja, es geht mir auch so.« Mike entdeckte das Reifenprofil des Toyota Fortuner und kupferfarbene Hülsen russischer Munition, die von einer AK-47 stammten. Von derselben Waffe, die Nia auf sich gerichtet gesehen hatte.

Dann sah er die Leiche.

»Klar«, sagte Banger und trat neben ihn. »Jemand wollte, dass dieser Kerl verschwindet.«

Der Mann war von einem R5 niedergemäht worden, der Anzahl Einschusslöcher nach zu urteilen vielleicht auch von zweien. Mike kniete sich neben ihn und legte eine Hand an seine Kehle. Die Haut war bereits kühl. Der Mann war Anfang zwanzig und kam ihm bekannt vor. Mike durchsuchte seine Taschen, wobei er eine Wunde in der Schulter bemerkte sowie ein zusammengeknülltes, blutgetränktes T-Shirt. Er fand eine Brieftasche und einen Führerschein. »Joseph Ndlovu. Das ist der Autodieb.«

»Woher wissen Sie das?«, fragte Banger.

»Ich kenne seinen Cousin, den Jungen, der in der Hütte wohnt, in der die Schiesserei stattfand. Ich war bei einer Gerichtsverhandlung, bei der sein Cousin angeklagt war. Joseph ist ein professioneller Dieb und könnte hierhergekommen sein, um Hilfe zu suchen. »Themba, was hast du getan?«, flüsterte er vor sich hin.

Banger blickte auf die Autospuren, die zu den fernen Hügeln führten. »Der Junge in der Schuluniform war also der Lehrling. Sieht aus, als wäre er mit dem fahrbaren Untersatz, dem entführten Baby und einer Schülerin entkommen.«

Mike wollte nicht glauben, dass Themba wieder etwas Widerrechtliches getan hatte, musste aber zugeben, dass es durchaus möglich war. Aber woher hatte er – oder Joseph – eine Handgranate und wer waren die Männer, die auf sie geschossen hatten? Vielleicht gehörte die Granate ihnen und einer von ihnen wurde beim Versuch, sie zu werfen, erschossen? Mike sah sich weiter um und entdeckte zwei Spuren, die zu den Hügeln führten. Zwei Männer verfolgten den Fortuner zu Fuss.

»Das ist Wahnsinn.«

Mike stand auf und sah sich um. Ja, es war verrückt, wie so vieles, was in diesem Land und in der Welt vor sich ging.

Banger blickte zurück auf die Strasse. »Ich mache mir Sorgen um Nia. Wenn ein Verwundeter mit einem Sturmgewehr auf dem Weg zu ihr ist und sich vor uns versteckt hat, anstatt sich Hilfe zu holen, dann ist sie in Gefahr.«

Mike wusste nicht, was er von diesem Tag oder dieser Szene halten sollte. Es waren keine Polizeisirenen zu hören, also waren sie im Moment auf sich allein gestellt. Wenn er den Fortuner in seinem Land Rover verfolgte, träfe er bald auf zwei bewaffnete Männer die zu Fuss unterwegs waren und, so vermutete er, sein Fahrzeug mit Gewalt an sich bringen würden.

»Fahren Sie mit dem Land Rover zurück zum Hubschrauber«, sagte Mike.

»Was? Warum? Nein, Mann, wir müssen zusammen bleiben.«

»Gehen Sie, schauen Sie nach Ihrer Freundin und sehen Sie zu, dass sie in Sicherheit ist. Sagen Sie ihr, sie soll ihren Hubschrauber dort stehenlassen. Er hat keinen Treibstoff, also könnte ihn selbst jemand, der wüsste, wie man ihn fliegt, nicht stehlen. Holen Sie sie und kommen Sie dann miteinander zu mir zurück. Ich gehe zu Fuss weiter.«

Banger stellte sich ihm hochaufgerichtet gegenüber und zog die Schultern nach hinten, als wolle er weiter argumentieren. Sie starrten sich an, doch dann brach Banger den Blickkontakt ab und schaute zuerst zurück auf die Strasse, die sie gekommen waren, dann noch einmal zu Mike. »Sie sind nicht nur ein Vogelforscher, oder?«

»Sagen wir einfach, Sie sind nicht der Einzige hier, der im Kampf war. Gehen Sie zu ihr.«

Banger nickte, ging zum Land Rover und startete ihn. »Viel Glück«, rief er.

»Seien Sie vorsichtig«, antwortete Mike. »Und denken Sie daran, dass der andere Typ irgendwo da draussen ist.«

Mike sah zu, wie der Land Rover über den Hügel verschwand, dann richtete er seinen Blick wieder auf den Weg. Er lief, das Gewehr im Anschlag, langsam los.

* * *

»Helfen Sie mir, bitte«, rief der Mann.

Nia leckte sich über die Lippen und kletterte aus dem Pilotensitz ihres Hubschraubers. Sie hatte den Mann kommen sehen und dass er in Schwierigkeiten steckte, war schon vor seinem klagenden Ruf klar. Er stützte seinen linken Arm mit der rechten Hand und zog sein linkes Bein nach. Nia öffnete das Heck des Hubschraubers und löste den Erste-Hilfe-Kasten von seinem Platz an der Rückwand.

Sie ging, den Erste-Hilfe-Kasten in der linken Hand, auf ihn zu, aber die Finger ihrer rechten Hand, die in der Tasche steckte, schlossen sich fest um den Griff des 38er Revolvers, den Banger bei ihr gelassen hatte. Als sich der Abstand zwischen ihnen verringerte, sah sie, dass seine linke Gesichtshälfte und seine Kleider auf derselben Seite geschwärzt waren, als ob sie verbrannt worden wären. Sein Gesicht war gerötet.

»Helfen Sie mir«, bat er erneut.

»Wer sind Sie?«

»Mein Name ist Ibrahim. Ich war auf der Strasse unterwegs, als so ein Verrückter in einem Fortuner mich zu überholen versuchte und dabei mein Auto rammte.

»Ich habe einen gestohlenen Fortuner verfolgt. War er weiss?«

Der Mann nickte. Sie trafen sich und er taumelte. Nia zog die rechte Hand aus der Tasche ihres Flieger-Overalls und legte einen Arm um ihn, um ihn zu stützen.

»Da waren ein junger Mann, ein Junge und ein Mädchen in Schuluniform und sie hatten ein kleines Kind dabei«, krächzte der Mann.

»Ja, das sind sie, ganz sicher«, sagte Nia. »Hier, setzen Sie sich hin und lassen Sie mich schauen.«

»Ich bin okay. Aber können wir in ein Krankenhaus? Vielleicht können Sie mit Ihrem Hubschrauber fliegen?«

»Sie sehen für mich überhaupt nicht gut aus. Ausserdem ist meinem Hubschrauber der Treibstoff ausgegangen. Ich warte auf Nachschub. Hoffentlich ist die Polizei auch bald hier. Dann können Sie denen Ihre Geschichte erzählen. Was ist sonst noch mit Ihnen passiert? Hat es gebrannt?«

»Kommt die Polizei?«, erkundigte er sich.

Nia zuckte mit den Schultern. » Wer weiss das schon? Heute, nach dem, was in Durban passiert ist? Aber sie wissen jedenfalls, wo ich bin, und immerhin ist ein Krankenwagen aufgetaucht, um einen verletzten, nicht diensthabenden Polizisten, der hier war, abzutransportieren. Irgendwann muss also jemand eine Meldung gemacht haben.«

Sie musterte ihn von oben bis unten. Dieser Ibrahim mit seinen Designer-Kleidern sah wie ein Türsteher in einem Nachtclub aus oder wie ein von jemandem angeheuerter Schläger. Eine Goldkette hing über einem schwarzen T-Shirt, dazu trug er eine schwarze Jeans.

Für dieses Wetter ungewöhnlich, trug er eine anthrazitfarbene Sportjacke, deren linke Seite mit winzigen Löchern übersät war. Als sein Mantel sich einen Spalt weit öffnete, sah sie, dass seine eine Seite nicht nur verbrannt, sondern sein Hemd ausserdem mit Blut verklebt war.

»Dieser Wagen«, er deutete auf das Fahrzeug der Sicherheitsfirma, mit dem Banger hergekommen war, »wo ist der Besitzer?«

Nia wich einen Schritt zurück. Da war etwas, oder besser gesagt gar nichts in seinem Blick. Seine Augen waren dunkel und leer, aber gleichzeitig berechnend, als er um sich herum und durch sie hindurchschaute. »Ganz in der Nähe. Er kommt jeden Moment zurück.«

»Ich muss jetzt los.« Er betrachtete das Auto erneut.

»Warten Sie«, sagte sie. »Lassen Sie mich wenigstens Ihre Verletzungen versorgen. Sie wären vor einer Minute beinahe umgekippt.«

»Nein, es ist schon in Ordnung.«

Er drehte ihr den Rücken zu. Ein Schauer durchlief sie und die Härchen auf ihren Armen und in ihrem Nacken sträubten sich. Dieser Kerl hatte nicht nur einen Autounfall gehabt, er wich ausserdem ihren Fragen aus.

»Bleiben Sie, wo Sie sind!«. Ibrahim drehte den Kopf, schaute über die Schulter zurück und Sie sah, dass sein Blick zu ihrer Hand wanderte, die in die Tasche ihres Fluganzugs griff.

Nia sah nur verschwommen, dass seine rechte Hand durch die Luft flog. Ein Schlag mit der geschlossenen Faust schleuderte ihren Kopf herum, als er ihren Wangenknochen traf. Als Nächstes nahm sie wahr, dass sie auf dem Rücken lag und Ibrahim über ihr stand. Er hatte eine Pistole auf sie gerichtet, zwischen ihre Augen.

»Wenn Sie eine Waffe in der Tasche haben, nehmen Sie sie ganz langsam heraus, die Fingerspitzen am Griff.«

Nia holte tief Luft, um nicht zu schluchzen und tat, was er ihr sagte. Sie griff langsam in die Tasche ihres Overalls und zog die Pistole heraus.

»Gut, werfen Sie sie mir jetzt vor die Füsse.« Sie stiess die Waffe weg und legte die Hände auf den Kopf, wie er sie hiess. »Sie haben also keinen Treibstoff mehr?«

Sie blinzelte und nickte.

»Warten Sie auf Nachschub?«

»Ja.«

»Gut, dann warten wir zusammen. Ich setze mich in den Hubschrauber und ziele mit der Waffe auf Sie. Wenn ein Fahrer mit dem Treibstoff ankommt, sagen Sie ihm, er soll mich ins Krankenhaus bringen. Und kommen Sie nicht auf die Idee, ihm ein Zeichen zu geben, dass etwas nicht stimmt, sonst werde ich Sie und den Fahrer sofort töten. Ich möchte, dass Sie mich im Hubschrauber fliegen, kann mich aber auch mit einem Wagen behelfen. Sie haben die Wahl: Entweder Sie retten Ihr Leben und das eines unschuldigen Fahrers, oder Sie und er sterben gleichzeitig. Haben Sie das verstanden?«

Nia nickte erneut kurz.

Der Mann hustete und zuckte beim Schmerz, den dies verursachte, zusammen. Wenn der Mann, der diesen Sicherheitswagen fährt, zurückkommt, sagen Sie ihm nichts und geben ihm auch kein Zeichen, dass hier etwas nicht stimmt. Sonst sind Sie beide tot, bevor er auch nur Zeit hat, seine Waffe zu ziehen.«

»Wer sind Sie?«, fragte sie ihn.

»Ich bin ein Mann, der etwas zurückfordern will, das ihm gestohlen wurde. Das ist alles. Ich habe nicht den Wunsch, Sie zu verletzen, aber Sie haben den Fehler gemacht, zu viele Fragen zu stellen und versucht, eine Waffe auf mich zu richten. Ich handle also in Selbstverteidigung.«

Nia musste innerlich darüber schmunzeln. »Ich weiss nicht, was Sie vorhaben, aber Sie müssen wissen, dass die Polizei wirklich auf dem Weg hierher ist und jede Minute hier eintrifft. Wahrscheinlich noch vor meinem Benzin, das den ganzen Weg von Durban hierher gekarrt werden muss. Die Polizisten kommen aus Mtubatuba. Hier wurde bereits ein Polizist angeschossen und Sie wissen, wie die Polizei reagiert, wenn einer von ihnen verletzt wird.«

Der Mann schien ihre Worte abzuwägen und wiegte den Kopf

leicht hin und her, während er die Nachricht verarbeitete. »Ich glaube Ihnen.«

»Gut.«

Er lächelte. »Nein, nicht so gut. Ich glaube, ich muss Sie umbringen, bevor die Polizei kommt.«

Nia hörte das entfernte Rattern eines Dieselmotors. Ibrahim hob die Pistole vom Boden auf und steckte sie in seine Hose. Dann schlug er ihr die Hände vom Kopf und zog sie an den Haaren auf die Füsse. Er presste ihr die Pistole in den Rücken, zog sich zum Hubschrauber zurück und ging dahinter in Deckung.

Der weisse Land Rover, das Fahrzeug von Mike, dem Geiermann, erklomm langsam den Hügel. Nia konnte durch die Windschutzscheibe nur ein Gesicht sehen – das von Banger. Ihre Erleichterung darüber, nicht mehr allein zu sein, verwandelte sich schnell in Furcht. Dieser Wahnsinnige würde Banger und sie im Handumdrehen umbringen.

Ibrahim kletterte in den hinteren Teil des Hubschraubers und quetschte sich auf den engen Rücksitz, bis er ihr zugewandt auf dem Sitz lag. Er zog die Tür bis auf einen Spalt, der offen blieb, zu. »Wenn er anhält, sagen Sie ihm, er soll weiterfahren. Geben Sie ihm keinerlei Signal, dass Sie in Gefahr sind. Der Deal gilt, wie vorher besprochen, sonst töte ich euch beide.«

Sie nickte. Banger fuhr von der Strasse weg und parkte ein paar Meter vom Hubschrauber entfernt. Nia ging in seine Richtung.

»Stopp«, zischte Ibrahim. Sie gehorchte. »Gehen Sie nicht weiter von mir weg oder ich schiesse Ihnen in den Rücken. Wenn Sie irgendetwas versuchen, töte ich zuerst ihn, dann Sie.«

Nia nickte fast unmerklich. »Hallo, Banger, du brauchst dir keine Sorgen um mich zu machen. Mir geht es gut und ich brauche keine Hilfe!«, rief sie ihm zu, als er aus dem Land Rover stieg. Sie wollte nicht, dass Angus zu ihr rannte und sie in seine Arme nahm.

Er blieb stehen und sah sie einen Moment lang verwirrt an. »Was ist los?«

»Meinem Hubschrauber ist der Sprit ausgegangen und ich warte hier auf eine Lieferung. Aber wie gesagt, alles ist völlig in Ordnung.«

»Wirklich?« Er hob eine Augenbraue in die Höhe.

»Hundertprozentig. Überhaupt kein Problem, ganz und gar nicht. Ein ganz normaler Arbeitstag.«

»Tatsächlich?« Nia sah, dass Bangers Blick auf den Erste-Hilfe-Kasten fiel, den sie aus dem Hubschrauber geholt und dann auf den Boden liegen gelassen hatte.

»Ja, Banger, wirklich.«

»Soll ich dich zurück in die Stadt bringen?«

Nia schüttelte den Kopf. »Nein, wenn ich den Hubschrauber allein liesse, würde ich mit Sicherheit umgebracht.«

Banger befeuchtete seine Lippen mit der Zunge. Sie sah, wie er seine Finger bewegte, weil Wut in ihm aufstieg. Er war nicht nur ungestüm, sondern manchmal auch jähzornig, konnte dies aber, wenn es nötig war, kontrollieren. Wenn er mit ihr schlief, dann mit einer Art animalischer Wildheit, einer kaum gezügelten Leidenschaft.

»Bei mir ist alles ganz okay«, wiederholte sie.

»Na gut, dann mache ich mich auf den Weg«, erklärte Banger.

»Dann beeilst du dich mal besser, Cowboy«, sagte sie und hoffte, er würde es verstehen. Wenn sie zu Hause herumalberten, tat Angus manchmal gern so, als sei er ein Cowboy. Er übte vor dem Spiegel, seine Pistole aus dem Halfter zu ziehen und sagte ihr, er sei der schnellste Schütze der wilden Ostküste. Sein schrecklicher imitierter amerikanischer Akzent brachte sie immer zum Lachen.

»Ja, Ma'am«, gab er mit einem leichten Lächeln zurück. Er hatte ihre Nachricht verstanden und dass es diesmal notwendig war, wirklich schnell zu sein.

Banger drehte sich um, als wolle er gehen und Nia sah, wie seine rechte Hand hob. Sie hatten nur eine einzige Chance. Der Mann im hinteren Teil des Hubschraubers würde sie sonst töten, wenn nicht jetzt, dann später. Er war nicht der Typ, der Zeugen leben liess. Sie hatte immer noch keine Ahnung, was er mit dem gestohlenen Fortuner zu tun hatte, aber es wurde immer klarer, dass diese Geschichte mehr war als nur ein gewöhnlicher Autodiebstahl.

Nia liess sich zu Boden fallen und rollte nach links, unter die

Nase des Hubschraubers. Noch während sie stürzte, hörte sie die ersten Schüsse hinter sich, dann einen ohrenbetäubenden Doppelknall. Sie spürte den Luftzug, als ein Geschoss sie nur um Millimeter verfehlte.

Angus feuerte ebenfalls und Nia hörte, wie seine Kugeln die Aussenhaut des Hubschraubers durchschlugen. Sie rollte weiter und blieb tief, um nicht getroffen zu werden. Banger brüllte und sie schrie.

Nia krabbelte auf Händen und Knien vom Helikopter weg, dann schob sie sich auf die Füsse. Sie konnte nichts tun. Sie hatte keine Waffe und um zum Land Rover zu gelangen, führte ihr Weg über offenes Gelände. Sie schrie aus Frust, aber als sie sich ausgeschrien hatte, stand sie allein im trockenen Gras und um sie herum herrschte Stille. Einen Moment später hörte sie gequältes Stöhnen.

Sie rannte zum Hubschrauber zurück und spähte vorsichtig um dessen Nase. Eine braune Hand ragte aus dem Spalt, wo die Hecktür offengelassen worden war und von den Fingern tropfte Blut. Nia holte tief Luft, nahm die letzten Reserven an Mut und Entschlossenheit zusammen und zog die Tür auf. Sie musste einen Schritt zurückspringen, weil Ibrahims Körper heraus und zu Boden stürzte.

Als sie sah, dass die Gefahr gebannt war, ging sie zu Angus, der auf dem Rücken im Gras lag. Nia kniete sich neben ihn, hob seinen Kopf auf einen ihrer Arme und suchte ihn mit der anderen Hand nach der Wunde ab, die ihn umfallen liess.

Banger hustete und Nia fürchtete, aus seinem Mund träte Blut, aber da war keins.

»Scheisse«, fluchte er leise.

»Banger, wo bist du getroffen?«

Er hustete erneut und dann begann er zu lachen. »Ich habe einen Schuss in die Schutzweste bekommen, verdammt. Dann bin ich rückwärts gestürzt, auf meinem Arschknochen gelandet und habe mich verheddert.«

Er war am Leben. Sie wischte sich eine Träne weg und sackte über ihm zusammen. Dann hörte sie endlich das Heulen einer Polizeisirene.

10

Als Mike Dunn sich dem Kamm des nächsten Hügels näherte, liess er sich ins Gras fallen. Das Gelände war offen, so dass er leicht zu entdecken wäre, wenn sich seine Silhouette gegen den Himmel abhob.

Er robbte vorwärts und zog ein kompaktes Zeiss-Fernglas aus der Tasche seines Buschhemds. Er stützte sich auf die Ellbogen und suchte das Tal vor sich ab. Die beiden Männer, die er verfolgt hatte, ein Schwarzer und ein Braunhäutiger, waren etwa vierhundert Meter entfernt.

Er legte das Fernglas weg und nahm sein Mobiltelefon heraus. Er überprüfte das Display; kein Signal. *Wer sind diese Typen?*

Sie hatten mit Joseph, dem Autodieb, kurzen Prozess gemacht. Hätte es sich um Polizisten gehandelt, wäre mindestens einer von ihnen zurückgeblieben, oder es wäre bereits Verstärkung eingetroffen. Der gestohlene Fortuner fuhr in Richtung Wildtierreservat und wenn es tatsächlich Themba war, der das Auto mit dem Schulmädchen und dem Baby an Bord steuerte, ergäbe das durchaus Sinn, denn der Bursche betrachtete Hluhluwe-iMfolozi als eine Art Zufluchtsort. Mike hatte Themba den Nationalpark mit genau diesen Worten beschrieben.

Er fuhr sich mit der Hand durch die Haare. Er war erschöpft, musste aber weitermachen. Die Frage war nur, was er tun sollte, wenn er die Männer einholte. Er schaute auf seine Uhr. Angus, der Sicherheitsmann, hätte mittlerweile genug Zeit gehabt, um zum Hubschrauber zurückzukehren, Nia abzuholen und zu ihm zurückzukehren. Aber der Motor seines Land Rovers war nicht zu hören.

Mike stand auf. Er wollte die Verfolgung der beiden Männer fortsetzen und wenn möglich, näher an sie heranzukommen, dabei aber ausser Sichtweite bleiben. Plötzlich hörte er leise Schüsse aus der Richtung, in der der Hubschrauber stand.

Er wartete. Obwohl sich Mike Sorgen um Themba und die anderen machte, war dies eine Aufgabe für die Polizei. Da er befürchtete, der Verwundete, der davongelaufen war, sei bei Angus und Nia angekommen, drehte er sich um und rannte den Weg zurück, den er gekommen war.

Während er lief, dachte Mike an Themba. Er hoffte, der Junge sei in Sicherheit. Mike hatte schon zu viele Kinder aus schlechten Verhältnissen bei ihren Versuchen, sich aus der Gosse hochzuarbeiten, scheitern sehen. Bei Themba konnte er es aber einfach nicht glauben, denn so sehr konnte er sich nicht in ihm getäuscht haben. Weder das Leben an sich noch Afrika war fair, aber Themba hatte eine Kraft, die vielen der jungen Männer fehlte, denen Mike zu helfen versucht hatte.

Schon von weitem sah er Blaulichter, die an der Stelle, an der Joseph getötet worden war, blinkten. Als Mike sich dem Polizeiauto näherte, hielt er sein Gewehr hoch über den Kopf.

Die beiden uniformierten Polizeibeamten, ein Mann und eine Frau, zogen ihre Waffen, sobald sie ihn bemerkten.

»Ich komme zu euch«, rief er ihnen zu, »nicht schiessen! «

Als er sich ihnen näherte, erkannte er die Frau. Es war Sergeant Lindiwe Khumalo und spürte grosse Erleichterung. Sie lebte in Mtubatuba und er hatte früher schon mit ihr zusammengearbeitet. Mike hatte sie immer wieder mit Informationen über Muti-Geschäfte versorgt und im Gegensatz zu einigen ihrer Kollegen in anderen

Städten und Dörfern, hatte Lindiwe es geschafft, ein paar Verkäufer zu verhaften.

Lindiwe und ihr Partner liessen ihre Waffen sinken. »Hey, Geiermann, wie geht es Ihnen? Was machen Sie denn hier?«

Mike deutete auf Josephs Körper. »Mir geht es gut, Lindiwe. Aber ich habe Schüsse gehört.«

Der männliche Polizist deutete den Hügel hinunter, wo der Hubschrauber gelandet war. »Schiesserei zwischen einem Sicherheitsmann und einem der Insassen dieses Audis.«

»Sind sie in Ordnung?«

»Die Pilotin und der Sicherheitsmann, ja«, sagte Lindiwe Khumalo. »Wer sind diese Leute, Mike?«

»Keine Ahnung, aber sie tragen R5s und sind wie Gangster gekleidet. Ich habe zwei von ihnen verfolgt.«

»*Umlungu?* Weisse?«

»Nein, ich habe keinen weissen Mann gesehen, nur einen Afrikaner und einen Farbigen, Inder oder so was. Allerdings gab es heute Morgen auf dem Mona-Markt eine Schiesserei und dort war einer der Täter ein Weisser. Er wurde von einem schwarzen Audi Q5 auf dem Markt abgesetzt.«

»Ich habe im Radio von der Schiesserei gehört«, sagte sie. »Sie hatten einen aufregenden Tag, wie wir alle. Konnten Sie das Kennzeichen des Audi in Mona nicht erkennen?«

Mike schüttelte den Kopf. »Nein, aber der Typ, der abgesetzt wurde, sollte Nashorn-Horn verkaufen, und zwar an keinen Geringeren als Bandile Dlamini.«

»*Yebo*«, sagte Lindiwe. »Ja. Er liegt im Krankenhaus, aber niemand hier will mir sagen, was mit ihm los ist.«

»Diese Männer, die ich verfolgt habe«, berichtete Mike, »waren beim Toten im Audi und dieser war schon verwundet, bevor Banger – der Sicherheitsmann – ihn erschoss. Granatsplitter.«

Lindiwe verengte ihre Augen. »Woher wissen Sie das?«

Mike deutete auf die verbrannte Erde. »Der Krater ist dort drüben und Sie werden sehen, dass der Audi mit Granatsplittern übersät ist.«

»Diese Typen sind wie Nashornwilderer bewaffnet. Ich fordere Verstärkung an, bevor wir sie jagen.«

Mike nickte. »Gute Idee.«

»Was ist hier passiert?«, fragte der Wachtmeister niemanden im Speziellen.

»Gute Frage«, sagte Mike. »Hier liegen jede Menge 5,56-Millimeter-Hülsen und auch einige vom Kaliber 7,62-Millimeter von einer AK.«

Lindiwe verengte ihre Augen. »Für einen Mann, der Geier erforscht, wissen Sie eine Menge über Waffen.«

»Ich stosse oft auf gewilderte Kadaver und arbeite manchmal mit den Tatortteams zusammen.« Er wollte nicht näher darauf eingehen, woher er von den Sturmgewehren wusste.

»Ruf Verstärkung, Elphes«, sagte sie zu ihrem Partner, worauf der Polizist zurück zum Auto ging. »Worum es hier wohl geht? Um ein schief gelaufenes Geschäft? Und was machen diese Leute mit den Handgranaten?«

Mike hatte sich das Gleiche gefragt. »Ich habe von Nashornwilderern mit Granaten gehört. Es ist bekannt, dass sie den Stift ziehen und die Granate danach unter ein totes Nashorn legen, so dass die Granate hochgeht, wenn die Polizei oder die Ranger, die kommen, den Kadaver bewegen.«

Lindiwe schüttelte den Kopf. Sie rief ihrem Partner zu: »Hey, frag mal bei der Zentrale nach, welche Informationen sie über den vermissten Fortuner haben.«

Mike dachte laut nach. »Wir haben also zwei von den früher drei Typen, die versuchen, einen gestohlenen Toyota zurückzubekommen, in dem jetzt ein Baby und zwei Teenager mit einer AK-47 unterwegs sind.«

Lindiwe holte ihr Notizbuch heraus, blätterte einige Seiten um und machte ein paar neue Notizen. Als sie fertig war, blickte sie auf. »Ich kannte diesen toten Mann, Joseph. Er war ein Kleinkrimineller, aber kein geschickter Dieb. Laut dem Bericht, den der Fahrzeugortungsdienst erhalten hat, hätte ihn die Fahrerin fast überlistet. Ausserdem hat sie seinen Partner getötet.«

»Wirklich? Wie geht es ihr?«, fragte Mike. »Wenn sie die Mutter des Babys ist, muss sie unterdessen fast wahnsinnig geworden sein.«

Lindiwe schnalzte ein paar Mal mit der Zunge und holte dann tief Luft. »Da liegt das Problem. Ich kann in den Aufzeichnungen nichts darüber finden, dass diese Frau bei der Polizei angerufen hat.«

»Was, tatsächlich?«

»Sicher, es war ein verrückter Tag mit der Bombe in Durban und die Notrufnummer war mit der Anzahl der Anrufe, die danach eingingen, dauernd überlastet. Aber gemäss Nia Carras und dem Ortungsdienst erhielt dieser den Anruf über den gestohlenen Fortuner eine halbe Stunde *vor* der Bombenexplosion. Ich habe mich bei der Notrufzentrale erkundigt – heute Morgen wurden im Raum Durban weder Entführungen noch Autodiebstähle gemeldet.«

»Sie rief also direkt ihren Auto-Ortungsdienst an, bevor sie die Polizei rief, oder etwa stattdessen?«

Lindiwe nickte. »Ich sage es nur ungern, aber wahrscheinlich denken Sie dasselbe wie diese Frau, nämlich dass ihr Kind schneller gefunden werde, wenn sie eine private Sicherheitsfirma mit einem Hubschrauber auf Abruf engagiere.«

Der Gedanke war Mike tatsächlich durch den Kopf geschossen. Aber danach hätte sie sicher die Polizei angerufen.

»Der Mann, der den Anruf von der Ortungsfirma entgegengenommen hat, sagt, er habe die Frau darauf hingewiesen, dass sie auch die Notrufnummer der Polizei anrufen solle.«

»Haben Sie eine Nummer von ihr?«

Lindiwe schüttelte den Kopf. »Ich habe wahrscheinlich längst zu viel mit Ihnen über diesen Fall gesprochen, Mike.«

Lindiwe war intelligent, offen und ehrlich. Er mochte sie und hoffte, es gehe ihr mit ihm gleich.

Sie zögerte, fuhr dann aber trotzdem fort. »*Yebo*, ich habe ihre Handynummer von der Autoverfolgungsfirma erhalten, aber sie ist nicht mehr in Betrieb. Ich lasse sie zurückverfolgen, um herauszufinden, von welcher Nummer aus sie die Firma angerufen hat. Aber wie Sie sich vorstellen können, sollen an einem Tag wie heute viele Anrufe zurückverfolgt werden und ein Autodiebstahl steht im

Vergleich zu einem grossen Terroranschlag weit unten auf der Prioritätenliste.

»Auch wenn ein Baby vermisst wird?«

»Ein Baby, das vermisst wird, dessen Mutter sich aber noch nicht die Mühe gemacht hat, es der Polizei zu melden.«

»Die Strasse, auf der der Fortuner fuhr, führt zur Grenze mit Mosambik und Swasiland. Vielleicht war Mama auf dem Weg zur Grenze und Papa wusste nichts davon?« Mike dachte an seine eigene Tochter. Debbie war sechzehn und er hatte sie letztes Jahr für eine Woche mit nach Mauritius mitgenommen. Er war überrascht gewesen, als seine Ex-Frau Tracy ihm von den Formalitäten erzählt hatte, die er dafür erledigen musste. Die Regierung versuchte, den Kinderhandel einzudämmen, indem sie die Regeln verschärfte, die es Kindern erlaubt hatten, das Land mit nur einem Elternteil zu verlassen. Entsprechend brauchte er eine beglaubigte Kopie von Debbies vollständiger Geburtsurkunde sowie eine schriftliche Erlaubnis von Tracy.

»Daran habe ich auch schon gedacht«, sagte Lindiwe schnell. »Und zu Ihrer Information: Es gibt einige Hinweise, die diese Theorie bestätigen. Beispielsweise sah die Hubschrauberpilotin, wie der eine Junge, der mit der Schuluniform, alle möglichen Sachen vom Rücksitz des Fortuners zerrte und zu Boden warf, um Platz für sich und das Mädchen zu schaffen. Ich habe mir angesehen, was dort herumlag – Decken, Töpfe, Pfannen, ein Bügeleisen, ein paar Säcke mit Kleidern – es sieht aus, als wollte sie umziehen oder weglaufen.«

»Und wer sind die drei Killer, die auf der Suche nach dem Auto aufgetaucht sind?«

Lindiwe seufzte. »Das werde ich herausfinden, wenn meine Verstärkung eintrifft. Vielleicht sind es Freunde oder Verwandte der Mutter und sie vertraut ihnen mehr als uns, bei der Suche nach ihrem Kind und um ihr Auto zurückzubekommen?«

»Oder vielleicht geht es um mehr, als dass die Mutter vor dem Vater davonläuft – wenn sie die Polizei nicht einschalten will, steht sie vielleicht selbst auf der falschen Seite des Gesetzes«, sagte Mike.

Lindiwe nickte. »Ich bin Ihnen weit voraus. Ich habe von der

Tracking-Firma erfahren, wo die Entführung stattgefunden hat. Es liegt allerdings ausserhalb meines Zuständigkeitsbereichs, näher an Durban und ich glaube, deshalb wird es verdammt schwierig, Detektive zu finden, die den Ort überprüfen.«

»Und was ist mit den Männern, die den Jugendlichen mit dem Kleinkind folgen?«

Sie rief ihren Partner und fragte ihn nach dem Stand der Dinge.

»Kein Hubschrauber verfügbar«, sagte Elphes. »Alle vorhandenen Kräfte wurden nach Durban gerufen oder an Strassensperren eingesetzt, um die Leute zu erwischen, die die Botschafterin in die Luft gejagt haben. Es herrscht Chaos, Sergeant. Sie sagen, wir müssen vielleicht ein paar Stunden warten.«

Mike blickte in die Sonne. »Das wird spät. Dann wird es dunkel, bevor Ihre Verstärkung eintrifft. Sind Sie sicher, dass ich Sie nicht mit meinem Land Rover in die Berge fahren soll?«

Lindiwe schien sein Angebot zu überdenken. »Nein, das ist jetzt eine Angelegenheit der Polizei, Mike. Ich danke Ihnen für Ihre Hilfe heute, aber ich denke, Sie sollten nachsehen, wie es der Pilotin und dem Sicherheitsmann geht und ob Sie ihnen helfen können. Er hat eine Kugel in die Schutzweste bekommen.«

»In Ordnung«, sagte er, »aber lassen Sie es mich wissen, wenn ich helfen kann.«

»Das mache ich. So wie es aussieht, ist es durchaus möglich, dass ich Sie noch einmal in irgendeiner Funktion brauche«, sagte sie. »Aber können Sie mir bevor Sie gehen noch etwas über die Sache heute mit Bandile Dlamini erzählen?«

»Dlamini und einer seiner Männer behaupteten, sie seien im Auftrag der Polizei dort gewesen, um jemanden zu schnappen der Nashorn-Horn verkaufen wollte. Wussten Sie davon?«

Sie schüttelte den Kopf. »*Aikona.* Von unseren Leuten niemand. Aber vielleicht die Hawks aus Durban, oder möglicherweise die Nashorn-Sondereinheit. Aber wenn das tatsächlich so wäre, hat sich niemand die Mühe gemacht, mir davon zu erzählen. Ich schicke aber meinen einzigen Reservemann zum Krankenhaus, um Dlamini zu befragen. Vielleicht hat er das Kennzeichen des Audis, der den Weissen abgesetzt hat.«

»Die Schiesserei hier, diese bewaffneten Männer, die den Fortuner verfolgen, das riecht für mich nach organisiertem Verbrechen«, sagte Mike.

»Ja, das sehe ich auch so. Aber es wird Zeit, dass Sie nach Durban und zu Ihren Geiern zurückkehren, Mike.«

Mike hätte diesen Tag des Tötens gerne beendet, hatte aber das Gefühl, das sei Wunschdenken.

* * *

ALS JOHN BUTTENSHAW mit einem mit Benzinkanistern beladenen *Bakkie* ankam, schickte Nia Banger auf den Rückweg nach Durban. Sie und John tankten den Hubschrauber auf und danach flog sie im Dunkeln zurück zum Flughafen von Virginia.

Sie war nicht viel früher als Banger zu Hause, da sie den Hubschrauber selbst sichern musste. Auch John war zurück nach Durban gefahren. Für sie alle war es ein langer Tag gewesen.

Zurück in ihrer Wohnung zog sie die Wanderschuhe und Socken aus, schenkte sich einen Gin Tonic ein und schaltete den Fernseher ein. Die Ermordung der Botschafterin und die Spekulationen darüber, wer dahinterstecke und was es zu bedeuten habe, waren überall auf BBC und CNN zu sehen.

Banger öffnete die Tür und sie stand auf und ging zu ihm. Er nahm sie in seine kräftigen Arme und drückte sie wie ein Bär. Sie verdrückte einige Tränen, die er wegküsste.

»Ich bin hier. Ich bin immer für dich da, Schätzchens«, sagte er. »Du warst heute unglaublich, so stark.«

Sie küsste ihn erneut, wobei Zärtlichkeit in Leidenschaft überging. »Ich brauche dich. Bitte, mach mich an«, flüsterte sie ihm ins Ohr.

Er ging vor ihr auf die Knie und öffnete langsam den Reissverschluss ihres Fluganzugs. Er küsste sie zwischen den Brüsten und bahnte sich einen Weg weiter zum Bauch hinunter.

»Ich stinke.«

»Ich liebe deinen Geruch«, flüsterte er und küsste ihr weiches, gekraustes Haar durch den Stoff ihrer Hose.

Banger half ihr aus ihrem Fluganzug und entledigte sich schnell seiner Schutzweste und der Waffe. Er ging ins Badezimmer und liess die Wanne volllaufen, während sie ihre Unterwäsche auszog. Er hob sie auf seine Arme und trug sie über die Schwelle, was sie kichern liess.

Während sie darauf warteten, dass sich die Badewanne füllte, setzte er sie auf den Waschtisch. Es war kalt an ihrem Hintern, aber das machte sie, genau wie seine Küsse, noch heisser. Sie spürte ihn durch seine Uniformhose hindurch und er drückte sich, noch immer angezogen, an sie und rieb sich langsam an ihr.

Während er sich auszog, bedeutete er ihr, in die Badewanne zu steigen. Bevor sie den Wasserhahn zudrehte und hineinstieg, fügte Nia Schaumbad hinzu. Sie liess sich ins Wasser sinken und entspannte sich im Dampf, Duft und dem heissen Wasser, während der Anblick seines Körpers ihr Herz ein wenig schneller schlagen liess. Banger kniete sich neben die Wanne, nahm einen Waschlappen und Seife und begann, sie langsam zu waschen. Sie liebte es, wenn er das tat. Der hässliche violette Bluterguss auf seiner Brust, dort, wo die Kugel seine Weste getroffen hatte, erinnerte sie allerdings an die Schrecken des Tages.

Er liess eine Hand ins Wasser gleiten. Nia schloss die Augen und wölbte ihren Rücken, als er sie genauso berührte, wie sie es mochte. Als sie schneller atmete, stand er neben der Wanne auf. Sie setzte sich in der Wanne aufrecht hin und fuhr mit ihrer seifigen, glitschigen Hand an ihm hinauf und hinunter. Schliesslich war es an ihm, die Augen zu schliessen und sie packte ihn mit noch festerem Griff. Schliesslich brauchte Banger keine Ermutigung mehr.

Er stieg zu ihr in die Wanne, legte sich auf den Rücken und sie schob sich ebenfalls auf dem Rücken auf seine Brust. Er spielte noch etwas mit ihr und sie hob die Hüften aus dem Wasser. Als sie fast nicht mehr warten konnte, bewegte sie sich wieder. Schäumendes

Wasser schwappte über den Rand auf die Fliesen, als sie sich ihm, die Knie im Wasser, die Hände auf dem Rand, präsentierte.

Er positionierte sich hinter ihr und drang langsam in sie ein. Sie liebte diesen Moment, den ersten Stoss, wenn sie sich um ihn schloss, ihn in sich aufnahm, ihn festhielt, seine Lust reizte und sein Verlangen, ganz Teil von ihr zu sein, spürte.

Sie bewegten sich im Gleichklang, langsam, kamen sich näher, fanden den gemeinsamen Rhythmus, genossen den Moment, der sich anfühlte, als könne und solle er ewig dauern. Sie passten gut zusammen, wenn es ums Liebesspiel ging. Jeder suchte und fand die richtige Mischung aus Zärtlichkeit und Kraft.

»Ja«, stöhnte sie, als er das Tempo beschleunigte.

Das Wasser brach in Wellen über die Rückseite ihrer Oberschenkel und es ergoss sich noch mehr auf den Boden, aber das war ihr egal. Sie verlor sich in diesem ursprünglichen und urwüchsigen Akt. Er machte das so gut, konnte sie in eine andere Sphäre bringen und sie genoss das Geräusch seiner Anstrengung, sein Stöhnen.

Als sie fertig waren, wuschen und trockneten sie sich gegenseitig ab und er führte sie zum Bett. Es war eine Wonne, zwischen die kühlen weissen Laken zu steigen. Banger rollte sich auf den Rücken und innerhalb weniger Augenblicke schnarchte er leise.

Nia war zu erschöpft, um einschlafen zu können. Sie war immer noch aufgedreht. Sie schloss die Augen und bewegte langsam, um Banger nicht zu stören, ihre Hand zwischen ihre Schenkel. Sie dachte an ihn, den Sex in der Badewanne und schloss die Augen. Mit der Zeit verkrampfte sie sich, ihr Körper wurde steif und ein heftiges Zittern überkam sie.

Gesättigt entspannte sich Nia und schlief schliesslich ein, wachte aber ein paar Stunden später auf, weil sie von einem Baby träumte, das in der Wildnis verloren gegangen war.

TEIL II

Inqe war von Hluhluwe in seine Heimat im Krüger-Nationalpark zurückgeflogen, konnte sich dort aber nicht ausruhen.

Ein hungriges Küken krächzte in einem Nest aus aufgetürmten Zweigen mit weichen Gräsern ausgekleideten Nest. Er und seine Partnerin bauten es auf einem grossen Bleiholzbaum, der vor rund achthundert Jahren in der Nähe des Sabie-Flusses Wurzeln geschlagen hatte.

Seine Art war seit Jahrtausenden in Afrika beheimatet, doch es gab immer weniger davon. Jedes Jahr starben viele von ihnen an Stromschläge von Hochspannungsleitungen und das Vergiften durch Bauern und Wilderer. Weder die Zukunft der Eltern noch die ihrer Nachkommen war gesichert. Es hatte fast zwei Monate gedauert, bis ihr einziges Küken geschlüpft war und bis es flügge wurde, mussten sie es weitere vier Monate lang füttern.

Seine Partnerin liess ein Stückchen Fleisch in den immer hungrigen Schnabel des Kükens fallen.

So flog er wieder, diesmal nach Norden und Osten über die Grenze zu Mosambik. Das Wild drang wieder mehr in die weiten Gebiete des ›Greater Limpopo Transfrontier Park‹ vor, die bis vor ein paar Jahren noch Jägern und Wilderern vorbehalten gewesen waren. Diese Reise war jedoch für die Landbewohner ebenso riskant wie für die Geier.

Unter ihm, im trockenen Bett des Shingwedzi-Flusses, hatten weitere Artgenossen eine deftige Mahlzeit gefunden: Den Kadaver eines erlegten Elefanten. Inqe schloss sich der Gruppe an und kreiste abwärts. Die Beute war frisch und dem alten Bullen war nur ein Stosszahn abgenommen worden.

Das Geräusch von Schüssen erschreckte Inqe und die anderen Vögel. Sie erhoben sich in Panik und suchten vorübergehend in den nächstgelegenen Bäumen Schutz. Als die Schüsse aufhörten, folgte das Geräusch von Fahrzeugmotoren.

Männer kamen und begutachten den toten Elefanten zu. Es war ein bittersüsser Moment, wie es der Tod oft ist. Ein Elefant war gewildert worden, aber erst durch die Ankunft der ersten Geier war eine Patrouille des Nationalparks darauf aufmerksam geworden. Die Ranger gingen der Sache sofort nach und störten damit die Wilderer, bevor sie beide Stosszähne entfernen und den Kadaver vergiften konnten. Daraufhin erfolgt eine Verfolgungsjagd.

Auf dem Rücksitz des Land Cruisers der Patrouille lag die Leiche eines der Wilderer und im folgenden Fahrzeug sassen zwei weitere Personen in Handschellen.

Als die Männer wegfuhren, machten sich Inqe und seine Artgenossen daran, den Elefanten zu reinigen. Damit fertig und mit dem Bauch voller Futter für das hungrige Küken, machte sich Inqe auf den Weg zurück zu seinem Nest.

11

That hemba wachte uf, er war kalt und verwirrt.

Der Mond ging unter und die Nacht in die dunkelste, kälteste Stunde, kurz vor der Morgendämmerung, über. Er wünschte, er hätte eine weitere Decke aus dem Auto mitgenommen. Seine hatte er Lerato gegeben, die darin eingewickelt schlief. Die Decke, die sie selbst für sich mitgenommen hatte, lag über ihr und dem Baby, das sie noch zusätzlich wärmte.

Dem Fortuner, dessen Tank von einer Kugel durchlöchert worden war, ging, als sich bereits in der Nähe des Zauns des Hluhluwe-iMfolozi-Parks befanden, der Sprit aus. In der Hoffnung, die Männer im Reservat leichter als draussen abhängen zu können, hatte sich Themba zu Fuss auf den Weg dorthin gemacht. Wildtiere waren wohl ein Risiko, aber darüber, wie man sich in der Wildnis richtig verhält, und das Risiko kleiner halten konnte, hatte er von Mike Dunn und anderen viel gelernt. Er folgte dem Zaun bis er eine Stelle fand, an der sich ein Warzenschwein unter dem Zaun durchgegraben hatte, kratzte dort mit den Händen noch mehr lose Erde und Steine heraus und kroch hinein. Lerato reichte ihm das Baby, bevor sie ihm, sichtlich nervös und widerwillig, folgte.

Das Baby, ein Junge, wie sie beim ersten Windelwechsel festgestellt hatten, hatte in den ersten Stunden, als die Dämmerung hereinbrach, nach seiner Mutter geschrien. Nachdem sie ihm etwas Bananenbrei aus dem Nahrungsvorrat, den sie im Fortuner gefunden hatten, gaben, beruhigte er sich ein wenig. Themba hatte ein Tuch aus dem Fahrzeug geholt und Lerato band das Baby, nachdem es genug gegessen hatte, auf ihrem Rücken fest. Die Wärme ihres Rückens und das Klopfen ihres Herzens hatten das Kind in den Schlaf gewiegt. Nachdem sie ihr Lager aufgeschlagen hatten, hatte er wieder eine Weile geweint, aber nach Leratos erneutem Füttern und an ihre Brust drücken, beruhigte sich der Kleine. Sie hatte Themba angeschaut und ihre Augen verrieten die gleiche stille Sorge, die auch er empfand: das Kind könnte sie an ihre Verfolger verraten. Er zuckte die Schultern, denn was konnten sie anderes tun? Ihn jedenfalls bestimmt nicht im Busch zurücklassen, wo ihn eine Hyäne töten würde.

Der kleine Kerl mit der hellen, karamellfarbenen Haut und den seidenweichen schwarzen Locken, hatte begonnen, ihnen etwas von seiner Persönlichkeit zu offenbaren. Sie lernten schnell, dass er, wenn er wach war, sobald sie ihn im Gras absetzten, von ihnen wegzukrabbeln anfing. Er war offensichtlich ein Entdecker. Er hob Steine auf und lutschte an ihnen und einmal schrie Lerato laut weil er sich einen grossen Käfer geschnappt hatte, den er sich gerade in den Mund stecken wollte. Wären sie nicht so verängstigt gewesen, hätten sie über die Possen des Kindes lachen können. Doch immerhin lenkte der Kleine sie etwas von ihrer Angst ab.

Themba hatte einen guten Platz zum Schlafen für sie gefunden und dachte nun über ihren nächsten Schritt. Er befand sich in der Nähe des Gipfels eines *Kopje*, eines Hügels aus Granitbrocken, wo sie unter einem Felsüberhang Schutz fanden.

»Ich frage mich, ob hier früher schon Menschen geschlafen haben«, hatte Lerato mit belegter Stimme gefragt und versucht, sich ihre Angst und Erschöpfung nicht anmerken zu lassen, während sie den kleinen Jungen in ihren Armen wiegte.

Er schaute jetzt auf Lerato hinunter. Wenn sie schlief, war sie noch schöner, ihr Gesicht war ruhig und ihre Haut makellos. Das Baby gluckste ein wenig, schlief aber weiter.

Themba fröstelte und schlang seine Arme um sich. Er dachte daran, ein Feuer zu machen, aber aus Angst, ihre Position zu verraten, verwarf er die Idee sofort. Er hatte keine Ahnung, ob die Männer vom Audi sich in der Nacht bewegt hatten. Er hatte Lerato so lange vor sich hergetrieben, bis es zu gefährlich geworden war, weiterzugehen, weil sie nicht stürzen oder das Kind fallen lassen wollten. Das letzte Zeichen, das er von ihren Verfolgern gesehen hatte, waren ein Lichtschein im Westen und eine dunkle Rauchwolke. Themba hatte genug brennende Autos gesehen, um zu wissen, dass sie den Fortuner gefunden und angezündet hatten. Die Männer, die sie verfolgten, wollten also nicht, dass die Polizei das Auto unter die Lupe nahm. Angesichts dessen, was er darin gefunden hatte, war dies keine Überraschung.

Themba wusste, dass sie einen sicheren Ort suchen mussten, an dem sie erklären konnten, was geschehen war. Aber dazu mussten sie den Verrückten, die sie verfolgten, immer einen Schritt voraus sein.

Sein Blick fiel auf die Tragetasche, in die er das Horn des Nashorns gestopft hatte. Allein schon der Anblick des Pakets machte ihm Angst und weckte Übelkeit in ihm. Er versuchte, nicht daran zu denken, was er mit dem Geld, das das Horn wert war, alles machen könnte, aber das gelang ihm nicht. Vor seinem geistigen Auge sah er sich und Lerato in einem grossen Haus, vielleicht in einer Lodge auf einer Wildfarm, mit einem schwarzen Range Rover vor der Tür für sich und einem BMW für Lerato. Sie trugen feine Kleidung und sein Bauch war voll von gutem Essen.

Lerato war entsetzt gewesen, als er ihr das Horn des Nashorns zeigte und hatte vorgeschlagen, er solle es einfach wegwerfen. Sie erzählte ihm, ihr Vater habe sich immer wieder klar gegen die Wilderei ausgesprochen. »Du willst es doch nicht etwa selbst verkaufen, hoffe ich!«

»Nein«, hatte Themba ihr gesagt. Er hatte alles, was gegen das

Gesetz verstiess, aufgegeben. Er war davon überzeugt gewesen, es im Leben schaffen zu können, ohne Menschen zu verletzen oder zu bestehlen und ohne unnötig Tiere zu töten. Er schaute zum Himmel hinauf, der immer noch mit Sternen übersät war, aber schon den ersten, kaum wahrnehmbaren Schein der Dämmerung zeigte. Er erinnerte sich an seine erste Nacht draussen im Busch.

Er hatte sich entsetzlich gefürchtet.

»Wovor hast du Angst?« hatte Mike Dunn ihn gefragt und Themba am Lagerfeuer in die Augen gesehen.

Themba, voller Wut, Hass und Groll, hatte den Mann durch den Rauch und die Flammen hindurch angestarrt. »Vor gar nichts.«

»Doch.«

Schliesslich brach Mike ab und sah weg. »Es ist einfach nicht natürlich«, hatte Themba geantwortet und sofort gemerkt, wie unsinnig seine Antwort war. »Ich meine, die Menschen haben sich weiterentwickelt, in der Welt. Wir leben in Häusern, Städten und wir fahren Auto. Wir haben es nicht nötig, so im Busch zu leben.«

Mike hatte genickt. »Ja, das verstehe ich.«

»Sie *verstehen* das? Wenn Sie es wirklich verstehen würden, wären wir nicht hier.«

»Wo wärst du dann?«

Themba hatte gespürt, wie Wut in ihm aufstieg. »Ich wäre nicht arm und würde nicht in einem Zelt schlafen. Ich hätte Eltern, Arbeit, eine Zukunft ...«

»Themba, du wärst sonst im Gefängnis.«

Damals hatte Themba Mike gehasst. Die anderen in der Gruppe hatten ihn angeschaut und er sich ausgegrenzt und herabgesetzt gefühlt. Er war wegen des Mannes, der ihn über das Feuer hinweg anstarrte, im Lager für Wildtier-Botschafter und künftige Nashorn-wächter. Und weil er dank seines Cousins wegen Beihilfe zu einem Autodiebstahl verhaftet und verurteilt worden war. Joseph selbst war, nachdem er das Auto, mit dem sie unterwegs gewesen waren, zu Schrott gefahren hatte, abgehauen,. Er hatte Themba im Stich gelassen und dieser musste sich der Situation allein stellen. Dieser

Mann hier glaubte, Themba einen Gefallen zu tun, oder vielleicht wollte er sich auch nur von der angehäuften Schuld der weissen, südafrikanischen, liberalen Englischstämmigen befreien. So oder so, damals hatte Themba Lust gehabt, wegzugehen.

»Genau darum geht es«, hatte Mike erklärt. »Wir sind im Busch. Wir alle machen Fehler im Leben, aber hier draussen spielt es keine Rolle, wer du bist. Auch nicht, was du getan hast, ob es richtig oder falsch war. Genausowenig, was du wert oder wie nutzlos du bist. Hier sind wir in unserem natürlichen Zustand und es ist Tatsache, dass wir ohne unsere Autos, unsere Waffen, unsere Häuser, unsere Lügen, unser Geld oder unseren Stolz am unteren Ende der Nahrungskette stehen. So ziemlich alles, was will, kann uns töten. Wir haben nur noch eine einzige Sache.«

Themba hatte die Worte auf sich wirken lassen, aber das Gehörte verunsicherte ihn. Der Mann hatte Recht. Jetzt, draussen im Busch, fühlte sich Themba verängstigter als er sich je gefühlt hatte, als er mit Joseph in einem gestohlenen Auto fuhr, beschossen wurde oder über Zäune sprang, um der Polizei zu entkommen. Hier fühlte er sich … irgendwie nackt. Der Panik nahe und weit von dem entfernt, was er schaffen konnte.

»Könnte stimmen«, räumte Themba ein. »Aber was ist das Einzige, was wir haben?«

»Die Wahl.«

Das war nicht die Antwort, die er erwartet hatte. »Was meinen Sie damit?«

Der Mann war gross und schlank, aber nicht muskulös. Seine Augen dagegen waren hart, viel härter als sein Körper. »Ich meine, dass du wählen kannst, ob du ein *Tsotsi*, ein Krimineller, sein willst, oder ob du arbeiten willst.

»Ja, das stimmt.« Nun war es wieder vertrauteres Gebiet.

»Ich meine nicht, dass du dich für einen Job entscheidest«, hatte der Mann gesagt.

»Was meinen Sie dann?« erkundigte sich Themba und forderte ihn damit heraus.

Mike trank einen Schluck von seinem Brandy mit Cola. Themba empfand zu diesem Zeitpunkt keinen besonderen Respekt für den Mann. Er war einfach ein weiterer dieser alten Männer, die versuchten, sich bei der neuen Regierung beliebt zu machen, indem er unzufriedenen jungen Leuten halfen. Was absolut lächerlich war.

»Du entscheidest, ob du ein Mann sein willst oder nicht.«

Themba rollte die Augen und schaute zum Mond hinauf. »Wer sagt, dass ich kein Mann bin?«, fragte er.

»Die Frau des Mannes, dessen Auto du und dein Cousin gestohlen habt und ihre Kinder, die sich in den Schlaf weinen, wenn sie an den Schrecken denken, den ihnen der Mann mit der Pistole eingejagt hat. Wenn deine Mutter noch hier wäre, würde sie vor Scham darüber, was aus dir geworden ist, weinen. Sieh dich an, du bist ein Nichts.«

Themba hatte mit offenem Mund und voller Hass zurückgestarrt. Dieser alte Mann hatte kein Recht, so beleidigend mit ihm zu sprechen. Er spürte, dass sich seine Hände zu Fäusten ballten.

»Du nennst dich einen Mann, aber für ein paar tausend Rand oder so fügst du Menschen Schmerz zu? Du bist ein Nichts. Du trägst wohl eine Waffe, aber du bist nicht Manns genug, um für Südafrika, dein Land, zu kämpfen.

Damals hatte Themba nicht gewusst, dass Mike Dunn bei Schiessereien zum Schutz der Wildtiere beteiligt gewesen war und dabei sogar getötet hatte. Mike hatte sein eigenes Leben in die Hand genommen und verändert. Themba hatte mit einigen der anderen Jungen im Kurs darüber gescherzt, wie es wohl sei, von einem schmächtigen Weichei unterrichtet zu werden, das seine Zeit mit Vögeln verbrachte. Aber nein, Mike war ein Krieger und Themba hatte nervöse Beklemmung verspürt, als der ältere Mann ihn niedergestarrt hatte. Er hatte seine Hände entspannt, zum einen, weil er hören wollte, was der Mann zu sagen hatte und zum anderen, weil er befürchtete, dass er vom alten Mann, wenn er ihm einen Schlag versetzte, windelweichgeprügelt würde.

»Weisst du, wo wir jetzt gerade sind?«, hatte Mike ihn von der anderen Seite des Feuers gefragt.

»Mitten im Nirgendwo.« Ein paar der anderen hatten in der Dunkelheit gelacht, was Themba ermutigte.

Mike hatte langsam den Kopf geschüttelt. »Nein, nicht nirgendwo. Dies ist geheiligter Boden, königliches Land. Wusstest du, dass dieser Park, Hluhluwe-iMfolozi, einst das private Jagdgebiet des Königs der Zulu war?«

Themba hatte es nicht gewusst. Er hatte sich Nationalparks als Orte vorgestellt, die früher den Weissen vorbehalten gewesen waren und auch heute noch überwiegend von ihnen besucht würden. Er hatte gehört, dass das eingezäunte Land und die Möglichkeiten, die es bot, den rechtmässigen Besitzern, die ausserhalb der Reservate lebten, vorenthalten werde. Er hatte darüber die Schultern gezuckt.

»Dies ist dein Land, mein Junge«, hatte Mike gesagt. »Hier zu sein ist dein Geburtsrecht. Vor hundertfünfzig Jahren hättest du alles dafür getan, um hier zu sein, an einer der Jagden des Königs teilzunehmen, einen Löwen oder einen Büffel zu Fuss in die Enge zu treiben und ihn mit deinem *Assegai zu erlegen*. Damit hättest du deine Männlichkeit beweisen und den König beeindrucken können – und wärst vielleicht sogar mit einer jungen Frau oder zwei belohnt worden. Du wärst bereit gewesen dafür zu *sterben*.«

»Und wie beweist du heute deine Männlichkeit? Indem du Autos stiehlst und mit Waffen auf hilflose alte Damen zielst.«

Themba war wütend geworden. »Warum wählen Sie gerade mich aus, alter Mann? Sie sind rassistisch. Es gibt hier noch andere, die aus den gleichen Gründen hier sind wie ich.«

Bei diesem Vorwurf hatte Mike geschnaubt. »Du denkst, ich wähle dich aus? Und nimmst an, ich mache mir Sorgen um dich?«

Themba stand auf. »Ich habe genug von diesem Blödsinn und gehe jetzt.«

Mike hatte genickt. »Gut. Geh nach Süden. In etwa fünf Kilometern erreichst du die Teerstrasse – wenn du es überhaupt so weit schaffst.«

»Glauben Sie, dass ich zu viel Angst habe, um nachts herumzulaufen?«

»Nein, aber es ist nur dumm, hier nachts ohne Schusswaffe unterwegs zu sein.«

Mike griff hinter den Baumstamm, auf dem er sass und nahm sein grosskalibriges Jagdgewehr mit Repetiervorrichtung auf. Er hob es einhändig hoch und hielt es in Richtung des Feuers, zu Themba. »Nimm das.«

»Das ist ein Scherz, oder?«

»Du willst ein Mann sein und eine Waffe tragen und ich will nicht für ein totes, entlaufenes Kind verantwortlich sein.«

»Ich bin kein *Kind*.«

»Du benimmst dich wie eins.«

Themba war der Sprüche des alten Mannes überdrüssig, aber er war bereit, es darauf ankommen und den alten Mann vor den anderen dumm dastehen zu lassen. Er wollte seine Autorität untergraben und sein dummes Weltverbessererprogramm lächerlich machen. Er ging langsam um das Feuer herum und streckte seine Hände aus. Mike liess ihn das Gewehr halten, liess es aber nicht los.

»Wenn du es nimmst, kommst du nie wieder hierher zurück.«

Themba nickte.

»Wenn deine Nachtsicht gut genug ist und der Rückstoss dich nicht auf den Hintern wirft, kannst du vielleicht einen Büffel oder einen Löwen ausschalten. Wenn es ein hungriges Rudel ist, hast du allerdings keine Chance. Einen Elefanten wirst du wahrscheinlich nicht sehen, bevor du in ihn hineinläufst. Ein Breitmaulnashorn könnest du relativ leicht töten, wenn du leise wärst, aber wenn du auf ein Spitzmaulnashorn triffst, gibt es alles, um dich zu töten. Ein Leopard, naja, wenn es ein altes, hungriges oder krankes Tier ist, frisst es dich auf, bevor du überhaupt merkst, dass es da ist. Willst du immer noch gehen?«

Themba liess das Gewehr nicht los. »Wollen Sie, dass ich ein Verbrecher werde und als Verbrecher sterbe?«

Mike hatte die Achseln gezuckt. »Das ist mir egal. Du bist ja bereits ein Kleinkrimineller, Themba. Aber wie ich schon sagte, du hast die Wahl. Egal wie du dich entscheidest, werde ich meine Waffe zurückbekommen.«

»Was ist meine andere Möglichkeit? Einer eurer *Nashornwächter* zu werden? Was bedeuten würde, meine Brüder und meine Gemeinschaft zu informieren, dass Sie Ihren Job hier machen und die Wilderer suchen, die Sie nicht finden?«

Mike nickte. »Das ist ein Teil der Arbeit, aber nicht alles. Wir können Wilderer nicht einfach dadurch stoppen, dass wir Leute verhaften oder totschiessen. Wir müssen die Menschen aufklären, die Alten und die Jungen. Dazu brauchen wir junge Männer und Frauen, die keine Angst vor Veränderungen haben, die mutig genug sind, Stellung zu beziehen und sich mit traditionellen Überzeugungen und sogar mit den Älteren anzulegen. Bist du dafür mutig genug?«

Themba hatte das Gewehr noch immer in der Hand, aber die Worte hatten bei etwas ausgelöst. Weil er an etwas glaubte, das ihm von anderen eingeschwatzt worden war, hatte er Dinge getan, die er bedauerte. Er hatte *Muti* eingenommen, eine Medizin, die ihn vor Kugeln schützen sollte. Aber einer seiner Freunde war von der Polizei erschossen worden, nachdem er denselben Trank eingenommen hatte. Und er hatte miterlebt, wie seine Schwester Nandi von ihrem *Onkel* vergewaltigt wurde, weil dieser glaubte, Sex mit ihr heile ihn von seiner Krankheit.

Themba schwor sich, dass er, wenn er diesen Schlamassel, in den er geraten war, überlebte, das Versprechen einlöse, das er ihr gegeben hatte, als man sie weggeholt hatte: Er baue alles für ein gutes Leben auf und hole sie dann. Obwohl er wusste, dass Nandi bei einer guten Familie war, brannte ihm der Gedanke, dass sie bei Fremden war, immer noch in der Seele.

Themba fragte sich, ob er, wenn er im Naturschutz arbeiten würde, dieses neue Leben schaffen und eines Tages in einem richtigen Haus leben und sich um Nandi kümmern könne. Mike Dunn hatte diese Hoffnung für ihn gehegt.

»Das ist noch nicht alles. Wir hoffen, dass einige der Nashornwächter das erworbene Wissen nutzen, um noch weiter vorwärts zu kommen und Jobs als Ranger, Forscher oder in anderen Bereichen des Naturschutzes zu finden«, sagte Mike.

Themba wusste, dass er mit Autodiebstählen mehr Geld verdienen konnte als mit der Arbeit für die Parkverwaltung von Ezemvelo KZN. Gleichzeitig war es aber auch viel wahrscheinlicher, dass er dabei starb oder ins Gefängnis kam. Natürlich bestand auch die Möglichkeit, beim Schutz von Wildtieren ums Leben zu kommen. Es waren schon Ranger auf Patrouillen von Wildtieren getötet worden und die Nashornwilderer, die sie bekämpften, waren in der Regel mit AK-47 bewaffnet.

»Hier ist ein Krieg im Gang«, erklärte Mike weiter, während alle schweigend und wie gebannt um das Feuer sassen. »Auch wenn ihr Nashornwächter werdet, könnt ihr ihn nicht gewinnen. Aber wenn ihr eure Aufgabe gut erledigt, können wir vielleicht einen einzelnen Wilderer oder eine ganze Bande aufhalten. Nur damit können wir den Krieg aber nicht gewinnen, sondern nur dann, wenn wir alle zusammenhalten, wie eine Armee. Und macht euch keine falsche Vorstellung davon: Heutzutage beschäftigen Armeen nicht nur Leute, die den Abzug betätigen. Wir brauchen Ausbildende und Medienleute, Anwälte und Ärzte, Köche und Mechaniker und wir haben sogar Leute, die verdeckt in euren Gemeinden arbeiten und die Banden infiltrieren. Hier in den Wildtierreservaten arbeiten wir alle zusammen. Wir kümmern uns umeinander und halten uns gegenseitig den Rücken frei. Es hört nie auf und ist vielleicht nicht zu gewinnen, aber ohne euch«, Mike wandte seinen Blick zum ersten Mal seit einer Weile von Themba ab, um mit jedem Jugendlichen am Feuer Augenkontakt aufzunehmen, »gewinnen wir nicht und es hat nicht einmal einen Sinn, es zu versuchen.«

»Ohne mich?«, hatte Themba gefragt und in genau diesem Moment hatte Mike die Kontrolle über das Gewehr aufgegeben. Themba spürte das Gewicht des Gewehrs und befürchtete eine Sekunde lang, es fallen zu lassen. Dann spürte er den Stolz, dass er die Waffe in den Händen hielt. Er schaute sie an.

»Ja«, sagte Mike. »Ohne dich und alle anderen hier hat das alles keinen Sinn. Hast du dich entschieden zu gehen?«

Themba blickte auf und sah, dass die Frage wieder direkt an ihn gerichtet war. »Ich möchte nicht zu dem Leben zurückkehren, das ich hatte.«

»Wo willst du dann hin?«, fragte Mike.

Themba blickte wieder auf das Gewehr hinunter und spürte das glatte, geölte Holz an seinen Fingerspitzen. Er schob das Gewehr von sich weg und zu Mike hin. »Ich weiss es nicht, aber ich will nicht damit weggehen.«

»Willst du nicht als Ranger auf Anti-Wilderer-Patrouille gehen und Wilderer verfolgen?«

Themba schüttelte den Kopf. »Nein. Ich will zwar ein Krieger werden, aber ich will nicht töten. Ich habe genug vom Tod gesehen.«

Dann hatte er Mike in die Augen gesehen, bereit, ihn niederzustarren, dabei aber bemerkt, dass der weisse Mann zweimal blinzelte und schliesslich wegschaute. Mike hatte etwas sagen wollen, aber die Worte waren ihm im Hals stecken geblieben. Themba fand, der Mann sehe jetzt anders aus und sich in diesem Moment gefragt, ob Mike da sei, weil er auch Probleme habe.

»Du musst nicht töten, um ein Krieger zu sein, Themba«, hatte Mike gesagt.

»Ich möchte lernen, wie man hier draussen im Busch überlebt.«

»Das werdet ihr«, sagte Mike. Aber eure erste Aufgabe ist es, ein Botschafter für die Nashörner zu werden und in euren Schulen und Gemeinden darüber zu reden, dass diese Tiere für euch, die Menschen, die hier leben, wertvoll sind. Aus ganz Südafrika und der ganzen Welt kommen Touristen, um unsere Parks und unsere Tiere zu sehen. Sie bringen Geld mit, das dafür verwendet werden sollte, euer Leben zu verbessern.«

»*Sollte*, tut es aber nicht«, sagte Themba und ein Teil seines Trotzes erwachte wieder.

»*Yebo*, Themba, da, stimme ich dir zu«, hatte Mike gesagt. »Die rund um die Nationalparks liegenden Gebiete unseres Landes profitieren nicht annähernd genug. Aber ihr seid die nächste Generation. Wenn ihr im System seid und mit den Nationalparks arbeitet, vielleicht in der Organisation, oder wenn ihr in der Wirtschaft oder in der Politik tätig seid, werdet ihr in Zukunft Wege finden, die lokalen

Gemeinden mehr ins Geschäft mit den Wildtieren und dem Naturschutz einzubeziehen.

Themba hatte ihm das Gewehr einhändig hingestreckt und bemühte sich, das Zittern in seinem dünnen Arm zu unterdrücken – so schwach war er nicht mehr, denn er hatte das letzte Jahr damit verbracht, sowohl seinen Körper als auch sein Gehirn zu trainieren. »Nehmen Sie es wieder.«

Mike war wieder aufgestanden, hatte beide Hände ausgestreckt und die Waffe genommen. »Danke. Eines Tages gehört sie dir.«

* * *

Lerato rührte sich, wachte auf und rieb sich die Augen. Sie zitterte und es dauerte einen Moment, bis sie begriff, wo sie war. Als sie es merkte, war ihr zum Weinen zumute.

Das Baby gab seinen ersten kleinen Schrei des Tages von sich, als die Sonne den Bergrücken in Richtung Küste hochstieg und wie ein roter Fingernagel über dem Staub, der tief über den Hügeln hing, sichtbar wurde. Themba blickte in die gleiche Richtung, erkannte sie.

Sie konnte nicht glauben, dass sie hier war, eine Flüchtige mitten im Busch. Sie hatte Themba für einen klugen, verantwortungsvollen, auf eine etwas ungelenke Art süssen Jungen gehalten. Davon, er mit einem Autodieb verwandt war oder zu wissen schien, wie man einen Peilsender in einem gestohlenen Fahrzeug findet, hatte sie dagegen keine Ahnung. Sie fragte sich, welche anderen Geheimnisse sich in ihm verbargen. Er musste gemerkt haben, dass sie wach war, denn er stand auf und kam zu ihr, um ihr einen Keks und Marmelade anzubieten sowie ein Glas Babynahrung zu bringen.

»Ich bin nicht seine Mutter.« Das Baby brummte. Immerhin hatte der Kleine sie warmgehalten.

»Es tut mir leid«, sagte Themba. »Wenn du willst, füttere ich ihn.«

»Nein, ich mache das, aber es ist kalt und ich friere.« Sie drückte das Baby an ihre Brust, was es für einen Moment zum Schweigen brachte, und wärmte sich an ihm. Sie spürte, wie ihr Tränen kamen, als sie ihr Gesicht an den kleinen Jungen drückte, aber dann begann er zu weinen. Lerato schneuzte sich, sie musste sich zusammenreissen und den Jungen füttern.

Themba nahm das Fernglas, das sie im Fortuner gefunden hatten und suchte die Hügel und Täler nach Anzeichen von Bewegung ab. »Ich sehe eine Giraffe.«

Lerato seufzte und öffnete den Deckel des Glases mit der Babynahrung. »Schluss jetzt mit den Tieren, Themba! Wir sind hier nicht auf einer Tierbeobachtungs-Exkursion.«

»Von den Männern, die uns gefolgt sind, sehe ich glücklicherweise keine Spur.«

Lerato löffelte etwas Essen in den Mund das Kleinkinds. Zu Beginn schien es hungrig genug zu sein, um das Essen zu schätzen, begann aber bald, sich gegen sie zu stemmen und den Mund zu schliessen. Das Essen verschmierte sein Gesichtchen und Loreto hätte ihre Frustration am liebsten herausgeschrien. »Iss!«

Sie setzte sowohl das Essen wie auch das Baby ab, das sofort auf Themba zuzukrabbeln begann und schaltete ihr Mobiltelefon ein. »Immer noch kein Empfang. Und mein Akku ist fast leer.«

»Wir müssen uns bald auf den Weg machen. Sie haben vielleicht die Suche nach uns noch nicht aufgegeben.«

Sie zog die Stirn in Falten. »Das alles ist so falsch, Themba. Mir ist kalt, ich habe Angst und ich bin schmutzig. Ich verbringe *keine* weitere Nacht im Busch. Ich muss meinen Vater anrufen. Er ist bestimmt schon wahnsinnig vor Angst.«

»Ich weiss und ich verstehe dich. Die Hauptstrasse führt nördlich von hier, vom Nyalazi Gate, in den Nationalpark. Wir können ein Auto anhalten und es bitten, dich zum Hilltop Camp, dem Hauptcamp in Hluhluwe, zu bringen, oder falls es in die andere Richtung fährt, zum Ausgangstor und zur nächsten Polizeistation.

»Und was ist mit dir?«

»Ich kann das nicht riskieren, Lerato. Die Polizei glaubt wahrscheinlich, ich sei in den Autodiebstahl verwickelt.«

»Das ist verrückt, Themba. Schau, mein Vater ist reich, oder? Ich werde ihn dazu bringen, dir einen Anwalt zu besorgen. Wir können zusammen zur Polizei gehen und ich werde den Polizisten sagen, dass du nichts mit dem Autodiebstahl zu tun hattest.«

Er schien ihre Worte zu ignorieren. »Ich muss einen Mann finden, einen Mann namens Mike Dunn. Ich vertraue ihm. Er wird mich zur Polizei begleiten, oder noch besser zu den Sicherheitsleuten der Nationalparks. Er kennt sie alle. Wenn ich das Nashornhorn mitbringe, wird Mike wissen, dass ich die Tiere, von denen es stammt, nicht getötet habe und es wird mir bei meiner Geschichte helfen und zeigen, dass ich kein Krimineller bin.

Lerato dachte an die Worte, die Thembas schrecklicher Cousin Joseph vor seinem Tod gesagt hatte, dass Themba ›gut sei‹ in dem, was er tue, nämlich darin, im gestohlenen Toyota nach dem Peilsender zu suchen. Doch so sehr sie sich auch bemühte, konnte sie sich nicht vorstellen, dass Themba ein gefährlicher Junge war, obwohl er eine bewegte Vergangenheit hatte. »Themba, egal, was du früher im Leben getan hast, jetzt bist du *kein* Krimineller. Du verbringst dein Leben mit deiner Nase in einem Buch und bist ein Musterschüler. Warum sollte irgendjemand auf die Idee kommen, dass du etwas anderes seist als das unschuldige Opfer eines Verbrechens? «

Er stand auf, hob das Fernglas an die Augen und hielt erneut Ausschau nach den Männern, die ihnen von Süden her noch immer folgen konnten.

»Themba?«

Er sagte nichts und sah sie nicht an.

Sie spürte, wie das Grauen ihren Körper durchflutete. »Themba, du hast doch keinen Ärger mit dem Gesetz, oder?«

Er holte tief Luft. »Lerato, es tut mir leid. Ich bin ein Verbrecher.« Er erzählte ihr von seiner Geschichte mit Joseph und von der Anklage und der umgewandelten Strafe, die dazu geführt hatte, dass er zu den Nashornwächtern und Mike Dunn gekommen war. Er wandte seinen Blick von ihr ab und suchte wieder mit dem Fernglas den Busch ab.

Lerato wusste nicht, was sie sagen sollte. Sie beobachtete das Kind. Obwohl er mehr ausspuckte, als er zu sich nahm schien der

Kleine es vorzuziehen, in der roten Erde herumzukrabbeln und Dreck und Käfer in den Mund zu stecken, statt richtiges Essen zu sich zu nehmen.

»Ich weiss nicht, wie ich das machen soll«, sagte Lerato schliesslich und spürte, wie ihr wieder die Tränen über die Wangen liefen.

Themba senkte das Fernglas und wandte sich ihr zu.

Sie schniefte. »Jetzt weiss ich nicht mehr, ob ich dir noch vertrauen kann.«

12

Nia stand auf dem Balkon ihrer Wohnung und sah zu, wie die Sonne über dem Indischen Ozean aufging. Es war ein wunderschöner Morgen.

Banger lag auf dem Rücken und schnarchte. Sie musste ihn bald wecken.

Das Laken bedeckte ihn halb. Seine glatte Brust war nackt und auf der im ersten Licht golden schimmernden Haut war ein grosser, blauer Fleck sichtbar. Er war zwar wie ein Gott gebaut, aber das Gesicht war das eines Jungen.

Das Wasser im Kocher begann zu sprudeln und sie ging hinein und bereitete sich Instantkaffee zu, schwarz und ohne Zucker. Sie stammte aus einer wohlhabenden Familie, war aber stolz darauf, nicht von dieser abhängig zu sein – ausser, dass sie bereit war, das Privileg dieser Wohnung am Strand in Kauf zu nehmen. Sie ging mit ihrer Tasse zurück auf den Balkon und setzte sich auf einen der Metallstühle, dessen Kälte durch Bangers T-Shirt, das sie trug, an ihre Oberschenkel drang. Es roch nach ihm und das mochte sie.

Nia hielt die Tasse in beiden Händen, pustete auf den Kaffee und nahm einen Schluck. Sie war unruhig. Sie stand wieder auf und ging zurück ins Schlafzimmer, wo sie auf Banger hinunterblickte. Er war wirklich unglaublich attraktiv. Vielleicht spürte er, dass sie da war, denn er blinzelte ein paar Mal, schaute sie an und lächelte. Er blickte auf die Digitaluhr auf dem Nachttisch. »Guten Morgen, komm zurück ins Bett, wir haben noch eine halbe Stunde, bevor wir aufstehen müssen.«

»Dir auch einen guten Morgen.« Sie trank noch einen Schluck Kaffee. »Du bist sehr einseitig.«

Er lächelte, dann huschte das kleine, anzügliche Grinsen, das sie sonst so mochte, über sein Gesicht. »Du hast dich nicht über letzte Nacht beschwert.« Er fuhr sich mit einer Hand durch das dichte Haar. »Das war wild.«

Das Bild des Mannes, den Banger erschossen hatte, sein Gesicht im Tod und ihr Gefühl des Schreckens, durchflutete ihren Geist plötzlich wieder. Die Kaffeetasse begann in ihrer Hand zu zittern und als sie die sprühenden, braunen Tröpfchen sah, die Flecken auf der schneeweissen Bettdecke bildeten, spürte sie, dass wieder Tränen in ihr aufstiegen. Sie schloss die Augen und versuchte, die Bilder des toten Taxifahrers, des verwundeten Polizisten und des Jungen mit der AK-47 zu verdrängen. Banger hatte ihr das Leben gerettet.

Er nahm ihr die Tasse ab und stellte sie auf den Nachttisch. Sie wollte hinter den geschlossenen Augenlidern einfach nur vergessen. Sie spürte seine Arme um sich, als er sich auf die Matratze kniete und sie an sich drückte. Sie verschmolz in seinen nackten Körper und vergrub ihr Gesicht in seiner Halsbeuge. Seine starken Arme drückten sie an sich und seine Lippen küssten die Tränen aus ihren Augen. »Es ist Okay, Schätzchens. Ich bin ja da. Es tut mir leid.«

»Shit happens«, gab sie zurück und liess sich von ihm zurück in die Wärme des Bettes ziehen. Seine Zunge erforschte bereits ihren Mund und seine Hände fuhren ihren Körper hinunter.

Banger rollte sich auf sie, seine Hand fuhr unter ihr T-Shirt und tastete nach ihrem Busen. Sie musste bald zur Arbeit aufbrechen, doch seine Berührungen vertrieben all die schrecklichen Bilder.

Sie spürte, wie ihr Körper auf ihn zu reagieren begann und bewegte sich im Bett, um sich ihm wieder zu öffnen. Er berührte ihren Oberschenkel und sie merkte, dass er, wie immer, einsatzbereit war. Das erregte sie noch mehr. Nia griff nach ihm und schloss ihre Hand um ihn. Er stöhnte und sie genoss das Gefühl, das er ihr gab.

Ihr Telefon klingelte.

»Lass es«, murmelte Banger in die Haut ihres Innenschenkels, wohin er sich bereits einen Weg über ihren Körper nach unten gebahnt hatte.

»Das könnte die Firma sein«, sagte sie.

»Wenn es ein Einsatz wäre, hätten sie mich zuerst angerufen.«

Es war zu spät. Der pfeifende Klingelton ihres Telefons, der Ruf eines Eisvogels, hatte den Moment unterbrochen. »Es könnte um gestern gehen.«

Er schlug mit einer Handfläche aufs Bettlaken. »Lass es.«

Sag mir nicht, was ich tun soll, dachte Nia. Sie stiess Banger von sich, der sich auf den Rücken rollte und verzweifelt seufzte. Sie sah eine unbekannte Nummer, ging aber trotzdem ran.

»Howzit«, sagte die Männerstimme am anderen Ende der Leitung. »Ich bin's, Mike.«

»Mike?« Es dauerte einen Moment, bis sie sich erinnerte. »Oh, Geier-Mike.«

»Ja, Geier-Mike. Tut mir leid, dass ich so früh anrufe. Können Sie reden?« Nia warf einen Blick auf Angus, der die Augenbrauen hochzog. Sie winkte abweisend, stand auf und ging wieder auf den Balkon hinaus. Die Sonne schien warm auf ihr Gesicht. »Sicher.«

»Ich habe über diese Jugendlichen nachgedacht, die auf der Flucht sind.«

»Ich auch. Steht heute etwas in der Zeitung?«

»Nein, im *Merkur* dreht sich alles nur um die Bombe, ebenso im Radio und im Fernsehen. Über die Entführung oder das vermisste Baby erfährt man nirgends etwas. Ich habe mit Lindiwe, der Polizistin am Tatort, gesprochen und sie versucht heute, die Mutter ausfindig zu machen. Die Entführung fand allerdings weit ausserhalb ihres Zuständigkeitsbereichs statt und die Frau lebte offenbar in Hillcrest.«

»Und?«

»Die Polizistin und ihr Partner wollen versuchen, den Fall zu bearbeiten, der eigentlich einer Task Force von Detektiven zugewiesen werden sollte. Soweit Lindiwe das herausfinden konnte, hat sich die Mutter des Kindes nicht bei der Polizei gemeldet. Aber in Durban geht es gerade drunter und drüber.

Nia teilte Mikes Bedenken. Sie hatte am Vorabend, auf ihrem Rückflug, mit John gesprochen und ihn gebeten, im Kontrollzentrum des Ortungsunternehmens anzurufen und sich dort nach weiteren Informationen oder den Kontaktangaben der Frau zu erkundigen. Von John war die Rückmeldung gekommen, das Unternehmen habe wiederholt versucht, die Frau anzurufen, sie aber nicht erreicht.

»Was werden Sie nun tun?«, fragte sie ihn.

»Lindiwe will versuchen, heute nach Hillcrest zu fahren, das Haus der Frau zu überprüfen und zu sehen, ob sie dort ist oder ob es eine andere Möglichkeit gibt, sie zu kontaktieren. Es wird ein paar Stunden dauern, bis sie hier ist. Aber ich habe eben einen Anruf eines meiner Freunde, der bei der Fahrzeug-Zulassungsstelle in Durban arbeitet, erhalten. Er hat das Kennzeichen der Frau vom Fortuner überprüft.

»Das ist illegal«, sagte Nia.

»Er schuldete mir einen Gefallen.«

»Was sind Sie, ein Geierforscher oder eine Art Privatdetektiv?«

Er ignorierte die Frage. »Sie wohnt nicht weit von mir entfernt in Hillcrest. Ich fahre jetzt zu ihr und schaue, ob sie da ist und um Lindiwe vielleicht etwas Zeit zu sparen.«

»Weiss Ihre Polizistin, was Sie vorhaben?«

»Nein. Wenn sie es wüsste, würde sie mir sagen, dass ich keine Befugnis dafür habe, weshalb ich es ihr nicht sage.«

Nia ging zurück ins Schlafzimmer, holte ihren Kaffee und kehrte dann wieder auf den Balkon zurück. »Und warum erzählen Sie es mir?«

»Damit jemand weiss, wo ich hingehe. Sie haben gesehen, was gestern passiert ist. Da gab es Leute, die ,um an das Auto oder dessen Inhalt zu kommen, zu töten bereit waren. Wenn mir etwas zustösst und Sie bis etwa zehn Uhr nichts von mir hören, tun Sie mir bitte den Gefallen und rufen Sie Lindiwe an. Ich schicke Ihnen ihre Nummer per SMS.«

Nia fühlte sich unbehaglich. Auch sie machte sich um das vermisste Kleinkind und dessen Mutter, die verschwunden zu sein schien, Sorgen. Dennoch gefiel ihr nicht, wie Mike sie in seine zwielichtigen, unbewilligten Ermittlungen hineinzog. »Was steckt noch dahinter?«

»Was meinen Sie damit?«, fragte er.

»Sie haben doch bestimmt andere Freunde, die Sie anrufen können, damit sie Ihrer Freundin, der Polizistin, Bescheid sagen, falls Sie verschwinden. Warum rufen Sie ausgerechnet mich an?«

»Sie haben einen Hubschrauber. Wir müssen mit der Suche nach diesen Kindern beginnen und ich befürchte, die Polizei braucht zu lange, um ihren Arsch in Bewegung zu setzen. Lindiwe Khumalo ist eine eifrige Mitarbeiterin, aber die gesamte Polizei ist scheinbar auf die Explosion in Durban fixiert.«

Nia schmunzelte. »Hey, Mister, erstens ist das nicht *mein* Hubschrauber, er gehört ›Coastal Choppers‹ und nach dem, was gestern passiert ist, werden die mich nicht auf eine Schnitzeljagd gehen lassen. Haben Sie eine Ahnung, wie viel es kostet, einen Hubschrauber in der Luft zu halten, geschweige denn einen ganzen Nationalpark zu durchsuchen? Ausserdem gibt es ein kleines Problem mit dem Gesetz, das das Überfliegen von Parks verbietet – sie sind kontrollierter Luftraum.«

Sie erinnerte sich wie er aussah, an das khakifarbene Buschhemd mit dem ausgefransten Kragen, die alten, geflickten Buschschuhe, die Gamaschen und die verblichenen Shorts sowie den verbeulten älteren Land Rover. »Wir reden hier von *Tausenden* von Rand pro Stunde, wenn wir einen Hubschrauber chartern. Und wie ich schon sagte, darf ich keine Rundflüge über Hluhluwe-iMfolozi machen.«

»Ich kenne die Leute vom Park und die ZAP-Wing-Typen, die Anti-Wilderei-Patrouillen über dem Park fliegen. Ich besorge eine Genehmigung und sage, dass ich nach den Typen suche, die gestern alle Geier vergiftet haben.«

»Warum fliegen Sie dann nicht mit den Leuten von ZAP-Wing?«

»Wie Sie und ich wissen, weil ich nicht wirklich nach Wilderern suche. Ausserdem werden sie, wenn sie einen Jugendlichen mit einer

AK-47 entdecken, ihre ›Rhino Reaction Force‹ losschicken und ehe man sich versieht, wird Themba ins Gefängnis gesperrt. Egal, was er getan oder nicht getan hat, es ist eine Straftat, dass er sich im Nationalpark aufhält und eine Waffe trägt.

Geduld gehörte nicht zu Nias Tugenden, so dass ihr Wutthermometer fast zum Siedepunkt schoss. »Um Himmels willen, sind Sie nicht naiv? Glauben Sie nicht, dass der Junge mit dem Gewehr, Ihr *Freund* Themba, etwas mit dem Diebstahl zu tun haben könnte?«

»Sie ziehen voreilige Schlüsse.«

»Ja«, sagte sie laut ins Telefon, »und Sie ziehen den voreiligen Schluss, dass dieser Junge in Wirklichkeit ein armer, missverstandener Jugendlicher ist, aber sicher kein Autodieb und Entführer.«

»Beruhigen Sie sich.«

»Sagen Sie mir nicht, ich soll mich beruhigen! Warum tun Sie das, Mike Dunn? Wir machen uns alle Sorgen um das Baby, aber warum sind Sie auf einer Ein-Mann-Mission und passen auf einen möglicherweise straffälligen Teenager auf?«

»Das ist kompliziert.«

»War's das? Wollen Sie, dass ich zu meinem Chef gehe und sage: ›Es ist kompliziert‹? Sie haben selbst gesagt, dass die zuständige Polizistin kompetent ist. Warum machen Sie sich dann all diese Mühe für den Jungen? Was bedeutet er Ihnen?«

Er holte hörbar tief Luft. »Ich erkläre es Ihnen, sobald ich die Gelegenheit dazu habe. Lassen Sie mich nur sagen, dass ich nicht zulassen kann, dass ein weiterer sechzehn- oder siebzehnjähriger Junge aus Versehen erschossen wird. Themba ist auf der Flucht in den Busch, weil ich ihm beigebracht habe, dort zu überleben. Er vertraut auf mich. Ich muss ihn finden und dazu brauche ich Ihre Hilfe.«

Banger kam zu ihr auf den Balkon und eine Jogginghose verbarg seine Erektion annähernd. Er hielt die Hände hoch und sagte: »Was ist los?« Aber sie winkte wieder ab und er ging ins Bad.

Nia fühlte sich in die Ecke gedrängt, machte sich aber auch Sorgen um das vermisste Baby und die Schülerin, auch wenn das Urteil über den Teenager noch nicht feststand. »Also gut. Ehrlich

gesagt ist mein Chef momentan in Übersee. Ich werde einen Such-
flug für die Polizei durchführen und wenn ich bis zehn Uhr nichts
von Ihnen höre, schlage ich Alarm.«

»Gut, danke.«

Er legte auf, ohne etwas Weiteres zu sagen, nicht einmal auf
Wiedersehen. Nia fragte sich, wer Mike Dunn war. Vielleicht war er
einfach nur buschverrückt, weil er zu viel Zeit mit Geiern und zu
wenig mit Menschen verbracht hatte. Dazu kam noch diese andere
Angst, der Teenager könnte umkommen. Er trug keinen Ehering und
sie konnte ihn sich nicht glücklich mit einer Frau und Kindern
vorstellen.

»Schätzchen?« rief Banger aus dem Badezimmer. »Was wollte
dieser Typ?«

Sie ging wieder hinein und Banger kam, frisch geduscht und mit
einem Handtuch um die Hüfte, heraus.

»Er will, dass ich in den Park zurück gehe, um ihm bei der Suche
nach den Kindern zu helfen.«

»Ich komme mit. Sipho und ich halten uns bereit, falls du sie
findest.«

Banger begann, seine Uniform anzuziehen und Nia schüttelte
den Kopf und ging ins Bad. Sie drehte den Wasserhahn auf und trat
unter die Dusche. Er folgte ihr hinein und knöpfte sein dunkelblaues
Hemd zu. »Du arbeitest heute auf Abruf, Banger. Ich brauche deinen
Schutz nicht, ich komme schon zurecht. Ich halte dich auf dem
Laufenden. Wenn wir diese Kinder, oder die Typen, die ihnen gefolgt
sind, im Park finden, ist dies eine Aufgabe für die Nationalpark-
Ranger oder die Polizei, nicht für dich.«

»Ich mache mir Sorgen um dich. Bist du sicher, dass es dir gut
geht, nach all der Scheisse, die gestern passiert ist?«

Nia massierte Shampoo in ihr Haar ein und schloss die Augen.
»Ja, da bin ich mir sicher.«

* * *

Mike bereitete sich ein Spiegelei auf Toast zu und ass es am Küchentisch. Er verbrachte so wenig Zeit wie möglich im Haus mit drei Schlafzimmern, das er mit seinem in der Scheidungsvereinbarung festgelegten Anteil gekauft hatte.

Er hatte Tracy die guten Möbel gern überlassen, ausser einem geliebten, wenn auch rissigem Ledersessel, den sie immer gehasst hatte. Er hatte ihn seit er Junggeselle war. Der gebrauchte Zweisitzer im Wohnzimmer hingegen erinnerte ihn an die Zeit, als er daran gedacht hatte, einen Mitbewohner aufzunehmen, um die Rechnungen teilen zu können und jemanden zu haben, der sich um das Haus kümmerte, während er im Busch war. Aber dazu war es nicht gekommen. Er war glücklich, allein zu sein. Wenn ins Haus eingebrochen wurde, während er weg war, was bisher nicht der Fall war, gab es wenig zu stehlen. Sein Fernseher würde nicht mehr lange funktionieren und als Soundsystem diente ihm ein billiges tragbares Gerät. Das Bargeld und seine Waffen nahm er jeweils mit auf seine Reisen.

Mike wusch seinen Teller und das Besteck, trank den Kaffee aus und spülte die Tasse. Im Gegensatz zu seinen Waffen hatte er die Campingausrüstung nicht aus dem Landy genommen, denn er hatte vor, heute im Mkhuze-Wildtierreservat, nördlich von Hluhluwe-iMfolozi, nach Geiernestern zu suchen. Er holte das Gewehr aus dem Waffentresor im Kleiderschrank und zog die Neun-Millimeter-Pistole unter seiner Matratze hervor.

Hillcrest war zwar nur ein paar Autominuten von seinem Haus entfernt, in Bezug auf die Immobilienleiter aber eine grosse Stufe. Die Adresse, die er von der Besitzerin des Fortuners, einer Suzanne Fessey, hatte, befand sich in einer Anlage. Mike fuhr bis fünfzig Meter vor das Eingangstor und dachte über seine erste Herausforderung nach – es handelte sich um eine gut gesicherte Siedlung mit einem Tor, einer hohen Mauer und einem elektrischen Zaun. Um das Tor zu öffnen, brauchte man entweder eine Fernbedienung oder jemand im Inneren musste es per Knopfdruck öffnen.

Er stieg aus, ging zum Tor und drückte die Klingel für Nummer drei, Suzannes Haus. Er drückte einmal, zweimal, dreimal, bekam aber keine Antwort. Mike hörte Schritte und drehte sich um.

Ein Mann mit hellem Haar und ergrauendem Bart, vielleicht Ende vierzig oder Anfang fünfzig, stand, eine Zeitung unter den Arm eklemmt, da. »Kann ich Ihnen helfen?«

»Ich muss einer Freundin, die hier wohnt, etwas bringen, doch es ist zu gross für den Briefkasten. Ich dachte, sie wäre hier, aber sie antwortet nicht. Das ist seltsam.«

»Wirklich? Ich wohne hier. Wie heisst Ihre Freundin?«

Mike konnte den Akzent des Mannes nicht richtig zuordnen. Er war kein Südafrikaner, aber lebte wohl schon eine Weile hier. Er sah fit aus und trug ein kariertes Hemd, das locker über einer hellbraunen Chinohose hing. »Suzanne Fessey.«

»Oh, Suzanne, richtig. Nummer zwei?«

»Nummer drei«, berichtigte Mike.

»Ja, stimmt. Nummer drei.«

»Habe ich den Test bestanden?« witzelte Mike.

Der Mann lächelte. »Mit Bravour. Ich lasse Sie rein.« Der Mann zog eine Fernbedienung aus der Hosentasche und drückte auf einen Knopf. Das Tor öffnete sich und er ging hinein. »Ich halte das Tor für Sie auf, bis Sie mit dem Wagen hineingefahren sind.«

Mike ging zurück zum Land Rover, startete ihn und fuhr hinein. Der bärtige Mann winkte und lächelte, als Mike an ihm vorbeifuhr. Mike fand das dritte Haus und stieg aus. Er leerte einen Karton, in den er etwas Essen gepackt hatte, hob ihn aus dem Heck des Land Rovers und trug ihn zum Haus. Der Mann beobachtete ihn, also rief er ihm zu: »Ich bringe es einfach hintenherum.«

»Machen Sie nur.«

Mike ging den Weg um die Seite des Hauses herum zur Rückseite. Er dachte an den Mann, der ihn in den Komplex gelassen hatte. Er wirkte zwar freundlich, aber Mike fand es ungewöhnlich, dass er einem Fremden gegenüber so entgegenkommend war. Er spähte durchs erste Fenster, an dem er vorbeikam und sah ins Wohnzimmer des Hauses. Es war leer.

Als er weiterging kam er zu einem offenen Fenster. Für den Fall, dass der bärtige Mann oder ein Nachbar ihn beobachte, schaute Mike sich um, dann spähte er hinein. Es war die Küche. Auf den Arbeitsflächen lag nichts und die Türen einiger Schränke waren offen. In einen konnte er hineinsehen und er war leer. Bis jetzt sah es aus, als wohne hier niemand, jedenfalls keine Frau mit einem Kind, so schätzte er es jedenfalls ein, wenn er deren Zustand mit dem seiner Wohnung zur Zeit, als er verheiratet war, verglich. Damals lagen, selbst als sie ein Dienstmädchen hatten, ständig Essen, Teller, Spielzeug und andere Dinge herum.

Mike versuchte die Hintertür. Sie war verschlossen. Er kehrte zum offenen Fenster zurück und stemmte sich an der Fensterbank hoch. Er kroch über einen Tresen und liess sich dann auf den gefliesten Küchenboden fallen.

Beim *Kraal*, wo die Tat sich am Vortag ereignet hatte,war ein Haufen Hausrat aufgestapelt gewesen und Nia hatte berichtet, sie habe gesehen, wie der Autodieb und sein möglicher Komplize – von dem Mike vermutete, es handle sich um Themba Nyathi – die Sachen aus dem Fortuner warfen.

Mike ging leise von der Küche ins kahle Wohnzimmer. Er fand den Ort seltsam, weshalb er die Neunmillimeter aus dem Holster zog, das unter seinem Hemd an der Hose befestigt war. Er entsicherte die Waffe, was in dem unbewohnten Haus ohrenbetäubend laut hallte. Er ging zur Treppe und stieg sie langsam hoch, die Waffe in der ausgestreckten Hand.

Zu viel von dem, was hier ablief, passte nicht zusammen. Er war sich sicher, dass diese Frau, Suzanne Fessey, das Haus verlassen hatte. In der Küche roch es nach Reinigungsmitteln, die Oberflächen sahen frisch poliert aus und sogar der weisse Teppich war sauber. Sie schien es keineswegs von Eile getrieben worden zu sein, das Haus zu verlassen, sondern hatte sich Zeit genommen, es auf Vordermann zu bringen. Das machte sie zu einer guten Mieterin, aber er fragte sich, was noch dahintersteckte.

Am oberen Ende der Treppe stand die Tür eines Badezimmers offen. Auch hier roch es frisch geschrubbt, aber es war nichts drin, nicht einmal eine Rolle Toilettenpapier. Im Hauptschlafzimmer gab es ein Holzbett, aber keine Matratze. Die hätte kaum zusammen mit all ihren anderen Besitztümern und einem Kind in einen Fortuner gepasst.

Mike schnupperte. Er nahm den Geruch von Reinigungsmitteln und Lufterfrischern wahr, aber keinen von Parfüm, Männerschweiss oder Eau de Cologne. Er ging ins Schlafzimmer und überprüfte die Schränke. Auch sie waren leer.

Er trat in den Flur zurück und ging ihn entlang, um das zweite Schlafzimmer zu überprüfen, das ebenfalls leer war. Die Tür zu dem, was er für ein drittes Schlafzimmer hielt, war geschlossen.

Mike hörte ein Knarren hinter sich, drehte sich um und liess sich in einer einzigen fliessenden Bewegung fallen. Er hob seine Pistolenhand und sah das dunkle Gesicht eines Mannes, dessen Oberkörper gerade am oberen Ende der Treppe in Sicht kam und der ebenfalls eine Pistole auf ihn gerichtet hielt.

»Lassen Sie Ihre Waffe fallen!«, schrie der Mann.

Mike schoss und der Mann duckte sich. Er hatte nichts davon gesagt, dass er ein Polizeibeamter sei, sonst hätte Mike seiner Anweisung Folge geleistet. Er wollte sich eben umdrehen, um zum dritten Schlafzimmer zu gelangen, wo er hoffentlich durch ein Fenster klettern konnte, als er aus dem Augenwinkel unvermittelt eine Bewegung wahrnahm und einen schmerzhaften Schlag auf den Kopf spürte.

Dann fiel er in Ohnmacht.

13

Sergeant Lindiwe Khumalo wollte gerade die Polizeistation in Mtubatuba verlassen und die lange Fahrt nach Durban antreten, als ihr Festnetztelefon klingelte.

»Sergeant Khumalo.«

»Sergeant, eine Frau will mit Ihnen sprechen. Sie sagt, es gehe um den gestohlenen Wagen, den Sie gestern gesucht haben und um ein vermisstes Kind.«

»Okay, stellen Sie sie durch«, wies Lindiwe den Sachbearbeiter an und liess sich in ihrem Stuhl zurücksinken. »Hallo?«

»Ist dort Sergeant Khumalo?«

Lindiwe legte ihr Notizbuch und ihren Stift bereit. »Ja, ist am Apparat.«

»Howzit, mein Name ist Suzanne Fessey. Mein Auto, ein Toyota Fortuner, wurde gestern mit meinem kleinen Sohn an Bord, gestohlen. Ich habe herumtelefoniert und man sagte mir, dass Sie die ermittelnde Beamtin sind. Ist das richtig?«

Die Frau sprach schnell und wirkte verständlicherweise aufgeregt. »Ja, das bin ich. Es gab eine Schiesserei. Ein Taxifahrer und der Mann, den wir für den Autodieb halten, wurden getötet und ein Polizeibeamter verletzt. Wir haben nach Ihnen gesucht, Frau Fessey.

Warum haben Sie sich, nachdem Sie Ihren Autoortungsdienst angerufen haben, nicht an die Polizei gewendet?«

»Ich wurde angeschossen, Sergeant. Ich konnte ›Motor Track‹ anrufen, aber dann wurde ich, bevor ich die Polizei rufen konnte, bewusstlos. Haben Sie mein Baby gefunden? Ist es in Sicherheit?«

Lindiwe sog Luft durch die Zähne ein. »Es tut mir leid, Ihnen sagen zu müssen, dass Ihr Baby verschwunden ist. Anscheinend haben zwei Jugendliche, ein Junge und ein Mädchen, ihr Kind. Wir sind auf der Suche nach ihnen. Geht es Ihnen besser?«

»Ich habe noch Schmerzen, werde aber heute Morgen aus dem Krankenhaus entlassen. Ich wurde nach einem Streifschuss am Kopf bewusstlos, hatte aber Glück im Unglück.« Die Frau begann zu schniefen. »Und jetzt sagen Sie mir, dass mein Baby immer noch verschwunden ist.«

»Es tut mir leid, Frau Fessey. In welchem Krankenhaus sind Sie? Kann ich zu Ihnen kommen?«

»Nein. Ich komme zu Ihnen. Ich muss mein Baby finden. Sobald ich hier rauskomme, fahre ich nach Mtubatuba. Kann ich Sie irgendwo treffen? Sie sagten, es gab Tote und Verletzte? Und wo ist mein Auto?«

Lindiwe fand es etwas seltsam, dass Suzanne sich auf einmal Sorgen um ihr Auto machte. Sie musste doch ganz offensichtlich ausflippen, weil sie nicht wusste, was mit ihrem Sohn geschehen war. Da sie nun nicht mehr nach Durban fahren musste, um Suzanne zu treffen, war der nächste logische Ort, um die Suche fortzusetzen, der Ort nahe der Grenze von Hluhluwe-iMfolozi, an dem der Fortuner gestern Abend ausgebrannt und verlassen gefunden worden war. Lindiwe hatte einen Polizeihubschrauber angefordert, um nach den vermissten Verdächtigen und dem Kleinkind zu suchen, aber man hatte ihr gesagt, nach der gestrigen Bombenexplosion seien immer noch alle Flugzeuge auf Sicherheitskontrollen in Durban. Mike Dunn hatte gesagt, er spreche mit Nia Carras oder der ZAP-Wing Lufteinsatztruppe der Anti-Wilderer, um zu versuchen, ein Suchflugzeug zu organisieren. Folglich wollte sie sich als Nächstes über seine Fortschritte informieren. »Ihr Auto ist ausgebrannt und steht in der Nähe des iMfolozi-Wildtierreservats«, berichtete sie Suzanne.

»Ich kann in etwa einer Stunde da sein«, sagte Suzanne.

»Sind Sie nicht in Durban im Krankenhaus?«

»Ähm, nein, nördlich der Stadt. Ich bin nicht weit von Ihnen entfernt und melde mich gerade aus dem Krankenhaus ab. Bitte, ich brauche Sie, um mein Baby zu finden.«

»Das werden wir. Gut, wir sehen uns bald.« Lindiwe erklärte der Frau den Weg zu ihrem Auto, den ein Abschleppwagen später am Tag abholen sollte. Suzannes Anruf kam also im richtigen Moment. Ausserdem waren einige ihrer Kleidungsstücke und andere Besitztümer, die vom oder von den Dieben aus dem Auto geworfen worden waren, zusammengesammelt und eingepackt worden. Lindiwe ging zur Asservatenkammer, schloss die Tür auf, holte die Taschen heraus und legte diese in ihr Auto.

Sie machte sich sofort auf den Weg und beschloss, den verbrannten Fortuner im Morgenlicht in Augenschein zu nehmen. Unterwegs benutzte sie die Freisprecheinrichtung im Auto, um Mike Dunn anzurufen. Doch auf seinem Telefon kam nur die Mailbox.

»Mike, hier ist Sergeant Lindiwe Khumalo. Wenn Sie das hören, rufen Sie mich bitte zurück. Ich komme nicht nach Durban, weil ich Suzanne Fessey, die Besitzerin des Autos, gefunden habe. Oder besser gesagt, sie hat mich gefunden. Ich treffe sie beim ausgebrannten Fortuner. Ich hoffe, Sie haben Glück bei der Organisation Ihrer Suche aus der Luft, denn ich bekomme keinen Polizeihubschrauber. Mit Suzannes Hilfe kann ich unsere Leute vielleicht dazu bringen, eine richtige Suche zu starten. Rufen Sie mich an.« Sie beendete das Gespräch.

Lindiwe fuhr an der Somkhele-Mine vorbei und bog dann links in die Hügel ab, in Richtung iMfolozi. Als sie die Stelle erreichte, an der der Fortuner stand, stieg sie aus und ging zum geschwärzten Wrack des Fahrzeugs, wo sie den Boden absuchte und an Suzanne Fessey dachte. Suzanne hatte sich über ihr Kind besorgt gezeigt, war aber keineswegs so ausser sich, wie Lindiwe es gewesen wäre, wenn eines ihrer drei Kinder verschwunden wäre. Trotz ihres schnellen

Sprechens wirkte Suzanne gewissermassen ruhig. Sie machte einen eher sachlichen als emotionalen Eindruck. Lindiwe fragte sich, ob dies eine Folge des Schocks sei oder ob Suzanne vielleicht aufgrund ihrer Schussverletzung unter Medikamenten stand.

Auf jeden Fall hatte sie Glück, dass sie nur einen Tag nach einer Schussverletzung aus dem Krankenhaus entlassen werden konnte. Immerhin erklärte dieVerwundung, warum Suzanne die Polizei nicht selbst kontaktiert hatte. Lindiwe überlegte sich, wer Suzanne ins Krankenhaus gebracht habe, und notierte sich, dass sie sie fragen wolle, was bei Suzannes Ankunft geschehen sei. Jedenfalls musste sie formell befragt werden. Lindiwe hatte das Gesicht des toten Autodiebs mit ihrem Handy fotografiert und würde Suzanne das Bild zeigen, um herauszufinden, ob der tote Mann derjenige sei, der auf sie geschossen habe.

In einem Radius von etwa fünfzig Metern um den Toyota herum war das Gras verbrannt, so dass Lindiwe in unmittelbarer Nähe des Geländewagens keine Fussabdrücke oder andere Hinweise finden konnte. Sie gab aber nicht so schnell auf und folgte dem Weg, den die flüchtenden Teenager mit dem Baby genommen hatten, als die beiden mysteriösen Männern sie verfolgten.

Die Leiche des Mannes, der Nia Carras als Geisel genommen hatte und der dann von Angus Greiner getötet worden war, hatte ein nahöstliches Aussehen. Lindiwe dachte an die Bombe, die in Durban explodiert war. Terrorismusexperten spekulierten in den Medien bereits, dass hinter dem Attentat auf die amerikanische Botschafterin islamische Extremisten steckten.

An den Kämpfen gegen die Séléka-Rebellen in der Zentralafrikanischen Republik waren Südafrikanische Soldaten beteiligt und obwohl diese mehrheitlich muslimische Truppe dort Gräueltaten an Christen begangen hatte, war sie nicht so organisiert und fundamentalistisch wie etwa Boko Haram in Nigeria. Südafrika war bisher von Terroranschlägen verschont geblieben, während Kenia und andere Teile Afrikas davon erschüttert wurden. Die Amerikaner verlangten mehr Unterstützung im Süden des Kontinents, doch damit waren natürlich viele islamistische Gruppen gar nicht damit einverstanden.

Suzanne Fessey kam ihr nicht wie der Name einer Dschihadistin vor, aber Lindiwe warnte sich selbst davor, in rassistische oder ethnische Stereotypen zu verfallen. Viele Menschen aus dem Westen und nicht wenige Südafrikaner waren nach Syrien gelockt worden, um für den Islamischen Staat zu kämpfen und nicht alle von ihnen hatten einen muslimischen Hintergrund.

Lindiwe blickte zu den bewaldeten Hügeln in der Ferne, die das Ende des gemeindlichen Weidelands und den Beginn des geschützten Nationalparks markierten. Für die beiden jungen Leute, die mit dem kleinen Kind zu Fuss unterwegs waren, war es ein unwirtliches Land. Zudem war es gefährlich, denn es gab eine gesunde Bestände von Löwen, Leoparden, Büffeln und Hyänen. Lindiwe würde sich jedenfalls nicht ohne einen Ranger zu Fuss in den Park begeben wollen. Sie war vor Kurzem dort, um einen Fall von Nashornwilderei zu untersuchen und hatte selbst mit einem Führer leise Angst, einem wilden Tier zu begegnen.

Es war unheimlich still und die nächtliche Kälte noch nicht ganz von der Morgensonne, die aus dem klaren blauen Himmel schien, vertrieben worden. Die leichte Brise war noch ziemlich kühl. Lindiwe hörte ein Fahrzeug, drehte sich um und sah eine schwarze BMW-Limousine neueren Modells auf der zerfurchten roten Strasse auf sich zufahren.

Eine Frau mit blondem Kurzhaarschnitt stieg aus, die Jeans und ein schwarzes T-Shirt trug und oben auf der linken Wange eine Narbe hatte. »Sergeant Khumalo?«

»Ja, Suzanne Fessey? Hallo. Wie geht es Ihnen?«

»Danke, mir geht es gut«, gab die Frau zurück und lächelte.

Genau, dachte Lindiwe. Plötzlich kam ihr der Gedanke, sie hätte nicht allein hierherkommen sollen. Diese Suzanne Fessey, die angeblich einen Streifschuss erlitten hatte, konnte problemlos gehen und hatte weder einen Verband noch ein Pflaster am Kopf. Ihr Kind war verschwunden, aber sie grinste.

Die Teile des Puzzles begannen zu fallen und bildeten, wie beim alten Zauberwürfel, mit dem ihr ältester Sohn zu spielen pflegte, eine klare Ordnung. Suzanne Fessey ging es gut. Sie hatte ihr Auto zwar bei der Ortungsfirma als gestohlen gemeldet, aber nicht bei der Polizei. Offenbar hatte sie die Hilfe von drei bewaffneten Männern, von denen einer beim Versuch, einen Hubschrauber zu entführen, und mit diesem ihren vermissten Sohn zu suchen, ums Leben gekommen war. Suzanne Fessey brauchte die Polizei nicht.

Lindiwe bewegte ihre Hand langsam zur Pistole an ihrer Hüfte.

Suzanne blieb zwei Meter von ihr entfernt stehen. »Gibt es ein Problem, Sergeant?«

»Wer sind Sie?«

»Sie wissen, wer ich bin. Alles, was ich will, ist, meinen Sohn finden und etwas zurückholen, das mir gehört und das die Kidnapper gestohlen haben.«

Lindiwe holte tief Luft. Suzanne Fessey *wollte* also auch nicht, *dass* die Polizei einbezogen wurde, denn was auch immer dahintersteckte, war illegal. Lindiwe schickte sich an, ihre Pistole zu ziehen. »Ich werde Ihnen ein paar Fragen stellen müssen.«

Suzanne behielt ihr Lächeln und schüttelte dreimal langsam den Kopf.

Dann hallte ein Schuss über die sanften Hügel und Lindiwe Khumalo kippte zur Seite. Die Kugel hatte ihren Hals durchdrungen.

Lindiwe blickte auf und sah das blonde, von der Sonne beschienene Haar.

Sie versuchte zu atmen aber spürte nun nur noch Schmerz und eine nach Kupfer schmeckende Flüssigkeit, die in ihren Mund sprudelte. »Warum?«, gurgelte sie.

Suzanne kniete nieder und begann, die Knöpfe von Lindiwes Uniformhemd zu öffnen. »Psst, Sergeant, ich helfe Ihnen.«

Lindiwe hustete Blut und schrie, als Suzanne sie auf die Seite rollte und ihr das Hemd auszog. Suzanne legte Lindiwe wieder ins Gras. Sie nahm das Kleidungsstück, hielt es hoch und begutachtete es. *Nicht so schlimm,* stellte sie fest.

»Warum?«, fragte Lindiwe erneut, obwohl sie nicht einmal sicher war, ob das Wort überhaupt hörbar war.

Suzanne warf das Hemd zur Seite, griff hinter ihren Rücken und zog eine Neun-Millimeter-Pistole Glock 17 aus einem Holster. Sie hielt sie hoch und zielte auf einen Punkt zwischen Lindiwes Augen. »Weil Sie zu schlau sind, Sergeant.«

* * *

SUZANNE DRÜCKTE ab und es war vorbei. Stück für Stück begann sie, die Uniform der toten Frau anzuziehen.

Egil Paulsen kam vom BMW. Er hatte sich auf dem Boden im hinteren Teil des Autos versteckt, als dieses vorgefahren war. Nachdem er sowohl das Geld wie auch das Auto von diesem korrupten Geschäftsmann Bandile Dlamini gestohlen hatte, holte Egil Suzanne am Vortag ab.

»Wir hatten Glück, dass sie allein kam«, sagte Paulsen. »Das machte es einfacher.«

Suzanne knöpfte sich das blaue Hemd zu. »Der erste Glücksfall, den wir bis jetzt hatten.«

»Nun, da wir ein Polizeifahrzeug haben, können wir im Nationalpark problemlos eine Strassensperre errichten. Die Kinder dürften die geteerte Zufahrtsstrasse durch Hluhluwe-iMfolozi noch nicht erreicht haben. Durch die iMfolozi-Hälfte des Parks führt eine Strasse, vom Mpila Camp zum Nyalazi-Tor. Dort kommen sie zuerst hin und werden entweder eine Mitfahrgelegenheit zu finden versuchen oder sich hoffentlich, wenn sie uns sehen, der Polizei stellen.«

Suzanne drehte ihm den Rücken zu und Egil tat es ihr gleich. Sie öffnete ihre Jeans und tauschte sie gegen Khumalos Uniformhose. Die Passform war nicht schlecht. Sie nahm auch die Waffe und das Telefon der Polizistin an sich. »Ja, das klingt gut. Dass Bilal und Djuma sie erwischen, war nicht wirklich zu erwarten. Sie kennen Zululand nicht so gut wie wir. Sie sind sicher froh, wenn sie aufgegriffen werden.«

Paulsen drehte sich wieder zu ihr um. »Es bleibt nur noch abzuwarten, wie schnell die Amerikaner ihren Scheiss auf die Reihe kriegen.«

»Nun, wir haben unser Zeug für sie bereit.« Vor dem Treffen mit der Polizistin waren Suzanne und Egil zu einem abgelegenen Ort im

Busch unweit der N2 gefahren und hatten aus einem Versteck zusätzliche Waffen und Munition geholt, die sie vor zwei Jahren in einem wasserdichten Plastikbehälter für einen solchen Notfall vergraben hatten.

»Wir könnten einfach zur Grenze fahren, dann wäre wir in ein paar Stunden in Mosambik«, sagte Paulsen.

»Ja, könnten wir. Tun wir aber nicht ohne meinen Sohn.«

* * *

ALS NIA in der kleinen Coastal Choppers-Zentrale am Flughafen von Virginia im Büro ihres Chefs sass, sah sie einmal mehr auf die Uhr. Es war jetzt zehn Minuten nach zehn und Mike hatte immer noch nicht angerufen. Sie hatte ihn dreimal zu erreichen versucht und war jedes Mal direkt auf die Mailbox weitergeleitet worden.

Nia wählte die Nummer, die Mike ihr für Sergeant Khumalo gegeben hatte. Die Frau nahm ab, aber Nia konnte sie kaum verstehen. »Hallo? Tut mir leid, die Verbindung ist schlecht.«

»Bleiben Sie bitte dran«, sagte die Frau schwach.

Nia wartete. »Hallo, wer ist da?«, fragte eine Frau, die sich wie eine weisse, englischsprachige Südafrikanerin anhörte.

»Mein Name ist Nia Carras. Und wer sind Sie?«

»Ich bin Sergeant Munro, Sergeant Khumalos Partnerin Sie ist momentan beschäftigt und hat mich gebeten, den Anruf entgegenzunehmen. Kann ich Ihnen helfen?«

»Ich denke schon«, sagte Nia. Eine Polizistin war wie der andere. »Ich bin die Hubschrauberpilotin, die Sergeant Khumalo gestern traf, als wir einen gestohlenen Toyota Fortuner verfolgten.«

»Eine Sekunde bitte.«

Nia wartete.

»Okay, Sergeant Khumalo fragt, was wir für Sie tun können?«

»Nun, gestern war noch ein anderer Mann am Tatort, sein Name ist Mike Dunn. Er wollte heute die Besitzerin des gestohlenen Autos, eine Frau namens Suzanne Fessey, in ihrem Haus in Durban aufsuchen.«

»Ja?«

»Es ist seltsam, aber Mike hat mich gebeten, Sergeant Khumalo anzurufen, wenn er sich bis zehn Uhr nicht bei mir meldet, und das hat er nicht getan. Vielleicht ist es ein bisschen paranoid, aber wie Sergeant Khumalo weiss, war es ziemlich verrückt mit diesen bewaffneten Kerlen, die die Leute, die das Auto gestohlen haben, jagten.«

»Davon habe ich schon gehört. Okay, ich werde die Nachricht an Sergeant Khumalo weitergeben, danke. Übrigens, Suzanne Fessey ist hier und es geht ihr gut.«

»Wirklich? Grossartig, das freut mich zu hören. Und was ist mit ihrem Kind?«

»Nun«, sagte die Frau, »Suzanne ist natürlich ausser sich, aber nach dem Kind wird gesucht. Warten Sie ...« Eine weitere Pause. »Sergeant Khumalo sagt, wir brauchen Sie hier, damit Sie eine offizielle Aussage über die Vorfälle von gestern machen können. Das heisst, Sergeant Khumalo und ich müssen Sie befragen.«

»Klar, kein Problem. Übrigens: Mike Dunn hat meinen Hubschrauber gebucht, um nach dem vermissten Jungen und den jungen Leuten zu suchen, die ihn bei sich haben. Aber ich nehme an, Sie verfügen jetzt über einen Polizeihubschrauber, richtig?«

Am anderen Ende der Leitung herrschte einen Moment lang Stille. »Nun, leider nicht. Nach der gestrigen Bombenexplosion in Durban sind alle unsere Polizeihubschrauber für Sicherheitseinsätze gebunden. Besteht die Möglichkeit, dass Sie trotzdem hierher fliegen und uns helfen? Natürlich werden wir ein paar Beamte schicken, um nach Mr. Dunn zu sehen.«

Nia wusste nicht, was sie tun sollte. Sie wüsste nicht, wo sie mit der Suche nach dem vermissten Kind beginnen sollte.

»Ich kann von den Nationalparkbehörden die Genehmigung einholen, um Hluhluwe-iMfolozi zu überfliegen. Ausserdem kann ich mit Ihnen fliegen und die Suche leiten«, sagte Sergeant Munro, als lese sie Nias Gedanken. »Diese Sache ist wirklich wichtig, denn es geht immerhin um ein vermisstes Kind.«

»Gut«, sagte Nia, »ich mache mich schnellstmöglich auf den Weg.

Aber sehen Sie bitte nach Mike. Er war sehr besorgt und ich verstehe nicht, was wirklich los ist.«

»Überlassen Sie das uns«, beschwichtigte Sergeant Munro. »Seit diese Terroristen die Botschafterin ermordet haben, ist das Handysignal regelmässig überlastet. Sie können froh sein, dass Sie mich überhaupt erreicht haben.«

»Nun, ich habe ihn auch angerufen, aber er ist nicht rangegangen.«

»Kein Problem«, sagte die Frau. »Wir werden jemanden schicken, der das Haus der Fesseys überprüft. Wenn Sie von Herrn Dunn hören, sagen Sie mir bitte Bescheid und bringen Sie ihn in Ihrem Hubschrauber mit. Sergeant Khumalo und ich würden Sie beide gern befragen. Rufen Sie mich an, wenn Sie in der Nähe sind. Ich fahre jetzt in den Nationalpark und gebe Ihnen Bescheid, wo ich bin.«

»In Ordnung«, sagte Nia und beendete das Gespräch.

John war im Büro nebenan. Nia ging hinein und fand ihn beim Lesen eines Luftfahrtmagazins. »Ich muss noch einmal nach Hluhluwe fliegen. Falls Mike Dunn anruft, könntest du ihm bitte sagen, dass ich nach dem vermissten Kind suche? Und ruf mich doch an und sag mir Bescheid, wenn er sich meldet.«

»Wird gemacht.«

Nia ging nach draussen und machte ihre Vorab-Kontrolle. Obwohl sie die Polizei angerufen hatte, wie Mike es von ihr verlangt hatte, und die Polizistin versprochen hatte, Beamte zu schicken, um nach Mike zu suchen, spürte sie, dass sich in ihrem Magen ein Knoten der Angst bildete.

»Es ist alles gut«, beruhigte sie sich selbst, als sie den Motor startete.

* * *

THEMBA GING den grasbewachsenen Hügel hinunter und spürte das Kind warm an seinem Rücken. Es schlief – endlich. Es fühlte sich seltsam an, eine zweite Person bei sich zu haben. Säuglinge zu tragen gehörte eigentlich zu den Aufgaben von Frauen und Mädchen, aber Themba musste zugeben, dass das Gewicht und die Wärme des Kindes seltsam beruhigend waren. Er hielt die AK-47, die er aus dem Fortuner mitgenommen und mit einem seiner Ersatzmagazine nachgeladen hatte in den Händen.

Er warf einen Blick über die Schulter. Lerato stapfte, die Augen niedergeschlagen, etwa dreissig Meter hinter ihm. Sie war nicht glücklich, aber er konnte ihr im Moment nicht helfen. Themba war erleichtert darüber, dass der Kleine zu weinen aufgehört hatte und in gewisser Weise auch, dass Lerato schwieg. Sie hatte ihn den ganzen Vormittag gescholten und ihm gesagt, sie sollten aufgeben und sich stellen, aber bis jetzt hatten sie keine Menschenseele getroffen.

Themba fiel ein ferner Lichtschimmer auf und er hörte ein leises Grollen. Als sie zu einem Fluss hinabstiegen, verlor er die Erscheinung aus den Augen und hörte nichts mehr. Doch er schaltete alle seine Sinne auf volle Alarmbereitschaft, wie er es sich zur Gewohnheit gemacht hatte. Die Vegetation entlang des Flusses war viel dichter und grüner als an den Hängen; ein perfekter Lebensraum für Raubkatzen und andere grosse, gefährliche Tiere, die Schutz vor der Sonne suchten.

Themba ging langsamer und schaute wieder nach hinten. Lerato hielt an, weil sie die Lücke zwischen ihnen nicht schliessen wollte.

»Du musst dichter bei mir bleiben«, rief er ihr zu.

»Schrei mich nicht an.«

Er hatte seine Stimme absichtlich erhoben, um Tiere, die sich im dschungelartigen Randbereich verstecken könnten, wissen zu lassen, dass Menschen in ihr Gebiet eindrangen. Ein Turako krächzte zur Antwort und flog aus einer Baumgruppen heraus. Themba sah, dass Lerato zusammenzuckte.

»Es ist alles in Ordnung, aber bleib bitte nahe bei mir, wenn wir durch dichten Busch gehen. Ich will dich nicht verlieren.«

Sie blinzelte ein paar Mal und Themba dachte für einen Moment, dass sie wieder zu weinen anfangen würde, was plötzlich ein Gefühl von Traurigkeit und Hilflosigkeit in seinem eigenen Herzen aufsteigen liess. Er schluckte heftig und sagte sich, er müsse um ihrer aller willen tapfer und ein Mann sein.

»Das wird schon«, sagte er, »aber in dieser Sache musst du zu mir halten.«

Lerato nickte nur leicht und lief näher zu ihm hin. Er ermahnte sich, daran zu denken, dass sie ein Stadtmädchen war, verwöhnt und nicht an ein Leben im Busch gewöhnt, geschweige denn daran, im Freien zu schlafen und mit einem Kriminellen auf der Flucht zu sein. Themba seufzte. Er hatte die Sache von Anfang bis Ende vermasselt. Wenn es vorbei war, egal wie es endete, würde Lerato ihn nie wieder sehen wollen. Er sackte fast unter dem Gewicht des Kindes zusammen, das sich plötzlich unerträglich schwer anfühlte.

»Lass mich ihn nehmen.«

Themba drehte sich um. »Es ist alles in Ordnung. Er ist kein Problem.«

Lerato schüttelte den Kopf. »Seine armen kleinen Beine schmerzen wahrscheinlich, weil sie über deinen breiten Rücken gespreizt werden.«

Das Kind regte sich und begann zu glucksen. »Okay«, sagte Themba, legte das Gewehr ins Gras und löste das Tuch, das er sich um die Brust gebunden hatte.

Lerato hob den kleinen Jungen von Thembas Rücken. Dieser spürte eine unmittelbare Erleichterung, als er das Gewicht los war und die kühle Brise durch das Hemd auf seinen Rücken wehte. *Wie können Mütter das nur jeden Tag machen?* fragte er sich. »Danke.« Er hob die AK-47 wieder auf.

Lerato schaute finster drein. »Danke mir nicht für irgendetwas. Du hast uns diesen Schlamassel eingebrockt und ich werde uns bald herausholen. Aber dazu musst du uns in die Zivilisation bringen und wir müssen dafür sorgen, dass diesem kleinen Mann hier nichts passiert.«

Themba holte tief Luft. »Du hast recht. Mit allem.«

Während sie das Kind auf den Rücken hob und das Tuch um sich und das Kind wickelte, als hätte sie das schon ihr ganzes Leben lang getan und nicht erst in den letzten vierundzwanzig Stunden, warf ihm Lerato einen Blick zu. »Wie meinst du das?«

»Wir – ich meine, ich – sollte mich stellen. Wir müssen zur Polizei gehen oder jemanden finden, der uns zu ihr bringt.«

Ihre Erleichterung war in Leratos Seufzer deutlich zu erkennen. »Ja, Themba. Weisst du, du hast nichts zu befürchten. Du bist ein guter Kerl.«

Er fühlte sich wieder, als ob sein Herz breche, wenn auch aus anderen Gründen. »Nein, das bin ich nicht, aber danke trotzdem. Wir haben doch wirklich nichts falsch gemacht, oder?«

Sie schüttelte den Kopf. »Nein. Mein Vater wird uns helfen. Er hat gute Beziehungen zur Regierungspartei und kann mit der Polizei sprechen. Ich werde ein gutes Wort für dich einlegen und das war's dann auch schon.«

Themba spürte, wie seine Seele von Traurigkeit erfüllt wurde. Er hatte Recht: Was immer auch geschah, Lerato würde danach nie wieder mit ihm sprechen. Sie würde ihre Hände in Unschuld waschen. Es würde ihm schwerfallen, sich aus dieser Situation herauszureden und sie würde in ihr grosses Haus und ihr verwöhntes Leben zurückkehren. Er war verrückt, dass er gehofft hatte, es ende anders.

»Es tut mir leid, dass ich dir das alles zugemutet habe, Lerato.«

Sie blieb stehen. »Ich lüge nicht, Themba. Ich bin erschöpft, verdreckt und ich habe Angst, aber du hast mir das Leben gerettet. Es tut mir leid, dass ich mich nicht richtig dafür bedankt habe.«

Themba lächelte. »Ich würde es wieder tun.«

»Nun, die Gelegenheit wirst du hoffentlich nicht bekommen. Versprich mir, dass wir anhalten, sobald wir ein Fahrzeug, Menschen oder sonst etwas sehen.«

Themba nickte. Er wollte diesen Moment der Vergebung nicht verderben. Er marschierte wieder los und konzentrierte sich auf den Boden vor ihm. Als er sich dem Fluss näherte, verlangsamte er, hielt dann an und lauschte.

»Was ist los?«, fragte Lerato.

Themba hob eine Hand und bedeutete ihr zu schweigen. Er

spürte ihren Unmut, ohne sie auch nur anzuschauen. Er drehte seinen Kopf ein wenig und hörte es wieder: Ein Schnauben. »Geh zurück.«

»Was?«

»Geh zurück«, sagte er erneut.

Er ging ganz langsam weiter, dann sah er die braungraue Gestalt aus dem Schilf auftauchen und am Ufer des Flusses auf ihn zu trotten. Themba hielt den Atem an. »Lerato, halt an.«

Sie seufzte laut. »Erst sagst du mir, ich soll zurückgehen, dann wieder ...«

»Psst.« Themba hob erneut die Hand und zeigte zur Seite. »Schau.«

Das Nashorn machte zwei weitere Schritte und kletterte auf die Kuppe der Anhöhe. Es sah ihn mit seinen kleinen Augen an und schnupperte, während es die Ohren drehte. An der Art, wie es den Kopf hochhielt und an seiner hakenförmigen, spitzen Oberlippe erkannte Themba sofort, dass es ein Spitzmaulnashorn war und das war ungünstig. Im Gegensatz zum relativ friedlich grasenden Breitmaulnashorn hatte das Spitzmaulnashorn zu Recht den Ruf, aggressiv zu sein und unvermittelt anzugreifen.

Themba sah sich um. »Der tote Baum, da links«, flüsterte er. Langsam, um das Tier nicht zu provozieren, zog er die AK-47 von seinem Rücken nach vorne.

»Ich sehe es«, sagte Lerato leise.

Themba hatte das Gewehr schon fast vor dem Körper als das Nashorn schnaubte und zum Angriff überging.

»Lauf, Lerato!«

Themba sah Lerato links auf den Baum zueilen, also rannte er nach rechts und wedelte mit den Händen in der Luft herum. »Hah!«, brüllte er laut.

Das Nashorn folgte seinem Schrei, was genau Thembas Absicht entsprach. Trotzdem hatte er fürchterliche Angst. Er hörte die Füsse des Tieres, die hinter ihm auf den Boden stampften und tiefe Spuren im feuchten Boden hinterliessen, während es nach Halt suchte. Das Gewehr hing nun an Thembas Seite, aber die Riemen der AK hatten sich in der Deckenrolle verheddert, die er auf der anderen Schulter trug. Er stellte sich vor, wie ihn die Spitze eines Horns erwischte und hoch in die Luft schleuderte, bevor es seinen geschundenen Körper zu Tode trampelte.

Er rannte instinktiv vom Fluss weg, aber irgendetwas in seinem Kopf sagte ihm, er solle nach links drehen und zurück zum Wasserlauf rennen. Auch wenn dort andere Gefahren lauerten, wusste er, dass er der stampfenden Lokomotive hinter sich sonst nicht entkommen könne.

Unmittelbar vor ihm befand sich eine Biegung des Flusses. Auf der gegenüberliegenden Seite sah er eine Art Sandbank. Themba hatte keine Ahnung, wie hoch der Abgrund auf seiner Seite war, aber das dröhnende Gestampfe in seinen Ohren sagte ihm, er habe keine andere Wahl. Er sog Luft in seine Lungen, schwenkte die Arme, beschleunigte seinen Lauf und rannte schneller als je zuvor im Leben.

Themba hörte das Keuchen und Schnaufen des Nashorns hinter sich und spürte seinen heissen Atem beinahe am Hals und den Beinen. Er warf einen Blick über die Schulter und sah, wie das Nashorn den Kopf hochriss, um ihn aufzuspiessen. Stattdessen erfasste das spitze Horn in einem Aufwärtshaken die an seinem Rücken heraustehende Deckenrolle. Als ihm das Bettzeug entrissen wurde, schrie Themba auf, stürzte und überschlug sich. Vage nahm er wahr, dass sich das Gewehr von seinem Körper löste und zu Boden fiel.

Die Erde unter ihm verschwand und Themba schlug mit Armen und Beinen um sich, als er durch die Luft segelte. Das Nächste, was er wahrnahm, war, dass er mit dem Gesicht im Wasser lag. Er war hart im seichten Wasser gelandet. Er blickte auf und befürchtete, das Nashorn stürze ebenfalls über den Abgrund und lande auf ihm. Doch es war stehen geblieben und starrte mit seinem bösartigen Gesicht auf ihn herab. Es schnaubte seine Verachtung über ihn und schüttelte den Kopf.

Themba hustete schlammiges Wasser, doch immerhin war er im Moment sicher. Er hoffte, Lerato sei so vernünftig, auf dem Baum, den sie gefunden hatte, zu bleiben, bis er zu ihr und dem Jungen zurückkehren konnte.

Das Nashorn hob den Kopf, schnupperte noch einmal, drehte sich dann um und trottete vom Ufer weg. Themba wollte aufstehen, doch sein Fuss rutschte auf dem glitschigen Felsen aus und er fiel rückwärts in ein tieferes Wasserbecken, aus dem er schnaubend und hustend wieder auftauchte. Sein Körper schmerzte an verschiedenen Stellen, aber ihm wurde klar, dass er Glück gehabt hatte, sich keine Knochen zu brechen. Er war nur knapp mit dem Leben davongekommen.

»Themba!«

Er stand auf und hielt sich die Hand vor die Augen, um sie gegen das grelle Licht abzuschirmen. Lerato stand, das Baby immer noch auf den Rücken gebunden, am Ufer über ihm. Sie hielt die AK-47, die sie dort, wo sie heruntergefallen war, auf dem Boden gefunden haben musste, in der Hand.

»Geh zurück auf den Baum. Das Nashorn könnte noch in der Nähe sein!«, rief er ihr zu.

»Themba, pass auf! Hinter dir!« Lerato hob das Gewehr. »Runter!«

Themba drehte sich um, duckte sich und spürte, wie sich ihm der Magen fast umdrehte, als er die schuppige Schwanzspitze und die bösen Augen des Krokodils durchs Wasser auf sich zukommen sah. Lerato drückte ab und ein Kugelhagel liess Geysire von Flusswasser rund um ihn herum aufspringen.

14

Mike Dunn erhielt eine Ohrfeige, durch die er zu sich kam und blinzelte. Der Mann vor ihm schlug ihn erneut.

»Wer sind Sie?«, fragte der Mann.

Unter Schwierigkeiten konzentrierte sich Mike und sah, dass der Mann seine Brieftasche in der Hand hielt. »Sie haben meinen Führerschein, also haben Sie auch meinen Namen.«

»Seien Sie kein Klugscheisser. Wer sind Sie, Michael Dunn und warum sind Sie hier?« Der Mann war schwarz und sprach mit starkem amerikanischen Akzent.

»Ich könnte Sie das Gleiche fragen.«

Der Mann hob die Hand, um ihm einen weiteren Schlag zu versetzen, doch ein zweiter Mann rückte ins Blickfeld. Er war hellhaarig und hatte einen blonden, grau melierten Bart. Er legte eine Hand zwischen Mike und den anderen Mann. »Lass ihn in Ruhe.«

»Der Typ hätte mich beinahe umgebracht«, maulte der Afroamerikaner.

»Wir müssen uns einfach alle beruhigen«, sagte der blonde Mann mit dem Bart. In diesem Moment erkannte ihn Mike: Es war derselbe Mann, der ihn durchs Sicherheitstor auf das Gelände

161

gelassen hatte. Er war also reingelegt worden. Nur bemühte sich der Mann nicht mehr, seinen Akzent zu verbergen, der rein amerikanisch war.

Mike hob langsam eine Hand und fühlte die Beule an seinem Hinterkopf. »Ja, einfach beruhigen, nachdem Sie mir fast den Schädel eingeschlagen haben.«

»Nun«, monierte der Blonde, »Sie haben auf meinen Partner hier geschossen.«

»Sind Sie von der Polizei? Oder vielleicht eher vom FBI?«

»So etwas in der Art«, sagte der bärtige Mann. »Und jetzt sagen Sie uns, was *Sie* hier tun.«

»Sie zuerst.«

Der schwarze Mann lachte. »Ich glaube, wir sollten ihn im Wasser baden.«

»CIA?«, versuchte es Mike.

»Es reicht«, sagte der Hellhaarige. »Michael, ich bin ehrlich zu Ihnen. Mein Name ist Jed Banks und mein Partner hier heisst Franklin Washington. Wir suchen nach Suzanne Fessey, der Frau, die bis vor Kurzem hier gewohnt hat. Woher kennen Sie sie?«

Mike berührte wieder seine Beule und zuckte dabei zusammen. »Ich kenne sie überhaupt nicht. Ihr Auto wurde gestern gestohlen und ich habe einer Frau geholfen, die versucht hat, es zurückzubekommen.«

»Welcher Frau?«, fragte Jed.

»Eine Hubschrauberpilotin. Sie arbeitet für eine Firma, die Autos ortet. Ich war in der Nähe und sie konnte keine polizeiliche Unterstützung bekommen, weil Ihre Botschafterin ermordet wurde. Haben Sie etwas damit zu tun?«

»Wie kommen Sie auf diese Frage?« erkundigte sich Franklin.

»Nun, in Durban brechen nicht allzu viele CIA-Agenten in Häuser ein.«

»Wer hat etwas von CIA gesagt?«, fragte Jed.

Mike schüttelte den Kopf, doch das tat weh. »Wenn ihr von der Polizei oder vom FBI wärt, hättet ihr euch zu erkennen gegeben. Wenn ihr einfache Kriminelle wärt – vielleicht Einbrecher auf einer

Tour – hättet ihr mich wahrscheinlich getötet, nachdem ich das Feuer auf euch eröffnet habe.«

»Sind Sie ein Polizist, Michael?«

»Ich bin ein Zoologe.«

Franklin schnaubte. »Dr. Doolittle? Mit einer Neun-Millimeter-Waffe?«

»Und einem .375er Gewehr hinter den Vordersitzen seines Defender da draussen.«

»Die Polizei ist auf dem Weg, also können wir uns alle bald mit ihnen unterhalten«, sagte Mike. »Ich beginne damit, euch wegen Einbruchs in meinen Land Rover anzuzeigen.«

»Das ist ein alter Trick«, sagte Jed.

»Alt, aber gut. Ich habe eine Freundin gebeten, die Polizistin, die den Diebstahl von Suzanne Fesseys Auto untersucht, anzurufen, falls sie bis zehn Uhr nichts von mir gehört hat.«

Jed griff in die Seitentasche der leichten Jacke, die er trug. Mike erhaschte dabei einen Blick auf ein Schulterholster mit einem grossen, altmodischen Colt mit Automatik. Jed zog ein Telefon heraus – Mikes Handy. Er wählte die Mailbox an und stellte das Telefon auf Lautsprecher. »*Mike, hier ist Nia Carras*«, begann die Aufnahme. »*Ich hoffe, es geht Ihnen gut. Ich habe Sergeant Khumalo angerufen, aber ihre Partnerin, Sergeant Munro, sagte mir, Suzanne Fessey sei bei ihnen. Ich fahre hin, um ihr bei der Suche zu helfen. Bitte rufen Sie mich an und sagen Sie mir, dass bei Ihnen alles in Ordnung ist.*«

Es gab noch ein paar verpasste Anrufe. »Wo ist ›da‹?«, erkundigte sich Jed.

Mike fragte sich, was die Amerikaner nach der Ermordung ihrer Botschafterin von Suzanne Fessey wollten. Ob wohl die bewaffneten Männer, die den Fortuner verfolgt hatten, CIA-Agenten gewesen waren?

»Nia Carras, die Hubschrauberpilotin, ist also Ihre Freundin. Wir haben bereits eine Spur zu ihr«, sagte Jed.

»Dann wissen Sie ja, wo sie hingeht.«

»Der Typ, der bei der Hubschrauberfirma ans Telefon ging, wollte uns nichts sagen, aber wir finden es heraus. Sie können uns jedoch allen etwas Zeit sparen, Michael und dabei sogar etwas Gutes tun.«

»Gut?«

»Wir sind die guten Jungs, Michael«, sagte Franklin. »Falls Sie es nicht schon gemerkt haben.«

Sie sahen beide so bullig aus wie Angehörige des US-Militärs, dachte Mike. Nur bedeutete das keineswegs, dass sie ›gut‹ waren, selbst wenn sie von der CIA, dem FBI oder was auch immer waren.

»Wir können auf Ihre Polizei warten«, sagte Jed, »aber das kostet uns Zeit.«

Mike dachte über die Situation nach. Jed und Franklin, wer auch immer sie waren, wussten über Nia Bescheid und wahrscheinlich mehr über Suzanne Fessey, als sie zugeben wollten. Wenn sie wirklich zu irgendeiner der Sicherheitsorganisationen gehörten, würde es nicht lange dauern, bis sie herausfanden, wohin Nia unterwegs war. Er liess Nias Nachricht noch einmal in seinem Kopf Revue passieren.

»Warum sucht ihr nach Suzanne Fessey?«, fragte Mike erneut.

Jed und Franklin sahen sich an. Jed zog die Augenbrauen hoch und Franklin zuckte mit den Schultern.

»Sie ist wichtig für uns, Michael. Sehr wichtig«, antwortete Jed.

»Deshalb warten Sie bewaffnet in ihrem Haus, schnüffeln herum und passen auf, wer auftaucht. Wie lange war ich weg?«

»Eine Weile«, gab Franklin zurück. »Wir können hier nicht den ganzen Tag warten. Helfen Sie uns nun oder nicht?«

»Warum sollte ich?« fragte Mike.

»Weil wir Sie nicht töteten, obwohl Sie auf Franklin geschossen haben und weil wir Sie nicht folterten.«

Mike sah Jed in die blauen Augen, doch der Amerikaner hielt seinem Blick stand.

»Ich kann Ihnen nicht alles sagen, Michael, aber wenn Ihre Freundin, die Hubschrauberpilotin, zu Suzanne geht, dann ist dies ein Grund, um Nias Sicherheit besorgt zu sein.«

»Dann rufe ich sie an«, sagte Mike.

Jed hielt das Telefon wieder hoch. »Das haben wir versucht, als Sie bewusstlos waren. Wir hatten es satt, darauf zu warten, dass Sie wieder aufwachen. Aber als wir es versuchten, war sie nicht erreichbar, wahrscheinlich wegen des Ortes, an den sie fliegt. Wollen Sie uns jetzt sagen, wo das ist?«

Mike hatte nach der Beule an seinem Kopf ein wenig Mühe, seine Gedanken zusammenzubringen, aber jetzt wurde ihm klar, was er an der Nachricht von Nia so seltsam fand. »Auf dem Polizeirevier von Mtubatuba, wo Sergeant Khumalo arbeitet, gibt es keinen Sergeant Munro, von dem ich weiss.«

»Könnte jemand von sonst wo sein«, sagte Franklin und sah zu Jed.

»Vielleicht«, sagte Jed. Nia sagte, sie wolle ›ihr‹ bei der Suche helfen. Sie könnte sich dabei auf Sergeant Khumalo bezogen haben, was bedeuten würde, dass Sergeant Munro wahrscheinlich auch eine Frau ist.«

»Ist Suzanne Fessey eine Kriminelle oder wird sie wegen etwas Bestimmtem gesucht?«, fragte Mike die beiden Männer.

Sie sahen sich wieder an, dann wandte sich Jed wieder an Mike. »Ich werde schon bald wissen, ob Sie in die Sache verwickelt sind oder nicht. Ich habe bereits Ihre Führerscheindaten und Ihre Ausweisnummer an die südafrikanische Polizei weitergegeben.«

Mike spürte, wie seine Wut stieg. Jetzt machte er sich nicht mehr nur darüber Sorgen, dass er Themba in diese Sache hineingezogen hatte, sondern auch Nia. »Ich bin in gar nichts verwickelt sondern versuche nur zu helfen. Sagen Sie mir nur: Fliegt Nia in Schwierigkeiten? Ist diese Suzanne gefährlich?«

»Nun«, sagte Jed und strich sich über den Bart, »entweder wissen Sie es und lassen es sich nicht anmerken, oder Sie sind wirklich nur zufällig in die Sache hineingestolpert. Jedenfalls könnte Suzanne Fessey die vielleicht gefährlichste Frau in ganz Afrika sein.«

Mike sah zu Franklin. »Es tut mir leid, dass ich auf Sie geschossen habe.«

Franklin zuckte mit den Schultern. »Das wäre nur ein Problem gewesen, wenn Sie getroffen hätten. Haben hier viele Wissenschaftler Glocks dabei?«, fragte er.

»Das ist hier nicht ungewöhnlich«, meinte Jed.

Der Blonde, wurde Mike klar, war in dieser Show der gute Bulle.

»Werden Sie mich umbringen?«

Jed sah zu Franklin, der mit den Schultern zuckte, dann wandte er sich wieder an Mike. »Wahrscheinlich nicht.«

»Dann lasst uns dorthin fahren, wo Nia hinfliegt, um Sergeant Khumalo und diesen Sergeant Munro sowie Suzanne Fessey zu treffen.«

»Wo ist das?«, fragte Jed.

»In Zululand, in der Nähe des iMfolozi-Wildtierreservats. Es sind ein paar Stunden Fahrt. Sagen Sie mir, haben Sie drei mit Sturmgewehren bewaffnete Männer auf Suzannes gestohlenes Auto und ihr Baby angesetzt?«

»Nein, aber wir wissen von ihnen. « Er wandte sich an Franklin. »Organisieren Sie den Hubschrauber.«

»Sie haben einen Hubschrauber?« fragte Mike.

»Michael ...«

»Mike.«

»Mike, wir haben die Armee, die Marine, die Luftwaffe und das Marine-Korps der Vereinigten Staaten, wenn wir sie brauchen.«

»Meinen Sie, wir brauchen die alle?« fragte Mike.

Jed strich sich wieder über den Bart. »Wer weiss?«

LERATO STRECKTE eine Hand aus und Themba ergriff sie, so dass sie ihm helfen konnte, sich auf das sandige Flussufer zu ziehen. Hinter ihm trieb das tote Krokodil auf dem Rücken. Das Baby weinte.

»Danke«, sagte Themba.

Lerato schrie: »Dank mir nicht, sondern bring uns hier raus!«

»Okay.«

Lerato löste das Kind von ihrem Rücken und wiegte es in den Armen, um es zu beruhigen. »Schau nur, was jetzt passiert, er wird verrückt und ich auch. Ich will nicht mehr hier draussen sein. Und wenn ich das Kind zwei Minuten lang hinlege, krabbelt es in den Busch.«

»Ich weiss«, sagte Themba. Zum ersten Mal seit langer Zeit fühlte er sich genauso wie sie. Obwohl er nicht in Komfort lebte, erschien ihm im Moment seine bescheidene Hütte und das Einzelbett mit der mottenzerfressenen Decke wie ein Königsschloss.

Themba war durchnässt, aber zum Glück war es ein warmer, sonniger Tag. Er ging fünfzig Meter in jede Richtung am Flussufer entlang, um sich zu vergewissern, dass das Nashorn nicht zurückkam, und einen weiteren Versuch unternahm, sie umzubringen, bevor er sich auf einen Felsen setzte und die Schnürsenkel seiner Schuhe löste. Er wrang seine Socken aus, entledigte sich seines nassen Hemds und wrang so viel Wasser wie er konnte aus ihm heraus.

Lerato schaukelte das Baby und versuchte, es mit verschiedenen summenden Geräuschen zu beruhigen. »Er ist hungrig, glaube ich«, sagte sie.

»Wir haben fast keine Babynahrung mehr.«

»Ich weiss, aber wir können das Kind doch nicht verhungern lassen, Themba.«

Er stand auf und ging zum Ufer zurück.

»Wohin gehst du?«

Themba schirmte seine Augen gegen das grelle, sich auf dem Wasser spiegelnde Licht ab und watete wieder in den Fluss. »Wir brauchen etwas zu Essen.«

»Du wirst dich noch umbringen, wie du es gerade fast getan hättest.«

»Dann gib mir mit dem Gewehr Deckung.« Themba packte das Krokodil am Schwanz und schüttelte es zuerst, um sich zu vergewissern, dass es wirklich tot war. Als er es am Ufer hochzog, sah er, dass es etwa eineinhalb Meter lang war.

»Das kann nicht dein Ernst sein.«

Er kramte in seinem Rucksack und holte ein Taschenwerkzeug aus dem Fortuner. »Wir müssen etwas essen.«

»Krokodil?«

»Die Leute sagen, es schmeckt wie Hühnchen.«

»Themba, die Leute sagen bei allem, was eklig ist, es schmecke wie Hühnchen. Ich persönlich würde lieber bei KFC essen.«

Themba schüttelte den Kopf und ging zum Kadaver zurück. Er kniete sich neben ihm hin und senkte den Kopf. Dann hörte er das Knirschen von Schritten hinter sich.

»Themba, was machst du?«

»Es gab sein Leben, um uns zu ernähren«, erklärte er, »deshalb spreche ich einen Dank.«

Er sah zu ihr auf. Sie trug das Baby wieder auf dem Rücken und stemmte die Hände in die Hüften. »Du kannst dich bei *mir* bedanken. Ich habe es schliesslich getötet.

»Ich danke dir.«

Es war komisch, dachte er. Sie war verängstigt, müde und hungrig, genau wie er. Doch in Momenten wie diesem schien sie aus Stahl geschmiedet zu sein, wie die Statue einer kämpferischen Kriegsheldin. Themba klappte die gezackte Klinge des Leatherman-Taschenwerkzeugs auf und begann, die zähe Haut an der Stelle durchzusägen, wo der Schwanz mit dem Hauptteil des Körpers verbunden war. Es war harte Arbeit, bei der das Blut über seine Hände strömte.

»Igitt.«

Nun, vielleicht doch nicht ganz die Kriegsheldin. Er machte mit der grausigen Arbeit weiter. Er hatte im Dorf Männer gesehen, die tote Tiere ausnahmen. Manchmal waren es Böcke, die im Nationalpark oder Wildtierfarmen gewildert worden waren. Themba war im Glauben aufgewachsen, dies sei völlig in Ordnung, weil die meisten Tiere in irgendeiner Form als Nahrung dienten.

Seit seiner Ausbildung zum Nashornwächter wusste er jedoch, dass Wildtiere für den Menschen einen grösseren Wert haben als nur den Geschmack ihres Fleisches oder den Nutzen ihrer Felle.

Er hasste die Tatsache, dass sie das Geschöpf hatten töten müssen. Niemand, den er kannte, mochte Krokodile, aber Mike hatte ihm beigebracht, in der Natur spiele alles eine Rolle, in einem Ökosystem gehe es um Gleichgewicht und Akzeptanz und alles sei aus einem bestimmten Grund da. »Sogar Geier?«, hatte Themba gescherzt.

Mike hatte Themba angelächelt und erklärt: »Geier sogar ganz besonders«. Eigentlich, hatte Themba gedacht, könnten er und Mike Freunde sein, obwohl Mike nie wirklich glücklich zu sein schien und selten lächelte.

Von diesem Gespräch an nannte Themba Mike, wenn auch nicht direkt, sondern in seinen Gedanken »Inqe«, den Geier. Früher hielt er den Vogel für hässlich und böse, einen Aasfresser, der vom Tod lebte. Dann lehrte Mike ihn, dass es ohne den Geier im Veld mehr Krankheiten und Tod gäbe. Wie Mike legte auch der Geier bei seiner wichtigen Arbeit grosse Entfernungen zurück und er konnte sehr weit sehen. Die *Inyangas* benutzten den Mythos, Geier könnten sogar in die Zukunft sehen, als Vorwand, um mit ihren Köpfen zu hausieren. An solche Geschichten glaubte Themba nicht, doch an Mikes Zukunftsvision hatte ihm Hoffnung gegeben: Themba könne eines Tages soweit kommen wie er, wenn er im Busch hart arbeite und helfe, die Tierwelt zu erhalten, anstatt bei einer Schiesserei ums Leben zu kommen oder im Gefängnis zu landen.

Ja, er hatte an Mikes Prophezeiung für die Zukunft geglaubt, dachte Themba, als er den Schwanz des Krokodils zum Fluss zurückschleppte und das Blut abspülte – eilig, für den Fall, dass ein anderes vom Geruch der wirbelnden roten Flüssigkeit angelockt würde.

Aber jetzt war es damit vorbei.

Nɪᴀ sᴀʜ die blinkenden blauen Lichter des weissen Doppelkabinen-Pick-ups der Polizei vor sich. Sie hielt nach Stromleitungen und anderen Hindernissen Ausschau, sah aber, dass die Polizisten einen guten, offenen Platz für die Landung ausgesucht hatten – am Rande der Teerstrasse vom Nyalazi Gate zum Mpila Camp. Sie setzte den Hubschrauber sanft ab.

Als Nia den Motor ausschaltete und aus dem R44 kletterte, kam eine Frau in Uniform auf sie zu. Sie streckte eine Hand aus, die Nia nahm und schüttelte.

»Sergeant Catherine Munro«, sagte die Polizistin, deren blondes Haar unter der Mütze hervorlugte.

»Nia Carras.«

»Lindiwe, meine Partnerin, hat Suzanne Fessey mitgenommen. Sie errichten nördlich von hier eine zweite Strassensperre und kontrollieren alle Autos, die die Zufahrtsstrasse zwischen iMfolozi im Süden und Hluhluwe im Norden benutzen oder kreuzen. Suzanne ging mit, damit sie ihr Baby identifizieren kann. Kennen Sie den Park und die Strasse?«

»Gute Idee«, nickte Nia.

»Wir wissen, was wir tun. Bevor die vermissten Jugendlichen die Zufahrtsstrasse erreichen, müssen sie zuerst diese Strasse überqueren. Wie Sie sehen, haben wir uns so im Freien postiert, damit sie uns schon von weitem erkennen. Wir wollen, dass sie sich uns friedlich ergeben«, sagte Sergeant Munro. »Hier entlang, bitte.«

Die Frau führte Nia zum Polizei-*Bakkie*, wo drei Männer standen. Als sie auf sie zukamen, stellte sich das Trio aufrecht hin und Nia nickte ihnen zu.

»Das ist Hauptmann Swanepoel«, stellte Catherine vor, »er ist ein Detektiv.«

Nia reichte dem Mann die Hand. Er hatte blaue Augen und sein Haar war so hell, dass es fast wie gebleicht aussah. Er nickte knapp und lächelte. »Wir freuen uns, dass Sie sich an der Suche beteiligen.«

»Das ist selbstverständlich«, sagte Nia. »Wir tun alles, was dabei hilft, ein vermisstes Kind zu finden.«

»Wenn Sie einverstanden sind, fliege ich mit Ihnen«, sagte der Hauptmann, »und Feldwebel Munro leitet zusammen mit meinen beiden anderen Männern das Bodenteam.« Swanepoel deutete auf seine Kollegen, einen Schwarzen und einen Braunhäutigen, beide in Zivil.

»Mein Funkgerät funktioniert nicht mehr«, sagte Sergeant Munro, »deshalb bleibe ich mit Hauptmann Swanepoel über das Mobiltelefon in Kontakt.«

Nia zuckte mit den Schultern. »Sicher, von mir aus. Sie sagen mir Bescheid, wenn Sie von Mike Dunn hören, ja?«

Catherine nickte. »Natürlich.«

Als Sergeant Munro sich umdrehte, bemerkte Nia einen dunkelroten Fleck auf dem Kragen ihrer Uniform. »Hey, was ist denn mit Ihrem Hemd passiert?«

Sergeant Munro griff nach oben und berührte den Kragen, dann schaute sie zurück. »Oh, ich war heute Morgen bei einem Autounfall im Einsatz. Eines der Opfer war schwer verletzt. Wissen Sie, das gehört alles zum Job.«

Nia nickte. Sie hatte genug Autounfälle aus der Luft gesehen und wusste wie alle Südafrikaner nur zu gut, dass ihr Land dem Verkehr einen furchtbaren Blutzoll bezahlte. Es war jedoch seltsam, dass die Uniform der Polizistin auf der Rückseite und nicht auf der Vorderseite Blutflecken hatte. Sergeant Munro war recht hübsch, dachte Nia, obwohl es aussah, als hätte sie ein paar Schrammen abbekommen. Sie hätte ein fast perfektes Gesicht gehabt, wenn da nicht eine Narbe ihre linke obere Wange durchzogen hätte.

»Okay, können wir bitte starten?«, fragte der Captain. »Ich möchte nicht drängen, aber irgendwo da draussen im Busch sind junge Menschen in Gefahr.«

»Stimmt«, nickte Nia.

Sie gingen zum Hubschrauber und Catherine verschwand in Richtung ihres Polizeiwagens. Swanepoel schritt vor ihr her und stieg bereits in den Hubschrauber.

»Ich gebe Ihnen eine kurze Sicherheitseinweisung«, sagte sie und stieg neben ihm ein.

»Ich bin schon in vielen Hubschraubern geflogen«, antwortete er.

Sie ärgerte sich über ihn. »Nun, Sie waren noch nicht bei mir und ich wurde von meinen Arbeitgebern angewiesen, Ihnen eine Einweisung zu geben.«

»Sehr gut.«

Sie bemerkte seine Ungeduld, die sie aber überhaupt nicht kümmerte. Die Verzögerung des Starts um eine Minute würde keinen Unterschied machen. Nia ging ihr Briefing durch, ignorierte, dass der Polizist die Augen verdrehte, reichte ihm einen Kopfhörer und startete den Hubschrauber schliesslich.

Während Nia ihre Checks durchging, spürte sie das Telefon in der Tasche ihres Fliegeroveralls vibrieren. Sie zog es heraus und sah den Namen von Mike Dunn. Normalerweise hätte sie einen Anruf zu diesem Zeitpunkt ignoriert, da sie sich auf ihre Startvorbereitungen konzentrieren musste, aber sie war besorgt, weil Mike nicht angerufen hatte. Sie warf einen Blick auf Swanepoel, dessen hochgezogene Augenbrauen und der Blick zu fragen schienen, was sie zu tun gedenke.

Nia nahm den Anruf, den nur sie im Kopfhörer hören konnte, entgegen. »Hallo, ich habe mir Sorgen gemacht«, sagte sie zur Begrüssung.

Mikes Stimme drang in ihre Ohren: »Nia, ich habe Ihre Basis angerufen. Sind Sie schon oben in Zululand?«

»Ja, bin ich.«

»Sind Sie allein?«

Sie blickte wieder nach links zum Polizisten, der ungeduldig mit den Fingern auf sein Hosenbein trommelte. »Nein.«

»Lassen Sie sich nicht anmerken, dass Sie mit mir sprechen.«

»Okay.« Sie fragte sich, was da los war. Durch das Hintergrundgeräusch des Motors des Hubschraubers, der warmlief, dachte sie, es höre sich an, als fahre Mike, da er laut sprach und ein anderer Motor brummte.

»Haben Sie diesen Sergeant Munro getroffen, den Sie in Ihrer Nachricht an mich erwähnt haben?«

Swanepoel hielt ihr jetzt seine Armbanduhr entgegen und klopfte auf das Glas. Sie hielt eine Hand vor ihm auf. »Ja, habe ich.«

»Nia, die Leute, mit denen ich unterwegs bin, einige amerikanische Sicherheitsleute, haben die Polizeistation von Mtubatuba kontaktiert. Sie bestätigten meine Vermutung, dass es dort keinen Sergeant Munro gibt. Sie haben versucht, Lindiwe Khumalo über Funk und Telefon zu erreichen, aber sie hat nicht geantwortet. Da stimmt etwas nicht. Können Sie irgendwo hingehen, wo Sie allein reden können?«

»Nicht wirklich, nein.« Sie spürte, wie ihr Herz zu hämmern begann und ein Schauer durch ihren Körper lief.

»Okay. Sergeant Munro – ist sie blond, etwa fünfundfünfzig, hat blaue Augen und eine Narbe auf der linken Wange?«

»Ja. Wie haben Sie ...?«

»Nia, Scheisse. Hören Sie zu. Gehen Sie weg von wem auch immer bei Ihnen ist.«

»Ich werde es versuchen. Geben Sie mir eine Sekunde.«

Nia beugte sich vor und berührte demonstrativ ein paar Messgeräte. Sie schaltete die Kopfhörersteuerung von ihrem Telefon auf die Gegensprechanlage um, damit sie mit dem Mann neben ihr sprechen konnte.

»Wir haben ein Problem«, sagte sie in ihr Mikrofon.

»Das können Sie laut sagen. Wir müssen endlich abheben und diese Jugendlichen finden. Sofort!«

»Wir fliegen nirgendwo hin. Ich habe ein Problem mit der Motortemperatur.« Noch während sie die Worte aussprach, sah sie, wie seine Augen die Anzeigen abtasteten und nach dem Warnzeichen Ausschau hielten. Sie hätte sich etwas Schlaueres einfallen lassen sollen, kämpfte aber gegen die aufkommende Panik an.

»Ich sehe nichts«, sagte er in sein Mikrofon. »Ich hoffe, Sie sind nicht ...«

Nia unterbrach den Mann und schaltete wieder auf den Telefonkanal um.

»Nia, hallo, sind Sie noch da?«, wollte Mike wissen. »Diese Frau ist in Wirklichkeit Suzanne Fessey, die Mutter des Kindes, das vermisst wird. Aber sie ist kein unschuldiges Opfer eines Verbrechens, sie ist ...«

Die Verbindung zu Nias Headset wurde unterbrochen, weil Swanepoel das Telefonkabel aus der Steckdose zog.

Nia zog ihren Kopfhörer ab. »Hey, was machen Sie denn da? Wir haben hier ein Motorproblem. Evakuieren, evakuieren, evakuieren Sie! «

Der Mann bewegte sich nicht. Er nahm sein Headset ebenfalls ab und sah sie mit seinen blassen, unheimlichen Augen an.

Ich sagte: »Raus aus meinem Hubschrauber, ich schalte ab.«

Er schüttelte den Kopf. »Ich gehe nirgendwo hin. Sie heben jetzt ab und wir fliegen über den Nationalpark.«

Nia schickte sich an, in ihre Tasche zu greifen, um ihr iPhone herauszuholen.

In diesem Moment griff Swanepoels in seine offene Jacke und Nia wurde durch den kalten, harten Stahl des Pistolenlaufs gestoppt, den der Mann ihr schmerzhaft an die Schläfe drückte. »Fliegen Sie!«

15

Jed Banks schlängelte sich so schnell er konnte durch den Verkehr in Durban.

Gegenüber dem riesigen Moses-Mabhida-Stadion, das für die Fussballweltmeisterschaft gebaut worden war, bog er in die Isaiah Ntshangase Road ein und hielt am Tor zum Hauptquartier der ›Natal Mounted Rifles‹.

Mike kannte die Kaserne gut, denn er hatte einen Teil seines Wehrdienstes dort verbracht. Die NMR, wie sie auch genannt wurden, waren eine Reserveeinheit der südafrikanischen Nationalen Verteidigungskräfte. Auf dem Paradeplatz war eine beeindruckende Sammlung von Kampfpanzern aus der Zeit des Zweiten Weltkriegs bis hin zu der des Grenzkriegs in Angola aufgestellt. Zwei Männer in Uniform, von denen einer ein südafrikanischer Soldat mit Kevlarhelm, Schutzweste und einer R5 war, fragten Jed nach seinem Ausweis. Es war schon aussergewöhnlich, einen Soldaten in voller Kampfausrüstung am Tor zu sehen, aber noch viel ungewöhnlicher, einen Angehörigen der US-Marine in Tarnkleidung und einem ähnlichen Panzeranzug sowie einem M4-Sturmgewehr neben ihm stehen zu sehen.

Der Amerikaner nickte Jed zu und wies den südafrikanischen

Soldaten an, sie passieren zu lassen. Mike bemerkte den finsteren Gesichtsausdruck des Afrikaners, der wohl seine Autorität soeben von einem Ausländer untergraben sah. Im Vergleich zu dem, was sie auf dem Paradeplatz erwartete, war das aber nichts.

Mike hätte sich für seine Landsleute darüber aufgeregt, dass die Amerikaner ihre Gastgeber mit Füssen zu treten schienen, aber wie Jed und Franklin hatte er es zu eilig dafür, sich ums Protokoll zu kümmern.

Ein bösartig wirkender, grauer MH-60 Sea Hawk-Hubschrauber mit den Sternen und Abzeichen der US-Marine hockte auf dem Parkplatz. Aus seinem Innern verfrachteten amerikanische und südafrikanische Militärangehörige Aluminiumkoffer ins Hauptquartier des NMR. Das Gebäude selbst stammte wie die Panzer, die rundum standen, aus einer anderen Zeit. Es war einst das Abfertigungsgebäude des ursprünglichen, längst verschwundenen Flughafens von Durban.

»Dies ist die Kommandozentrale für die Operation, bei der die Leute gefunden werden sollen, die unsere Botschafterin ermordet haben«, erklärte Jed, als sie schnell aus dem Auto stiegen und über den Exerzierplatz schritten.

»Sieht eher aus wie der Anfang einer Invasion«, antwortete Mike trocken.

Jed sah ihn, ohne zu lächeln, an. »Wenn jemand einen von uns tötet, nehmen wir das nicht auf die leichte Schulter.«

Der Motor des Sea Hawk heulte auf und die Rotorblätter begannen sich zu drehen. Ein Besatzungsmitglied, das durch ein Kommunikationskabel mit dem Hubschrauber verbunden war, bedeutete ihnen, zum Helikopter zu kommen und hinten Platz zu nehmen.

Im Hubschrauber angekommen, schob das Besatzungsmitglied, das ebenfalls an Bord geklettert war, eine grüne Tauchtasche aus Vinyl über den Boden zu Jed, nahm hinter einem schwenkbaren Maschinengewehr Position ein und sie hoben ab.

Jed öffnete die Tasche, nahm eine Heckler und Koch MP5-Maschinenpistole heraus und reichte Franklin eine zweite.

»Hey, und was ist mit mir?« brüllte Mike durch das Motorengeräusch.

Jed griff in seine Jackentasche und zog die Neun-Millimeter-Pistole heraus, die er Mike abgenommen hatte. Er reichte sie ihm. »Wir werden die Sache auf dem Boden regeln. Sie halten sich zurück.«

»Ihr seid nur zu zweit!«, stellte Mike überrascht fest, »und wo ist der Rest der Mannschaft?«

»Dieser Hubschrauber kommt vom Zerstörer, der im Hafen von Durban zu Besuch ist. Ein Team von SEAL, einer Spezialeinheit der Navy, ist im Anflug, ausserdem sind FBI-Ermittler aus den USA unterwegs und Leute von einem halben Dutzend anderer Behörden. Wenn es darum geht, das US-Militär in ihrem Land arbeiten zu lassen, sind die Südafrikaner allerdings empfindlich. Unsere Erlaubnis beschränkt sich darauf, diesen Hubschrauber auf ›Probeflügen‹ zu fliegen, also sind wir im Moment auf einem solchen.«

Obwohl Mike keinerlei Absicht hatte, sich auf eine Schiesserei einzulassen, spürte er einen Knoten in der Magengegend. Er sorgte sich um Nia und fühlte sich dafür verantwortlich, sie in diese Situation hineingezogen zu haben. Dass ihr Telefongespräch auf dem Weg zum Stützpunkt so abrupt abgebrochen worden war, hatte ihn erschreckt. Das schien sich in seinem Gesicht zu widerspiegeln, denn Jed griff zu ihm hinüber und klopfte ihm auf die Schulter. »Es wird schon wieder mit ihr.«

Mike nickte. Er wusste nicht, warum der Amerikaner glaubte, er brauche diese Art von Zuspruch. Franklin und Jed hatten ihn genug ausgequetscht, um zu wissen, dass er – zumindest formell – keine persönliche Beziehung zu Nia hatte, doch dass sie seinetwegen dort war, war eine Tatsache.

»Wenn wir näherkommen, müssen Sie den Piloten einweisen«, erklärte ihm Jed.

Mike nickte. »Okay. Aber können Sie Nias Hubschrauber nicht orten?«

»Wir versuchen es.« Jed bahnte sich zwischen den bewaffneten Männern hindurch einen Weg zu den beiden Piloten und setzte sich ein Ersatz-Headset auf. Eine Minute später lehnte er sich zu Mike zurück.

»Die Flugsicherung in Richards Bay hat nichts von ihr gehört.«

»Heisst das, sie ist noch nicht abgehauen?«

»Vielleicht«, antwortete Jed.

Der CIA-Mann fing an, Mike zu gefallen. »Ich bin überrascht, dass Sie ›Hluhluwe‹ überhaupt richtig aussprechen können. Nicht viele Touristen wissen, dass das ›hl‹ ähnlich wie ein ›schl‹ ausgesprochen wird.

»Ich bin längst kein Tourist mehr, denn ich arbeite seit 2005 in Afrika«, erwiderte Jed. »Meine Tochter aus der ersten Ehe arbeitete als Löwenforscherin in Simbabwe, was mich damals hierherbrachte. Ich kehrte in die USA zurück, aber nicht für lange. Meine zweite Frau habe ich in Afrika kennengelernt und auch ihr gefällt es hier.«

»Was macht Ihre Frau?« fragte Mike aus reiner Höflichkeit.

»Sie unterrichtet an einer internationalen Schule in der Nähe unseres Wohnorts.«

»In welchem Land?« fragte Mike.

»Das ist geheim«,lachte Jed. »Unser Sohn ist elf und wird von seiner Mutter unterrichtet, was irgendwie cool und irgendwie seltsam ist.«

Mike lächelte. Er fragte sich, wie es wohl wäre, noch einmal neu anzufangen und zu versuchen, eine bessere Ehe zu führen, als er es beim ersten Mal geschafft hatte sowie mehr Sorge zu einer Familie zu tragen. »Sie sehen aus, als wären Sie stolz auf die beiden.«

»Das ist so«, sagte Jed, »ich bin es wirklich.«

Mike sah, dass Jed es ernst meinte. »Welche Rolle hat Suzanne Fessey bei der Ermordung Ihrer Politikerin gespielt?«

Jed schien über die Frage nachzudenken. »Vielleicht eine grosse, vielleicht keine, aber die Tatsache, dass sie ihr Haus in Hillcrest leerte und offenbar ohne ihren Mann auf der Flucht war, weckt die Vermutung, es sei möglicherweise eine Hauptrolle.«

»Und wer ist ihr Ehemann?«

»Nun, mein Freund«, sagte Jed, »das ist definitiv geheim, obwohl ich Ihnen sagen kann, dass er vermisst wird und vermutlich tot ist.«

Mike schaute aus dem Fenster des Sea Hawk. Die US-Botschafterin in Südafrika, überlegte er, wäre für amerikanische Verhältnisse für einen Selbstmordattentäter ein relativ leichtes Ziel gewesen. Er hatte irgendwo gelesen, dass sie gerne unterwegs war und Südafrika galt für US-Diplomaten als nicht so gefährlich wie etwa Kenia oder andere Teile Ost- und Nordafrikas. Unter ihm flog das satte Grün seiner Heimat vorbei und er sehnte sich danach, im Busch zu sein und Geiernester zu suchen.

»Was denken Sie?«, fragte ihn Jed.

Mike dachte über die Frage nach. »Dass ich meine Zeit lieber mit Geiern als mit Menschen verbringe.«

Jed nickte. »Haben Sie einen Favoriten?«

Mike war von der Frage etwas überrascht: »Ja, den Ohrengeier.«

»Aha, der Dosenöffner.«

»Sie kennen die Geier?« fragte Mike, ohne seine Überraschung verbergen zu können.

»Ja, und der Lappengeier ist der grösste unter den Geiern, hat den massivsten Schnabel und öffnet den Kadaver, damit die anderen Vögel ihn fressen können. Meine Tochter hat mir das beigebracht.«

Da war er wieder, bemerkte Mike, der Stolz, den Jed für seine Tochter empfand. Mike hatte seine Familie im Stich gelassen und Jeds Freude ärgerte ihn fast. »Nun, da hatte sie Recht.«

Mike sprach gern über Geier, aber in diesem Moment schaute der Co-Pilot der Sea Hawk über die Schulter und winkte ihm. Mike stand auf, beugte sich nach vorn und hielt sich an der Rückenlehne des Pilotensitzes fest. Der Mann, der ihn nach vorne geholt hatte, reichte ihm ein Headset.

»Guten Tag«, sagte der Kopilot. »Ich hoffe sehr, Sie wissen, wohin wir fliegen, denn ich war noch nie hier und habe keine Ahnung.«

Mike schaute durch die Windschutzscheibe des Cockpits und konnte sich bald orientieren. Links vor ihnen lag die Somkhele-Mine. »Es ist nicht weit von hier«, erklärte er ins Mikrofon am Headset.

»Warten Sie«, sagte der Pilot, »ich habe sie eben auf dem Radar gefunden. Sie ist über der südlichen Hälfte des Parks in der Luft.«

Mike wusste nicht, ob er erleichtert oder eher besorgt sein sollte.

Wenn Nia flog, konnte das entweder bedeuten, dass alles in Ordnung war und sie mit hilfreichen örtlichen Polizeibeamten zusammenarbeitete, oder, wie Jed vermutete, dass sie von möglichen Terroristen entführt und trotz Mikes Warnung zum Abflug gezwungen worden war.

»Können Sie sie anfunken?«, fragte er den Piloten.

Der Pilot drehte sich kurz um und schaute zu Jed, der ebenfalls ein Headset trug.

»Leider nicht«, gab Jed zurück. »Wir wollen nicht, dass derjenige, der mit Miss Carras im Hubschrauber sitzt, erfährt, dass wir sie beschatten.«

»Ich verstehe«, sagte Mike.

»Wie weit?« fragte Jed den Piloten.

Mike blickte durch die Windschutzscheibe des Cockpits und erkannte unter ihnen die Grenze des Parks und wie das Land von ausgetretenem, überweidetem Farmland zu den sanften Grashügeln und Akazien des iMfolozi-Parks überging.

»Etwa zehn Kilometer«, sagte der Pilot.

»Gehen Sie etwas näher ran, aber bleiben Sie ausserhalb der Sichtweite«, sagte Jed. »Verfolgen Sie sie auf dem Radar, dann schauen wir, ob sie an Höhe verliert. Das würde uns verraten, dass sie die Jugendlichen mit dem Kleinkind gefunden haben.«

»Ist die südafrikanische Polizei auch an der Sache beteiligt?«, fragte Mike über die Sprechanlage. »Haben Sie Unterstützung vom Boden aus?«

»Sie sind auf dem Weg. Die örtlichen Polizisten machen sich Sorgen um Ihren Sergeant Khumalo«, erklärte Jed. »Unsere Leute bei den Natal Mounted Rifles haben einen Verbindungsbeamten der südafrikanischen Polizei, der uns mit Informationen versorgt. Aber im Moment sind nur wir da, um diese Leute zu fangen.«

»Sie haben immer noch nicht gesagt, wer genau ›diese Leute‹ sind.

»Es reicht, wenn Sie wissen, dass die anderen die Bösen sind und wir die Guten«, belehrte ihn Jed.

Mike schüttelte verärgert den Kopf. Er wusste, dass das Leben nie so einfach ist.

»Ausserdem«, fügte Jed hinzu, »bin ich an ihrem Bodenelement interessiert. Dort werden wir Suzanne Fessey finden und die Leute, mit denen sie zusammenarbeitet.«

»Da vorne ist eine Strasse«, sagte der Pilot.

»Das ist die Strasse zum Mpila Camp«, sagte Mike.

»Sie führt auch zum Nyalazi-Tor, oder?«, fragte Jed.

Mike nickte.

»Diese Jugendlichen haben eine AK-47 und könnten sich einfach den Weg freischiessen«, stellte Franklin fest.

»Nur reden wir hier nicht über Bonnie und Clyde«, erwiderte Mike. »Ausserdem dachte ich, Sie wären mehr daran interessiert, Suzanne Fessey und ihre Bande zu finden als die vermissten Jugendlichen.«

»Wenn wir Suzannes Baby finden, bevor wir sie finden, haben wir ein Druckmittel gegen sie«, erklärte Jed.

Mike hatte sich seine Meinung gebildet: Jed war für einen Spion ein recht anständiger Kerl, aber eine Bemerkung wie diese erinnerte Mike daran, mit wem er es zu tun hatte. Oder besser gesagt, wer ihn de facto mit- und in Gewahrsam genommen hatte.

* * *

Nia flog ohne Headset. Es fühlte sich ungewohnt an, keinen Kontakt mit der Aussenwelt zu haben, aber der Mann mit der Pistole war misstrauisch, dass sie einen Notruf absetzen könnte. Er hatte die Waffe auf sie gerichtet und blickte nur ab und zu weg, um das Veldt, die Savanne unter sich, abzusuchen.

Sie flog auf seine Anweisung hin einem Gittermuster entsprechend. Er hielt ein Mobiltelefon in der linken Hand und meldete sich regelmässig bei den Leuten vor Ort.

Nia versuchte verzweifelt, einen Weg zu finden, wie sie den Mann täuschen oder seine Versuche, die Jugendlichen zu finden, sabotieren könnte. Als sie versuchte, ihre Fluggeschwindigkeit langsam zu erhöhen, um damit die Suche zu erschweren, hielt er ihr erneut den Pistolenlauf an den Kopf und sagte ihr, sie solle auf ihre normale Reisegeschwindigkeit heruntergehen.

Als sie zu steigen begann, tippte er auf den Höhenmesser und fragte: »Halten Sie mich für dumm?«

»Ich vertraue darauf, dass Sie nicht so dumm sind, mir während ich fliege, in den Kopf zu schiessen«, hatte sie geantwortet.

»Ich muss Ihnen nicht in den Kopf schiessen.« Nia erschrak, als er die Spitze seiner Pistole zwischen ihre Beine schob. Anschliessend bewegte er den Lauf langsam vom Scheitelpunkt ihrer Beine über den Sitz nach unten, bis die Waffe schliesslich auf den Boden des Hubschraubers gerichtet war. Nia schrie auf, als er den Abzug drückte.

Nach diesem Moment kostete es sie alle Willenskraft, ihre Selbstbeherrschung wiederzuerlangen. Der Mann verhöhnte sie mit seinem Grinsen und lehnte sich in seinem Sitz zurück, Doch das saubere, runde Loch im Boden, das sie jetzt wieder betrachtete, erinnerte sie daran, dass sie es mit einem grausamen Mann mit Verstand zu tun hatte.

»Werden Sie mich töten, wenn das hier vorbei ist und Sie das haben, was Sie wollen?«, fragte sie ihn.

Er zuckte mit den Schultern. »Wahrscheinlich nicht – zumindest nicht, wenn Sie uns helfen. Und wenn Sie keine Dummheiten machen, wie vorher. Die südafrikanische Polizei hat inzwischen unsere Namen und Fotos. Sie können mir nicht wehtun, aber ich Ihnen sehr wohl. Wenn Sie Ihren Hubschrauber in die Luft jagen wollen, ist das Ihr gutes Recht. Manche würden Sie eine Heldin nennen, weil Sie mich mitgenommen haben, aber Sie werden uns nicht aufhalten. Die anderen sind in zwei Autos und sie werden klug genug sein, voneinander entfernt zu parken, so dass Sie uns nicht alle töten können, selbst wenn Sie es versuchen.«

Nia hatte zwar überhaupt nicht daran gedacht, mit ihrem Hubschrauber in ein Auto dieser Leuten zu fliegen, aber sie war unheimlich neugierig, wie der Mann neben ihr über die verschiedenen Möglichkeiten eines geplanten Selbstmordes dachte.

»Wir versuchen nur, ein Kind zu retten«, fuhr er fort, während er den Boden unter sich absuchte.

»Warum in Gottes Namen haben Sie das dann nicht einfach der echten Polizei überlassen?«

»Sie stellen zu viele Fragen. Fliegen Sie einfach weiter und finden Sie die Kinder. Dann gehen wir und Sie bleiben am Leben.«

Also flog Nia und suchte den Busch unter sich nach dem Trio der vermissten jungen Leute ab. Wenn sie sie sähe und der Mann nicht, würde sie keinen Mucks von sich geben und sich nichts anmerken lassen, dass sie sie gefunden hatte. Denn wer auch immer sie waren und aus welchem Grund auch immer sie das Kind bei sich hatten: Nia hatte das deutliche Gefühl, sie würden einen schrecklichen Tod sterben.

Sie warf dem Mann mit der Waffe einen Blick zu und er lächelte sie an. So gern sie ihm auch geglaubt hätte, wusste sie dennoch, dass er sie, sobald er mit ihr fertig war, umbringen würde.

* * *

WÄHREND SIE IM Schatten eines Baumes das Baby fütterte, beobachtete Lerato Themba beim Kochen des Krokodilschwanzes. Zum Glück schlief der Kleine.

Lerato war ziemlich stolz auf sich, weil sie das Krokodil getötet hatte. Nun stellte sie fest, dass etwas so Einfaches wie der Geruch von gekochtem Fleisch ihre Laune ein wenig heben konnte. Sie sagte sich, dass sie bald aus diesem Schlamassel heraus wären. Aber dann würde der Junge, dem sie vertraut hatte, auch aus ihrem Leben verschwinden. Sie konnte immer noch kaum glauben, dass Themba zu der Sorte Mann gehörte, die Menschen überfiel und ihre Autos stahl.

Themba blickte in den Himmel. »Hör mal.«

»Pst, du weckst noch das Baby.«

»Schnell.« Themba kickte Erde über das Feuer. »Wir müssen uns verstecken.«

»Du ruinierst das Fleisch«, sagte Lerato. »Jetzt hat es überall Sand drauf.« Wie auf ein Stichwort wachte das Baby auf und begann zu weinen. »Jetzt sieh, was du angerichtet hast.«

Er ignorierte sie und zeigte in den Himmel. »Ein Hubschrauber».

Das Laub schützte sie vor der Sonne und filterte den Rauch, so dass es schwierig war, sie aus der Luft zu sehen. Doch wenn der Hubschrauber direkt über sie hinwegflog, konnte ein aufmerksamer Pilot sie entdecken.

Lerato setzte das weinende Baby im Gras ab. Sie hatte die Nase voll. »Ich laufe jetzt raus und winke ihm zu. Wahrscheinlich suchen sie nach uns.«

»Warte«, beschwichtigte Themba. »Sei still ...«

Lerato war erstaunt über den befehlenden Tonfall, den er anschlug, gehorchte aber mürrisch.

Themba holte das Fernglas heraus und konzentrierte sich auf den dunklen Fleck vor dem blauen Himmel. »Es ist derselbe wie gestern, der rote, der Fahrzeuge ortet und verfolgt.«

»Das Auto haben Sie, also suchen sie nach uns.« Lerato begann, sich aus der Deckung der Bäume ins Freie zu bewegen.

Themba jagte ihr hinterher und hielt sie am Arm fest.

»Hey, lass mich los.«

»Komm wieder unter der Bäume. *Ja*, sie suchen nach uns, aber das ist nicht ihre Aufgabe.«

Lerato zappelte in seinem Griff. »Wennschon müsste die Polizei ihren Hubschrauber benutzen, um uns zu finden.«"

»Es könnten die Männer sein, die uns zu töten versucht haben, Lerato. Die sind nicht von der Polizei, das sind Mörder.«

»Das kannst du nicht wissen, Themba. Vielleicht sind es nur die Onkel des Kindes oder Freunde der Mutter oder was auch immer. Das macht doch alles keinen Sinn.«

Themba sah erschrocken aus. »Lerato, bitte hör zu. Hier geht bestimmt etwas anderes vor sich. Die meisten Mütter haben keine Handgranaten, AK-47 und Nashorn-Hörner in ihren Autos. Diese Leute sind Kriminelle, sie sind böse.«

»Wir sind es, die uns wie Kriminelle verhalten und Du, Themba, bist einer.«

Der Hubschrauber war mittlerweile fast über ihnen. Themba liess Leratos Arm los und hob das Fernglas wieder an die Augen. Lerato sah, dass der Hubschrauber direkt auf sie zukam und er flog niedrig. Durch die Äste und Blätter darüber konnte sie die Pilotin erkennen, dieselbe Frau wie am Vortag. Auf dem Beifahrersitz neben der Frau sass ein Mann und alles, was Lerato von dem Mann wahrnahm, war ein Schopf mit strahlend weissem Haar.

Sie versuchte nicht, ihre Wut zu verbergen. »Okay, Themba, was sollen wir deiner Meinung nach denn jetzt tun?«

»Wir gehen weiter.«

Lerato war klug genug, zu wissen, dass sie im Busch nicht lange allein überleben würde. Dennoch hasste sie den Klang seiner Worte.

* * *

Durch das Laub des Mahagonibaums, den sie unter ihren Kufen sah, bemerkte Nia das Aufblitzen von Glas, das im Sonnenlicht funkelte.

Die Wahrscheinlichkeit, dass sich unter einem Baum, der so weit von einer Zufahrts- oder Wildbeobachtungsstrasse entfernt war, etwas von Menschenhand Geschaffenes befand, war astronomisch klein. Sie prüfte aus den Augenwinkeln heraus, ob der blonde Mann auch etwas wahrgenommen habe, doch es gab keinerlei Anzeichen dafür.

Nia sah sich um und prägte sich die Stelle ein.

Vor sich sah sie den schwarzen Teer der Strasse vom Mpila Camp zum Nyalazi Gate. Dort hatten ein Dutzend oder mehr Fahrzeuge angehalten. Zunächst dachte Nia, es handle sich um einen der typischen Staus, die in den Nationalparks entstehen, wenn Touristenfahrzeuge anhalten, um einen Löwen oder Leoparden zu beobachten. Dann bemerkte sie das *Polizei-Bakkie*, das an einer Seite der Strasse geparkt war.

»Drehen Sie, wenn wir die Strasse erreichen, nach links und fliegen Sie danach wieder in den Süden«, befahl der Mann.

* * *

»ICH BRECHE RECHTS WEG«, sagte der Sea-Hawk-Pilot der US-Navy in den Bordfunk, als er abbog.

Mike hielt sich an der Sitzlehne vor ihm fest. Das Ausweichmanöver hatte den Zweck, zu verhindern, dass sie von den Leuten in Nias Robinson gesehen wurden.

»Ich fliege ein wenig in Richtung Osten und hole sie dann wieder ein.«

Als sie wieder zurückflogen, sah Mike die Autoschlange. »Das ist äusserst ungewöhnlich.«

»Eine Strassensperre der Polizei?« fragte Jed.

»Ja. Aussergewöhnlich, denn die Polizei von Mtubatuba hat nichts von einer Strassensperre im Wildtierreservat gesagt.«

Mike nahm sein Telefon aus der Tasche, das anzeigte, dass es ein Netz fand. Er wählte die Nummer des Parkaufsehers für das Gebiet nördlich der Zufahrtsstrasse nach Hluhluwe aus seinen Kontakten.

16

Themba kam an den Rand eines Hügels und liess sich auf den Bauch fallen. Lerato legte sich ebenfalls hin und kämpfte sich vorwärts, bis sie sich neben Themba befand. Das Baby schlief im Tragetuch auf ihrem Rücken.

»Polizei!«

»Psst, leise«, sagte Themba.

Lerato runzelte die Stirn. »Warum in aller Welt sollte ich? Wir waren uns einig, dass wir uns stellen, wenn wir Polizisten sehen. Worauf warten wir also noch?«

Themba nahm sein Fernglas heraus. »Hier im Park eine Strassensperre zu haben, ist nicht normal.«

»Na und? Wen kümmert's? Es bedeutet nur, dass wir nicht mehr laufen müssen. Ich habe überall Blasen an den Füssen und mein Kreuz schmerzt vom Tragen des Babys.«

Themba ignorierte ihr Gejammer und konzentrierte sich auf die Beamten unterhalb von ihm. Eine weisse Frau in blauer Polizeiuniform lehnte sich ins Fenster eines Mitsubishi Pajero mit Vierradantrieb und ein Mann in Zivil ging um das Auto herum und inspizierte es von aussen, während ein weiterer Mann in Zivil auf dem Fahrersitz eines Polizeifahrzeugs sass. Irgendetwas stimmte an dieser Szene nicht. Die Polizistin trat zurück und winkte das Fahrzeug vorbei.

»Lass uns gehen«, drängte Lerato.

Themba hob eine Hand. »Warte.«

»Wo liegt das Problem?« Die Frustration war deutlich in Leratos Stimme zu hören.

»Die Männer in Zivilkleidung könnten Detektive sein.«

»Und?«

»Und es gibt nur eine Beamtin, die Frau in Uniform. Normalerweise arbeiten die Polizisten immer zu zweit.«

»Ich frage dich besser nicht, woher du so viel über Polizeiverfahren weisst.«

Themba schwieg. Er konzentrierte sich auf den Mann im Polizeifahrzeug, aber durch die Windschutzscheibe, in der sich das Sonnenlicht spiegelte, war es schwierig, dessen Gesichtszüge zu erkennen. »Sie suchen bestimmt nach jemand Bestimmtem. Vielleicht sogar nach uns.«

»Ja, genau. Vielleicht wollen sie uns helfen? Vielleicht sind sie krank vor Sorge um dieses Bündel Pipi und Kacka auf meinem Rücken.«

Themba rümpfte die Nase. Es stimmte, das Baby musste gewickelt werden und das halbe Dutzend Wegwerfwindeln, das sie aus dem Fortuner gerettet hatten, war längst aufgebraucht. Das Kind musste gesäubert, gefüttert und irgendwie gewickelt werden. Wenn sie sich den Polizeibeamten unten stellten, könnten sie das tun. Dann würde Themba verhaftet und Lerato verhört, aber wenn sie ihm einen Anruf erlaubten, konnte er Mike Dunn anrufen. Dann würde alles geklärt.

»Es wird schon gut gehen«, sagte Lerato, die die Hoffnung in seinen Augen las. Aber Themba war sich immer noch nicht sicher. Die Härchen in seinem Nacken sträubten sich.

Hinter dem Pajero unten ihnen hielt ein Land Rover Discovery an, der einen Wohnwagen zog. Die Polizistin winkte den Geländewagen heran und der Fahrer des Discovery liess diesen die paar Meter rollen, bis er neben der Beamtin stand.

Lerato richtete sich langsam auf.

»Was machst du?«

»Ich gehe da runter. Wenn du mitkommen willst, Themba, dann komm. Wenn nicht, werde ich ihnen nicht sagen, wo du bist. Ich werde erzählen, dass wir uns getrennt haben und ich allein losgezogen bin. Wenn du glaubst, dass wir es hier draussen in der Wildnis mit einem kleinen Kind länger aushalten, machst du dir etwas vor.«

»Warte.«

Sie ignorierte ihn, wischte sich den Schmutz von der Stirn und machte sich auf den Weg den Hügel hinunter, wo Dornenbäume sie vor den Blicken der Menschen unten abschirmten, bevor sie bald den gerodeten Bereich am Rande der Hauptstrasse erreichte. An den Seiten war die Vegetation niedrig gehalten, damit die Autofahrer ausreichend Zeit hatten, um kreuzendes Wild zu sehen.

Themba hörte das Dröhnen eines Hubschraubers und presste sich instinktiv tiefer an den Boden. Sie waren hinter ihm her, da war er sich sicher. Er lugte über die Grashalme vor ihm und blickte sich um. Da, tief am Horizont war er, steuerte direkt auf die Strassensperre zu und würde unmittelbar über ihn hinwegfliegen.

Themba hob sein Fernglas, konzentrierte sich auf den Helikopter und zog dann scharf die Luft ein. Es handelte sich nicht um den kleinen Hubschrauber, der den gestohlenen Fortuner verfolgt hatte, sondern um eine viel grössere, in mattem, bedrohlichem Grau lackierte Maschine. Sie erinnerte ihn an das Logo des KwaZulu-Natal Sharks Board, einen furchterregend aussehenden Weissen Hai, der frontal auf einen zu schwamm. An einer Seite sah er etwas herausragen und als es ihm gelang, seine Hände still zu halten, erkannte er ein Maschinengewehr. Ein Besatzungsmitglied mit einem kugelförmigen Helm hatte seinen Oberkörper in den Windschatten gestellt, das Gewehr waagrecht gehoben und sah schussbereit aus. *Wollen die mich umbringen?*

»Lerato!«

Sie hörte ihn nicht, also riskierte er es, noch lauter zu rufen. Lerato blieb stehen und drehte sich um. Er deutete mit einem Finger in die Luft. Sie schirmte ihre Augen mit einer Hand ab und sah nach oben. Leratos erster Impuls war, genau wie Themba sich hingekauert hatte, aus Angst vor der herannahenden Kriegsmaschine auf die Knie zu fallen.

Dieser richtete sein Fernglas wieder auf die Strassensperre und nahm dort eine Bewegung wahr. Der eine der Männer stieg aus dem geparkten Polizei-*Bakkie* und die Polizistin deutete auf den Wohnwagen hinter dem Discovery. Dessen Fahrer, ein älterer Mann mit grauem Haar, öffnete seine Tür und ging zum Wohnwagen. Themba sah, dass der Mann von der Polizistin angewiesen worden war, die Tür des Wohnwagens zu öffnen. Er kramte in seinen Schlüsseln, um den richtigen zu finden, während der Mann aus dem Polizeifahrzeug sich hinter ihm in Position brachte. Themba richtete sein Fernglas auf den jüngeren der Männer und schnappte nach Luft.

»Was ist los?«, rief Lerato aus ihrer Hocke.

»Der Mann da unten, hinter dem Wohnwagen, ist einer der Männer, die auf uns geschossen haben.«

»Oh, nein!«

»Sie sind nicht von der Polizei, Lerato.«

Ein Schatten verfinsterte die Sonne für einen Moment, als etwas vor ihr durchzog. Der grosse graue Hubschrauber wurde langsamer und kreiste über den Fahrzeugen unter ihnen. Eine Stimme dröhnte aus dem Flugzeug herab.

»Damen und Herren, entfernen Sie sich von Ihren Fahrzeugen und nehmen Sie die Hände hoch. Laufen Sie nicht weg. Keine Panik.«

Themba erkannte den amerikanischen Akzent aus der leicht verzerrten Stimme von oben. Der ältere Mann beim Wohnwagen hatte seinen Schlüssel in die Tür gesteckt, nun aber die Hand davon genommen und schaute nach oben, als die Stimme erklang. Der Mann hinter ihm stiess ihn von hinten an. Themba wollte den Hügel hinunterlaufen und dem Wohnwagenbesitzer zurufen, er solle verschwinden. Doch er kauerte, vor Angst gelähmt, wie in der Erde angewurzelt da.

»Was sollen wir nur tun, Themba?«, jammerte Lerato. »Ich habe Angst. Wer ist das, die Polizei, oder die Armee?«

Themba sah einen schwarzen Stern mit zwei Balken auf beiden Seiten des Hecks des Hubschraubers. Das waren eindeutig keine Südafrikaner. Das Besatzungsmitglied mit dem grossen Helm hielt sein Maschinengewehr nun auf den Boden gerichtet. Themba umklammerte die AK-47. Er hatte nicht die Absicht, mit diesem riesigen Flugtier einen Kampf aufzunehmen und überlegte, ob er sein Gewehr wegwerfen solle, falls der Schütze über ihm ihn erblicke und das Feuer eröffne.

»Gehen Sie von Ihren Fahrzeugen weg und nehmen Sie die Hände hoch!«, rief die körperlose, gottähnliche Stimme vom Himmel.

Auf der Beifahrerseite des Discovery stieg eine Frau aus und stürmte auf die Tür des Wohnwagens zu. Der Mann, wohl ihr Ehemann, schüttelte die Hand des anderen Mannes von seiner Schulter, lief zu seiner Frau und nahm sie in die Arme. Der Mann, der auf Themba geschossen hatte, griff unter seine Jacke und holte ein R5-Sturmgewehr hervor.

Das Ehepaar aus dem Discovery sah zum Hubschrauber auf, machte einige Schritte von seinem Fahrzeug weg und hob die leeren Hände. Die Polizistin rief und winkte dem Mann, den sie losgeschickt hatte, worauf er zu ihr lief. Sie blickte ebenfalls auf und winkte dem kreisenden Hubschrauber zu.

»Ma'am, Hände hoch. Dienstpistole raus und auf die Strasse, wo wir sie sehen können«, forderte die Stimme mit dem amerikanischen Akzent.

Der Hubschrauber drehte immer noch langsame Runden. Themba wandte den Blick von ihm weg und zu den Menschen auf dem Boden. Als der Hubschrauber über den geparkten Polizeiwagen und den Discovery hinwegflog, den Heckrotor und das Heck nun zu ihnen gerichtet, stieg der zweite angebliche Polizist aus und lief zum Heck des Wagens. Themba beobachtete, wie er die Vinylabdeckung über der Ladefläche des Pick-ups löste. Der Hubschrauber blieb im Schwebeflug, als die Polizistin und der andere Mann ihm zuwinkten und damit die Besatzung ablenkten.

»Polizeibeamte, Waffen auf die Strasse, wo wir sie sehen können«, befahl die Stimme.

Das ältere Ehepaar stand jetzt weiter weg, etwa zwanzig Meter von seinem Geländefahrzeug mit dem Wohnwagen entfernt, reckte die Köpfe und beobachtete den Hubschrauber.

Lerato war zu Themba zurückgelaufen und kniete neben ihm. Er richtete das Fernglas wieder auf den Polizeiwagen, wo der andere Mann gerade etwas aus dem Kofferraum holte.

»Was hat er da?« fragte Lerato.

Themba sah den langen, röhrenförmigen Gegenstand, den der Mann auf seine Schulter hievte. »Nein!«

»Was?«

»Es ist eine Panzerfaust«, erklärte Themba, der sich nun aufrichtete. »Eine Panzerabwehrwaffe. Er wird auf sie schiessen.«

»Wer?«

Themba lief den Hügel hinunter.

»Warte auf mich«, rief Lerato.

»Bleib wo du bist!«, rief er ihr, ohne sich umzudrehen, zu. Themba fuchtelte wie wild mit den Armen in der Luft herum. »Hey! Hey, hier unten!«

Das ältere Ehepaar schaute in Thembas Richtung und hörte seine verzweifelten Schreie das im Dröhnen des Helikoptermotors fast unterging. Jemand an Bord des Hubschraubers musste ihn auch gesehen haben, denn die Nase der Maschine begann sich in seine Richtung zu drehen.

»Hinter euch!«, schrie Themba und deutete wütend auf das Polizeifahrzeug. Die Leute an Bord konnten ihn jedoch unmöglich hören. Themba sah, wie der Schütze an Bord sein Maschinengewehr auf ihn richtete und plötzlich wurde ihm klar, dass er immer noch die AK-47 trug. *Sie werden mich auf jeden Fall umbringen.* Er warf das Gewehr ins Gras.

»Du da unten, Themba Nyathi, bleib, wo du bist!«, befahl die Stimme und Themba erschrak, weil sie seinen Namen kannten.

Er rannte jedoch weiter, winkte und deutete auf das Heck des Hubschraubers. Er blieb stehen, dachte kurz nach, drehte sich dann um, lief zurück zur Stelle, an der er die AK-47 abgelegt hatte und hob sie auf.

»Themba Nyathi, lass die Waffe fallen, oder wir werden das Feuer eröffnen. Ich wiederhole ... «

Thembas Herz klopfte so heftig, dass ihn das Rauschen des Blutes in seinen Ohren taub machte. Er hob das Gewehr, schwang es herum und zielte in die Richtung des Polizeiwagens.

Themba drückte ab und schickte eine wilde Salve von 7,62-Millimeter-Geschossen auf den Mann mit dem RPG-7-Werfer. Als der Maschinengewehrschütze an Bord des Hubschraubers das Feuer auf ihn eröffnete, stoben Staubwolken und verstreute Grashalme um ihn herum auf. »Nein!« Zu spät erkannte er, dass er das Falsche getan hatte. Alle Augen im Hubschrauber waren jetzt auf ihn gerichtet anstatt auf die eigentliche Gefahr.

Von der anderen Strassenseite unterhalb des Hügels kam ein *Zischen* und Themba sah eine Spur schmutzigweissen Rauchs, die sich über den klaren, blauen Zululand-Himmel zog. Eine Sekunde später ertönte ein Donnerschlag und Thembas nach oben gewandtes Gesicht wurde von der Hitze des schwarz-roten Feuerballs erfasst, der aus dem Hubschrauber hervorbrach. Das Heck desselben war beinahe abgetrennt und der Hubschrauber begann sich unter seinem Hauptrotor um sich selbst zu drehen. Eine heulende Sirene ersetzte die Roboterstimme und Themba rannte, als weitere Kugeln, diesmal vom Boden aus, wie wütende Wespen um ihn herum durch die Luft schwirrten.

Themba sah, dass das ältere weisse Ehepaar, die Frau hysterisch schreiend, zu ihrem Wagen rannte. Der Hubschrauber, der sich fast direkt über diesem befunden hatte, als der Mann die RPG schoss, senke sich herunter.

»Lauf!«, rief Themba Lerato zu. »Der Wohnwagen!«

* * *

»Festhalten, festhalten, festhalten«, befahl der Pilot über den internen Lautsprecher an Bord der Sea Hawk.

Mike Dunn steckte den Kopf zwischen die Beine und verschränkte die Arme darunter. Jed Banks, stellte er fest, feuerte seine MP5 aus der offenen Luke ab. Bei einer Drehung des Hubschraubers hob Mike kurz den Kopf und erhaschte einen Blick auf die blonde Frau in der Polizeiuniform, die auf die geparkten Fahrzeuge zulief. Von Themba, den Mike gegenüber den Amerikanern eindeutig identifiziert hatte, war nichts zu sehen.

Auch der Maschinengewehrschütze war noch auf der Suche nach Zielen.

»Erschiessen Sie den Jungen nicht!«, schrie Mike.

Als ein anderer Teil wegbrach, ertönte ein gequältes Kreischen aus dem Heck des Sea Hawk und der Pilot schien das letzte bisschen Kontrolle zu verlieren, das er über sein drehendes Flugzeug noch hatte. Der Hubschrauber kippte zur Seite und Mikes letzter Blick galt dem Staub, der vor der offenen Frachttür aufgewirbelt wurde.

Die Rotorblätter schlugen zuerst auf dem Boden auf, lösten sich und flogen in verschiedene Richtungen, bevor der Rumpf auf der Wiese aufschlug. Mikes Körper wurde herumgeschleudert und sein Kopf knallte gegen die gepolsterte Wand hinter ihm, die dennoch hart genug war, dass er kurz ohnmächtig wurde.

Als er zu sich kam sah er sich im Inneren des Hubschraubers um. Jed lehnte sich über jemanden.

»Franklin«, sagte Jed in seine Richtung. »Er lebt, komm, hilf mir.«

Mike löste seinen Sicherheitsgurt und kroch zu Jed.

»Er ist bewusstlos«, sagte Jed. Er sah sich in der Kabine um und fand die Tauchtasche, aus der er und Franklin ihre Waffen genommen hatten. Jed fischte eine Granate in der Grösse und Form einer Getränkedose heraus. »Das ist Rauch. Machen Sie sich zum Aussteigen bereit.«

Mike kroch zum Besatzungsmitglied, das das Maschinengewehr bedient hatte. Tapfer, wenn auch tollkühn, war der Mann stehen geblieben und hatte sein Gewehr weiter abgefeuert, obwohl der Hubschrauber abstürzte. Sein Kopf war in einem unnatürlichen Winkel abgedreht. Mike tastete nach einem Puls, aber es war keiner zu fühlen. Er musste das Genick gebrochen haben.

»Hurensöhne.« Jed zog den Stift und warf die Granate hinaus.

Eine wirbelnde Wand aus rotem Rauch stieg auf und verdunkelte das Blau des Himmels.

Mike kletterte über die Leiche und half Jed, den bewusstlosen Franklin an den Rand des Laderaums zu heben. Jed zählte auf drei, dann hievten sie ihn über den Rand und kletterten dann selbst nach oben.

Mike hörte Schüsse im Rauch, erkannte aber, dass Jed schoss, um ihm Deckung zu geben. »Bleib unten«, wies Jed ihn an.

Mike drückte sich ins Gras, was sich als gut erwies, denn etwa dreissig Zentimeter über seinem Kopf stanzte eine Gewehrsalve vier Löcher in den Rumpf.

»Vorwärts robben«, befahl Jed leise. Mike folgte seiner Anweisung und sie packten Franklin jeweils unter einem Arm und zogen ihn unbeholfen mit sich weiter.

Der Rauch verdeckte den falschen Polizisten das Ziel, aber Mike hörte Rufe. Bald würde sich die Wolke lichten, so dass sie sichtbar wären.

»Was ist mit den Piloten?«, fragte Mike.

»Wir sind auf dem Weg dorthin.«

Sie liessen Franklin in einer Vertiefung im Boden zurück, um ihn vor den Blicken ihrer Feinde zu schützen und krochen in Richtung Cockpit. Der Rauch wurde immer dünner und Mike sah durch ihn hindurch einen Mann bei den geparkten Autos auf der anderen Strassenseite stehen. »Jed, runter!«

Eine zweite Panzergranate wirbelte zwischen Jed und Mike durch die Luft, der ein Geräusch wie von einem vorbeidonnernden Zug sowie eine Rauchfahne folgten. Die beiden Männer pressten sich flach auf den Boden, als das Projektil ins Cockpit des abgestürzten Sea Hawk schlug. Die Granate detonierte und ein Feuerpilz breitete sich aus.

»Falls sie noch am Leben waren, sind sie jetzt definitiv erledigt«, stellte Jed fest. »Laufen Sie!«

* * *

Themba rannte vom herabstürzenden, sich drehenden Hubschrauber weg, den Hügel hinunter und spürte die Wucht des Aufpralls durch die Füsse. Lerato lief direkt hinter ihm und Themba winkte ihr, zum hinteren Teil des Wohnwagens zu kommen.

Der Motor des Discovery heulte auf und Themba sah, dass es das ältere weisse Ehepaar durch das Chaos zurück zu seinem Auto geschafft hatte. Der Discovery schlingerte vorwärts und der Wohnwagen hinter ihm her.

»Themba, beeil dich!«

Themba rannte hinter dem Wohnwagen her und legte den schnellsten Sprint seines Lebens hin. Vor ihm ertönte eine weitere lange Schussserie und der Discovery wich heftig nach rechts aus. Der Wohnwagen schwankte und schaukelte und einen Moment lang befürchtete Themba, dass er sich überschlagen würde, doch das Ausweichmanöver verlangsamte den Wagen so stark, dass es Themba gelang, ihn einzuholen. Als um sie herum Schüsse fielen und eine zweite Panzerfaust in den Hubschrauber einschlug, erreichte Themba die Seite des Wohnwagens, fand die Tür unverschlossen. »Gib mir deine Hand!« Er packte Lerato am Unterarm, zog sie vorwärts und schob sie zur Tür. Lerato hing halb aus der Tür, den Arm ausgestreckt. Sie mühte sich ab, denn das Gewicht des Babys auf ihrem Rücken, zog sie nach hinten und erschwerte es ihr, ins Innere zu gelangen, doch schliesslich schaffte sie es.

»Nimm das Gewehr.« Themba schleuderte das Gewehr und Lerato konnte es gerade noch auffangen, wobei sie sie fast umfiel. Sie warf das Gewehr hinein. Themba rannte, so schnell er konnte nebenher, wobei sein Herz vor Anstrengung schmerzte. Nachdem sich der Wohnwagen stabilisiert hatte, begann das Zugfahrzeug wieder zu beschleunigen. Themba streckte die Hand aus und spürte, dass Leratos Finger sie packte, als er sprang. Sie zog, er rappelte sich auf und dachte einen Moment lang, sein Arm werde aus dem Gelenk gerissen. Doch schliesslich schaffte es Lerato, ihn durch die Tür zu ziehen, so dass er mit einem schmerzhaften Aufprall im Inneren auf dem Boden landete.

Lerato griff über ihn hinweg, schlug die Tür zu und ging dann in den vorderen Teil des Wohnwagens. Sie löste das Tuch und legte den Jungen, der wegen des Lärms und des Rüttelns schrie, auf eine Couch. Sie stapelte Kissen um ihn herum, um ihn daran zu hindern, wegzukrabbeln und herunterzufallen. Immer noch schwer atmend, kniete Themba auf dem Boden und spähte durch das geschlossene Rollo am Heckfenster. Die Frau in Polizeiuniform und die beiden Männer feuerten auf zwei andere, hinter dem brennenden Hubschrauberwrack im Gras liegende Männer.

Themba sah, dass die Frau auf den abfahrende Wohnwagen zeigte und den Männern etwas zurief. Eilig stieg das Trio ins Polizeifahrzeug, wobei die Frau das Steuer übernahm. Wenige Augenblicke später fuhren sie los und folgten dem Wohnwagen die Strasse hinunter. Die beiden Männer aus dem Hubschrauber waren jetzt auf den Beinen, rannten mitten auf die Strasse und schossen auf das Polizeifahrzeug.

»Hilft mir«, bat Themba. Er öffnete das Schloss auf der einen Seite des langen, rechteckigen Fensters und Lerato entriegelte es auf der anderen Seite ebenfalls. Themba schob das Fenster nach aussen und verriegelte es in der oberen Position, dann hob er die AK-47 vom Boden des Wagens auf.

»Runter!«, schrie er Lerato zu.

Sie liess sich unter das Fenster sinken, als drei Schüsse in den Wohnwagen schlugen. Der Mann auf dem Beifahrersitz des Polizeifahrzeugs feuerte mit einer Pistole auf sie.

Themba hob den Kopf und gab eine Reihe von Schüssen auf den Wagen ab. Er hatte die Genugtuung, zu sehen, wie der Bewaffnete und die Fahrerin den Kopf einzogen, als ihre Windschutzscheibe zerbarst, doch der Wagen fuhr weiter. Als die Frau beschleunigte, verringerte sich der Abstand zwischen ihnen sogar.

Lerato spähte durchs Fenster. »Beeil dich, sie holen uns ein.« Das Kind schrie.

Der Mann mit der Pistole schoss erneut. Lerato zog sich tiefer in den Wohnwagen zurück, legte sich auf ein Etagenbett, schob einige der Kissen beiseite und deckte das Kind mit ihrem Körper. Themba bewunderte ihren Mut, der ihn auch dazu motivierte, mutig sein. Er ignorierte den Beschuss, stellte sich breitbeinig hin und feuerte eine lange Salve, die sein Magazin leerte, in den Motorraum des *Bakkies*.

Die Kugeln prallten von der Motorhaube ab und zerkratzten den weissen Lack bis auf das blanke Metall. Dennoch schien Themba offensichtlich etwas Entscheidendes getroffen zu haben, denn Dampf strömte in einer Wolke entweder aus dem Kühler oder einem durchlöcherten Schlauch. Die Fahrerin wich aus, um aus Thembas Schusslinie zu kommen, wodurch das Polizeifahrzeug zurückfiel.

Als der Discovery hart und schnell nach links abbog, geriet der Wohnwagen ins Schlingern und Themba musste eine Hand ausstrecken, um sich auf dem Küchentisch abzustützen. »Sie fallen zurück!«

»Wohin fahren wir?«, wollte Lerato wissen.

Themba schaute auf die Landschaft um sie herum. »Sie fahren Richtung Norden. Wir sind eben unter der Hauptstrasse, die iMfolozi von Hluhluwe trennt, durchgefahren. Das bedeutet, er fährt nach Hluhluwe anstatt über das Nyalazi-Tor nach draussen.

»Ist das klug?«, fragte Lerato.

Themba dachte darüber nach. »Wenn er aus dem Nationalpark herausgefahren wäre, könnte er viel schneller fahren, aber gleichzeitig wäre er anfälliger für Angriffe. Ich schätze, er fühlt sich sicherer, wenn er im Wildtierreservat bleibt, wo es hoffentlich Ranger gibt, die auf das, was geschehen ist, reagieren.

»Was genau ist denn überhaupt passiert?«

»Ich weiss es nicht«, sagte Themba ehrlich. »Aber es ist klar, dass es keine echten Polizisten waren, denen du dich ergeben wolltest. Sie haben gerade einen amerikanischen Militärhubschrauber abgeschossen.«

Lerato schloss die Augen und als Themba sie genauer betrachtete, sah er, dass Tränen ihre Wangen hinunter rannen. »Was sollen wir nur tun, Themba? Wer sind diese Leute und warum versuchen sie immer noch, uns zu töten?«

Er taumelte durch den schaukelnden Wohnwagen. Der Fahrer befand sich zwar immer noch im Wildtierreservat, überschritt jedoch die Geschwindigkeitsbegrenzung von fünfzig Stundenkilometern bei der Fahrt über die kurvenreiche Strasse bei Weitem. Er setzte sich neben Lerato auf das Etagenbett. Sie schaukelte das Kind, das sie an ihre Brust gedrückt hielt, in ihren Armen. Themba legte seine Arme um beide und spürte, wie Leratos Tränen durch sein Hemd die Haut seiner Brust netzten.

Sie sah ihn mit rotgeränderten Augen an. » Themba, ich muss meinen Vater kontaktieren.«

»Vielleicht können wir die Steckdose im Wohnwagen benutzen. Wenn wir Glück haben, haben sie hier sogar irgendwo ein Ladegerät für ein iPhone. Ich schaue mal in den Schubladen nach, ob ich etwas finde.«

»Wir müssen zu ihm.«

»Ja, ich bringe dich, so schnell ich kann, zu ihm«, versprach Themba. »Aber immerhin sind wir im Moment wenigstens sicher, Lerato.«

Sie sah ihm in die Augen. »Themba ...«

»Ja?«

Sie löste sich aus seiner Umarmung. »Nachdem ich von deiner Vergangenheit erfahren hatte, dachte ich, dass ich dir nicht trauen kann. Ich wollte, dass wir uns diesen Leuten ausliefern, aber du hattest Recht, vorsichtig zu sein; es sind schlechte Menschen.«

»Ja.« Ihre Worte trösteten ihn nicht.

Sie wischte sich über die Augen. »Sag mir, dass ich dir vertrauen kann und du uns hier lebendig herausbringen wirst.«

»Ich werde dich und den Jungen sicher nach Hause bringen.« *Oder beim Versuch sterben.*

17

Egil Paulsens Telefon klingelte. Während er den Anruf entgegennahm, behielt er seine Pistole auf Nia Carras gerichtet.

»Die Amerikaner sind uns auf der Spur«, sagte Suzanne ins Telefon.

»Das war nur eine Frage der Zeit«, antwortete Egil.

»Wir haben gerade einen Hubschrauber der US Navy abgeschossen. Drei Männer haben überlebt und einer ist verwundet. Alle tragen Zivilkleidung.«

»CIA?«

»Mindestens zwei von ihnen. Einer ist wie ein Safari-Führer gekleidet, ohne Schutzweste wie die anderen beiden eine tragen. Wir folgen den beiden Jugendlichen und meinem Sohn. Sie sind nach Norden abgebogen, wahrscheinlich in Richtung Hilltop Camp. Kennen Sie es?«

Egil hatte als Kind in den Ferien im Hauptcamp von Hluhluwe gewohnt, so wie Suzanne wahrscheinlich auch. »Ja. Was für ein Fahrzeug suchen wir?«

»Einen Land Rover Discovery, der einen Wohnwagen zieht. Die

Kinder sind im Wohnwagen. Sie haben es geschafft, an Bord zu klettern, bevor wir sie erwischten.«

»Es sollte doch kein Problem für euch sein, einen Land Rover mit einem Wohnwagen einzuholen.«

»Der Junge hat mit der AK einen Glückstreffer gelandet und nun verliert unser Polizeifahrzeug Kühlflüssigkeit. Wir werden langsamer und ich glaube, der Motor überhitzt jeden Moment.«

Seit der Ermordung der amerikanischen Botschafterin war nichts mehr nach Plan verlaufen, überlegte Egil. »Dann besorgt euch einen anderen Wagen.«

»Das ist unser Plan: Sobald wir einen sehen, fahren wir damit weiter. Und ihr nehmt den BMW, wenn ihr ihn braucht. Er ist für uns zu weit weg, um ihn zu holen und die Amerikaner warten auf uns.«

»In Ordnung«, sagte er. Er hatte das Auto, das er Dlamini gestohlen hatte, in der Nähe der fingierten Strassensperre im Busch versteckt.

Egil bewunderte sie. Sie war rücksichtslos und eiskalt. Er dachte über seine Möglichkeiten nach. Eine war, die Pilotin, Nia, dazu bringen, den Land Rover mit dem Wohnwagen zu verfolgen, vor ihm zu landen und so die Strasse zu blockieren. Sie könnten die Insassen töten und das Kind zurückzuholen. Aber der Junge im Wohnwagen war immer noch mit einer AK-47 bewaffnet und hatte bewiesen, dass er sie zu benutzen wusste. Ausserdem waren da noch immer die drei Männer, die Suzanne und die anderen nicht ausgeschaltet hatten. Wenn sie es schafften, weitere amerikanische Verstärkung anzufordern, könnten Suzanne und er ihren Auftrag nicht erfüllen und keiner von ihnen käme lebend aus Südafrika heraus.

Er traf seine Entscheidung. »Ich kümmere mich um die Überlebenden an der Absturzstelle, hole den BMW und komme danach zu dir. Wenn die Leute mit dem Wohnwagen im Park bleiben, können sie nicht so schnell fahren.«

Er beendete das Gespräch und wandte sich an Nia. »Drehen Sie um und fliegen Sie zurück zur Stelle, wo die Strassensperre war.«

»War?«, fragte Nia. »Haben sich Ihre Freunde gelangweilt und sind gegangen, oder sind die Bullen gekommen und haben alle erschossen?«

»Werden Sie nicht frech zu mir.« Er beobachtete sie. Natürlich hatte sie Angst – es war das zweite Mal innerhalb von zwei Tagen, dass eine Waffe auf sie gerichtet worden war – aber sie und ihr Freund hatten einen seiner Männer getötet. Wenn er mit ihr fertig war, hätte sie nichts mehr zu lächeln, aber im Moment brauchte er ihren Hubschrauber noch.

Sie flogen über die hügelige Landschaft und als Egil die breite Teerstrasse sah, die vor ihm von links nach rechts verlief, konnte er sich orientierten. Die Rauchwolke zeigte deutlich, wo der Sea Hawk die letzte Ruhe angetreten hatte.

»Kreisen Sie über der Absturzstelle.«

»Wie Sie wollen«, sagte die Frau in einem verärgerten Tonfall über das Motorengeräusch hinweg.

Egil schaute nach vorn und zur Seite, als sie kreisten, behielt aber auch die Frau im Auge. »Versuchen Sie ja nichts Dummes.«

Er überprüfte die Lage. Der Sea Hawk brannte noch immer, aber es beunruhigte ihn, dass die Amerikaner sich so schnell orientiert hatten und bereits wieder unterwegs waren. Er fragte sich, ob der Pilot einen Notruf abgesetzt hatte. Wahrscheinlich.

Ein Mann trat mitten auf die Strasse und winke mit den Händen über dem Kopf. Egil lehnte sich instinktiv in seinem Sitz zurück, damit der Mann am Boden ihn nicht zu gut sehen konnte.

»Angst?«, fragte ihn die Frau.

Er funkelte sie daraufhin an, hob die Pistole und setzte deren Lauf erneut an ihre Schläfe. Sie leckte sich über die Lippen. Ihre Angst war spürbar und beinahe erregend. Nein, sie *war* erregend und das gefiel ihm. Er fand auch Nia beinahe erregend, nein, sie war erregend.

»Was soll ich tun?«

»Landen Sie, aber nicht zu nah bei ihm, denn es könnte eine Falle sein.«

»Das wollen wir doch jetzt nicht, oder?«, sagte sie.«

Er würde es geniessen, sie zu töten. »Es sollten drei sein, aber einer von ihnen ist verwundet. Ich sehe nur einen.«

Der brennende Sea Hawk hatte das Gras entfacht und der Wind, der nach Westen wehte trieb die Flammen bis zum Strassenrand. »Ich muss gegen den Wind landen, hinter dem Hubschrauber ist der Rauch zu dicht.

»Schweben Sie bei ihm über der Strasse.«

Nia nickte. Sie schwenkte die R44 so, dass die Nase auf den winkenden Mann gerichtet war. Egil bemerkte, dass die Hände des Mannes leer waren und auch im kurzen Gras um sich herum erkannte er keine Anzeichen einer Waffe, was jedoch nicht bedeutete, dass er unbewaffnet war. Er hätte den Mann aus der Luft erschiessen können, musste sich aber um die beiden Überlebenden kümmern. Ausserdem musste der dritte Mann irgendwo sein, der möglicherweise verwundet im Schatten eines Baumes lag oder mittlerweile tot war. Wie auch immer, Egil musste sich vergewissern.

Wie befohlen hielt die Pilotin den Hubschrauber im Schwebeflug. Egil richtete seine Sportjacke so aus, dass sie seine Pistole verdeckte. »Landen Sie, aber halten Sie sich bereit, auf meinen Befehl hin sofort abzuheben. Alarmieren Sie den Mann in keiner Weise. Ich frage ihn nur, wohin meine Kollegen gegangen sind. Wenn Sie irgendetwas versuchen, schiesse ich ihm in den Kopf. Verstanden?«

Sie sah an ihm vorbei zu dem winkenden Mann und nickte ihm zu.

Egil winkte mit der freien Hand zurück und bedeutete dem Mann, zu ihnen zu kommen. Der Mann zeigte den Daumen nach oben, senkte den Kopf und rannte über die Strasse. Es war derjenige, den Suzanne erwähnt hatte, der Safarikleider trug. Vielleicht war der Verwundete nicht allzu schwer verletzt und die anderen hatten sich zu Fuss auf die Verfolgung von Suzanne, Bilal und Djuma gemacht oder ein vorbeifahrendes Fahrzeug beschlagnahmt.

Der Hubschrauber setzte auf und der Mann lief an Egils Seite. »Ist es sicher, abzuschalten?«, fragte Egil.

»Ja, es ist sicher«, rief ihm der Mann über den Lärm des Motors hinweg zu. »Hallo«, rief der Mann der Pilotin zu. Sie blickte zu ihm hinüber.

»Ich bin für dieses Flugzeug verantwortlich«, erklärte Egil hastig. »Ich bin Hauptmann Swanepoel von der südafrikanischen Polizei.« Er wollte nicht, dass der Mann und die Frau miteinander sprachen.

* * *

»Ja und ich bin Nelson Mandela«, rief Mike Dunn zurück. Er sah die kurze Verwirrung und schliesslich die Erkenntnis im Gesicht des Mannes aufdämmern. Nia hatte ihn so gut wie ignoriert und er hatte es bewusst vermieden, ihren Namen zu nennen.

Mike erkannte den Mann auf dem Beifahrersitz sofort. Es war derselbe, der auf dem Mona-Markt gewesen war, als das angebliche Geschäft mit dem Nashorn-Horn schiefging. Das Wiedererkennen beruhte auf Gegenseitigkeit.

Mike hatte Jed nicht mehr als ein paar Sekunden verschafft. Aus den Augenwinkeln heraus nahm er im Gras unterhalb des Hubschraubers Bewegungen wahr. Mikes Herz hatte, genau wie das von Jed, einen Moment ausgesetzt, als es aussah, als würde Nia direkt über der kleinen Senke landen, in der Jed sich versteckt hielt. Mike hatte eilig Staub und tote Äste über ihn gescharrt.

Jetzt war Jed auf den Beinen und ging in die Hocke.

Der weisshaarige Mann zog seine Waffenhand aus der Jacke und richtete die Pistole auf Mike. »Nicht bewegen. Wo ist der andere Mann?«

Nia sah Mike mit grossen Augen an, aber Mike schüttelte nur leicht den Kopf.

Jed stand ausserhalb der Sichtweite des weisshaarigen Mannes auf, hob seine MP5 und schoss zwei gezielte Schüsse in die Aussenhaut des Hubschraubers. Aufgrund seiner Position durchschlugen die Kugeln zuerst den Aluminiumrumpf, dann die Rückenlehne des Copilotensitzes. Der Körper des Weisshaarigen wurde nach vorn in den Sicherheitsgurt geschleudert.

Nia, erschrak durch die Schüsse, hob instinktiv die Steuerung an und der Hubschrauber schoss nach oben. Mike winkte ihr zu, den Hubschrauber wieder abzusetzen.

Jed warf Mike seine Pistole zu und Mike fing sie auf. Die beiden Männer schirmten ihre Augen gegen die Sonne ab. »Sie haben ihn erwischt, ich habe gesehen, dass er zwei Treffer erhalten hat«, sagte Mike.

Jed nickte. »Warum bringt die Pilotin den Hubschrauber nicht runter?«

»Ich weiss es nicht, sie hat mich gesehen«, sagte Mike. »Sie weiss, dass es hier unten sicher ist.«

Die R44 begann, niedrig zu kreisen und als die Beifahrerseite wieder in Sichtweite kam, sahen Mike und Jed den Arm, der aus der offenen Tür ragte. Der Mann begann auf sie zu schiessen.

»Verdammt«, sagte Jed, während sie beide versuchten, unter den Hubschrauber und aus dem Blickfeld des Bewaffneten zu gelangen. »Er muss eine Schutzweste tragen.«

»Sie können nicht auf ihn schiessen, damit würden Sie Nia gefährden.«

»Nun, wenn wir ihn nicht kriegen, ist sie eh bald tot.«

* * *

Allein das Abfeuern seiner Pistole schien ihrem Passagier und Entführer Schmerzen zu bereiten, erkannte Nia. Er war eindeutig von einer, vielleicht von zwei Kugeln getroffen worden, aber sie konnte kein Blut auf seiner Brust oder sonst wo sehen. Sein Atem kam in rasselnden, schmerzhaften Zügen.

»Wieder zurück«, hustete der Mann.

Nia sah die beiden Männer unten. Sie wollte den Hubschrauber auf keinen Fall in eine Position bringen, die diesem Verrückten eine Chance verschaffte, Mike oder den anderen zu töten. Sie dachte daran, was der Mann über Selbstmord zu ihr gesagt hatte.

Der Mann untersuchte sich selbst. Er versuchte, seine Hände hinter den Rücken zu führen, weil er noch angeschnallt war, konnte er aber nicht dorthin gelangen, wo er wollte. Er schnallte das Trägergeschirr ab und versuchte erneut, seine Hand zur Mitte seines Rückens hinzubewegen.

Nia sah ihre Chance. Der Mann war für einen Moment abgelenkt und die Tür auf seiner Seite noch offen. Sie war sich sicher, dass er sie erschiessen würde, wenn sie nicht tat, was er verlangte. Bestimmt würde er sie, bevor er verblutete, irgendwo landen lassen. Sie wandte sich von Mike und seinem Kumpanen ab.

Der Mann hörte auf, hinter seinem Rücken zu fummeln und sah sie an. »Hey, was machst du da?«

»Ich töte Sie.«

* * *

»Was zum Teufel macht sie da?«, fragte Jed.

Mike stand neben dem CIA-Mann im Freien, von wo Sie beobachteten, wie Nia von ihnen wegflog.

Der Hubschrauber stieg auf etwa hundert Meter über dem Boden, wo er in eine enge Linkskurve überging. Mike sah, dass auf der Beifahrerseite die Tür offenstand und ein Mann verzweifelt versuchte, sie zu schliessen. Als nächstes änderte sich der Ton des Triebwerks und ging, als Nia wegflog, in ein leises Brummen über.

»Sie hat die Energiezufuhr unterbrochen.«, sagte Jed.

»Warum zum Teufel?«

Die Nase des Hubschraubers hob sich ein wenig, dann drehte Nia hart nach rechts. Von unten sahen sie den Mann, der durch die Zentrifugalkraft der Drehung nach aussen geschleudert worden war und sich an den Türrahmen klammerte. Die Rotorblätter des Hubschraubers heulten in einem Crescendo und er begann zu sinken.

»Sie macht eine automatische Drehung – so stürzt sie absichtlich ab«, stellte Jed fest.

Mike schirmte seine Augen ab. »Nein!«

Als der Hubschrauber sich dem Boden näherte, hob sich seine Nase steil nach oben und für Mike sah es aus, als schlage der Heckrotor gleich in die Erde ein. Doch kurz vor dem Aufprall schaffte Nia es, den Fall, der wie ein furchterregender Absturz aussah, aufzufangen. Die protestierenden Rotorblätter wurden nun langsamer und bogen sich nach oben.

Mike rannte zum Hubschrauber, sobald dieser auf den Boden aufschlug und auf den Kufen vorwärts zu rutschen begann. Als sich die Spitze einer der Kufen in den Boden grub, begann die Maschine zu kippen. Die Rotorblätter hackten ins Gras, was dabei half, die Vorwärtsbewegung zu verlangsamen. Das Heck des Hubschraubers sackte ab, aber gerade als Mike dachte, er richte sich vielleicht wieder auf, rollte er heftig nach links. Als er sich der Absturzstelle näherte, beobachtete er, dass der Mann, als der Helikopter hart auf der Seite aufschlug, aus der offenen Tür geschleudert wurde und in einer Staubwolke verschwand.

Etwa zwanzig Meter vom Ort des Aufpralls entfernt erhob sich der Hellhaarige aus dem langen Gras und taumelte von ihnen weg, tiefer in den Busch.

Jed feuerte auf den Mann, doch dieser befand sich an der äussersten Reichweite der kurzläufigen MP5 und konnte sich bereits in den Bäumen verstecken.

Während Jed ins Dornengestrüpp stürmte, in dem Paulsen verschwunden war, rannte Mike zum abgestürzten Hubschrauber. Er machte sich auf das Schlimmste gefasst, was er vorfinden könnte. Der Motor rauchte und als er näherkam, sah er Nia regungslos im Sicherheitsgurt hängen.

»Nia? Hörst du mich?« Er erhielt keine Antwort.

Mike riss ein Stück zerbrochenes Plexiglas weg und kämpfte sich umständlich ins enge Cockpit. Er fand den Auslöser für Nias Sicherheitsgurt, betätigte ihn und sie fiel in seine Arme. Er roch Treibstoff und hörte das Brutzeln des heissen Motors. Er befreite sich aus dem Wirrwarr und rannte, die bewusstlose Pilotin auf seinen Armen, vom Wrack weg. Er hörte ein Zischen und Klopfen, dann explodierten die Treibstofftanks des Hubschraubers. Er wurde von einer Wand aus sengender Luft nach vorn geworfen und fiel auf die Knie. Nias Sturz wurde durch das lange trockene Gras abgefedert.

Er wiegte ihren Kopf in seinem Schoss, wischte das klebrige Blut aus ihrem Gesicht und sah schliesslich eine Schnittwunde auf ihrer Stirn. »Nia? Nia!«

Sie bewegte ihren Kopf, blinzelte und versuchte, sich auf ihn zu konzentrieren.

»Bist du in Ordnung?«, erkundigte er sich.

Sie zuckte zusammen. »In Ordnung? Was denkst du? Es schmerzt, wenn ich einatme, vielleicht habe ich eine Rippe gebrochen. Aber ich werde es überleben. Geschieht mir recht, wenn ich mit meinem eigenen Hubschrauber abstürze.«

»Es ist ein verdammtes Wunder, dass du noch am Leben bist, Nia«, sagte Mike. Er spürte Wut in sich aufsteigen. »Was hast du dir denn dabei gedacht?«

Sie runzelte die Stirn. »Ich dachte daran, dein verdammtes Leben zu retten, Mike. Der Kerl an Bord wollte, dass ich herumdrehe, damit er dich erschiessen kann.«

Mike war immer noch wütend. »Du hättest dich fast umgebracht.«

»Nun, er wollte mich sowieso erschiessen, also hatte ich die Wahl. Es war meine Entscheidung und ich habe sie verdammt noch mal getroffen.«

Beide blickten auf, als ein Fahrzeugmotor ansprang und aufjaulte.

»Er entkommt!«, rief Jed.

»Bleib unten«, befahl Mike Nia und war froh, dass sie zu benommen war, um sich zu widersetzen. Mike stand auf und sah einen schnittigen, neuen schwarzen BMW hundert Meter weiter aus den Bäumen auftauchen und über den gerodeten Grünstreifen auf die Teerstrasse rasen. Jed kam mit erhobener Waffe herausgerannt. Er feuerte eine lange Salve auf das Auto.

Mike zielte ebenfalls auf das Fahrzeug, aber der weisshaarige Mann hielt das Gaspedal durchgedrückt und verschwand um eine Kurve.

»Scheisse.« Jed senkte seine MP5 und kam zu Mike hinüber. »Wir kommen einfach nicht weiter.«

»Dieser Mistkerl«, fluchte Mike keuchend. »Ich habe ihn gestern auf dem Markt gesehen. Er handelt mit Nashorn-Horn.«

Jed nickte. »Das ist nur ein Teil der Geschichte. Sein Name ist Egil Paulsen und er ist in Südafrika geboren. Er hat als ausländischer Kämpfer in Syrien für den IS gekämpft. Jetzt leitet er eine Zelle, die sowohl in Mosambik wie auch hier agiert. Er steht in Verbindung mit Suzanne Fessey, die auch zu ihnen gehört.«

Nia hatte es geschafft aufzustehen und kam, sich die Seite haltend, zu ihnen. Mike nahm sein Handy heraus und suchte in seinen Kontakten nach dem für diesen Bezirk verantwortlichen Parkaufseher. Er versuchte anzurufen. »Kein Empfang.«

Jed ging weg und atmete tief durch, um seine Wut zu kontrollieren, während Nia sich auf Mikes Drängen hin ins Gras sinken liess, um sich zu erholen. Mike sah zu, wie Jed zum immer noch brennenden Wrack des Sea Hawk zurückging, wo sich Franklin Washington zu ihrer Erleichterung auf die Knie wuchtete und schliesslich erhob, als Jed auf ihn zukam. Die beiden Amerikaner umarmten sich.

Die Überlebenden zogen Bilanz über ihre Verletzten und Verluste, dann analysierten sie ihre Situation und überlegten sich die nächsten Schritte. Mike schlug vor, zu Fuss zum Nyalazi-Tor zu gehen, wobei er und Jed den groggy wirkenden Franklin, der immerhin wieder bei Bewusstsein war, stützten und zwischen sich mitschleppten. Nach fünfzehn Minuten langsamen Vorankommens hörte Mike einen Fahrzeugmotor, drehte sich nervös um und hielt seine Waffe hoch. Er hielt sie auf den weissen Pick-up gerichtet, bis dieser nahe genug war, dass sie mit Erleichterung feststellten, dass es sich um ein offizielles Nationalpark-Fahrzeug handelte, auf dessen Ladefläche vier bewaffnete Ranger sassen.

Während Franklin sich hinlegte, gingen Jed und Mike zu dem Fahrzeug, wobei Jed seine Waffe sicherheitshalber über den Kopf hielt. Mike kannte den Ranger, der das Fahrzeug steuerte und sprach auf Zulu mit ihm. Die Männer hinten im Auto waren zunächst auf der Hut, was angesichts der Verwüstung, die sie angetroffen hatten, verständlich war. Schliesslich liessen sie ihre Waffen sinken.

»Was für ein Schlamassel!«, seufzte der Ranger am Steuer.

»Wenn ein schwarzer BMW beim Nyalazi Gate eintrifft, sollen ihn eure Kollegen anhalten. Sein Fahrer ist bewaffnet und extrem gefährlich«, wies Mike den Mann ohne Vorrede an.

Der Ranger nickte und gab das Gehörte durch sein Funkgerät weiter.

»Lasst uns zum Tor fahren und von dort die Polizei anrufen«, schlug der Ranger ihnen vor, nachdem er das Funkgerät ausgeschaltet hatte.

»Einverstanden«, stimmte Jed zu. Nia, Jed und Mike stiegen auf die Ladefläche des Pick-ups und halfen Franklin, hineinzuklettern und sich hinzulegen. Während die bewaffneten Ranger um sie herum sassen, standen Mike und Jed, lehnten sich nach vorn übers Fahrzeugdach und hielten ihre Waffen bereit. Der Fahrer beschleunigte die Strasse hinunter. Hinter ihnen in der Ferne schlängelte sich noch immer eine Rauchsäule von den brennenden Überresten des Sea Hawk in den Himmel.

Mike stellte Nia, Jed und Franklin vor und erklärte, dass Sergeant Munro in Wirklichkeit Suzanne Fessey sei.

»Dann sind sie und diese anderen Leute also diejenigen, die Ihre Botschafterin getötet haben?«, fragte Nia Jed.

Jed schaute zu Mike und dann wieder zu Nia. »Jetzt ist es sinnlos, sich zu zieren. Ja, wir glauben, dass der Ehemann von Suzanne Fessey der Selbstmordattentäter war, der sich und die Botschafterin in die Luft gejagt hat. Egil Paulsen, der mit Ihnen im Hubschrauber sass, leitet eine Zelle in Mosambik, die mit Fessey und ihrem verstorbenen Mann zusammenarbeitet oder ihnen vielleicht sogar unterstellt ist. Franklin hier hat sie aufgespürt – ich war nur zufällig in unserer Botschaft in Pretoria, als dort alles in die Luft flog. Ich bin also nur teilweise auf dem Laufenden, aber Franklin hier weiss mehr.« Sie sahen alle zu ihm.

Franklin zuckte zusammen und hielt sich die Rippen. »Das war gut zusammengefasst. Fessey und Paulsen mit seinen Leuten betreiben ein Nebengeschäft mit Nashorn-Horn, um ihre radikale Sache zu finanzieren. Sie sind so etwas wie eine IS-Splittergruppe.

Damit wissen Sie alles, was Sie über sie wissen müssen: Sie sind gefährlich, sie sind auf der Flucht und Suzanne will ihr Baby zurück.

»Warum?«, erkundigte sich Mike.

»Weil sie seine Mutter ist«, erwiderte Franklin.

Mike sah zu Jed, der mit den Schultern zuckte. Entweder wusste er selbst nicht mehr, oder er durfte es nicht sagen. So sehr sich Mike auch für Jed erwärmte, so wenig Vertrauen hatte er in die CIA und die Regierung der Vereinigten Staaten. »Wo sind das Marine Corps, Die SEAL-Teams, die Armee und die Luftwaffe?«

»Wir sind sie«, sagte Jed. »Südafrika will keine US-Invasion, also verlassen wir uns jetzt auf Ihre Polizei und auf uns selbst.«

Jed drehte sich um und blickte zurück, wobei sein dichtes blondes Haar im Wind des rasenden Toyotas flatterte. Er kniff sich mit Daumen und Zeigefinger in den Nasenrücken, dann holte er tief Luft, um sich zu beruhigen. Er drehte sich wieder nach vorne und holte sein Handy heraus. Mike warf einen Blick auf das Display und sah, dass sie wieder ein Signal empfingen. Jed begann sofort zu telefonieren.

Die Vereinigten Staaten von Amerika waren in Südafrika gedemütigt worden. Eine hochrangige Diplomatin war umgebracht worden und die Verantwortlichen hinterliessen in Zululand eine Spur von Leichen. Jed und seine Landsleute waren dieses Mal überflügelt worden, doch beim Anblick des steinernen Gesichts und der kalten blauen Augen des CIA-Mannes hatte Mike das Gefühl, die Terroristen hätten den Fehler begangen, einen schlafenden Löwen zu wecken.

Die Bestie war dabei, zu erwachen, doch die Vereinigten Staaten waren in der Vergangenheit bereits von Guerillakämpfern und Terroristen besiegt worden.

Der Ranger im Fahrerhaus lehnte sich aus dem Beifahrerfenster und rief Jed zu. »Neuigkeiten vom Tor. Aber die sind nicht gut.«

»Was denn?«, fragte Jed.

»Paulsen war gerade am Tor. Er durchbrach eine Absperrung und schoss. Eine Rangerin wurde getroffen, aber immerhin klingt es, als wäre es nicht allzu ernst. Sie haben die Polizei gerufen, die es aber nicht mehr rechtzeitig geschafft hat.«

»Scheisse.«

Mike wusste, dass, was auch immer als Nächstes passierte, es eine gute Idee war, sich und andere Unbeteiligte, wie Nia, aus dem Geschehen herauszuhalten. Er war erleichtert, dass Nia noch lebte und den waghalsigen, aber mutigen Stunt, den sie mit ihrem Hubschrauber gezeigt hatte, überlebt hatte.

Doch als er die Strasse und den Horizont vor ihnen absuchte, dachte er an den jungen Zulu, das Mädchen und das Baby, die ebenfalls in diesen Krieg hineingezogen worden waren. Konnte er die Jugendlichen und das Kleinkind wirklich den Schakalen überlassen, die hinter ihnen her waren?

Er wollte daran glauben, dass Jed, Franklin und der südafrikanische Polizeidienst die Terroristen besiegen und die Kinder lebendig retten konnten. Themba hatte versucht, die Amerikaner vor dem drohenden Raketenangriff auf den Hubschrauber zu warnen. Ausserdem hatte er auf die Pseudopolizisten geschossen, doch der Bordschütze des Sea Hawk hatte trotzdem das Feuer auf ihn eröffnet. Um das Baby zurückzubekommen, würden dieser Paulsen und die anderen Themba und das Mädchen töten.

Mike wäre am liebsten weggegangen. Er war überzeugt, dies wäre auch das Beste, doch hatte er den schrecklichen Verdacht, dass dann noch mehr Unschuldige sterben würden. Er wusste von allen am besten über diesen Teil Afrikas Bescheid und kannte die Parks, in denen Themba wahrscheinlich weiterhin Zuflucht suchte, ebenso gut wie jeder Ranger.

Er dachte an die blutgetränkte Erde unter der Leiche eines anderen Jungen vor langer Zeit und wusste, dass er sich nicht abwenden konnte.

18

Themba und Lerato hatten es sich im von Kugeln durchlöcherten Wohnwagen so bequem wie möglich gemacht. Der Wind blies durch das zerbrochene Heckfenster, aber die Teenager sassen nahe beieinander auf dem Doppelbett, das Baby zwischen sich, das endlich wieder schlief.

Lerato stützte die Ellbogen auf die Knie, den Kopf hatte sie in die Hände gelegt. Sie blickte mit vom Weinen roten Augen auf. Sie hatten im Wohnwagen sowohl eine Steckdose wie auch ein Ladekabel gefunden. Doch obwohl Leratos Telefon jetzt funktionierte, konnte sie ihren Vater nicht erreichen. Ihre Anrufe landeten immer auf der Mailbox. »Themba, ich weiss nicht, wem ich jetzt noch vertrauen kann.«

Themba ging es genauso. Seine Genugtuung darüber, dass der Wagen, der sie verfolgte, mit verbranntem Motor zum Stillstand kam, war nur von kurzer Dauer. Er wusste, dass die Leute, die sie verfolgten, nicht lange brauchten, um sich einen Ersatzwagen zu besorgen.

»Wir müssen uns bei der nächsten Gelegenheit stellen«, sagte sie.

Er sackte nach vorn. »Ich verstehe, was du meinst«, antwortete Themba und fragte sich, ob er diesen Tag in einer Polizeizelle beenden würde.

Lerato streichelte das flaumige Haar des Babys. »Ich frage mich, was dann mit ihm geschieht.«

Themba zuckte mit den Schultern. »Wir wissen nicht, ob diese Leute sowohl hinter dem Jungen wie auch hinter dem Horn des Nashorns her sind. »So wie sie auf uns geschossen haben, schien es fast, als sei es ihnen egal, ob sie ihn dabei töten.«

Lerato blickte zu ihm. »Themba, wirf das Nashornhorn aus dem Wohnwagen. Du willst doch bestimmt nicht der Polizei oder den Nationalparkbehörden erklären müssen, wie du zu ihm gekommen bist.«

Es war eine verlockende Idee. Es würde ihm schon schwer genug fallen, zu erklären, wie er wieder mit Joseph in Kontakt gekommen war und warum er eine AK-47 trug, ganz zu schweigen davon, dass er Nashorn-Horn im Wert von Millionen von Rands gefunden hatte und es danach einfach mitgenommen hatte. »Ich kann es nicht einfach wegwerfen. Es ist das Beweismittel für ein Verbrechen«, sagte er heftig.

»Ja, aber es ist kein Verbrechen, das du begangen hast. Wenn man dir jedoch den Schmuggel von Nashorn-Horn anhängt, könntest du deswegen für sehr lange Zeit ins Gefängnis wandern.«

Themba wurde wieder wütend. Er schlug gegen die Aluminium-wand des Wohnwagens. »Ich habe nichts falsch gemacht!«

Lerato legte ihm eine Hand auf den Arm. »Ich weiss das und du weisst das und ich werde der Polizei sagen, dass du nichts Unrechtes getan hast, aber deine Vergangenheit erregt Verdacht. Es wird nicht einfach.«

Ihre Berührung beruhigte ihn. »Manchmal habe ich das Gefühl, dass ich meiner Geschichte nie entkomme, egal wie sehr ich mich anstrenge.«

»Du hast schon viel getan, um dein Leben zu ändern, Themba. Dein Freund, der Geiermann, wird für dich sprechen.«

Themba dachte an Mike. »Kann ich dein Telefon benutzen, um ihn anzurufen?«

»Natürlich.«

Themba spürte, dass der Wohnwagen eine steile Steigung hinauffuhr und spähte erneut aus dem zerbrochenen Fenster.

»Wir sind da, im Hilltop Camp. Nimm das Baby und mach dich zum Absprung bereit. Ich rufe Mike an, wenn wir in Sicherheit sind.«

Themba schulterte ihr Gepäck und öffnete die Tür des Wohnwagens. Sie kamen auf dem Parkplatz von Hilltop, dem grössten Camp im Hluhluwe-Wildtierreservat, langsam zum Stehen.

»Schnell«, sagte er und sprang ab, bevor der Geländewagen zum Stehen kam. Themba wusste, dass sie wegmussten, bevor die Pensionäre aus dem Fahrzeug stiegen, sie entdeckten und Alarm schlugen. Wenn sie sich selbst stellen wollten, konnten sie nicht riskieren, von einem aufgeregten alten Paar verfolgt zu werden.

Themba ging zur Tür des Wohnwagens und hob die Arme. »Gib mir den Kleinen«, sagte er leise.

Als der Wohnwagen zum Stehen kam, reichte ihm Lerato das Kind und sprang ebenfalls hinunter. Sie folgte Themba, als er um ein offenes Land Cruiser-Wildbeobachtungsfahrzeug herumhuschte, das neben ihnen geparkt war. Sie kauerten sich hinter das Safari-Fahrzeug, während das ältere Ehepaar aus dem Zugfahrzeug stieg.

»Ich gehe auf die Toilette«, sagte die Frau.

»Gut, aber beeil dich«, sagte ihr Mann. Er holte sein Mobiltelefon heraus und wählte eine Nummer. »Hallo, Polizei? Ja, ich möchte ein schreckliches Verbrechen melden.«

Aus dem Inneren des offenen Fahrzeugs, hinter dem sie sich versteckt hielten, zischte und knisterte ein Funkgerät vor sich hin. »Greg, hier ist Dirk, over«, sagte eine Stimme aus dem blechernen Lautsprecher irgendwo im Land Cruiser.

»Hallo, Dirk«, sagte die andere Stimme. »Was ist nur heute in deinem Teil des Parks los?«

Lerato wollte aufstehen und weggehen, doch Themba legte ihr eine Hand auf den Arm. Der Wohnwagenbesitzer erzählte der Polizei vom abgestürzten Hubschrauber und den Personen, von denen sie verfolgt wurden, während die beiden Safari-Führer ihr Funkgespräch fortsetzten.

»Ja, Greg, hier ist es chaotisch. Wir haben gerade ein holländisches Touristenpaar mitten im Busch aufgelesen. Sie sagten, eine verrückte Polizistin, die mit ein paar zivilen Detektiven zu Fuss unterwegs gewesen sei, habe gerade ihr Fahrzeug beschlagnahmt. Sie seien jetzt auf dem Weg zum Hilltop-Camp, wohin sie ein paar Typen nachjagen.«

»Hey, das ist ein Witz, oder?«

»Nein, Tatsache! Es klingt, als seien diese Cops verrückt. Ich weiss nicht, ob sie echt sind. Ich habe Hilltop angefunkt und sie gebeten, sie zu kontrollieren, wenn sie dort ankommen – sie sind in einem blauen Polo unterwegs.«

Lerato packte ihn wieder am Arm und flüsterte aufgeregt: »Themba, lass uns gehen, finden bestimmt jemanden, der sich um uns kümmert.«

Themba spähte um den Land Cruiser herum. Er hatte die AK-47 absichtlich im Wohnwagen gelassen, da er nicht mit einer Waffe im Hilltop Camp herumspazieren konnte. Doch jetzt fühlte er sich ohne das Gewehr nackt und verletzlich. »Du hast den Funk gehört – diese Frau und die Männer haben ein anderes Auto. Sie sind hinter uns her.«

Themba öffnete seinen Rucksack und nahm das Fernglas heraus, das er im gestohlenen Fortuner gefunden hatte. Er richtete sich auf und begann, um das Fahrzeug herum zu gehen, um nicht gesehen zu werden.

»Themba, komm wir suchen jemanden, bei dem wir uns stellen können.«

»Warte, zuerst muss ich ins Tal schauen, um zu sehen, ob es sicher ist.«

»Warum?«

»Du hast gesehen, wozu diese Leute fähig sind, Lerato. Sie werden das Camp in die Luft jagen und so lange auf Menschen schiessen, bis sie uns haben. Ich will nicht noch mehr Blut an meinen Händen. Wir müssen von ihnen weg.«

Lerato seufzte, aber Themba rannte in Richtung des Empfangsgebäudes los. Er fand eine Stelle, von der aus er die Zufahrt zum Hilltop Camp gut überblicken konnte, nahm das Fernglas und scannte von rechts nach links, wie Mike es ihm beigebracht hatte. ›Es ist besser, mit dem Fernglas nicht in dieselbe Richtung zu schwenken, in der man ein Buch liest‹, hatte Mike erklärt. ›sondern auf die entgegengesetzte Seite. So kann man sich besser konzentrieren und nimmt kleine Details auf, die man sonst vielleicht übersehen würde.‹

Lerato war hinter ihm. Plötzlich stiess sie einen kurzen, spitzen Schrei aus.

Themba drehte sich mit klopfendem Herzen um, sah aber, dass sie nur von einem Samango-Affen erschreckt worden war. Der freche, blaugraue Primat hob seine buschigen Augenbrauen auf und ab. Themba ging zurück, um nachzusehen.

Er war verwirrt und hätte sich gern in ein schützendes, sicheres Umfeld zurückgezogen. Möglicherweise waren es das aus seiner Vergangenheit und seinem bisherigen Leben Gelernte, das ihn erkennen liess, dass man sich manchmal auf sich selbst und auf die eigenen Instinkte verlassen musste. Er sah die sanften Hügel des früheren Jagdgebiets des Zulu-Königs wie eine zerknitterte grüne und khakifarbene Bettdecke vor sich, die lässig über das Bett eines Riesen geworfen worden war. Hier war sein Volk hergekommen und hierher würde er zurückkehren. Sie brauchten mehr Zeit, um ihre Verfolger abzuhängen! Themba wusste, dass ihnen das nur gelingen konnte, wenn sie im Busch blieben und erst herauskämen, wenn er dazu bereit war und irgendwo, wo Mike ihn als Erster finden würde. Mike würde verstehen, was niemand sonst begreifen würde: Dass Themba nichts falsch gemacht hatte.

Dann sah Themba eine Bewegung auf der Strasse und richtete das Fernglas neu aus. Es war ein blaues Auto. Es schlängelte sich die gewundene Strasse auf den Hügel hinauf in Richtung des Camps, hielt aber etwa einen halben Kilometer davor an.

Jemand stieg aus dem Auto, was gegen die Parkregeln verstiess. Themba sah das Blau der Uniform und das kurze Aufblitzen blonden Haares. Einer der Männer stieg ebenfalls aus und die beiden marschierten bergauf los, parallel zur Strasse.

Sie bewegten sich wie Soldaten, die auf den Feind zustürmen. Eine Person blieb an Ort und Stelle und gab Deckung, während die andere nach vorne rannte. Es sah genauso aus, wie Mike ihm beigebracht hatte, sich auf Anti-Wilderer-Patrouillen zu bewegen. Die beiden wussten, was sie taten.

Themba war sich sicher, dass, egal was er tat, ihre Verfolger erst aufhörten, wenn er, Lerato und das Baby tot oder in ihrem Gewahrsam waren. Sie hatten sie in die Enge getrieben und es blieb keine Zeit, die Behörden zu alarmieren.

»Was ist los?«, fragte Lerato.

»Sie ist auf dem Weg zu uns. Sie lassen ihr neues Auto stehen, um keinen Verdacht zu erregen, falls die Ranger hier benachrichtigt worden sind. Die Frau und einer der Männer kommen zuerst, zu Fuss, um nach uns zu suchen.«

Hinter ihnen, auf dem Parkplatz, sass das ältere Ehepaar wieder in seinem Discovery und hatte den Motor angelassen. Themba sah Lerato an.

Sie schüttelte energisch den Kopf. »Nein!« »Doch, es ist unsere einzige Chance.«

»Nein, Themba, unsere einzige Chance ist, hier auf meinen Vater zu warten, bis er uns abholt. Er muss mich bald zurückrufen.«

Themba schaute auf seine billige Armbanduhr. »Er hätte schon vor zwei Stunden hier sein müssen. Ich weiss, wie sehr er sich um dich kümmert und sich Sorgen um dich macht. Glaubst du, er wäre so spät gekommen, wenn es nicht ein wirkliches Problem gäbe? Lerato, wir müssen weiter. Wenn diese Leute dich finden, töten sie dich.«

Sie blickte zurück zum Discovery, der mit dem durchlöcherten Wohnwagen im Schlepptau aus dem Parkplatz und auf das Tor zu rollte. Er hielt an einer Kreuzung mit einem Stoppschild, etwa fünfzig Meter vor ihnen.

»Ich gehe«, sagte er, hielt aber inne.

»Ich nicht.«

Themba schaute zum Fahrzeug. Das Paar hatte angehalten und blätterte in einem Kartenbuch.

»Beeil dich, sie schauen nicht hin.«

Er flitzte über die Strasse und behielt die Aussenspiegelverlängerungen des Geländewagens im Auge, falls die Frau auf dem Beifahrersitz sie sehen sollte. Er öffnete die immer noch unverschlossene Tür des Wohnwagens. Das musste so sein, dachte er.

Verzweifelt nickte Themba mit dem Kopf und winkte ihr. Sie blickte wieder hinunter ins Tal und Themba folgte ihrem Blick. Eine Kurve auf der Strasse schirmte sie ab, aber Themba wusste, dass es nicht lange dauern würde, bis ihre Verfolger sie entdeckten.

Lerato schien noch einen Moment zu zögern, dann holte sie tief Luft und rannte, das Kind fest an ihre Brust gepresst, los. Erleichtert half Themba ihr hoch und in den Wohnwagen. Sie waren wieder unterwegs. Auf der Flucht.

19

Nia hatte sich selbst aus dem Netcare-Krankenhaus in Umhlanga Rocks Drive entlassen und Banger angerufen.

»Howzit, du rufst Angus Greiner an. Ich bin damit beschäftigt, Bösewichte zu fangen oder Rugby zu schauen. Sag mir nach dem Ton, was du von mir willst.«

»Ich bin es, ich war im Krankenhaus. Eine lange Geschichte. Mir geht es recht gut, aber ich würde dich gerne sehen«, sagte sie und beendete den Anruf.

Sie war in einem Krankenwagen vom Park zurück nach Umhlanga gebracht worden, später hatte sie Banger bereits zwei Nachrichten hinterlassen, ohne ihm von dem Unfall zu erzählen. Sie wollte nicht, dass er ausflippte, hoffte aber verzweifelt darauf, dass er sie zurückrufe. Seit ihrem ersten Anruf waren Stunden vergangen.

Mit wachsender Wut wartete sie fünfzehn Minuten in ihrem blutverschmierten Pilotenoverall und mit einem Verband um den Kopf auf einer Parkbank. Sie versuchte es noch einmal bei Banger, aber als der Anruf erneut auf dem Beantworter landete, wählte sie stattdessen die Nummer ihres Arbeitskollegen John Buttenshaw.

»Nia, mein Gott, geht es dir gut?«, erkundigte sich John, sobald sie erwähnte, wo sie war. Sie sagte ihm, sie sei in Ordnung und er versprach, in zehn Minuten da zu sein.

John war in acht Minuten bei ihr und sie setzte sich mit schmerzendem Körper, in dem aber kein Knochen gebrochen war, auf den Beifahrersit seines verbeulten Ford Bantam Pick-up. Er war verbeult von dem Unfall, in den John am vorigen Morgen verwickelt gewesen war. Sie erzählte ihm von ihrem ereignisreichen Tag und John warf ihr ein Dutzend Fragen an den Kopf, von denen sie die meisten nicht beantworten konnte.

»Oh, « sagte als sie vom weisshaarigen Mann und den anderen Terroristen berichtete, »Banger wird die Kerle, die euch das angetan haben, verprügeln wollen«.

»Er nimmt im Moment nicht einmal meine Anrufe entgegen. Ist er wegen eines Auftrags unterwegs?«

»Wir hatten heute keine Einsätze«, sagte John, als er die kurze Strecke zu Nias Wohnblock fuhr. »Soll ich mit hochkommen? Ich könnte dir Tee oder Hühnersuppe kochen.«

»Danke, ich komme schon klar.« Sie beugte sich vor und gab ihm einen Kuss auf die Wange. »Danke, John, du bist ein echter Freund.«

»Es war mir ein Vergnügen. Ruf mich an, wenn du etwas brauchst. Es ist kein Problem.«

»Mache ich.«

Nia stieg aus und ging ins Gebäude. Sie fuhr mit dem Aufzug in ihr Stockwerk und fand den muffigen, salzigen Geruch des Teppichs zur Abwechslung nicht lästig, sondern beruhigend. Es war gut, zu Hause zu sein. So sehr sie sich auch um das Schicksal der vermissten Kinder und das allgemeine Chaos, das über ihr Heimatland hereingebrochen war, sorgte, so sehr wollte sie sich im Moment einfach hinlegen. Vielleicht noch einen Mojito trinken, wenn sie genügend Energie fand, einen zu mixen. Sonst wäre ein reiner Wodka besser.

Die Fahrstuhltüren öffneten sich und Nia ging zur Wohnungstür. Als sie ihren Schlüssel ins Schloss steckte, hörte sie ein Geräusch, als würde jemand schreien. Sie fragte sich, ob Banger zu Hause sei und den Fernseher eingeschaltet habe. Aber wenn er es war, warum hatte er nicht auf ihren Anruf geantwortet?

Nia öffnete die Tür und trat ein. Die Schiebetüren zum Balkon waren geöffnet und erfüllten das Wohnzimmer mit Sonnenlicht und einer milden, salzigen Brise vom Indischen Ozean. Bangers blaue Uniformhose und sein Pistolengürtel lagen auf dem Boden. Das war nicht ungewöhnlich, sie räumte immer wieder hinter ihm auf.

Doch dann hörte sie das Geräusch erneut.

Nia spürte, wie sich ihre Brust zusammenzog, lächelte aber, als ihr eine Erklärung in den Sinn kam. Sie ging zum Hauptschlafzimmer und hoffte, sie erwische ihn dabei, wie er mit eingeschaltetem Laptop im Bett sass und Pornos schaute. Als sie zur Tür kam, sah sie eine blitzende Bewegung. Es war ein Spiegelbild im Ganzkörperspiegel.

Das Glas widergab den Körper und das Gesicht einer dunkelhaarigen jungen Frau mit grossen Augen auf dem Bett ein. Sie federte auf dem nackten Banger auf und ab, nicht zu ihm sondern in Richtung des Spiegels gewandt. Er hatte seine Hände auf ihre Hüften gelegt, stiess zu und stöhnte. Die Frau schrie und sagte etwas in einer anderen Sprache als Englisch, vielleicht Italienisch.

»Was, Schätzchen?«, fragte Banger das Mädchen.

Nia machte einen Schritt über ein Hemd und betrat das Zimmer und als sie um die Frau spähte, sah ihr Freund sie im Spiegel. Die andere Frau sprang von ihm und vom Bett. Sie krabbelte auf dem Teppich herum und schnappte sich die Teile ihres Bikinis und ein Wickeltuch. Banger zog das Laken hoch. Nia verarbeitete die Szene und spürte, wie ihr eine Gänsehaut über den Körper lief und ihr Blut plötzlich eiskalt wurde.

»Raus hier!«

Er hielt ihr eine freie Hand hin. »Schätzchen, ich kann alles erklären. Es tut mir leid. Es bedeutet nichts.«

»Wage es nicht, mich noch einmal ›Schätzchen‹ zu nennen.«

Die andere Frau spuckte etwas auf Italienisch aus und Nia trat zur Seite, als sie an ihr vorbeiging und noch etwas murmelte, während sie sich das Bikinioberteil zuband. Dann hörte Nia die Tür hinter ihr zuschlagen.

»Nia ...«

»Halt die Klappe. Raus.«

»Nein, warte. Ich will das nicht, ich ... «

»Es ist mir egal, was du willst.« Sie drehte sich um und ging ins Wohnzimmer zurück, wo sie erst sein Hemd, dann die Hose und Unterhose aufhob. Sie ging auf den Balkon, spürte das Gewicht des Gürtels und dachte an die Passanten auf der Promenade entlang des Strandes von Umhlanga Rocks. Sie nahm seine Neun-Millimeter-Pistole aus dem Holster und steckte sie in eine der Reissverschlusstaschen ihres Anzugs.

»Nein«, hörte sie Banger hinter sich sagen, »sei vernünftig. Lass uns reden.«

Es gab nichts zu besprechen. Sie warf seine Kleider über das Geländer und sie flatterten beim Fallen.

Sie drehte sich um und ging an ihm vorbei ins Schlafzimmer. Dort öffnete sie die Schublade, die ihm gehörte, nahm seine restlichen Kleider auf die Arme und marschierte ins Wohnzimmer zurück.

»Seien Sie nicht dumm.« Er griff nach ihr.

»Fass mich nicht an, sonst rufe ich die Polizei!« Er wich vor ihr zurück und sie ging nach draussen und warf den Rest seiner Kleidung ins Nichts. »Raus!«, sagte sie erneut, ohne ihn anzusehen.

»Nia, bitte ...«

»Raus!«

Als sie hörte, wie die Tür geöffnet wurde, drehte sie sich um und sah, dass er sich ein Handtuch genommen hatte, um sich zu bedecken. Dann schloss er die Tür hinter sich.

Nia setzte sich auf die Couch und stützte ihren Kopf in die Hände. Sie fragte sich, ob Banger gestern auch mit dieser Schlampe Sex gehabt hatte, als sie ihn brauchte und ihn nicht erreichen konnte. Der Gedanke weckte Überlkeit in ihr. Das Telefon klingelte.

»Ja?«

»Nia, hallo, hier ist Mike Dunn. Wie geht es dir?«

Wie es mir geht? »Was willst du?« Sie merkte, dass sie unhöflich war, aber das war ihr egal.

»Ich wollte mich vergewissern, dass es dir gut geht.«

Nia schluckte schwer und spürte, wie ihre Unterlippe zu zittern begann. Sie war fast von einem Wahnsinnigen getötet worden und hatte ihren eigenen Hubschrauber zum Absturz gebracht, um ihren Passagier zu töten. Und Banger hatte in *ihrem* Bett eine andere Frau gevögelt.

»Ja.« Bist du noch im Krankenhaus? Ich mache mir Sorgen um dich.«

Sie spürte, wie ihr die Tränen in den Augen stachen und wischte sie weg. »Mir geht's... Es geht mir gut.«

»Du klingst nicht danach.«

Sie schniefte. *Verdammter Banger.* »Ich bin in Ordnung und aus dem Krankenhaus raus. Was passiert da oben im Park? Wurden die Kinder gefunden?«

»Nein. Das ist ein weiterer Grund, weshalb ich anrufe. Die Amerikaner sind eingetroffen und fliegen mit einem anderen Militärhubschrauber über das ganze Gebiet, um die Kinder und die Bösewichte zu finden, wissen aber nicht, wo sie suchen sollen. Es gab Berichte über Suzanne Fessey und zwei Männer, die zum Hilltop-Camp unterwegs waren, aber man hat sie nicht gefunden.«

Nia dachte darüber nach, nach Virginia zu fahren und sich für einen anderen Hubschrauber einzutragen. Dabei hatte sie noch gar nicht darüber nachgedacht, wie sie ihrem Chef erklären sollte, dass sie den Robinson absichtlich zum Absturz gebracht hatte. Ausserdem würde ihr anderer Hubschrauber in Bereitschaft sein, um Autos zu verfolgen oder einen Auftrag auszuführen. »Die Leute vom Park werden ihren Luftraum streng kontrollieren. Ausserdem würden mich die Amerikaner wohl einfach vom Himmel schiessen.«

»Ich habe nicht daran gedacht, dass du hierher fliegst.«

»Was dann?«

»Ich weiss nicht, an wen ich mich im Moment sonst noch wenden kann oder wen ich sonst noch schnell auf den neuesten Stand darüber bringen könnte, was hier oben vor sich geht.«

Nia fühlte sich durch den Schock, die Erschöpfung und die Schmerzmittel, die sie genommen hatte, lethargisch. Als sie sich jedoch in ihrer leeren Wohnung umsah, erkannte sie, dass sie überall anders lieber wäre als hier. »Was soll ich tun?«

»Jemand müsste meinen Land Rover von Suzanne Fesseys Haus abholen.«

Nia seufzte. »Ich weiss nicht.«

»Schon in Ordnung«, antwortete er schnell. »Ich werde jemand anderen finden. Ich kann mir vorstellen, dass dir alles wehtut.«

Seine Worte, die keineswegs unfreundlich gemeint waren, stachelten sie auf. »Nein verdammt noch mal, mir tut nicht alles weh.«

»Hey, tut mir leid.«

»Wo ist dein Fahrzeug?«

Er erklärte, wo Fesseys Haus lag, und Nia empfand Hass auf die Frau, diese Kriminelle oder Terroristin oder was auch immer sie war, die sie alle auf diesen tödlichen Kurs gebracht hatte. Vor ihrem geistigen Auge sah sie wieder den brennenden, verbogenen Kadaver des Sea Hawk und die toten Besatzungsmitglieder. Ihr Land befand sich praktisch im Kriegszustand, was sie wütend machte. Aber die Sorge um die zwei Jugendlichen mit dem Kleinkind war noch grösser. Sie wollte diese Sache genauso zu Ende bringen wie Mike.

»Als die Amerikaner mich zu ihrem Hubschrauber brachten, habe ich die Schlüssel im Auspuffrohr stecken lassen. Ausserdem wollen die Amerikaner – CIA, FBI, Secret Service oder wer auch immer sonst die Operation jetzt leitet – mit dir und deinem Freund, dem Sicherheitsmann, sprechen. Sie brauchen dich, damit du dir Verbrecherfotos von Terroristen ansiehst.«

»Ich weiss nicht, wo er ist.«

»Wie lautet denn seine Telefonnummer? Ich gebe sie weiter.«

Sie wollte nicht an Banger denken. »Ich hole deinen Wagen. Wir sehen uns in ein paar Stunden.« Sie beendete das Gespräch und ging hinaus.

* * *

THEMBA LEHNTE sich aus dem zerbrochenen Fenster des Wohnwagens und hielt nach Strassenschildern Ausschau. Der Discovery wurde langsamer und begann nach rechts abzubiegen. Themba sah an der Ecke eine Engen-Garage und einen Wimpy. Er lehnte sich zurück ins Innere. »Wir sind von der N2 nach Mkhuze abgebogen.«

»Glaubst du, sie bleiben in der Stadt?« fragte Lerato.

»Hier gibt es nicht viel«, antwortete er. »Sie sind alt, weiss und haben einen Wohnwagen. Ich denke, sie fahren ins Mkhuze-Wildtierreservat. Es ist eines der wenigen in dieser Gegend, die einen Campingplatz haben. Das zweite ist Ithala, doch dort liegt der Campingplatz am Ende einer unwegsamen Strasse, die Vierradantrieb erfordert.«

»Du kennst dich mit den Nationalparks gut aus.«

Er setzte sich aufs Bett und nahm das letzte Sandwich, das er unterwegs gemacht hatte, aus dem Kühlschrank des Wohnwagens. »Das sollte ja auch die Grundlage für mein Leben bilden.«

Sie streckte die Hand aus und legte sie auf seine. »So kann es immer noch werden.«

Er bezweifelte es, liess sich aber nicht auf eine Diskussion ein. »Danke, dass du mutig warst«, lobte er sie.

Sie zuckte mit den Schultern. »Ich fühle mich nicht mutig. Ich möchte einfach nur nach Hause und wissen, ob es meinem Vater gut geht. Es ist wirklich seltsam, dass er mich nicht zurückgerufen hat.« Lerato hatte noch mehrmals erfolglos versucht, ihren Vater zu erreichen.

Jetzt drückte er ihre Hand. »Ich werde dich sicher zu ihm zurückbringen. In den letzten paar Tagen war alles verrückt. Vielleicht ist er in eine Polizeisperre geraten oder so.«

»Können wir uns stellen, wenn wir in Mkhuze ankommen?«

»Das müssen wir. Bis dahin sind wir die Leute los, die uns folgen.« Themba hatte den ganzen Weg von Hilltop über aufgepasst und bis jetzt keine Spur von dem blauen Polo gesehen.

Sie nahm seine Hand wieder. »Gut, das freut mich.«

Der Wohnwagen schlingerte, als sie durch Kurven und über eine Reihe von Hügeln rollten. Von der Schotterpiste wirbelte Staub auf und drang durch das zerbrochene Fenster ein, sodass sie husten mussten. Lerato tat ihr Bestes, um das Gesicht des Kindes zu schützen. Es war später Nachmittag und ging bald in den frühen Abend über. Es wurde kalt, also band sie ihn sich wieder an den Bauch und zog die Fleecejacke, die sie aus dem Fortuner mitgenommen hatte, über den kleinen Körper. Sie schaute aus dem Fenster.

»Hier sehen die Häuser ärmlich aus.«

»Es gibt hier nicht viele Arbeitsplätze und ausserdem gibt es Probleme mit Leuten, die sich in den Nationalpark schleichen und Schlingen legen, um Wildtiere für Buschfleisch zu fangen. Sie sehen den Park als Einkommensquelle, die nur anderen dient, nämlich der Regierung und haben das Gefühl, sie selbst profitierten nicht genug davon, obwohl sie direkt daneben leben.«

»Woher weisst du das nur alles?«, staunte sie.

»Ich habe in meinem Kurs zum Nashornwächter davon gehört. Die Parkverwaltung versucht, zusätzliche Möglichkeiten zu finden, damit die Menschen vom Leben in der Umgebung von den Wildtieren profitieren können.«

»Und wie soll das möglich sein?«

»Bis das hier alles passiert ist, wollte ich es beweisen«, sagte er.

Plötzlich legte sich der Staub und die Strasse wurde glatter.

»Jetzt sind wir durch das Eingangstor gefahren und innerhalb des Parks«, erklärte Themba.

Leratos Augen weiteten sich. »Ernsthaft? Sie lassen die Strasse aussen als Schotterstrasse und teeren sie im Parkinneren? Kein Wunder, dass die Anwohner verärgert sind.«

»Ja. Wir werden bald zur Schranke kommen, wo die Leute Eintritt zahlen müssen und der Campingplatz ist gleich daneben. Wir müssen uns bereit machen, abzuhauen.«

»Warum stellen wir uns nicht gleich am Tor?«

Er musste zugeben, dass dies eine gute Frage war, aber irgendetwas in ihm war sich nicht sicher, ob er jetzt schon aufgeben sollte. Er dachte sich eine Antwort aus. »Es ist bestimmt nur eine untergeordnete Person dort, die nicht weiss, was sie mit uns machen soll. Dann müssten wir stundenlang dort warten, oder sässen sogar die ganze Nacht hier fest, ohne eine Möglichkeit, das Baby zu füttern oder zu wickeln und erst recht ohne einen Platz, wo wir schlafen können.«

»Dann werden wir uns auf dem Campingplatz melden, nicht wahr, Themba?«

»Ja. Lasst die Leute zuerst aussteigen und dann schleichen wir uns aus dem Wohnwagen und suchen uns in aller Ruhe jemanden. Dieses Paar hat heute schon zu viel durchgemacht.«

»Ja, aber wir auch!«

Sie warteten mit ihren Rucksäcken beim hinteren Fenster des Wagens, bereit, herauszuspringen, falls ein neugieriger Wachmann, der durch die Ereignisse des Tages alarmiert war, beschloss, das Innere zu kontrollieren. Nach ein paar Minuten waren sie jedoch ohne Probleme durch.

Als sie auf den Campingplatz fuhren, spürte Themba, wie sich Leratos Körper in der Dunkelheit an ihn drückte. Dort angekommen drehte das ältere Paar ein paar Runden über den Campingplatz, um einen guten Platz zum Bleiben zu finden. »Mach dich bereit«, flüsterte er.

»Aber wir stellen uns!«

»Nur für den Fall.«

Schliesslich hielt das Fahrzeug an. Von der Sonne war durch den Staub nur noch ein roter Schimmer am westlichen Himmel zu sehen – das Paar hatte es gerade noch geschafft, das Camp zur vorgegebenen Zeit zu erreichen.

Als das Auto anhielt, öffnete Themba die Tür des Wohnwagens. Er wollte nicht, dass das Paar sie sah. Wenn er sich selbst stellen würde, dann bei einem Beamten des Nationalparks. Er stieg aus und gab Lerato ein Zeichen, ihm zu folgen. In diesem Moment öffnete sich die Beifahrertür des Discovery und die ältere Frau stieg aus. Sie sagte etwas, das Themba nicht verstand, doch dann bemerkte er, dass sie in Richtung der Toilette gestikulierte. Sie ging ein paar Schritte weiter, drehte sich aber wieder um, weil ihr Mann ihr etwas zurief. Als sie ihren Kopf drehte, sah sie Themba und schrie auf.

Er hob die Hände. »Es ist alles in Ordnung.«

Die Frau sprang jedoch auf den Passagiersitz des Geländewagens zurück.

»Schnell«, sagte Themba zu Lerato, die zurücktrat.

Themba ging langsam auf das Auto zu, hörte aber, wie der Motor wieder ansprang. Die Hand der Frau erschien im Beifahrerfenster und in ihr befand sich eine kleinkalibrige Pistole. Sie hätte sie an der Schranke abgeben und in einer versiegelten Sicherheitstasche aufbewahren sollen, doch nach den Ereignissen des Tages wollte das Ehepaar seine Pistole wahrscheinlich griffbereit haben.

»Nein!«, schrie er.

Das Auto und der Wohnwagen fuhren gerade weg, als Leratos Füsse den Boden berührten. Ein Schuss krachte, als die Frau blindlings nach hinten schoss und Lerato schrie auf.

»Lauf!«, rief Themba. Er schob Lerato und das Baby vor sich her und rannte hinter ihnen her in Richtung der Baumgrenze am Rand des Lagers. Er hörte zwei weitere Schüsse hinter sich und spürte, wie eine Kugel an seinem linken Ohr vorbeizischte. Er verkrampfte sich beim Laufen, weil er auf den Einschlag wartete, und ein kleiner Teil seines Geistes fragte sich, wie das wohl wäre. Immerhin befand er sich zwischen der Frau mit der Waffe und Lerato.

Als sie die Bäume erreichten, hielt Themba inne. Der Beschuss hatte aufgehört und das Motorengeräusch des Fahrzeugs wurde leiser, als das Paar zurück zum Tor des Campingplatzes fuhr.

»Oh Gott, Themba, was sollen wir jetzt tun? Alle versuchen, uns umzubringen! Warum schoss sie auf uns?«

Themba rang nach Atem. »Denk daran, was sie heute gesehen und was sie durchgemacht haben. Es gab Leute, die auf sie schossen, genauso wie auf uns. Sie haben wohl gedacht, wir seien die gleichen Leute.«

Es war ausserhalb der Schulferien und der Campingplatz deshalb leer. Sie gingen herum und Lerato nahm das Baby mit in den Waschraum, wo sie es badete und so gut sie konnte wickelte.

Themba steckte den Kopf durch die Tür der Damentoilette. »Dusche, wenn du möchtest. Du kannst das Baby bei mir lassen.«

»Danke, ich glaube, das tue ich. Ich fühle mich furchtbar«, sagte

Lerato. Sie brachte das frisch gereinigte und nach Handseife duftende Kind und reichte es Themba.

Er sass auf der *stoep,* dem Vorplatz des Hauses und wartete, dass jemand kam. Wenn es eine Person gab, die für den Campingplatz verantwortlich war, schien diese nicht nach ihnen zu suchen. Vielleicht, überlegte er, war sie beim Knall der Schüsse weggelaufen oder hatte sich vom älteren Ehepaar mitnehmen lassen.

Themba hielt den Säugling und genoss seine Wärme an der Brust. Auch er musste sich waschen. Er fragte sich, wer wohl komme, die bewaffneten Parkranger oder die Polizei. Themba fröstelte. Wenn nur nicht die blonde Frau und ihre männlichen Komplizen zuerst auftauchten.

Mit dem Baby auf dem Arm ging er spazieren und fand eine Informationstafel mit einer hinter Glas aufgehängten Karte des Mkhuze-Wildtierreservats. Er war zwar einmal hier gewesen, kannte aber den Park nicht gut. Er setzte den Kleinen im Gras ab, sah sich nach einem Stein um und hob ihn hoch, als er einen fand. Seltsam, dachte er, wie er sich von dem ehemaligen Autodieb zu jemandem entwickelt hatte, der das Gefühl hatte, eine Todsünde zu begehen, wenn er ein Fenster einschlug, um eine Karte zu stehlen, die ihm und zwei Unschuldigen das Leben retten konnte. Er zerschmetterte das Glas und nahm die Karte heraus.

Mkhuze war die Heimat einiger gefährlicher Wildtierarten, unter anderem des verstohlenen Leoparden und des jähzornigen Spitzmaulnashorns. Der Busch war hier anders als dort, wo sie herkamen, im Hluhluwe-iMfolozi-Park. Dort gab es offenes Grasland, das von einem tiefen, dunklen, gefährlichen Flusstal durchzogen war, wogegen die rote Erde in Mkhuze dichtes Unterholz nährte. Das Spitzmaulnashorn liebte dieses Dornengestrüpp und der Leopard hatte genügend Bäume, auf die er nachts seine Beute schleppen und wo er tagsüber die kühle Brise geniessen konnte.

Während er den Jungen im Auge behielt, versuchte Themba, sich möglichst viel von der Karte einzuprägen. Die andere Besonderheit von Mkhuze war die Fülle an Tierbeobachtungsverstecken: Gut eingerichtete Aussichtspunkte mit Blick auf Wasserlöcher und den

See, die grosse ›Nsumo-Pfanne‹. Dies wären gute Plätze, um sich über Nacht zu verstecken, wo sie sicher, trocken und relativ warm wären. Allerdings müssten sie vor Tagesanbruch wieder unterwegs sein, falls früh aufstehende Touristen kämen, um Wild zu beobachten oder ein Wärter, um aufzuräumen.

Themba hörte den Motor eines Autos und sah Scheinwerfer auf der Zufahrtsstrasse zum Campingplatz auftauchen. Er stand auf, schnappte sich den Jungen und eilte in die Damentoilette.

Lerato kam aus der Dusche und rückte ihre Bluse zurecht. »Themba!« Sie drehte ihm den Rücken zu.

»Tut mir leid, aber es kommt jemand. Wir müssen schleunigst von hier verschwinden.«

»Lass mich nur etwas anziehen.«

»Nein, ich meine, beeil dich. Nimm deine Sachen.«

Sie schnappte sichtlich verärgert ihre Sachen und folgte ihm nach draussen. Der Kleine war eingeschlafen. Themba hob ihn auf eine Hüfte, nahm Leratos Hand und sie liefen zurück zu den Bäumen, wo sie sich vorher schon versteckt hatten. Als Themba zurückblickte, sah er, dass es sich nicht nur um ein Fahrzeug handelte, sondern um zwei: Eine schwarze, niedrige Limousine, der ein *Bakkie* des Nationalparks folgte. Auf der Ladefläche des Lastwagens sassen vier bewaffnete Ranger.

Die Limousine hielt an und eine Tür öffnete sich. Ein Mann, den stieg aus, Themba nicht genau erkennen konnte, da sich im Scheinwerferlicht nur seine Silhouette abzeichnete, stieg aus.

Die Ranger sprangen aus ihrem Wagen, schwärmten aus und sahen sich um. Ein Mann in Nationalpark-Uniform stieg vorne aus und gesellte sich zum ersten Mann vor dessen Limousine.

»Hier wurden die Schüsse gemeldet«, sagte der Ranger.

Die Scheinwerfer des *Bakkies* beleuchteten jetzt das Auto und Themba sah, dass es sich um eine neuere, dunkle BMW-Limousine handelte.

Der einzelne Mann ging von seinem Auto weg und trat in den Lichtkegel einer Laterne, die den Campingplatz beleuchtete. Er hatte auffallend helles Haar, genau wie der Mann im Hubschrauber, der in iMfolozi nach ihnen gesucht hatte.

Themba spürte, wie sich Leratos Hand fest in seinen Arm krallte. »Das Fahrzeugkennzeichen!«, flüsterte sie. »Das ist das Auto meines Vaters.«

20

Mike und Nia fuhren durch die Nacht. Sie hatte ihn am Nyalazi-Tor zum Hluhluwe-iMfolozi-Park abgeholt und von dort aus sass er am Steuer.

Mike verbrachte einen frustrierenden Nachmittag am Tor, am Rande des Geschehens. Jeds Kontaktperson bei der südafrikanischen Polizei in Durban hatte allen CIA-Männern in einem südafrikanischen Polizeifahrzeug einen Platz zum Mitfahren anbieten können, aber für Mike war keiner mehr vorhanden gewesen. Im Büro an der Pforte hatte er den Fortgang der Suche so gut es ging verfolgt, indem er das Funksystem des Nationalparks abhörte. Anstatt per Anhalter nach Durban zurückzufahren, hatte er in seiner Verzweiflung Nia gebeten, seinen Wagen zu holen.

Er hatte ein schlechtes Gewissen, weil er sie erneut in diesen Albtraum hineingerissen hatte, aber gleichzeitig war er froh, dass er wieder auf der Jagd war. Kaum hatte er das Steuer übernommen, war sie auf dem Beifahrersitz des Defenders eingeschlafen. Sie hatte Schnittwunden und Prellungen und obwohl er ihre Wunden gesehen und am Ort des Hubschrauberabsturzes versorgt hatte, konnte er, sobald er ihr in die Augen sah, erkennen, dass sie mehr als nur körperlich verletzt war.

233

Mike hatte sich gefragt, ob dies eine verzögerte Reaktion sei, ein tieferer Schock, der erst langsam in sie einsickerte. Er schaute sie an. Gelegentlich zuckte sie im Schlaf zusammen, als hätte sie einen schlechten Traum. Er hatte ihr normales, lebhaftes Wesen kennengelernt, aber die Frau, die ihn am Nyalazi-Tor begrüsste, sah nicht nur müde oder zerschlagen aus, sondern traurig.

Als sie aus seinem Land Rover ausstieg und ihn begrüsste, dachte er einen Moment lang, sie weine fast. Auch das war eine verständliche Reaktion, aber als er sich bei ihr bedankte, weil sie sein Auto abgeholt hatte und sie fragte, ob sie noch etwas brauche, hatte sie ihn mit einem knappen »Schlaf!« abgespiesen.

Unvermittelt verkrampfte sich ihr ganzer Körper, als bilde sie sich ein, im Traum umzufallen und sie setzte sich auf dem Beifahrersitz aufrecht hin. »Wo ...?«

»Wir sind auf dem Weg nach Mkhuze. Es ist nicht mehr weit.«

»Okay«, murmelte sie.

»Es wurde über Schüsse auf dem dortigen Campingplatz berichtet und der Pförtner meldete, er habe einen zerschossenen Wohnwagen gesehen, der von einem Discovery gezogen wurde. Während ich auf dich wartete, habe ich Jed angerufen, der auf einen anderen Hubschrauber wartet. Die südafrikanische Polizei scheint jedoch zu versuchen, ihn aus dem Geschehen herauszuhalten.«

»Toll«, sagte Nia, »noch mehr Schüsse.«

»Jetzt sind Ranger auf der Suche nach den Jugendlichen. Hoffentlich haben wir sie bald. Du sahst aus, als hättest du einen schlechten Traum.«

Sie schaute aus dem Seitenfenster und dann wieder zu ihm. »Es war kein Traum. Es war Realität.«

»Was war?«

Sie schüttelte den Kopf. »Nichts. Und das geht dich sowieso nichts an.«

»Okay.«

Er fuhr weiter. Sie war jetzt richtig wach, aber still. Ihr Telefon piepte und sie sah sich eine Nachricht an, dann tippte sie auf das

Display. »Ich leite die Kontaktdaten von Angus Greiner an dich weiter.«

Mike spürte, wie das Handy in seiner Tasche vibrierte, als die Nachricht eintraf. Er erinnerte sich daran, dass der eingebildete junge Wachmann, ihr Freund, sich mit seinem Spitznamen Banger vorgestellt hatte und dass Nia diesen Namen auch immer benutzt hatte, wenn sie von ihm sprach. Er fragte sich, was sich geändert hatte.

»Er muss sich Sorgen um dich machen«, fragte er.

»Hah.« Sie schüttelte den Kopf und strich sich eine hartnäckige schwarze Haarsträhne aus den Augen.

»Streit?«

Sie starrte ihn an, bis er den Blick wieder auf die Strasse richtete. »Ja, natürlich, das geht mich nichts an.«

»Genau.« Sie gähnte und rieb sich das Gesicht. »Du bist für einen Tierforscher alt.«

»Danke.«

Sie lächelte wieder. »Ich stelle nur eine Tatsache fest. Hast du schon immer mit Geiern gearbeitet, vielleicht sogar seit der Uni?«

Normalerweise, zum Beispiel wenn Forschungsstudenten aus Übersee am Lagerfeuer bei einem Drink Fragen stellten, vermied er es, über seine Vergangenheit zu sprechen. Aber nun freute er sich, dass Nia wenigstens redete und wenn er mehr über sie wissen wollte, war es nur fair, ihr auch etwas zu erzählen.

»Nein. Wie die meisten Jungs in meinem Alter bin ich nach der Schule zur Armee gegangen. Ich wurde in Rhodesien – dem heutigen Simbabwe – geboren, aber meine Eltern zogen in den siebziger Jahren in den Süden, so dass ich meinen Wehrdienst in der südafrikanischen Armee leistete.«

»Warst du im Krieg?«

Er nickte. »Ja, in Südwestafrika, Namibia. Ich war sieben Jahre beim militärischen Geheimdienst, an der Grenze, im Caprivi-Streifen.«

»Ich dachte, das muss man nur ein paar Jahre lang machen?

Meine Eltern gingen, als ich noch ein Baby war, nach Übersee, nach Australien.«

»Aber du bist zurückgekommen?«

»Ich bin hier geboren. Ich bin Afrikanerin, aber hey, ich stelle hier die Fragen.«

In einer Geste der Unterwerfung hob er eine Hand vom Lenkrad. »Okay, okay. Wir konnten uns dafür entscheiden, länger und in Vollzeit zu dienen, um dadurch zu vermeiden, Jahr für Jahr einberufen zu werden. Die Arbeit war interessant.«

»Hast du jemanden getötet?«

»Die meisten Menschen sind zu höflich, um diese Frage zu stellen.«

»Zu dieser Kategorie Leute gehöre ich nicht.«

Das sah er. »Nein. Jedenfalls nicht dann«, beantwortete er ihre Frage.

»Oh, noch mehr Geheimnisse. Dann hast du später Leute getötet? Was warst du, bevor du ein Vollzeit-Vogelkundler wurdest, ein Söldner oder so was?«

»Der Begriff desillusioniert trifft wohl am besten, was ich war. In der Armee gab es überall um mich herum Leute, die mit dem illegalen Handel mit Wildtieren und deren Produkten Geld verdienten. Die Streitkräfte waren in Angola und Teilen Namibias an der Abschlachtung von Nashörnern und Elefanten beteiligt und verschifften die Hörner und das Elfenbein in Militärkonvois.«

Nia drehte sich in ihrem Sitz und stützte ihren Arm auf die Konsole zwischen ihnen. Es sah aus, als wolle sie sich von dem ablenken, was ihr gerade durch den Kopf ging. Er sprach überhaupt nicht gern über diesen Teil seines Lebens, wollte aber nicht, dass sie wieder aus dem Seitenfenster starrte und aussah, als würde sie gleich weinen. »Was hast du dagegen unternommen?«

»Du gehst davon aus, dass ich überhaupt etwas getan habe?«

»Du kommst mir nicht wie ein Mann vor, der sich abwendet oder den Kopf in den Sand steckt, wenn er auf Menschen trifft, die etwas Unrechtes tun. Auch scheinst du mir nicht zu der Sorte zu gehören, die betrügen.«

Die letzte Bemerkung war seltsam und er fragte sich, woher sie kam, holte aber tief Luft und erzählte seine Geschichte.

»Ich versuchte, über offizielle Kanäle auf den illegalen Handel aufmerksam zu machen, doch er wurde vertuscht. Höhere Beamte versprachen Untersuchungen, aber die fanden entweder nie statt oder waren reine Schönfärberei. Aus Frustration wandte ich mich an die Presse, aber da damals alles zensiert wurde, änderte sich auch nichts. Das Einzige, was passierte, war, dass ich einen Namen als Unruhestifter bekam.«

»Bist du in Schwierigkeiten geraten?«

»Ich wurde bei Beförderungen übergangen. Ich hatte nie vor, weit zu kommen, aber meine Äusserungen bremsten jeden Karriereschritt, den ich in der Armee hätte machen können. Es war mir egal, denn zu diesem Zeitpunkt hatte ich genug und den Glauben an das, wofür wir kämpften, sowieso längst verloren.«

»Und was hast du nach der Armee gemacht?«

»Ich trat dem Natal Parks Board bei, arbeitete im Naturschutz und ging schliesslich an die Universität, wo ich Zoologie studierte. Ich habe über Raubvögel promoviert – Kampfadler. Es hätte ein Traumjob sein können, doch es wurde zu einem Albtraum.«

»Ich bin gespannt.«

Ihre Augen weiteten sich vor lauter Aufregung. Diese Augen waren, wie er feststellte, als er sich für einen weiteren Augenblick von der Strasse ablenken liess, sehr schön, mandelförmig und mit dunklen Pupillen. »Ich wollte mehr tun als nur Vögel und Wildtiere erforschen oder studieren. Ich wollte den Handel mit bedrohten Tieren stoppen. Deshalb schloss ich mich der Untersuchungsabteilung der Parkverwaltung an.«

»Sowas wie Tierschutzpolizei?«

»Ziemlich genau«, sagte er. »Nashörner und Elefanten waren, vor allem ausserhalb Südafrikas, in den Nachbarländern, die gerade unabhängig wurden, wenn auch in einigen Fällen nach wie vor ziemlich chaotisch, immer noch in verzweifelter Not.«

»Aber was konnte man innerhalb des südafrikanischen Apartheidsystems dagegen tun?

»Haben Sie schon einmal von der Operation ›Lock‹ gehört?«

Sie schüttelte den Kopf und er erkannte, dass sie damals erst ein Kleinkind war.

»Prinz Bernhard der Niederlande kam 1987 nach Afrika und war entsetzt über die Notlage unserer Wildtiere. Er war zu dieser Zeit der Leiter des heutigen World Wide Fund for Nature, des alten WWF. Aber er wollte mehr tun. So finanzierte er ein geheimes Programm zur Bekämpfung von Wildererbanden in Afrika und den Ländern, für die das Horn von Nashörnern und das Elfenbein von Elefanten bestimmt war. Es wurde ›Operation Lock‹ genannt und der WWF leugnete jede Beteiligung daran.

Eine Söldnerfirma, die sich aus ehemaligen Special Air Service-Agenten zusammensetzte, wurde angeworben, um einen Grossteil der schmutzigen Arbeit zu erledigen. Sie engagierten auch einige einheimische Südafrikaner, die wussten, wie der Wildtierhandel vor Ort funktioniert.«

»Dich?«

»Ja, ich war einer von ihnen.« Die Ereignisse dieser zwei Jahre gingen ihm durch den Kopf, wobei er auf die Strasse starrte.

»Und?«

Jetzt, wo er die Tür zu seiner Vergangenheit aufgestossen hatte, wollte sie nicht mehr lockerlassen. »Es war ein Krieg, aber diesmal landete ich an der Frontlinie. Anfangs sammelte ich Informationen, indem ich ein Netzwerk von Informanten leitete, aber nach einer Weile verbrachte ich immer mehr Zeit im Feld, war verdeckt unterwegs und gab mich als Nashorn-Horn-Verkäufer aus. Ich hatte das Gefühl, endlich etwas zu erreichen. Aber unsere Methoden ...«

Nia sagte jetzt nichts mehr. Er holte tief Luft und fuhr dann fort. »Unsere Methoden waren nicht immer legal. Damals rechtfertigte ich meine Handlungen damit, dass wir Tierarten vor dem Aussterben bewahren wollten.«

»Jeder weiss, dass Wilderei ein schmutziges Geschäft ist, und auf Facebook fordern jeden Tag viele Leute, Wilderer sofort zu erschiessen, wie sie es in Simbabwe tun, oder ihnen die Hoden abzuschneiden und so weiter.«

Er hatte auch schon gesehen, wovon sie sprach. Er nutzte Facebook und Twitter, um die Förderer seiner Organisation über die Geierforschung auf dem Laufenden zu halten. Zu viele der Kommentare in den sozialen Medien wurden allerdings von Sesselpupser-Naturschützern verfasst, die nicht wirklich wussten, wovon sie sprachen. Es ist eine Sache, zu fordern, dass Wilderer in Nationalparks auf Sicht erschossen werden – und er war nicht dagegen –, aber eine andere, selbst den Abzug zu drücken.

»Worüber denkst du nach? Du starrst so in die Ferne, geht es dir gut?«

Er blinzelte und konzentrierte sich wieder auf die Strasse. Er sah sie nicht an, als er leise und monoton sprach. »Operation Lock wurde abgeblasen – die Presse erfuhr davon und es kursierten wilde Gerüchte, dass wir für den südafrikanischen Geheimdienst arbeiteten und afrikanische Länder zu destabilisieren versuchten. Das war Blödsinn, aber wir waren am Boden. Ich wollte mehr tun, um der Wilderei Einhalt zu gebieten, also zog ich in mein Heimatland, das jetzt Simbabwe heisst, zurück, wo ich in der Nähe des Gonarezhou-Nationalparks im Südosten einen Job zur Bekämpfung der Wilderei auf Privatland bekam. Dort herrschte Krieg und ausserdem wurden Tiere abgeschlachtet. Ich wollte die Lektionen, die ich bei der Operation Lock gelernt hatte, auch dort anwenden, also begann ich erneut, ein Netzwerk von Informanten aufzubauen. Einer von ihnen – ich meine, eine Person – lieferte wichtige Informationen über eine Bande von Wilderern auf der anderen Seite der Grenze von Gonarezhou, in Mosambik. In der Folge war ich Teil eines verdeckten Teams, das illegal nach Mosambik einreiste. Mein Informant war ein Shangaan-Lehrer, von dessen Dorf aus ein Wilderer-Syndikat operierte. Es waren seine Nachbarn und er unterrichtete einige ihrer Kinder.«

»Was ist passiert?«

»Mein Team ging hinein und mit Hilfe der Informationen des Lehrers – Abraham war sein Name – überfielen wir die Wilderer-bande und schalteten sie aus.«

»Töteten sie?«

Er schluckte. »Alle vier von ihnen. Sie waren mit zwei AK-47 bewaffnet und hatten Messer und Macheten zum Abschneiden von Nashorn-Hörnern.«

»Habt ihr zuerst auf Sie geschossen?«

»Nein.«

»Zwei Waffen, sagtest du?«

Er nickte. »Wir legten einen Hinterhalt. Die Wilderer bewegten sich entlang einer Spur vor uns von rechts nach links. Ich war rechts in der Reihe. Die Jungs mit den AKs waren vorne und als sie links an unseren Leuten vorbeigegangen waren, eröffneten wir das Feuer. Es war so laut und das Licht der Mündungsfeuer so hell, dass man nur ein Ziel suchte und schoss. Als alles erledigt war, sind wir aufgestanden und haben sie überprüft.«

In seinen Albträumen sah er die durchlöcherten Leichen und wie er und seine Männer über ihnen standen und sie fotografierten.

»Erzähl weiter«, sagte sie und füllte die Lücke.

»Die beiden auf der rechten Seite, die vor mir und meinem Partner standen, waren, wie sich herausstellte, noch Kinder, sechzehn und achtzehn jährig. Der Jüngste stand am Ende der Reihe, dort wo ich schoss. Ich habe ein Kind getötet, Nia, einen unbewaffneten Teenager.«

»Du konntest im Dunkeln nicht wissen, dass die beiden keine Waffen hatten. Ausserdem hätten die simbabwischen Nationalparks, wenn sie ihnen in Gonarezhou begegnet wären, das Gleiche getan. So etwas passiert in den südafrikanischen Nationalparks heutzutage ständig.«

Mike klammerte sich ans Lenkrad, als wäre es eine Rettungsleine. Er hatte dieselben Rechtfertigungen im Laufe der Jahre selbst immer wieder vorgebracht.

»Das war nicht das einzige Mal, dass ich in einen Kontakt verwickelt war«, sagte er, »aber die toten Augen dieses sechzehnjährigen Jungen werden mir immer im Gedächtnis bleiben.«

»Hast du deine verdeckten Ermittlungen danach eingestellt?«

»Nein.« Auch das beschämte ihn. Die Gewissensbisse kamen später, verzögert und in Form von Albträumen. Er hatte schon immer gern getrunken, danach aber immer mehr Zuflucht beim Whisky gesucht, um sich selbst zu therapieren. Damals hatte er sich beschwingt gefühlt, im Adrenalinrausch der Teilnahme am Kampf und dem Erfolg, diesen zu überleben.

»Du hast gute Arbeit geleistet, Mike. Harte, schmutzige Arbeit, aber du hast es selbst gesagt, dieser Kampf gegen Wilderer ist ein Krieg. Ausserdem haben die Jungs auf der anderen Seite keinerlei Skrupel, zu töten. Wie bist du wieder in Südafrika gelandet?«

»Ich musste Simbabwe schliesslich verlassen. Ein Lokalpolitiker hatte mich im Visier, nachdem ich einen Verwandten von ihm, einen Wilderer, tötete. Ich kehrte in den Süden zurück und arbeitete wieder für die Parkverwaltung, diesmal im Bereich der Wildtierfängerei. Ich versuchte, die Morde abzuschütteln. Ich heiratete Tracy, ein nettes Mädchen, das ich von der Schule kannte und wir bekamen eine wunderschöne Tochter. Aber die Vergangenheit liess mich nicht los, ich trank zu viel und hatte dauernd Albträume. Ich war unruhig und verbrachte zu viel Zeit fern von Tracy und Debbie. Wie viele andere verlor ich meinen Job wegen der Fördermassnahmen, aber ausserdem verlor ich meine Familie, weil ich sie aus meinem Leben drängte. Tracy hat versucht, mir zu helfen, aber ich bin immer wieder in den Busch geflüchtet, um zu versuchen, mich selbst zu heilen. Am Ende hat es nicht geklappt und sie hat jemand anderen gefunden.«

»Oh nein, das tut mir leid. Wie bist du danach zu deinem jetzigen Job gekommen?«

»Ein alter Freund, der für diese Nicht-Regierungs-Organisation arbeitet, stiess in einer Bar auf mich und bot mir einen Job an.« Der Mann hatte ihm wahrscheinlich das Leben gerettet. »Ich fand, dass diese Arbeit im Feld, allein, aber mit einem Ziel, anstatt sich nur zu verstecken, genau das war, was ich brauchte, um wieder einen klaren Kopf zu kriegen.«

»Was ist mit dem Lehrer passiert? Hiess er Abraham?«

Mike holte noch einmal tief Luft. Er hätte sie am liebsten angelogen oder ihr gesagt, es sei nicht seine Schuld gewesen.

Er spürte, wie ihm übel wurde und dass Tränen in seinen Augen stachen. Er wollte nicht vor Nia weinen. »Sie haben Abraham geköpft.«

»Was? Wer hat das getan?«

»Es wurde nie jemand verhaftet, aber es hiess, es seien die beiden Brüder eines der Wilderer gewesen, die Onkel des toten Sechzehnjährigen.« Er blickte kurz zu ihr, dann, als er den Schock auf ihrem Gesicht sah, wieder auf die Strasse. »Wir haben einen Vater und seinen Sohn getötet und ihre Verwandten haben Abrahams Kopf mit einer Machete abgehackt.«

»Mein Gott, das ist ja furchtbar. Wer macht nur so etwas?«

»Die gleiche Art von Person, die einen Sechzehnjährigen kaltblütig erschiesst.«

Darauf hatte sie keine Antwort. Er hätte es ihr nie sagen dürfen. Was geschehen war, war geschehen und es war dumm von ihm, zu glauben, dass es ihm helfen würde, mit einer wildfremden Person darüber zu sprechen. Wenn er sich ihr gegenüber hatte öffnen wollen, um sie zum Reden zu bringen, oder vielleicht, um eine Beziehung zu ihr aufzubauen, schien nun genau das Gegenteil passiert zu sein.

Nia blieb still, während er durch die Nacht fuhr.

»Genau darum geht es hier doch, nicht wahr? Um einen verlorener Jungen«, sagte sie schliesslich.

* * *

THEMBA SUCHTE im Sternenhimmel nach dem Kreuz des Südens und stellte fest, dass sie immer noch nach Osten gingen, weg vom Campingplatz und dem eMshopi-Eingangstor und tiefer ins Mkhuze-Wildtierreservat hinein.

Er bemerkte, dass Lerato entkräftet war und das lag nicht nur am Trauma des Tages und der Erschöpfung, die sie beim Durchkämmen des dichten Busches erlitten hatte. Sie sah auch wie jemand aus, dem alle Hoffnung genommen worden war.

»Lerato, komm, wir müssen weitergehen«, sagte Themba leise.

Lerato fing an zu weinen und das brachte den Kleinen auf die Palme. Themba ging zu ihr und schlang seine Arme um die beiden. »Bitte nicht weinen.«

»Ich kann es nicht ändern. Ich mache mir Sorgen um meinen Vater und ich habe Angst, Themba. Ich kann nicht mehr. Ich will nur, dass es aufhört. Vielleicht gibt es eine vernünftige Erklärung dafür, warum der Typ das Auto meines Vaters fährt.« Lerato schluchzte. »Oder vielleicht hat er meinen Vater umgebracht.«

Themba drückte sie fester an sich. Er hatte auch Angst und das an ihr Festhalten half dagegen.

Ein Afrikakauz rief und Themba schaute wieder in die Sterne. Er löste sich von Lerato, holte seine Taschenlampe heraus und überprüfte die Karte. Das Versteck von kwaMalibaba lag ihnen am nächsten, aber dort würden die Suchenden logischerweise zuerst nachschauen. Wenn sie noch ein paar Kilometer weiter in Richtung Osten gingen, erreichten sie die Teerstrasse, die vom Mantuma-Hauptcamp nach Süden führte. Das Gelände stieg bis zum Lebombo-Aussichtspunkt an und der Weg dorthin würde Lerato schwer zu schaffen machen, aber danach konnten sie zum KuMasinga-Versteck hinunterwandern. Dies war ein sicherer Ort zum Schlafen und dort gab es Toiletten.

Nach zwei Stunden hatte Themba bei jedem Schritt das Gefühl, er sei die schwerste körperliche Anstrengung, die er je in seinem Leben unternommen habe. Lerato bot ihm an, den Kleinen wieder zu tragen. Obwohl auch sie immer langsamer wurde, bestand sie darauf. Sie erreichten die Teerstrasse und Themba bog nach links. Sein Plan war, bis zum Lebombo-Aussichtspunkt nach Norden zu laufen und von dort noch tausend Schritte weiterzugehen. Er errechnete, dass sie, wenn sie dort nach rechts abbogen und noch einmal nach Osten bergab gingen, schliesslich die Zufahrtsstrasse nach KuMasinga erreichten. Es waren weder Hubschrauber in der Luft noch gab es Geräusche von auf der Strasse fahrenden Fahrzeugen. Um diese Zeit waren keine Touristen unterwegs, aber nach Feierabend patrouillierten vielleicht die Ranger des Nationalparks.

Als sie auf der glatten Teerstrasse weitergehen konnten, hoben sich sowohl Leratos Laune und sein Energiestand ein wenig.

»Das Versteck, in das wir gehen, wird dir gefallen«, versprach Themba.

»Bist du dir da sicher?«

Themba lachte ein wenig über ihren Sarkasmus – wenigstens konnte sie noch einen Witz machen. »Ich habe dort Breitmaulnashörner gesehen und Kudus, Paviane und überhaupt alle möglichen Tiere.«

»Sind alle Nashörner so gefährlich wie das, das uns angegriffen hat?«, schniefte sie.

»Breitmaulnashörner etwas weniger«, antwortete er.

»Ich wusste gar nicht, dass es zwei verschiedene Arten gibt«, sagte Lerato.

Themba blieb stehen und sie ruhten sich einen Moment aus. »Sie haben unterschiedlich geformte Mäuler, was eine Möglichkeit ist, sie zu unterscheiden. Aber Mike hat mir eine zweite erklärt. Das Spitzmaulnashorn ist wie eine schwarze Frau: Ihr Baby, das Kalb, läuft hinter ihr, so ähnlich, wie eine Zulu-Frau ihr Kind auf dem Rücken trägt und so wie du den Kleinen trägst. Das Baby des Breitmaulnashorns bewegt sich hingegen vor der Mutter, so wie eine weisse Frau, die einen Kinderwagen schiebt.«

Lerato lachte ein wenig. »Da wir gerade von Babys auf dem Rücken sprechen: Dieser Junge bringt mich noch um. Ich weiss nicht, wie meine Mutter mit mir zurechtkam, denn ich war ein kleiner Fettsack.«

»Du bist nicht dick.«

»Nein, aber als ich ein Baby war, war ich es. Du solltest Bilder von mir sehen.«

Er lächelte. Er hatte keine Fotos von sich als Kind. Seine Familie war zu arm gewesen, um eine Kamera zu besitzen oder Bilder aufnehmen zu lassen.

»Hey, ich brauche eine Toilettenpause.« Sie löste das verknotete Tuch. Themba nahm das schlafende Baby in die Arme und schaute auf sein nun friedliches Gesicht hinunter.

»Bleib in der Nähe«, sagte er.

»Oh, keine Sorge, das werde ich. Ich bin ängstlich. Du passt auf den Jungen auf, falls er aufwacht – du weisst ja, wie gern er auf Entdeckungsreise geht.«

Themba wiegte das Baby sanft in seinen Armen und drehte Lerato den Rücken zu, um ihr mehr Privatsphäre zu verschaffen. Er hörte das Rascheln von trockenen Blättern und Ästen, als sie sich einen Weg ins Dickicht bahnte.

»Ich glaube, ich habe Halluzinationen«, sagte sie aus dem Gebüsch.

Er widerstand dem Drang, sich umzusehen. »Was meinst du?«

»Ich bin so hungrig, dass ich glaube, ich werde verrückt. Ich rieche Dinge.

»Was zum Beispiel?«, fragte er.

»Das ist das Lustigste. Ich kann heisses Popcorn mit Butter riechen. Ist das nicht komisch?«

Themba schüttelte den Kopf. »Dann bist du wohl ...« Er wollte Lerato gerade zugestehen, dass sie Recht habe und scheinbar wirklich verrückt werde, als ihm etwas wieder einfiel, was Mike ihm in einer der Lektionen erklärt hatte. »Lerato, bist du fertig?«

»Nein, noch nicht. Komm bloss nicht hierher, ich teile meine Popcorn nicht mit dir, um keinen Preis. Ich bilde mir das nicht ein, ich kann es jetzt wirklich riechen.«

Themba drehte sich um. Er musste sie von hier wegbringen. Er betrachtete die AK-47, die er auf den Boden gelegt hatte, als sie anhielten. Um sie aufzuheben und zu benutzen, hätte er das Baby auf den Boden legen müssen. Die Angst lähmte ihn. »Beeil dich!«

»Okay, ich bin gleich da«, sagte Lerato.

Themba schielte zum Gewehr. Er legte das schlafende Baby ins trockene Gras und schnappte sich die AK. Dann drehte er sich um und rannte dorthin, wo Lerato im Busch verschwunden war. Sie war, wohl um Peinlichkeiten zu vermeiden, sogar noch weiter gegangen, als er gedacht hatte.

Er sah, wie sich die Äste vor ihm bewegten und Lerato erschien.

Sie schaute mit grossen Augen zu Themba, der das Sturmgewehr hochhielt.

»Was ist los? Was hast du mit dem Baby gemacht?«

Er ignorierte ihre Fragen. Er schnupperte an der Luft und nahm den unverwechselbaren Geruch wahr.

»Du riechst das Popcorn, stimmt's?«

Er legte den Zeigefinger seiner linken Hand an die Lippen und flüsterte: »Beeil dich, der Kleine ist da hinten. Wir müssen schnell von hier verschwinden.«

»Was ist das? Warum riecht es nach Popcorn?«

»Es ist …« Ein raspelndes Geräusch, als würde Holz gesägt, liess beide verstummen.

Themba drehte sich auf dem Absatz um und spürte, wie Lerato ihren Körper an seinen Rücken presste. Er sah die Bewegung im Gras, die Silhouette niedrig, schlank und gesprenkelt.

»Ein Leopard.«

»Oh, mein Gott«, sagte Lerato. »Pst.«

Mike Dunns Gruppe der Nashornwächter in der Ausbildung war amüsiert und überrascht gwesen, als er ihnen einen Vortrag über das am schwersten fassbare Raubtier, den Leoparden, gehalten hatte. Er erklärte, dass Drüsen an ihrem Hinterteil einen Duft absonderten, der wie heisses, gebuttertes Popcorn rieche. Wenn sich ein männlicher Leopard an einem Baum oder Busch reibe, markiere er mit diesem Duft sein Revier.

»Der Junge«, zischte Lerato.

Themba holte tief Luft. »Bleib hier.«

Er begann, dorthin zurückzulaufen, wo er das Baby zurückgelassen hatte, doch es fühlte sich an, als hätte er Zementklumpen an den Füssen. Sein Herz klopfte wie die Bassboxen in einer Kneipe. Themba umklammerte den Griff der AK-47 so fest, dass seine Finger schmerzten. Er hörte eine Bewegung hinter sich.

»Ich habe dir gesagt, du sollst dort hinten bleiben.«

»Und ich habe dir gesagt, du sollst auf das Baby aufpassen!«, zischte sie zurück. »Du weisst doch, dass er davonkriecht.«

Themba hörte ein weiteres Knurren und erstarrte. Es war die

Warnung für ihn, zurückzubleiben und nicht näher zu kommen. Mike hatte ihm erklärt, die Grosskatzen äusserten Warnungen und nur ein dummer Mensch ignoriere eine solche.

»Bleib hier.«

»Nein.«

Er seufzte. Sie war so stur. Er machte einen Schritt vorwärts, dann noch einen und schob mit dem Lauf des Gewehrs einen dornigen Zweig weg. Themba erinnerte sich an die kleine Taschenlampe, die er aus dem Fortuner mitgenommen hatte. Er zerrte sie mit der linken Hand aus der Hosentasche und schaltete sie ein.

Themba schickte den Lichtstrahl voraus und ging langsam vorwärts. Er sah eine Bewegung und dann leuchteten zwei gelbe Augen aus der Dunkelheit. Er blieb stehen.

Lerato schrie. »Er hat das Baby.«

Themba senkte den Strahl. Der Leopard stand über dem Kleinkind, das aufgewacht war und nun zu weinen begann. Der Leopard senkte den Kopf und beschnupperte das quengelnde Wesen. Themba versuchte, seine zitternden Hände zu beruhigen. Er hielt sowohl die Taschenlampe als auch den Schaft des Gewehrs in der linken Hand. Er hob das Gewehr und zielte.

»Erschiess ihn!«, befahl Lerato.

Sie waren immer noch zwanzig Meter von der Katze entfernt, die mit gesenktem Kopf das seltsame Wesen vor sich musterte. Themba war besorgt, er könnte das Kind treffen. Er hob den Lauf an, zielte genau über den Leoparden, stellte den Wahlschalter auf Automatik und drückte ab.

Eine Salve von fünf Schüssen entlud sich aus dem Lauf, der hoch und nach rechts zog, als Themba feuerte. Das Baby schreckte bei dem Lärm auf und fing an zu schreien. Der Leopard drehte sich mit einem Satz um und rannte in die Dunkelheit davon.

Lerato lief an Themba vorbei zum kleinen Jungen, hob ihn auf und drückte ihn an ihre Brust. Tränen kullerten ihr über die Wangen und sie dämpfte die Schreie des Kindes an ihrer Brust. Themba rannte zu ihnen und schlang seine Arme um die beiden.

»Bring mich nach Hause, Themba, bitte, bring uns alle nach Hause«, schluchzte Lerato.

Themba wollte mehr alles andere auf der Welt, dass dieser Albtraum ein Ende hatte. Gleichzeitig wusste er jedoch, dass das Hallen der Schüsse alle, die ihnen folgten, auf ihre Position aufmerksam gemacht haben musste.

Und so stellte er mit fast lähmender Verzweiflung fest, dass ihnen keine andere Wahl blieb, als weiterzulaufen.

21

Nia und Mike fuhren durch das Wildtierreservat von Mkhuze und suchten den Busch auf beiden Seiten der Strasse nach Bewegungen ab.

Bisher hatten sie Ginster- und Zibetkatzen gesehen, eine fette Python, die träge über die Strasse glitt, ein Nyala und einen kurzen Blick auf ein Breitmaulnashorn erhascht. Von den flüchtigen Jugendlichen aber fanden sie keine Spur.

Als sie in Mkhuze angekommen waren, hatte der Torwächter Mike über sein Funkgerät mit dem Parkwächter verbunden. Sie erfuhren, dass bereits Ranger unterwegs waren, um nach Themba und Lerato und dem vermissten Baby zu suchen. Offenbar war auch ein Polizeidetektiv bei ihnen. Der Aufseher hatte Mike und Nia die Erlaubnis gegeben, sich der Suche anzuschliessen und im Dunkeln herumzufahren, was normalen Besuchern des Parks verboten war. Mike erzählte Nia, dass er Mkhuze gut kenne, da er regelmässig in den Park komme, um Geiernester zu zählen und nach Eiern und Küken zu suchen.

Nia fühlte sich im Nachhinein schlecht wegen der Art und Weise, wie sie mit Mike gesprochen hatte. »Es tut mir leid, was ich vorhin gesagt und wie ich mich verhalten habe.«

Während seine Augen noch immer den Busch absuchten, wies er ihre Entschuldigung mit einem Achselzucken zurück. »Es geht mich nichts an und ich wollte mich auch nicht in dein Privatleben einmischen.«

»Du hast mich gerade in einem schlechten Zeitpunkt erwischt. Ich habe heute herausgefunden, dass mein Freund Angus mich betrügt.«

Er sah zu ihr. »Das tut mir leid.«

Sie lächelte, aber es war nicht von Dauer. »Er ist ein Idiot. Aber ich habe darüber nachgedacht. Ich kann sehr anspruchsvoll sein. Ich korrigiere ihn und andere Leute ständig. Er beschwerte sich, ich sei zu kritisch.«

»Ist das ein ausreichender Grund, um mit jemand anderem zu schlafen?«

Sie sackte in ihrem Sitz zusammen. »Ich weiss. Ich meine, ich dachte, wir – nun, ich dachte, wir kämen gut miteinander zurecht.«

Worüber sie wirklich nachdachte, war ihr Sexualleben. Er war gut im Bett und ein schönes Exemplar von einem Mann, aber in letzter Zeit wünschte sie sich mehr von ihm, anderes und bessere Gespräche. Wenn sie gleichzeitig frei hatten, sass er vor dem Fernseher und schaute Rugby, Golf oder Kricket, so dass sie stundenlang nicht miteinander redeten. So schön die letzte Nacht auch gewesen war, sie hatte sich, nachdem er eingeschlafen war, wieder einmal um ihr eigenes Vergnügen kümmern müssen. Das war nicht das erste Mal und wenn sie ehrlich zu sich selbst war, erkannte sie, dass es schon seit einiger Zeit Anzeichen dafür gab, dass ihre Beziehung nicht ewig halten würde.

Natürlich wollte sie nicht immer reden, aber manchmal sehnte sie sich nach jemandem, mit dem sie sich über Politik, Religion oder sogar Hubschrauber unterhalten konnte. Obwohl sie als Kind immer ein Wildfang gewesen war, liebte sie Ballett. Einmal war sie mit Banger zu einer Vorstellung gegangen, doch er hatte abfällige Witze über die Tänzer gemacht. Am Ende der Vorführung war sie wütend und von seinem Verhalten peinlich berührt. Nia hatte nie wieder vorgeschlagen, dass sie zusammen eine Tanzvorführung schauen sollten.

»Du scheinst sehr klug zu sein«, sagte Mike und schaute dann aus dem Fenster, als bedaure er die Bemerkung.

»Ich habe schon immer viel gelesen und Jura studiert, weil meine Eltern das wollten. Aber als ich meinen Abschluss hatte, war mir klar, dass ich auf keinen Fall Anwältin werden wollte. Ich habe zum Spass mit Fliegen angefangen und das hat mir mehr Freude gemacht als alles andere auf der Welt.

»Du würdest als Rechtsanwältin mehr Geld verdienen.«

»Sagt der Mann mit dem Doktortitel, der für eine Wohltätigkeitsorganisation für Wildtiere arbeitet. Ich schätze, du könntest als Dozent mehr Geld verdienen.«

Er sah sie an und lächelte. »Ich mag keine Klassenzimmer.«

»Ich würde mich in einem Gerichtssaal genauso fühlen wie in einem Büro.«

»Willst du ewig weiterfliegen?«

Sie zuckte mit den Schultern. »Eine Ewigkeit ist eine lange Zeit. Ich geniesse das Leben im Moment. Ein Teil von mir denkt, es wäre schön, mit jemandem sesshaft zu werden und Kinder zu haben.«

»Aber der andere Teil von dir fürchtet sich davor.«

Sie war überrascht. »Hey, woher weisst du das?«

»Ich mag es, allein im Busch zu sein und mich nicht fragen zu müssen, ob mich jemand zu Hause vermisst oder mir treu ist.«

»Wie einer deiner Vögel?«

»Oh, die sind viel sesshafter und domestizierter als ich es bin.«

Sie lachte. Er war ein netter Kerl und auf eine schroffe, raue Art und Weise ziemlich attraktiv. Er brauchte einen neuen Haarschnitt und Khaki passte nicht zu seiner Hautfarbe, aber sie vermutete, für Wanderungen im Busch seien neutrale Farbtöne notwendig.

Sie war einmal mit einem Mann zusammen gewesen, der viel älter als sie selbst war. Roger war ein Kunde, ein wohlhabender Handelsbanker aus Johannesburg. Er war nach Durban geflogen und hatte einen Hubschrauber gechartert, der ihn zum fünfzigsten

Geburtstag eines Freundes auf einer Golfanlage an der Nordküste bringen sollte. Er war nur einen Tag in der Provinz, hatte also nur wenig Zeit, aber offensichtlich viel Geld. Auf dem zwanzigminütigen Flug hatte er mit Nia geflirtet und ihr geradeheraus gesagt, dass er sie schön fände. Sie hatte seine Annäherungsversuche belächelt. Aber während der Party, als Nia im Schatten eines Baumes neben ihrem Hubschrauber sass und darauf wartete, ihn wieder zurückzufliegen, hatte er ihr von seinem Telefon aus eine SMS auf die Kontaktnummer geschickt, die sie ihm gegeben hatte.

Roger war witzig, klug und kokett und sie hatte ihm geantwortet und ihn wegen seines Alters geneckt. Er war ebenfalls fünfzig und sie damals erst achtundzwanzig.

Auf dem Rückflug sagte er ihr, sehr beschwipst, er habe es nicht böse gemeint. Sie lachte und sie sprachen über ihre Familien – er erzählte, er sei geschieden – und über ihre gemeinsame Liebe, das Fliegen und überraschenderweise das Ballett.

»Jeder Mann wäre froh, dich als Freundin zu haben«, sagte Mike und unterbrach sie in ihren Gedanken.

Nia beschloss, etwas von dem, woran sie gedacht hatte, zu erzählen. »Bevor Angus kam, war ich mit einem Banker aus Johannesburg zusammen. Er flog immer nach Durban, um mich zu sehen. Ich mochte ihn sehr. Er war viel älter als ich.«

»Und viel mehr verheiratet.«

»Wie hast du das erraten?«, fragte sie.

»Du hast ihn für einen Wachmann verlassen.«

Sie beugte sich vor und schlug ihm auf den Arm. »Sei kein Snob, du mittelloser Naturbursche.«

»Aua!«

»Vielleicht habe ich ihm den Laufpass gegeben, weil er ein alter Mann war, obwohl er wahrscheinlich jünger ist als du.«

Er sah zu ihr. »Sei nicht altersdiskriminierend.«

»Nein, du hast Recht. Ich habe ihn nicht verlassen, weil er alt war – mein Vater ist auch zwanzig Jahre älter als meine Mutter – sondern weil er verheiratet war. Er hat mich belogen. Einmal bin ich nach

Johannesburg geflogen, um ihn zu überraschen, habe unter falschem Namen einen Termin vereinbart und als ich bei der Investmentbank am Melrose Arch ankam, küsste er seine Frau auf der Strasse zum Abschied, nachdem sie gerade vom Mittagessen zurückgekommen waren.«

»Autsch.«

»Yip, doppeltes Aua.«

Plötzlich hielt Mike an und stellte den Motor ab. »Was ist los?« fragte Nia. Sie hatte nichts gesehen.

Er hielt eine Hand hoch. Es klang wie eine Schiesserei.

»Ich konnte nichts hören, weil der Motor des Land Rovers so laut war.«

Mike legte einen Finger an seine Lippen, öffnete die Tür und stieg aus. Er stand mit offenem Mund da und schaute sich in der Dunkelheit um. Nia gesellte sich zu ihm.

Mike stieg wieder in den Land Rover und schaltete sein Satellitennavigationsgerät ein, während Nia auf den Beifahrersitz zurückkehrte. »Gib mir bitte die Karte.«

»Sicher.«

Als das Satellitennavigationsgerät ein Signal empfing, ermittelte er damit ihren genauen Standort und verglich ihn mit der Karte des Mkhuze-Wildtierreservats. Nia beobachtete, wie er mit dem Finger eine Linie vom Campingplatz, wo die flüchtigen Kinder laut Parkwächter von dem Ehepaar mit dem Wohnwagen gemeldet worden waren, bis zu ihrer aktuellen Position auf der Strasse zog.

»Er ist auf dem Weg nach kuMasinga.«

»Das kommt mir bekannt vor. Aber ich war erst ein paar Mal in diesem Park.« Nia war das letzte Mal vor ein paar Jahren mit ihren Eltern hierhin gekommen, als diese für Ferien nach Südafrika zurückgekehrt waren und um Zeit mit ihr zu verbringen.

»Es ist das beliebteste Beobachtungsversteck im Park.«

»Ach ja, das, das auf Stelzen über einem Wasserloch schwebt.« Sie erinnerte sich, dort ihr erstes Spitzmaulnashorn überhaupt gesehen zu haben.«

»Ja, genau das. Ich funke das Hauptquartier an.«

»Denkst du, sie gehen dorthin, um Unterschlupf zu finden?« fragte Nia.

»Ich würde sagen, ja. Es ist ein guter Ort für sie, um die Nacht zu verbringen und sicherer, als im Busch zu schlafen. Aber sie müssen das Versteck bis kurz nach der Morgendämmerung verlassen, wenn es die ersten Touristen auf morgendlichen Pirschfahrten ansteuern.«

»Du sagtest, dieser Themba war ein Autodieb, bevor er ehrlich wurde?« Mike nickte.

»Das könnte der perfekte Ort für ihn sein, um einen neuen fahrbaren Untersatz zu kriegen, sobald die Touristen im Versteck sind.«

»Guter Gedanke. An solchen Orten lassen die Leute ihre Fahrzeuge oft unverschlossen. Fahren wir!«

Nia spürte das Adrenalin durch ihre Adern pulsieren, als Mike mit hoher Geschwindigkeit davonfuhr. Die Aufregung der Verfolgungsjagd vertrieb ihre Müdigkeit und die Schmerzen im Kopf und den Rippen waren mittlerweile nur noch ein Pochen.

Mike holte sein Handy aus der Tasche und reichte es Nia. »Könntest du bitte den Parkwächter anrufen? Sein Name ist Jonas und seine Nummer die letzte, die ich gewählt habe. Sag ihm, wo wir hinwollen.«

Sie tat, worum er sie bat und übermittelte Jonas' Nachricht, dass er seine Patrouille in Begleitung des Polizeibeamten, der die Suche koordiniere, zum Versteck schicke. »Jonas sagt, es höre sich so an, als wären wir näher dran. Er bat dich, vorsichtig zu sein, da wir wahrscheinlich zuerst dort ankämen. Und er fragt, ob du auf Verstärkung warten willst.«

»Sag ihm nein danke«, antwortete Mike und konzentrierte sich auf die Strasse, während er durch den Park raste. Das Risiko, auf ein nachtaktives Tier zu treffen, war beträchtlich. »Ich kenne den Jungen und möchte ihn zuerst ansprechen, wenn wir ihn finden.«

»Okay«. Nia übermittelte die Nachricht und beendete das Gespräch.

Sie fuhren nach Norden und als sie Mantuma, das Haupt-Camp, fast erreicht hatten, bogen sie in einer engen Kurve nach Südosten ab. Der Land Rover röhrte durch die Nacht und Mike musste stark bremsen, um einer Tüpfelhyäne auszuweichen. »Ich hasse es, nachts im Busch so schnell zu fahren.«

Sie klammerte sich an das Armaturenbrett vor sich. Sie hatte schon ab und zu verrückte Tiefflüge gemacht, um Autodiebe zu verfolgen, aber das hier fand sie fast noch beängstigender. Nia liebte den Nervenkitzel einer Verfolgungsjagd, der sie auch in Beziehungen, die sie in ihrem Leben gehabt hatte, am meisten stimulierte: Die frühe Phase des Werbens hatte sie immer am meisten interessiert.

Sie war von Mike Dunn fasziniert. Er hatte eine Universitätsausbildung, aber der akademischen Welt und der Lehre den Rücken gekehrt und verbrachte sein Leben mit einem Hungerlohn im Busch. Sie bewunderte seine Leidenschaft, wenn auch nicht seinen Geschäftssinn. Dennoch, so überlegte sie, wären die Möglichkeiten für einen weissen Zoologen mittleren Alters in Südafrika ziemlich begrenzt. Er tat das, was er liebte, aus Liebe zur Sache und nicht wegen des Geldes und in dieser Hinsicht waren sie sich trotz ihres Altersunterschieds sehr ähnlich.

»Wenn wir zum Versteck kommen, solltest du im Auto bleiben.«

»Nein. Ich begleite dich.«

»Themba kennt mich, aber er ist bewaffnet und bestimmt nervös. Sie sind jetzt schon eine Weile auf der Flucht und er ist bestimmt müde und durcheinander. Bleib einfach hinter mir.«

»Ich habe eine Waffe.«

»Ich dachte, du hättest gesagt, du trügest keine Waffe?«

»Normalerweise nicht. Sie gehört meinem Ex-Freund. Ich habe seine Uniform vom Balkon meiner Wohnung geworfen und wollte nicht, dass irgendein Tourist darunter von seiner Pistole erschlagen wird.«

Mike lächelte, dann konzentrierte er sich wieder auf die Strasse. »Mit dir möchte mich ich nicht anlegen.«

»Dann sag mir nicht, was ich tun soll. Du schuldest mit etwas, dafür, dass ich dein Fahrzeug geholt und den ganzen Weg hierher zurückgebracht habe. Ich bin genauso daran beteiligt, diese Kinder zurückzubekommen, wie du.«

Nia holte Bangers Pistole aus der Tasche ihres Fluganzugs. Sie kannte sich mit Schusswaffen gut genug aus, um das Magazin zu entfernen, den Verschluss zu reinigen und die Pistole neu zu laden. Der Vorgang verlief reibungslos. Banger war ein Waffennarr, der seine Waffe jeden Tag reinigte. Sie spürte einen Anflug von Traurigkeit, dem Wut folgte.

»Wir sind fast da«, erklärte Mike.

Sie wiegte die Pistole in ihrem Schoss und spürte, wie sich ein bisschen kalte Angst mit dem Adrenalin mischte.

Mike nahm die Abzweigung zum Parkplatz des KuMasinga-Verstecks. Er fuhr bis zum Ende der Zufahrtsstrasse, stellte den Motor ab und sie stiegen beide aus. Mike stand, das Gewehr in den Händen, da, legte den Kopf schief und lauschte. Irgendwo in der Dunkelheit stiess eine Hyäne ihr unheimliches Heulen aus.

»Bleib hinter mir«, sagte er leise. »Ausser den Jugendlichen mit AKs könnten um diese Zeit auch Leoparden an der Wasserstelle trinken.«

» Nicht rennen, ja?«

Mike nickte. Sie machten sich auf den Weg, Nia folgte ihm dicht auf den Fersen. Sie entsicherte die Pistole und achtete darauf, sie nach unten zu halten. Sie war schon öfter im Busch gewandert, aber nie bei Nacht. Niemand, der bei Verstand war, tat so etwas. Sie spürte, wie sich die Flaumhaare auf ihren Armen sträubten.

Der Mond war voll und hell, ein ›Wilderermond‹, nannten es die Leute. Mike ging etwas abseits vom Weg, der durch den Busch zum Versteck führte, blieb dort stehen und studierte den Boden vor sich.

»Hier hat jemand den Weg überquert«, sagte er leise.

»Und?«

»Die Leute gehen hier nicht durch den Busch, sondern bleiben auf dem Weg. Diese Person ist von links gekommen, durch die Bäume hindurch und hat den Weg überquert. Es sieht wie der Schuh einer Frau oder eines Mädchens aus.«

Nia drückte die Pistole fester in der Hand und Mike bewegte sich langsam durch das Gebüsch. »Siehst du noch mehr Spuren?«

Er war vorsichtig. »Themba ist über den Weg gesprungen, aber sie hat einen halben Fussabdruck hinterlassen. Sie sind hier.«

Mike ging in seinen Spuren zum Weg zurück und schritt wieder mit erhobenem Gewehr vorwärts. »Themba! Ich bin's, Mike, Mike Dunn. Komm heraus. Keine Angst,du steckst nicht in Schwierigkeiten.«

Über Mikes breite Schultern sah Nia die Holzkonstruktion des Verstecks. Dahinter und zu beiden Seiten glitzerte das Mondlicht auf dem stillen, stahlfarbenen Wasser und irgendwo bellte ein Pavian einen Warnruf.

Mike blieb abrupt stehen und Nia schreckte auf, als ein Bellen ertönte und ein Schatten über den Weg huschte. Nias Herz klopfte, als sie den kleinen braunen Buschbock davonhüpfen sah. Mike setzte seinen Weg fort. »Themba?«

Sie näherten sich dem Eingang des Gebäudes. Nia überprüfte ihre Pistole.

Mikes Stiefel klapperten, als er den Holzsteg betrat. Er liess sein Gewehr sinken und sie sah, dass das Versteck leer war. Mikes Schuhe klapperten jetzt auf einem Stahlgitter, das einen Teil des Bodens bildete.

»Themba«, rief er erneut, diesmal lauter, »ich bin's, Mike Dunn. Wenn du hier in der Nähe bist, lass es mich bitte wissen. Ich bin gekommen, um dich da rauszuholen.«

»Mister Mike?«

Nia sah sich um. Sie wusste nicht, woher die Stimme kam, aber Mike sah nach unten, zwischen seine Füsse. Nia ging zu ihm und starrte ebenfalls in die Tiefe.

Dort standen die Vermissten knöcheltief im Schlamm und starrten alle drei mit grossen Augen durch das Stahlgitter zu ihnen hinauf.

* * *

Bei der schwachen Innenbeleuchtung im Fahrerhaus des *Bakkies* des Aufsehers studierte Egil Paulsen die Karte des Wildschutzgebietes von Mkhuze.

Dlaminis BMW hatte kaum noch Sprit, so dass Egil sich entschlossen hatte, den BMW auf dem Campingplatz stehen zu lassen und bei Jonas, dem Parkwächter, einzusteigen.

Der Aufseher war mit Egil, der sich immer noch als Detective Swanepoel ausgab, sowie vier bewaffneten Rangern auf der Ladefläche des Pick-ups unterwegs. Er hatte einen Anruf von Mike Dunn erhalten hatte, dass sie die drei vermissten Kinder gefunden hätten und Dunn sie friedlich in Gewahrsam genommen habe. Dunn hatte eine AK-47 und einen Beutel mit Nashornhörnern beschlagnahmt.

Egil hatte sich mit dem Aufseher unterhalten und versucht, mehr über diesen Mann, Dunn, zu erfahren. Zu seiner Überraschung erfuhr Egil, dass Dunn ein Geierforscher war, der sich selbst für eine Art Wildhüter hielt. Der Schwager des Aufsehers, ein pensionierter Ranger namens Solly, hatte Jonas am selben Tag am Telefon erzählt, Mike und er seien auf dem Mona-Markt in eine Schiesserei verwickelt gewesen. Egil hatte genickt und mit ruhiger Stimme bestätigt, die letzten Tage seien in KwaZulu-Natal tatsächlich ziemlich verrückt gewesen. Innerlich verspürte er dagegen einen Anflug von Aufregung, dass er dem Mann, der ihm am Ort des Hubschrauberabsturzes aufgelauert hatte, wieder gegenüberstehen würde.

Egil hatte erfolglos versucht, den Aufseher davon zu überzeugen, dass er nicht so viele bewaffnete Männer brauche. Er schlug vor, ihnen zu erlauben, für die Nacht in ihr Quartier zurückzukehren, da Mike Dunn die Kinder gefunden habe. Leider hatte der Aufseher darauf bestanden, sein Aufgebot an Rangern mitzubringen.

Aus einer Tasche seiner Jacke zog Egil einen Schalldämpfer hervor. Als sie auf die Zufahrtsstrasse zum KuMasinga-Versteck abbogen, hielt Egil den Zeitpunkt für gekommen. Er nahm seine Glock aus dem Halfter und entsicherte sie.

Der Aufseher zeigte keine Bedenken, bis er auf dem Parkplatz des Verstecks neben einem weissen Defender mit Geierforschungszeichen anhielt und sah, dass Egil den Schalldämpfer auf den Lauf der Pistole geschraubt hatte. »Wozu brauchen Sie die?«

Egil hob die Pistole und richtete sie zwischen die Augen des Aufsehers. »So traurig es ist, für das hier.«

Die bewaffneten Ranger kletterten und sprangen hinten aus dem Toyota, so dass der dumpfe, aber dennoch hörbare Schuss im Knarren der Federn des *Bakkies* untergingen.

Egil stieg auf der Beifahrerseite aus. »Der Aufseher ist am Telefon. Macht euch bereit. Ich muss schnell pissen.«

Zwei der Männer lachten, aber alle vier drehten ihm den Rücken zu und überprüften ihre Waffen. Egil nutzte ihren Respekt vor seiner Privatsphäre, um die ersten beiden Männer schnell auszuschalten, indem er jeweils einen Schuss aus nächster Nähe in den Hinterkopf abgab. Der dritte drehte sich um und Egil schoss ihm zwischen die Augen.

Der vierte war schneller und schlauer als seine Kollegen, oder vielleicht erinnerte er sich an etwas, das man ihm in der Ausbildung beigebracht hatte: Er liess sich auf die Knie fallen, um sich selbst zu einem kleineren Ziel zu machen. Er war kaum fünf Meter von Egil entfernt, aber die plötzliche Bewegung reichte aus, damit Egil den Bruchteil einer Sekunde mehr Zeit zum Zielen brauchte.

Als Egil den Abzug betätigte, sah er, dass der Ranger den Lauf des Gewehrs auf ihn gerichtet hatte. Egil gab einen Doppelschuss ab, von dem die erste Kugel den Mann in die Brust traf. Bevor der zweite in seinen offenen Mund eindrang, konnte der Mann allerdings abdrücken und ein ungedämpfter Schuss durchdrang die Ruhe.

Egil bewegte sich bereits nach rechts, so dass die Kugel ihn verfehlte, aber Dunn und die Kinder waren nun bestimmt alarmiert. Egil trat über den toten Mann.

Er fluchte, denn nun hatte er den Vorteil der Überraschung verloren. Er griff ins Fahrzeug des Aufsehers, zog den Schlüssel aus dem Zündschloss und steckte ihn ein. Das einzige andere Fahrzeug auf dem Parkplatz war der weisse Land Rover Defender, die verlängerte Version mit der Doppelkabine, den er gesehen hatte, als sie hereingefahren waren. Er ging zu ihm und sah, dass er verschlossen war und der Schlüssel nicht steckte. Mit einem Schuss ins Fenster der Fahrertür zertrümmerte er dieses und schlug danach mit einem kräftigen Stock das zersplitterte Glas heraus. Er griff ins Innere, öffnete zuerst die Motorhaube, dann den Motorraum und schoss eine Kugel in die Einspritzpumpe.

Als der Land Rover fahruntüchtig war, rannte er den Weg zum Versteck hinunter. »Mister Dunn? Mike Dunn? Hier ist die südafrikanische Polizei«, sagte Egil, wobei er einen starken Afrikaans-Akzent imitierte. »Es gibt keinen Grund zur Beunruhigung, einer der Ranger hat nur versehentlich einen Schuss abgegeben. Wir kommen, um die vermissten Kinder zu retten.«

Es kam keine Antwort. Egil schraubte den warmen Schalldämpfer von seiner Pistole ab und steckte ihn ein – einem Mann, der sich mit Schusswaffen auskennt, käme die Unterdrückungsvorrichtung verdächtig vor.

Er war so nahe dran, das Kind zurückzubekommen. Er fragte sich, wo Suzanne und die anderen waren und hoffte, dass weder die Amerikaner noch die echte südafrikanische Polizei sie gefangen genommen hätten. Trotz ihres Geredes über den Verzicht auf Folter wusste er, dass die CIA in der Lage wäre, einen aus der Gruppe zu brechen. Er musste das Baby holen und mit ihm aus dem Land verschwinden. Es würde nicht einfach, aber das war bei dieser Mission auch nicht zu erwarten. Die Amerikaner waren blutig geschlagen worden und wütend.

»Mike Dunn, ich komme zu Ihnen und ich bin bewaffnet.«

Es kam keine Antwort.

Als er die Umrisse des hölzernen Tierbeobachtungsstandes erkannte, verlangsamte Egil. Er hob seine Pistole und der Lauf begleitete den suchenden Blick seiner Augen, als er den Busch zu seinen beiden Seiten absuchte. Er wünschte sich, er hätte von einem der Ranger, die er getötet hatte, einen grünen Buschhut mitgenommen, um sein weisses Haar zu verdecken. Das war ein Fehler, aber jetzt war es zu spät, um zurückzugehen, denn Zeit war entscheidend.

Als er nach unten blickte, sah er frische Spuren. Zwei, eine grosse und eine kleinere. Dunn war nicht allein und es sah aus, als hätte er eine Frau bei sich. Egil trat leise auf den Holzsteg, dennoch hallten seine Schritte. Er betrat das Beobachtungsversteck und hörte, wie der Klang seiner Schritte sich dem Untergrund entsprechend veränderte: Es ging von Gummi zu Holz und schliesslich zum leisen Klirren von Metall über. Im Versteck war niemand. Er schaute durch das Metallgitter hinunter, das so angebracht worden war, dass die Besucher Flusspferde, Krokodile und andere Tiere von oben sehen konnten.

Da war nichts.

22

Nachdem das Treffen einer schnell wachsenden Gruppe aus südafrikanischen und amerikanischen Strafverfolgungs-, Regierungs- und Militärbeamten endete, blieben Jed Banks und Franklin Washington in der Offiziersmesse der Natal Mounted Rifles in Durban.

Ausserdem war der Leiter der CIA-Afrika-Station, Jeds Chef Chris Mitchell, bei ihnen, der kurz vorher in einem gecharterten Flugzeug aus Nairobi, Kenia, angekommen war.

Jed war noch sauer, weil er von der Suche abgezogen worden war, aber die Südafrikaner hatten sich zusammengerauft, um die Amerikaner in ihrem Land stärker unter Kontrolle zu halten. Ausserdem wollte Chris mit ihm die Strategie besprechen und Franklin musste zusammengeflickt werden. Er hatte sich einige Rippen gebrochen und ein paar Schnittwunden zugezogen, war aber nach wie vor im Spiel.

Bei der Besprechung war berichtet worden, dass im Hluhluwe-iMfolozi-Park, in der Nähe des Hilltop Camps, ein von der flüchtigen Suzanne Fessey und zwei Komplizen gestohlener blauer VW Polo aufgefunden worden sei. Fessey und ihre Männer waren aber noch immer auf der Flucht.

»Was hältst du davon, Jed?«, fragte Chris jetzt.

»Suzanne Fessey ist eine Mutter«, sagte Jed und sprach damit aus, was viele im Raum wahrscheinlich dachten, »aber sie ist auch eine hartgesottene Terroristin und eine überzeugte Dschihadistin. Ich verstehe, wenn eine Frau bis ans Ende der Welt geht, um ihr Kind zurückzubekommen, aber bei den anderen Mitgliedern ihrer Zelle verstehe ich es nicht.«

»Ich hätte erwartet, dass sie beim ersten Blick auf uns die Flucht ergreifen«, warf Franklin ein. »Ich meine, es ist schön und gut, wenn ihre Leute der Frau helfen, ihr Kind zurückzuholen. Aber ist es das wert, dass sie es am helllichten Tag mit einem Sea Hawk-Hubschrauber aufnehmen? Und was schert sich eine Gruppe von Dschihadisten überhaupt um ein halbweisses Kind?«

»Diese Kinder haben etwas anderes, was die Terroristen wollen«, sagte Jed.

Er sah Chris an. Mit seinem gewellten grauen Haar, der runden Brille und der sanften Art, mit der er sprach, sah er eher wie ein freundlicher alter Grossvater aus als wie Amerikas Top-Spion in Afrika. Chris war ein Krieger aus dem Kalten Krieg, der geblieben war, um Amerikas neue Feinde zu bekämpfen. Afrika hatte im Krieg gegen den Terror als Rückzugsgebiet gedient, aber jetzt waren einheimische Terrorgruppen wie Boko Haram und Al-Shabaab fast so bekannt wie Al-Qaida und ISIS und alle befanden sich nun an vorderster Front.

Chris nickte. »Wir sind uns jetzt sicher, dass Suzanne Fessey die sogenannte ›Weisse Hex‹ ist.«

Jed und Franklin hatten über Fesseys mögliche Rolle im globalen Terrorismus diskutiert, seit sie auf Anweisung von Chris kurz nach der Bombenexplosion in Durban zusammenarbeiteten.

Dieser Spitzname bezeichnete eine mysteriöse weisse Frau, die angeblich auf einem Überwachungsvideo zu sehen war, das nur wenige Tage vor der Mission, bei der Osama bin Ladens in Pakistan getötet wurde, in seinem Versteck aufgenommen worden war. Die ›Hexe‹ galt auch als Komplizin bei drei Selbstmordattentaten in

Kenia seit bin Ladens Tod. Zwischen ihren Einsätzen versteckte sich Suzanne Fessey mindestens zwei Jahre lang hier in Durban.«

»Wir glauben mittlerweile«, fuhr Chris fort, »dass Fessey nicht nur eine Komplizin, sondern die Drahtzieherin hinter den afrikanischen Anschlägen war, auch hinter diesem letzten. Wie Sie wissen, war Omar Farhat, der Mann, der sich in die Luft sprengte und die Botschafterin dabei ermordete, ein halbnigerianischer Boko-Haram-Vertrauensmann und ihr Ehemann.«

»Und was hat das Baby mit all dem zu tun?« fragte Jed. »Suzanne Fessey gab ihrem Mann einen Abschiedskuss und schickte ihn auf seine Mission, sich in die Luft zu sprengen. Warum ist sie dann bereit, ihr eigenes und das Leben der anderen ihrer Zelle zu riskieren, um ihr Kind zurückzubekommen? Allein aus Mutterinstinkt?«

»Die Terrorzelle, die mit Fessey zusammenarbeitet oder sie unterstützt, hat ein neues Ziel: Die beiden Jugendlichen und das Kleinkind oder genauer gesagt, etwas, das sie haben. Ich glaube nicht, dass es nur um den kleinen Jungen geht«, erklärte Chris.

»Geld?«, fragte Franklin.

»Das ist immer ein starker Antrieb«, bestätigte Chris. »Fessey und ihre Leute sind hartgesottene, ideologisch motivierte Mörder, genau wie alle terroristischen Gruppen benötigen sie aber Geld, um Krieg zu führen. Es scheint, Fessey war auf dem Weg ins Ausland und wollte ein neues Leben oder eine neue Operation beginnen. Möglicherweise waren in ihrem Fahrzeug Bargeld oder Wertsachen deponiert. Wir hatten schon früher Fälle, in denen Terroristen mit Wildtierprodukten handelten, um ihre Operationen zu finanzieren.«

»Nashorn-Horn?«, fragte Jed.

»Könnte sein«, antwortete Chris. »Das Zeug ist mehr wert als Gold oder Kokain und einfacher zu transportieren.«

»Sie riskieren verdammt viel, um an ein bisschen Nashorn-Horn heranzukommen, auch wenn es viel wert ist«, sagte Franklin zu Chris.

»Suzanne könnte etwas Horn mitgenommen haben, um es zum Decken der Reisekosten verkaufen zu können. Wir vermuten, dass sie nach Mosambik unterwegs war und von dort aus weiterreisen wollte.

Aber das könnte auch nur Kleingeld sein. Suzannes verstorbener Ehemann, Omar Farhat, war kein Buschkämpfer der Boko Haram. Er war der Sohn einer wohlhabenden nigerianischen Ölfamilie und konvertierte als er an der Universität in Paris war vom Christentum zum Islam. Er studierte Wirtschaft und wir wissen aus seinen Unterlagen, dass er einen genialen IQ hatte und als Bester seiner Klasse abschloss.«

»Ein Geldmann?«, fragte Jed.

»Ja«, bestätigte Chris.

»Er passt nicht ins Profil eines Selbstmordattentäters. Er ist zu klug, keines der dummen Kinder, deren Kopf mit Hass und Versprechungen vollgestopft wurde. Vielleicht hat ihn etwas oder jemand dazu gezwungen.«

»Nun, was wir wissen«, erläuterte Chris, »ist, dass er, obwohl er damals erst Ende zwanzig war, in den alten Tagen von al-Qaida, als eines der jüngsten Mitglieder zu Osamas innerem Kreis gehörte. Wir glauben, dass er und Suzanne 2011, kurz bevor wir bin Laden gefasst haben, heimlich in Pakistan heirateten. Beide verschwanden.«

»Also wusste Omar, wo Al-Qaida das Geld versteckt hatte?«, fragte Franklin.

»Ja, zumindest ein grosser Teile davon, vielleicht genug, um von Südafrika aus eine eigenständige afrikanische Zweigstelle aufzubauen«, bestätigte Chris. »Ausserdem, und das ist besorgniserregender als die Selbstmordattentate eines einzelnen Mannes, hat Langley Berichte über europäisch aussehende Muslime erhalten, die in Russland einkaufen. In letzter Zeit haben einige verdächtige Iwane Afrika besucht. Ehemalige Militärs, die wir verdächtigen, im Waffenhandel tätig zu sein. Man geht derzeit davon aus, dass einer der Al-Qaida-Ableger einen weiteren spektakulären Anschlag vorbereitet und dafür möglicherweise sogar eine tragbare Kofferbombe mit Atomsprengkopf aus der Sowjet-Ära kauft.«

Jed strich sich über den Bart. Die grösste Angst des Westens war, dass Extremisten in den Besitz einer Atombombe gelangen könnten. »Das würde aber sehr viel Geld erfordern.«

»Ja und Omar hätte gewusst, wie man es bekommt und vor allem, wo man es versteckt. Wir müssen alles, was diese südafrikanischen Teenager aus Suzanne Fesseys Auto geworfen und gestohlen haben, in die Hände bekommen, bevor sie es tut. Wir brauchen sie und wir brauchen das Baby, das ist eine Frage der nationalen Sicherheit. Diese Jugendlichen dürfen uns nicht entkommen.«

»Wie hat Suzanne Fessey es geschafft, so lange unerkannt hier zu leben?«, fragte Jed. »Scheinbar wissen wir eine ganze Menge über sie und können sie mit anderen Bombenanschlägen in Verbindung bringen. Was haben die südafrikanischen Sicherheitsleute gemacht?«

»Gute Fragen, Jed«, sagte Chris. »Es wäre ein Leichtes für mich, Ihnen zu sagen, dass sie einfach nur inkompetent sind. Aber wir glauben, dass hier andere Themen mit im Spiel sind.«

»Zum Beispiel?«

»Vordergründig haben sie uns gesagt, sie hätten nichts gegen Fessey in der Hand, dass sie entweder unschuldig ist – was bedeuten würde, dass wir uns in ihr getäuscht haben – oder dass sie zu gut darin ist, ihre Bewegungen und Aktionen zu verbergen. Wir vermuten jedoch, dass es im südafrikanischen Sicherheitsdienst Elemente gibt, die Suzanne und Omar gerne ihr Ding drehen liessen.«

»Das wäre eine grosse Sache«, sagte Jed.

Chris nickte. »Wir wissen, dass es in den Streitkräften und im Militär Elemente gibt, die der Meinung sind, Südafrika müsse mehr zur Bekämpfung des islamischen Extremismus auf dem Kontinent tun. Aber die Regierung hat mit Teilen des Nahen Ostens sympathisiert, die wir nicht als Freunde betrachten.«

»Sie meinen, die Hardliner in Südafrika *wollen* im wahrsten Sinne des Wortes, dass hier etwas in die Luft gejagt wird?«, mutmasste Jed.

Chris sah ihm in die Augen. »Oder irgendjemand.«

Jed war bewusst, dass in der Welt der Geheimdienste viele schmutzige Dinge passieren, fragte sich aber, ob die südafrikanischen Geheimdienstleute die Ermordung einer ausländischen Botschafterin auf ihrem eigenen Boden wirklich zuliessen, um ihre Regierung dazu zu bewegen, sich dem internationalen Kampf gegen den Terrorismus anzuschliessen.

Jed Banks' Handy vibrierte in seiner Tasche. Er nahm es heraus und schaute auf den Bildschirm. »Entschuldigen Sie mich«, sagte er zu Chris. »Da muss ich wirklich rangehen.«

Chris sah leicht verärgert aus, nickte aber. Jed ging eine Treppe hinunter und verliess das Offizierskasino.

»Banks, hier ist Mike Dunn.«

Jed hatte die Nummer bereits erkannt. »Wo sind Sie?«

»Ich bin im Wildtierreservat. Die beiden Jugendlichen sind bei mir. Kommen Sie ...«

»Mike, wir verlieren die Verbindung. Wiederholen Sie bitte noch einmal, wo sind Sie?« Es gab ein Rauschen und dann nichts mehr. »Mike, sagen Sie noch einmal, wo Sie sind, in Mkhuze?« Dort waren die vermissten Kinder zuletzt gesehen worden.

Der Anruf war unterbrochen und Jed versuchte, die Nummer erneut zu wählen, erhielt aber eine aufgezeichnete Nachricht, die besagte, dass der Anrufer, den er anrufen wollte, nicht erreichbar oder ausser Reichweite sei. »Scheisse.«

Jed versuchte es noch zweimal, dann ging er wieder nach oben in die Offiziersmesse. »Dunn, der Mann, den Franklin und ich im Haus von Suzanne Fessey aufgegriffen haben, scheint die Kinder gefunden zu haben. Ich habe die Verbindung zu ihm verloren, bevor ich herausfinden konnte, wo genau sie sind. Sie könnten im Mkhuze-Wildtierreservat sein.«

»Dann mach dich an die Arbeit, Jed«, sagte Chris. »Schau, ob die Südafrikaner herausfinden können, woher der Anruf kam. Dann lass uns von hier verschwinden.«

»Wohin?« fragte Jed.

»Mkhuze, für den Anfang. Wir haben keine Nachricht davon, dass die südafrikanische Polizei die Kinder abgeholt hat, also gelangen wir vielleicht zuerst zu ihnen. Ich habe die Genehmigung für einen weiteren Hubschrauber und die Erlaubnis der Südafrikaner, sie bei der Suche zu ›unterstützen‹.«

* * *

NIA TRUG das Baby eng an ihre Brust gedrückt und rannte hinter Mike her, der sich einen Weg durch das dichte, dornige Gebüsch bahnte.

Hinter ihr stand das Mädchen Lerato, das zwar erleichtert war, das Kind nicht tragen zu müssen, aber dennoch schnaufte und keuchte. Nia blickte zurück. »Kommt schon, kommt näher.«

»Ich *versuche* es ja. Aber ich laufe schon seit Tagen.«

Themba, der das Schlusslicht bildete, drehte ihr den Rücken zu. »Steig auf, ich trage dich!«

»Nein.«

Mike blieb stehen. »Wir müssen wirklich schneller sein, Lerato, also mach, was Themba sagt.«

Lerato überwand ihre Hemmungen und liess sich von Themba auf den Rücken heben. Obwohl Lerato schlank war, fragte sich Nia, ob sie schneller seien, wenn Themba sie trug. Er konnte jedoch mühelos mithalten, als Mike wieder nach vorne stürmte.

Als sie das Geräusch eines herannahenden Automotors hörten, versteckten sich alle im Gebüsch. Sobald der Mann, der sich als Polizist ausgab, etwas rief, legte Nia die Hand auf Mikes Arm. »Das ist er! Der Mann, der mich und meinen Hubschrauber entführt hat.«

»Egil Paulsen.«

Mike wollte ihm nachgehen und ihn zur Rede stellen, aber Nia redete es ihm schnell aus. »Er ist rücksichtslos, Mike, das weisst du. Wenn du nicht bereit bist, dich hinzustellen und ihm in den Kopf zu schiessen, sobald du ihn siehst, müssen wir fliehen.«

»Wenn er uns tatsächlich verfolgt, würde ich diese Möglichkeit nicht ausschliessen«, erwiderte Mike grimmig.

Er führte sie nach Norden, parallel zur Teerstrasse und nahe genug, um jedes vorbeifahrende Nationalparkfahrzeug zu hören und anzuhalten. Er legte ein hohes Tempo vor, aber nicht so schnell, dass Nia oder die Jugendlichen hinter ihm zurückblieben. Er hatte Themba angewiesen, hinter ihnen Ausschau zu halten, aber es war harte Arbeit für ihn, mit Lerato auf dem Rücken immer wieder anzuhalten und sich umzudrehen.

»Ich übernehme die hintere Wache«, sagte Nia und liess sich

zurückfallen. Mike warf ihr einen Blick zu, aber sie starrte ihn an. Sie hatte das Baby auf der linken Hüfte und Bangers Pistole in der rechten Hand. Sie war immer noch erschöpft von ihrem früheren Trauma, aber der Gedanke daran, was passieren könnte, wenn Paulsen sie erwischte – vor allem sie selbst –, gab ihr Kraft und weckte ihre Sinne.

Mitten in der Nacht gab es natürlich keinen Touristenverkehr. Nia konnte nur hoffen, dass zusätzliche Nationalparkmitarbeiter oder tatsächliche Polizisten auf die Nachricht reagierten, die Kinder seien im Wildschutzgebiet von Mkhuze- gefunden worden. Sie fragte sich, was mit den anderen Terroristen geschehen sei und ob man sie hatte fassen können oder ob sie noch auf der Suche nach ihrer Beute waren.

Das Baby brummte. Nia steckte ihre Pistole zurück in die Tasche ihres Fluganzugs. Das Kind begann ernsthaft zu weinen und sie drückte sein kleines Gesicht an ihre Brust und schaukelte es, während sie durch den Busch schritt. Sie streichelte den Nacken des Jungen, um ihn zu beruhigen. Als ihre Finger über die weiche, warme Haut strichen, spürte sie plötzlich einen Knoten.

Das Erste, woran Nia dachte, war eine Zecke. Das waren lästige Viecher, die man im Busch leicht auflas. Sie konnten Zeckenbiss-fieber verursachen, eine schreckliche Krankheit. Nia hatte es als Kind gehabt und erinnerte sich gut an die grässlichen Schmerzen.

Nia nahm das Kleinkind von der Brust und hielt es vor sich hin. Sie musste langsam gehen, um nicht zu stolpern und es fallen zu lassen. Mike schaute zurück, um nach ihnen zu sehen, wie er dies regelmässig tat.

»Was ist los?«

»Ich weiss es nicht, aber das Baby hat einen wirklich harten Knoten im Nacken. Ich befürchte, es ist eine Zecke.«

»Wir machen alle fünf Minuten Pause. Themba, setz Lerato ab, dann geh etwa fünfzig Meter hinter uns zurück. Wenn du hörst, dass uns irgendetwas – und ich meine irgendetwas – folgt, rennst du schleunigst zu uns!«

Mike kam zu Nia und nahm eine kleine Taschenlampe hervor. Er schaltete sie ein und richtete den abgeschirmten Lichtstrahl mit der linken Hand auf den Nacken des Babys.

»Schau mal, hier ist eine kleine Wunde, eine Art Einstichstelle. Wie ein Zeckenbiss sieht es aber nicht aus«, stellte Nia fest.

»Und genauso wenig wie ein Spinnenbiss«, ergänzte Mike. »Lass mich mal fühlen.« Mike fuhr mit den Fingern über die Haut und drückte dann auf die Stelle, an der Nia die kleine Beule gespürt hatte. Er rollte sie zwischen seinen Fingern. Das Baby gab einen kleinen Schrei von sich. »Tut mir leid, Kleiner.«

Sie sah in Mikes Gesicht. Er kniff die Augen zusammen und dachte nach. »Nein.«

»Was denkst du?«

»Es ist hart, wie ein Fremdkörper.«

Nia streichelte erneut über die Haut des Kindes. »Ja, es ist kein Pickel oder ein Biss oder so etwas, oder? Aber was könnte es sonst sein?«

Lerato, die sich auf den Boden gesetzt hatte, schaute auf. »Schauen Sie nicht mich an, ich weiss nichts über Babys.«

»Denkst du, ich? Du hast zwei Tage mehr Erfahrung damit, Mutterersatz zu sein, als ich. Mike, was glaubst du, was das ist?«

Er schüttelte den Kopf. »Ich kann es fast nicht glauben, aber es fühlt sich wie ein Mikrochip an.«

»Ein was?«, fragte Nia ungläubig. »Meine alte Katze hatte auch so einen. Der Tierarzt hat ihn mit einer dicken, blutigen Nadel hineingeschoben.«

Mike betastete wieder vorsichtig die Haut des Kindes. »Eine Spritze, ja, das hätte bestimmt weh getan. Wir verwenden Mikrochips nicht nur bei Haustieren, um die Telefonnummern und Adressen ihrer Besitzer zu speichern, sondern auch beim Schutz von Wildtieren, beispielsweise in den Hörnern von Nashörnern und anderen Tieren, um sie identifizieren zu können.«

»Aber wer würde einem Baby so etwas antun und warum?«, fragte Lerato.

Nia dachte darüber nach. »Informationen. Wenn das ein Mikrochip ist, dann ist etwas Wichtiges darauf gespeichert. Etwas, das jemand mit äusserster Sorgfalt versteckt.«

»Ja«, bestätigte Mike. »Die Amerikaner haben mir gesagt, die Mutter des Babys sei möglicherweise eine Terroristin. Sie weiss, dass die Behörden all ihre Besitztümer mit einem feinen Kamm durchgehen würden, wenn sie sie in Südafrika oder beim Grenzübertritt erwischten. Wenn sie Daten zu schützen hat, kann sie diese nicht einfach auf einen USB-Stick packen. Die Sicherheitsdienste scheinen heutzutage in der Lage zu sein, die E-Mails und Online-Konten von jedermann zu hacken. Sie würde einer Leibesvisitation unterzogen, aber ein Baby ...«

»Niemand würde ein Baby einer solchen Körpersuche aussetzen«, sagte Nia und beendete damit Mikes Gedanken. »Was sind das nur für Leute?«

»Davon haben wir ja am eigenen Leib erfahren.«

Er hatte Recht. Nia erschauderte. Sie wollte Mike gerade fragen, wie sie herausfinden würden, was auf dem Mikrochip sei, als sie sich alle beim Geräusch von brechenden Ästen umdrehten. Themba stürmte auf die Lichtung, auf der sie waren.

»Paulsen kommt!«, keuchte er und schnappte nach Luft. Seine Stimme war tief und eindringlich. »Hört hin, er kommt näher!«

Nia legte ihren Kopf schief. »Ein Motor.«

»Er fährt einen *Nationalpark-Bakkie*, sehr langsam.«

»Hat er dich gesehen?«, erkundigte sich Mike.

Themba schüttelte den Kopf.

Mike hatte versucht, den Aufseher anzurufen, aber das Telefon läutete ins Leere. Er befürchtete, Egil Paulsen habe Jonas getötet und wenn das der Fall war, bedeutete das, dass er auch alle Männer, die den Aufseher begleiteten, umgebracht hatte. Das würde auch den Schuss erklären, den sie gehört hatten, als sie das Beobachtungsversteck verliessen.

»Ich werde die Polizei anrufen«, sagte Mike zu den anderen, »und ihnen sagen, was wir wissen und dass Paulsen hier in Mkhuze ist und sich als Polizist ausgibt. Aber es wird schwierig sein, das demjenigen zu erklären, der ans Telefon geht.«

»Wir müssen jetzt handeln«, sagte Nia.

»Wir müssen diesen Mann aufhalten«, bekräftigte Themba.

Nia blickte zu dem Jungen. Zwei Tage zuvor hatte sie noch gedacht, er wolle sie umbringen. Dieser Eindruck hatte sich geändert. Er schien aufgeweckt, furchtlos und reif für sein Alter. An der Art, wie er Mike ansah, erkannte sie auch, dass er den älteren Mann respektierte. Er wartete auf Mikes Antwort, aber der Forscher überlegte.

»Mike?«, drängte sie ihn. Sie wusste jetzt genug über seine Vergangenheit, um zu ahnen, was ihm durch den Kopf ging.

Mike schaute zu ihr und dann abwechselnd zu Themba und Lerato. »Themba hat recht, wir müssen dieses Monster aufhalten.«

Nia wartete darauf, dass seine Augen zu den ihren zurückkehrten, was sie auch taten. »Du meinst, ihn töten.«

»Ja.«

23

Paulsen fuhr mit der linken Hand am Lenkrad und mit der rechten schwenkte er einen Handscheinwerfer, den er im Fahrzeug des Nationalparks gefunden hatte. Er leuchtete damit von links nach rechts, über das Fahrerhaus des Wagens und wieder zurück.

Während er langsam weiterfuhr, suchte er den Busch ab. Mehrmals erkannte er zwischen den Sträuchern das Leuchten von Augenpaaren irgendwelcher Tiere.

Egil setzte darauf, dass seine Opfer einen Fehler machen oder ihm in die Arme laufen würden. Vom KuMasinga-Versteck bis zum Mantuma-Camp waren es etwa drei Kilometer und er plante, falls er sie nicht vorher im Busch fand, im Camp auf sie zu warten.

Er rechnete sich aus, die Flüchtigen seien noch nicht weit gekommen, also wendete er und fuhr, das Gebüsch auf beiden Seiten der Strasse mit dem Scheinwerfer dauernd ausleuchtend, zurück. So fuhr er die Route mehrmals hin und her.

Paulsen schwenkte das Licht einmal mehr nach vorn, dann trat er auf die Bremse. Dort, auf der linken Seite der Strasse, lag etwas Weisses und er war sich sicher, dass bei den zwei Fahrten davor nichts dort gewesen war, auch kein von einem unvorsichtigen

Touristen fallen gelassener Müll. Er hielt das Fahrzeug fünfzig Meter vor dem weissen Ding an, schaltete das Licht aus und stieg aus, wobei er die Schlüssel einsteckte. Er wartete, bis sich seine Augen ans Mondlicht gewöhnt hatten. Seine Pistole steckte im Gürtel seiner Hose und in der Hand trug er das 7,62-Millimeter-R1-Gewehr eines der ermordeten Rangers. In den grossen Taschen seiner Hose befanden sich zwei weitere Magazine mit Munition, die er vom Rest des Teams mitgenommen hatte.

Er hob das Gewehr und bog links in den Busch ein. Er bewegte sich, alle Sinne in Alarmbereitschaft, langsam vorwärts.

Rechts von sich sah er den Gegenstand im Gebüsch am Strassenrand. Er erkannte jetzt, dass es sich um ein Kleidungsstück handelte, womöglich ein T-Shirt, das sich in einem Dornenast verfangen hatte. Als er weiterging, blickte er nach unten und sah frisch abgebrochene Äste, deren blasse Rinde im Mondlicht glänzte. Anhand der Bruchstellen stellte er fest, dass seine Opfer die Strasse von links nach rechts überquert hatten.

Paulsen bog nach rechts und folgte der Spur.

Nein, dachte er. *Da ist etwas falsch.* Gerade als er sich umdrehen wollte, ertönten um ihn herum Schüsse.

Er rannte ein paar Schritte nach rechts, stürzte zu Boden und kroch so schnell er konnte weiter. Stacheln verhakten sich in seinen Kleidern und zerkratzten die Haut seines Gesichts, aber er ignorierte den Schmerz. Von Kugeln zerfetzte Blätter fielen ihm auf den Kopf.

»Zielt niedrig!«, rief eine Männerstimme mitten zwischen den Schüssen.

Paulsen kauerte sich zusammen und spürte, wie ein Geschoss knapp über seinem Rücken durch die Luft flog.

Den Geräuschen nach zu urteilen feurten zwei Waffen: Eine AK-47, deren charakteristisches ›*pop-pop-pop*‹ kurze Schüsse verriet, sowie das langsamere, tiefere Geräusch eines grosskalibrigen Jagdgewehrs mit Repetierverschluss.

Paulsen kroch, das Gewehr in der Armbeuge, bis er den Stamm eines dicken Baumes erreichte, der grösstmögliche Sicherheit bot. Der massive Stamm würde jedes Geschoss aufhalten. Er rollte sich zusammen, nahm eine liegende Schussposition ein, stellte den Wählhebel seines Gewehrs auf Automatik um und gab drei Schüsse ab.

»Runter!«

Er hatte erreicht, dass sie das Feuer für eine Sekunde einstellten. Paulsen sprang auf und rannte los, wobei er den Baum mehr oder weniger zwischen sich und der Strasse hielt. Als er den Asphalt erreichte, sah er, dass aus dem Bakkie des Nationalparks eine Gestalt ins Gebüsch auf derselben Seite der Strasse flüchtete, von der er gerade gekommen war. Er hob die R1 und gab zwei schnelle Schüsse ab, bezweifelte aber, beim bewegten Ziel einen Treffer gelandet zu haben.

Einen Sekundenbruchteil später quollen eine schwarze, schmierige Rauchwolke und orangefarbene Flammen aus dem Heck des Pick-ups. Er erinnerte sich an den Benzinkanister, der auf der Ladefläche gelegen hatte. Mit einem Hitzeschwall und explosivem Zischen ging der Wagen in Flammen auf.

Eine weitere Waffe eröffnete das Feuer, ein kleineres Kaliber, eine Pistole. Eine Kugel flog gefährlich nah an seinem Gesicht vorbei. Sie kam aus der Richtung des brennenden Wagens, aber von der anderen Strassenseite. Er war umzingelt. Die AK feuerte erneut, einen spekulativen Schuss.

Paulsen feuerte drei Schüsse in die Richtung, aus der der Pistolenschuss gekommen war, musste dann aber wegdrehen und erneut schiessen, da die AK-47 und das Jagdgewehr ihn zu finden versuchten. Sein Handy vibrierte in der Hemdtasche. Er duckte sich, holte es heraus und las die WhatsApp-Nachricht.

Seine Angreifer waren im Vorteil, alle in Deckung, während er hier am Rande der Strasse stand, sich duckte und auswich. Er kroch zu einem Baum und dachte über seine Möglichkeiten nach. Ihm standen ein Mann, eine Frau und zwei Teenager gegenüber und drei von ihnen waren bewaffnet.

»Ich ergebe mich!«, rief er und stand auf.

Paulsen wartete und spannte seinen Körper an, weil er den Einschlag einer Kugel abwartete. Wäre er Dunn oder die Pilotin gewesen, hätte er den Feind ohne zu zögern getötet. Doch diese Leute waren keine Mörder. Er stellte sich mit erhobenen Händen mitten auf die Strasse und hielt die R1 hoch über den Kopf. »Ich lege das Gewehr ab.«

»Tun Sie das«, sagte eine Männerstimme.

Langsam senkte er das Gewehr und legte es auf den Boden. »Die Handfeuerwaffe auch!«

Paulsen zog seine Pistole aus dem Gürtel, hielt sie am Abzugsbügel fest und legte sie neben das Gewehr.

»Treten Sie sie zur Seite.«

Dunn ging kein Risiko ein, oder genauer gesagt tat er sein Bestes, um das Risiko so klein wie möglich zu halten. Paulsen lächelte innerlich und verpasste beiden Waffen einen schnellen Tritt, so dass sie scheppernd zum Kiesrand der Teerstrasse rutschten.

Er ballte seine Finger zu Fäusten und spürte die Spitze des Stiletts, das an der Innenseite seines rechten Unterarms befestigt war. Er würde zuerst Dunn die Kehle durchschneiden, dann mit seiner Waffe den Jungen und schliesslich die Frau ausschalten.

»Bleiben Sie, wo Sie sind und legen Sie die Hände auf den Kopf. Ich komme jetzt zu Ihnen.«

Paulsen gehorchte und wartete. Er blinzelte, als der Lichtstrahl einer Taschenlampe in sein Gesicht leuchtete. Aus einer anderen Richtung, zu seiner Linken, hörte er Äste, die sich bewegten, also sah er in diese Richtung.

Dunn trat aus dem Gebüsch und stellte sich an den Rand der Baumgrenze. Er hob sein Gewehr an die Schulter und zielte.

»Das ist nicht nötig, ich gebe auf«, sagte Paulsen.

»Halten Sie die Klappe.«

»Hey, ich komme zu Ihnen, Okay?« Er machte einen Schritt.

»Keine Bewegung. Wenn Sie noch einen Schritt weitergehen, schiesse ich Ihnen eine Kugel in die Brust.«

»Ins Zentrum der Masse, nicht in den Kopf. Gut gedacht.«

»Gute Ausbildung.«

»Wollen Sie mir Angst machen?«

»Der einzige Grund, warum ich Sie noch nicht erschossen habe, ist, dass die Amerikaner Sie brechen werden, wenn sie Sie erwischen.

Die Informationen, die Sie ihnen geben, retten vielleicht ein paar Leben. Sie haben schon genug Leute umgebracht, Paulsen und verdienen eine Kugel.«

»Ah, Sie kennen also meinen Namen? Sie sind Südafrikaner, aber jetzt sind Sie der Lakai der Amerikaner, des grossen Satans. Die kümmern sich nicht um unser Land, unser Afrika.«

»Ich stehe nicht auf Ihrer Seite.«

»Sie wissen nichts über meine Seite. Ich habe nur versucht, ein entführtes Kind zu retten und es zu seiner Mutter zurückzubringen.«

»Eine weitere Terroristin!«

»Ich sehe, dass die Amerikaner Ihren Kopf mit Lügen gefüllt haben. Welche Frau würde nicht alles in ihrer Macht Stehende tun, um ihr Kind zurückzubekommen?« Paulsen musste näher an Dunn herankommen, nahe genug, um ihn schnell zu töten. Er machte einen Schritt auf den Mann zu.

Der Schuss hallte in den Hügeln von Mkhuze wider und Paulsen spürte, wie heisse Luft an seiner linken Wange vorbeiströmte. Er blieb stehen.

»Aus dieser Entfernung ist ein Kopfschuss genauso einfach wie ein Treffer ins Zentrum«, sagte Dunn aus dem Schatten zu ihm. »Legen Sie sich auf den Bauch und nehmen Sie die Hände hinter den Kopf.«

»Sie gehen doch kein Risiko ein, oder?«

»Nein.«

Paulsen ging auf Hände und Knie und legte sich dann nieder. Er verschränkte die Hände hinter dem Kopf und sah aus den Augenwinkeln, wie Dunn um ihn herumging. Er hörte die Schritte des Mannes auf der Strasse hinter sich. Er war nah.

»Es gibt keinen Grund, so besorgt zu sein. Ich bin mir sicher, dass Sie den Jungen irgendwo in der Nähe haben und er mich mit seiner AK-47 deckt. Es würde mich nicht wundern, wenn diese Wildkatze von einer Hubschrauberpilotin ebenfalls eine Waffe hat. Der Aufseher sagte mir, dass Sie eine Frau bei sich haben und ich kann nur vermuten, dass sie es ist.«

»Alle sind in Sicherheit und weg von hier. Nur noch Sie und ich sind hier, keine Zeugen.«

»Sollte ich mich fürchten?«

»Sie wirken auf mich nicht wie jemand, der sich leicht einschüchtern lässt.«

Dunn hatte Recht. Paulsen fragte sich, ob er wirklich allein war. Es würde Sinn machen, die Kinder weiter durch den Busch zu schicken. Sobald er Dunn getötet hätte, würde er sie verfolgen, aber diesmal auf einen Hinterhalt vorbereitet sein. Er hatte die Fähigkeit dieser Flüchtlinge, sich zu wehren, anstatt einfach wie eine aufgeschreckte Beute zu fliehen, unterschätzt. Derselbe Fehler würde ihm aber nicht noch einmal unterlaufen.

»Was ist auf dem Mikrochip?«

Paulsen biss den Fluch zurück. »Auf welchem Mikrochip?«

»Auf dem, den Sie oder ein anderer kranker Wichser oder die Mutter des Kleinen ihm in den Nacken gepflanzt hat, als wäre er ein Hund.«

Dunn arbeitete mit Wildtieren und erkannte einen Mikrochip, wenn er einen fühlte. Es gab keinen Grund, weiter den Dummen zu spielen, überlegte Paulsen. Aber er musste Dunn und die anderen töten, bevor einer von ihnen diese Information an die Amerikaner weitergab.

»Glauben Sie, ich sage es Ihnen?«

»Ich denke, die Amerikaner wissen es.«

»Die Informationen auf dem Chip sind für Sie völlig wertlos. Aber geben Sie mir das Baby – der Chip ist alles, was ich will. Die Amerikaner werden den Kleinen töten. Sie werden jeden umbringen, der von dem Chip weiss.«

»Blödsinn«, sagte Mike. »Amerikaner töten keine Babys.«

Paulsen nickte. »Normalerweise kommen ihnen ihre weichen Herzen in die Quere, oder wenn sie im Kampf Kinder töten, nennen sie es ›Kollateralschaden‹. Sie sind schwach. Aber glauben Sie mir, wenn es sein muss, um an den Chip zu kommen, werden sie das Kind töten. Ihr alle seid entbehrlich für sie, die Teenager, die auf der Flucht sind, die Frau und Sie. Sie wollen nicht riskieren, dass Sie

Informationen an die Medien weitergeben. Sie sind schwach, aber sie befinden sich im Krieg. Ihr werdet für sie ein Kollateralschaden sein, genau wie unschuldige Opfer eines wahllosen Bombenangriffs.«

Dunn schüttelte den Kopf. »Das kaufe ich Ihnen nicht ab und nach all den Menschen, die Sie getötet haben, übergebe ich Ihnen auf keinen Fall ein Kind.«

»Dies ist nicht euer Krieg.«

»Sie haben Recht. Aber ebenso wenig ist es eine Sache Südafrikas. Was mich betrifft, können Sie, die Amerikaner und jeder, der diese Scheisse in mein Land bringen will, zur Hölle fahren. Wir haben hier schon genug eigene Probleme. Aber verraten Sie mir: Was war Ihr Deal mit Bandile Dlamini? Sie sollten ihm doch Nashorn-Horn verkaufen, oder?«

»Ja. Ich hatte gehört, dass er trotz seiner selbstgefälligen Äusserungen in den Medien ein wichtiger Akteur im illegalen Wildtierhandel sei.«

»Sie haben soeben ein Verbrechen zugegeben, das Sie für Jahre in ein südafrikanisches Gefängnis bringen könnte.«

»Ich bin ehrlich zu Ihnen«, sagte Paulsen. »Ich hatte kein Nashorn-Horn, habe aber Dlaminis Geld genommen. Erzählen Sie das der Polizei, das ist mir egal. Geben Sie mir das Kind, oder, wenn Sie es mir nicht anvertrauen wollen, schneiden Sie ihm mit Ihrem Leatherman den Chip aus dem Nacken. Der Kleine wird schreien, aber leben, wenn die Amerikaner es nicht vorher erwischen und auslöschen.«

»Selbst wenn ich auf Ihre kranke Bitte eingehen würde, was hätte ich davon?«

»Ich habe keinen Grund, Sie, die Frau oder die anderen zu töten, wenn ich den Mikrochip bekomme. Ich werde Sie leben lassen.«

Dunn spottete. »Ich bin derjenige, der mit der Waffe auf Ihren Hinterkopf zielt und Sie sind derjenige, der mit dem Gesicht nach unten auf dem Boden liegt. Ich weiss, wie Sie aussehen und wie Sie heissen.«

»Das tun die Amerikaner auch und trotzdem haben sie mich noch nicht erwischt.«

»Sie sind ein Mann und die sind eine Armee.«

Paulsen sagte nichts. Stattdessen drehte er abrupt das Gesicht und liess seine Wange auf den Asphalt der Strasse sinken. Gleichzeitig liess er die Arme auf die Seite fallen, wobei er darauf achtete, dass sein rechtes Handgelenk nach unten zeigte. Sein Nacken war blutverschmiert. »Ich ... ich glaube, Sie haben mich getroffen. Der Schock ... ich habe nichts gespürt.« Er schloss die Augen und sein Körper erschlaffte.

Die Position, die Dunn Egil zugewiesen hatte, half diesem bei seinem Plan. Bevor er sich ergab, hatte er die Scheide des Messers, das an der Innenseite seines rechten Unterarms befestigt war, herausgezogen. Unbemerkt von seinem Entführer hatte Egil die nadelartige Spitze des Messers langsam in sein Handgelenk gedrückt. Während sie sich unterhielten, hatte er das Blut auf seinen Nacken tropfen lassen, so dass der Eindruck entstand, er blute aus einer Wunde.

Er lag da und hörte, wie Dunn hinter ihm die Position wechselte. Dann stiess ihn Dunn mit der Spitze seines Stiefels in die Rippen, aber Paulsen war darauf vorbereitet und reagierte nicht.

Egil Paulsen wusste nicht, ob genug Blut an seinem Hals klebte, um echt zu wirken, verliess sich aber darauf, dass Dunn das tun würde, wovon er überzeugt war. Er hörte das Rascheln der Kleider des anderen Mannes und das leise Aufschlagen des gummierten Schaftes des Jagdgewehrs, das auf den Boden gelegt wurde. Er zwang sich, noch ein paar Sekunden länger still zu liegen.

»Hey«, sagte Dunn. »Sind Sie wach?«

Paulsen bewegte sich nicht. Er spürte, wie Dunns Finger seinen Hals berührten, um nach dem Puls zu suchen. Jetzt kam sein Moment, um zuzuschlagen.

Paulsen rollte sich ab und bewegte die Hand so zurück, dass die blutige Spitze seines Stiletts zum Vorschein kam. Er rammte es in Richtung Dunns Kehle, aber der andere Mann war ebenfalls schnell und duckte sich bereits zur Seite. Als er sich bewegte, versuchte Dunn, sein Gewehr zu heben, und Paulsens Dolch prallte auf den blauen Stahl des Laufs.

Dunn fiel nach hinten und Paulsen stemmte sich auf die Knie

hoch. Er stürzte sich nach vorn auf Dunn und hinderte ihn daran, mit seinem Gewehr zu zielen. Dunn liess die Waffe fallen und griff nach Paulsens rechtem Arm, aber Egil verdrehte sein Handgelenk und schlitzte Dunns Handfläche auf.

Dunn zog seine Hand zurück und Egil sprang auf die Füsse. Er holte zu einem Tritt aus, der Dunn unter dem Kinn erwischte und ihn nach hinten schleuderte. Doch Dunn kam schnell wieder zu sich, hob sein Gewehr einhändig und drückte ab. Der Schuss dröhnte, aber Egil hatte sich bereits weggedreht und die Kugel verfehlte ihn, wenn auch nur knapp.

Egil schloss zu Dunn auf und trat erneut zu, wobei er Dunn, als dieser versuchte, den Bolzen zu betätigen, um eine weitere Patrone zu laden, das Gewehr aus den Händen schlug. Er hämmerte dem Forscher die linke Faust auf den Schädel und hörte ein befriedigendes Krachen. Wenn Dunn von diesem Schlag nicht bewusstlos war, musste er mindestens betäubt sein. Egil spürte, wie die Kampflust von ihm abfiel. Er zog die rechte Hand wieder zurück und schaute auf die glitzernde Klinge. Er wusste, dass er, nachdem er Dunn aus dem Weg geräumt hatte, die Jugendlichen und diese hochnäsige Hubschrauberpilotin leicht erwischen und töten konnte. Dann galt es nur noch, das Baby aufzuschlitzen und ...

24

»**M**ike«, sagte Nia. »Mike, hörst du mich?« Sie gab ihm erneut einen Klaps auf die Wange.

Mike öffnete die Augen und versuchte, sich auf sie zu konzentrieren. »Gott sei Dank. Es ist alles in Ordnung, du lebst, aber du blutest.«

»Wo ist Paulsen?« Er sah sich um.

Nia warf einen Blick auf den Toten und Mike zuckte vor Schmerz zusammen, als er seinen Kopf in die Richtung ihres Blicks drehte. Nia schluckte die Galle hinunter, die wieder in ihrer Kehle aufstieg. »Ich habe ihn erschossen.«

»Ich dachte ... «

»Ich weiss, ich weiss, du hast mir gesagt, ich solle zu meiner Sicherheit mit den Kindern weggehen, aber ich habe dir auch gesagt, dass ich nicht gerne Befehle befolge. Es ist gut, dass ich zurückgeblieben bin. Vergiss nicht, dass ich diesen Mann in Aktion gesehen habe.«

»Danke.« Er zog wieder eine Grimasse, als er seinen Hinterkopf abtastete.

»Du blutest dort und an der Handfläche, aber Wunden am Kopf

bluten immer sehr stark. Ich glaube nicht, dass es schlimm ist, es sei denn, du hast eine Gehirnerschütterung.«

»Es ist alles in Ordnung«, sagte er, »ich weiss, wo ich bin. Wo sind die anderen?«

»Themba sagte, er kenne den Weg zur Nsumo-Pfanne. Er ist jetzt mit Lerato und dem Baby auf dem Weg dorthin. Sie sind in Sicherheit, Mike.«

»Da bin ich mir nicht so sicher.«

»Ich weiss, dass die Mutter des Babys und die anderen noch da draussen sind, aber bevor sie uns hier finden, bringen wir uns in Sicherheit.

»Paulsen könnte ihnen durchgegeben haben, wo in Mkhuze wir uns befinden«, sagte Mike, »aber ich mache mir genauso Sorgen darüber, was die Amerikaner tun, wenn sie die Kinder zuerst erreichen.«

»Was willst du damit sagen?« Mike erzählte ihr von dem Gespräch, das er mit Paulsen geführt hatte. Es schien unglaublich, dass das, was sich auf dem Mikrochip befand, so wichtig war, dass die Amerikaner drei Kinder – und möglicherweise auch Nia und Mike – töten würden, um seine Existenz zu vertuschen.«

»Ich weiss, es klingt weit hergeholt. Und Paulsen hatte allen Grund, mich anzulügen, um mich aus der Reserve zu locken«, sagte Mike.

Nia nickte. »Stimmt, aber was alle – die Amerikaner und die Terroristen – tun, um dieses Baby in die Finger zu bekommen, ist verrückt. Ich mache mir wirklich Sorgen um sie. Kontaktierst du die Amerikaner und sagst ihnen, wo wir alle sind?«

Mike fingerte wieder an seinem Hinterkopf. »Ich bin mir nicht sicher. Weisst du, was ich denke?«

Sie sah ihm in die Augen. »Ja, ziemlich genau. Du willst herausfinden, was auf diesem Mikrochip ist, bevor wir das Baby übergeben.«

»Es ist verrückt.«

»Das ist es wirklich. Aber lass es uns tun.«

»Zuerst müssen wir die Kinder in Sicherheit bringen und hier weg. Die einzige Frage ist, wie.« Mike richtete sich auf.

»Ich habe mich um unseren Transport gekümmert«, sagte Nia. »Ich wusste nicht, wie schwer du verletzt bist und wie schnell wir von hier verschwinden müssen, falls die Frau und die anderen kommen, also habe ich einen Evakuierungshubschrauber organisiert. Mein Freund John ist schon auf dem Weg. Sie blickte auf den Mann hinunter, den sie gerade getötet hatte. »Was ist mit ihm?«

»Wen interessiert das?«

* * *

THEMBA TRUG das Baby auf dem Rücken und hielt die AK-47 bereit. Lerato folgte ihm dicht auf den Fersen, einen Wanderrucksack auf dem Rücken, den anderen vorne am Körper.

Themba freute sich, dass Lerato wieder ein Ziel vor sich sah. Sie bewegten sich schnell. Erstaunlicherweise schlief der Kleine. Themba dachte an den Fremdkörper, der in seinen kleinen Hals eingesetzt worden war. Ihm war das Konzept der Grausamkeit gegenüber Kindern nicht fremd, aber dies erschien ihm besonders abscheulich. Er dachte wieder an Nandi und an das Gelübde, das er ihr gegenüber abgegeben hatte. Sollte er jemals Kinder haben, würde er sie mit seinem Leben beschützen.

Mike hatte ihm gesagt, er solle sich nach Süden wenden, in Richtung der grossen Nsumo Pan.

»Falls ich Paulsen, den weisshaarigen Mann, nicht erwische, wird er annehmen, dass ihr zum Mantuma-Camp wollt«, hatte Mike erklärt, bevor er seinen Hinterhalt legte. »Geht stattdessen nach Nsumo. Erinnerst du dich, dass wir dort waren? Ihr könnt euch im Sanitärgebäude verstecken sowie euch und das Baby sauber machen. Ich werde euch dort abholen.«

Es war ein langer Weg bis zur Nsumo Pan, etwa dreizehn Kilometer, aber Themba befolgte die Anweisungen und auf der Strasse kamen sie gut voran. Beim ersten Anzeichen eines Fahrzeugmotors verschwanden sie im Busch. Mike hatte auch Nia befohlen, mit ihnen zu kommen, aber sie hatte seinen Befehl nicht beachtet.

In der Ferne hörte er einen Schuss und kurz darauf einen zweiten.

»Warte«, sagte Lerato. »Sollen wir zurückgehen und nach ihnen sehen?«

Themba sah über die Schulter zu ihr und schüttelte den Kopf. »Nein, wir gehen weiter. Er hat klare Anweisungen gegeben.«

»In Ordnung, Themba, ich vertraue dir.«

Mehr als eine Stunde später stapften sie immer noch in Richtung Nsumo. Themba wusste nicht, ob er Leratos Vertrauen erhalten konnte. Obwohl sie sich bemühte, stoisch zu bleiben, wusste er, dass sie, genau wie er, mit dem Schlimmsten rechnete. Nach den Schüssen hatte Themba angenommen, Mike und Nia kämen nun jeden Moment zu ihnen. Er hörte ein Geräusch, blieb stehen, hob die Hand und legte den Kopf schief.

»Was ist das?«, fragte Lerato.

»Ein Flugzeug, ich glaube, ein weiterer Hubschrauber. Geh in die Büsche.«

Sie hörten Rodas Knattern der Rotoren in der Ferne, aber als Themba durch die Bäume nach oben blickte, entdeckte er weder ein Suchlicht noch blinkende Navigationslichter. *Das ist gut*, dachte er, *wenn ich sie nicht sehe, bemerken sie mich genauso wenig.*

* * *

»Zwei Individuen, nein, drei. Eins trägt ein Baby auf dem Rücken. Sie bewegen sich nach Süden«, sagte der Pilot über die Gegensprechanlage des Sea Hawk. »Etwa vierhundert Meter westlich von uns.«

Der Hubschrauber hatte das Mkuze-Wildtierreservat überflogen und den Busch mit seiner vorwärts gerichteten Infrarotkamera, kurz FLIR genannt, abgesucht. Dabei hatten sie einen unerwarteten Erfolg erzielt.

»Verstanden«, sagte Jed ins Mikrofon. Dies war der zweite Navy-Hubschrauber, in dem er sass und nach dem Desaster des ersten

Flugs bei der Verfolgung der Ziele waren sie alle in erhöhter Alarmbereitschaft. Es waren nur zwei Sea Hawks an Bord des in Durban liegenden Kriegsschiffs gewesen, von denen jetzt einer zerstört war. Aber Jed wusste, dass im Moment eine Mini-Invasionstruppe aus weiteren Hubschraubern, US Navy SEALs und CIA-Offizieren auf dem Luftweg nach Südafrika unterwegs war. Bei diesem Flug befanden sich nur Jed, Franklin und Chris Mitchell an Bord.

Jed wusste, dass Chris trotz seines Alters äusserst ehrgeizig war. Er wollte die Flüchtigen fangen, bevor die Südafrikaner oder eine andere Organisation der US-Regierung ihm zuvorkommen konnten, und herausfinden, was sie ausser dem Baby sonst noch bei sich trugen. Im Moment bildeten Jed, Franklin und Chris die Spitze des amerikanischen Speers.

»Sie sind zu Boden gegangen«, sagte Chris. Er beobachtete die leuchtenden Bilder der weggelaufenen Kinder auf dem Bildschirm des FLIR. »Wir wollen sie nicht erschrecken und setzen euch etwas weiter im Süden ab.«

»Verstanden«, sagte Franklin.

Der Pilot drehte in südliche Richtung. Fünf Minuten«, sagte er.

Jed und Franklin überprüften und spannten ihre MP5. Jeder von ihnen trug ein halbes Dutzend Ersatzmagazine bei sich. Vielleicht waren es nur drei Kinder, aber sie durften kein Risiko eingehen. Fessey, Paulsen und die anderen Terroristen waren unauffindbar.

»Eine Minute«, sagte Chris über die Sprechanlage.

Jed nahm sein Headset ab. Die Besatzungsmitglieder auf beiden Seiten des Sea Hawk schoben die Frachttüren auf und Jed und Franklin warteten in den offenen Luken. Jed erinnerte sich an seine Zeit in Afghanistan. Er war dem Tod ein paar Mal knapp entronnen und hätte nie gedacht, dass er in seinem Leben noch einmal in einen solchen Einsatz gehen würde. Aber der Krieg, in den er nach dem 11. September 2001 gezogen war, schien nicht wirklich enden zu wollen.

Der Pilot hob die Nase des grossen Vogels ein wenig und als er auf den Rädern absetzte, sprangen Jed und Franklin heraus. Der Sea Hawk war im Nu verschwunden und um sie herum herrschte die

Stille des afrikanischen Buschs, einzig vom Ruf einer winzigen Zwergohreule durchbrochen.

Jed und Franklin positionierten sich auf beiden Seiten der Strasse in der Nähe des Strassenrandes. Das FLIR hatte gezeigt, dass die Jugendlichen die Strasse benutzten und auf sie zukamen. Jed würde sich ihnen zuerst zeigen, denn er wollte nicht, dass sie zu Schaden kamen. Sie würden bekommen, was auch immer es war, was die Terroristen wollten, und zwar ohne noch mehr Blut zu vergiessen.

Jed beobachtete die Strasse. Dank des Mondlichts war die Sicht gut.

»Jed«, sagte Chris' Stimme im Hörer des Funkgeräts, das Jed bei sich trug.

»Ich höre, Chris.«

»Wir haben ein Problem. Der Pilot sagt, einer der Motoren zeige eine rote Leuchte. Wir müssen landen, damit die Crew das überprüfen kann. Damit seid ihr, du und Franklin, im Moment auf euch allein gestellt.«

»Verstanden«, sagte Jed ins Funkgerät und schnippte mit den Fingern, damit Franklin zu ihm hinübersah und er ihm die Nachricht mit leiser Stimme übermitteln konnte.

»Wenn das so weitergeht, gehen der US-Marine bald die Hubschrauber aus«, kommentierte Franklin.

* * *

THEMBA SCHRITT, das Baby immer noch auf dem Rücken, voran und Lerato musste beinahe rennen, um seinen langen Schritten folgen zu können.

»Langsamer«, zischte sie.

Er konnte es ihr nicht verübeln, dass sie genervt war. Auch er spürte die Erschöpfung, aber sie durften nicht langsamer werden. Beim Gehen knackte sein Fuss auf einem Zweig und er schaute nach unten.

Auf der Strasse lagen quer über ihren Weg weitere kleine Äste in einer Reihe. Von dort, wo er stand, sah es fast aus, als wären die toten

Blätter und Zweige über die Strasse geweht worden. Aber das war ungewöhnlich, weil kein einziger Windhauch zu spüren war, und zwar schon den ganzen Tag nicht. Er bückte sich und sah sich die Zweige und Blätter genauer an – sie sahen nicht aus, als wären sie von Elefanten oder anderem Wild abgerissen und zu Boden geworfen worden.

Er verlangsamte seinen Schritt und hob die AK-47.

»Endlich«, brummte Lerato.

»Pst.«

»Themba!«, rief eine Stimme von vorne. Ein hochgewachsener Mann mit Bart und hellem, aber nicht schlohweissem Haar, wie es derjenige hatte, der sie verfolgte, trat auf die Strasse hinaus. Er hatte die Hände erhoben, doch in einer davon steckte ein kurzläufiges Maschinengewehr. »Mein Name ist Jed Banks, ich bin von der amerikanischen Regierung. Bitte nicht schiessen.«

»Renn in den Busch!«, befahl Themba Lerato.

Sie zögerte und wollte nicht von seiner Seite weichen, bis Themba sein Gewehr an die Schulter hob.

»Er schiesst«, rief eine andere Stimme von der gegenüberliegenden Strassenseite, auf der der erste Amerikaner stand.

Themba liess seine Waffe langsam sinken. Er hörte einen Schuss, dann einen zweiten und spürte, wie etwas seine Schulter traf. Er taumelte nach hinten und wich in Richtung der Bäume aus, zur Seite. Lerato schrie. Thembas einziger Gedanke war, dass er versuchen musste, aufrecht stehen zu bleiben, denn falls er rückwärts stürzte, zerquetsche er das Baby. Über und hinter sich hörte er das Rattern eines Motors und im nächsten Augenblick war er in grelles Licht getaucht.

Dies, dachte er, sei der Moment, in dem er sterbe. Er fragte sich, ob das Licht über ihm vom Himmel komme, ein Strahl, der seine Seele nach oben ziehe. Plötzlich wurde ihm schwindelig. »Lerato, ich liebe dich.«

»Was? Erzähl keinen Quatsch. Bist du in Ordnung?« Sie hatte ihren Arm um ihn und das Baby gelegt und stützte ihn.

In der Ferne sah er jetzt zwei Männer auf der Strasse. Einer von ihnen war ein Schwarzer, der eine khakifarbene Cargohose und ein Safarihemd trug. Er hob eine Maschinenpistole und schoss erneut, doch der blonde Mann, der zuerst auf der Strasse erschienen war, legte eine Hand auf die Waffe des Mannes und drückte sie herunter.

Das Licht flutete sie und ihre Umgebung und Themba blickte hinauf. Nicht das Jenseits, rief ihn, sondern ein Hubschrauber. Durch die offene Tür des hinteren Abteils erkannte er Mike Dunn, der ihnen zuwinkte und sie aufforderte, näher zu kommen. Themba machte einen Schritt, einen Zweiten, dann sackte er auf die Knie.

* * *

Mike sprang aus dem Bell Jet Ranger und lief zu Themba.

»Jemand hat auf ihn geschossen«, erklärte Lerato.

Nia kam zu ihnen – Mike wusste, dass es sinnlos gewesen wäre, ihr zu sagen, sie solle im Hubschrauber bleiben. Mit Leratos Hilfe wickelte sie das Baby von Thembas Rücken. Es schrie sich die Seele aus dem Leib. Tatsächlich war es ein Wunder, dass das Kind nicht auch noch getroffen worden war.

Mike legte einen Arm um Themba und führte ihn zum Hubschrauber. »Wer hat auf dich geschossen?«

»Amerikaner«, murmelte Themba.

Hinter dem Hubschrauber konnte Mike Jed Banks und seinen Partner Franklin sehen, die auf ihn zukamen. Franklin hatte eine MP5 in der rechten Hand und mit der linken fuhr er sich vor dem Hals durch, um dem Piloten zu signalisieren, er solle den Motor abstellen.

Es war ein angespanntes Warten gewesen, bis John mit dem Hubschrauber kam, aber Nia erklärte Mike, dass John den Jet Ranger bis an seine Grenzen gebracht habe, um die mehr als 300 Kilometer nach Mkhuze so schnell wie möglich zurückzulegen.

»Sie haben Themba zu töten versucht«, berichtete Lerato Mike.

Mike sah zu Nia, die nickte. »Wir sind alle südafrikanische Staatsbürger, Mike. Es gibt für uns keinen Grund, uns an die CIA auszuliefern.«

Sie halfen Themba in den Hubschrauber. »Wir müssen die Wunde verbinden.«

Nia kletterte auf den Sitz des Kopiloten, setzte sich ein Headset auf und unterhielt sich mit John. Vielleicht versuchte sie ihm zu erklären, warum zwei Männer in Khakiuniform nebeneinander die Strasse hinauf kamen und mit ihren MP5-Karabinern auf sie zielten, überlegte Mike.

Mike drückte eine Auflage auf die Wunde an Thembas Schulter und liess ihn diese festhalten, während er einen Verband darum wickelte. Beim Blick durch das vordere Fenster sah Mike, dass Franklin auf sie zielte. Dann feuerte der Amerikaner eine Reihe von Schüssen ab.

»Heilige Scheisse, was sollen wir tun?«, schrie John durch die Sprechanlage.

Nia steckte einen Finger in den Himmel. »Los!«

Lerato behielt Themba während des Fluges genau im Auge. Mike setzte sich ein Headset auf.

»Wohin?«, fragte John sie.

»Ich habe einen guten Freund, der Tierarzt ist«, sagte Mike. Er hat eine kleine Farm im Hinterland von Umhlanga Ridge. Kannst du uns dorthin bringen?«

»Sicher«, antwortete John über die Sprechanlage. »Da ich den Hubschrauber der Firma sowieso nicht fliegen sollte, ist es erst recht egal, wo ich ihn lande.«

»Die Amerikaner werden die südafrikanische Polizei alarmieren und die wird sich bemühen, Sie möglichst schnell zu finden und zu befragen«, erklärte Mike, »aber wir brauchen jetzt etwas Zeit.«

»Ich bin sicher, dass ich mich nicht mehr daran erinnern kann, wo ich euch abgesetzt habe, zumindest für ein paar Tage nicht.«

»Das sollte genügen«, sagte Mike.

»Themba braucht einen Arzt«, sagte Nia.

»Mein Freund, Dr. Boyd Qualtrough, arbeitete als Tierarzt in Botswana. Nebenbei behandelte er Menschen, illegal. Das örtliche Krankenhaus in der Nähe seiner Praxis hatte zu wenig Personal und war schlecht ausgestattet. Er hat mich einmal zusammengenäht, nachdem mich ein Büffel durchbohrte.«

»Okay«, antwortete Nia. »Ist er verschwiegen?«

»Der Anzahl seiner Affären mit verheirateten Frauen nach zu urteilen, kann er sehr gut etwas für sich behalten.«

John flog tief und schnell durch die Nacht, immer der Küste des Indischen Ozeans entlang. Nördlich von Umhlanga Rocks wandte er sich nach Westen, ins Landesinnere und Mike führte ihn über die Hügel zu Dr. Boyd Qualtroughs Farm.

Sie umkreisten ein weiss getünchtes einstöckiges Haus mit einem grünen Wellblechdach, das Hauptgebäude. In einem eingezäunten Hof darunter sah Mike ein Zebra. Offensichtlich sammelte Boyd immer noch verwaiste oder unerwünschte Wildtiere, die er, sofern er immer noch seine alten Tricks anwendete, wahrscheinlich ohne Genehmigung hielt.

»Da vorne ist ein leeres Feld«, sagte John. »Dort gehe ich herunter.«

Nachdem sie landeten, liess John die Motoren weiterlaufen. Nia beugte sich zu ihm hinüber und küsste ihn auf die Wange, während Mike auf die Seite des Piloten ging, ihm die Hand schüttelte und sich bei ihm bedankte. Als sie sicher waren, dass Boyd in der Nähe war – im Haus ging ein Licht an und ein Mann mit nacktem Oberkörper kam heraus – halfen Mike und Nia Themba und Lerato aus dem Hubschrauber und John hob wieder ab.

Nia trug den zappelnden kleinen Jungen in ihren Armen.

»Was zum Teufel ...?« begann Boyd, der auf nackten Füssen und mit einer Schrotflinte in den Händen über das Gras zu ihnen lief. Er hielt an. »Mike Dunn! Junge, was für ein Auftritt, fast so dramatisch wie das letzte Mal, als ich dir das Leben gerettet habe.«

Mike und Boyd umarmten sich. »Boyd, es ist schön, dich zu sehen, aber wir sind in der Klemme, und zwar gewaltig. Das hier ist Themba. Er hat eine Neun-Millimeter-Kugel in die Schulter bekommen. Du musst dich um ihn kümmern.«

»Okey, okey.« Boyd nickte Nia zu. »Ma'am.«

»Howzit, ich bin Nia und das ist Lerato. Wir wären Ihnen sehr dankbar für Ihre Hilfe, Dr. Qualtrough«, sagte Nia.

»Einem hübschen Gesicht konnte ich noch nie widerstehen, Ma'am. Hallo, Lerato. Kommt rein und lasst uns einen Blick auf den jungen Themba hier werfen.«

Boyd führte sie durch sein Haus, schnappte sich ein T-Shirt vom Sofa und zog es im Gehen über. »Entschuldigt die Unordnung. Das Hausmädchen kommt nur einmal in der Woche und das ist morgen.«

Mike bemerkte die offene Flasche Bourbon auf dem Couchtisch, den überquellenden Aschenbecher und das American-Football-Spiel, das im Fernseher lief. Neben dem Whisky lag eine halb aufgegessene ›Debonairs‹-Pizza.

Boyd öffnete die Tür zur angrenzenden Doppelgarage, die zu einer Klinik umgebaut worden war. Es gab einen Operationstisch, Lampen, ein digitales Röntgengerät, Regale mit Medikamenten und Schränke mit anderem medizinischem Zubehör. Aus einem Käfig an der Wand miaute eine Katze und ein Graupapagei rief »Hallo«.

Boyds Haar hatte sich ein wenig gelichtet, seit Mike ihn das letzte Mal gesehen hatte. Das war kurz bevor Boyd aus Botswana ausgewiesen worden war, weil er sich über Verbrechen und Wilderei beschwert hatte. Mike hatte keine Ahnung, was der Tierarzt sonst noch getan haben mochte, das die Regierung dazu brachte diese Massnahme zu ergreifen, aber jedenfalls hatte es gereicht.

Mike und Nia halfen Themba auf den Tisch.

»Hinten gibt es eine Toilette, falls du sie brauchst«, sagte Boyd zu Lerato. »Ich glaube, ein gewisser Geruch verrät mir, dass dein Baby gewickelt werden muss.«

»Er ist nicht mein Kind«, sagte Lerato, »aber wenn ich ein Handtuch oder etwas bekommen könnte, wäre das grossartig.«

»Ich helfe dir, Lerato«, sagte Nia.

»Ist schon gut«, sagte Lerato zu Nia, »bleib du hier und pass auf Themba auf.«

Boyd wusch sich die Hände, zog Gummihandschuhe über und legte eine Reihe von chirurgischen Instrumenten, Mullbinden und

Verbänden bereit. Er schnitt den provisorischen Verband auf und hob ihn von Thembas Schusswunde ab.

»Kannst du mit deinen Fingern wackeln und dann eine Faust für mich machen, Themba?«

Themba zuckte zusammen, konnte aber tun, was der Tierarzt von ihm verlangte. »Es tut weh.«

»Das wundert mich nicht.« Boyd zog eine Spritze auf. »Aber du hast Glück gehabt, Themba. Die Kugel hat deine lebenswichtigen Organe verfehlt und es scheint nicht allzu viel Schaden entstanden zu sein. Ich gebe dir ein Schmerzmittel und dann hole ich die Kugel aus dir heraus.«

»Sie sind ein echter Arzt?«

»Nun, jedenfalls hat sich keiner meiner Patienten je beschwert, am allerwenigsten die vierbeinigen.« Er sah zu Nia. »Würden Sie mir assistieren? Der alte Vogelmann hier ist beim letzten Mal, als ich ihn genäht habe, beinahe in Ohnmacht gefallen.«

Mike zog eine Grimasse. »Ja, das ist wahr. Ich sehe mir so etwas nicht gern an.«

»Das mache ich gerne«, sagte Nia. Sie ging zum Waschbecken, wusch sich die Hände und zog sich ein Paar Handschuhe an.

Erleichtert trat Mike an die Wand der Hausarztpraxis zurück und schaute weg, als Boyd Themba eine Spritze gab.

»Wie lange sind Sie schon in Afrika?«, erkundigte sich Nia.

Mike hatte Boyds Geschichte, die er Nia nun erzählte, schon gehört. Mit fünfundfünfzig machte Boyd eine Midlife-Crisis durch und verliess seine Frau. Nicht etwa für eine andere Frau, sondern für einen neuen Kontinent. Boyd war Grosswildjäger gewesen, was angesichts seines Berufs doch eher überraschte. Er reiste mindestens ein Dutzend Mal nach Afrika, um Antilopen und Büffel zu schiessen und war, wie viele andere Ausländer, süchtig nach Afrika geworden. Nachdem seine Ehe in die Brüche ging, verkaufte er seine lukrative Praxis in Florida, machte sowohl seinen Anteil am Geschäft wie auch das Haus zu Geld und zog nach Botswana.

»Ich habe dort als freiwilliger Tierarzt für Wildtiere gearbeitet«, erzählte Boyd Nia, während er darauf wartete, dass das Narkosemittel bei Themba wirkte und sie eine Kompresse auf die Wunde drückte, um den Blutfluss zu verlangsamen. »Die Regierung von Botswana ernannte mich sogar für gewisse Zeit zum Ehren-Ranger. Ich bin aber ein rechthaberischer, grossmäuliger, arroganter Mistkerl und die Einheimischen hörten es nicht gern, wenn ich sagte, wie es war und wie es meiner Meinung nach sein sollte.«

»Sie kommen mir recht sanftmütig und mild vor«, sagte Nia, während sie die vollgesogenen Kompressen auf Thembas Wunde gegen frische austauschte, »gar nicht wie die meisten Amerikaner, die ich kenne.«

Boyd lachte. » Mikey-Boy, du hast ja hier eine richtige Pistole.«

»Es ist nicht meine«, sagte Mike im selben Moment, in dem Nia bestätigte: »Ich gehöre nicht zu ihm.«

»Aha. Nun, ihr zwei würdet ein verdammt gutes Power-Paar abgeben, ausser dass Nia hier die bessere Krankenschwester ist. Ich sage ja nur. So, es ist Zeit, zu operieren!« Boyd streckte eine Hand aus. »Schwester, Skalpell.«

Nia runzelte nachdenklich die Stirn, fand aber das richtige Instrument und legte es ihm in die Hand.

Was Boyd Nia gegenüber nicht erwähnt hatte, war seine eigene Gesundheit. Mike wusste, dass Boyd an einer Bauchspeicheldrüsenentzündung gelitten hatte, aber sein Zustand hatte sich seit dem letzten Mal, als er ihn gesehen hatte, offensichtlich verschlechtert und er schien erheblich an Gewicht verloren zu haben.

»Einen Moment, Boyd«, sagte Mike.

»Was ist das?«

»Hast du Hunde und Katzen mit einem Mikrochip versehen?«

Boyd sah ihn mit hochgezogenen Augenbrauen an. »Natürlich. In dieser Gegend haben die meisten Leute nicht genug Geld, um sich überhaupt um ihre Haustiere zu kümmern, andere dagegen lassen ihnen einen Mikrochip mit ihren Telefonnummern implantieren. Warum?«

»Ich brauche ein Lesegerät.«

»Müsste ich fragen, wofür?«

»Nein, besser nicht.«

»Okay, bediene dich – das Lesegerät ist im Stahlschrank dort drüben in der Ecke und wenn es dir nichts ausmacht, hole ich jetzt die Kugel aus unserem jungen Freund hier heraus. Bleib ruhig sitzen, Themba. Es dauert nur eine Minute.«

Mike ging zum Schrank und war froh, dass er nicht zusehen musste, wie Boyd Thembas Haut aufschnitt und nach der Kugel suchte. Er fand das Lesegerät, drehte es ein paar Mal in den Händen und fand schliesslich den Ein-Aus-Schalter.

Er verliess den behelfsmässigen Operationssaal und ging ins Haus zurück. Er fand Lerato im Badezimmer, wo sie das Baby trocken tupfte und anzog.

Lerato sah zu ihm auf. »Es geht ihm schon besser. Er ist erstaunlich stark für so ein kleines Geschöpf.«

»Kinder sind zäh, und du und Themba seid stark.«

»Wie geht es ihm?«

»Bei Boyd ist er in guten Händen.«

»Der Mann sieht aus wie ein alter Säufer.«

»Sein Herz ist am rechten Fleck. Ich muss das Baby untersuchen.«

Sie zeigte auf das Lesegerät. »Damit?«

Mike nickte.

»Aber er ist nicht irgend eine Ware mit einem Strichcode im Supermarkt, wissen Sie.«

»Ich weiss, Lerato. Er ist ein winziges menschliches Wesen, das es genauso wenig verdient hat, in diesen *Kak* verwickelt zu werden, wie du und Themba oder Nia und ich. Aber er ist jetzt bei uns und wir müssen wissen, warum die Leute bereit sind, für das zu töten, was in ihn hineingepflanzt wurde.«

»Okay. Aber lassen Sie mich ihn halten.«

Lerato hob das Baby hoch, nahm es in den Arm und streifte sein T-Shirt so herunter, dass die weiche Haut in seinem Nacken sichtbar wurde. Mike richtete das Lesegerät auf ihn und drückte auf den Knopf. Das Instrument piepte und Mike schaute auf den kleinen Bildschirm.

»Was ist es?« fragte Lerato und wiegte das Kind sanft.

»Ziffern. Eine lange Zahl, die mit den Buchstaben ›CH‹ beginnt und von einer kürzeren, sechsstelligen gefolgt wird.« Mike überlegte, ob er sie aufschreiben solle, hatte dann aber eine bessere Idee. Er nahm sein Handy heraus, wählte Kontakte und fügte zwei neue Namen hinzu, von alten Freundinnen, die er seit Jahren nicht mehr gesehen hatte. Er teilte die Nummern, die auf dem Lesegerät zu sehen waren, auf, so dass jede so lang wie eine Handynummer war und fügte +27, die internationale Vorwahl für Südafrika, hinzu.

»Was bedeuten sie?«

»Ich weiss es nicht«, antwortete Mike ehrlich. »Komm, lass uns rübergehen und nach Themba sehen.«

Sie gingen in den Operationssaal in der Garage, wo Boyd seine Arbeit beendete und Nia die letzten Fäden zurechtschnitt.

»Gute Arbeit«, sagte Boyd zu Nia.

»Danke, Herr Doktor. Das war faszinierend.«

Themba war bei Bewusstsein, aber seine Augenlider waren schwer.

»Wie geht es ihm?«, fragte Mike.

»Er überlebt, aber er hat eine Menge Blut verloren. Ich werde einen Kochsalz-Tropf für ihn vorbereiten und dann muss er sich ein paar Stunden ausruhen.«

»Boyd, danke, aber wir müssen sofort weiter«, sagte Mike. »Nun, aber ich sage, dieser junge Mann muss sich ein paar Stunden erholen.«

» Mike, Lerato und ich sind ebenfalls kaputt«, gab Nia zu bedenken.

»Ich habe drei Gästezimmer«, sagte Boyd. »Es dauert nur eine Minute, sie bereit zu machen.«

Mike sah zu Nia, die nickte. »Okay, danke, aber wir müssen einen Weg finden, um gleich morgen früh loslegen zu können.«

Nia sagte: »Ich habe mein Auto in Umhlanga.«

»Ihr könnt mein *Bakkie* nehmen, um es zu holen«, bot Boyd an. »Es bietet allerdings nur zwei Personen Platz. Aber die Kinder sind hier bei mir sicher, bis ihr zurückkommt.«

Mike sah zu Lerato.

»Ich bin es leid, herumzuziehen«, sagte sie. »Ich will nur noch im Haus schlafen. Ich kümmere mich um das Baby.«

»In Ordnung«, sagte Mike.

Boyd wärmte die übrig gebliebene Pizza für sie auf, ergänzte sie mit einem Salat. Mike, Nia und Lerato assen schweigend, zu erschöpft, um sich beim Essen zu unterhalten.

Mike und Nia halfen Boyd, die Betten zu beziehen. Die Gästezimmer und die Bettwäsche rochen muffig, als wären sie selten benutzt worden. Während sie Leratos Bett machten, zuckte Boyd zusammen, stand auf und legte seine Hand auf seinen Bauch.

»Bist du okay?«, fragte Mike.

Boyd schüttelte leicht den Kopf. »Es ist die Bauchspeicheldrüse, Krebs, Kumpel. Nichts hat geholfen und ich bin auf dem Weg, mich zu verabschieden.«

»Nein, Boyd, das tut mir so leid.«

Er zuckte die Achseln. »Verdammt, ich hatte, abgesehen vom letzten beschissenen Jahr, eine ziemlich gute Zeit. Ich habe immer damit gerechnet, in Afrika zu sterben, aber ich hatte gehofft, dass es unter anderen Umständen sei.«

»Kannst du irgendetwas tun?«

»Mein Arzt hat gesagt, ich solle Alkohol und Zigarren aufgeben, aber was bringt mir das? Mässigung ist etwas für Mönche.«

»Danke für alles. Du hast gar nicht gefragt, worum es geht«, sagte Mike.

»Du bist ein Freund in Not. Ich werde nie vergessen, dass du mich im Gefängnis in Botswana besucht und mir Essen und etwas zu lesen gebracht hast, bevor ich abgeschoben wurde.«

»Das war das Mindeste, was ich für dich tun konnte. Es tut mir nur leid, dass die Dinge dort nicht gut für dich gelaufen sind.«

»Das ist Afrika, Kumpel.«

Ihre Situation konnte nicht einfach als ›das ist Afrika‹ abgetan werden, dachte Mike. Es war viel schlimmer.

Lerato wollte das Baby bei sich behalten, also brachte Boyd sie in ein Zimmer mit zwei Einzelbetten und schob das des Kindes dicht an ihres heran. Lerato rollte einige Badetücher zusammen, um den Kleinen zu stützen und zu verhindern, dass er aus dem Bett fiel. Dann sagten Mike und Nia dem Mädchen gute Nacht und gingen auf den Korridor hinaus.

»Ich lasse euch allein«, sagte Boyd und während Nia den Blick abwandte, zwinkerte Boyd Mike zu.

Wenn er nicht so erschöpft gewesen wäre, hätte Mike gelacht. Dennoch bleib er im Flur stehen, als er und Nia ihre einander gegenüber liegenden Zimmer erreichten.

»Nun, gute Nacht«, sagte er.

Sie stand, die Hand auf dem Türknauf, da und wartete ebenfalls. »Ja, gute Nacht. Es sind schon ein paar Tage vorbei.«

»Ja, tatsächlich.« Ihm fiel nichts mehr ein, was er hätte sagen können, obwohl er ein überwältigendes Verlangen hatte, mit ihr zusammen zu sein. Nicht sexuell, sondern einfach nur in ihrer Nähe. Er fragte sich, ob er sie einfach nur beschützt wollte.

»Ich komme schon klar«, sagte sie.

Sie war kratzbürstig und direkt, aber ihre Worte klangen nicht vorwurfsvoll. »Ich weiss. Aber manchmal ist es gut, zu wissen, dass jemand anderes auf einen aufpasst.«

Nia lächelte. »Ich passe auf dich auf. Bist du okay?«

Nachdem Boyd die Operation an Themba beendet hatte, säuberte und verband er die Schnittwunde an Mikes Hand. Ausserdem war der Schmerz der Beule an Mikes Hinterkopf nur noch ein dumpfes Pochen. Mike spürte jedoch, dass Nia nicht nur seine körperlichen Verletzungen ansprach. »Ich hätte Egil Paulsen sofort erschiessen sollen. Dann wären wir alle schneller entkommen und bevor die Amerikaner kamen.«

Sie streckte die Hand aus und legte sie auf seinen Unterarm. »Du könntest keinen Mann kaltblütig umbringen. Nicht nach dem, was dir passiert ist, als du jünger warst. Ausserdem konntest du nicht wissen, dass Paulsen versuchen würde, dich auszutricksen.«

»Nein, aber ich hätte es mir denken können. Danke, dass du mir das Leben gerettet hast«, sagte er.

»Es war mir ein Vergnügen. Ich bin froh, dass ich ihn getötet habe, er war durch und durch böse, aber wenn er keine falschen

Spiele versucht hätte, hätte ich hätte ihn nicht erschossen. Mach dir keine Vorwürfe, du bist ein guter Kerl, Mike Dunn. Von deiner Art gibt es verdammt wenige. Glaub mir, ich weiss es.«

Mike sah Nia in die Augen. Sie bewegte sich ein wenig und lehnte sich näher zu ihm hin. Mikes Telefon klingelte. »Entschuldige, Nia.« Er holte es aus seiner Tasche und zeigte ihr das Display. Es war Jed Banks.

»Jed.«

»Mike.«

»Sind Sie mir auf der Spur, Jed? Wenn ja, lege ich jetzt auf.«

»Denken Sie an den Stand der neuesten Technik, Mike. Wir sind im digitalen Zeitalter und wenn ich eine Spur von Ihnen wollte, hätte ich die längst. Nein, ich sitze im verdammten Mkhuze-Nationalpark fest und warte darauf, dass diese Navy-Tintenfische ihren Hubschrauber reparieren. Und wo sind Sie?«

»Ähm, bei dieser Frage passe ich, Jed. Immerhin hat Ihr Kumpel auf uns geschossen.«

»Nun, in der Nähe einer AK-47 wird er schiesswütig. Ich weiss, wie er sich fühlt. Sagen Sie mir, wo Sie sind, und wir bringen Sie in Sicherheit«, sagte Jed.

»Wir sind hier nicht im Wilden Westen, Jed, sondern in Südafrika. Wir passen eine Weile auf uns selbst auf, danke. Warum mobilisieren Sie in der Zwischenzeit nicht Amerikas militärische Macht, um die Leute zu fangen, die versuchen, diese Kinder zu töten?«

»Am anderen Ende der Leitung war eine Pause zu hören. »Sie haben da den Finger auf einen wunden Punkt gelegt, Mike. Diese Operation war von Anfang an ein einziges Schlamassel. Um Himmels willen, ein US-Botschafterin wurde ermordet und wir kriegen unseren Scheiss nicht auf die Reihe. Arbeiten Sie mit uns, nicht gegen uns.«

Mike rieb sich die Augen. Er war müde. »Fürs Erste sind wir sicher, aber wenn die bösen Jungs uns finden, sind Sie der Erste, den ich anrufe, Jed.«

»Wir suchen immer noch nach euch allen, Mike.«

»Viel Glück dabei.«

TEIL III

Inqe und seine Partnerin beobachteten ihr Küken erwartungsvoll. Es hatte sich von einem winzigen Flaumknäuel zu einem immer stärker werdenden jungen Männchen entwickelt.

Es hüpfte schon seit einiger Zeit im Nest herum und nun war der Moment gekommen, in dem es seinen ersten Flug unternahm.

Das Küken schlug mit den Flügeln und sprang an den Rand des Nestes. Die Eltern schlugen mit ihren riesigen Flügeln und flogen weg. Hier gab es keinen Platz für sie alle drei.

Langsam und in niedriger Höhe umkreiste Inqe den Bleiholzbaum. Er war so gross, dass er eine von der Erde aufsteigende, warme Thermik brauchte, um richtig abheben zu können. Dem Küken fiele es vielleicht aufgrund seiner geringeren Grösse etwas leichter. Vorerst musste Inqe aber auf einem Ast landen und zusehen.

Das Küken sah zu schlaksig aus und bewegte sich zu unkoordiniert, um es jemals in die Luft zu schaffen, doch mit einem weiteren mutigen Sprung hatte es die Sicherheit des Nestes verlassen und schlug wie wild mit den Flügeln. Einen Moment lang schien es mit einem spitzen Ast zusammenzustossen, aber im nächsten Moment flog es tatsächlich.

Sie waren noch nicht in Sicherheit. Weder das Küken noch Inqe, noch ihre gesamte Art, aber immerhin gab es Hoffnung.

25

Mike hielt Bangers Pistole schussbereit, als Nia die Wohnungstür aufschloss und öffnete. Sie hätte diese Szene für lächerlich gehalten, wenn sie nicht selbst erlebt hätte, wozu die Terroristen fähig waren.

Sie waren in Boyds *Bakkie* nach Umhlanga Rocks gefahren. Der Tierarzt, der sich in einen Humanmediziner verwandelt hatte, sah am Morgen, als sie alle wach waren, nach Themba und berichtete ihnen, dass die Schulter des Jungen immer noch blute. Er wollte noch ein paar Stiche setzen und das würde einige Zeit dauern. Ausserdem wollte er, dass Themba sich noch ein wenig ausruhte.

Nia und Mike hatten gezögert, die drei Kinder zurückzulassen, aber Boyd wies erneut darauf hin, dass in seinem Fahrzeug nur zwei, maximal drei Personen sitzen konnten.

Ihre momentane Angst war, dass die Amerikaner hier auf sie warteten, so wie sie Mike in Suzanne Fesseys Haus aufgelauert hatten. Sie kannten Nias Namen, so dass sie oder die südafrikanische Polizei nur ein paar Minuten brauchten, um ihre Adresse herauszufinden. Mike drängte sich an ihr vorbei und ging, die Waffe immer noch erhoben, durch ihre Wohnung. Schliesslich verkündete er: »Alles sauber.«

Sie ärgerte sich über die Art und Weise, wie er die Kontrolle übernahm, fand es aber gleichzeitig gut, ihn bei sich zu haben.

Nia ging in ihr Schlafzimmer, zerrte einen Rucksack von ihrem Kleiderschrank herunter und füllte ihn mit Kleidern und Toilettenartikeln, bevor sie ihren südafrikanischen und den australischen Pass dazu legte. In der Küche stopfte sie einige Obstkonserven und drei Dosen Thunfisch in den verbliebenen Platz.

Plötzlich pochte ihr Kopf und sie spürte, dass ihr schwindlig wurde. Sie streckte eine Hand aus, um sich auf der Küchenbank abzustützen. »Ich glaube, ich muss mich hinlegen.«

»Nicht hier«, sagte er.

»Ich weiss, was du meinst. Glaubst du, die Kinder sind bei Boyd sicher?«

»Vorläufig schon, aber wir brauchen alle einen anderen Ort, an dem wir uns verstecken und erholen können.«

»Wir können nicht immer weglaufen«, sagte sie, »müssen uns aber verstecken.«

»Meine Wohnung ist zu riskant. Wenn sie sie nicht schon überwachen, werden sie es bald tun und auch diese Wohnung überprüfen sie bestimmt noch früh genug«, sagte Mike. »Wir können zurück zu Boyd gehen, aber ich würde die Kinder heute Abend gern da rausholen.«

»Wir könnten uns Hotelzimmer nehmen«, antwortete sie.

»Gute Idee. Hast du etwas bestimmtes im Sinn?«

Nia öffnete die Balkontür und ging nach draussen. Mike folgte ihr und stellte sich neben sie. Sie zeigte auf die Strandpromenade.

»Das ist ein Witz, oder?«, sagte er.

»Meine Eltern haben mir eine ihrer Kreditkarten gegeben. Sie ist nur für absolute Notfälle gedacht. Ich denke, das hier ist einer.«

»Nun, wenn du sicher bist …«, murmelte er.

»Das bin ich.«

Sie fuhren mit dem Aufzug ins Erdgeschoss des Wohnblocks und stiegen in Nias Auto. Als sich das Garagentor öffneten, fuhr sie hinaus und hielt dann am Strassenrand inne, um nach möglichen Überwachungsfahrzeugen Ausschau zu halten. Ein paar Minuten später fuhren sie auf den Parkplatz des berühmtesten Hotels in Umhlanga Rocks, des ›Oyster Box‹.

»Weisst du, ich habe mein ganzes Leben in Durban gelebt und war noch nie hier. Ich hätte es mir nicht einmal leisten können, hier zu essen.«, erklärte Mike.

»Ich lade dich ein«, sagte Nia. Der Wachmann an der Schranke grüsste und wies ihnen den Weg zum Eingang des Hotels. Sie parkten und ein Portier in einer Uniform im Kolonialstil und mit Tropenhelm kam zu ihnen. Nia öffnete den Kofferraum und der Mann nahm ihr die Tasche ab. »Als ich noch zur Schule ging, kamen meine Eltern jedes Jahr hierher. Sie wohnten früher in Johannesburg, aber sie liebten es hier in Umhlanga. Deshalb haben sie vor fünf Jahren die Wohnung, in der ich jetzt wohne, gekauft.«

»Offensichtlich konnten sie es sich leisten.«

»Als sie Südafrika verliessen, hatten meine Eltern nicht viel Geld, aber einen umso besseren Geschäftssinn. Sie kauften in Australien eine Firma, die Schlafsäcke herstellte und arbeiteten hart.«

Nia fragte die Frau an der Rezeption, ob zwei Zimmer frei seien. Diese bestätigte, dass zwei Suiten mit Meerblick frei seien. »Ich nehme beide.«

Das Oyster Box war bis hin zum schwarz-weiss gefliesten Boden altmodisch eingerichtet. Selbst die Uniformen der Zimmermädchen sahen aus, als hätten sie sich seit den 1930er Jahren nicht verändert. Nia fand, der Ort sehe noch genauso aus wie bei ihrem allerersten Besuch und der Service war nach wie vor tadellos. Ein Portier begleitete sie zu den Zimmern und führte sie in die erste Suite. Er öffnete Flügeltüren, die auf einen Streifen grünen Rasens mit zwei Sonnenliegen führten. Jenseits des Rasens waren der glitzernde Indische Ozean und der rot-weiss gestreifte Leuchtturm zu sehen.

»Möchten Sie das andere Zimmer sehen, Sir?«, fragte der Portier.

»Nein, es ist schon in Ordnung«, sagte Nia zu dem Mann. »Lassen Sie einfach den Schlüssel hier.«

Mike gab dem Portier ein Trinkgeld, als dieser sie verliess. »Wunderbare Aussicht.«

»Das ist wirklich so«, sagte sie. »Ich werde sie nie leid. Wegen der Zimmer ...«

»Ja?«

»Halte mich bitte nicht für einen Angsthasen, aber ich möchte im Moment einfach nicht allein sein, okay?«

»Ich verstehe.« Mike rief Boyd auf seinem Handy an und ging, um zu reden nach draussen. Während er sprach, behielt er Nia in Sichtweite.

»Was gibt es Neues?«, erkundigte sich Nia, als er wieder hereinkam.

»Er hat Themba ein Beruhigungsmittel gegeben, aber die neuen Stiche scheinen zu halten. Er sagt, Themba solle sich erst in sechs bis acht Stunden, also nach Einbruch der Dunkelheit, bewegen. Er hat berichtet, Lerato sei ein typischer Teenager und schlafe immer noch. Dem Kleinen geht es gut.«

»Dort sind sie so sicher wie überall sonst auch. Lass mich schauen, was John tut.« Nia rief Buttenshaw an. Er versicherte ihr, er sei gesund und munter und niemand, nicht einmal die US-Regierung, habe sich bisher dazu durchgerungen, ihn zu fragen, ob er es gewesen sei, der sie in der Nacht zuvor aus Mkhuze ausgeflogen habe, oder wo sich die Flüchtigen versteckten. Nia übermittelte die Nachricht an Mike.

»Das ist gut«, sagte er. »Ich denke, wir sollten trotzdem bald zu Boyd zurückkehren.«

»Gut, aber zuerst gehe ich duschen und ziehe mir saubere Kleider an. Ich kann mich selbst nicht mehr riechen.«

Mike nahm eine Flasche Wasser von einem der Nachttische und setzte sich bei geöffneter Balkontür draussen auf einen Stuhl. Es war sonnig und warm. Touristen machten sich auf den Weg zum Swimmingpool des Hotels oder die Treppe vor ihrem Zimmer hinunter, nach links und zum Strand. Als Nia sie beobachtete, wünschte sie sich, sie könnte im Moment ein genauso unbeschwertes Leben leben.

Bevor sie die Tür schloss, warf sie noch einen Blick auf Mikes breiten Rücken. Er lehnte sich im Stuhl zurück und verschränkte die Hände hinter dem Kopf. Da waren sie wieder, diese schönen Unterarme, dachte sie, braungebrannt und muskulös. Ausserdem hatte er immer noch dichtes, volles Haar.

Nia ging ins Badezimmer, drehte das Wasser auf und schälte sich aus ihrem Fluganzug und ihrer Unterwäsche. Sie stieg in die Dusche und genoss das Gefühl des Einseifens und Haarewaschens in vollen Zügen.

Sie dachte daran, wie Mike sie am Abend zuvor angesehen hatte, als sie beide an den Türen ihrer Zimmer angehalten hatten. Sie waren beide zu müde, als dass irgendetwas hätte passieren können, aber sie hatte irgendwie verstanden, was er gesagt hatte, dass Menschen jemanden brauchen, der auf sie aufpasst oder über sie wacht.

Nia hatte dieses Gefühl gemocht, aber der Schlussstrich mit Banger im Kopf gab der ihr das Gefühl, niemanden in ihrem Leben zu brauchen, erst recht keinen Mann. Sie war schon als Kind sehr unabhängig gewesen, fühlte sich aber von Banger verletzt. Nia war traurig und wütend und die Tatsache, dass Mike Dunn offensichtlich ein anständiger Kerl mit einer sensiblen Seite war, ging ihr ein wenig auf die Nerven. Sie hätte am liebsten alle Männer abgelehnt, zumindest für eine Weile, und dann war hier dieser Mike, der immer versuchte, das Richtige für alle zu tun.

Während sie das harte, heisse Wasser auf ihre Haut prasseln liess und sich abspülte, schloss sie die Augen. Einen Moment lang fragte sie sich, wie es wohl wäre, diese grossen Hände auf ihrem Körper zu spüren, seine Haut auf ihrer zu fühlen und ihn gleichzeitig zu berühren. Sie war sich sicher, dass sie Bangers Berührung und seine Umarmungen mehr vermissen würde als den Sex. Es war eine Ironie, dass sie trotz ihrer selbstgewählten Stachligkeit und der feministischen Neigung vor allem für Berührungen, Fingerspitzen eines Mannes auf sich und das Gefühl seiner Haut lebte.

Nia war mit dem Waschen fertig, stieg aus der Dusche und trocknete sich ab. Es gab genug Handtücher, also wickelte sie eines als Turban um ihr nasses Haar. Als sie ins Zimmer zurückkehrte, sah sie, dass Mike draussen auf dem Stuhl schlief.

Sie ging so leise wie möglich zu ihrer Tasche und nahm frische

Kleider heraus. Aber irgendetwas musste ihn gestört haben, denn er schaute über die Schulter zu ihr.

»Entschuldige, dass ich dich geweckt habe.«

»Kein Problem«, sagte er. »Ich glaube, ich dusche auch.«

»Okay, ich ziehe mich hier im Zimmer an und du kannst unter die Dusche.«

Er stand auf und kam ins Zimmer. Als er an ihr vorbeiging, sah sie, dass er versuchte, nicht auf ihre nackten Beine oder die Haut über dem oberen Rand ihres Handtuchs zu schauen. Er war drollig, ein richtiger Gentleman, der seine Augen abwandte. Das gefiel ihr.

Nia war müde und ihr Kopf pochte immer noch. Der Gedanke, sich überhaupt anzuziehen, war ihr fast zu viel. Stattdessen legte sie sich, immer noch in ihr Handtuch gehüllt, aufs Bett. Die Weichheit der Bettdecke und der Berg von Kissen wirkten wie ein Beruhigungsmittel. Sie schloss die Augen und ergab sich der Erschöpfung.

Sie wachte auf, als sie hörte, wie eine Flasche geöffnet wurde.

»Entschuldigung«, sagte Mike. »Sprudelwasser.«

»Ich werde, schnell wach, sogar wenn ich sehr gut schlafe, schnell wach«, sagte sie.

»Ich gehe auf den Balkon und gegen ein Schläfchen hätte ich auch nichts.«

Sie schaute aus der Balkontür. »Draussen ist es heiss. Komm, leg dich doch aufs Bett. Aber keine Fummeleien und ich verspreche, meine Hände von dir zu lassen.« Nia sah den kurzen Moment der Unentschlossenheit in seinen Augen. »Es ist alles in Ordnung.«

»Es sieht wirklich verlockend aus. Aber ich könnte mich natürlich auch im anderen Zimmer hinlegen.«

Sie tätschelte das Bett neben sich. »Wie ich schon sagte, möchte ich im Moment lieber nicht allein sein.«

Er kam zum Bett, setzte sich auf die Matratze, legte sich dann auf den Rücken und schloss mit über dem Bauch gefalteten Händen die Augen. Nach ein paar Minuten schnarchte er leise.

Nia schloss die Augen. Beim zweiten Mal fiel ihr das Einschlafen nicht mehr so leicht und sie fragte sich, ob dies so sei, weil ein fremder Mann neben ihr lag. In Mikes Gegenwart fühlte sie sich nicht verletzlich, sondern eher im Gegenteil, sicher. Trotzdem waren ihre Nerven jetzt angespannt.

Doch erneut war ihr Körper stärker und sie musste eingeschlafen sein, denn als sie die Augen wieder öffnete, kam Mike aus dem Bad zurück.

»Der Fluch des Alters«, sagte er zu ihr, als er sah, wie sie ihn ansah.

Sie blinzelte ein paar Mal. »Du solltest deine Prostata untersuchen lassen.«

Er lachte kurz auf. »Wenn man etwas direkt sagen kann, hältst du dich nicht zurück, nicht wahr?«

»Tut mir leid, Diplomatie war noch nie eine meiner Stärken.«

Er hielt seine Hände hoch. »Mit mir ist alles in Ordnung. Ich habe den Check und den Bluttest gemacht. Ich hatte nämlich schon einige Freunde mit diesem Problem.«

»Gut. Dass es dir gut geht, meine ich.«

Er schaute auf sie herab. Es war ihr peinlich, dass das Erste, was ihr in den Sinn kam, etwas so Persönliches, Intimes war. Es war nicht die Art von Dingen, über die praktisch Fremde miteinander sprachen. Andererseits hatten sie beide gerade im selben Bett geschlafen.

»Bist du noch müde?«

Sie nickte. »Ja, das bin ich wirklich. Ich hätte nicht gedacht, dass ich einschlafen würde, aber ich habe es geschafft.«

»Du hast geschnarcht.«

»Unmöglich«, gab sie zurück, »ich schnarche nicht.«

Er lachte wieder.

»Was ist so lustig?«

»Du hast dich wie ein Warzenschwein angehört.«

Nia griff hinter ihren Kopf, schnappte sich ein Kissen und warf es nach ihm. Mike duckte sich.

»Entschuldigung.«

»Pah!«, sagte sie. »Ich bleibe dabei, dass ich nicht schnarche.«

Mike schaute auf seine Uhr. »Wir haben noch ein paar Stunden Zeit, bis wir die Kinder abholen können.«

Nia liess sich ins Bett zurücksinken. »Weisst du, was ich jetzt wirklich gerne hätte?«

»Was?«

»Einen Drink. Ich trinke nicht viel Alkohol, aber jetzt hätte ich gern einen Gin Tonic.«

Mike stand auf und ging zur Minibar. »Kommt sofort. Aber ich mache nicht mit. Ich will einen klaren Kopf behalten.«

»Der hier ist für medizinische Zwecke.«

Er nahm die Miniaturflasche Gin und die kleine Dose Tonic aus dem Kühlschrank und schüttete sie in ein Glas mit Eis, das in einem Eimer in der Bar stand. Auf einer Untertasse lag eine vorgeschnittene Zitrone, von der er eine Scheibe hinzufügte. Es wirkte dekadent und angesichts ihrer schwierigen Situation fehl am Platz, aber als er ihr das Glas reichte und sie den ersten Schluck nahm, schloss sie selig die Augen.

»Gut?«

»Sehr.«

Er setzte sich wieder auf das Bett und seufzte. »Immer noch müde?«

Er nickte.

»Leg dich hin und erhol dich, solange du kannst.«

Er lehnte sich zurück und stützte den Kopf auf den Kissenstapel, dann sah er sie an. »Ich finde, du bist sehr mutig, weisst du.«

Sie zuckte mit den Schultern und nahm noch einen Schluck. »Dein junger Freund Themba ist mutig. Ein bisschen albern, aber mutig.«

Er nickte. »Es tut mir leid, dass du in all das hineingezogen wurdest, Nia.«

»Das ist halt einfach so passiert.«

»Dein Freund ist ein Idiot.«

Sie verschluckte sich an etwas Gin Tonic, hustete und lachte dann. »Danke, ich weiss.« Er reichte ihr eine Serviette und sie wischte sich den Mund und die Nase ab. »Aber du kennst mich ja gar nicht.«

»Nein, aber das Wenige, das ich von dir weiss, sagt mir, dass sich jeder Mann glücklich schätzen sollte, dich zu haben.«

»Niemand hat mich je *gehabt*.«

Er hob erneut die Hände. »Entschuldigung.«

»Ist schon gut. Und danke, ich verstehe, was du meinst. Und ehrlich gesagt musste ich so etwas auch hören, nach dem, was passiert ist.«

Mike rollte sich auf die Seite und stützte sich auf einen Ellbogen. »Was hast du mit einem Typen wie ihm gemacht?«

Wieder spürte sie, wie sich ihre Nackenhaare aufstellten. »Er war heiss.«

»Aber er ist unter deinem Niveau.«

»Unter meinem *Niveau*? Sind wir wieder im neunzehnten Jahrhundert?«

»Du bist zu klug für ihn.«

»Ich brauche also jemanden, der schlauer ist als ich. Willst du das damit sagen?«

Er schüttelte den Kopf. »Ein gleichwertiges Gegenüber, denke ich.« »Und wenn es das nicht gibt?«

»Nun, warte kurz«. Mike tat etwas völlig Unerwartetes. Er streckte seine Hand nach ihr aus und als sie spürte, wie der Rücken seiner Fingerspitzen ihre Wange berührte, begann ihr Herz wie wild zu schlagen.

»Was machst du denn da?«

»Ich weiss es nicht.«

Er nahm seine Hand nicht weg, sondern fuhr fort, ihre Haut sanft zu streicheln. Es fühlte sich an, als bekäme sie eine Million kleiner statischer Stromstösse, als seine Finger über sie strichen, war aber keineswegs unangenehm.

»Mike …«

»Nia …«

Mike streckte die Hand aus und nahm ihr Kinn sanft in seine Finger.

Er strich mit dem Daumen sanft über ihre Lippen. »Du bist hinreissend.«

Sie schluckte heftig, ihr Herz pochte.

Dann beugte er sich zu ihr hinüber und küsste sie. Sie war überrascht und ihr erster Gedanke war, wie weich seine Lippen waren. Der Rest von ihm war sonnengebräunt und sah wettergegerbt aus. Seine Lippen waren aber zart wie die eines Mädchens. Nia öffnete ihren Mund. Sie wollte mehr von ihm, wollte die Erinnerung an Banger auslöschen und jemanden Neues kennenlernen. Sie war in den letzten Tagen dem Tod mehr als einmal sehr nahe gewesen und hatte selbst einen Mann getötet. Jetzt merkte sie, dass sie sich wieder lebendig fühlen wollte.

Mike strich mit dem Rücken seiner Fingerspitzen über den oberen, über dem Handtuch liegenden Teil ihrer Brust. Er machte weiter, nicht drängend oder aufdringlich und sie begnügte sich fürs Erste damit, ihn zu küssen. Er war sehr gut darin.

Nia dachte kurz an die beiden Jugendlichen und das Kleinkind, aber die Berührung seiner Finger auf ihrem Oberschenkel, unterhalb des Saums des Handtuchs, vertrieb diese schnell. Sie rollte sich auf die Seite, erwiderte seine immer drängender werdenden Küsse mit ihrem eigenen Hunger und erregte sich ein wenig, indem sie ihr Knie anwinkelte und ihr Bein anhob.

Sie spürte, wie sich seine Finger zwischen ihren Beinen bewegten, wobei er die weiche Haut an der Innenseite ihrer Schenkel streichelte. Er fuhr mit einem Finger bis zum oberen Ende ihres Beins, streifte dabei knapp ihre Lippen und fuhr dann wieder hinunter. Ihr Atem wurde schneller. Sie wollte, dass er sie noch mehr berührte.

Er löste seinen Mund von ihrem, küsste ihre Wange, dann die Seite ihres Halses. Er verweilte an ihrem zierlichen Schlüsselbein, das ihr immer ein wenig zu sehr hervortrat und küsste es. Sie legte den Kopf schief, nahm sein Ohrläppchen in den Mund und saugte sanft daran. Er stöhnte ein wenig. Sie lächelte in sich hinein.

Mike befreite sich und seine Lippen wanderten in winzigen Schritten zum weissen, flauschigen Handtuch hinunter. Mit der freien Hand löste er den losen Knoten und sie lag nackt vor ihm. Während seine Lippen und seine Zunge die erste ihrer Brustwarzen fanden, wanderte sein Finger zu ihrer angeschwollenen Klitoris. Er streichelte sie langsam zwischen den Beinen und saugte sanft an ihr. Sie spürte, wie sie in seinem Mund anschwoll und das intensive, lustvolle Gefühl schien in einer direkten Verbindung von ihrer Brustwarze zu ihrer Muschi zu haben.

Nia wollte ihn am ganzen Körper spüren, wollte ihn berühren, ihn überall gleichzeitig küssen. Sie griff nach ihm und spürte seine Härte durch die Hose. Sie fummelte an der Schnalle seines Gürtels und an seinem Reissverschluss. Er lehnte sich ein wenig zurück und half ihr. Dann kniete er sich aufs Bett, während sie ihn von den Kleidern befreite. Sein Penis sprang aus der Unterhose und sie bewunderte ihn.

»Leg dich zurück«, sagte sie zu ihm. Dies war ein Spiel für zwei. Sie konnte sehen, wie sich ihr Grinsen in seinem widerspiegelte. Er tat wie befohlen.

Nia drehte sich auf den Rücken und nahm ihn in ihren Mund. Als sie sich auf das Gefühl von ihm konzentrierte, unglaublich weich und doch sehr hart, spürte sie, wie seine Zunge sie fand. Er zog eine Linie zwischen ihren geschwollenen Lippen zu ihrer Klitoris und fuhr, wie er es mit seinen Fingern getan hatte, um sie herum.

Nia stöhnte auf, als sie sich so positionierte, dass er mehr von ihr haben konnte, alles. Ihre Erregung wuchs, aber sie wusste, dass sie ihn in sich brauchte. Als sie sich von ihm löste und sich hinlegte, kam er zu ihr, hielt sich über ihr und schaute auf sie herab. Er lächelte, senkte sein Gesicht zu ihrem und küsste sie erneut. Dann löste er sich von ihr, stand vom Bett auf, ging zu seiner Hose und zog seine Brieftasche heraus.

»Bist du sicher?«, fragte er sie, als er das in Folie verpackte Päckchen herausnahm.

»Nein. Aber schlaf bitte trotzdem mit mir, Mike.«

26

———

ike Dunn wachte auf und war verwirrt. Der Himmel draussen war rosa, aber er hielt es für unmöglich, die ganze Nacht durchgeschlafen zu haben. Ausserdem ginge die Sonne über dem Meer auf, also müsste es heller sein.

Und dann war da Nia.

Er drehte sich um und sah sie an. Sie lag auf dem Rücken und ihre prächtigen Brüste hoben und senkten sich sanft im Schlaf. Es wäre eine Schande, sie aufzuwecken.

Mike legte den Kopf auf das Kissen, das noch feucht war von seinem Schweiss. Sie hatten zweimal miteinander geschlafen – zum Glück war sie genauso bereit gewesen wie er. Er hatte nicht gewusst, dass diese Lust in ihm lauerte und sie war unersättlich. Er sah auf die Uhr. Sie hatten eine Stunde geschlafen, vielleicht zwei.

Er liess ihr Zusammensein im Geiste Revue passieren. Das erste Mal ging schnell, beide waren gierig und er hatte ihre Brustwarzen geküsst und daran gesaugt, während sie sich selbst zum Orgasmus gebracht hatte. Es war ihr peinlich gewesen, dass sie so lange gebraucht hatte. Er hatte ihr versichert, dass er es liebte, für sie da zu sein und bei ihr zu liegen, wenn sie kam.

Das nächste Mal war es langsamer, zärtlicher.

Jetzt, wo er sie ansah und erkannte, wie jung sie vergleichsweise war, fragte er sich, was da gerade passiert war. War es einfach der ›Sex von Überlebenden‹? Vielleicht war er nur Teil ihres persönlichen Heilungsprozesses, ein Weg, um über Banger hinwegzukommen. Es war der Tag nach ihrer Trennung, aber sie schien ihm nicht der Typ zu sein, der besonders freizügig war, obwohl sie Sex eindeutig mochte.

Für ihn war es der Geschmack eines vergessenen Paradieses gewesen, ihren Körper unter und über sich zu spüren, ihre schlanken Arme, ihren muskulösen Po zu bewundern. Ihre Haut war weich, glatt und im Gegensatz zu seiner eigenen jung.

Er schwang seine Beine vom Bett, setzte sich auf und fuhr sich mit der Hand durchs Haar. Er griff nach seiner Hose auf dem Boden und holte sein Handy aus der Tasche. Während er durch seine letzten Anrufe scrollte, um Boyds Nummer zu finden, spürte er die Berührung ihrer Hand auf seinem Rücken.

Mike schaute über die Schulter.

Nia lächelte zu ihm hoch. »Hallo.«

»Hey.«

»Wie spät ist es?«

»Es wird Zeit, dass wir die Kinder abholen.«

»Wir klingen wie ein altes Ehepaar.«

»Nicht ganz.«

»Nein.« Sie liess ihre Hand dort liegen und ihre Handfläche fühlte sich klein, warm und weich an auf seinem Rücken. »Danke.«

»Es war mir ein Vergnügen. Danke dir.«

Sie liess ihre Hand sinken. »Mike ...«

Er stand auf, nahm ein Handtuch und wickelte sich es um den Unterkörper. »Ist schon gut, du brauchst nichts zu sagen. Ausserdem muss ich Boyd anrufen.«

Er ging zur Terrassentür, öffnete sie, ging nach draussen und setzte sich auf eine der Sonnenliegen. Er wählte Boyds Nummer.

»Mike?«

»Ist alles in Ordnung? Wie geht es ihnen?«

»Themba sieht schon besser aus«, sagte Boyd. »Die Blutung ist gestoppt. Körperlich sieht er ein wenig kräftiger aus, aber ich würde ihn gern über Nacht hierbehalten. Nur weiss ich ja, dass ihr weiterfahren wollt.«

»Wir habe einen sicheren Ort gefunden, du musst nicht wissen, wo, aber nachdem wir ihn abgeholt haben, wird er sich bald ausruhen können.«

»Nur das Nötigste sagen, was? Das gefällt mir. Sehr James Bond. Okay, seid ihr auf dem Weg?« erkundigte sich Boyd.

»Wir sind in weniger als einer Stunde bei dir.«

»Prima, wir erwarten euch.«

Mike beendete das Gespräch und ging zurück ins Haus. Nia sass auf dem Bett und hatte das Laken hochgezogen, so dass es ihre Brüste bedeckte.

»Dreh mir nicht einfach den Rücken zu und geh nicht weg, wenn ich dir etwas sagen will.«

Ihr Tonfall ärgerte ihn. »Sag mir nicht, was ich tun soll. Wir sind nicht verheiratet, weisst du.«

»Warum behandelst du mich so?«, fragte sie.

»Ich verstehe«, sagte er. »Du wolltest mir sagen, dies sei eine einmalige Sache gewesen. Ich bin zu alt für dich, Nia. Aber auf jeden Fall müssen wir nun diese Kinder holen.«

»Du hast keine Ahnung, was ich sagen wollte.«

Er sah sie an. Sie erwiderte seinen Blick und ihre grünen Augen blinzelten nicht. Sie schürzte die Lippen.

»Also?«, fragte er.

»Ehrlich gesagt, weiss ich nicht mehr, was ich gerade sagen wollte. Was vorher passiert ist, war, nun ja, um die Wahrheit zu sagen, es war verdammt schön, aber ich weiss einfach nicht ...«

»Es ist okay. Es ist keine grosse Sache.«

»Sag das nicht.«

»Entschuldigung«, sagte er.

Er erinnerte sich an Streitigkeiten mit seiner Frau. Manchmal hatten sie nicht einmal schlecht begonnen, aber es schien, als sei jedes Wort, das er sagte, egal wie sorgfältig er es überlegte, falsch. Jetzt hatte er das Gefühl, er befinde sich in genau einer solchen Situation. »Ich gehe jetzt duschen. In zehn Minuten bin ich fertig zum Aufbruch.«

Mike ging an ihr vorbei, schüttelte den Kopf und stieg unter die Dusche.

* * *

BOYD QUALTROUGH SASS auf der Treppe seines Hauses und hatte eine Schrotflinte auf den Knien liegen. Er sass in einem Schaukelstuhl, der eher in sein Haus in Florida gepasst hätte, als hier nach Afrika, aber er mochte ihn. Ein schöner afrikanischer Sonnenuntergang bahnte sich an und er nahm sich einen Moment Zeit, diesen zu geniessen.

Er griff nach seinem Glas und nahm einen Schluck Bourbon mit Cola. Es war sein erster an diesem Tag, schliesslich musste er bei klarem Verstand sein, bis Mike kam und die Kinder abholte.

Er nahm das Fernglas, das er neben sich auf den Sitz gelegt hatte, hob es an seine Augen und stellte es scharf.

»Lerato?«, rief er.

Das Zulu-Mädchen – das zu einer umwerfenden Schönheit werden würde – kam zu ihm heraus. »Ja, Dr. Boyd?«

»Kannst du Auto fahren?«

»Ja, mein Vater hat es mir beigebracht.«

»Bist du schon mal Quad gefahren?«

»Einmal, im Urlaub, am Strand.«

»Komm mit.«

Boyd führte sie zurück ins Zimmer, in dem Themba sich ausruhte. Seine Augen waren viel klarer, als sie eintraten. Boyd stellte seine Schrotflinte an die Wand, prüfte den Tropf mit Kochsalzlösung und sah, dass er fast leer war. Er zog die Kanüle aus Thembas Arm und klebte ein Pflaster darüber. »Du musst jetzt gehen, mein Junge. Unten vor meinem Tor ist ein Auto vorgefahren und eben sind drei Personen daraus ausgestiegen. Eine von ihnen ist eine Polizistin.«

Themba und Lerato sahen sich an. »Nein!«, entfuhr es dem Mädchen.

Boyd nickte. »Sieht aus, als könnten es die Leute sein, die hinter euch her sind. Mike hat mir von der Frau erzählt. Die Mutter des Babys, ja?«

Lerato seufzte. »Sie ist verrückt, Dr. Boyd, das sind die alle. Ein Teil von mir möchte ihr einfach das Baby geben und hoffen, dass sie uns in Ruhe lässt.«

»Du hast sie gesehen und erlebt, was sie und ihresgleichen getan haben. Du weisst, dass sie dich nicht einfach in Ruhe lassen wird, nicht wahr, Mädchen?«

Lerato schniefte.

»Kommen Sie mit uns, Dr. Boyd.«

»Mike hat meinen Wagen. Das einzige andere Transportmittel, das ich habe, ist mein Quad und darauf passen wir auf keinen Fall alle.«

Boyd half Themba aus dem Bett. Mit Leratos Hilfe zog er ihm die schmutzige, zerrissene Schulhose und ein frisches Hemd aus dem Schrank an. »Du wirst neue Klamotten brauchen, wenn du in Sicherheit bist.«

Lerato ging in ihr Zimmer und kam mit dem Baby zurück. Der Kleine war sauber, gefüttert und hatte ein kleines Handtuch als Windel umgebunden. Er schien zufrieden zu sein und gluckste, als sie ihn sanft auf ihrer Hüfte schaukelte. »Bitte lassen Sie uns nicht allein, Dr. Boyd.«

»Pst.«

Er nahm seine Schrotflinte und führte sie auf der Rückseite des Bauernhauses ins Freie. Das Zebrafohlen, um das er sich kümmerte, wieherte brüllend, als spüre es die Spannung. »Ruhig, mein Junge, du brauchst dich nicht zu fürchten.«

Sie gingen zum Fahrzeugunterstand und Boyd zeigte Lerato, wie man den Quad startet und drehte den Schlüssel für sie. »Gas und Bremse sind hier, es ist ganz einfach. Steigt auf.«

Boyd setzte das Baby auf dem Rasen ab und während Lerato auf den Fahrersitz kletterte, half er Themba auf die Rückbank. Als der Themba sass, hob Boyd das Kleinkind hoch und setzte es zwischen die beiden Jugendlichen.

»Lerato, hör gut zu! Ein Freund von mir, Pete Nairn, bewirtschaftet eine Farm auf der anderen Seite des Tals. Fahr hinunter zum Bach. Dort, wo du die beiden hohen Bäume siehst, gibt es eine felsige Stelle, an der du ihn überqueren kannst, denn das Wasser ist um diese Jahreszeit nicht tief. Ich rufe Mike an und sage ihm, wo ihr hinwollt. Meldet euch bei ihm, wenn ihr bei Pete seid. Sagt Pete, dass ihr der Gefallen seid, den er Boyd schuldet.«

Boyd hatte Petes Lieblingshund gerettet und ihn wieder zusammengeflickt, nachdem ihn ein Leopard angefallen hatte. Pete hatte jedoch ein schlechtes Jahr in der Landwirtschaft und konnte die Rechnung nicht bezahlen. Viele von Boyds Patienten befanden sich in ähnlichen Situationen. Pete erklärte, er schulde Boyd einen Gefallen und Boyd gab zurück, dass er eines Tages einen grossen Gefallen einfordern würde.

»Fahr los!«

»Ich habe Angst, Dr. Boyd«, sagte Lerato. »Wenn diese Leute kommen, werden sie Sie umbringen.«

»Mach dir keine Sorgen um mich, junge Dame. Ich bleibe einfach hier und behalte alles im Auge. Sobald ich weiss, dass ihr in Sicherheit seid, entwische ich den bösen Jungs. Jetzt geh schon, los, auf geht's.«

Der Quad schlingerte und Themba musste seinen guten Arm um Lerato legen, um zu verhindern, dass er rücklings herunterfiel.

Boyd drehte sich um und ging zurück ins Haus. Zuerst blieb er in seinem Schlafzimmer stehen, dann ging er zu seinem Schrank und holte ein Paar handgefertigte alte Cowboystiefel heraus, die er sich selbst zum Abschluss seines Studiums der Tiermedizin geschenkt hatte.

Er setzte sich aufs Bett, schüttelte seine Sandalen ab und zog die Stiefel an. Boyd stand auf, nahm seine Schrotflinte am Schiebeschaft in die Hand und schnippte mit der Hand, um eine Patrone zu laden. Dann holte er auch sein Jagdgewehr, Kaliber .375 mit Zielfernrohr. Er öffnete einen kleinen Tresor, der sich im Schrank befand, nahm einen Smith & Wesson .44 Revolver heraus und steckte ihn in den Hosenbund. Sein Telefon klingelte und er schaute auf das Display.

»Hallo, Mike.« Boyd ging den Korridor des Hauses entlang, wobei die Absätze seiner Stiefel langsam und rhythmisch auf den Dielen klackten. Er war noch nicht lange hier, mochte das Haus jedoch. Er war froh, dass er es, bevor er nach Botswana zog, gekauft hatte. Es war eine der wenigen vernünftigen Entscheidungen, die er in seinem Leben getroffen hatte. Er atmete tief durch die Nase ein und prägte sich den Geruch des Hauses ein – Holz, Bohnerwachs, Zigarrenrauch.

»Boyd, howzit.«

Er ging durch die Vordertür auf die Terrasse hinaus und legte die Waffen ab. »Könnte besser sein. Bei mir kommt gerade Besuch, der sich In taktischer Manier die Auffahrt hinaufbewegt. Sie geben sich gegenseitig beim Vorrücken Deckung. Zwei Männer und eine Frau. Ich habe die Kinder auf den Hof hinter mir geschickt, zu Petes Haus. Kennst du das?«

»Ja, ich weiss wo. Wir sind auf dem Weg. Verlass das Haus, Boyd und geh auch zu ihnen.«

»Dafür habe ich keine Räder mehr zur Verfügung, Mike und In diesem Zusammenhang kann ich dir noch berichten, dass eure bösen Jungs ein neues Fahrzeug gefunden haben: einen weissen Toyota Land Cruiser Prado.«

»Ruf die Polizei, Boyd.«

»Das werde ich sofort tun, wollte aber den Kindern Zeit geben, sich zu entfernen.«

»Boyd, verschwinde von dort!«

»In meinem Alter laufe ich nicht mehr davon. Bis bald, Mike.« Boyd beendete das Gespräch und nahm sein Jagdgewehr. Er kniete sich auf die Holzterrasse und stützte den Lauf auf die geschnitzte Brüstung Er liess seinen Blick von links nach rechts wandern und sah die Gestalt eines Mannes, der in gebeugter Haltung hinter einer Hecke durchrannte. Er berechnete die Geschwindigkeit des Mannes, zielte und schoss.

Er wusste, dass die Kugel nicht treffen würde, aber sie erzielte die gewünschte Wirkung. Durch die Blätter der Hecke sah er, wie der Mann zu Boden stürzte und die Umgebung absuchte. Boyd sah einen blauen Blitz im hohen Gras verschwinden, die Frau in Uniform war auch zu Boden gegangen.

Gut.

Er hatte ihren Vormarsch auf ihn gebremst und sie wären jetzt vorsichtiger, aber er hatte auch gerade signalisiert, dass er sie gesehen hatte und wusste, wer sie waren.

»Kommt schon, kommt raus«, forderte er sie auf.

Ein weiterer Mann war aufgestanden, aber dieser hatte sich vom Bauernhaus abgewandt und lief davon. Boyd verfolgte ihn und als er auf den geparkten Land Cruiser zusteuerte, behielt er das Fadenkreuz des Zielfernrohrs auf dem Rücken des Mannes. Angesichts dessen, was er über diese Leute und was sie getan hatten wusste, war Boyd versucht, dem Mann in den Rücken zu schiessen. Er drückte sogar halb den Abzug, aber etwas hielt ihn davon ab. Der Mann duckte sich hinter dem weissen Geländewagen und verschwand aus dem Blickfeld.

Boyd beobachtete eine Bewegung im Gras. Es war die Frau, die aufgestanden war, nun losrannte und offensichtlich versuchte, hinter sein Haus zu kommen. Er erkannte, dass sie ein R5 trug und musste sie aufhalten, bevor sie die flüchtenden Kinder sah. Er feuert einen Schnellschuss und sah, dass die Kugel Staub vor ihr aufwirbelte. Sie hielt an, ging hinter dem Stamm eines grossen Natal-Mahagonibaums in Deckung und eröffnete das Feuer auf ihn.

Die Kugeln schlugen in die Holzbrüstung seiner Veranda ein und zerschmetterten ein Fenster. Boyd liess sich hinter einem Blumenkasten, dessen Pflanzen kurz nachdem seine letzte Freundin ihn verlassen hatte, vertrocknet waren, auf den Bauch fallen.

Er hob den Kopf, was mit einem weiteren Feuerstoss beantwortet wurde. Ein Mann rannte auf ihn zu, aber bevor Boyd ihn anvisieren konnte, war er hinter einem alten Zementwassertrog verschwunden.

Boyd nahm sich Zeit. Er rechnete damit, dass er mindestens einen oder zwei von ihnen mitnehmen würde und damit den Jugendlichen genug Zeit verschaffte. Er blickte zum Land Cruiser, zu dem die dritte Person verschwunden war. Dort sah er den gesuchten Mann, der jetzt aufrecht stand und sich gegen das Fahrzeug stemmte. Der Gegenstand, den er in der Hand hielt, war lang und am Ende spitzzu-laufend.

»Mist!« Kurz bevor er den Knall und das Zischen hörte und die weisse Rauchfahne sah, die entstand, als die Panzergranate den RPG-7-Werfer verliess, stand Boyd auf. Er ging zur Tür, um hineinzugehen, doch rund um ihn schlugen Kugeln ins Haus.

Die Granate explodierte hinter ihm, auf der Treppe. Die Schock-welle der Explosion warf ihn um, schleuderte ihn über den Boden des Wohnzimmers und liess seinen Kopf schliesslich gegen einen Türrahmen prallen.

Rauch erfüllte das Haus und als Boyd sich auf den Rücken rollte, spürte er mehrere Schmerzstiche. Er war entweder von Granatsplit-tern oder von Trümmern seines eigenen Hauses getroffen worden. Er sah sich um. Er hatte sein Gewehr fallen lassen und die Schrotflinte lag irgendwo draussen, sie war wahrscheinlich bei der Granatenex-plosion weggeflogen.

Boyd versuchte aufzustehen, aber seine Beine funktionierten nicht.

Er rollte sich auf die Seite und sah das Blut, das sich auf dem Boden in einer Lache sammelte. Er griff nach unten, aber obwohl er nacheinander in beide Beine kniff, spürte er nichts. Er wollte nicht sterben, am allerwenigsten einen langen, schmerzhaften Krebstod und jetzt, wo er dem Schrecken ins Auge sah, versuchte er, wie ein Mann damit umzugehen. Er sprach ein kurzes Gebet, dankte Gott für die Liebe, die er erfahren hatte und entschuldigte sich für den Schmerz, den er verursacht hatte.

Draussen waren Stimmen zu hören, die eine Sprache sprachen, die er nicht verstand. Er dachte, es klinge wie Arabisch. Boyd holte sein Handy aus der Tasche, wählte Mike Dunn an und legte es neben sich hin.

Er zog den Revolver aus seinem Gürtel. Er hörte Schritte, zuerst schnell, als sie die Treppe hinaufkamen, dann langsamer, als sie die Vorderveranda erreichten. Boyd schätzte ein, wo das Ziel sei, hob die schwere Pistole und feuerte. Die Pistole ruckte zweimal in seiner

Hand und die schweren Kugeln durchschlugen die vordere Holzwand des Hauses. Er hörte einen Aufschrei.

»Habe wenigstens einen von ihnen getroffen«, sagte er laut, falls Mike zuhörte.

Eine Feuersalve zerschmetterte das, was von den vorderen Fenstern übrig geblieben war und schlug eine lange Reihe von Löchern über Boyds Kopf. Splitter und Gips regneten auf ihn herab.

Er rollte sich auf den Bauch, griff nach dem Telefon und schleppte seinen gelähmten Körper auf den Ellbogen weiter ins Haus, in die Küche. Er hörte Stimmen hinter sich. Er erreichte den Backofen und riss dessen Tür auf.

»Boyd?«, hörte er Mikes Stimme am Telefon. »Wir sind bald da.«

»Geht zu Pete und sei jetzt still. Hör einfach zu. Sie sind hinter mir her. Ich bin am Ende, Mike. Es war schön, dich gekannt zu haben, mein Freund.«

»Boyd ...«

»Leise.« Er hoffte, dass Mike hören würde, was vor sich ging, aber niemand, der hereinkam, würde ihn sprechen hören.

»Dr. Qualtrough«, rief die Frau von der Vorderseite seines Hauses. »Wir tun Ihnen nichts.«

»Dafür ist es verdammt spät«, krächzte er zurück. »Wie haben Sie mich gefunden? Der Pilot?«

»Sagen wir einfach, Mr. Buttenshaw wird für einige Zeit nicht mehr fliegen. Vielleicht nie wieder. Aber es ist gut, dass Sie noch am Leben sind. Wir werden Sie medizinisch versorgen lassen.«

Boyd schmunzelte innerlich darüber. »Schon gut, ich weiss, wann ich am Ende bin. Kommen Sie rein.«

»Werfen Sie Ihre Schusswaffen weg«, rief sie ihm zu.

»Gewehr und Schrotflinte sind auf der Terrasse. Diese Pistole ist alles, was ich noch habe.« Er liess seine Smith & Wesson durch die Tür schlittern. Er hörte Schritte, als jemand die Pistole holte und die Frau sagte etwas auf Arabisch.

Boyd sah den Lauf einer R5, gefolgt vom kurzen Blick eines Gesicht, das durch den Türrahmen spähte. Boyd hatte die Hände hochgenommen. Der Mann kam, das Gewehr an der Schulter, aus seiner Deckung heraus. Boyd sah, dass Blut sein Hemd durchtränkte.

»Sie sind derjenige, den ich erwischt habe. Und wie geht es der Frau?«

»Es geht mir gut, Dr. Qualtrough«, rief sie aus dem anderen Zimmer.

Sie war zu schlau, um sich zu zeigen oder den Raum zu betreten, bevor sie wusste, dass es sicher war. Der Mann war ein solide aussehender Rohling, Kanonenfutter, wie Boyd vermutete. »Mir geht's nicht so gut.«

Der Mann sprach in ihrer Sprache mit ihr und Boyd vermutete, dass er ihr eine Einschätzung der Situation gebe.

»Stimmt, meine Beine sind futsch. Ihr Typ da hat die Blutspur auf dem Boden gesehen. Kommen Sie rein, mein Schätzchen, ich kann Ihnen nicht wehtun.«

»Wo sind die Jugendlichen? Sie haben mein Baby bei sich. Alles, was ich will, ist, meinen Jungen zu finden und mit nach Hause zu nehmen. Danach bin ich fertig.«

»Ich weiss nicht, warum Sie so viele Menschen töten müssen, um das zu tun. Wenn es Ihnen ernst damit wäre, würden Sie es der Polizei überlassen.« Über den Mikrochip im Nacken des Babys sagte Boyd nichts. Er wollte sich nicht anmerken lassen, dass Mike und Nia ihn gefunden hatten. Er sah zu dem Schläger mit der Waffe auf und in dessen dunkle, gefühllose Augen. Der Mann blinzelte.

»Ihr Junge hier sieht nicht gut aus. Wenn Sie wollen, kann ich ihn mir ansehen. Kommen Sie rein und nehmen Sie ihm die Waffe ab. Sie können mich beobachten, während ich ihn zusammenflicke. Das muss ich allerdings im Sitzen tun.«

»Genug des Schwachsinns, Dr. Qualtrough. Sparen Sie mir etwas Zeit und Ihr Leben. Sagen Sie mir, wohin sie gegangen sind, und ich mache mich auf den Weg.«

»Wie wäre es, wenn Sie mich beissen würden, Fräulein?«

Die Frau gab auf Arabisch ein Kommando. Der Mann zielte, drückte ab und eine Kugel schlug in Boyds linke Schulter. Der Schmerz trat nicht sofort ein. Boyd hustete. »Harter Arsch, was?«

»Doktor, Sie wissen nicht einmal die Hälfte der Wahrheit. Wir können das langsam und schmerzhaft oder schnell und barmherzig machen.«

»Ich rede nicht.«

»Alle reden. Immer.«

Der nächste Schuss traf ihn in die Leiste und Boyd schrie. Allerdings mehr vor Schreck als vor Schmerz, denn er war auf jeden Fall unterhalb der Gürtellinie bereits tot und würde es bald ganz sein, Punkt. »Sie kommen doch nicht etwa hier rein, oder?«

Es gab eine Pause. »Was ist das für ein Geruch?«, fragte sie aus dem anderen Zimmer.

»Sie haben mich erwischt, Suzanne«, sagte er und nannte zum ersten Mal ihren Namen.

»Sie wissen, wer ich bin. Sie wissen, dass es nur einen Weg gibt, dies zu beenden, Dr. Qualtrough.«

»Jawohl«, sagte er.

Der Mann schaute auf das offene Visier seines R5.

»Djuma, komm raus!«, rief die Frau. Der Mann warf einen Blick über die Schulter.

Boyd hob die rechte Hand und griff in die Brusttasche seines Buschhemds. Als er sein Zippo-Feuerzeug aus der Tasche zog, blickte der Mann, Djuma, zu ihm zurück und feuerte zweimal.

Die Kugeln zerschmetterten seinen Unterarm und sein Handgelenk, aber Boyd blieb gerade noch genug Kraft in seinem sterbenden Körper, um das Rad zu drehen. Ein Funke sprang vom Feuerstein und Boyd warf das Feuerzeug mit der kleinen Flamme in Richtung der offenen Tür seines Gasofens.

Dann explodierte Boyds Haus.

27

Themba hörte einen lauten Knall und ging zur Vorderseite von Petes Farmhaus. Er sah einen schwarz-orangenen Feuerball von Boyds Haus aus in den blauen Himmel rollen.

Lerato stellte sich, das Baby auf ihrer Hüfte, neben ihn. »Was war das?«

»Der Arzt, Boyd. Er ist tot.«

Lerato schniefte. »Das muss endlich aufhören.«

»Komm zurück zum Auto.«

Pete, der Farmer, war nicht zu Hause, sein Haus war geschlossen und verriegelt. Sie fanden in einem Carport auf der Rückseite des Hauses einen alten Mercedes, der dort geparkt war. Themba hatte an all den Orten, von denen er wusste, dass Leute ihre Ersatzschlüssel am häufigsten versteckten, vergeblich nach einem gesucht, als sie die Explosion hörten.

Sie gingen zurück zum Carport. Es schien, als hätte Pete irgendwann einmal an dem Mercedes gearbeitet, denn auf dem Betonboden stand ein Werkzeugkasten. Themba nahm einen Schraubenzieher und eine Zange heraus und sah sich dann um.

Er fand einen halben Backstein, hob ihn auf und schlug die

Scheibe der Beifahrertür ein. Lerato zuckte bei dem Geräusch zusammen und das Baby begann zu schreien.

Er öffnete die Tür und kletterte hinein, dann streckte er sich unter Schmerzen und entriegelte die Fahrerseite. »Steig ein und leg das Baby auf den Rücksitz.«

Lerato wickelte den Jungen ins Tuch und legte ihn auf den Sitz. Sie tat ihr Bestes, um ihn mit einem Sicherheitsgurt zu fixieren, aber er zappelte bereits und versuchte, sich aus der Enge zu befreien. »Was sollen wir nur tun, wir haben keinen Schlüssel.«

Er reichte ihr den Schraubenzieher und die Zange. »Ich kann das nicht mit einer Hand machen.«

»Was soll ich damit tun?«

Themba spürte, dass es sich in seinem Kopf drehte und wusste, dass es der Blutverlust war. Er zwang sich zur Konzentration. »Steck den Schraubenzieher in den Spalt in der Platte unter dem Armaturenbrett und drück ihn nach unten.«

Lerato tastete sich vorsichtig an den Spalt in der Abdeckung heran. Themba streckte sich, vor Schmerz keuchend und rammte den Schraubenzieher hinein. »Drück ihn so fest du kannst nach unten.« Die untere Platte löste sich von den Befestigungsschrauben. »Gut. Und jetzt ziehst du all diese Drähte heraus.«

Er sah die drei Bündel in ihrer Hand, eines für die Lichter und Blinker auf einer Seite der Lenksäule, ein anderes für die Scheibenwischer und die Waschanlage und als drittes, wichtigstes, das, das zur Batterie, zum Zündschloss und zum Anlasser führte.

Themba griff hinüber, biss gegen den Schmerz einer weiteren Bewegung auf die Zähne und berührte die entsprechenden Drähte. »Diese beiden sind für die Batterie. Zieh sie heraus und entferne von jedem Ende ein paar Zentimeter der Isolierung.«

»Was?«

»Nimm die Zange, drücke sie rundum in den Plastik und zieh ein Stück davon ab.«

»Okay.«

Themba schaute aus dem Autofenster. Der Rauch waberte immer noch über Boyds Haus. Irgendwo bellten Hunde und weiter weg wieherte Boyds Zebra. Lerato schaute auf, als sie einen Schuss hörte. »Beeil dich«, drängte Themba.

Sie machte sich wieder an die Arbeit und nach ein paar Versuchen leuchteten die Metalldrähte am Ende jedes Kabels hell auf.

»Drehe sie jetzt zusammen.« Als sich die Drähte verbanden, blinkten die Instrumente im Armaturenbrett auf, schalteten sich aus und dann wieder ein. Sie hatten Strom. »Gut.«

»Was nun?«

»Du musst das Starterkabel abisolieren«, wies er sie an, »aber sei vorsichtig, nachdem wir die Batterie angeschlossen haben, steht es unter Strom.«

Lerato schnitt in die Isolierung, aber das Metall des Werkzeugs traf dabei auf die Drähte im Inneren und es gab Funken. Sie kreischte auf und liess die Zange fallen. »Autsch!«

»Es bringt dich nicht um«, sagte er frustriert.

»Nein, aber es *tat weh*, Themba.«

»Eine Kugel würde viel mehr wehtun, glaub mir, ich weiss es.«

Sie sah ihn an, wischte sich über die Augen und nahm den Draht wieder in die Hand. Vorsichtig knipste sie die Isolierung an und zog sie weg.

»Tolle Arbeit«, lobte er.

»Und jetzt?«

»Ein weiterer beängstigender Teil. Du musst das blanke Ende dieses Kabels mit den Batteriekabeln verbinden. Es wird Funken geben, aber das Auto startet hoffentlich.«

Lerato holte tief Luft, dann führte sie zaghaft die beiden Enden des blanken Kupfers aneinander.

»Aah!« Die Drähte sprühten Funken und der Anlasser surrte. Der Motor sprang fast an, aber dann liess Lerato die Kabel fallen. »Ich kann das nicht.«

»Doch, du kannst!« Er ging zu ihr hinüber und ergriff mit seiner gesunden Hand eine ihrer Hände. »Du schaffst alles, Lerato. Ich glaube, ich liebe dich.«

Sie sah ihn an und blinzelte. »Wirklich?«

Er nickte.

Sie nahm die Drähte wieder in die Hand, holte tief Luft, schloss die Augen und berührte die blanken Enden miteinander. Funken flogen, der Motor drehte und sprang an.

»Drück nun das Gaspedal durch, gib Gas!«

Lerato sah nach unten und drückte ihren Fuss fest auf den Boden. Der alte Dieselmotor hustete ein paar schwarze Rauchwolken aus und heulte dann auf. Lerato schaute zwischen ihnen hinunter. »Dieses Auto hat eine Automatik, aber wo ist bei diesem Ding der Schaltknüppel?«

»An der Säule.« Themba zeigte darauf und Lerato schaute durch das Lenkrad, wählte den Rückwärtsgang und gab Gas. Hüpfend ruckten sie nach hinten aus dem Carport. Lerato wendete und bremste. »Beeil dich.«

»Ich mache, so schnell ich kann. Ich versuche, ›D‹ für Drive zu finden.«

»Hassan!«, rief in diesem Moment eine schrille Stimme. Sie sahen sich um.

Das Baby richtete sich auf dem Rücksitz auf und starrte aus dem Rückfenster.

Themba sah die Frau mit dem blonden Haar. Ihre Polizeiuniform war an einigen Stellen geschwärzt und ihr Gesicht russverschmiert. Sie hielt eine Pistole locker an ihrer Seite. Sie rief erneut den Namen und das Baby schrie.

»Sie ist seine Mutter«, sagte Themba.

Lerato schaute zu ihm. Sie hatte den richtigen Gang gefunden. »Was sollen wir tun?«

So verrückt dies alles auch war, das Kind gehörte zu seiner Mutter. »Vielleicht sollten wir ihn einfach hierlassen.«

Die Frau kam auf sie zu, ihre Schritte wurden schneller und als sie zu rennen begann, machte sie ihre Pistole schussbereit.

»Sie schiesst nicht auf uns, wenn ihr Baby dort herausschaut. Sie kann das Risiko nicht eingehen.«

Beide schauten über ihre Schultern und wussten nicht, was sie tun sollten. Etwa fünfzig Meter vor ihnen hielt die Frau an. Das Baby fuchtelte mit seinen kleinen Fäusten vor seiner Mutter herum und quietschte aufgeregt.

»Steigt aus dem Auto und nehmt die Hände hoch, alle beide«, rief die Frau.

Themba und Lerato sahen sich wieder an. »Sie erschiesst uns, sobald wir rauskommen«, äusserte Lerato.

Er wusste, dass sie recht hatte. Themba lehnte sich zwischen die beiden Vordersitze und griff auf Leratos Seite nach dem Griff der hinteren Tür.

»Wirfst du ihn raus?«, fragte sie.

Er hasste den Gedanken, das Kind könnte bei dieser Verrückten landen, selbst wenn sie seine Mutter war. »Ich sehe nicht zu, wie du verletzt wirst, Lerato. Du bedeutest mir zu viel.«

Lerato warf einen Blick in den Rückspiegel. »Sie läuft, sie kommt näher!«

Themba griff mit einem Finger nach dem Türgriff und gerade als er ihn ziehen wollte, zersprang die Heckscheibe in tausend glitzernde Splitter, die auf den kleinen Hassan regneten.

* * *

Nɪᴀ ꜰᴜʜʀ ꜱᴏ ꜱᴄʜɴᴇʟʟ in ihrem Golf, dass Mike eine Hand auf dem Armaturenbrett vor sich abstützen musste. Der Drehzahlmesser leuchtete rot auf, als sie den Gang einlegte und sie gab Vollgas.

Mike deutete durch die Windschutzscheibe. »Rauch, über Boyds Farmhaus.«

»Ich sehe es. Wo ist die Abzweigung zu seinem Nachbarhaus?«

»Da vorne. Links, in hundert Metern.«

Nia fuhr in die Kurve, schaltete einen Gang herunter und wollte gerade die Einfahrt hinauffahren, als eine alte weisse Mercedes-Limousine vor ihr um die Kurve kam. Sie wich nach links aus, bremste heftig und kam im Gras zum Stehen.

»Das sind sie«, sagte Mike.

Der Mercedes holperte und ruckelte auf sie zu. »Der Hinterreifen ist zerfetzt.«

Sie stiegen aus und Nia zog Banger's Pistole. Mike rannte zum anderen Auto.

»Die Frau, sie ist hier!«, kreischte Lerato. »Sie hat versucht, uns zu töten – und ihr eigenes Kind!«

»Steig in den Golf«, sagte Nia. Sie hob die Waffe und legte die linke Hand unter die rechte, wie Banger es ihr beigebracht hatte. »Hilf ihnen beim Einsteigen, Mike.«

Mike hob den Jungen vom Rücksitz. Das Kind schrie und weinte und Mike gab ihn an Lerato weiter, die in den engen Fond des kleinen VWs rutschte. Dann holte Mike Themba, der unsicher auf den Beinen war und führte ihn, einen Arm um ihn legend, zu Nias Auto.

Nia sah auf der anderen Seite der Hecke, die die Strasse auf halbem Weg zu Boyds Nachbarhaus säumte, eine Bewegung. Sie drückte den Abzug und die Pistole hüpfte zweimal in ihrer Hand.

»Lass uns fahren«, sagte Mike.

Nia feuerte erneut und als sie sich auf den Fahrersitz setzte, hörte sie Schüsse. Etwas prallte gegen ihr Auto. Sie fuhr los, der Golf schlingerte über den Rasen und sie raste auf das Eingangstor zu. Im Rückspiegel sah sie die Frau, die auf sie schoss, doch sie waren mittlerweile mehr als hundert Meter von ihr entfernt, extrem weit entfernt. Trotzdem hörte sie eine weitere Kugel einschlagen.

»Seid ihr alle in Ordnung?« fragte Mike nach hinten.

Über das laute Weinen des Babys hinweg sagte Themba: »Ja.«

Nia liess ihren Blick bei der Geschwindigkeit, die sie erreichte, nicht von der Strasse. »Lerato?«

»Es geht ihr gut«, sagte Mike.

Nia riskierte einen weiteren Blick in den Spiegel und sah, dass das Mädchen sein Gesicht in der Brust des Babys vergraben hatte, während sie abwechselnd den Säugling küsste und schluchzte.

Nia fuhr sich mit der Hand durch ihr kurzes Haar. »Wohin? Zurück zum Hotel?«

Mike rieb sich nachdenklich das Kinn. »Nein.«

»Warum nicht?«, fragte sie.

»Ich konnte Boyds Gespräch am Telefon hören, bevor er starb. Sie wussten, dass John Buttenshaw uns geflogen hat und es klang, als hätten sie ihn erwischt.«

»Oh nein«, Nia holte scharf Luft. Ihr Herz blieb fast stehen vor Angst um John und beim Gedanken, sie hätten ihm Schaden zugefügt. »Woher wussten sie es?«

»Ich weiss es nicht. Vielleicht überwacht jemand unsere Telefongespräche, sowohl deine wie auch meine. Es könnte ein Polizist sein, der Suzanne Informationen gibt. Wenn ja, wissen sie, dass wir in der Oyster Box waren. Wir müssen die Richtung ändern und nach Norden fahren.«

»Fliegen oder fahren?«

»Fahren. Alle, die Amerikaner, die Polizisten, die Bösewichte, falls es ausser Suzanne Fessey noch welche gibt, wissen, wo du arbeitest.«

Nia nickte. »Okay, also wohin im Norden fahren wir?«

»Simbabwe.«

Nia hob die Augenbrauen. »Ernsthaft?«

Mike sah wieder zu den Kindern auf dem Rücksitz. »Ich nehme an, keiner von euch hat einen Reisepass?«

»Nein«, sagte Themba.

Lerato schniefte. »Ich auch nicht. Mein Vater wollte mir gerade einen besorgen.« Die Erwähnung des Namens ihres Vaters schien eine weitere Welle von Weinen auszulösen.

»Das ist in Ordnung, wir werden die Grnezen umgehen.« Mike wandte sich an Nia. »Möchtest du, dass ich fahre?«

»Nein, du schläfst. Ich fahre um Swasiland herum, dann müssen wir dort keine Grenzen überqueren. Ich wecke dich in ein paar Stunden, wenn wir die N4 erreichen und ab dort kannst du übernehmen.«

Mike holte sein Handy heraus und tippte auf der Tastatur herum.

»An wen richtest du die Nachricht?«

»Banks, der CIA-Typ.«

»Schreibst du ihm, wohin wir gehen?«

Mike schüttelte den Kopf. »Ich gebe ihm gerade Bescheid, wo Suzanne ist – ich habe es ihm versprochen. Aber ich bezweifle, dass die Amerikaner sie noch dort finden, wenn sie eintreffen. Banks wird auch die Polizei informieren.« Er drückte auf Senden.

Als die Nachricht verschwunden war, durchsuchte Mike seine Kontakte auf dem Telefon, wählte einen aus und hielt das Telefon an sein Ohr.

»Und wen rufst du jetzt an?«, fragte Nia.

»Einen Freund von mir in Simbabwe. Letzter Anruf, für den Fall, dass wir abgehört werden.«

»Wer ist es?«, fragte sie.

»Ein Typ namens Shane Castle. Er ist eine Ein-Mann-Armee und hat ein paar schwer bewaffnete Freunde.«

* * *

KURZ NACH SONNENAUFGANG erreichten sie Phalaborwa, eine Bergbaustadt, in der sich etwa auf halber Strecke entlang der westlichen Grenze des Krüger-Nationalpark einer der Eingänge zum Reservats befand. Als sie vor einem Restaurant in der Stadt hielten, öffnete Nia die Augen, blinzelte ein paar Mal, gähnte und schaute auf die Uhr.

»Steigen wir aus und machen eine Pause«, schlug Mike vor. »Ich gehe rein und hole etwas zum Mitnehmen, so dass man sich nicht an uns erinnert. Wir sind eine ziemlich einprägsame Truppe.«

Sie gaben ihm ihre Bestellung auf, die aus getoasteten Sandwiches, Pommes, Cola und Kaffee bestand. Mike ging hinein, bestellte das Essen und wartete danach vor dem Restaurant. Dabei behielt er das Auto im Auge, während sich die anderen die Beine vertraten. Schliesslich ging er wieder hinein, holte die Bestellung ab und brachte ihnen das Essen hinaus.

»Wir müssen einkaufen gehen und uns etwas zu essen für unterwegs besorgen«, sagte Mike. »Kurz vor dem Krüger-Tor gibt es einen Spar, bei dem wir einkaufen können und danach fahren wir durch den Park.«

»Sind wir nicht besser dran, wenn wir auf der Hauptstrasse bleiben?«, erkundigte sich Nia.

Sie schien alles in Frage stellen zu wollen. Er versuchte, ihr das nicht übel zu nehmen, weil er den Eindruck hatte, dass sie einfach so war: stark, unabhängig, fragend. »Sobald sie herausfinden, dass wir nicht nach Durban gefahren sind, werden die Amerikaner die südafrikanische Polizei überzeugen, auf der N1 und anderen Strassen in Richtung Norden Strassensperren zu errichten. Dass wir langsam durch den Krügerpark fahren, werden sie dagegen nicht erwarten.«

Er nickte, als er am Empfangsgebäude beim Tor anhielt.

»Clever.«

Dass sie das sagte, gefiel ihm. Er hatte über sie nachgedacht. Als er Boyds Hilferuf erhalten hatte, hatte Mike sich schuldig gefühlt, dass er und Nia Sex hatten, während sich die Kinder in Gefahr befanden. Noch schlimmer war das mulmige Gefühl in seiner Magengrube, als er die Explosion auf Boyds Telefon mithörte und die Rauchwolke sah, die noch immer aus dem Haus des Tierarztes aufstieg.

Jetzt war er wie betäubt und fragte sich, ob Nia sich auch so durcheinander fühlte wie er. Ihre Flucht vor der Gefahr war erschöpfend gewesen und die Eile, wegzukommen, hatte alles andere aus seinem Geist und Körper gesogen. Er hatte einen Moment des Triumphs gespürt, als er in Mkhuze den Spiess gegen Paulsen umdrehen konnte, wäre dabei aber selbst ums Leben gekommen. Nia hatte ihn gerettet.

Während sie um das Auto herumstanden, assen sie ihre Sandwiches und Pommes und stiegen dann wieder in den Golf. Spontan griff Mike nach Nia und drückte ihre Hand. Sie erwiderte die Geste und für einen kurzen Moment spürte er Wärme in seinem Herzen. Sie liess ihn los. »Wir müssen weiter.«

Er fuhr in Richtung Nationalpark, bog dann aber rechts auf den Parkplatz des Spar Supermarktes ein. »Wir brauchen Benzin«, sagte er.

»Dann fährst du auf die andere Strassenseite zur Tankstelle«, sagte Nia und deutete auf die Garage, »und Lerato und ich kaufen ein.«

»Ja, Ma'am«, sagte Mike.

Er fuhr zur Werkstatt und während der Tankwart den Tank füllte, stiegen er und Themba aus und lehnten sich an das Auto.

»Es tut mir leid, dass Sie in diese Sache hineingezogen wurden, Mister Mike«, sagte Themba.

»Themba, sag mir doch einfach du und nenn mich nur Mike. Nach dem, was wir alle gemeinsam durchgemacht haben, passt das besser.« Mike schaute durch das Fenster in den Wagen. Das Baby lag schlafend auf dem Rücksitz. Mike schaute Themba fragend an. »Sag mir, dass du nichts Unrechtes getan hast.«

Themba blinzelte zweimal. »Es lief alles gut, zu gut. Ich war gut in der Schule, ich lernte Lerato kennen, ich hatte gute Noten. Das konnte nicht so bleiben.«

»Und warum nicht?«

»Ich bin verflucht, Mister, ...äh, Mike. Ich bin ein Verbrecher. Ich bekomme, was ich verdiene.«

Mike hielt seinen Arm fest. »Das bist du nicht. Ich habe etwas in dir gesehen, Themba. Du bist ein Opfer der Umstände.«

Themba blickte auf den Boden. »Du hast mir einmal gesagt, dass ich das nicht als Ausrede benutzen soll.«

»Du hast mir im Auto erzählt, was passiert ist, wie Joseph dich mit vorgehaltener Waffe gezwungen hat, ihm zu helfen. So etwas konnte ich nicht vorhersehen, aber es ist eine Entschuldigung. Themba, hör mir zu, ich brauche dich als Mann, für die Mädchen, für uns alle. Du hast bewiesen, dass du das kannst, aber du musst stark bleiben.«

Themba sah auf und Mike streckte seine Hand aus. Themba nahm sie, doch dann zog Mike ihn zu sich heran und drückte ihn fest an sich. Der Tankwart stand in der Nähe, also liess Mike Themba los, ignorierte den verwirrten Blick des Mannes und bezahlte das Benzin.

Es war weniger als einen Kilometer bis zum Eingangstor des Krüger-Nationalparks. Als sie es erreichten, stieg Mike aus, ging ins Empfangsgebäude und an den Schalter. Ein Wachmann, der den Schlaf noch aus dem Gesicht gähnte, begrüsste ihn und reichte ihm ein Formular, mit dem Mike zum Auto zurückging.

»Wir brauchen die Namen und Ausweisnummern von allen.«

»Ist das klug?«, fragte Nia.

Mike war, genau wie der Wachmann, müde. Sie hatte recht. Er hatte eine Idee. »Lasst uns alle so tun, als wären wir Ausländer. Wir wählen einen Namen und ein Land, kein afrikanisches, und denken uns eine Passnummer aus. Dann zahlen wir zwar den Überseetarif, dafür wollen die Parkwächter die Pässe nicht sehenfd, wenn wir die maximale Eintrittsgebühr für den Krüger bezahlen. Wenn sie dennoch danach fragen, sage ich ihnen, wir hätten sie im Hotel vergessen.«

Sie füllten das Formular aus und Mike brachte es zurück ins Büro, wo der Mann hinter dem Schreibtisch die Namen in seinen Computer eintippte. Mike schaute aus dem Fenster. Ein Polizeibeamter kontrollierte ein Auto, das den Park verliess. Der Mann warf ihm einen Blick zu, dann führte er seine Arbeit weiter. Polizeikontrollen waren an den Toren des Krügerparks wegen der Nashornwilderei im Park keine Seltenheit.

Da er keine Papierspuren hinterlassen wollte, die die Amerikaner oder die südafrikanische Polizei entdecken könnten, bezahlte Mike den Eintritt bar. Er wusste, dass der Krüger-Park selbst ausserhalb der Schulferien der am stärksten frequentierte aller südafrikanischen Nationalparks war. »Haben Sie eine Unterkunft im Park zwischen hier und Punda Maria?«

Der Mann tippte auf die Tastatur seines Computers und fuhr mit dem Finger über den Bildschirm. »*Eisch*, wir sind immer sehr voll. Ich habe nur einen Bungalow mit drei Schlafzimmern in Shimuwini. Das ist ein Buschcamp und hat weder einen Laden noch ein Restaurant.«

Mike wäre gerne noch weiter Richtung Norden gefahren, aber Themba brauchte mehr Bettruhe und sie waren alle müde. »Ich nehme das Häuschen.«

Er bezahlte, ging zurück zum Auto, stieg ein und fuhr los. Sie hielten bei der Schranke, wo ein Sicherheitsbeamter des Nationalparks ihre Genehmigung überprüfte, und sie fragte, ob sie Schusswaffen mitführten. Mike lachte die Frage weg. »Natürlich nicht.«

Der Polizeibeamte, der die Ausfahrt kontrolliert hatte, schlenderte zum Eingang hinüber. Mike winkte dem Mann freundlich zu und der Beamte machte keine Anstalten, sie aufzuhalten.

Mike fuhr in den Park und beschleunigte auf fünfzig Kilometer pro Stunde, die Höchstgeschwindigkeit, die auf Teerstrassen galt. Nach acht Kilometern bog er links auf die H1-4 ab und fuhr nach Nordosten.

»Wo ist das Camp, in dem wir übernachten?«, fragte Nia.

»Shimuwini. Ein schöner Ort. Es ist ein Bushveld-Camp im Norden des Parks und eines der kleineren Camps im Krüger. Es besteht aus einer Reihe hübscher Bungalows mit Blick auf einen Fluss, hat aber weder einen Campingplatz, noch einen Laden oder ein Restaurant.«

»Sind wir dort sicher?«

Er zucken nur mit den Achseln.

Die Landschaft auf der Fahrt zum Shimuwini-Camp war von einer scheinbar endlosen Wand aus Mopane-Bäumen geprägt. Jetzt, am Ende der Trockenzeit, schimmerten ihre schmetterlingsförmigen Blätter rotgolden, aber im Sommer waren sie leuchtend grün. Elefanten liebten diese Bäume und selbst wenn die Landschaft durch Brände verwüstet wurde, die durch die Gewitterstürme ausgelöst wurden, die den nassen Sommer einleiteten, verzehrten die grossen Dickhäuter die verbrannten Stämme und genossen den in den Flammen gekochten, karamellisierten roten Saft, der aus der Rinde sickerte.

Fünfundfünfzig Minuten später bogen sie auf eine Schotterstrasse, die den Gästen des Shimuwini-Camps vorbehalten war. Am Ziel angekommen, legte Mike die Buchungsbestätigung am Empfang vor und erhielt eine Wegbeschreibung zu ihrem Haus, dem letzten auf der rechten Seite, von dem man einen direkten Blick auf den Letaba-Fluss genoss.

»Es ist wunderschön«, sagte Nia und hielt inne, um die Aussicht zu bewundern, bevor sie das Auto auspackten.

Themba stand neben Lerato, die Hassan, wie sie ihn jetzt nannten, in der linken Armbeuge hielt. Mit der rechten Hand wischte sie sich eine Träne weg. Nia ging zum Mädchen und legte einen Arm um seine Schultern.

Mike stand etwas hinter der Gruppe und betrachtete sie, einen nach dem anderen. Es war seltsam, dachte er. Sie waren fast wie eine

Familie. Der Gedanke machte ihn traurig. Wegen seiner Arbeit und der Unfähigkeit, sich den seelischen Verletzungen seines frühen Lebens zu stellen, hatte er seine eigene Familie verloren. Er hatte sich zu lange von Tracy und Debbie verschlossen und völlig von ihnen abgekapselt. Jetzt fand er sich wieder in der Verantwortung für andere und der Gedanke machte ihm Angst.

»Was denkst du?«

Er sah, dass Nia von Themba und Lerato, die so dicht beieinanderstanden, dass sich ihre Arme berührten, weggegangen war und neben ihm stand.

»Ich denke, wir müssen diese Kinder so schnell wie möglich und so gut wie es geht vor weiterem Schaden bewahren.«

Nia nickte.

Sie war kleiner als er und neigte ihren Kopf nach hinten, um zu ihm aufzusehen. Lerato und Themba standen mit dem Rücken zu ihnen. Er legte einen Finger unter ihr Kinn und sie sah ihm in die Augen. Er küsste sie, auf die Lippen.

»Danke«, sagte sie.

»Wofür?«

»Dass du dich um uns kümmerst.«

»Ich weiss nicht, wohin wir gehen und was wir tun«, sagte er.

Sie umarmte ihn. »Gemeinsam werden wir es schaffen.«

28

Suzanne drückte den Summer an der Gegensprechanlage am Tor des Wohnkomplexes in Pinetown. »Frau Dunn, hier ist Sergeant Brooks.«

»Hallo, kommen Sie rein.«

Das elektronische Schloss am Tor klickte und es öffnete sich. Suzanne fuhr den gestohlenen weissen Corolla hinein, an gepflegten Rasenflächen und leuchtenden Blumenbeeten vorbei, bis sie zu Nummer drei kam. Die Frau öffnete die Haustür und kam ihr entgegen.

Sie war attraktiv, gepflegt und hatte langes, dunkles Haar, das sie sich aus den Augen strich. Suzanne hatte sich auf das Treffen mit Dunns Ex-Frau vorbereitet. Sie musste ihre Verkleidung als Polizistin noch etwas länger aufrechterhalten, also hatte sie in einem Pep-Laden neue, billige Kleidung gekauft, einen Waschsalon gefunden und Sergeant Khumalos schmutzige, blutverschmierte Uniform gewaschen und getrocknet. Sie hatte in einem Fitnessstudio geduscht, bei dessen Kette sie noch Mitglied war, die saubere Uniform angezogen und ihr Haar so gut es ging frisiert.

»Sergeant, ich bin Tracy Zietsch. Dunn war der Name meines

ersten Mannes. Ich habe wieder geheiratet. Ist alles in Ordnung? Ist etwas mit Mike, ist er verletzt?«

Suzanne hörte die aufrichtige Sorge in ihrer Stimme und vielleicht auch einen Rest von Liebe in der Frage. »Um Ihnen die Wahrheit zu sagen, wir sind uns nicht sicher, Frau Zietsch.«

»Oh, nein, kommen Sie rein. Bitte nennen Sie mich Tracy.«

Tracy führte Suzanne durch den Flur in den Aufenthaltsraum, wo sie Suzanne mit einer Geste aufforderte, Platz zu nehmen.

»Ein schönes Haus haben Sie hier. Ist Herr Zietsch auch zu Hause?«, fragte Suzanne.

»Mein Mann ist verreist, er besucht seine Mutter in Namibia. Er ist ursprünglich von dort und es geht ihr nicht gut.«

»Tut mir leid, das zu hören.«

»Können Sie mir nun sagen, worum es geht?«

»Mike Dunn war zufällig vor Ort, als wir ein gestohlenes Auto verfolgten und half uns bei einigen Ermittlungen. Später war er an der Suche nach drei vermissten Personen beteiligt, zwei Jugendlichen und einem Kind. Vielleicht haben Sie darüber gelesen oder es im Fernsehen gesehen?«

»Oh, ja. Irgendetwas über eine Schiesserei in den Wildtierreservaten, zuerst iMfolozi, dann Mkhuze. Ich habe es gerade live im Fernsehen gesehen. Es passierte, nach dem Selbstmordattentat, bei dem die amerikanische Botschafterin getötet wurde, nicht wahr? Der amerikanische Präsident sagte, er wolle das FBI und das Militär nach Südafrika schicken, um die Täter zu finden, aber unsere dumme Regierung meint, wir bräuchten keine Unterstützung. Dabei wäre das doch keine Beleidigung für die Polizei.«

Suzanne nickte. »Kein Problem. Aber ja, das ist die Situation. Er war nicht Teil des offiziellen Suchteams, aber ...«

»Aber Mike konnte sich bestimmt nicht raushalten, wenn er wusste, dass junge Leute in Schwierigkeiten sind. Er kümmerte sich um junge Burschen, die auf die schiefe Bahn geraten waren.«

Suzanne nahm das Notizbuch und den Stift des verstorbenen Sergeant Khumalo aus der Brusttasche und begann, sich Notizen zu machen.

»Haben Sie regelmässig Kontakt zu Ihrem Ex-Mann, Tracy?«

»Meine Tochter Debbie steht über Facebook in regelmässigem Kontakt mit ihm. Ich erfahre jeweils von ihr, wo er ist.«

Suzanne schrieb. »Tracy, wissen Sie, was Ihr Ex-Mann in den nächsten ein bis zwei Wochen vorhat?«

»Nein, keine Ahnung. Es ist schwierig, weil er mit seiner Arbeit so viel unterwegs ist. Er schaut nach Geiern und nimmt an Treffen und Konferenzen teil, wobei er durch ganz Afrika reist.«

»Wie reist er?«

»Das kommt ganz drauf an. Er hat seinen schrecklichen, geliebten alten Land Rover, nimmt manchmal kommerzielle Flüge und wenn es irgendwo in der Ferne ist und die Wohltätigkeitsorganisation, für die er arbeitet, das Budget genehmigt, fliegt er vielleicht auch mit einem Charterflugzeug.«

»Ich verstehe.« Suzanne tippte mit dem Stift auf ihre Lippen. »Hat er einen Lieblingsort, an den er für seine Forschungsarbeit reist? Vielleicht an einen abgelegenen Ort, wo er Freunde hat?«

»Ausserhalb Südafrikas könnte das überall südlich der Sahara-Wüste sein. Sie sollten sich seine Facebook-Seite ansehen, er hat überall an wilden Orten Freunde – Namibia, Sambia, Simbabwe, Mosambik.«

»Darf ich die Frage anders stellen?«

»Natürlich? Möchten Sie einen Tee?«

»Das wäre schön, danke«, sagte Suzanne. Sie stand auf und folgte Tracy in die angrenzende Küche. Als Tracy den Kessel aufgesetzt und zwei Tassen und ein Glas mit Teebeuteln heruntergenommen hatte, fuhr Suzanne fort. »Wenn Ihr Ex-Mann weggehen wollte, um eine wohlverdiente Pause zu machen und eine Weile auszusteigen, wohin würde er dafür wohl gehen?«

Tracy betrachtete sie. In ihrem Facebook-Profil stand, dass sie Anwältin sei und obwohl Suzanne die Kanzlei, für die sie arbeitete, gegoogelt und gesehen hatte, dass Tracy auf Immobilienrecht und nicht auf Strafrecht spezialisiert war, hatte sie eindeutig Verstand. »Was wollen Sie damit sagen, Sergeant?«

»Bitte, nennen Sie mich Jane.«

»Wollen Sie damit andeuten, dass Mike auf der Flucht ist?«

Suzanne zuckte mit den Schultern. »Ehrlich gesagt, Tracy, wir wissen es nicht. Die jungen Leute, denen er folgt, sind bewaffnet und gefährlich.«

»Was Sie sagen, ergibt überhaupt keinen Sinn«, stellte Tracy fest. Sie hielt den Wasserkocher in der Hand, schenkte aber nicht ein. »In einer Minute behaupten Sie, Mike sei auf der Flucht und verstecke sich, in der nächsten, er sei vielleicht verletzt worden. Was ist denn hier los?«

Suzanne stemmte die Hände in die Hüften, wobei sie die rechte auf Khumalos Dienstpistole Z88 legte.

Tracy stellte den Kessel ab. »Wenn ich es mir richtig überlege, wüsste ich nicht, wie ich Ihnen weiterhelfen kann.«

»Hat Mike jemals einen jungen Mann mit dem Namen Themba Nyathi erwähnt?«

Der plötzliche Richtungswechsel schien Tracy aus dem Konzept zu bringen. Sie fuhr sich mit der Hand durch die Haare. »Ähm, ich bin mir nicht sicher.

»Er war ein Autodieb.«

»Oh, ja, ich erinnere mich, er hat ihn ein paar Mal erwähnt. Seine neueste ›Mission‹. Themba war ein Schüler in einem der Kurse, die Mike für junge Leute anbietet, die etwas aus der Schiene geraten sind. Sie werden zu Nashornwächtern und zukünftigen Rangern ausgebildet, so etwas in der Art.«

»Er ist derjenige, den wir suchen. Er ist zu seinen alten Gewohnheiten zurückgekehrt. Er hat das Auto mit dem Baby darin gestohlen und das Kind entführt. Er, das Kleinkind und ein Mädchen sind die Fliehenden.«

Tracy legte eine Hand auf ihren Mund. »Oh, je. Sergeant, Jane, es tut mir leid, wie ich vorhin reagiert habe. Mike hatte schon immer eine Schwäche für traurige Geschichten – zumindest war das seit Beginn unserer Ehe so.«

»Nun, wenn er glaubt, dass dieser Junge Themba unschuldig ist, dann irrt er sich. Sie werden gelesen haben, dass er versucht hat, einen zivilen Hubschrauber abzuschiessen und wir verdächtigen ihn, in den Abschuss des amerikanischen Militärhubschraubers verwickelt zu sein, der im iMfolozi-Wildtierreservat abgestürzt ist.«

Tracy schüttelte den Kopf. »Mike«, sagte sie leise, »was hast du getan?«

Suzanne streckte die Hand aus und legte sie auf den Arm der anderen Frau. »Gehen Sie nicht zu hart mit ihm ins Gericht. Manche Menschen wollen nur das Gute in anderen sehen und können nichts dafür, wenn sie die Signale übersehen.«

Suzanne bemerkte, dass Tracys Blick auf die Tätowierung an der Innenseite ihres rechten Arms fiel.

»Oh, 30. Januar 2016! Ist das ein Geburtstag?«

»Ähm, ja«, sagte Suzanne. »Der meines Sohnes.«

»Das ist ein Zufall! Meine Tochter Debbie hat am gleichen Tag Geburtstag, ist aber schon ein paar Jahre älter.« Tracy zog ihr Telefon aus der Gesässtasche ihrer Jeans. »Debbie interessiert sich viel mehr für Mikes Arbeit als ich. Sie möchte nach ihrem Abschluss Zoologie oder Tiermedizin studieren und sozusagen in seine Fussstapfen treten. Ich frage sie, was sie denkt, wohin er gehen würde.«

»Ich danke Ihnen.«

Tracy schenkte zwei Tassen Tee ein und sie sassen in der Küche und nippten daran. Suzanne sah sich um und bemerkte die Bilder eines Mädchens mit Zahnspange am Kühlschrank. Suzanne fragte sich, wie das Leben wohl sei, wenn man sein Kind bis ins Erwachsenenalter grossziehen musste. Sie schaute aus dem Fenster, um den Blick in ihren Augen vor der anderen Frau zu verbergen.

Tracys Telefon piepte. Sie nahm es, las auf dem Bildschirm und nickte. »Ja, das hätte mir auch in den Sinn kommen sollen.«

»Was?«

»Ich glaube, ich weiss, wo Mike hingehen könnte. Debbie hat mich gerade daran erinnert.«

* * *

Nia öffnete die Augen, sah, wie sich der Deckenventilator über ihr langsam drehte und fragte sich einen Moment lang, wo sie sei.

Dann schaute sie um sich und sah Mike, der neben ihr auf dem Rücken lag und leise schnarchte. Sofort kam ihr alles wieder in den Sinn. Sie war vollständig bekleidet, aber Mike hatte sein Hemd ausgezogen, bevor er nach der langen Nachtfahrt und der Reise durch den Krügerpark eingeschlafen war.

Im Haus gab es drei Zimmer. In einem der Zimmer waren Lerato und Hassan untergebracht, Themba in einem eigenen und Mike und Nia teilten sich das Dritte.

Nia erinnerte sich an ihr Liebesspiel im Oyster Box Hotel. Sie hätte alles dafür geben, jetzt wieder dort zu sein, dachte sie, vielleicht mit einer Flasche Champagner in einem Eiskübel neben dem Bett. Sie setzte sich auf, gähnte und griff nach ihrem Telefon auf dem Nachttisch. Das Display zeigte an, dass es kurz nach vier Uhr nachmittags war und sie schloss daraus, dass sie etwas mehr als vier Stunden geschlafen hatte.

Mike muss ihre Bewegung wahrgenommen haben. Er öffnete die Augen und sah in ihre Richtung. »Wie viel Uhr ist es?« Sie sagte es ihm.

»Du hast geschnarcht.«

»Ich schnarche nicht.«

»Doch, das tust du«, sagte Nia.

»Meine Ex-Frau erzählte genau die gleichen Lügengeschichten wie du.«

Sie lächelte. »Glaubst du, dass wir hier sicher sind?«

Er zuckte mit den Schultern. »So sicher wie überall sonst. Heute kommen wir sowieso nicht mehr weiter; denn nördlich von uns gibt es keine freie Unterkunft. Wir müssen also bis morgen zum ersten Tageslicht warten und den Park dann verlassen.«

Nia schwang ihre nackten Füsse vom Bett und stand auf. »Ich sehe nach den Kindern.«

»Ja, Liebes.«

Sie winkte ihm mit dem Finger zu und ging in den kleinen Wohn- und Essbereich hinaus. Themba war in der Küche, am Herd. »Hallo, Nia. Ich habe gerade etwas Wasser gekocht. Möchtest du einen Tee?«

Sie nickte. »Ja, bitte.« Er war voller Widersprüche: Ein höflicher, scheinbar intelligenter junger Mann, der einmal ein Autodieb gewesen war. »Wo ist Lerato?«

»Sie badet den Kleinen. Es geht ihnen beiden gut.«

Nia gab ein wenig Milch in die Tasse, in die Themba ihr Tee eingegossen hatte und beide gingen aus dem Bungalow hinaus auf die Terrasse. Unterhalb eines gepflegten, bewässerten Rasens glitzerte der Letaba vor ihnen.

Themba pustete auf seinen Tee. »Es ist wunderschön hier.«

»Ja, das ist es wirklich.«

»Darf ich dir eine Frage stellen, Nia?«

»Sicher.«

»Willst du, ich meine, bist du … «

»Was?«

»Du und Mike, mögt ihr einander?«

Nia lachte ein wenig. »Wir sind Freunde, denke ich und ja, ich mag ihn.«

»Okay.«

Sie nippte an ihrem Tee. Von irgendwo flussabwärts prustete ein Nilpferd und spottete über Thembas ernstes Gesicht. »Was hast du auf dem Herzen, Themba?«

»Nichts.«

»Doch, da ist doch was. Geht es um dich und Lerato?«

Er blickte vom Fluss zu ihr und dann wieder in Richtung des Nilpferds.

»Bist du in sie verliebt?«

Er sah sie wieder an und nickte. »Ich denke schon. Aber ich weiss nicht, ob sie mich mag.«

Nia schenkte ihm ein mitfühlendes Lächeln. »Nun, nach dem, was sie in den letzten Tagen mit dir durchmachen musste …«

»Bitte, Nia, du weisst, dass ich das alles nicht so gemeint habe. Und ich wollte dir nicht drohen, als du in deinem Hubschrauber über mir schwebtest. Ich hatte einfach Angst.«

Nia streckte ihre Hand aus und legte sie auf seinen Arm. »Ich weiss, ich wollte dich nur etwas necken. Du bist jung, Themba und Lerato ist es auch.«

»Aber das heisst nicht, dass ich sie nicht lieben kann.«

»Nein, du hast Recht. Ihr seid beide fast erwachsen. Sag ihr, dass es dir leidtut, was sie durchmachen musste und dass du denkst, dass sie das mit dem Kind gut gemacht hat. Frag sie, ob ihr weiterhin Freunde sein könnt.«

Er dachte über ihre Worte nach. »Glaubst du, das reicht?«

»Es zeigt ihr, dass du dich kümmerst und sie dir wichtig ist.« Nia schaute weg, hinaus auf den Fluss. Sie konnte nicht fassen, wie schön er war.

Themba nickte und schien den Rat zu beherzigen. »Ich sehe jetzt nach ihr.«

»Mach das.«

Mike kam nach draussen und knöpfte sein Hemd zu. Statt einer Tasse Tee hatte er sich ein Bier aus dem Sechserpack, das sie für sich selbst rationiert hatten, aus dem Kühlschrank geholt. In der anderen Hand trug er eine gefaltete braune Decke, die er im Bungalow gefunden hatte. Er hob die Flasche, um ihr zuzuprosten.

»Ist es nicht ein bisschen früh zum Feiern?«

Er nahm einen Schluck aus der grünen ›Windhoek Lager‹ Flasche. »Viel mehr können wir nicht tun.«

»Wozu ist die Decke gut?«

»Picknick.«

Er ging an ihr vorbei in Richtung des Zauns, der das Gelände des Camps vom Fluss trennte und breitete die Decke im Schatten eines Baumes aus. Nia folgte ihm, ihre Teetasse balancierend und setzte sich im Schneidersitz neben ihn. Sie schaute über die Schulter und sah, dass Themba und Lerato auf Stühlen vor dem Bungalow sassen und das Mädchen das Baby fütterte. Sie fragte sich, ob Themba den Mut aufgebracht hatte, ihrem Rat zu folgen. »Es ist wunderschön hier, so friedlich.«

»Ich liebe den Norden des Krügerparks.« Er nahm einen weiteren Schluck. »Es ist der ruhigste Teil des Parks und ein guter Ort, um von allem wegzukommen.«

»Das können wir aber nicht, oder?«, erkundigte sie sich.

Mike blickte auf den Fluss hinaus, rollte die taufeuchte Flasche zwischen seinen Fingern und musterte das Etikett. »Ich weiss nicht, ob wir das Richtige tun, Nia, aber ich mache mir Sorgen um diese Kinder.«

»Ich habe über den Mikrochip nachgedacht. Es waren doch nur Zahlen, die du beim Scannen gefunden hast, oder?«

»Ja.«

»Könnte es ein Bankkonto sein?«

Mike nahm einen Schluck. »Ja, aber ich habe keine Ahnung, von wo es sein könnte. Für eine normale südafrikanische Bankkontonummer sieht es zu lang aus.«

»Ich habe eine Idee, wie wir das herausfinden könnten.«

Er stellte die nun leere Flasche auf der Decke ab, sah sie an und hob fragend die Augenbrauen.

»Erinnerst du dich, dass ich dir von dem alten reichen Kerl erzählt habe, mit dem ich zusammen war? Dem verheirateten Bankier?«

»Ja. Glaubst du, er kann uns helfen?«

»Es ist einen Versuch wert. Gibst du mir die Nummer?«

Er knöpfte die linke Brusttasche seines khakifarbenen Buschhemds auf, nahm sein Handy heraus und scrollte durch seine Kontakte. »Hier ist sie, in zwei Kontakten. Ich habe die erste Hälfte als Carlas Telefonnummer angegeben und die zweite als das Ende von Helens Nummer, aber ignoriere die +27 am Anfang, die Landeskennzahl von Südafrika. Die erste Nummer auf dem Chip beginnt mit den Buchstaben CH – einer der Gründe, warum ich Carla und Helen ausgewählt habe – und die zweite Nummer auf dem Chip sind die letzten sechs Ziffern von Helens Nummer.«

»Carla und Helen?«

»Alte Freundinnen.« Er zwinkerte.

»Was ist, wenn die Polizei dein Telefon überwacht?«, fragte er.

»Daran habe ich gedacht.«

Nia nahm Mikes Telefon, stand von der Decke auf und ging nach links über die Wiese in Richtung des hölzernen Vogel-Beobachtungsverstecks. In seiner Nähe stand ein grosser Baum und unter ihm eine Parkbank.

Einer der Mitarbeiter des Camps, der eine grüne Nationalpark-uniform trug, sass auf der Bank, hielt sein Telefon eine Armlänge vom Mund entfernt hoch und sprach über den Lautsprecher. Nia hatte bei ihrer Ankunft gesehen, dass jemand anderes dies ebenso machte und auf ihre Nachfrage im Empfangsbüro erklärte man ihr, der grosse Baum sei so ziemlich der einzige Ort im Camp, an dem es ein Telefonsignal gab. Selbst dort war es schwach und die Frau an der Rezeption hatte ihr geraten, ihr Telefon in die Luft zu halten, wie es der Mann jetzt tat.

Als der Mann sein Gespräch beendet hatte, fragte Nia ihn, ob sie sich sein Telefon leihen könne, da sie keinen Kredit mehr habe.

»Ich weiss nicht so recht«, zögerte der Mann.

»Ich gebe Ihnen fünfhundert Rand für einen oder vielleicht zwei Anrufe.«

»Wirklich?«

»Ernsthaft«, bekräftigte sie und zog das Geld aus ihrer Tasche.

Der Mann grinste, reichte ihr sein Telefon und entfernte sich aus der Hörweite, um das Geld nachzuzählen.

Sie setzte sich dorthin, wo er gesessen hatte, mit dem Hintern auf der Rückenlehne der Parkbank, hielt das Telefon hoch und fuchtelte damit herum, bis sie ein Signal mit drei Balken hatte. Die erste Nummer, die sie anrief, war die der Telefonauskunft, bei der sie nach der Nummer von Roger Green in Rosebank, Johannesburg, fragte. Wenige Sekunden später wurde ihr die Nummer übermittelt.

Nia hielt dem Mann, der sie beobachtete, einen Finger hin. Ein weiterer Anruf.

Sie rief an und hoffte, dass Roger zu Hause war – es war schliesslich Sonntag – und dass sie nicht seine Frau erwischte. Sie hatte Glück.

»Hallo?«

»Roger, hier ist Nia Carras, die Hubschrauberpilotin aus Durban. Ich bin nicht sicher, ob du dich an mich erinnerst.«

»Sofort senkte er seine Stimme auf ein knappes Flüstern. »Warum rufst du mich zu Hause an?«

»Ich brauche deine Hilfe.«

»Ich lege jetzt auf.«

»Bitte, Roger, es ist wichtig, es geht sogar um Leben und Tod.«

Am anderen Ende der Leitung gab es eine Pause. »Ich werde dir kein Geld geben, falls es das ist, was du willst.«

Sie ärgerte sich darüber, dass er dachte, sie würde irgendeinen dilettantischen Erpressungsversuch unternehmen, aber dann dachte sie daran, dass sie sich kaum kannten. »Entspann dich, Roger, ich will kein Geld von dir, ich brauche nur etwas Hilfe. Es ist wichtig, es geht tatsächlich um Leben und Tod.«

»Worum geht es?«

»Ich habe zwei Nummern, Roger, von denen ich glaube, dass sie zu einem Bankkonto gehören. Die erste ist sehr lang, mit zwei Buchstaben am Anfang und die zweite hat nur sechs Ziffern. Wenn ich sie dir vorlese, kannst du sie bitte aufschreiben und sehen, ob du einen Sinn darin erkennen kannst?«

Während er nachdachte, war die Leitung wieder still. »Ist das legal? Ich bin nicht sicher, ob ich helfen kann.«

»Sei kein Weichei, Roger. Wenn du echte Gefühle für mich gehabt hättest, würdest du mir hoffentlich helfen. Es ist wirklich sehr wichtig. Es gibt Menschen, die bereit sind, für diese Nummer zu töten und das Leben eines Kindes ist deswegen in Gefahr.«

»Hört sich an, als wäre das kein Scherz. Okay, wie lautet die erste Nummer, die mit den Buchstaben?«

Nia prüfte das Display von Mikes Handy und las ihm die erste Nummer vor.

»Okay, verstanden. Ich kann nicht lange reden«, flüsterte er.

»Ist deine Frau in der Nähe?«

»Willst du dich über mich lustig machen oder willst du eine Information?«, erkundigte er sich immer noch mit leiser Stimme.

»Entschuldigung«, sagte Nia.

»Es handelt sich um eine IBAN, eine internationale Bankkontonummer. Sie ist aus der Schweiz – das erkennt man an den Buchstaben "C" und "H" am Anfang. Die anderen Ziffern identifizieren die Bank und das Konto.«

Nia lächelte. Sie hatten Recht, es war ein ausländisches Konto.

»Kannst du mir sagen, wo in der Schweiz diese Bank ist und wie sie heisst?«

»Ich werde im Internet nachsehen und dir den Namen und die Adresse per SMS schicken.«

»Kann jeder auf ein solches Konto zugreifen?«

»Die Schweiz ist berühmt für ihr Bankgeheimnis, wie du wahrscheinlich weisst. Sie legen den Leuten keine Steine in den Weg, wenn es darum geht, auf ihr Konto zuzugreifen, aber neben der Nummer ist natürlich auch immer eine andere Form der Identifizierung erforderlich.«

»Welche Art von Identifizierung?«

»Ein Passwort oder eine andere Nummer.«

»Wie eine PIN?«

»Ja, das ist so ziemlich das gleiche System, nur wäre es komplexer als eine vierstellige PIN. Es könnte die andere Nummer sein, die du dort hast – für eine andere Kontonummer wären sechs Ziffern zu kurz.«

»Ist es wie ein normales Konto? Ich meine, kann ich mich ins Internet einloggen, um zu sehen, was darauf ist?«

Roger lachte ein wenig. »Nein. Bei all dem Leben und Tod-Zeugs, das du erwähnt hast, nehme ich an, dass es sich um ein Nummernkonto handelt, also die am besten geschützte Art. Ich nehme an, es enthält Geld, das jemand verstecken will?«

»Sieht so aus«, sagte Nia.

»Kriminelle und sogar halblegale Geschäftsleute, die sich der Steuerpflicht entziehen wollen, nutzen solche Konten, weil die Polizei weder auf Papier noch auf elektronische Aufzeichnungen zurückgreifen kann. In der Regel basieren diese Konten auf persönlichen Kontakten. Du könntest bei der Bank anrufen und versuchen, ihr die Passcode-Nummer mitzuteilen, aber eine Bank ist in der Regel nicht sehr erpicht darauf, telefonische Auskünfte zu erteilen. Sobald ich die Bank und ihre Adresse herausgefunden habe, teile ich dir eine Kontaktnummer mit.«

»Roger, ich danke dir dafür. Ich kann dir gar nicht sagen, wie wichtig das für mich ist.«

»Wichtig genug, um mit mir etwas trinken zu gehen, wenn du das nächste Mal in Johannesburg bist oder ich geschäftlich in Durban bin?«

Sie musste lächeln. »Du bist unverbesserlich.«

»Nein, noch viel schlimmer.«

»Danke, Roger und auf Wiedersehen.«

»Nia ...«

Sie hatte es eilig, zu Mike zurückzukehren, aber Rogers Tonfall war jetzt sanft. »Ja?«

»Es tut mir leid, ich hätte dir meine Situation offenlegen sollen.«

»Es hätte nichts geändert, aber ja, stimmt, das hättest du tun sollen.«

»Tschüss.«

Nia beendete das Gespräch. Sie wartete auf der Bank und hielt das Telefon noch ein wenig länger in der Reichweite des Empfangs. Das Telefon piepte und vibrierte. Rogers Nachricht lautete: *Grunelius Bank, Genf*, gefolgt von einer Telefonnummer und einer Adresse.

»Die Schweiz«, sagte sie zu sich selbst, als sie zum Haus zurückging.

29

Jed, Franklin und Chris Mitchell studierten in der Offiziersmesse der Natal Mounted Rifles in Durban eine Karte des südlichen Afrikas.

Chris Mitchell verfolgte eine Linie vom Mkhuze-Wildtierreservat in Richtung Norden. »Wenn sie versucht hätten, über eine der offiziellen Grenzübergänge nach Swasiland oder Mosambik zu gelangen, hätten wir sie aufgegriffen.«

Jed strich sich über den Bart. »Die Grenze ist so durchlässig wie ein Moskitonetz, Boss.«

Chris nickte. »Einverstanden, aber wir wissen, dass Themba, der Junge, verwundet ist und ausserdem sind bestimmt alle müde.«

Sie hatten Suzanne Fessey auf der Farm von Dr. Boyd Qualtrough verpasst und vor ein paar Stunden fand die südafrikanische Polizei auf einer Nebenstrasse der N2, nördlich von Umhlanga Rocks einen ausgebrannten weissen Toyota Land Cruiser, dessen Farbe und Modell mit einem Fahrzeug übereinstimmten, das mehrere Augenzeugen beim Verlassen von Qualtroughs Anwesen gesehen hatten. Mittlerweile war auch der tote Egil Paulsen im Mkhuze-Wildtierreservat aufgefunden worden.

Die amerikanische Präsenz in Südafrika wurde von Stunde zu

Stunde stärker. Vom Kriegsschiff im Hafen waren Kommunikationsexperten an Land gekommen und hatten in der Messe eine Reihe von Computern installiert. Auf einem Breitbild-Plasmafernseher, der an der Wand montiert worden war, sah man das Bild eines rotgesichtigen Mannes mit einem weissen Bart. »Qualtrough, ein weiterer amerikanischer Staatsbürger«, sagte Jed. »Sein Tod macht die Sache für die Daheimgebliebenen zu einer noch grösseren Geschichte. Als wäre der Verlust der Botschafterin und ihrer Geheimdienstleute nicht schon genug.«

»Was wissen wir über Qualtrough?«, fragte Chris. Er war seit einer Stunde in einer Telefonkonferenz mit den USA, in der man ihn auf den aktuellen Stand brachte und herauszufinden versuchte, wohin die Flüchtigen unterwegs sein könnten.

»Seiner Facebook-Seite nach zu urteilen ist er ein guter Freund von Dunn«, erklärte Jed.

»Verdammt«, sagte Chris. »Fessey ist uns voraus und wir sind nicht fähig, drei Kinder und eine Hubschrauberpilotin einzuholen?«

Sie sahen sich alle an. Die Stimmung war gereizt.

»In Ordnung«, sagte Chris. »Fahren wir in der Suche weiter, nur habe ich keine Ahnung wo. Immerhin wissen wir, dass Fessey dank des verstorbenen Dr. Qualtrough nur noch einen Handlanger hat. Sie sitzt in einem neuen Fahrzeug, dessen Marke und Modell wir allerdings nicht kennen und Dunn, Carras und die Kinder sind irgendwo, vom Winde verweht draussen in Afrika.«

Jeds Telefon klingelte. Es war ein Verbindungsbeamter des südafrikanischen Polizeidienstes. Er machte sich Notizen und beendete das Gespräch. »Das waren gute Neuigkeiten«, sagte er zu Franklin und Chris. »Ein aufmerksamer Polizeibeamter am Tor des Krüger-Nationalparks in Phalaborwa hat, nachdem er das südafrikanische Äquivalent eines ›All-Point-Bulletins‹ über die von uns gesuchten Personen erhalten hat, seine Vorgesetzten angerufen. Er sah in einem Auto einen weissen Mann und eine weisse Frau mit zwei schwarzen Teenagern und einem Baby in den Park hineinfahren. Zu diesem Zeitpunkt dachte er nicht daran, sie näher zu befragen, aber als er die Personenbeschreibung erhielt, kamen sie ihm sofort in den Sinn.

»Wenigstens jemand macht seinen Job gut. Wissen wir, wohin sie unterwegs waren?« fragte Chris.

Jed ging zu der an der Wand befestigten Karte und suchte den grünen Streifen, der den Nationalpark markierte. »An einen Ort namens Shimuwini. Ich kenne ihn, denn ich war letztes Jahr mit meiner Frau und meinem Jüngsten dort. Es ist ein Bushveld-Camp, ein ruhiger Ort im Norden des Parks.«

»Sie sind also auf dem Weg nach Norden«, sagte Chris. »Nach Simbabwe?«

»Oder vielleicht nach Mosambik«, mutmasste Jed. »Im Norden des Krügerparks gibt es am Limpopo-Fluss, dort wo Südafrika, Mosambik und Simbabwe aufeinandertreffen, einen Ort namens Crooks Corner. Früher haben sich dort die Elfenbeinwilderer von einem Land ins andere bewegt, um der Strafverfolgung zu entgehen.«

Chris nickte.

»Die südafrikanische Polizei errichtet auf dem Weg zum Grenzübergang Beitbridge nach Simbabwe und zu den Einreisestellen nach Botswana, im Westen, Strassensperren, für den Fall, dass sie diesen Weg einschlagen. Sie haben von Krüger aus auch ihre Leute an den Grenzübergängen nach Mosambik, Giryondo und Pafuri, alarmiert.

Jed studierte die Karte. »Sie sind zu auffällig, um als Gruppe dort einzureisen und Dunn vermutet sicher, dass die Grenzen geschlossen sind. Ausserdem haben die Teenager keine Pässe dabei. Vermutlich werden sie also die Grenze illegal überqueren, zu Fuss, durch den Busch. Wir müssen sie erwischen, bevor sie den Krüger Park verlassen.«

Chris sah ihn an. »Dann mach dich auf den Weg. Und lass dich nicht mit leeren Händen wieder hier blicken.«

* * *

MIKE FUHR mit dem Rücken seiner Finger leicht über Nias Wirbelsäule. Sie drehte sich um.

»Tut mir leid, dass ich dich wecke«, sagte er.

»Nein, ich war schon wach. Ich bin zu aufgedreht. Wie spät ist es?«

»Vier Uhr morgens«, sagte er.

Sie hatten am Fluss einen Sundowner getrunken und die Kinder Coca-Cola. Danach hatte Mike Steaks gegrillt und Nia einen Salat dazu gemacht. Es war ein trügerisch entspannter Abend und als Themba und Lerato auf ihre Zimmer gingen, sassen Mike und Nia noch eine Weile auf und besprachen die nächsten Schritte.

Schliesslich schaute sie ihm in die Augen, nahm seine grosse Hand in ihre, stand auf und führte ihn in ihr Schlafzimmer. Mike schob die beiden Einzelbetten zusammen und sie liebten sich langsam und genussvoll. Danach schliefen sie ein.

Draussen war es noch dunkel. »Willst du weiterschlafen?«, fragte er.

»Nein. Ich will dich.«

Sie griff nach ihm, zog ihn zu sich und umarmte ihn mit einer Kraft, die ihn überraschte. Er schob sie zurück. »Ich will dich auch.« Er küsste sie zuerst auf die Wange und dann auf die Lippen.

Nia lockerte ihre Umarmung, legte eine Handfläche auf seine Brust und bedeutete ihm, sich auf den Rücken zu legen. Sie kletterte auf ihn, grätschte ihre Beine über seinen Körper und liess sich auf ihm nach unten sinken. Mike sah zu ihr auf, still und stumm in Ehrfurcht vor ihrer Schönheit und dem Gefühl ihres Körpers. Sie fühlte sich fast schwerelos auf ihm an, als sie sich zunächst langsam bewegte und das Tempo allmählich steigerte.

»Du wirst doch nicht etwa einen Herzinfarkt erleiden, oder?«

»Nein, die Gefahr besteht auch nicht, wenn du weiterhin die ganze Arbeit erledigst.«

»Hah!« Sie beugte sich vor und küsste ihn. Er wölbte seinen Rücken und glitt noch tiefer in sie hinein.

Sie liebten sich leise, um die Kinder nicht zu stören. Nia bewegte sich heftiger und schneller auf ihm, doch als er spürte, dass er bald kam, legte er seine Hände auf ihre Hüften und hielt sie auf. Er zog sie an seine Brust und rollte sich auf sie. Dann begann er sich langsam wieder in ihr zu bewegen und sah ihr in die Augen. Er spürte, dass sie reagierte und sich ihm öffnete, damit er noch tiefer in sie dringen konnte. Er bewegte sich schneller und spürte, wie er anschwoll. Sie lächelte ihn an, zog ihn zu sich heran und küsste ihn fordernd, als er in ihr kam.

Sie liessen sich erschöpft in die Laken zurückfallen und küssten sich.

Eine Minute später ging der Wecker seines Telefons los. Er seufzte, küsste Nia noch einmal und ging unter die Dusche. Sie schloss sich ihm an und schrubbte ihm den Rücken. Er seifte sie ein, aber jetzt war nicht die Zeit für mehr Sex. Sie mussten, sobald die Tore des Camps öffneten, abfahrbereit sein, was Anfang Oktober um halb sechs Uhr war.

Nia machte für alle Toast und Kaffee und Lerato fütterte das Baby mit dem Essen, das sie unterwegs gekauft hatten. Themba half Mike, alles für die Reise ins Auto zu packen.

Der Himmel färbte sich rosa, als der Wärter, von dem Nia das Telefon geliehen hatte, das Tor für sie öffnete und sie machten sich auf die Weiterfahrt nach Norden.

Sie sahen Elefanten und eine grosse Herde von dreihundert oder mehr Büffeln, aber Mike hielt sein Tempo konstant auf der Höchstgeschwindigkeit von fünfzig Kilometern pro Stunde. Sie waren nicht zum Beobachten von Tieren hier.

Im Shingwedzi Camp legten sie eine Toilettenpause ein und vertraten sich die Beine. Nia kaufte im Camp-Laden noch Kaffee und Cola, dann drängte Mike sie bereits zurück ins Auto und sie fuhren wieder los. Der Tag wurde wärmer – so weit nördlich im Park war es immer heisser – und Mike hielt das Tempo hoch. Schliesslich erreichten sie, mehrere Stunden nach ihrem Aufbruch, die Abzweigung zur Strasse nach Crooks Corner.

Mike fuhr Nias kleines Auto langsam soweit er konnte einen Feldweg hinunter, der bei einem Steinhaufen mit dem rot-weissen

Schild eines Fahrverbots markiert war. »Kommt, wir holen ein paar Äste und decken das Auto zu.«

Als sie mit der Tarnung des Golfs fertig waren, schulterte Mike das schwerste Gepäckstück. Nia trug das Baby in einem Tuch auf dem Rücken, das Lerato richtig für sie gebunden hatte und Lerato hängte sich den Rucksack mit dem Essen um.

Mike ging voran. Er trug das Gewehr am Körper, und alle seine Sinne waren auf die Anwesenheit von Wildtieren gerichtet, vor allem von einsamen, alten Büffeln. Er führte sie durch einen schattigen Wald aus Fieberbäumen, der am Rande der Flutebene in dichtes Buschwerk überging. Als sie herauskamen, standen sie an der weiten, offenen, sandigen Fläche des Limpopo-Flussbetts. Ein Fischadler stiess seinen eindringlichen Schrei aus und Mike schützte seine Augen mit einer Hand vor dem grellen Licht, um ihn am Himmel zu suchen.

»Sieht alles ruhig aus.«

»Der Fluss ist viel schmaler, als ich dachte«, sagte Nia.

Das Wasser floss ihnen gegenüber, ein paar hundert Meter entfernt, auf der simbabwischen Seite vorbei. »Gehen wir!«, forderte Mike die anderen auf.

Wo keine schattenspendenden Bäume sie überragten, stapften sie in der Sonne schwitzend durch den dicken Sand des Flussbettes. Lerato stolperte, fing sich aber ohne Hilfe auf. Mike schaute sich ständig nach links und rechts um. Das grösste Risiko für sie bestand darin, dass eine Patrouille des Militärs oder des Nationalparks auftauchte, die die Wilderei bekämpfte. Es gab auf beiden Seiten des Flusses, der die Grenze zwischen Südafrika und Simbabwe markierte, keinen Zaun. Hunderttausende von illegalen Einwanderern überquerten jedes Jahr den Limpopo aus Simbabwe, einige von ihnen durch den Nationalpark.

Sie erreichten das Ufer und Mike ging, ohne sich die Mühe zu machen, seine Stiefel auszuziehen, weiter. Der Fluss war hier nur etwa zwanzig Meter breit und nicht tiefer als zu seinen Knien. Die anderen sahen, dass es sicher war, und folgten ihm. Hundert Meter weiter rechts, wo der Fluss breiter wurde, sah er die Silhouette eines

Krokodils, aber da, wo sie das Wasser überquerten, war es klar und kühl, und Mike konnte sehen, dass keine Gefahr bestand. Jedenfalls nicht durch Reptilien.

Auf der anderen Seite des Flusses war der erste Landstrich als Jagdgebiet ausgewiesen, so dass die Möglichkeit bestand, auf eine Jagdgesellschaft zu stossen.

»Willkommen in Simbabwe«, sagte er zu Nia, reichte ihr die Hand und half ihr, die steile Sandbank hinaufzuklettern.

Als alle oben waren, führte Mike sie tiefer in das neue Land. Hier hatte der Busch gebrannt und die Landschaft war schwarz von Asche. An manchen Stellen rauchten umgestürzte Baumstämme noch.

»Es sieht aus wie eine Einöde.«

»An Orten wie diesem, am Rande der Nationalparks, legen Wilderer am Ende der Trockenzeit manchmal absichtlich Feuer«, erklärte Mike.

»Verscheucht das die Tiere nicht?«, fragte Nia.

»Die Kleintiere, die auf dieser Seite der Grenze noch übrig sind, flüchten vor dem Feuer. Wenn dann die ersten Regenfälle des Sommers kommen, können die Büffel, Impalas und andere Weide- tiere auf der Krüger-Seite des Flusses dem frischen grünen Gras hier drüben nicht widerstehen.«

»Fieslinge.«

Sie stapften weiter. Die Sonne war aufgegangen und trug mit der Resthitze des Buschfeuers und dem fehlenden Schatten zu ihrem Unbehagen bei. Der Weg durch den Sand war anstrengend und sie schwitzten. Als sie zu einem trockenen Flussbett kamen, legte Mike unter einem Baum, der vom Feuer verschont geblieben war, eine Pause ein.

Lerato gab Hassan etwas zu trinken.

»Wie hält sich der kleine Kerl?«, fragte Mike.

Lerato sah zu ihm auf. »Er hat heiss und ist müde, wie wir alle, aber er ist ein gutes Kind.«

»Ja, ich weiss. Und du bist eine gute Betreuerin.«

Sie machten sich wieder auf den Weg und Mike behielt den Himmel im Auge, um nicht von Hubschraubern oder Suchflugzeugen überrascht zu werden. Alles, was er sah, war ein Paar Weiss-rückengeier, die träge ihre Kreise zogen und eine Thermik suchten, die ihnen half, ihre schweren Körper in der Spirale in den Himmel hochzuschrauben. Andere Menschen hätten sich bei einem solchen Anblick vielleicht Sorgen gemacht, aber das waren seine Vögel, sein Totem und sie zu sehen, bereitete ihm Freude.

Nachdem sie fünfundvierzig Minuten weiterstapften, erreichten sie eine Strasse, von der aus das Feuer wahrscheinlich gelegt worden war. Auf der anderen Seite war der Busch unverbrannt: Langes, trockenes, goldenes, mit dornigen Akazien gespicktes Gras. Sie setzten sich wieder in den Schatten.

»Was nun?«, fragte Nia.

»Östlich von uns«, zeigte Mike, »verläuft die Grenze zu Mosambik. Wenn wir der Strasse folgen und einen Haken nach rechts schlagen, kommen wir im Westen, zu einigen Shangaan-Dörfern. Wir könnten in nordöstlicher Richtung durch den so genannten Sengwe-Korridor gehen, aber das wäre eine lange Wanderung durch den Busch. Wir würden auf Grosswild stossen, vor allem auf Elefanten und die sind hier nervös und manchmal aggressiv, weil sie seit Jahrzehnten gejagt und gewildert werden. Ich schlage deshalb vor, auf eine Mitfahrgelegenheit zu warten.«

»Kommen hier viele Autos?«, fragte Themba. »Es sieht sehr ruhig aus.«

»Es gibt Frevler, die Waren aus Mosambik nach Simbabwe schmuggeln, um Zölle zu vermeiden und Menschen an die Grenze bringen, von wo sie illegal nach Südafrika einreisen. Ich verlasse mich darauf, dass jemand durchfährt, der nicht allzu viele Fragen stellt.«

Sie sassen im Gras und ruhten sich aus und Nia legte ihre Hand näher zu seiner. Mike bedeckte sie mit seiner eigenen. Auch wenn er sich nur schwer vorstellen konnte, wie eine Zukunft mit Nia aussehen könnte, war es gut, sie an seiner Seite zu haben.

Themba hatte sich in der Nähe von Lerato hingelegt, richtete sich jetzt aber kerzengerade auf. »Ich höre einen Motor.«

Mike legte den Kopf schief. Die jungen Ohren von Themba funktionierten besser als seine. »Ja, jetzt höre ich es auch.« Er stand auf und ging, seine Augen mit der Hand vor der grellen Sonne abschirmend, näher zur Strasse. Ein paar hundert Meter weiter östlich machte die Strasse eine Biegung. Er sah einen dunkelgrünen Lastwagen auftauchen. Mike liess sich auf den Boden fallen. »Alle runter! Das ist ein Fahrzeug der simbabwischen Armee.«

Sie duckten sich alle ins Gras und Mike, der am nächsten bei der Strasse lag, hielt den Atem an, als er durch die gelben Halme vor sich spähte. Ein halbes Dutzend Soldaten döste im offenen Heck des Lastwagens und der Fahrer lehnte träge über dem Lenkrad. Als der Lastwagen an ihnen vorbeifuhr, sah Mike ein grosses auf der Rückseite des Fahrzeugs angebrachtes Schild. Unter einem Totenkopf stand in fetten, roten Buchstaben auf weissem Grund: ›*Gefahr, Gebiet mit Landminen. Nicht betreten.*‹

Als der Lastwagen ausser Sichtweite war, setzten sich alle auf. »Hey«, sagte Nia, »habt ihr *das* gesehen?«

»Mach dir keine Sorgen«, beruhigte Mike sie, »dieses Gebiet hier ist sauber. Sie konzentrieren ihre Arbeit auf die Grenze zu Mosambik, die während Simbabwes Unabhängigkeitskrieg stark vermint war.« Mike stand auf. »Ich gehe ein Stück die Strasse hinauf und schaue, ob ich jemanden sehe.«

Gerade als er losging, hörten sie erneut ein Fahrzeug kommen. Mike ging in die Hocke, richtete sich aber wieder auf, als er einen verbeulten Isuzu-*Bakkie,* der eine Wolke aus schwarzem Dieselrauch ausstiess, auf sie zukommen sah. Mike winkte den Mann heran.

»*Avuxeni*«, sagte Mike zum Fahrer.

»*Ayeh imjani.*«

»*Kona*«, beendete Mike die Begrüssung, indem er dem Mann sagte, es gehe ihm gut. Dann wechselte er zu Englisch. »Können Sie meine Freunde und mich bitte mitnehmen?«

»Wohin möchten Sie denn fahren?«

»Kennen Sie die Fish Eagle Lodge?«

Der Fahrer rieb sich die grauen Bartstoppeln am Kinn. »Ich kenne sie, aber das ist sehr weit. Wenn Sie es mir bezahlen, kann ich Sie dorthin bringen.«

»Ich habe Geld«, sagte Nia.

Lerato setzte sich mit Hassan auf den Beifahrersitz, während die anderen auf die Ladefläche kletterten. Themba legte sich auf eine alte, unsorgfältig gefaltete Plane und Nia setzte sich neben Mike, der seinen Arm um sie legte. Es tat gut, vorwärtszukommen und dabei die warme Brise auf ihren Gesichtern zu spüren. »Hast du keine Angst, die Kinder könnten uns sehen?«

Er lachte. »Es tut gut, über etwas scherzen zu können. Ich denke, sie haben es längst erraten.«

Nia beugte sich vor und flüsterte ihm ins Ohr: »Themba ist in Lerato verliebt.«

»Solltest du mir das nicht auf einem Zettel verraten?«

Sie schlug ihm leicht auf die Schulter. »Können wir einen Kuss riskieren?«

Mike schaute theatralisch über seine Schulter auf Leratos Hinterkopf im Taxi und nickte dann leicht. Nia schob sich näher zu ihm hinüber und küsste ihn fest auf die Lippen. Während er das Gefühl und den Geschmack ihres Mundes genoss, sah er, dass Themba die Augen geöffnet hatte. Der Junge zwinkerte ihm zu und stellte sich dann wieder schlafend.

Als sie sich voneinander lösten, legte Nia ihren Kopf auf seine Schulter und Mike schloss die Augen. Als er sie wieder öffnete, sah er einen Fleck am blauen Himmel. Er legte seine Hand sanft auf die von Nia und sie sah zu ihm auf.

»Was ist los?«

»Hubschrauber.«

Sie suchte und fand ihn. »Er ist über dem Krügerpark und fliegt parallel zum Fluss. Scheisse, es ist schon wieder ein American Sea Hawk.«

»Themba!«

»Der Junge folgte ihren Blicken bereits.«

»Wir müssen uns zudecken, roll die Plane aus.«

Nia nahm das Ende der Plane von Themba und mit Mikes Hilfe schüttelten sie die grüne Plane aus und zogen sie über sich. Die Strasse, auf der sie fuhren, bog nach rechts ab, weg vom Limpopo.

Mike lugte aus der Deckung hervor. »Sie fliegen nicht über den Fluss. Selbst die Amerikaner müssen den internationalen Luftraum respektieren und hier in Simbabwe sind sie bestimmt nicht willkommen.«

»Ich hoffe es«, sagte Nia, klang dabei aber nicht überzeugt.

30

———————

Suzanne Fessey nahm die Abzweigung zum internationalen Flughafen O. R. Tambo in Johannesburg. Von Durban aus war es eine sechsstündige Fahrt gewesen, doch trotz des Schlafmangels fühlte sie sich gestärkt.

Bilal, das letzte überlebende Mitglied ihres Teams, das sie an der mosambikanischen Grenze abholen und nach Tansania eskortieren sollte, döste, den Kopf ans Beifahrerfenster gelehnt.

Mike Dunns Ex-Frau hatte ihr den entscheidenden Hinweis gegeben, den sie brauchte, um die Flüchtigen einzuholen oder gar zu überholen. Sie hatte beschlossen, die Frau am Leben zu lassen, denn sonst hätte Dunn von ihrem Tod erfahren und ihm wäre klar geworden, dass sie ihm auf den Fersen war. Das Risiko dabei blieb, dass Mike sie anrufen oder die echte südafrikanische Polizei ihr einen Besuch abstatten könnte. Doch Suzanne wog diese Möglichkeiten gegenüber der Tatsache ab, dass Dunn sie bisher nicht angerufen hatte und es unwahrscheinlich war, dass er sie aus Simbabwe um Hilfe bitten würde.

Als sie ihr neuestes gestohlenes Auto, einen Chevrolet Aveo, im Parkhaus des Hochhauses abstellte, regte sich Bilal.

»Warte hier«, sagte Suzanne zu ihm. »Ich kaufe unsere Tickets und hole dich dann ab. Danach ziehen wir uns unabhängig voneinander um. Die Behörden suchen nach einem Paar.«

Bilal nickte. Er war ein Fusssoldat und gewohnt, Befehle zu befolgen. Wenn er sich innerlich dagegen auflehnte, von einer Frau befehligt zu werden, wie es einige Männer taten, liess er sich dies nicht anmerken.

Suzanne ging zur Gepäckaufbewahrung und übergab dem grauhaarigen Angestellten ein zerknittertes Ticket.

Er kontrollierte die Karte. »Ah, aber diese Tasche ist schon lange hier.«

»Stimmt, ich hatte viel zu tun.«

»Sind sie in unserem schönen Land unterwegs gewesen?«

Suzanne schaute zuerst auf ihre Armbanduhr, dann zurück zum Mann. »Bitte, ich bin in Eile, mein Flug geht sehr bald. Es ist ein kleiner schwarzer Rollkoffer.«

Der Mann prüfte noch einmal den Zettel, drehte sich um und schlurfte langsam in den Lagerraum hinter sich. Suzanne trommelte mit den Fingern auf die Arbeitsplatte, während sie wartete. Es dauerte ein paar Minuten, dann kam der Mann mit ihrer staubigen Gepäck zurück.

»Es hat eine Weile gedauert, bis ich es gefunden habe. Tut mir leid, dass Sie warten mussten.«

»Kein Problem.«

Der Mann berechnete die Kosten und Suzanne zahlte in bar.

»Möchten Sie eine Quittung?«

»Nein, danke, ich muss mich beeilen.«

Suzanne ging durch das Flughafengebäude und zur nächsten Toilette. Auf dem Weg nach Johannesburg hatte sie ausserhalb von Durban, im Einkaufszentrum von Pietermaritzburg, angehalten und sich Jeans, ein paar T-Shirts und flache Schuhe gekauft. Ihre Polizeiuniform entsorgte sie in einem Abfalleimer.

Sie schloss sich in einem behindertengerechten Bad ein. Dort öffnete sie mit dem kleinsten Schlüssel an ihrem Bund das Vorhängeschloss am Rollkoffer und zog den Reissverschluss auf. Sie entnahm ihm einen irischen Reisepass, der auf den Namen Mary O'Sullivan ausgestellt war und ein Foto von ihr mit schwarzem Haar zeigte. Ausserdem befanden sich in der Tasche Unterwäsche, weitere Kleider zum Wechseln, ein Handtuch, eine Ledergeldbörse mit fünftausend US-Dollar und zwanzigtausend Rand in bar, sowie eine auf den gleichen falschen Namen ausgestellte gefälschte Kreditkarte.

Suzanne zog einen Kulturbeutel mit Reissverschluss heraus und entnahm ihm eine Flasche Haarfärbemittel sowie einen kleinen Plastikbehälter mit Kontaktlinsen. Sie legte sich das Handtuch um die Schultern, liess etwas Wasser ins Waschbecken laufen und machte sich daran, ihr Haar zu färben.

Als sie damit fertig war, spülte sie ihr Haar, öffnete die Dose mit den Kontaktlinsen und änderte die Farbe ihrer Augen von blau zu braun. Sie trat einen Schritt zurück und betrachtete ihr neues Ich im Spiegel. Sie befeuchtete ein Papiertuch und wischte die restliche schwarze Farbe aus ihrem Haaransatz, nickte sich zu und warf die Flasche in den Mülleimer. Dann verliess sie die Toilette.

Suzanne bahnte sich ihren Weg durch Terminal A, wo die internationalen Abflüge abgefertigt wurden und fand das Büro von British Airways. Sie begrüsste die Frau in Blau hinter dem Schalter. »Haben Sie noch freie Plätze für den nächsten Flug nach Simbabwe?«

»Nach Harare, Ma'am?«

»Ja, bitte.«

Rot lackierte Nägel klapperten auf der Tastatur eines Computers. »Es sind nur noch zwei Plätze frei, Ma'am, aber beide in der Business Class. Wäre das in Ordnung?«

»Ja, kein Problem, ich nehme einen.«

»Okay, Ma'am, ich buche gern für Sie. Zahlen Sie mit Karte?«

»Mit Bargeld.«

»Gut, danke.«

Die Frau bearbeitete das Ticket. Es war teuer, aber für Suzanne spielte Geld keine Rolle. Alles, was sie wollte, war, zu ihrem Kind und dem Mikrochip in Hassans kleinem Körper zu gelangen.

Suzanne schaute sich, immer wachsam und in der Erwartung, jeden Moment ein Aufgebot bewaffneter Polizisten oder CIA-Agenten in Zivil zu sehen, um. Sie war darauf trainiert, bis zur

Erschöpfung zu kämpfen und aus ihrer Mission Kraft zu schöpfen. Sie versuchte, nicht an die persönlichen Verluste zu denken, die sie erlitten hatte. Ihr Mann war für die Sache gestorben und nun im Paradies. Sie liebte ihren Sohn, sah aber auch in ihm einen Krieger. Sein Weg könnte ihn sehr wohl in einen Märtyrertod führen, aber sie hoffte, er würde leben.

»Geht es Ihnen gut, Ma'am?«, fragte die Frau hinter dem Tresen.

Suzanne spürte die Tränen, wischte sich über die Augen und blinzelte. »Entschuldigen Sie, es gab einen Todesfall in meiner Familie.«

»Mein herzliches Beileid«, sagte die Frau. »Fliegen Sie deshalb nach Simbabwe?«

Suzanne spürte eine Welle der Kraft, die sie beflügelte und ihre Tränen vertrieb. »Ja, das ist der Grund.«

»Oh, das tut mir leid.«

Suzanne nickte dankend. Sie ging, ihren Rollkoffer hinter sich ziehend, zum Parkplatz zurück. Bilal lehnte an einem Pfeiler und las eine weggeworfene Zeitung. Als sie näherkam blickte er auf und sie gab ihm ein Zeichen, er solle sie beim Auto treffen.

Als er kam, beugte sie sich vor und öffnete den Reissverschluss ihrer Tasche. »Steig ein.«

Er tat wie befohlen und setzte sich auf den Beifahrersitz. Suzanne zog die Tokarev-Pistole mit dem bereits angebrachten Schalldämpfer aus dem kleinen Koffer, vergewisserte sich kurz, dass niemand in der Nähe war, zu ihr schaute oder den dumpfen Schuss hören konnte. Dann öffnete sie die Fahrertür und schoss Bilal zweimal in den Kopf.

31

Der Pilot des Sea Hawks landete auf einer geschotterten Zufahrtsstrasse unweit von Crooks Corner, im äussersten Nordosten des Krügerparks.

Jed und Franklin stiegen aus und Jed machte sich auf den Weg zum für diesen Teil des Reservats zuständigen Ranger der südafrikanischen Nationalparks. Der Mann hatte sie per Funk in die Landezone gelotst. Franklin ging an den Rand eines Hains von leuchtend grüngelben Fieberbäumen, setzte sich in den Schatten und begann, seine MP5 zu zerlegen und zu reinigen.

Jed und der Ranger schüttelten sich die Hände. »Unser vorgeschobener Kommandoposten in Durban empfängt jetzt eine Live-Satellitenübertragung aus Simbabwe. Sobald wir wissen, wohin das Fahrzeug mit den Flüchtigen an Bord unterwegs ist, starten wir wieder.«

»Wollt ihr nach Simbabwe?«, fragte der Ranger.

Jed blinzelte. »Das habe ich nicht gesagt. Wir sahen die Leute, nach denen wir suchen mit einer FLIR-Kamera am Hubschrauber. Sie versteckten sich hinten auf der Lastfläche eines Lastwagen unter einer Plane und wir haben sie jetzt im Visier. Wir beobachten, wohin sie fahren und sobald wir von unserer Regierung grünes Licht bekommen, ...«

»Okay, dann stelle ich keine weiteren Fragen.«

Jed klopfte ihm auf die Schulter. »Wahrscheinlich eine gute Idee.«

Jed ging zu Franklin hinüber und setzte sich neben ihm ins Gras. Dieser fuhr damit fort, seine Waffe zu säubern und zu ölen.

»Wir müssen etwas besprechen«, sagte Jed nach einer Weile.

Franklin begann, die Maschinenpistole wieder zusammenzusetzen. »Was?«

»Ich weiss, dass du nicht darüber sprechen kannst, wo du vorher warst.«

Franklin bewegte den Spannhebel hin und her und testete dessen glatten Lauf.

»Es war Syrien, stimmt's?«

Franklin schaute durch das Visier, zielte auf einen Baum und drückte ab. Der Hammer schlug in die leere Kammer. »Du hast selbst gesagt, dass dir bewusst ist, dass ich dir das nicht sagen kann.«

»Du weisst mehr, als du zugibst und mehr als Chris weiss, oder zumindest mehr, als er preisgibt.«

Franklin setzte die Waffe ab, nahm das Magazin heraus und leerte die Kugeln in seinen Schlapphut, der verkehrt herum vor ihm auf dem Boden lag.

»Du bist Moslem.«

Franklin blickte ihn an. »Wer sagt das?«

»Ich habe gestern gesehen, wie du diskret, mit geschlossenen Augen und nach Mekka gerichtet, gebetet hast.«

»Ja, aber früher war das noch kein Verbrechen.«

Jed versuchte einen anderen Weg. »Paulsen ist tot. Erzähl mir von ihm.«

»Wie kommst du darauf, dass ich ihn kannte?«

»Der einzige gute Grund, der mir dafür in den Sinn kommt, dass du hier bist, ist, dass du diese Leute kennst. Afrika ist dir nicht vertraut, dafür bin ich hier und Chris hat uns nicht zusammen in ein Team gesteckt, weil wir beide zufällig zur gleichen Zeit in Südafrika sind. War Paulsen ein wahrer Gläubiger?«

Franklin hielt in seiner Arbeit inne. »So gläubig wie sie werden. Niemand ist so eifrig wie ein Konvertit.«

Jed nickte. »Das verstehe ich. Ich schätze, er war der richtige Mann für diesen Job, weil er sich als weisser Südafrikaner gut einfügte. Aber in Syrien ist er bestimmt aufgefallen.«

»In Syrien nannten sie ihn Hamza al Sabah, ›das Gespenst‹. Erstens, weil er mit seinem hellblonden Haar und seinem Teint so weiss wie ein Gespenst war und zweitens, weil er viele Ungläubige ins Grab schickte. Er war unbarmherzig.«

»Unbarmherziger als jeder andere bei ISIS?«

Franklin schien über die Frage nachzudenken. »Ja. Er hat eine Menge geleistet, um an die Front zu kommen. Aufgrund seines Aussehens und seiner Herkunft vermuteten natürlich viele der *Daesh*-Leute, er sei ein Spitzel.«

»Das hört sich an, als seist du dabei gewesen.«

»Du weisst, dass du besser keine Fragen stellen solltest, Jed.«

Jed liess es auf sich beruhen.

Franklin lud den Rest des Magazins und steckte es wieder in die MP5. »Jep, Egil war anders. Er tötete, um zu beweisen, dass er ein wahrer Gläubiger sei. Soldaten, Zivilisten, Frauen und Kinder. Sie haben Gefangene vor ihm auf eine Parade geschickt und er hat nicht einmal mit der Wimper gezuckt. Allerdings kam er sehr ins Schwitzen – dreissig Leute zu enthaupten ist verdammt harte Arbeit.« Franklin blickte in die Ferne, in Richtung Limpopo. »Ich weiss nicht, ob ein echter Undercover-Agent getan hätte, wozu sie ihn zwangen, um sich zu beweisen.«

Mehr brauchte Jed nicht zu sagen. Wenn Franklin undercover in Syrien gewesen wäre, hätte er vielleicht ähnliche Tests wie Paulsen durchlaufen müssen. Jed konnte am gequälten Blick in seinen Augen erkennen, dass auch er einige unaussprechliche Dinge getan haben musste. Vielleicht erklärte das die kaltblütige Weise, mit der er im Mkhuze-Wildtierreservat ohne Notwendigkeit auf die Jugendlichen losgegangen war.

»Wir arbeiten nicht wie sie, schon vergessen?« sagte Jed.

Franklin sah ihn an und seine kalten, dunklen Augen waren leer.

»Nicht wahr? Du hast gehört, was uns Chris eingetrichtert hat: Der Firma ist es egal, ob wir das Baby töten, um es in die Finger zu bekommen, zu durchsuchen und herauszufinden, was es bei sich trägt oder was seine Mutter versteckt hat.«

Jed hasste es, sich einzugestehen, dass Franklin recht hatte. Bei dieser Verfolgungsjagd stand viel auf dem Spiel, für ihn sogar fast zu viel. Er hatte in Afghanistan und auf dem afrikanischen Kontinent schon einige Male getötet, manchmal im fairen Kampf, ab und zu aber auch auf andere Weise. Er fragte sich, ob er auf seine alten Tage weicher werde oder ob die Tatsache, zum zweiten Mal eine Familie zu haben, seinen moralischen Kompass einfach wieder auf Normalmass zurückgesetzt habe.

»Ich vertraue Dunn«, sagte Jed. »Ich glaube, er wird uns die Kinder, das Baby und die Teenager übergeben, sobald er weiss, dass sie sowohl vor uns als auch vor ISIS in Sicherheit sind. Ich nehme an, er wird uns kontaktieren.«

Franklin steckte sein Taschentuch weg und setzte sich seinen Buschhut wieder auf. »Da könntest du Recht haben, Jed, aber wenn Suzanne Fessey sie zuerst erwischt, ist das Spiel vorbei. Wenn wir sie nicht kriegen, ist das Zweitbeste, ihr Kind zu schnappen.«

Zum ersten Mal seit sehr langer Zeit lief Jed Banks ein Schauer den Rücken hinunter, als wäre er gerade etwas Bösem begegnet. »Erzähl mir von ihr.«

Franklin schüttelte langsam den Kopf. »Paulsen tötete wie eine Maschine. Suzanne ist nicht so. Sie ist ein Ungeheuer.«

* * *

DER FAHRER des *Bakkie* fuhr mit Mike, Nia und den Kinder durch den Südeingang in den Gonarezhou-Nationalpark.

Dies war ein wilder, weitgehend touristenloser Ort, vor allem im Süden. Sie schreckten eine kleine Zebraherde auf und kamen hin und wieder an einem einsamen Elefantenbullen vorbei.

Sie durchquerten einen Fluss namens Runde, fuhren durch

dessen seichtes Wasser und folgten dann der Strasse nach Osten, bis sie die herrlichen Chilojo-Klippen sahen.

»Sie sind wunderschön, Mike«, sagte Nia, die schon von diesem Nationalpark, der für seine hoch aufragenden, endlos scheinenden roten Felsformationen bekannt war, gehört hatte, aber das erste Mal hier war. Die Landschaft war vollkommen anders als in KwaZulu Natal, braun statt grün, karg statt üppig, felsig statt fruchtbar, aber dennoch auf ihre eigene wilde Art atemberaubend.

»Normalerweise ist das für mich ein Ort des Friedens«, sagte er, »obwohl das eigentlich seltsam ist.«

»Warum seltsam?« Er wandte sich von ihr ab und sah auf die Klippen hinaus. Plötzlich begriff sie die Bedeutung seiner Worte. »War es hier, wo das mit dem Jungen geschah?«

»Dass ich den Jungen getötet habe? Ja. Hier in der Nähe, in Mosambik, gleich hinter der Grenze.«

Nia sah, dass Themba aufschaute und zu Mike hinüberblickte. Nachdem sie den Hubschrauber aus den Augen verloren hatten, hatten sie die Plane zusammengefaltet. Nia fing seinen Blick auf und schüttelte ansatzweise den Kopf, was Themba zu verstehen schien. Er legte den Kopf zurück auf die Plane und stellte sich wieder schlafend.

»Nachdem es passiert war, kam ich hierher«, fuhr Mike fort, »zu diesen Klippen. Ich habe hier drei Tage lang allein gezeltet, ohne mich zu bewegen. Ich habe getrunken. Sehr viel. Jeden Abend, wenn die Sonne unterging, sass ich im Flussbett. Ich nahm eine Kühlbox mit Bier, Scotch, oder was immer sonst noch übrig war und setzte mich hierhin. Ich hörte das Brüllen der Löwen und hoffte irgendwie, dass sie mich fressen würden. Wenn ich deprimiert bin, komme ich immer noch hierhin.«

Nia sah, dass er die Augen zusammenkniff und die Fäuste ballte. Sie streckte die Hand aus und spürte, dass sein Arm durch die noch immer in ihm aufgestauten Qualen zitterte. Er blinzelte ein paar Mal. »Es ist Okay, Mike.«

Er sah sie mit roten Augen an. »Nein, das ist es nicht.«

»Doch. Du warst in einem Krieg und wurdest zum Opfer dieses Konflikts. Was passiert ist war ein Unfall.«

»Das habe ich mir auch einzureden versucht.«

»Es ist die Wahrheit.«

Er wischte sich mit dem Handrücken über die Augen. »Ja, stimmt.«

Mike liess sich auf die Transportfläche des Wagens fallen und schloss die Augen. Nia versuchte zu dösen, aber die Strasse war zu holprig und die Aussicht zu faszinierend, um zu schlafen. Sie sah Elenantilopen, Wasserböcke und Riedböcke, die einen quietschenden Alarmruf von sich gaben, als sie von dem Wagen voller Menschen aufgeschreckt wurden.

Schliesslich erreichten sie den Save River auf der anderen Seite des Parks. Sie hielten kurz bei einer strohgedeckten Hütte an, wo ein Ranger von ›Zimbabwe Parks and Wildlife‹ ihre Einreisepapiere kontrollierte. Der Fahrer fuhr auf der Sandstrasse weiter und bog schliesslich nach rechts ab. Das Flussufer fiel steil zum sandigen Bett darunter. Nia hielt sich an der Seitenwand des *Bakkies* aus schwarzem Metall fest, als der Wagen um eine enge Linkskurve fuhr.

Eine Sekunde lang dachte sie, sie würden abrutschen oder sich überschlagen, aber der Fahrer gab sofort Gas und der Schwung der Talfahrt trug sie durch den Sand und in den Fluss. Die erste Rinne schien ziemlich tief und auf beiden Seiten schäumte Wasser, doch er fuhr ruhig weiter. Als sie den breiten, sandigen Mittelteil des Flussbettes erreichten, drehte der Fahrer den Motor kräftig auf, um das Tempo beizubehalten.

Sie kamen schliesslich zu einem Kanal auf der anderen Seite des Flusses, auf dessen Grund grosse, vom Wasser glattgeschliffene Steine zu sehen waren. Der Fahrer verlangsamte, um die Federung nicht zu beschädigen. Nia sah auf beiden Seiten Vögel: Ein Paar grosser, eleganter schwarz-weisser Sattelstörche mit gelben Flecken auf dem Schnabel; einen schwarz-weissen Eisvogel, der über der glitzernden Oberfläche des Flusses schwebte und sich dann auf der Jagd nach einem kleinen Fisch senkrecht in die Tiefe stürzte, wobei er spritzend ins Wasser tauchte. Im seichten Wasser watete ein schwarzes Sumpfhuhn und stiess einen lauten, tutenden Ruf aus, der seine Winzigkeit Lügen strafte.

Sie verliessen den Fluss, kletterten auf der anderen Uferseite hoch, fuhren einige Kilometer auf einer unbefestigten Strasse durch Buschland und erreichten schliesslich eine Abzweigung, die nach links zur Fish Eagle Lodge führte. Der Mann lenkte durch das Gittertor, dann eine steile gepflasterte Auffahrt zum Haupthaus der Lodge hinauf, wo er sie am Eingang absetzte. Sie stiegen aus, luden ihr Gepäck aus und waren dafür dankbar, sich die Beine vertreten und der ›afrikanischen Massage‹, wie holprige Strassen oft genannt werden, entkommen zu können. Mike bedankte sich beim Fahrer und Nia bezahlte ihn mit einem Bündel zusammengefalteter Randnoten.

Die Stille um sie herum hatte auf alle eine beruhigende Wirkung. Als sie sich dem Eingang zum Hauptgebäude näherten, wurden sie von einer jungen Frau begrüsst, die sich als die Managerin, Cassandra, vorstellte. Eine zweite Frau reichte ihnen ein Tablett mit kalten Handtüchern und Nia wischte sich dankbar das Gesicht, die Hände und den Nacken ab.

»Ist David hier?«, fragte Mike Cassandra.

»Er kommt sofort. hinunter« Sie zeigte nach vorne und führte sie auf die Terrasse mit Blick auf den Save-Fluss.

Mike hatte Nia erzählt, David Stowell sei der Miteigentümer und Geschäftsführer der Lodge. Er hatte weisses Haar und den buschigen Bart eines Weihnachtsmanns, der in scharfem Kontrast zum dunklen Mahagoni seiner gesprenkelten Haut stand.

»Mike!«

Mike machte David mit Nia und den Teenagern bekannt. Wenn David es seltsam fand, dass Mike mit einer ziemlich zerlumpten und bunten Gesellschaft ankam, liess er sich dies nicht anmerken.

»Willkommen«, sagte er.

Mike und David setzten sich zusammen und Nia ging zum Geländer der grossen Veranda. Themba und Lerato, die das Baby trug, schlossen sich ihr an. Nia hörte, wie Mike David fragte, ob er das Telefon der Lodge benutzen könne und die beiden gingen ins Büro des Managers.

»Schön«, sagte Lerato.

Der Fluss sah kühl und einladend aus, aber auf der anderen Seite sahen sie drei grosse Krokodile. Die Reptilien erinnerten sie daran – nicht, dass sie das nötig gehabt hätten – dass selbst in einem scheinbaren Paradies Gefahren lauerten. Eine Spur runder, kraterartiger Löchern durchzog den Sand entlang des Flusses: Die Abdrücke eines Flusspferdes, das in der Nacht zuvor aktiv gewesen war, stellte sich Nia vor.

Nach ein paar Minuten kam Mike von David zurück und gesellte sich zu ihnen. »Das Selbstversorgercamp ist frei und wir können erst einmal dortbleiben.«

»Erst einmal?«, fragte Themba.

»So lange es für uns sicher ist, hier zu bleiben«, sagte Mike. »Aber wir müssen etwas planen.«

Cassandra kam zu ihnen zurück. »Wenn Sie wollen, bitte ich unseren Lagerverwalter Stanley, Sie zum Camp zu bringen.«

Mike bedankte sich bei ihr. »Themba und Lerato, bitte nehmt das Baby und sucht euch ein oder mehrere Zimmer, in denen ihr bleiben möchtet. Ich brauche noch eine Minute mit Nia«

Die Jugendlichen gingen mit Stanley, der ihnen beim Tragen ihrer Taschen half.

Als sie allein waren, wandte sich Mike an Nia. »Wir müssen miteinander reden«, sagte er.

»Klingt ominös.«

»Das ist es. Suzanne Fessey weiss, wo wir sind.«

Nia spürte, wie der vertraute Schauer des Entsetzens durch ihren Körper lief. »Wie kommt das und woher weisst du es?«

David hat mir gerade erzählt, meine Ex-Frau Tracy habe ihn angerufen und gefragt, ob ich hier sei. David antwortete mit nein, worauf Tracy ihn bat, mir, falls ich auftauchte, zu sagen, ich solle sie anrufen. Sie sagte, sie mache sich Sorgen um mich, weil die Polizei nach mir suche.«

»Und hast du sie angerufen?« fragte Nia.

Mike nickte. »Gerade eben, aus Davids Büro. Tracy hat mir eine Beschreibung der Polizistin gegeben, die sie verhört hat. Es war eindeutig Suzanne.«

»Mein Gott, Mike! Dann hat Tracy Glück, dass sie noch am Leben ist.«

»Ich sagte ihr, sie solle Debbie, unsere Tochter, abholen und die Stadt verlassen. Sie sind bei Freunden in Port Alfred untergekommen. Man kann Tracy keinen Vorwurf machen, sie hat nur zu helfen versucht. Allerdings fielen ihr im Nachhinein Ungereimtheiten auf und sie wurde der Situation und Suzanne gegenüber misstrauisch, weshalb sie mit mir sprechen wollte.«

Nia liess sich auf einen der Liegestühle fallen und Mike legte sich in den Stuhl ihr gegenüber. »Was denkst du?«

Nia spürte, wie das Gefühl der Entspannung aus ihrem Körper entwich, als würde sie durchbohrt. »Wann hören wir auf, davonzulaufen, Mike? Sind wir jemals wieder irgendwo sicher?«

Er fuhr sich mit der Hand durch die Haare. »Nicht, solange Suzanne Fessey auf freiem Fuss ist und die CIA versucht, sie und uns aufzuspüren. Wir haben einen schlafenden Riesen geweckt, Nia, der vor den Amerikanern davonläuft. Es wird nicht lange dauern, bis sie alle ihnen zur Verfügung stehenden Mittel – Männer, Flugzeuge, Satelliten, Drohnen – einsetzen, um uns zu finden. Unsere Zeit ist begrenzt.«

»Und was schlägst du nun vor?«, fragte sie.

»Was schlägst *du* vor? *Du* verdienst deinen Lebensunterhalt damit, Menschen zu verfolgen. Ich beobachte Geier.«

Nia gefiel, dass er ihre Meinung hören wollte und sie spürte, dass es weder aufgesetzt war noch er sich damit einschmeicheln wollte. Sie dachte über ihre Situation nach. »Suzanne Fessey und ihre Leute zerstörten Boyds Farmhaus mit Panzerfäusten, um das Kind zurückzubekommen. Dennoch glaube ich keineswegs, dass sie dies aus Sorge um die Sicherheit ihres Kindes getan haben.«

Mike folgte ihrem Gedankengang. »Das würde bedeuten, dass sie eher daran interessiert ist, den Mikrochip zu kriegen.«

»Was für eine Mutter denkt so?« Ihre Frage war rhetorisch, also fuhr sie fort. »Wenn es sich bei den Zahlen auf dem Mikrochip tatsächlich um die Nummer eines Bankkontos handelt, was wahrscheinlich scheint, ist sie hinter dem Geld her. Wir könnten ihr das Kind einfach zurückgeben oder es irgendwo liegen lassen, wo sie es findet.«

Mike nickte langsam. »Wir könnten. Aber möchtest du das tun?«

Nia dachte darüber nach. »Sie ist eine Kriminelle, eine Mörderin und verdient es, vor Gericht gestellt zu werden. Sei es in Südafrika oder wo auch immer sie ihre Verbrechen begangen hat. Und selbst wenn sie Gefühle für ihr Kind hat: Zu was für einem Leben würden wir es dann verurteilen?«

»Das dachte ich auch«, sagte Mike.

»Und die Amerikaner verhalten sich beinahe genauso rücksichtslos. Niemand ausser uns ist um das Kind besorgt. Können wir den Mikrochip aus dem Kleinen entfernen?«

»Mikrochips lassen sich leicht implantieren«, sagte Mike, »es ist aber verdammt schwierig, sie zu entfernen. Ich habe es bei den Geiern gesehen. Als ich zum ersten Mal von dieser Technologie hörte, dachte ich, wir könnten den Chip, wenn ein Vogel stirbt und wir ihn bergen, vielleicht wiederverwenden. Es stellte sich aber heraus, dass das selbst bei einem toten Vogel eine schwierige Prozedur ist. Der Chip bewegt sich unter der Haut von der Stelle weg, an der er zuerst eingesetzt wurde und ist schwierig zu lokalisieren. Dort, wo er sich schliesslich festsetzt, bildet sich um ihn herum Narbengewebe, so dass es nicht einfach mit einen kleinen Schnitt getan ist. Hassan müsste betäubt werden und man bräuchte einen plastischen Chirurgen, um den Chip herauszuholen. Aber noch wichtiger wäre, den Schaden unter der Haut zu reparieren und wieder richtig zuzunähen.

»Wenn Suzanne oder die Amerikaner das Baby in die Finger bekommen, sei es tot oder lebendig, können sie den Chip also genauso lesen, wie wir es getan haben. Dann dürfen wir nicht aufgeben!«, bestimmte Nia. »Wenn Suzanne oder die anderen Terroristen die Informationen kriegen, könnten sie auf das Bankkonto zugreifen und damit einen schrecklichen Anschlag finanzieren. Stell dir vor, vielleicht so etwas wie einen weiteren 11. September!«

»Wir könnten das Baby einfach den Amerikanern überlassen. Ich kann Jed Banks anrufen und wir können uns ihnen ausliefern – dieses Mal ohne Waffen«, sagte Mike.

Das Angebot war verlockend, dachte Nia. Wenn die Amerikaner das Baby bekämen, hätte Suzanne keinen Grund mehr, sie zu verfolgen. Oder etwa doch? Vielleicht hatte sie bereits herausgefunden, dass sie die Informationen auf dem Chip gelesen hatten.

Mike schien der gleiche Gedanke durch den Kopf gegangen zu sein. »Suzanne würde wahrscheinlich trotzdem versuchen, die Informationen von uns zu bekommen. Verdammt.«

»Verdammt, was?«, erkundigte sich Nia.

»Falls Suzanne sich gut in Boyds Operationssaal umgeschaut hat, wovon ich überzeugt bin, muss sie gesehen haben, dass der Mikrochip-Leser, nachdem ich ihn benutzte, herumlag. Ich hätte ihn versorgen müssen.«

»Mach dich nicht selbst fertig«, sagte sie. »Suzanne hat bis jetzt alle überlistet.«

Mike lehnte sich, die Ellbogen auf den Knien, zu ihr hin. »Ein Punkt scheint mir interessant: Wenn Suzanne nicht nur eine besorgte Mutter ist, die versucht, ihr Kind zurückzubekommen, – und dem widerspricht ihr rücksichtsloser Umgang mit seiner Sicherheit – kennt sie die Zahlen auf dem Chip offensichtlich nicht.«

»Das würde bedeuten, dass sie entweder nicht eingeweiht ist«, überlegte Nia, »oder der Chip erst vor sehr kurzer Zeit eingesetzt wurde. Dafür spricht, dass die Einstichstelle, durch die der Chip eingeführt wurde, noch nicht verheilt ist.«

»Wie auch immer, sie braucht jetzt die Zahlen.«

»Und wir haben sie«, sagte Nia. »Es fragt sich nur, was wir mit ihnen machen.«

»Was denkst du?«, fragte Mike.

Sie überlegte. Die Idee, die ihr vorschwebte, war verrückt und funktionierte kaum, doch sie mussten den Spiess gegen Suzanne umdrehen. »Wir holen das Geld.«

»In der Schweiz? Du bist verrückt«, äusserte sich Mike.

»Hör mir zu. Ich fliege in die Schweiz, suche die Bank, fahre hin und finde heraus, was auf dem Konto ist. Ich habe die Kontonummer und etwas, das wie der Passcode aussieht.«

»Ruf die Bank an«, schlug Mike vor. »Frag sie, ob sie dir sagen können, was auf dem Konto ist.«

Nia schüttelte den Kopf. »Mein Freund Roger hat gesagt, dass sie bei diesen Nummernkonten kein elektronisches oder telefonisches Banking machen und am Telefon auch keine Details herausgeben. Überleg es dir, Mike. Wenn Suzanne erfährt, dass ich in der Schweiz bin, weiss sie bestimmt, dass wir die Zahlen haben und dass es für sie zu spät ist. Roger hat mir gesagt, die Schweizer Banken gingen hart gegen Kriminelle vor, die ihre Dienste nutzen.«, erklärte sie ihm. »Wenn ich also dorthin gehe, die Angaben zum Konto liefere und bei der Bank erkläre, das Geld gehöre Terroristen, kann die Bank die Polizei einschalten. Wenn Suzanne weiss, dass das Geld unter Verschluss ist, gibt es für sie keinen Grund mehr, den Jugendlichen und dem Kleinen hinterherzulaufen. Obwohl ich davon ausgehe, dass sie irgendwann auch ihr Kind zurückhaben will.«

Mike stand auf und ballte die Fäuste an den Seiten. »Nein, Nia. Wenn sie erfährt, dass du in die Schweiz geflogen bist, könnte sie auch dorthin reisen. Aber ich werde nicht zulassen, dass du zum Köder für wirst, dem sie folgt. Ich kann dich nicht einfach in ein Flugzeug nach Genf springen lassen!«

Nia wurde wütend. Sie richtete sich auf. »Du willst es nicht *zulassen*? Ich habe die Zahlen herausgefunden und kenne sie, nun kann ich damit machen, was ich will, verdammt noch mal.«

»Dann gehe ich in die Schweiz «, sagte er.

Sie stemmte die Fäuste in die Hüften. »Kommt nicht in Frage.«

»Warum nicht?«

»Du musst hierbleiben und dich um unsere drei Kinder kümmern, deshalb nicht«, sagte sie.

»Unsere?«

Sie zog eine Grimasse. »Du weisst genau, was ich meine.« Sie wechselte das Thema. »Und was machen wir mit den Amerikanern?«

»Ich teile deine Bedenken, aber mir ist immer noch lieber, wenn Jed Banks uns findet, als wenn Suzanne das tut.«

Nia nickte. »Das kleinere von zwei Übeln. Aber die Amerikaner wollen das Baby – und vermutlich auch das Geld – genauso sehr wie Suzanne. Wir sind immer noch alle in Gefahr. Mit dem Geld hätten wir ein Druckmittel gegen sie alle und eine Versicherung.«

Mike ballte und löste weiterhin die Fäuste an seiner Seite. »Mir gefällt das immer noch nicht. Vor allem, wenn sie dadurch hinter dir her sind. Ich würde dich und die Kinder lieber an einem anderen sicheren Ort unterbringen, vielleicht einen Platz in Harare finden und selbst in die Schweiz fliegen.«

»Es gibt mindestens drei Gründe, warum ich gehen muss, Mike. Sie hob ihren Daumen. Erstens: Es *gibt* keinen Ort, der wirklich sicher ist und du kennst wenigstens das Terrain hier.«

An seinem Mund konnte sie ablesen, dass er wusste, dass sie Recht hatte.

»Zweitens«, sie hob den Zeigefinger, »ich habe genügend Geld für ein Standby-Ticket. Vielleicht benutze ich sogar die Amex-Karte meiner Eltern und fliege Business Class. Kannst du dir den Flug leisten?«

Er erwiderte ihr Lächeln nicht. »Du weisst, dass die Antwort darauf nein ist.«

»Tut mir leid, ich wollte es dir nicht unter die Nase reiben.« Sie hob einen dritten Finger. »Drittens: Ich habe einen australischen Pass dabei, so dass ich mich nicht im Voraus um ein Visum kümmern muss. Ich war schon ein paar Mal mit meinen Eltern in der Schweiz im Urlaub und finde mich dort gut zurecht. Ich werde dich von dort aus anrufen und dir sagen, wie es läuft.«

»Du musst trotzdem nach Harare.«

»Daran habe ich auch gedacht. Cassandra?«, rief sie zur Managerin im Haus. Die junge Frau kam zu ihnen herüber. »Fliegen hier manchmal Leute ein und aus?«

»Ja, gerade heute Nachmittag landet ein Kleinflugzeug.« Cassandra schaute auf die Armbanduhr. »Es muss jeden Moment eintreffen.«

»Kann ich damit wegfliegen?«

Cassandra schien einen Moment lang überrascht. »Nun, ähm, sicher. Es ist bestimmt leer, also finden wir sicher einen Platz für Sie und eine Zahlungsmethode ebenfalls.«

Mike schüttelte den Kopf. »Das gefällt mir nicht, Nia. Du musst deinen richtigen Namen und deine Passnummer verwenden, um deine internationalen Flüge zu buchen. Die Amerikaner werden dies alles überwachen, dich finden und wenn du über Johannesburg nach Europa fliegst, dort bereits auf dich warten. Einen Direktflug von Harare in die Schweiz gibt es kaum.«

»Daran habe ich auch schon gedacht«, sagte sie. »Ich kenne Leute, die schon nach Simbabwe und wieder zurück geflogen sind. Ich kann einen Flug nach Nairobi nehmen und von dort weiterreisen. Die Amerikaner können mich vielleicht aufspüren, aber ich mache es schwieriger für sie, indem ich nicht über Joburg fliege. Ausserdem würde ich gerne sehen, wie sie mich in der Schweiz aufzugreifen versuchen, ohne einen internationalen Zwischenfall zu verursachen.«

»Nein«, sagte Mike.

Nia stemmte die Hände in die Hüften. »Doch. Wenn Suzanne hier auftaucht, wovon wir ausgehen, versuchst du, einen Weg zu finden, um mit ihr zu verhandeln. Sag ihr, dass wir ihr die verdammten Zahlen geben, wenn sie Afrika verlässt und für deine Sicherheit und die der Kinder garantiert. Ich werde die Schweiz verlassen und sie kann ihr Glück mit der Bank und den dortigen Polizisten versuchen.«

»Ich finde es immer noch verrückt. Ausserdem scheint Suzanne nicht der Typ zu sein, der verhandelt. Sie schiesst vorher.«

Nia seufzte. »Diese ganze Sache ist so verrückt, Mike. Wenn wir an ihr Geld herankämen, wären wir ihr zum ersten Mal einen Schritt voraus, wirklich vor ihr.«

Sie befanden sich in einer Patt-Situation. Das Geräusch aufheulender Fahrzeugmotoren, die die steile Auffahrt zum Haus hinauffuhren, liess beide sich umdrehen.

Ein offenes Land Cruiser Wildbeobachtungsfahrzeug mit einer

Gruppe von acht Touristen hielt bei der Rezeption. Während die Gäste von Cassandra begrüsst wurden, fuhr zudem ein Land Rover Defender mit Doppelkabine vor.

Die Insassen des zweiten Fahrzeugs kamen herein, die von ganz anderem Schlag waren als die Touristen.

Die drei Weissen und zwei Schwarzen trugen alle grüne Felduniformen im Militärstil. Ihre Kleider waren staubig und schmutzig und man sah grosse, dunkle Schweissflecken unter den Armen. In ihren Gesichtern standen Bartstoppeln von ein paar Tagen und ihr Haar war ungewaschen, verfilzt und stand in alle Richtungen ab. Als sie näherkamen, roch Nia sie.

»Nia«, sagte Mike und wies auf den Mann an der Spitze der Gruppe, »das sind Shane Castle und Tim Penquitt, die die Anti-Wilderer-Operation in diesem Teil von Simbabwe leiten.«

Sie schüttelten sich alle die Hände. Kassandra unterbrach sie höflich. »Nia, wenn Sie den Flug erwischen wollen, bringt das Fahrzeug, das die Touristen gebracht hat, Sie zur Landebahn. Das Flugzeug startet in zwanzig Minuten.«

»Entschuldigt mich«, sagte Nia zu den Neuankömmlingen. Sie nahm Mike am Ellbogen.

»Tu es nicht«, sagte er.

»Ich muss und das weisst du. Beschütze die Kinder, Mike. Vertrau mir und wenn du das nicht kannst, dann ist das auch egal. Ich kann selber entscheiden und ich gehe.«

Er legte seine Hände auf ihre Schultern und sie fühlte sich unter seinem Griff klein, aber auch sicher. »Ich glaube, das ist eines der Dinge, die ich an dir mag.«

Sie atmete tief ein. Ihre harten Worte täuschten über die Angst hinweg, die in ihrer Brust brodelte. Sie war besorgt, ihn in grosser Gefahr zurückzulassen. Nia sah zu ihm auf. »Ich mag auch ein paar Dinge an dir.«

Mike küsste sie und sie schlang ihre Arme um ihn.

»Sei vorsichtig«, flüsterte er ihr ins Ohr.

32

Mike, Shane Castle und Tim Penquitt gingen dem Grenzzaun des Aussenlagers für Selbstversorger entlang, das David vor Kurzem tief im Busch, etwa einen Kilometer vom Haupthaus der Lodge entfernt, errichtet hatte.

Sie bereiteten sich auf einen Kampf vor und wenn Mike darüber nachdachte, war es besser, dass Nia gegangen war. Wenigstens war sie aus der Schusslinie, wenn Suzanne auftauchte.

Shane und Tim kannte Mike gut. Tim, der ältere der beiden, war um die sechzig, schätzte Mike und hatte zu Recht einen furchteinflössenden Ruf als ehemaliges Mitglied der Selous Scouts, einer gemischten Einheit der rhodesischen Armee, bevor das Land zum unabhängigen Simbabwe wurde. Die Scouts hatten sich auf Pseudo-Operationen spezialisiert, bei denen sich regierungstreue afrikanische Soldaten und schwarz geschminkte weisse Rhodesier als nationalistische Guerillas ausgaben. Sie lockten damit die Kräfte der echten Revolutionäre in Hinterhalte und rieben sie auf.

Shane blieb stehen, stützte den Kolben seines FN-Selbstladegewehrs auf den Boden und sah sich um. »Ja, das wird reichen«, sagte er mit einem Akzent, der aus einer Mischung von Australisch und Simbabwisch zusammengesetzt war. Shane, so wusste Mike, wurde

382

im damaligen Rhodesien geboren, bevor seine Eltern mit der Familie über den Indischen Ozean nach Australien zogen.« Er war mittlerweile in den Vierzigern und hatte mit dem australischen SAS, dem Special Air Service, in Afghanistan und als Auftragskiller im Irak gedient.

Tim war im ›Save Valley Schutzgebiet‹ an der Grenze zum Gonarezhou-Nationalpark für die Anti-Wilderei-Einsätze zuständig und operierte oft auch auf dem Gelände der Fish Eagle Lodge. Shane war so etwas wie ein Militärberater und es sprach für seine Erfahrung und Intelligenz, dass Tim den Rat des Aussenstehenden annahm, obwohl er selbst ein abgehärteter Veteran war. Jordan, Tims Sohn, einer der drei jüngeren Männer im Team, hatte ebenfalls einen eindrücklichen militärischen Hintergrund. Er hatte im Fallschirmjägerregiment der britischen Armee in den blutigen Kämpfen in der afghanischen Provinz Helmand gedient, bevor er nach Simbabwe zurückkehrte und eine Stelle in dem Bereich annahm, der zum Familiengeschäft geworden war: Die Jagd auf Wilderer. Die beiden anderen Mitglieder des Teams, das wusste Mike, waren Brüder. Oscar und Sylvester Mpofu gehörten für die Penquitt-Jungs sozusagen zur Familie. Tim gefiel das, denn eine Familie würde sich niemals gegenseitig verraten und nie ein verwundetes oder in Schwierigkeiten steckendes Mitglied auf dem Schlachtfeld im Stich lassen. Die jüngeren Mitglieder waren bei den drei geflüchteten Kindern.

Mike traf Tim und den Rest seines Teams von Zeit zu Zeit bei der Geierüberwachung, doch er und Tim teilten ausserdem gemeinsame Zeiten in der Vergangenheit. Nachdem Mike die ›Operation Lock‹ verliess, hatten sie zusammen im selben Gebiet an Anti-Wilderei-Einsätzen teilgenommen. Tim wusste alles über den Jungen, den Mike getötet hatte und auch, dass er dieses Thema nicht ansprechen durfte.

»Wir werden hier einen Wachposten einrichten«, informierte Shane Mike. »Man hat einen guten Blick über das Tal in Richtung Mosambik. Glaubst du, dass sie von dort kommen?«

Mike zuckte die Schultern. »Diese Frau, Fessey, könnte aus jeder

Richtung kommen. Aber ich vermute, dass sie, wenn sie angeheuerte Leute mitbringt, von der mosambikanischen Grenze kommen muss.«

Tim kaute auf einem gelben Grashalm herum. »Da drüben herrscht kein Mangel an Waffen.«

»Warum haben Sie das Baby und die beiden Jugendlichen nicht nach Harare gebracht?« fragte Shane.

Mike sah die beiden Ex-Soldaten an. »Weil ich die Sache beenden will und ausnahmsweise bin ich im Vorteil: Einerseits seid ihr beide hier, andererseits sind wir hier im Busch. Diese Frau hat bei ihren Aktionen schon genug unschuldige Leute in den Tod gerissen und Schäden verursacht.«

Shane grinste halb. »So schlimm?«

»Du sagtest, sie und ihre Leute handeln mit Nashorn-Horn?«, fragte Tim. »Ja, genau«, sagte Mike. »Wir haben Beweise dafür, dass sie Horn aus den Parks von KwaZulu-Natal verkauft haben, um ihr terroristisches Netzwerk zu finanzieren. Ich habe sogar eines der Hörner hier, das der Junge, Themba, im Auto der Frau gefunden hat. Ich kann es dir zeigen, wenn du willst.«

Tim schüttelte den Kopf. »Ich vertraue dir, Mike. Damit sind sie auch unsere Feinde.«

Mike war neugierig. »Ihr würdet euch nicht einfach mit ihnen anlegen, nur weil sie in Südafrika und dem Rest der Welt irgendetwas getan haben. Wie ich Shane am Telefon sagte, gehören diese Leute zu ISIS. Es sind Fanatiker und das Horn des Nashorns ist ihre Art, ihre Operationen mitzufinanzieren.«

Tim gestikulierte nach hinten in Richtung des Zeltlagers. »Mein Sohn Jordan hat in Afghanistan gegen diese Leute gekämpft. Er berichtete, er wisse nicht, wer die grösseren religiösen Fanatiker seien: die Taliban und ihre Unterstützer oder die Amerikaner. Auf eine seltsame Art und Weise kann ich verstehen, dass man für so etwas wie das Horn des Nashorns tötet. Natürlich glaube ich nicht, dass es irgendwelche magischen medizinischen Kräfte hat. Ich habe mich auch nie für Diamanten interessiert. Aber das sind materielle Werte, Dinge, die Geld bringen und darum kämpfen Menschen. Sie wollen solche Wertgegenstände bekommen, ihr Eigentum nennen und schützen. Das scheint mir jedenfalls irgendwie verständlicher als ein Kampf um Götter.«

Einen Moment lang schwiegen sie alle.

»Genug der Philosophie.« Shane klopfte Tim auf die Schulter. »Wir haben verängstigte Kinder im Camp, deren Leben in Gefahr ist und gleichzeitig ergibt sich die Chance, einen Nashorn-Händler auszuschalten. Wenn diese Leute ihr Horn in Südafrika nicht bekommen, reihen sie sich einfach in die Schlange derer ein, die versuchen, es hier in Simbabwe zu besorgen. Ich würde sagen, dieser Kampf, lohnt sich in beiderlei Hinsicht.«

»Ich auch«, bestätigte Tim.

Sie gingen zu den Safarizelten, die das ›Flycamp‹, ein halbwegs mobiles Lager, bildeten und fanden Lerato und Themba beim Essen.

»Sylvester und ich haben ihnen etwas zu essen gemacht, Dad«, sagte Jordan. »Oscar hält Wache.«

Tim begutachtete die Einrichtung. »Gute Arbeit, Jordie. Reinigt und überprüft eure Waffen, ihr alle und besorgt euch auch etwas zu essen.«

»Mike?«, rief Shane und deutete ihm mit einer Kopfbewegung, ihm zu folgen.

Sie gingen zu Shanes Land Rover, wo Shane die Tür öffnete, einen Hebel umlegte und die Rückenlehne des Fahrersitzes nach vorne klappte. Er griff hinein und zog ein Sturmgewehr heraus.

»R5.«

Mike nahm ihm die Waffe ab. »Ich kenne es, obwohl es schon eine Weile her ist, dass ich eins in der Hand hatte.«

Shane senkte die Stimme. »Tim hat mir ein wenig von eurer gemeinsamen Zeit hier berichtet, als ihr noch Wilderer gejagt habt. Er hat mir keine Einzelheiten erzählt, aber ich weiss, wie sehr schlimme Erlebnisse einen Mann prägen können. Kommst du damit klar?«

Mike nickte.

»Jordan, Sylvester, Oscar«, rief Tim. »Hier gibt es keinerlei Deckung. Wir brauchen ein paar Schusspositionen.«

»Ich habe etwas gefunden, Papa«, sagte Jordan.

Mike und Shane gingen hinüber und gesellten sich zu den anderen. Jordan führte sie zur rechten Seite der Zelte, wo er ihnen ein tiefes Loch zeigte, etwa drei Meter lang, zwei breit und eineinhalb Meter tief.

Tim stemmte die Hände in die Hüften. »Ein verdammtes Schwimmbecken.«

Mike lächelte. Tim hatte es so gesagt, als könne er sich nicht vorstellen, wie oder warum jemand im Busch ein Schwimmbad brauche. Er lebte in einem Reservat, in dem die Leute um die tausend Dollar pro Person und Nacht zahlten, um fein zu speisen und Grosswild zu beobachten, während er, sein Sohn und seine Ranger-Kollegen die Nächte damit verbrachten, zu patrouillieren, auf der Lauer zu liegen und Moskitos zu bekämpfen.

Shane entfernte sich ein wenig, und ging zu einem Haufen Baumaterial, in welchem Säcke mit Zement, Holzschalungen und einige Wellbleche gestapelt lagen. Mit der Spitze des Laufs seines FN-Gewehrs hob er vorsichtig eine Metallplatte an. Plötzlich sprang er vor lauter Schreck einen Schritt zurück.

Die anderen lachten laut.

»Was ist es?« fragte Mike.

Tim wischte sich die Augen. »Unser grosser böser Held vom australischen SAS hat Angst vor Schlangen.«

»Es war nur eine Eidechse«, sagte Shane, »zum Glück.«

»Ich habe gesehen, wie dieser Mann auf einen bewaffneten Wilderer zugelaufen ist und aus der Hüfte geschossen hat, aber wenn man ihm eine Boomslang zeigt, macht er sich fast in die Hose«, sagte Tim.

Nach dem kurzen Moment der Heiterkeit rief Tim seine Truppe zurück an die Arbeit. »Gut, Jungs. Das ist unsere Festung, die letzte Verteidigungslinie. Stapelt die Zementsäcke um den Rand herum und lasst dazwischen Lücken für eure Gewehre.«

Sylvester, Oscar und Jordan legten ihre Waffen griffbereit hin, zogen ihre Hemden aus und machten sich an die Arbeit. Mike, Shane und Tim stellten sich nahe zusammen.

Shane sah ihn an. »Jordan und ich wissen, mit was für Leuten wir es zu tun haben, Mike. Wir werden nichts dem Zufall überlassen.«

Themba kam auf sie zu. »Mike, Lerato und das Baby ruhen sich in einem der Zelte aus. Wie kann ich helfen?«

»Am besten bleibst du bei Lerato«, sagte Mike.

»Aber ich hätte auch gern eine Waffe.«

Mike sah zu Shane. »Was denkst du?«

»Er ist jung«, sagte Shane.

»Er weiss, wie man mit einer AK umgeht. Mittlerweile ist er ein guter Schüler, aber früher war er ein Autodieb«, erklärte Mike.

Themba verzerrte bei dieser Enthüllung schmerzlich das Gesicht.

»Wir bereiten uns auf einen Kampf vor, Kumpel, nicht auf eine Algebra-Stunde«, sagte Shane zu Themba.

»Ich bin ein Mann.«

Shane sah ihn von oben bis unten an. »Jedenfalls beinahe. Willst du eine Waffe?«

Themba nickte.

»Geh rüber zum Landy und sieh hinten unter der grünen Plane nach.«

Mike und Shane sahen zu, wie Themba zum Lastwagen ging.

»Was ist da hinten alles drin?« fragte Mike.

»Wir sind direkt aus dem Busch zu Ihnen gekommen. Wir hatten gestern Abend einen Kontakt.«

Mike ging langsam hinter Themba her. Hätte er Thembas Hintergrund nicht gekannt, die Schrecken, die er in seinem kurzen Leben schon gesehen hatte, hätte er sich Sorgen gemacht, was für eine Prüfung Shane ihm zumutete. Männer wie Shane und die Penquitts hatten die Schrecken des Krieges miterlebt und der Kampf zur Rettung des Nashorns war nicht viel anders.

Themba ging zum hinteren Teil des Lastwagens, griff über die Seitenwand und hob die grüne Plane an. Mike hörte das Summen der aufgescheuchten Fliegen und sah, dass Themba unwillkürlich einen Schritt zurücktrat und sich die Hand vor den Mund hielt.

»Zwei Mosambikaner«, sagte Shane leise. »Wir haben sie letzte Nacht getötet. Sie verfolgten ein Nashorn und als wir sie aufforderten, ihre Gewehre fallen zu lassen, eröffneten sie das Feuer auf uns. Es war schnell vorbei.«

Themba schien sich zu beruhigen und richtete sich wieder auf. Er ging zurück zur Seite des Fahrzeugs und hob die Abdeckung erneut an. Er beugte sich vor, griff hinein, zog eine AK-47 heraus und kam zu Mike und Shane zurück. Er bemerkte Blut an seinen Fingern, nahm das Gewehr in die andere Hand und wischte es an seiner Schulhose ab. »Habt ihr Magazine?«

»Im Landy«, sagte Shane gleichmütig, »hinter dem Sitz findest du einen ganzen Stapel davon, alle noch voll.«

»Danke, Sir«, sagte Themba.

»Harter Junge«, sagte Shane zu Mike.

»Ja, das ist er.«

»Hört sich an, als ob er das auch sein müsse.«

Mike ging zum Fahrzeug. Über den Leichen schwebte immer noch eine Wolke verstörter Fliegen, nicht bereit, sich zu weit von ihren neuen Wirten zu entfernen. Einige setzten sich auf die Augen und krabbelten in die Nasenlöcher, andere liessen sich bei den Einschusswunden nieder. *Ich schaffe das*, sagte sich Mike. *Das waren Männer, keine Jungen. Sie trugen Gewehre und hätten die Anti-Wilderer-Leute getötet, wenn sie die Chance dazu gehabt hätten.*

Es ist ein Krieg. Es ist ein Kampf. Finde dich damit ab.

Shane stand neben ihm. »Mike? Bist du okay?«

Die Bäume um ihn herum drehten sich und am Rande seines Sichtfelds sah er rotierende Lichtpunkte. Er roch, dass die Männer, oder zumindest einer von ihnen, sich verunreinigt hatten und Galle stieg ihm in die Kehle. Er schloss die Augen, sah aber das Gesicht des Sechzehnjährigen, den er erschossen hatte, vor sich. Er hatte ihn auf einen Lastwagen verladen müssen, nachdem das Töten beendet war. Er hörte die Schüsse und Schreie und sie dröhnten in seinem Kopf.

»Mike?«, wiederholte Themba.

Mike taumelte vom Lastwagen weg. Das Schwindelgefühl nahm überhand und verstärkte das Gefühl der Übelkeit. Er stolperte zu einem Baum, umarmte dessen raue Rinde und hielt sich an ihm fest. Der Lärm in seinem Kopf war ohrenbetäubend und um ihn herum gab es ein anderes, animalisches Geräusch. Es dauerte ein paar Augenblicken, bis ihm klar wurde, dass es von ihm selbst stammte. Tränen strömten aus seinen Augen, als er sich erbrach.

Er spürte Hände auf seinen Schultern und hörte das Gemurmel von beruhigenden Stimmen, die seine Wut durchdrangen, aber er wollte das nicht. Er wollte weder ihr Mitleid oder ihr Verständnis. Er war schwach und brach in einem Moment zusammen, in dem die Kinder seinen Schutz benötigten und Shane und die Penquitts jede Waffe brauchten. Dies war *nicht* der richtige Zeitpunkt, um zusammenzubrechen und genauso wenig der richtige Moment, sich von dieser Flut von Kummer und Scheisse überschwemmen zu lassen und darin zu ertrinken. Er *musste* sich zusammenreissen.

Aber er konnte nicht.

Er hätte Nia nicht gehen lassen dürfen, wurde ihm klar. Sie war nicht sicher und er konnte nichts tun, um die Kinder oder sich selbst zu schützen. Sie wären alle bald tot und das war alles seine Schuld. Er hatte sie alle im Stich gelassen, sie alle zum Tod verurteilt, wegen des Kindes, das er vor all den Jahren erschossen hatte.

Obwohl sich Mike der anderen um ihn herum bewusst war, stand er auf und stolperte zum nächstgelegenen Zelt. Darin fand er ein Waschbecken aus Segeltuch und spritzte sich Wasser ins Gesicht. Er betrachtete sich angewidert im Spiegel.

»Mike?«

Er schaute sich um und sah Themba an der Zeltöffnung warten. Mike setzte sich auf ein Feldbett und legte das Gesicht in die Händen.

»Mike«, sagte Themba erneut. »Du bist ein guter Mann, Mike. Ohne dich wäre ich heute nicht hier, sondern entweder im Gefängnis oder noch schlimmer, tot.«

Er konnte nicht zu Themba aufschauen, er schämte sich zu sehr. Er spürte, dass die Verzweiflung ihn herunterzog und ihn lähmen oder vielleicht sogar töten wollte. Alles Gute, um das er sich bemühte, war nutzlos, weil er verflucht war, ebenso wie der Rest von ihnen.

»Mike, hör mir zu, bitte. Du bist wegen mir gekommen, wegen Lerato und dem Baby und du hast uns in Mkhuze gefunden und uns schliesslich zu deinem Arztfreund gebracht. Du hättest das alles nicht tun müssen.«

»Und der ist jetzt tot«, schluchzte Mike.

Themba legte ihm eine Hand auf die Schulter. »Er hat für uns gekämpft. Er hat sein Leben für uns gegeben, Mike. Und du hast uns von diesen Leuten weggebracht, von diesen Verrückten. Du hättest uns einfach der Polizei oder den Amerikanern ausliefern können und ich bin mir nicht sicher, was die mit uns gemacht hätten.«

Mike hob den Kopf und sah zu dem Jungen auf. Als Mike ihn kennengelernt hatte, war Themba ein mürrischer, zornerfüllter Kleinkrimineller, heute dagegen stand Themba mehr seinen Mann als er selbst es vermochte.

»Wir alle brauchen Hilfe, Mike. Ich, meine Schwester, wir alle. Das hast du mir beigebracht. Es ist okay, sich Hilfe zu holen. Du hast mir einmal vorgeschlagen, jemanden zu suchen, mit dem ich über meine Probleme und meine Vergangenheit reden könne und ich habe diese Person gefunden. Das bist du.«

Mike holte tief Luft und versuchte, sich zu beruhigen. Durch den Nebel seines Kummers hindurch hörte er seine eigenen Worte, an die Themba ihn erinnerte.

»Mike, hier sind gute Männer, die uns beschützen. Du kannst hierbleiben, dich erholen und ich werde mich um dich kümmern.«

Mike schluckte und spürte, dass ihm wieder Tränen kamen, aber diesmal nicht aus Kummer, sondern aus purem Stolz auf den Menschen, der Themba geworden war. Er wischte sich über die Augen.

»Danke, Themba.« Mike atmete noch einmal tief durch und sah Themba an. Wo vorher ein Junge gestanden hatte, sah er nun einen Mann. Themba hatte sich dank seiner Hilfe verändert. Er war es ihm jetzt schuldig, dafür zu sorgen, dass er das Leben leben konnte, das sie beide sich für ihn vorgestellt hatten. Themba hatte Recht, er musste und würde sich Hilfe holen, aber erst, wenn er die Aufgabe erledigt hatte, die auf ihn wartete. »Ich werde dich nicht enttäuschen, Themba.«

Mike stand auf. Themba kam zu ihm und sie umarmten sich.

* * *

NIA RANNTE, um ihren Flug zu erwischen.

Sie hatte sich ungeduldig hinter einer Gruppe amerikanischer Grosswildjäger eingereiht, deren Freizeitbeschäftigung und Beruf sich aus der Tarnkleidung und dem Smalltalk über ihre Patienten in der Heimat und deren Zähne erraten liess. Nach den Einreiseformalitäten und der Zollabfertigung musste sie einen Sprint hinlegen.

Da die Gäste einer anderen Safari-Lodge beim zweiten Zwischenstopp des Leichtflugzeugs, mit dem sie von der Fish Eagle Lodge weggeflogen war, zu spät ankamen, hatten sie Verspätung und Nia befürchtete, den Flug zu verpassen, den sie an Cassandras Computer online gebucht hatte.

»Tut mir leid, dass ich so spät bin«, keuchte sie der Flugbegleiterin zu.

Die Frau zwang sich zu einem Lächeln. Nia hatte den hintersten Sitz im Flugzeug, den einzigen freien Platz, den sie noch hatte buchen können. »Kein Problem, Miss Carras, setzen sie sich.«

Drinnen angekommen bemühte sie sich, die vorwurfsvollen Blicke ihrer Mitreisenden nicht zur Kenntnis zu nehmen, als der Kapitän verkündete, die Türen seien ›endlich‹ geschlossen. Nia verstaute ihr einziges Gepäckstück, den Rucksack, den sie in Südafrika gekauft hatte, im Gepäckfach über sich und liess sich dann in ihren Sitz fallen.

Ein Flugbegleiter brachte ihr auf einem Tablett ein Glas Champagner. »Keine Sorge, wir wussten, dass Sie kommen und wären nicht ohne Sie gestartet.« Er warf einen Blick auf ihre schmutzigen Buschkleider. »Sieht aus, als wären Sie tatsächlich auf Safari gewesen.«

Während sie die Sicherheitseinweisung verfolgte, liess sie einen Schluck Sekt auf der Zunge prickeln. Mike und die Kinder waren in Gefahr und Nia hatte das schreckliche Gefühl, sie verraten zu haben, obwohl sie sie brauchten.

Nach ihrer Begegnung mit dem Tod, hatte Nia das überwältigende Bedürfnis verspürt, bei Mike und ihm nahe zu sein. Als sie darüber nachdachte, wurde ihr klar, dass mit ihm zu schlafen wohl die logische Fortsetzung davon war. Aber jetzt, wo sie von ihm getrennt war, fühlte sie mehr. Es war, als ob ein Teil von ihr amputiert worden sei und ein Stück von ihr fehle, sie aber den Phantomschmerz in ihrem Herzen spüre. Es tat so weh, dass sie am liebsten geweint hätte.

33

Suzanne Fessey begutachtete ihre fünf Männer. Sie waren in Stücke verblichener Militäruniformen gekleidet, die mit Kleidern, die aus einer Wohltätigkeitssammlung zu kommen schienen, ergänzt waren. Nicht gerade optimal, aber es würde ausreichen. Es waren harte Männer, Veteranen des Bürgerkriegs in Mosambik und Nashornwilderer.

Sie hätte lieber Bilal länger am Leben und bei sich behalten, aber für ihn war am Flughafen von Johannesburg keine neue Identität deponiert. Im Interesse der Mission und ihrer eigenen Sicherheit hätte sie Bilal sowieso irgendwann loswerden müssen. Andererseits hatten alle diese Schurken ihre Aufgabe erledigt und wenn sie nicht mehr am Leben waren, konnten sie sie auch nicht verraten.

Suzanne hatte gelernt, sich anzupassen und das war auch notwendig, denn eine ganze Verkettung von unglücklichen Ereignissen hatte sie hierher ins simbabwische Tiefland geführt.

Egil war normalerweise in Mosambik stationiert und kümmerte sich dort um die Mittelbeschaffung, indem er Nashorn-Hörner an einen vietnamesischen Kontaktmann in der Botschaft des Landes in Maputo weiterverkaufte. Der Diplomat war jedoch aufgeflogen und die Botschafterin hatte ein Exempel an ihm statuiert und ihn nach Hause geschickt.

Suzanne bezog das Horn von Nashörnern von einheimischen Wilderern in Südafrika, die diese in den Wildtierreservaten von KwaZulu-Natal erlegten. Das Horn erhielt Suzanne über einen Mittelsmann, der ihrer Sache treu war, einen gläubigen pakistanischen Händler. Die Wilderer versuchten stets, mehr Geld aus dem Händler herauszupressen und hatten kürzlich gedroht, sich an einen anderen Käufer, Bandile Dlamini, zu wenden, der verkündet hatte, er sei auf dem Markt. Suzanne hatte diese Information an Egil weitergegeben, der das Treffen mit Dlamini auf dem Markt von Mtubatuba über den Pakistaner arrangiert hatte.

Egil und seine Männer waren am Morgen des Bombenanschlags nach Südafrika eingereist, um die letzte Hornlieferung direkt bei Suzanne abzuholen. Den Händler hatte sie ins Paradies geschickt, um ihre Spuren zu verwischen. Der Plan war, dass Egil das Geschäft mit Dlamini abschloss und sie dann bei Muzi, am Grenzübergang nach Mosambik, einholte. Er und seine Männer waren mit den Gewehren und Panzerfäusten bewaffnet, die sie für den Fall, dass etwas schief gehen sollte, seit einiger Zeit im Norden von KwaZulu-Natal gelagert hatten. Tatsächlich war, nachdem ihr Auto entführt worden war, so ziemlich alles schief gegangen.

»Hast du eine Waffe für mich, Alberto?«, sagte sie auf Afrikaans zu dem Mann, der vor den drei anderen stand.

»Ja.« Er liess einen grünen Seesack von der Schulter gleiten, öffnete ihn und zog eine AK-47 und zwei Ersatzmagazine heraus.

Suzanne begutachtete das Gewehr und bewegte den Spannhebel vor und zurück. Der Verschluss ging leicht. Die Männer waren ungepflegt, aber Waffen waren ihr Handwerkszeug, um das sie sich eindeutig mehr kümmerten als um sich selbst. Sie nickte und Alberto schenkte ihr ein zahnloses Grinsen.

»Wir gehen nicht auf Nashornjagd «, fuhr sie auf Afrikaans fort. Alberto der in Südafrika in den Minen gearbeitet hatte, übersetzte für seine Untergebenen ins Portugiesische.

»Worauf dann?« Seine Stimme war rau.

»Menschen.«

Alberto zog die Augenbrauen hoch. »Wir sind keine Mörder, werden aber regelmässig von Anti-Wilderer-Patrouillen beschossen. Manchmal töten sie uns, manchmal töten wir sie. Ich glaube nicht, dass Sie uns gut genug bezahlen können, um kaltblütig zu morden.«

»Oh doch, ich glaube, ich kann.« Suzanne öffnete ihre Tasche, zog einen mit amerikanischen Hundertdollarscheinen gefüllten Umschlag heraus und reichte ihn Alberto. »Das ist die erste Hälfte. Die zweite Hälfte bekommt ihr, wenn ich mein Kind zurückerhalte.«

»Ihr Kind?«

Suzanne erläuterte den Auftrag. Sie hatte am Flughafen von Harare einen Mietwagen geholt, ihn in der Nähe der Fish Eagle Lodge im Busch geparkt und getarnt und sich danach zu Fuss auf Erkundungstour begeben. In der Lodge sah sie keine der gesuchten Personen, aber im abgelegenen Zeltlager hatte sie Dunn, die beiden Teenager und Hassan gefunden. Sie hatte gesehen, wie Lerato Dlamini mit dem Kind, das in ein bunt bedrucktes Tuch gewickelt war auf dem Arm durchs Lager ging. Wäre das Mädchen, das Hassan schaukelte auf ihrem kleinen Spaziergang, nicht von zwei bewaffneten Männern begleitet worden, wäre Suzanne direkt auf die beiden zugegangen.

»Es sind fünf bewaffnete Männer in grünen Uniformen, zwei Schwarze und drei Weisse. Sie sehen wie Anti-Wilderer aus«, erklärte sie Alberto.

Der Wilderer kratzte sich die Stoppeln am Kinn. »Einer der weissen Männer ist alt und hat graues Haar, ein anderer ist viel jünger und der Dritte im mittleren Alter.«

Suzanne nickte. »Du kennst sie.«

»Es sind Vater und Sohn Penquitts und ihre Unterhunde, die Mpofus. Der andere weisse Mann ist ein Australier, ein ehemaliger Soldat. Ich nehme zurück, was ich vorhin gesagt habe. Es wird mir ein Vergnügen sein, diese Männer zu töten. Sie haben zu viele meiner Freunde umgebracht.«

»Wie auch immer. Es gibt einen weiteren weissen Mann, etwa fünfzig, der ebenfalls bewaffnet ist und einen Zulu-Jungen und ein

Zulu-Mädchen im Teenageralter. Das Mädchen kümmert sich um mein Baby. Ich will keine Zeugen, die am Leben bleiben, Alberto.«

»In Ordnung. Wir werden unser Bestes tun, um sicherzustellen, dass Ihrem Kind kein Schaden zugefügt wird.«

»Macht euch einfach eure Arbeit.«

Suzanne hatte ein dreidimensionales Lehmmodell des Lagers angefertigt, mit Steinen für die Zelte und Linien im Sand für die Strassen und Wege um sie herum. Als sie sich wieder daran machte, ihre Kämpfer zu instruieren, benutzte sie einen Stock als Orientierungshilfe. »Sie haben hier einen improvisierten Bunker gebaut«, zeigte sie auf den Graben, den sie in die Erde gepflügt hatte. »Das bedeutet, sie wissen, dass ich weiss, dass sie hier sind und erwarten uns.«

Alberto übersetzte und ging in die Hocke. »Ich werde zwei meiner Männer auf der rechten Flanke positionieren, um abzulenken und mit zusätzlicher Munition Feuerunterstützung zu geben. Wir werden einen Kreis bilden. Er blickte zu einem seiner Männer: »Eduardo, *granada de mão*.«

Eduardo griff in eine Leinentasche, die er über der Brust trug und klaubte zwei russische Handgranaten heraus.

Alberto lächelte. »Wir legen sie manchmal unter die Kadaver toter Nashörner, um die Anti-Wilderer-Kerle zu erwischen, wenn sie die Tiere inspizieren. Die werden bei ihrem Bunker gute Dienste leisten.«

»Gute Idee«, lobte Suzanne. »Wir beziehen Stellung, gehen aber nicht zu nah ran, denn die Anti-Wilderer-Leute sehen gut ausgebildet aus. Vielleicht patrouillieren sie rund um das Lager. Wir werden aufpassen und sicherstellen, dass niemand mit meinem Baby abhaut.«

»Wir greifen nachts an, um zwei Uhr morgens, wenn einige von ihnen schlafen.«

»Einverstanden«, sagte Suzanne.

* * *

»THEMBA«, sagte Lerato, »könntest du mir bitte einen Gefallen tun?«

Sie sassen im rudimentären Bunker, den eine Ansammlung von Decken und Kissen weder bequem noch warm genug machten. Themba war froh, zumindest Hassan an einem sicheren Ort zu wissen. Oscar Mpofu stand auf und suchte den Busch am Rande des Lagers mit einem Nachtsichtfernglas ab.

»Jeden«, erwiderte Themba und meinte es ernst.

»Würdest du mich bitte festhalten?«

Er rückte näher zu ihr hin und legte zaghaft einen Arm um ihre Schultern.

»Fester.«

Oscar sah zu Boden und grinste. Themba strafte ihn mit einem, wie er hoffte, strengen Blick. Oscar zuckte mit den Schultern und setzte seine Überwachung fort. Themba zog Lerato an sich und sie legte ihren Kopf an seine Brust. Themba hatte das Gefühl, sie nie wieder loslassen zu wollen.

»Ich habe Angst, aber bei dir fühle ich mich sicher, verstehst du?«, fragte sie.

»Du gibst mir Mut und Kraft, Lerato.«

Sie nickte und sah zu ihm auf.

Thembas Herz schlug schneller. Er betrachtete ihre schönen Lippen, ihre leuchtenden Augen und näherte seinen Mund ihrem. Gerade als er sie küssen wollte, ertönte von der anderen Seite des Lagers ein Schrei und die Schiesserei begann.

»Kontakt, abwarten«, sagte eine Stimme aus dem Handfunkgerät an Oscars Gürtel.

»Was ist los?«, fragte Themba.

»Haltet eure Köpfe unten.« Oscar beobachtete weiter den Busch in einem Bogen vor sich. »Das war Shane. Er und Tim sind im Osten bei der Lichtung auf einer Patrouille. Sie haben jemanden gefunden.«

Es gab weitere Feuerstösse.

»Zwei Feinde.« Shanes Stimme klang ruhig, wenn auch statisch gestört, durch das Funkgerät.

»Braucht ihr die ›schnelle Eingreiftruppe‹?«, fragte der jüngere

Weisse, Jordan, über Funk. Er und Oscars Bruder, Sylvester, warteten in der Mitte des Lagers und waren bereit, zu jedem Teil des Kampfes zu eilen, wenn sie gebraucht wurden. Mike war im Lager umhergezogen und hatte nach allen gesehen. Themba hoffte, Mike habe sich von seinem früheren Zusammenbruch gut erholt.

»Halte deine Position, Junge«, funkte Tim Penquitt.

Man hörte Schreie und weitere Schüsse.

»Er rennt! »rief Shane Castle so laut, dass sie es von der anderen Seite des Lagers hörten.

Man hörte zwei Schüsse, dann war alles still. Eine Minute später sagte Tim: »Zwei tote Feinde. Beide haben AKs und hier sind eine Reihe von Magazinen gestapelt. Sieht aus, als wäre das das Feuerunterstützungsteam gewesen. Schnelle Einsatztruppe, bereithalten, um zu Oscar zu gehen. Jordie, du übernimmst für den Moment das Kommando, Junge. Wir haben einen Verwundeten.«

»Jemand wurde im Kampf verwundet«, sagte Oscar zu Themba.

»Shane hat einen Schuss ins Bein gekriegt«, erklärte Tim über das Funkgerät. »Er wird es überleben, kann aber nicht aufstehen. Ich lese ihn zusammen und bin gleich bei euch.«

»Okay, Pops«, sagte Jordan.

»Macht euch bereit, ihr beiden«, sagte Oscar. »Tim will damit sagen, dass sich irgendwo in der Nähe andere darauf vorbereiten, uns anzugreifen und die beiden versucht haben, uns abzulenken.«

Themba stand mit etwas wackligen Beinen auf und richtete seine AK-47 auf den dunklen Busch.

»Bleib unten, Junge«, sagte Oscar.

»Nennen Sie mich nicht Junge. Ich bin ein Zulu. Leute meines Volks sind Krieger.«

Oscar schimpfte. »Du hast jetzt eine Frau zu beschützen und solltest unten bleiben.«

Themba wollte das Gespräch gerade fortsetzen, als er aus dem Augenwinkel eine Bewegung wahrnahm. Er drehte sich um. »Oscar, schau! Da ist jemand in den Bäumen.«

Oscar nahm sein Nachtsichtfernglas wieder in die Hand und

schwenkte es in die Richtung, in die Themba zeigte. »Granate, runter!«

Themba sah, dass sich der Arm der Person bewegte und zusätzlich kam eine Salve aus automatischen Waffen in ihre Richtung. Oscar stiess ihn in den Rücken und Themba fiel auf Lerato, die lauf aufschrie.

Oscar liess das Fernglas fallen und streckte die Hände aus, als wolle er etwas auffangen. Er verfehlte es und eine Metallkugel prallte auf den Boden und rollte zwischen Oscar und Themba in den Graben.

»Wirf sie hier raus!«, befahl Oscar.

Themba versuchte es, hatte sich aber mit Lerato verheddert. Oscar schob ihn wieder zur Seite und schnappte sich die Granate. Er warf sie über seine Schulter nach hinten und liess sich gleichzeitig nach vorn fallen, so dass er auf Themba und Lerato stürzte und sie unter seinem Körper begrub.

Die Granate explodierte und Splitter regneten auf sie herab. Oscar schrie.

* * *

Als er hörte, dass Oscar vor der Handgranate warnte, ging Mike zu Boden. Ein Sturm aus Erde und Steinen flog über und auf ihn.

Sobald er am Funk gehört hatte, dass Shane und Tim auf das Feuerunterstützungsteam gestossen waren, hatte er Jordan und Sylvester verlassen und sich auf den Weg zum Bunker gemacht, aus dem jetzt die Schreie kamen.

Mike kniete sich hin und sah eine schlanke Gestalt, die sich durch die Baumreihe bewegte. Das musste Suzanne Fessey sein. Er hob sein Gewehr an die Schulter und schoss, doch die Frau hatte sich bereits fallen lassen. Schüsse kamen in seine Richtung und da er sich auf freiem Feld befand, kroch er so schnell er konnte auf den Graben zu.

Zwei Männer waren aufgestanden und rannten von den Bäumen in die Richtung des Bunkers. Während sie rannten, eröffneten zwei

Gewehre aus der Dunkelheit heraus das Feuer und liessen einen Kugelhagel niedergehen. Mike schaffte es bis zum Rand des Grabens, rutschte hinein und landete hart bei den andern im Inneren.

»Oscar ist verletzt«, sagte Lerato.

Themba half Mike auf die Beine. »Er hat uns gerettet.«

»Steh auf, Themba, zwei von ihnen kommen in unsere Richtung.«

Mike hob den Kopf, zwang sich, die um ihn herumschwirrenden Kugeln zu ignorieren und eröffnete mit seinem R5 das Feuer. Neben Mikes rechtem Ohr schloss sich Thembas AK-47 mit einer ohrenbetäubenden Salve an.

Eine Kugel pfiff zwischen Mike und Themba durch die Luft. »Runter, Themba.«

»Nein.«

Hinter sich hörten sie einen Schrei und Mike blickte sich schnell um. Er sah, dass Jordan Penquitt einen Kriegsschrei ausstiess und gleichzeitig von den Safarizelten über das offene Gelände rannte. Als er angriff, feuerte er sein R5 aus der Hüfte heraus. Sylvester, gab ihm auf dem Boden kniend, das Gewehr auf einem aufgestellten Bein platziert, Feuerdeckung.

Mike sah, dass einer der Feinde taumelte und fiel, doch nun schossen alle anderen Gewehre, drei, wie es aussah, von der anderen Seite auf Jordan.

»Der verrückte Kerl zieht das Feuer auf sich. Themba, ziele auf die Mündungsfeuer!«

Mike und Themba zielten sorgfältig und gaben einzelne Schüsse ab. Eine der gegnerischen AK-47 hörte in der Dunkelheit zu schiessen auf, aber plötzlich schrie Jordan vor Schmerz auf und stürzte zu Boden.

Die Schiesserei hielt für einen Moment inne. »Beobachte weiter, Themba«, sagte Mike, »gezielt feuern, wenn du ein Ziel siehst.«

Mike schaute sich um und sah Sylvester zu Jordan rennen. Er erinnerte sich daran, dass Tim gesagt hatte, sie seien alle wie eine Familie. Sylvester hob sein Gewehr und spritzte ein ganzes Magazin mit Kugeln in den Busch, bevor er in die Knie ging. Er liess seine

Waffe sinken und hob Jordan in einer Art Feuerwehrtrage auf seine Schultern.

»Gib ihm Deckung, Themba«, sagte Mike und sie feuerten beide, worauf ein paar AK-47 antworteten.

* * *

SUZANNE KROCH ZU EINEM GRANITFELSEN, bevor sie erneut feuerte. Sie wusste, dass ihre Feinde auf die Stelle zielten, an der sie zuletzt Mündungsfeuer gesehen hatten.

Sie zielte nicht auf den Bunker, aus dem die Schüsse kamen, sondern auf den Mann, der gerade den verwundeten Anti-Wilderer vom Boden aufhob. Sie atmete tief ein, stiess die Hälfte der Luft wieder aus, hielt den Pistolengriff des Sturmgewehrs in der Hand und ihren Finger um den Abzug gekrümmt. Dann zog sie die Hand zusammen, wie um eine Faust zu machen.

Der Schwarze, der den Weissen trug, stürzte vorwärts in den Staub. Keiner der beiden bewegte sich und das Schiessen hörte auf.

»Suzanne Fessey«, rief eine Stimme. »Hier ist Mike Dunn. Ich bin sicher, Sie wissen, wer ich bin.«

Sie legte den Kopf schief und lauschte. Es gab immer noch versteckte Anti-Wilderer, die sich an sie und Alberto heranschleichen könnten, während Dunn sie abzulenken versuchte.

»Es hat genug Tote gegeben und wir haben Ihr Baby hier, im Bunker.«

Suzanne wechselte die Schussposition, kroch zu einem Bleiholz-baum und zielte auf den Bunker. Bis sie das Baby im Arm hielt und einen Mikrochip-Leser gefunden hatte, war des Tötens keineswegs genug. Allerdings hatte sie nicht die leiseste Ahnung, wo sie in der Wildnis von Simbabwe einen solchen finden könne.

»Ich komme raus.«

Mach du das. Suzanne beobachtete den Rand des Grabens und wartete darauf ihren Schuss abzufeuern.

»Wir haben Ihr Geld, Suzanne.«

Sie senkte das Ende des Laufs ihres Gewehrs ein wenig, denn sie spürte einen physischen Schmerz in der Brust.

»Es ist wahr«, rief Dunn. »Wir haben den Mikrochip in Hassans Nacken gespürt und ihn in Boyd Qualtroughs Praxis gelesen. Wir haben sowohl die Kontonummer wie auch die Passcode-Zahlen. Nia Carras ist in der Schweiz und ich habe eben eine SMS von ihr bekommen, dass sie Zugang zum Konto bekommt.«

»Das glaube ich nicht«, rief sie zurück.

Dunn kroch aus dem Bunker und stand auf. Er hob die Hände. »Sie haben sie nicht im Lager gesehen, oder? Ich bin unbewaffnet. Lassen Sie uns reden. Wir geben Ihnen Ihr Kind zurück und lassen Sie in Frieden gehen.«

Suzannes Gedanken rasten. Es war genauso gut möglich, dass Dunn bluffte, wie dass er die Wahrheit sagte. Kurz vor dem Auftrag, die amerikanische Botschafterin in die Luft zu jagen, hatte Omar ihr erzählt, er habe Hassan am Abend davor zu einem befreundeten Tierarzt gebracht. Als er ihr sagte, er nehme das Kind im Kinderwagen zu einem langen Spaziergang mit, um sich von ihm zu verabschieden, hatte sie ihm geglaubt. Als sie das klebrige Pflaster auf Hassans Nacken entdeckte, hatte Omar ihr erklärt, er sei von einer Bremsenfliege gebissen worden. Erst als sie Omar zum Abschied küsste, hatte er ihr, weil das Haus möglicherweise abgehört wurde, ins Ohr geflüstert, er habe Hassan einen Mikrochip in den Nacken einpflanzen lassen.

Omar hatte ihr versprochen, einen Weg zu finden, um ihr die Kontonummer und einen Hinweis auf das Passwort zu hinterlassen. Sie hatten besprochen, dass sie nach seinem Tod, wenn sie in Sicherheit war und Südafrika verlassen hätte, die Nummer und den Hinweis erhielte oder zumindest in der Lage wäre, dies alles zu finden. Würde man sie beim Verlassen des Landes erwischen, bekämen die Amerikaner sonst die Nummer und den Code sicher irgendwie aus ihr heraus. So zäh sie auch war, sie wusste, dass jeder irgendwann zerbrach.

Scheich Osama bin Laden hatte das Geld, zwanzig Millionen Euro, speziell für den Kauf einer Atombombe vorgesehen, falls jemals eine solche auf den Markt käme. Omar hatte geglaubt, ein Deal mit den Russen stehe unmittelbar bevor und dieser war nach wie vor möglich.

Omar hatte sich allerdings Sorgen gemacht. Nicht wegen der Auswirkungen, die eine Atomexplosion auf das angegriffene Land oder den Rest der Welt hätte. Vielmehr darüber, er könnte entdeckt und irgendwie von den Amerikanern verhaftet oder ermordet werden, bevor er den Sprengsatz zünden könnte. Paulsen hatte von einem russischen Ex-Militär erfahren, ein korrupter Kontaktmann des FSB habe ihm mitgeteilt, die CIA verdächtige Omar – und niemanden sonst –, an einer Atombombe interessiert zu sein.

Suzanne und Omar hatten darüber diskutiert, wie sie beide das ultimative Opfer für die Sache bringen und als Märtyrer ins Paradies eingehen könnten. Der Besuch der amerikanischen Botschafterin in Durban so kurz nach der Nachricht, Omar sei möglicherweise verraten worden, erschien ihnen wie ein Zeichen. Omar verabschiedete sich in der Gewissheit, seine Frau verfüge über die notwendigen Mittel, die den Kauf der ultimativen Terrorwaffe ermöglichten.

»Die Kontonummer und der Code befinden sich auf dem Mikrochip«, sagte Dunn erneut. »Wir haben alle Informationen. Geben Sie auf, Suzanne, Sie haben verloren.«

»Zuerst will ich mein Kind.«

»Legen Sie Ihr Gewehr nieder, wie ich es getan habe und ich bringe Ihnen den Kleinen. Dann können Sie und alle Ihre Männer, die noch am Leben sind, gehen.«

»Ich habe eine Waffe auf Sie gerichtet, Dunn. Was sollte mich davon abhalten, Sie sofort zu erschiessen?«

»Ich habe auch einen Mann, der eine Waffe auf Sie richtet«, sagte Mike.

Suzanne schaute zum Bunker und sah das Gesicht des Jugendlichen, Themba Nyathi, über der Brüstung auftauchen. Er hielt eine AK, die auf sie gerichtet war. »Ha! Ein Kind, kein Mann.«

»Nein, der junge Zulu ist ein Mann«, hörte Suzanne eine Stimme von rechts, wo ein grosser Mann aus dem Busch trat und eine R5 auf sie richtete. »Und ich bin ein weiterer Mann.«

Sie schaute ihn an. Es war der ältere weisse Simbabwer. Sie schaute nach hinten. Nun war es Albertos Zeit, hervorzutreten und das Gleichgewicht wieder herzustellen.

»Suchen Sie nach Alberto Flores?«, fragte der grauhaarige Mann.

Suzanne sagte nichts.

»Ich habe lange nach ihm gesucht und nach dem, was er und seine Bande heute Nacht tun und während der ganzen Zeit über den Nashörnern und Elefanten meines Landes angetan haben, war es mir ein Vergnügen, ihm die Kehle durchzuschneiden. Jetzt sind Sie auf sich allein gestellt.«

Suzanne senkte ihre AK-47 und legte sie langsam auf den Boden. Dann griff sie in ihre Hosentasche.

»Behalten Sie Ihre Hände dort, wo wir sie sehen können«, rief Mike Dunn, der sein Gewehr wieder in die Hand genommen hatte.

Suzanne ignorierte sowohl ihn wie den alten Wildererjäger, der mit erhobenem Gewehr auf sie zuschritt. Sie zog die Handgranate, die Alberto ihr gegeben hatte, heraus.

»Soll ich sie erschiessen?«, fragte der Simbabwer zu Dunn gewandt.

Suzanne blickte auf das phänomenale, endlose Naturtheater des afrikanischen Nachthimmels über sich, wie sie es schon als Kind geliebt hatte. Wie hatte ihr Leben nur so schrecklich schief laufen können?

In diesem Moment drang das Heulen der Turbinentriebwerke des Sea Hawk in ihr Bewusstsein und die riesigen Blätter zerschnitten die Luft über ihr. Ein blendender Scheinwerfer richtete sich auf sie.

»Suzanne Fessey, bewegen Sie sich nicht. Lassen Sie Ihre Waffen fallen oder wir eröffnen das Feuer«, kam eine Stimme mit amerikanischem Akzent von oben.

Suzanne sah sich um. Die anderen hatten sich aus der Schusslinie entfernt. Die beiden Teenager kletterten, einen Verwundeten zwischen sich schleppend, aus dem Bunker. Dunn wich zurück, behielt sie aber im Auge.

»Das Kind. Wo ist Hassan?«, schrie sie, um das Geräusch des Motors zu übertönen.

»In Sicherheit in einem Waisenhaus«, rief Dunn, während Lerato die in eine Decke eingewickelte Puppe wegtrug.

Suzanne liess die Handgranate neben sich fallen und lächelte in sich hinein, als sie sah, wie die anderen vor ihr davonliefen.

34

———

»Sie hat aufgegeben, einfach so?« fragte Nia, deren Stimme in Mikes Handy deutlich zu hören war, obwohl sie in der Schweiz war.

»Ja, erstaunlich, nicht wahr?«, sagte er. Er befand sich in einem Flugzeughangar auf dem Luftwaffenstützpunkt Makhado bei Louis Trichardt in Südafrika, nicht weit von der Grenze zu Simbabwe entfernt. Drinnen war es heiss, denn die Hitze des Tages war unter dem Stahldach eingeschlossen. Der Sea Hawk stand vor der offenen Schiebetür auf dem Rollfeld und im Inneren befand sich ein Gripen-Kampfflugzeug der South African National Defence Force. »Sie hatte eine Handgranate, die sie neben sich fallen liess, als sie in die Enge getrieben wurde. Den Stift hatte sie aber nicht gezogen.«

»Wie geht es allen?«, fragte Nia.

»Themba geht es, trotz seiner Wunde und allem, was er durchgemacht hat, gut und Lerato steht vor mir und wird von ihrem Vater umarmt. Die südafrikanische Polizei hat ihn hierhin gebracht. Ich habe die Situation falsch eingeschätzt – er war tatsächlich an einer verdeckten Ermittlung beteiligt, als ich ihn in Mtubatuba verhaften liess. Die Ermittler der Abteilung für Schwer- und Gewaltverbrechen, deren Auftrag es war, Paulsen festzunehmen, wurden in

Durban wegen des Bombenanschlags gebraucht. Dlamini verlor eine Menge Geld, das die Polizei aber danach offenbar bei Paulsen fand.«

»Ich bin froh, dass Lerato endlich in Sicherheit und bei ihrem Vater ist.«

»Ich auch.«

Mike gab Nia einen Überblick über das Feuergefecht in Simbabwe und berichtete ihr, dass die Hubschrauberbesatzung der US-Marine die verwundeten Anti-Wilderei-Männer Shane Castle, Jordan Penquitt und Oscar Mpofu ins Krankenhaus von Chiredzi gebracht habe. Sylvester war, während er Jordan auf den Schultern trug, durch den Rücken mitten ins Herz geschossen worden und auf der Stelle tot.

»Solch tapfere Männer«, sagte Nia.

»Ja. Tim kümmert sich um sie.«

»Und wo ist Suzanne?«

Das letzte Mal, als ich sie sah, war ihr eine Kapuze über den Kopf gestülpt worden und an den Handgelenken hatte sie Handschellen. Franklin Washington begleitete sie mit ein paar südafrikanischen Polizeibeamten im Schlepptau zu einem schwarzen Chevrolet-Van. Jed ist hier bei uns. Er möchte mit dir sprechen.«

Sobald sie sich vergewissert hatte, dass er in Sicherheit war, hatte Nia ihm berichtet, sie habe bei der Bank kein Glück gehabt. Mike bluffte, als er Suzanne morgens um drei während der Schiesserei erzählte, Nia habe Zugriff auf das Konto.

Nia hatte ihm darüber Bericht erstattet, der Bankangestellte, mit dem sie bei der Bank in Genf zu tun hatte, habe ihr bestätigt, die Kontonummer sei gültig, was aber für den Zahlencode 828866 nicht galt.

»Was können wir im Zusammenhang mit dem Konto und dem Zugang dazu tun?« fragte Nia am Telefon. »Ich habe versucht, die Nummer rückwärts anzugeben, aber auch das hat nicht funktioniert, es muss eine andere Art von Code sein.«

Themba war offensichtlich fertig mit der Polizei. Er kam auf Mike zu, blieb aber einige Meter von ihm entfernt stehen und wartete darauf, dass er den Anruf beendete. Mike hob den Finger und

Themba nickte lächelnd, um zu zeigen, dass es ihm nichts ausmache, zu warten. Auch Jed hielt sich in der Nähe auf, wenn auch ausserhalb Hörweite. »828866«, sagte Mike laut. »Angenommen, es ist ein Code, dann könnte uns die Wiederholung der Zahlen helfen.«

»Ich bin keine Code-Brecherin«, sagte Nia.

»Rede erst einmal mit Jed. Er ist kein schlechter Kerl«, sagte Mike.

»Okay.«

Mike forderte Jed auf, zu ihm zu kommen und reichte ihm das Telefon. Der CIA-Mann ging weg, offenbar um zu vermeiden, dass Mike ihn belauschte. Mike war das egal; er war sich sicher, dass Nia ihm darüber berichten würde, was der Amerikaner von ihr wollte. Themba hatte sich in der Zwischenzeit ebenfalls entfernt, er war auf die Seite des Hangars geschlendert. Vor einem Mannschaftsraum stand ein Whiteboard mit Flugplänen. Ein Pilot in Tarnkleidung stand da und sah interessiert zu, wie Themba mit einem Stift, den der Mann ihm geliehen hatte, etwas auf die Tafel schrieb. Mike ging zu ihnen hinüber.

»Was machst du da?«

»Ich möchte helfen. Ich habe gehört, dass du von einer Zahl, einem Code gesprochen hast. Diese Art von Dingen interessiert mich.«

Schon kurz nachdem er Themba, einen mürrischen Kleinkriminellen auf Bewährung, kennengelernt hatte, erkannte Mike dessen wissbegierigen Geist. Im Rahmen des Nashornwächterkurses stellte Mike einige Aufgaben, die er während seiner eigenen Armeeausbildung aufgeschnappt hatte und Themba war immer unter den Ersten, die sie richtig gelöst hatten. An die Tafel hatte er in drei Dreierreihen die Zahlen eins bis neun geschrieben. Nun war er damit beschäftigt, unter jede Ziffer einen Buchstaben zu schreiben. »Was machst du da?«

Themba warf ihm einen Blick über die Schulter zu und schrieb dann weiter. »Ich habe kein Telefon bei mir, aber ich schreibe eine Handytastatur auf.«

»Warum?«

»Schau, kennst du die Unternehmen, die von den Telefongesellschaften personalisierte Telefonnummern erhalten? Sie gestalten ihre Nummer aus dem Namen ihrer Firma, indem sie die Buchstaben auf der Tastatur verwenden.«

Mike verschränkte die Arme und nickte.

»Deine Nummer ist 828866, stimmt's?«

Mike war von seinem Gedächtnis beeindruckt. Themba hatte die Nummer gerade erst mitbekommen. »Sag sie weder Jed noch sonst jemandem, okay?«

»Versprochen.« Themba beendete das Schreiben und trat zurück, damit Mike die Tafel sah. Themba streckte die Hand aus und tippte auf die Zahlen, die er geschrieben hatte. Die Acht kommt dreimal vor und darunter schau hier, stehen auf einem Telefon die Buchstaben T, U und V.«

Mike rieb sich das Kinn. »Also versuchen wir es vielleicht zuerst mit T?«

»Ja. Und wenn wir uns die Zahl ansehen, die sich ebenfalls wiederholt, nämlich die Sechs, könnte diese ein M, N oder ein O sein.

Es gibt einige Wörter im Englischen, die zwei von all diesen Buchstaben haben, aber wenn man annimmt, dass T der Buchstabe ist, der für die Nummer acht steht, dann ...«

Mike war so erschöpft wie seit seiner Armeezeit nie mehr, oder als er auf Patrouille war, um Wilderer zu suchen. Tracy war in Zahlenrätseln und Sudoku gut, aber er selbst war nie in der Lage, seinen Verstand für solche Dinge einzusetzen. »Was?«

»Schau her: Die Zahl eins hat nie Buchstaben darunter – ich habe nie herausgefunden, warum – aber unter der Zwei, der anderen Zahl in deinem Code, ist der erste Buchstabe A, dann haben wir T, A, T, T, O, O.

Themba sah ihn an wie ein geduldiger Lehrer, der darauf wartet, dass ein langsames Kind etwas begreift. »Tattoo? Tätowierung?«

»Ja, das ist ein Wort. Hat die Frau, die uns gefolgt ist, ein Tattoo?« fragte Themba.

»Ich weiss es nicht. Die Amerikaner vielleicht, aber wie ich schon sagte, das soll erst einmal unter uns bleiben, einverstanden?«

»Ich sage bestimmt nichts.«

Mike kam etwas anderes in den Sinn. »Ich kenne tatsächlich noch jemanden, der einige Zeit mit Suzanne verbracht hat.«

Jed hatte sein Gespräch beendet und kam durch den Hangar zu ihnen. Themba nahm einen Filzradierer und wischte seinen Teil der Plantafel sauber.

Jed Banks stellte sich ihm gegenüber. »Mike, ich weiss, ich habe Sie schon ein paar Mal höflich gefragt, aber Sie müssen mir wirklich sagen, was auf diesem Mikrochip war.«

»Ich nehme an, Nia hat es Ihnen auch nicht gesagt.«

»Da haben Sie richtig geraten. Was macht ihr denn hier mit der Tafel?«

»Hausaufgaben«, sagte Themba. »Ich war schon ein paar Tage nicht mehr in der Schule.«

Jed schüttelte den Kopf. »Das Geld gehört weder Nia noch Ihnen.«

»Ich glaube, Ihnen oder euch auch nicht«, sagte Mike.

»Nia könnte in Gefahr sein, Mike. Die Bank könnte angewiesen worden sein, jemanden anzurufen, wenn eine Person auftaucht und versucht, auf das Konto zuzugreifen und dies nicht gelingt. So etwas kommt vor.«

Mike dachte, er bluffe. »Wen rufen sie denn an? Suzanne Fessey? Ihren Ehemann Omar Farhat? Egil Paulsen? Osama bin Laden? Die sind alle tot oder in Isolationshaft.«

»Ich vertrete die US-Regierung, Mike.«

Mike stemmte die Fäuste in die Hüften. »Ja und ich bin ein Südafrikaner.«

Jed fuhr sich mit der Hand durch sein dichtes, blondes Haar. »Okay. Ich habe Nia gesagt, dass die US-Regierung wahrscheinlich eine Belohnung aussetzen wird, vielleicht einen Anteil dessen, was auf dem Bankkonto liegt. Ich kann das nicht mit Sicherheit sagen, aber unser Ziel ist, das Konto zu schliessen, selbst wenn wir das Geld nicht bekommen. Wir wollen nicht, dass jemand anderes es für den Zweck verwendet, für den es unserer Meinung nach vorgesehen war, nämlich für etwas, an das sich die Geschichte für immer erinnern wird, und zwar aus den falschen Gründen.«

»Eine Atomwaffe?«

»Ja.«

Mike wollte das auch nicht, aber er wollte sichergehen, dass Hassan, Lerato, Themba sowie natürlich Nia und er selbst heil aus der Sache herauskamen und nicht in irgendeinem CIA-Verhörzentrum irgendwo in den Tiefen Amerikas landeten.

»Das Baby ist in Sicherheit, richtig?«, fragte Jed Mike.

»Ja.«

»Nun, in dieser Hinsicht vertraue ich euch. Ich verstehe Ihre Bedenken, Mike, aber ich werde es nicht aus Ihnen herausfoltern.«

»Ich bin mir ziemlich sicher, dass Sie das nicht tun würden, Jed, aber woher soll ich wissen, was der Rest der CIA für uns plant? Lassen Sie Nia und mir eine Nacht, um darüber nachzudenken. Ich habe Freunde in der Regierung und Bandile Dlamini auch. Ich will eindeutige Garantien für die Sicherheit der Kinder und ich will, dass Anwälte und hochrangige Persönlichkeiten wissen, was hier vor sich geht.«

»Können wir ein Wort unter vier Augen wechseln, Mike?«, fragte Jed. »Entschuldige uns bitte, Themba.«

Themba entfernte sich und ging zu Lerato, die neben ihrem Vater auf einer Bank sass.

»Um was geht es, Jed?«

Jed vergewisserte sich, dass niemand sonst in Hörweite war. »Wenn Sie an das Geld herankommen, werden Nia und Sie zur Zielscheibe. Irgendwann suchen die Terroristen nach dem Geld. Ich kann etwas aushandeln. Wenn Sie sich einen Anteil nehmen wollen, ist das okay für mich. Es weiss sowieso niemand, wie viel da drin ist.«

Mike war verärgert. »Wir sind keine Kriminellen, Jed. Wir wollen uns keinesfalls mit dem Geld von Terroristen die Taschen füllen.«

Jed hob seine Hände. »Okay, tut mir leid. Halten Sie mich einfach auf dem Laufenden, in Ordnung?«

»Geben Sie mir etwas Zeit.«

Jed sah ihm in die Augen. »Ich kann meinen Chef, Chris Mitchell, nicht länger als bis zum Morgengrauen aufhalten.«

Mike hat die Botschaft verstanden. Jed mochte ein guter Kerl sein, arbeitete aber mit einigen schlechten.

* * *

THEMBA HATTE mehr Angst als je, seit sein Cousin Joseph ihn in den gestohlenen Fortuner gezwungen hatte.

Bandile Dlamini hatte seinen Arm um Lerato gelegt und hielt sie fest an sich gedrückt. Sie hatte lange geschluchzt und Themba sah, dass das Hemd des grossen Mannes vorne feucht war. Ihr Vater küsste sie auf den Scheitel und drehte seinen Kopf langsam in Thembas Richtung. Er erinnerte Themba an den alten Büffelbullen, der ihn in Hluhluwe fast getötet hatte.

»Was willst du?«, fragte Dlamini und sprach dabei jedes Wort einzeln aus.

Themba schluckte. »Mich entschuldigen, Sir. Es tut mir sehr leid, was mit Lerato passiert ist.«

Dlamini schaute finster drein. »Du bist ein Verbrecher. Wenn ich auch nur von einer Lehrperson noch einmal höre, dass du mit meiner Tochter gesprochen hast, lasse ich dich verhaften.«

»Papa.« Lerato hob ihr Gesicht von seiner Brust hoch und schniefte. »Du kannst Themba doch für das, was passiert ist, nicht verantwortlich machen.«

»Er sollte dich sicher nach Hause bringen.«

»Und das hat er, Daddy«, sagte sie.

Dlamini starrte ihn an. »Wenn ich gewusst hätte, dass du ein Autodieb bist, hätte ich dir niemals erlaubt, Lerato zu begleiten.«

»Er ist doch gar kein Dieb, Daddy«, sagte Lerato und packte den Unterarm ihres Vaters.

Themba räusperte sich. »Darf ich Sie etwas fragen?«

Dlamini hob die Augenbrauen. »Du bist ganz schön dreist.«

Themba holte tief Luft. »Ich hätte gerne Ihre Erlaubnis, Lerato ausserhalb der Schulzeit zu treffen.«

»Nein.«

Lerato liess ihren Vater los und stand auf. Sie ging zu Themba und stellte sich so nahe zu ihm, dass sie ihn fast berührte. »Themba, ich würde dich gern treffen und mit dir ausgehen.« Sein besorgtes Gesicht verzog sich zu einem Grinsen. »Wenn auch vielleicht nicht in ein Wildtierreservat, zumindest nicht in nächster Zeit.«

Er lachte, erschrak dann aber so sehr, dass er glaubte, in Ohnmacht zu fallen, weil sie die Hand nach ihm ausstreckte, die Arme um seinen Hals legte und ihn auf die Wange küsste.

* * *

NIA GING die Strasse von ihrem Hotel zur Bank in Zürich hinunter. Die Gebäude waren drei und vier Stockwerke hoch und in gedämpften Farben gestrichen.

Es war sonnig, aber dennoch so kühl, dass sie sich einen Mantel kaufen musste. Auf dem Gehsteig oder in der Gosse lag kein bisschen Abfall und die Leute, an denen sie vorbeikam, waren ordentlich und konservativ gekleidet, die meisten in Geschäftskleidung.

Sie ging zur Tür der Bank, die sich in einem unscheinbaren, modernen Steingebäude befand und drückte auf den Knopf der Gegensprechanlage. Nur ein winziges Schild in der Grösse einer Postkarte wies auf den Namen der Bank hin: Grunelius. Vorhin hatte sie sich dumm gefühlt und so höflich der Bankdirektor auch gewesen war, er hatte seinen missbilligenden, misstrauischen Blick nicht verbergen können, als sie sich durch so viele Kombinationen des Passcodes gefummelt hatte, wie ihr nur einfielen.

»Miss Carras, wie schön, Sie wiederzusehen«, sagte der Mund des Mannes, der sie in das Gebäude liess, obwohl seine Augen etwas anderes ausdrückten.

»Ich habe den Zugangscode«, sagte sie.

Er hob die Augenbrauen. »Bitte, setzen Sie sich.«

Nia las ihm die Kontonummer vor, wie sie es gestern getan hatte und seine Finger waren kaum auf der Tastatur zu hören, als er sie eintippte.

»Der Passcode lautet 30-01-16«, sagte sie.

Mike hatte sie in der Nacht angerufen und ihr erzählt, dass er mit seiner Ex-Frau Tracy gesprochen habe, weil er sich daran erinnerte, dass Tracy Suzanne Fessey kennengelernt hatte, als Suzanne sich als Polizistin ausgegeben hatte. Er fragte Tracy, ob ihr bei der anderen Frau eine sichtbare Tätowierung aufgefallen sei und Tracy berichtete Mike, dass Suzanne ein Datum auf der Innenseite ihres rechten Arms tätowiert habe und sie mit ihr über dessen Bedeutung gesprochen hatte: Es waren der Tag und der Monat des Geburtsdatums sowohl von Suzannes Sohn wie auch von ihrer Tochter Debbie und Suzanne hatte dazu erklärt, ihr Sohn sei 2016 geboren worden.

Der Bankangestellte tippte die Zahlen und Striche ein und sah sie dann über den Computerbildschirm hinweg an. »Ja, das stimmt. Und wie kann ich Ihnen helfen?«

»Können Sie mir Auskunft über den Saldo des Kontos geben?«

»Natürlich.«

Der Mann schwenkte den grossen Monitor seines Computers so, dass Nia ihn sehen konnte.

»Ei, ei, ei«, sagte sie laut.

35

Am nächsten Tag parkte Mike sein Mietauto auf dem Johannesburger
O. R. Tambo International Airport. Er ging über den überdachten Parkplatz zum Terminalgebäude und die Treppe hinunter zur Ankunftshalle.

Wie immer war viel los. Familien warteten auf ihre Angehörigen und Safariveranstalter und Mietwagenfahrer hielten Schilder mit den Namen von Gästen, die sie erwarteten, hoch. Zwei Sicherheitsbeamte in blauen Tarnuniformen und passenden Baskenmützen patrouillierten an Mike vorbei, der sich in eine gute Position brachte, um auf Nia zu warten.

Er sah auf die Uhr, die 10.55 Uhr zeigte. Nia hatte ihm, kurz nachdem der Swissair-Flug LX288 pünktlich um 10.25 Uhr gelandet war, eine Nachricht geschickt:

Die nächste Nachricht, die er von ihr erhielt, war: *Lange Schlange bei der Abfertigung.*

Auf dieser Seite ist alles okay, antwortete er.

»Mike.«

Er drehte sich um und ihm war klar, dass er Nia die Nachricht zu früh geschickt hatte. »Jed.«

»Ich bin nicht hier, um mir Nia zu schnappen, falls du das denkst.«

Mike sah sich im Terminal nach weiteren Muskelmännern um. »Ja, dieser Gedanke ging mir tatsächlich durch den Kopf.«

»Ich habe eine schlechte Nachricht, Mike«, sagte Jed. »Suzanne Fessey ist abgehauen.«

Mikes Brustkorb spannte sich an. »Was, sie ist entkommen?«

Jed nickte. »Nachdem Franklin Louis Trichardt gestern verlassen hat, meldete er sich nicht rechtzeitig zurück. Suzanne kam nie im Frauengefängnis von Johannesburg an, wo sie in Hochsicherheitshaft hätte gehalten werden sollen, bis die Regierungen der USA und Südafrikas geklärt hätten, wer sie warum strafrechtlich verfolgen würde.«

»Franklin?«

»Er befand sich mit zwei südafrikanischen Polizeibeamten im Geländewagen. Das Fahrzeug wurde ausgebrannt auf einem Gelände zwischen Pretoria und Joburg gefunden und es befanden sich die Leichen von drei Männern an Bord, aber keine Suzanne. Ersten Berichten zufolge wurden alle Männer erschossen und von Franklins Pistole gab es im Wrack keine Spur. Irgendwie hat sie sie überrumpelt.«

»Solange sie am Leben ist und frei herumläuft, ist Nia in Gefahr.«

»Und du auch, Mike«, sagte Jed.

Mike sah sich erneut in der Ankunftshalle um. Zwei mit R5s bewaffnete südafrikanische Polizisten schlenderten durch. Er vermutete, die zusätzlichen Sicherheitsvorkehrungen seien auf den jüngsten Bombenanschlag zurückzuführen. »Wissen die Südafrikaner, dass Nia auf diesem Flug ist?«

»Nein.« Jed sprach sehr leise. »Wenn Ihre Freundin Nia den Jackpot geknackt und das Bankkonto der Terroristen geleert hat, beschlagnahmt der südafrikanische Zoll oder die Polizei jeden grösseren Betrag nicht deklarierten Bargelds. Wenn Nia nicht mitspielt und die Belohnung für ihre Mühen kassiert hat, fürchte ich, ich muss die Flughafenpolizei benachrichtigen.«

Mike hatte keine Ahnung, was, wenn überhaupt, Nia gefunden

hatte, denn sie hatte am Telefon nicht darüber sprechen wollen, für den Fall, dass er abgehört würde. »Ich weiss nicht, ob sie etwas auf dem Bankkonto gefunden hat.«

Jed sah ihm in die Augen. »Aber ich weiss es, Mike.

Mike lächelte. Er hatte Recht gehabt. Er und Nia waren jetzt beide auf dem Radar der CIA, und da Suzanne wieder draussen war, würde Jed denken, vielleicht sogar hoffen, Suzanne werde damit ins Freie gelockt.

Mikes Telefon piepte erneut. Nia hatte die Einwanderungsbehörde passiert und war auf dem Weg zu ihnen.

* * *

C**hris** M**itchell** **fuhr** in der Abholzone vor dem Flughafenterminal auf einen Kurzzeitparkplatz, stellte aber den Motor des gemieteten Mercedes-Transit-Vans nicht ab.

Er griff hinüber und drehte die Lautstärke des Autoradios auf. Das Timing war perfekt. Er hatte die Nachrichten vor einer halben Stunde auf 5FM gehört, aber seine beiden Mitfahrer auf dem Rücksitz hätten sie sonst verpasst.

Der Präsident kündigte heute an, Südafrika stehe nach der Ermordung von Botschafterin Anita Rosenfeld in Durban im Kampf gegen den Terrorismus auf dem afrikanischen Kontinent auf der Seite der Vereinigten Staaten. Die oppositionelle Demokratische Allianz reagiert zurückhaltend positiv auf diesen radikalen Wechsel in der nationalen Politik.

Chris schaltete das Radio aus und blickte nach hinten zum Mann und der Frau in südafrikanischer Polizeiuniform.

»Wir sind hier fast fertig. Nia Carras wird jeden Moment in die Ankunftshalle kommen, Banks ist bereits dort und Mike Dunn ebenso. Seid ihr beide startklar?«

»Jawohl, Sir«, sagte Franklin Washington und blickte zur Frau neben sich.

»Ja, ich bin bereit«, sagte Suzanne Fessey. Sie nahm die Z88-Pistole aus dem Lederholster an ihrem Gürtel und entsicherte sie.

Franklin tat es ihr gleich und die beiden überprüften kurz ihre Ausrüstung und Funkgeräte.

Die beiden südafrikanischen Polizeibeamten, die Franklin und Suzanne in ihrem Chevrolet getötet hatten und der Obdachlose, den sie umgebracht und in ihrem Wagen verbrannt hatten, um Franklins Tod vorzutäuschen, waren eine Schande. Noch beunruhigender für Chris war aber der Tod der Navy-Besatzung des Hubschraubers, den Paulsens Männer zum Absturz gebracht hatten. Suzanne Fessey hatte Chris erzählt, sie habe nicht gewusst, dass sich in ihrem Waffenarsenal eine RPG-7-Panzerabwehrwaffe befunden habe.

Nachdem Suzannes Auto entführt worden war, hatten die sich überstürzenden Ereignisse ihn für eine Weile hinterherrennen lassen, überlegte Chris. Die erste Aktion, die von Jed Banks koordiniert worden war, schien ihm fast zu effizient. Paulsen und seine Männer hatten nicht gewusst, dass Suzanne von der CIA umgedreht worden war und brachten den Sea Hawk mit tödlicher Gewalt zu Fall, wobei Chris' Mann, Franklin Washington, beinahe ums Leben gekommen wäre.

Als er sich verdeckt in Syrien aufhielt, hatte Franklin meisterhafte Arbeit geleistet und zu Omar Farhat und seiner Frau Suzanne Fessey Kontakt aufgenommen. Das Paar reiste mehrmals im Jahr heimlich dorthin, um mit ihren neuen Herren über Strategien zu sprechen. In den letzten zwei Jahren hatte Franklin Suzanne, die zunehmend unzufrieden mit der Art und Weise war, wie Frauen im von ISIS kontrollierten Kalifat behandelt wurden, umgestimmt.

Suzanne hatte immer ein hohes Mass an Kontrolle über ihren buchhalterischen Ehemann ausgeübt und zwar in allen Angelegenheiten ausser bei den Finanzen. Omar war ideologisch dem Kampf verpflichtet und hatte einen brillanten Verstand, aber er war ein nervöser und körperlich nicht sehr starker Mann. Er hatte die Einzelheiten über Bin Ladens geheimes Bankkonto für sich behalten. Auf Suzannes Drängen hin hatte er sich entschieden, der Moment für einen weiteren spektakulären Anschlag, der mindestens so gross sei, wie der vom 11. September, sei gekommen, damit Al-Qaida und dessen Verbündete den Westen wieder einmal an seine Macht erinnere.

Hinter den Kulissen hatte Franklin Treffen zwischen Suzanne und Omar und anderen CIA-Agenten arrangiert, die sich als russische Waffenhändler ausgaben und eine Kofferbombe zum Verkauf anboten. Suzanne hatte Omar davon überzeugt, die Operation am besten von einem Land aus zu planen, das nicht auf dem täglichen Überwachungsradar der USA stehe, nämlich in ihrem Heimatland Südafrika.

Indem er Paulsen über russischsprachige CIA-Agenten mit falschen Informationen versorgte, hatte Franklin Omars nervöse Natur In den letzten Monaten ausgenutzt und ihn davon überzeugt, die Amerikaner hätten von ihrer Suche nach einer Atombombe Wind bekommen und Omar fliege bald auf. Suzanne hatte davon gesprochen, sie beide sollten lieber ein Selbstmordattentat auf ein lohnendes Ziel verüben, als eine drohende Festnahme zu riskieren. Wie Suzanne vorausgesagt hatte, schlug Omar vor, sie solle am Leben bleiben und ihren kleinen Sohn Hassan aufziehen. Das Kind war nicht geplant gewesen und obwohl Suzanne ihn nicht gewollt hatte, empfand sie eine gewisse Zuneigung zu ihm. Ausserdem erwiesen er sich als nützlich, um in Südafrika ihre Tarnung als glückliches Paar zu demonstrieren.

Als Omar seinen eigenen Tod plante, hatte er Suzanne gesagt, anstatt ihre Festnahme und ein Verhör zu riskieren, hinterlasse er ihr die Nummer und den Passcode eines Schweizer Bankkontos. Auf diesem befinde sich das Geld, das der Scheich für den Kauf einer Atomwaffe beiseitegelegt habe. Am Morgen seines Todes berichtete Omar Suzanne vom Mikrochip, den er Hassan hatte einpflanzen lassen. Er fügte hinzu, zusätzlich zur Kontonummer brauche es einen Zugangscode, der nicht direkt auf dem Chip gespeichert sei, sondern verschlüsselt, mit einem Hinweis, den sie verstehen werde.

Wenn alles nach Plan verlaufen wäre, was nicht der Fall war, hätte Franklin Suzanne auf dem Weg nach Mosambik getroffen. Sie hätten sich anschliessend mit Paulsen und seinen Männern getroffen und sie umgebracht.

Die Operation, mit der der Plan der Extremisten, in den Besitz einer Atombombe zu gelangen, vereitelt werden sollte, war echt. Chris Mitchell tröstete sich mit der Tatsache, er habe dazu beigetragen, eine Katastrophe zu verhindern, doch das war das einzig Positive. Als Suzanne Franklin berichtet hatte, wie viel Geld auf dem Konto des Scheichs war und Franklin dies Chris weitererzählte, beschlossen die drei, es, sobald Omar aus dem Weg sei, gleichmässig unter sich aufzuteilen.

Suzanne schob die Seitentür des Wagens auf.

»Keine Fehler mehr«, forderte Chris.

»Verstanden, Sir, wir sind in fünf Minuten zurück«, antwortete Franklin.

* * *

Suzanne sah eine junge Mutter in der Menge, die ein neugeborenes Baby im Arm hielt. Es erinnerte sie daran, dass sie und Franklin als Teil ihres Plans, neu anzufangen, darüber gesprochen hatten, ein Baby zu bekommen.

Sie blieben auf der anderen Seite der Menschenmenge, in welcher Banks und Dunn auf die Hubschrauberpilotin warteten.

»In Position«, informierte Franklin Chris durch das Funkmikrofon.

Suzanne beobachtete, wie sich die automatischen Schiebetüren öffneten und ein Trio von Passagieren ankam. Zwei waren davon ein Paar, die dritte Nia Carras.

»Bereit!«, sagte Suzanne in ihr Funkgerät. »Ziel in Sicht.«

»Los!«, wies Franklin an.

Suzanne griff in die Umhängetasche, die sie über die Schulter trug und zerrte eine Tränengasgranate hervor. Sie zog den Stift heraus und warf sie sie hoch und weit auf die andere Seite der Ankunftshalle. Gleichzeitig liess Franklin eine zweite Granate zu ihren Füssen hinunterfallen. In den vier Sekunden, die bis zur Detonation beider zur Verfügung standen, zogen Suzanne und Franklin die Gasmasken aus den Taschen an ihren rechten Oberschenkeln und setzten sie auf.

Verängstigte Menschen rannten zu den Ausgängen, die jedoch bereits durch einen Sicherheitsmechanismus blockiert waren. Ein halbes Dutzend Personen lagen schreiend vor Schmerzen und wegen des lähmenden Gases auf dem Boden. Einige Mutige blieben, kümmern sich um Verletzte oder halfen ihnen, aufzustehen und sich in Sicherheit zu bringen. Andere husteten mit geschwollenen, tränenden Augen.

Suzanne und Franklin rannten schnell, jeder direkt auf sein Ziel zu. Suzanne prallte in Nia, die sich würgend die Hände vor die Augen hielt. »Kommen Sie mit mir, Miss, ich bin von der Polizei, ich hole Sie da raus.«

Franklin hatte seine Arme weit ausgebreitet und drängte Mike Dunn und Jed Banks in Richtung Ausgang, immer weiter von Nia weg. Suzanne war sicher, dass weder Jed noch Mike ihn mit der Gasmaske und ihren vom Gas brennenden Augen erkannten.

Suzanne packte Nia am Unterarm und führte und schubste sie halb zu einer Rolltreppe. Nia schaute über die Schulter. »Kommen Sie weiter, Sie müssen hier raus.«

Als sie die Rolltreppe erreichten und hinaufzufahren begannen, sah Suzanne, dass Mike und Jed sich zu widersetzen versuchten, was Franklin dazu bewog, eine weitere Tränengasgranate hochgehen zu lassen. Als diese explodierte, mussten Dunn und Banks widerstrebend zurückweichen.

Suzanne zog Nia immer weiter hinauf und sah, als sie sich umschaute, dass Franklin hinter ihnen die Rolltreppe hochfuhr.

Franklin ergriff einen von Nias Armen, Suzanne den anderen und halb zogen, halb schoben sie Nia in Richtung Ausgang. Das Tränengas war bereits nach oben durchgedrungen, aber hier begann es seine Wirkung gerade erst zu entfalten und die Türen waren noch nicht blockiert. Sie rannten aus dem Terminal.

* * *

Nia sog die warme, frische Luft gierig ein. Ihre Augen tränten so stark, dass sie kaum noch etwas sehen konnte.

Das Tränengas war brutal gewesen und jetzt stach es überall, wo Feuchtigkeit an ihrem Körper war: in den Augen, im Mund und sogar unter den Armen, wo sie geschwitzt hatte. Es fühlte sich an, als steche sie jemand mit Hunderten winziger Nadeln.

Ein grosser schwarzer Lieferwagen tauchte in ihrem Blickfeld auf und die kleinere der beiden Polizeiangehörigen, eine Frau, öffnete die Seitentür. »Steigen Sie ein.«

Nia wischte sich über die Augen. Sie war irgendwie dankbar dafür gewesen, sich von den Polizeibeamten aus dem Terminal führen zu lassen, hatte aber angenommen, hinter ihr würden weitere unschuldige Opfer des Gasangriffs an die frische Luft gebracht. Als sie sich nun umschaute, realisierte sie, dass es nur sie drei waren und Panik ergriff sie.

»Nein!«

Der Mann in der Polizeiuniform packte sie am Arm und zerrte sie zur Tür. Nia schrie auf, aber die Frau trat hinter sie und schubste sie vorwärts. Die beiden stiessen sie in den Wagen und schlugen die Tür zu.

Ein Mann mit gewelltem grauem Haar und einer Brille drehte sich vom Fahrersitz aus zu ihr um. »Miss Carras, mein Name ist Chris Mitchell und ich bin von der CIA. Glauben Sie mir, Sie sind in Sicherheit.« Er hielt ihr einen Ausweis hin, auf dem auf der linken Seite sein Bild und das Logo der CIA und daneben ein Adlerkopf oberhalb eines Schilds mit einer Windrose abgebildet waren.

»Was ist mit deinem anderen Mann, Jed?«, fragte sie.

»Banks geht es gut«, sagte Chris. »Er trifft uns später.« Er wandte sich an die beiden anderen. »Gebt Miss Carras etwas Wasser, bitte.«

Der Wagen setzte sich rückwärts in Bewegung. Der Mann in der Polizeiuniform nahm eine Literflasche Wasser hervor. »Knien Sie sich auf den Boden und strecken Sie die Arme aus. Versuchen Sie, die Augen offen zu halten, wenn ich Wasser darüber giesse. Das nimmt den Biss des Tränengases weg.«

Nia tat, wie sie geheissen wurde und der Mann übergoss sie mit Wasser. Er hatte Recht, es begann sofort, den Schmerz zu lindern.

»Wo bringen Sie mich hin?«

»In Sicherheit«, antwortete Chris von vorne, ohne sich umzudrehen.

* * *

MIKE WISCHTE sich über die brennenden Augen und versuchte, sich zu konzentrieren. Nia war nirgends zu sehen, genauso wenig wie die beiden Polizisten, die ihn gerammt und Jed in die Knie gezwungen hatten.

Die Ausgänge im Erdgeschoss waren immer noch geschlossen, aber Mike legte den Kopf schief und schaute zum nächsten Stockwerk des Flughafengebäudes, dem Abflugbereich, hoch. »Jed, sie sind in diese Richtung gegangen.«

Die beiden rannten zur Rolltreppe und nahmen jeweils zwei Stufen auf einmal. Sie eilten zu den Türen und nach draussen. »CD«, sagte Jed.

»Was?«, fragte Mike.

Jed zeigte auf einen schwarzen Mercedes-Van, der mit hoher Geschwindigkeit davonfuhr. »Das Fahrzeug hat das Nummernschild des Diplomatischen Korps. Es ist ein Mercedes. Ich glaube, ich habe ihn schon einmal gesehen.« Er zückte sein Handy. »Noch etwas. Ich habe die Augen des Polizisten mit der Gasmaske, der uns beiseitegeschoben hat, gesehen. Es war Franklin.«

»Scheisse!« Mike hatte an einem Flughafenkiosk eine Flasche Wasser gekauft, öffnete sie und spülte sich die Augen. Jed telefonierte mit einer Frau namens Janey, von der Mike vermutete, sie arbeite in der Verwaltung der Botschaft. Trotzdem schüttete Mike Wasser über die blinzelnden Lider des Amerikaners und half ihm damit, die Augen von der Wirkung des Gases zu befreien. Jed beendete das Gespräch.

»Eins von euren Fahrzeugen?«, fragte Mike.

»Du sagst es. Es gehört zu unserer Flotte und mein Chef hat ihn heute Morgen reserviert.«

»Was macht die CIA hier, Jed?«

»Ich könnte irgendetwas sagen, aber alles wäre gelogen«, sagte Jed und zückte erneut sein Telefon. »Janey, hi, hier ist noch einmal Jed Banks. Chris hat gesagt, er fliege heute und ich wollte versuchen, denselben Flug wie er zu nehmen, kann ihn aber auf seinem Handy nicht erreichen. Du hast nicht zufällig seine Reiseroute, oder?«

Die Menschen strömten um sie herum und Sirenen kündigten das Eintreffen von Feuerwehr, Krankenwagen und Polizeifahrzeugen an.

»Hey, Mike? Mike Dunn, oder?«

Er drehte sich um. Aus Richtung des Flughafenparkplatzes kam ein junger Mann auf ihn zu gerannt. Er hielt einen Blumenstrauss in der Hand und trug Jeans und ein enganliegendes T-Shirt. »Banger?«

»Ja, Nias, äh, Freund. Ist sie hier, ist alles in Ordnung mit ihr?« Ein Sicherheitsbeamter hat mir gerade erzählt, dass es drinnen einen Gasangriff gab.

»Nein, sie ist verschwunden, sie wurde entführt«, sagte Mike. »Wir sind daran, herauszufinden, wer sie haben könnte.«

Banger hielt sich die Hände vor die Augen. »Ich habe ihre Eltern angerufen und sie erzählten mir, sie sei in der Schweiz gewesen und käme heute zurück. Ich kann es nicht glauben. Und ich bin zu spät. Ich hätte sie retten können.«

»Wir haben auf sie gewartet und kamen nicht bis zu ihr.«

»Was kann ich tun? Ich mache alles. Ich habe ein Auto.«

Jed kam zu ihnen und Mike stellte Banger schnell vor. »Okay«, sagte Jed, »ich habe herausgefunden, dass Chris Mitchell, mein Vorgesetzter bei der CIA, den schwarzen Mercedes-Van der Botschaft fährt und einen US-Militärflug vom Wonderboom-Flughafen in Pretoria nehmen will.«

»Das ist weniger als eine Stunde nördlich von hier«, sagte Banger. »Wann sind sie losgefahren?«

»Gerade eben«, antwortete Mike. »Vor fünf Minuten. Lasst uns gehen.«

»Fährst du deinen Landy?«, erkundigte sich Banger.

»Nein, einen Mietwagen, nichts Schnelles.«

»Ich habe meinen Golf GTI vor der Tür, also fahre ich auf der N1 voraus und wir bleiben über WhatsApp in Kontakt.«

Jed beschloss, mit Mike zu fahren, weil er der Meinung war, es sei gut, einen Mann am Steuer zu haben, und einen zweiten, der die Hände frei hätte, falls sie Chris einholten. Alle drei liefen zu den Autos.

»Wäre cool, wenn du sie zuerst erwischst, Banger«, sagte Jed. »Aber vergiss nicht, dass Nia mitfährt und der Typ, der steuert, ein hochrangiger CIA-Offizier ist.

»Wenn ich sie zuerst erwische, klebe ich wie Leim an ihnen, mein Freund.«

36

Nia war beunruhigt. Der Polizist und die Frau, die immer noch Gasmasken trugen, sassen auf beiden Seiten von ihr. »Wohin bringen Sie mich?«

»Wie ich schon sagte, an einem sicheren Ort«, sagte Chris, der CIA-Mann. »Aber zuerst brauche ich einige Informationen von Ihnen.«

Nia schaute aus dem Fenster. Es sah so aus, als würden sie nach Norden fahren, in Richtung Pretoria. »Worüber?«

»Oh, ich glaube, das wissen Sie. Ich brauche die Kontonummer und das Passwort oder den Code, der sich auf dem Mikrochip im Baby befindet.«

Nia schüttelte den Kopf. »Erst wenn Mike Dunn und ein Anwalt oder ein unabhängiger Zeuge anwesend sind.«

Chris richtete seinen Blick auf die Strasse. »Ich hatte befürchtet, dass Sie das sagen. Lassen Sie mich noch etwas deutlicher werden. Wenn Sie mir diese Information nicht geben, werden Sie es bereuen.«

»Drohen Sie mir, Mr. Mitchell?«

»Nein, Sie zu bedrohen überlasse ich meinen Kollegen, die hinten neben Ihnen sitzen.«

Der Mann und die Frau packten jeweils eines ihrer Handgelenke. Als Nia sich wehrte, drückten sie sie nach vorne, bis ihre Knie den Boden des Wagens berührten, dann zerrten sie ihre Arme schmerzhaft hinter ihren Rücken und verdrehten sie. Die Frau legte ihr eiskalte Metallhandschellen an.

»Was zum Teufel ...?«

»Klappe halten!« Die Frau verpasste ihr eine so heftige Ohrfeige, dass sie auf die Seite fiel, worauf der Mann sie an den Haaren hochzog. Nia schrie.

»Das könnt ihr doch nicht mit mir machen!«

Chris fuhr in gleichmässigem Tempo weiter, ohne die Höchstgeschwindigkeit zu überschreiten und ohne zurück- oder in den Rückspiegel zu schauen. »Weitermachen.«

»Geben Sie uns die Zahlen«, sagte die Frau und zog ihre Maske ab.

Nia schaute sich ihr Gesicht genau an und sah die Narbe. »Suzanne Fessey!«

»Kluges Mädchen. Zu klug«, lobte Suzanne spöttisch und schlug sie erneut ins Gesicht.

»Sie haben so viele Menschen umgebracht.«

Suzanne zuckte mit den Schultern, zog ihre Pistole und setzte die Spitze des Laufs an Nias Schläfe. »Also bringt mich eine Person mehr nicht in grössere Schwierigkeiten, oder?«

Nia hatte das Gefühl, sich bald in die Hose zu machen, versuchte dann aber, ihre Angst zu kontrollieren. »Sie töten mich nicht, weil Sie die Informationen brauchen, die ich habe.«

»Stimmt«, sagte Suzanne. »Und die kann ich aus Ihnen herausprügeln, oder wir können an einen ruhigen Ort gehen, wo ich Sie langsam erschiessen kann. Ich beginne mit Ihren Kniescheiben.«

Nun nahm der Mann seine Gasmaske ab und Nia sah, dass es Jed Banks' Partner Franklin Washington war.

»Im Auto bitte noch nicht schiessen«, forderte Chris von vorne. »Franklin, hilf Suzanne, Miss Carras auf die altmodische Art zu überzeugen.«

»Halt sie fest«, sagte Franklin zu Suzanne.

Suzanne lächelte, packte Nia an den Schultern und zog sie auf ihre Seite des Sitzes. Franklin griff nach einer Tasche an seinem Gürtel und holte ein Klappmesser heraus. Er klappte es auf.

»Nein!«

»Oh, doch«, sagte der Mann.

Franklin schlug sie mit seiner anderen Hand so heftig, dass ihr alles vor den Augen verschwamm.

»Kneble sie«, wies der Mann sie an.

Suzanne drückte ihre Pistole fester gegen Nias Kopf, nahm ein Taschentuch und stopfte es ihr in den Mund.

Nias Augen weiteten sich, als sie verzweifelt Luft durch ihre Nasenlöcher einsog und schüttelte heftig den Kopf.

Nia sah über die Schulter zu Suzanne Fessey, die nur grinste, den Griff um ihren Oberkörper verstärkte und ihr die Waffe fester in die Haut grub. Nia trat und krümmte sich und der Mann schlug erneut auf sie ein.

»Hey, Leute«, sagte Chris Mitchell und schaute in den Rückspiegel, »ich unterbreche die Party nur ungern, bevor sie beginnt, aber wir sollten Nia wirklich die Chance geben, etwas zu sagen.«

Franklin hielt inne und liess die Klingenspitze seines Messers direkt unter ihrem rechten Auge ruhen. Suzanne zog ihr das Taschentuch aus dem Mund.

Nia schnappte nach Luft und atmete tief ein, dann sprudelten die Zahlen des Kontos aus ihr heraus. Chris unterbrach sie mit einer Handbewegung, zog sein iPhone aus der Tasche und wählte, während er den Verkehr im Auge behielt, die Anwendung zur Sprachaufzeichnung. »Bitte noch einmal für das Mikrofon wiederholen.«

Nia wiederholte die Nummer.

»Und der Passcode oder das Wort?«

»Es waren Zahlen«, sagte Nia, »aber wenn man diese einer Telefontastatur mit Buchstaben zuordnete, ergaben sie übersetzt das Wort ›Tattoo‹. Mikes Ex-Frau sah die Tätowierung auf Ihrem Arm und erinnerte sich an das Geburtsdatum Ihres Kindes.«

Chris warf einen Blick auf Suzanne. »Was meinst du?«

Suzanne nickte ihm zu. »Das klingt nach Omar. Er mochte das Baby viel mehr als ich.«

»Und was haben Sie mit dem Geld gemacht?«, fragte Chris.

»Nichts«, sagte Nia, »es ist noch auf dem Konto. Ich will es nicht. Es gehört alles Ihnen. Aber bitte lassen Sie mich gehen. Ich werde nichts sagen, ich verspreche es.«

Chris schaute wieder in den Spiegel. »Scheiss auf sie.« Sein Telefon klingelte. »Kneble sie wieder, Suzanne!«

Suzanne stopfte ihr das Taschentuch wieder in den Mund und während Nia immer noch so fest strampelte wie sie konnte, bemerkte sie voller Entsetzen, dass der Mann die Lücke zwischen ihnen schloss. Dann spürte sie, dass er sie berührte und versuchte zu schreien.

»Jed«, sagte Chris in sein Telefon. »Oh, ich mache nur eine kleine Morgenrunde und fliege dann weg von hier... Nein, ich kann dir nicht sagen, wohin ... Nein, das tue ich nicht und du hältst dich zurück. Und das ist ein klarer Befehl, Mister.«

Nia versuchte, lauter zu schreien, damit Jed sie hören konnte, aber Suzanne hielt ihr eine Hand vor den Mund.

Chris beendete das Gespräch und Nia spürte, dass Franklin ihr erneut mit der Spitze seines Messer in die Haut stach.

»Einen Moment, bitte«, sagte Chris.

Franklin zog sich etwas zurück und Suzanne entfernte den Knebel.

»Gibt es sonst noch etwas, das Sie uns nicht gesagt haben, Nia?«

»Ich vermute, dass es noch mehr gibt. Wenn mein Freund hier mit Ihnen fertig ist, werden Sie sich wünschen, Sie hätten mehr gesagt, wenn mehr an Ihrer Geschichte dran ist. Wir werden Sie übrigens so lange am Leben lassen, bis wir sicher sind, dass das Geld noch auf dem Konto ist. Wenn nicht, werden wir Ihnen nicht nur ein oder zwei Augen ausstechen, sondern etwas noch Schmerzhafteres tun, bis Sie uns sagen, wo es ist. Verstanden?«

Nia riss sich zusammen. »Ich habe das Geld auf ein neues Konto überwiesen.«

Chris hielt sein Handy hoch und drückte erneut auf Aufnahme. »So ist es schon besser. Nummer und Passwort, bitte.«

Nia gab ihm die Zahlen. Sie hatte ohnehin nie die Absicht gehabt, das Geld für sich zu behalten.

»Gut, danke«, sagte Chris.

Chris kam am Hang eines Hügels an einer roten Ampel zum Stehen und zog die Handbremse. Nia schaute aus dem Fenster, doch die Tränen, die ihr in die Augen stiegen, liessen sie nichts sehen. Bald wäre sie tot.

Suzanne schaute zu Franklin, bewegte dann den Lauf ihrer Pistole von Nias Kopf weg, zielte auf die Rückenlehne des Fahrersitzes und drückte ab. Zweimal. Chris Mitchells Körper sackte im Sicherheitsgurt zusammen.

Nia schrie.

Franklin öffnete die Schiebetür, sprang heraus, schob Chris auf den Beifahrersitz und kletterte hinter das Steuer. Er löste die Handbremse und gab, gerade als die Ampel auf Grün schaltete, Gas.

37

Mikes Telefon klingelte und er drückte auf das Telefonsymbol auf dem Bildschirm des Satellitennavigationssystems in seinem Land Rover. Über Bluetooth war Bangers Stimme aus dem Lautsprecher zu hören.

»Mike, ich stehe auf dem Parkplatz vor dem Flughafen von Wonderboom. Vom Van ist nichts zu sehen.«

»Scheisse«, kommentierte Mike. Wie zu erwarten war, hinkte er Banger hinterher. »Sie müssten schon längst da sein.«

»Wir könnten es bei der südafrikanischen Polizei versuchen«, sagte Jed, »aber ohne eine diplomatische Intervention auf höchster Ebene würden sie nie ein Fahrzeug mit diplomatischen Kennzeichen anhalten. Aber ich habe keine Ahnung, wie wir sie sonst aufspüren können.«

»Orten?«, sagte Banger. »Leute, willkommen in meiner Welt. Jed, alle neuen Fahrzeuge in Südafrika, die einen bestimmten Wert überschreiten, müssen, um eine Versicherung abschliessen zu können, mit einem Satellitenortungsgerät ausgestattet sein. Es kann nicht sein, dass euer Botschaftswagen keinen Peilsender eingebaut hat. Kannst du die Botschaft anrufen und herausfinden, welche Firma ihr benutzt?«

»Klar doch«, sagte Jed.

Mike fuhr auf der N1 weiter, während Jed auf seinem Telefon jemanden anrief. Als er auflegte, rief er Banger über den Bildschirm von Mikes Navi an.

»Hallo, Mike?«

»Banger, hier ist Jed. Die US-Botschaft arbeitet mit einer Firma namens ›Motor Track‹.«

»Gut! Das ist meine Firma. Ich kenne einige der Jungs in Johannesburg. Jed, Sie müssen Motor Track anrufen und den Van als gestohlen melden. Den Rest können Sie mir überlassen.« Banger gab ihm die Notrufnummer und legte auf.

Jed wählte die Nummer und erfand eine Geschichte darüber, das Fahrzeug sei auf dem Parkplatz des Wonderboom Airport gestohlen worden. Gerade als Mike zum Flughafen abbiegen wollte, klingelte das Telefon erneut.

»Hier ist Banger, Leute. Okay, ein Freund von mir in Joburg hat eine Spur vom Van. Sie haben einen Hubschrauber losgeschickt und das Gute dabei ist, dass der Pilot mir einen Gefallen schuldet. Das Kontrollzentrum sagt, Ihr Van fahre auf der N14 in Richtung Südwesten. Ich vermute, sie sind in Richtung Lanseria unterwegs.«

»Das ist der zweite Flughafen von Johannesburg«, erklärte Mike Jed. »Von dort könnten Sie einen internationalen Charterflug gebucht haben.«

Jed nickte. »Banger, schaffen Sie es, zu ihnen aufzuschliessen?«

»Mann, ich fahre hundertachtzig. Jetzt, wo ich weiss, wo ich hinmuss, werde ich sie problemlos einholen. Ihr werdet etwa einen Tag hinter mir sein. Die Motor Track-Leute benutzen hier oben ›Bell Jet Rangers‹, weil es so viel höher liegt als Durban. Um in dieser dünnen Luft im Hochland zurechtzukommen, brauchen sie grössere Hubschrauber als die kleinen R44, die Nia fliegt. Der Pilot heisst Andrew Barton und er hat hinten Platz für euch zwei. Ich schicke euch seine Kontaktdaten und ihr könnt euch dann mit ihm treffen.«

»Verstanden«, sagte Jed. »Und danke, Banger.«

* * *

NIA SASS an einem Ende der Sitzbank im hinteren Teil des Wagens, am weitesten von der Tür entfernt und Suzanne sass mit auf sie gerichteter Pistole am anderen Ende.

Nia schauderte beim Gedanken, was mit ihr hätte passieren können, aber noch mehr Angst hatte sie vor dem, was das Paar als Nächstes plante.

»Wir bringen Sie in ein Lagerhaus«, sagte Suzanne. »Ich werde Sie nicht töten, aber fesseln und Sie ohne Essen und Wasser dort lassen. Wenn wir in der Schweiz Ihre neue Kontonummer und den Passcode benutzen können und das Geld finden, rufen wir die Leute im Lager an und sie kommen Sie holen. Okay?«

Nia schniefte und nickte leicht. Sie hätte so gern geglaubt, dass es die Wahrheit sei und sie sie am Leben lassen würden.

»Aber wenn die Kontonummer oder der Passcode falsch sind, machen wir uns auf den Weg hierher. Es wird eine Weile dauern, aber Sie werden noch am Leben sein, hungrig und dehydriert. Dann wird Franklin Sie foltern, bis Sie uns die richtigen Informationen geben. Im schlimmsten Fall, wenn die Sicherheitslage zu heiss ist, können wir nicht nach Südafrika zurückkehren. Dann hauen wir ab und Sie verhungern.«

Schliesslich bogen sie von der N14 auf die R512 ab, die zum Flughafen Lanseria führte. Hier war die Landschaft noch halbwegs ländlich und es gab wenig Verkehr. An einem bestimmten Punkt hielt Franklin an, stieg aus dem Fahrzeug, ging zur Beifahrerseite und zog Chris Mitchells Leiche heraus. Nia beobachtete, wie er den hochrangigen CIA-Mann in einen Graben zerrte und danach wieder einstieg.

»Hier geht es einzig und allein um Geld, nicht wahr?«, fragte Nia.

Suzanne wiegte ihren Kopf hin und her. »Ja und nein. Ich habe genug Zeit in Syrien verbracht, um zu wissen, dass ich nicht mehr in einem islamischen Staat leben möchte und Franklin war lange ausserhalb Amerikas. Er hat die Drecksarbeit für sein Land erledigt und ist sicher, dass er den Grossen Satan nicht sein Zuhause nennen möchte. Ausserdem will keiner von uns, dass die Dschihadisten in den Besitz einer Atombombe kommen. Und schliesslich brauchen wir natürlich auch etwas Geld für den Ruhestand.«

Der Lieferwagen fuhr auf der linken Spur und Nia sah, dass sich ein kleines Auto rechts neben sie heranschob, einen Moment lang auf gleicher Höhe blieb und dann beschleunigte. Als es sie überholt hatte und vor ihnen fuhr, sah sie den markanten Schriftzug ›Eye in the sky‹ auf dem Heck des Wagens und erhaschte einen flüchtigen Blick auf das Kennzeichen: BANGBANG-ZN.

Nia biss sich auf die Unterlippe und ihr Herz begann zu klopfen. Banger hatte einen ehemaligen Motor Track Golf gekauft und war noch nicht dazu gekommen, die Logos entfernen zu lassen. So grossspurig er war, hatte er die Zeit gefunden, personalisierte Schilder anfertigen zu lassen.

Sie überlegte blitzschnell. Sie musste Suzanne und Franklin ablenken. »Was ist mit Ihrem Kind, Hassan? Ist es Ihnen völlig egal?«

Suzanne starrte sie an. »Das geht Sie nichts an.«

»Na, kommen Sie, Sie sind seine Mutter.«

»Halten Sie die Klappe«, sagte Suzanne.

»Ich kann nicht glauben, dass Sie eine so herzlose Schlampe sind, Suzanne.«

Suzanne richtete ihre Pistole zwischen Nias Augen. »Er ist in Sicherheit und das reicht mir!«

»Sie sind schlimmer als ein Tier, Suzanne. Hyänen oder ein Geier kümmern sich wenigstens um ihre Jungen.«

Franklin, der sich auf das Fahren konzentriert hatte, drehte sich zu ihr um. »Halten Sie Ihr verdammtes Maul, Sie Schlampe, oder Sie sind tot!«

»Nein, Sie sind es«, gab Nia zurück.

Er sah wieder zu ihr zurück. »Wovon zum Teufel reden Sie?«

* * *

»Er ist abgelenkt.« Bangers Stimme drang über die Kopfhörer aus dem Freisprechmikrofon in seinem Auto zu ihnen durch. »Blick zurück. Zeit, sich aufzurappeln, Amigos.«

»Vergreifen Sie sich nicht an der Western-Sprache«, spottete Jed.

Banger lachte.

Mike hatte seine Pistole gezogen und schussbereit, genau wie Jed. Andrew Barton, der Pilot des Motor Track-Hubschraubers, hielt seine Position hinter und über dem Mercedes-Van, während Banger das Fahrzeug überholte und vor dem Transporter in Position ging.

»Langsam«, ordnete Banger an, dessen Stimme wieder ruhig und ernst klang.

»Keine anderen Fahrzeuge in Sicht«, sagte Mike. »Bist du sicher, dass du es so machen willst?«

»Ja«, sagte Banger.

Mike atmete tief durch. Sie hatten die Optionen besprochen und Banger hatte argumentiert, die fliehenden Terroristen könnten Nia töten, wenn sich der Hubschrauber zu erkennen gäbe. Aus demselben Grund hatten sie die südafrikanische Polizei nicht kontaktiert, denn eine plötzliche Strassensperre könnte ebenfalls eine Gewalttat auslösen. Also mussten sie selbst schnell und gründlich handeln.

»Ist die Luft rein?«, erkundigte sich Banger.

Mike und Jed prüften die Situation links und rechts aus dem Jet Ranger und gaben sich gegenseitig die Daumen hoch. »Alles frei, Banger«, sagte Mike. »Einen Kilometer lang kein Verkehr hinter uns.«

»Mike«, sagte Banger.

»Ja?«

»Tu mir einen Gefallen, *Bruder*, eigentlich sogar zwei.«

»Sicher.«

»Sag Nia, dass ich sie liebe, auch wenn ich es vermasselt habe.«

»Sei nicht so morbid. Du hast einen Airbag und es ist niemand vor dir«, sagte Mike.

»Ich meine es ernst, Kumpel.«

»Okay«, antwortete Mike, »wird gemacht. Und was ist der andere Gefallen?«

»Pass auf sie auf.«

»Hinter uns kommen Autos«, warnte Jed. »Jetzt oder nie.«

»Denkt dran, Nia ist auf der linken Seite. *Adios*, Amigos«, sagte Banger.

Mike beobachtete, dass Banger den Fuss vom Gaspedal nahm

und die Geschwindigkeit reduzierte. Auf diesem Abschnitt der R512 war die Strasse auf eine Spur verengt. Als nur noch fünfzig Meter zwischen dem Golf und dem ihm folgenden Mercedes-Transporter lagen, blinkte der Fahrer des Transporters rechts, um zu überholen.

Als Banger auf die Bremse trat und gleichzeitig die Handbremse anzog, leuchteten die Rücklichter des Golf hellrot auf und der Lieferwagen krachte in ihn hinein.

Banger hielt geradeaus, als seine Reifen platzten und von den Felgen Funken sprühten. Andrew lenkte den Helikopter nach links und folgte den ineinander verkeilten Fahrzeugen, die die Strasse hinunterschlitterten. Als sie zum Stehen kamen, hielt Andrew den Hubschrauber einen Meter über dem Boden im Schweben.

Jed und Mike hatten bereits die Türen geöffnet und sprangen heraus. Jed ging, die Pistole im Anschlag, um den hinteren Teil des Wagens herum zur Fahrertür und Mike lief zur linken Seite, wo Banger berichtet hatte, Nia gesehen zu haben. Das Fenster auf dieser Seite des Vans zerbarst, als zwei Schüsse in seine Richtung gefeuert wurden und Mike stürzte zu Boden.

In der Hoffnung, von hinten einen guten Schuss abgeben zu können, bewegte Mike sich ans Ende des Wagens.

»Pass auf, Mike, sie hat eine Granate!«, warnte Nia, worauf ein Schmerzensschrei folgte.

Durch das zerbrochene Fenster warf eine Frauenhand eine Handgranate heraus, die mit einem metallischen Knall ein paar Meter vor dem Lieferwagen auf dem Boden aufschlug. Mike suchte hinter dem Fahrzeug Deckung und rannte los. Die Explosion erschütterte den Lieferwagen und Rauchschwaden zogen über sie hinweg.

Mike schaute sich auf der rechten Seite des Mercedes um und sah, dass Jed seine Waffe erhoben hatte und auf den Fahrer zielte.

»Franklin, wirf deine Waffe weg«, rief Jed.

Franklin öffnete die Tür und kam taumelnd hinter dem aufgeblasenen Airbag hervor. In der rechten Hand trug er eine Pistole. Mike zielte auf seinen breiten Rücken, konnte jedoch nicht schiessen, da er sonst Jed getroffen hätte, der direkt hinter Franklin stand.

»Vergiss es, Kumpel«, sagte Jed. »Lass uns reden.«

»Okay.« Franklin streckte seinen Arm nach rechts und gerade als es aussah, als würde er ihn senken, richtete er die Pistole auf Jed und feuerte.

Jed erwiderte das Feuer mit zwei Schüssen und Franklins Körper zuckte, im Gegensatz zu Jed, der auf ein Knie hinunterfiel, ging er aber nicht zu Boden.

Mike wusste nicht, ob Franklin eine Schutzweste trug oder ob einer oder beide von Jeds Schüssen durch einen Teil der Polizeikleidung, die Franklin noch trug, abgelenkt wurden, jedenfalls feuerte er instinktiv einen Schuss in Franklins Hinterkopf. Dieser kippte nach vorn und war sofort tot.

»Ich bringe sie um«, rief Suzanne aus dem Inneren des Wagens. »Ziehen Sie sich beide zurück und nehmen Sie die Waffen runter. Ich komme jetzt raus.«

Suzannes linker Arm lag um Nias Hals und sie hielt sie eng an sich gepresst. Die Pistole drückte sie mit der rechten Hand unter ihren Kiefer. Sie liess Nia zuerst aussteigen und als sie wieder Boden unter den Füssen hatte, sah sich Suzanne um.

Mike hatte seine Pistole auf Suzanne gerichtet und Jed hatte, auf dem Boden sitzend, seine Waffe ebenfalls erhoben. Seine Zielhand war jedoch wackelig, denn er schien irgendwo in der Brust oder im Schulterbereich getroffen worden zu sein.

* * *

BANGER ZERSTACH den Airbag seines Golf mit dem Leatherman, kroch über die Mittelkonsole des Kleinwagens zur Beifahrertür, öffnete sie und schlüpfte hinaus. Auf Händen und Knien kroch er der Seite seines Wagens entlang bis zur halben Länge des Mercedes-Transporters.

Er hatte die Schüsse und die Explosion der Granate gehört. Nun zog er die Glock aus dem Pfannkuchenholster an seinem Gürtel und kroch unter das Fahrgestell. Er sah Füsse – offensichtlich die von Suzanne und Nia – und Jed Banks, der verwundet auf der Strasse sass, aber eine Waffe hochhielt. Neben der Fahrerseite lag die Leiche eines schwarzen Mannes, nicht mehr als einen Meter von seinem Gesicht entfernt. Banger schob sich weiter vorwärts.

»Dunn, halten Sie das nächste Auto an, das vorbeikommt!«, forderte Suzanne.

Banger reckte den Hals und sah Mike Dunns ramponierte Buschschuhe beim Heck des Wagens. Er schob sich noch weiter vorwärts und dachte, wenn er nahe genug an Suzanne herankäme, könne er vielleicht einen tödlichen Schuss abgeben. Der Winkel war allerdings schwierig und er musste sicher sein, dass die Kugel nicht durch sie hindurch ging und Nia traf, wenn er sie erschoss.

Er schaute zuerst nach rechts, dann wieder nach links. Im nächsten Moment bewegte Jed seinen Kopf und ganz kurz, nur für den Bruchteil einer Sekunde, trafen sich ihre Blicke.

»Suzanne, für Sie ist es vorbei. Sie kommen weder lebend aus Südafrika heraus, noch steigen sie in ein Flugzeug, das in die Schweiz fliegt«, wandte sich Jed an sie.

»Halten Sie den Mund und lassen Sie die Waffe fallen.«

»Töten Sie mich, Suzanne«, gab Mike Dunn von rechts zurück. »Ich habe die Kontonummer und den Code.«

»Die habe ich beide schon, uns es war überraschend einfach«, erzählte Suzanne. »Und falls Sie es nicht wussten: Ihr Freundin hier hat das Geld auf ein neues Konto überwiesen und diese Nummer habe ich ebenfalls. Werfen Sie mir jetzt also Ihre Waffe zu, Dunn. Sonst beginne ich, Nia Carras ganz langsam zu erschiessen, zuerst irgendwohin, wo es weh tut, sie sich aber noch bewegen kann.«

Als Mike Dunn ihr seine Pistole zuwarf, machte Suzanne einen Schritt nach hinten, so dass sie sich halb in die offene Tür des Wagens lehnte. *Verdammt*, dachte Banger, denn Suzannes Bewegung machte es ihm fast unmöglich, auf sie zu schiessen.

Von oben hörte er das Knattern von Rotorblättern. Andrew war mit dem Jet Ranger auf dem Rückweg. Angus hörte das Heulen des Düsentriebwerks, das, je näher der Hubschrauber kam, desto lauter wurde. Suzanne machte einen Schritt zur Seite.

Banger sah zu Jed hinüber, der ihm kurz zunickte und dann aufstand.

»Runter!«, schrie Suzanne über den Lärm des Hubschraubers hinweg. Die Rotoren wirbelten Staub und Schmutz auf.

Jed stand halb auf, schien es sich dann aber anders zu überlegen und sprang zur Seite. Banger rollte unter dem Van hervor, wobei das auf der Strasse entstehende Geräusch vom Lärm des Hubschraubers verschluckt wurde. Er griff nach oben und packte die erschrockene Nia am Gürtel ihrer Jeans.

Suzanne Fessey hatte ihre Pistole von Nias Kinn gelöst und gab zwei Schüsse auf Jed ab. Durch das Zerren an Nias Gürtel entriss Banger sie schliesslich Suzannes Griff.

»Lauft!«, schrie Banger.

Auf dem Rücken liegend feuerte Banger zwei Schüsse auf Suzanne ab. Einer ging in ihren Körperpanzer, aber der andere schien unter die Weste und in ihren Körper zu dringen. Sie kippte rückwärts in den Van.

Banger war fit, stark und schnell. Er sprang auf, hielt gleichzeitig seine Waffe hoch du sah dabei, dass Mike Dunn Nia auffing und sie tiefer in die Staubwolke zog.

Entgegen Bangers Hoffnung war Suzanne Fessey nicht sehr schwer verletzt. Von ausserhalb des Wagens sah er, wie sie ihre Pistole hochhob und auf Nias Rücken zielte. Spontan tat er das Einzige, was er tun konnte – er trat weiter nach rechts, so dass er zwischen Suzanne und Nia zu stehen kam.

Als die Kugeln aus Suzannes Pistole in seinen Körper schlugen, feuerte Banger weiter, bis beide zu Boden stürzten.

38

———

Ein Jahr später

Mike legte seine Hand auf den Hut, um zu verhindern, dass er weggeweht wurde, als Nia die Nase ihren neuesten Kaufs, eines neuen Gazelle-Hubschraubers, hob. Sie landete auf einer offenen Grasfläche in der Nähe der Lodge, auf der Wildtierfarm, die Bandile Dlamini kürzlich erworben hatte.

Mike öffnete die hintere Seitentür des Hubschraubers und half Lerato, die in ihrem weissen, schulterfreien Hochzeitskleid wunderschön aussah, beim Aussteigen.

Als Zweites stieg die Freundin ihres Vaters aus, eine glamouröse Reporterin der ›Eyewitness News‹, die Bandile nach den schrecklichen Ereignissen des letzten Jahres bei einem Interview kennengelernt hatte. Sie trug einen kaffeefarbigen kleinen Jungen auf den Armen, der vor Aufregung über den Hubschrauberflug kicherte. Harrison Dlamini, früher Hassan Farhat, war jetzt das Mündel des wohlhabenden ehemaligen Politikers, und damit eine Art Halbbruder von Lerato.

Bandile selbst lächelte strahlend, als er herunterkletterte und

Mike die Hand schüttelte. »Es ist so schön, Sie wiederzusehen, Michael und das unter viel besseren Umständen.«

»In der Tat«, sagte Mike. »Sie müssen sehr stolz sein.«

Bandile schaute zu Lerato. »In den Augen unserer Kultur sind Lerato und Themba zu jung, um zu heiraten. Aber die Zeit bis hierhin war ja auch alles andere als traditionell. Übrigens ist mein ehemaliger Angestellter, der am Tag, als wir uns auf dem Mona-Markt trafen, ohne mein Wissen die Geierköpfe verkaufte, gerade zu einem Jahr Gefängnis verurteilt worden.«

Mike nickte. »Das ist eine gute Nachricht, obwohl es länger hätte sein dürfen.«

»Ja, da bin ich absolut Ihrer Meinung.«

Lerato kam zu Mike und er küsste sie auf die Wange und nahm ihre Hand. »Viel Glück, Lerato.«

»Nach dem, was wir schon zusammen durchgemacht haben, wird das ein Spaziergang sein.«

Bandile führte seine Tochter, seine Partnerin und seinen Sohn zu einem wartenden Land Rover, den einer seiner Safari-Führer fuhr.

Mike ging zu Nia, nahm sie in die Arme und küsste sie.

Sie lachte. »Mach mein Make-up nicht kaputt, du weisst doch, dass ich fast nie solches trage.«

Sie trat einen Schritt von ihm zurück und öffnete den Reissverschluss ihres einteiligen schwarzen Fluganzugs. Das Logo über der linken Tasche war dasselbe wie das auf dem glänzenden neuen Hubschrauber, nämlich das der ›Endangered Species Organisation‹. Die ESO war eine relativ neue Wohltätigkeitsorganisation für Wildtiere, die vor etwa elf Monaten in Australien gegründet worden war und von der Nias Vater ein Vorstandsmitglied war.

Nia schälte sich aus dem Fluganzug und Mike hielt sie dabei mit einer Hand fest. Unter dem Fliegeroverall kam ein kurzes, einfaches, sexy kleines schwarzes Kleid zum Vorschein.

»Wie ein weiblicher James Bond«, lächelte Mike.

»So etwas wollte ich schon immer mal machen«, sagte sie grinsend, griff in den Hubschrauber und holte ein Paar Stöckelschuhe heraus.

Er küsste sie erneut. »Ich liebe dich«, sagte er.

Sie gingen zu einem zweiten Land Rover, der sofort losfuhr. Die Idee war, dass Mike und Nia zuerst zu den anderen Gästen stossen und ihre Plätze einnehmen würden, während die Hochzeitsgesellschaft langsamer folgen würde.

Nach der kurzen Fahrt über unwegsames Gelände stiegen Mike und Nia vom Wildbeobachtungsfahrzeug. Themba, der in seinem schwarzen Abendanzug sehr gepflegt und ernst aussah, stand ganz vorne, neben dem Zelebranten. An der Seite des Bräutigams sass seine Schwester Nandi in der ersten Reihe und lächelte fröhlich. Sie war aus der Obhut der Pflegefamilie entlassen worden und lebte jetzt bei Themba. Dieser erblickte Mike und Nia und winkte ihnen zu.

Die beiden winkten zurück und schoben sich an einigen sitzenden Gästen vorbei zu zwei freien Stühlen. Am Ende der Reihe sass Angus Greiner mit einer schönen Blondine, die seinen Gehstock hielt. Er lächelte sie an und Nia nickte ihm zu. »Das ist Bangers Physiotherapeutin«, flüsterte Nia Mike zu. »Seine Rehabilitation dauert sehr lange, aber das scheint ihn nicht allzu sehr zu belasten.«

Mike gluckste als Antwort.

»Mike, Nia, wie geht es euch?«

Als er den amerikanischen Akzent hörte, drehte sich Mike um. Jed Banks sass hinter ihnen, er trug einen blauen Blazer und eine khakifarbene Hose.

»Jed«, sagte Mike, als sie sich die Hände schüttelten, »ich wusste nicht, dass du auch eine Einladung bekommen hast.«

»Ich bin ein Spion, warum also bräuchte ich da eine Einladung?« Er grinste. »Nein, im Ernst, ich habe vom grossen Mann eine Einladung bekommen. Wir haben im letzten Jahr ein paar Mal miteinander gesprochen. Hast du gehört, dass er vielleicht wieder für die Politik kandidiert, diesmal auf der anderen Seite?«

»Ja, das habe ich gelesen«, antwortete Mike.

Jed lehnte sich näher zu Mike. »Der offizielle Bericht aus Langley wird in Kürze veröffentlicht. Die CIA geht davon aus, dass Chris Mitchell und Franklin Washington beim Versuch, eine gesuchte Terroristin namens Suzanne Fessey festzunehmen, getötet wurden.«

»Hört sich wie offizielle Vertuschung an«, bemerkte Mike.

»Mir gefällt das genauso wenig«, bestätigte Jed.

»Hat Suzanne überhaupt je wirklich für die CIA gearbeitet?«, fragte Mike.

Jed zuckte mit den Schultern. »Die Operation, die verhindern sollte, dass die Extremisten an eine Kofferbombe herankommen, wurde genehmigt. Franklin hat sie umgedreht, aber irgendwann ging es für die drei, Franklin, Chris und Suzanne, nur noch ums Geld. Chris hatte auch in Syrien gearbeitet, bevor er den Posten in Afrika übernahm. Hinter den Kulissen wird gemunkelt, Chris hätte ein Glücksspielproblem und hohe Schulden gehabt, die er vor der Firma verbergen konnte. Suzanne und Franklin waren wie füreinander geschaffen. Franklins psychologische Gutachten zeigten, dass er durch den Einsatz im Nahen Osten und einige der Dinge, die er dort während seiner Undercover-Tätigkeit getan hatte, ziemlich verkorkst war. Wahrscheinlich hatten sie nie die Absicht, das Geld mit Chris zu teilen. Telefonaufzeichnungen beweisen, dass Franklin Suzanne während der gesamten Verfolgungsjagd mit Informationen versorgte und es ihr deshalb gelang, immer einen Schritt voraus zu sein. Sie wollte Paulsen und seine Leute benutzen, um aus Südafrika herauszukommen, plante aber, sie alle irgendwann umzubringen, um ihre Spuren zu verwischen.«

»Und wir dachten, die Polizei oder die CIA höre unsere Telefone ab«, schmunzelte Mike.

Jed schüttelte den Kopf. »Sag mal, Nia, du weisst doch, was mit dem ganzen Geld passiert ist, oder?«

Nia lächelte. »Wie ich schon sagte, Jed, das Konto war leer.«

Jed hob die Augenbrauen. »Nicht wie das Sparschwein der Organisation für den Schutz bedrohter Arten. Die hatten nämlich in letzter Zeit in diesem Teil der Welt extrem viel zu tun. Sie kauften einen neuen Hubschrauber für das Unternehmen, an dem ihr jetzt beteiligt sind. Ausserdem bezahlen sie Themba und zwanzig weitere einheimischen Jugendlichen, die umweltbezogene Fächer studieren wollen, ein Universitätsstipendium inklusive der Übernahme aller Gebühren und der Unterkunft.«

»Das ist eine sehr grosszügige Organisation«, schmunzelte Mike.

»Sehr«, stimmte Jed zu. »Ausserdem ist ein Rehabilitations- und Ausbildungszentrum für Geier und Raubvögel in der Nähe von Hluhluwe dazugekommen. Macht es dir Spass, dort der Chef zu sein, Mike?«

Mike rückte seinen Hut zurecht. »Nun, ehrlich gesagt vermisse ich die Feldarbeit! Aber wir leisten gute Arbeit in den Reservaten und, was noch wichtiger ist, in den örtlichen Schulen und Gemeinden, wo wir die Einheimischen aufklären. Das alles kostet Geld und ich muss ein Auge auf die Buchhaltung haben.«

»Da bin ich mir absolut sicher. Übrigens habe ich mich noch ein wenig umgehört und erfahren, dass Ihr Kollege, Nia, John Buttenshaw, nachdem er von Suzanne und Co. mit Blei gefüllt und zum Sterben zurückgelassen wurde, immerhin alle speziellen Pflege- und Rollstuhlanpassungen erhalten hat, die er für sein Zuhause benötigt.«

»Worauf willst du hinaus, Jed?«, fragte Nia.

»Ach, nichts. Wir hätten das Geld auch verwenden können, um etwas Gutes zu tun, weisst du.«

»Was ist denn deiner Meinung nach besser: Kriege zu führen oder die Umwelt für die Kinder von morgen schützen?«, fragte Nia.

»Nun, als Vater von zwei Kindern kannst du dir meine Antwort denken. Ich wollte euch nur wissen lassen, dass jetzt alles vorbei ist. Ihr werdet nun nichts mehr von mir hören.«

Mike streckte erneut die Hand aus und Jed nahm sie. »Danke, aber wir werden bestimmt in Kontakt bleiben, Jed. Du erhältst bald die Einladung zu einer anderen Hochzeit.«

Jed sah zu Nia, die ihn anstrahlte.

Mike stand, genau wie alle anderen Gäste, auf. »Hier kommt die Braut.«

Er blickte in den klaren blauen Himmel und erkannte in der Ferne verräterische Flecken. Inqe. Das war ein gutes Zeichen.

DANKSAGUNG

Bei so vielen bedrohten Wildtierarten übersieht man leicht einige der kleineren und (zumindest in den Augen mancher Menschen) weniger glamourösen Geschöpfe, die vom Aussterben bedroht sind.

Besonders dankbar bin ich dem echten ›Geiermann‹ Andre Botha, dem Leiter des südafrikanischen Raubvogelprogramms des Endangered Wildlife Trust, der mir vorschlug, ein Buch zu schreiben, das sich mit der Notlage der Geier befasst. Die sinnlose Tötung dieser prächtigen Vögel, wie sie in diesem Buch beschrieben wird, findet gegenwärtig tatsächlich statt. Dies ist eine Tragödie. Nicht nur für die Vögel selbst, sondern auch für die weitere natürliche Umwelt, die auf sie angewiesen ist, um die Landschaft gesund und bewohnbar zu halten. Andre hat mir bei meinen frühen Recherchen geholfen und das fertige Manuskript gelesen und im fachlichen Bereich korrigiert.

Wie immer bin ich vielen Menschen zu Dank verpflichtet, die mir ihre Zeit und ihr Wissen zur Verfügung gestellt haben, um mir bei der Recherche und Überprüfung dieser Geschichte zu helfen. Ich versuche, niemanden zu vergessen.

Annelien Oberholzer hat wieder einmal hervorragende Arbeit geleistet und nicht nur mein Afrikaans und andere südafrikanische Ausdrücke, sondern auch einige andere Fehler korrigiert. Die Psychotherapeutin Charlotte Stapf aus Sydney gab mir wertvolles Feedback zu den Beweggründen meiner Figuren sowie anderen Aspekten meiner Geschichte. Ich danke dem ehemaligen Scharf-schützen der südafrikanischen Streitkräfte, Fritz Rabe, für seine Hilfe in Sachen Schusswaffen, Mike Reid für seine Zeit und seine Kommentare zur Hubschrauberfliegerei sowie Mike Furner und

Tyler van der Merwe von JNC Helicopters, Virginia Airport, Durban, für die Informationen zur Ortung und Verfolgung von Fahrzeugen.

Meine Freunde Peter und Alison Nairn zeigten mir mehrmals die Sehenswürdigkeiten von Durban. Warrant Officer Bobby Freeman, Regimental Sergeant Major der Natal Mounted Rifles, führte mich durch den beeindruckenden Stützpunkt des Regiments (und die noch beeindruckendere Messe), Tema Matsebula gab mir wertvolles Feedback zum Manuskript; und Section Ranger Dennis Kelly vom Hluhluwe-iMfolozi Park beantwortete meine vielen Fragen zur Wilderei und zum Handel mit illegalen Wildtierprodukten. Vielen Dank an alle.

Wie bei vielen meiner früheren Bücher habe ich die überraschend schwierige Aufgabe, mir Namen für die Charaktere auszudenken, einer Reihe von wohltätigen Organisationen und Organisationen überlassen. Folgende Personen haben gespendet, damit die Darsteller von *Rote Erde* Namen ihre Namen erhielten: Mike Dunn, Chris Mitchell, Nicholas Duncan (für den Namen von Nia Carras) und Suzanne Fessey spendeten für die ›Painted Dog Conservation Inc.‹; Annie Nolan (für den Namen von Boyd Qualtrough) und Yvonne Buttenshaw (für den Namen von John Buttenshaw) spendeten für ›Breaking the Brand‹ (eine australische Nichtregierungsorganisation, die sich für die Reduzierung der Nachfrage nach Nashorn-Horn in Vietnam engagiert). Ausserdem spendeten mein ehemaliger Chef, Nick Greiner AM (für den Namen seines Enkels Angus ›Banger‹ Greiner) und Lisa Paulsen (für die Namen von Egil Paulsen und Tracy Zietsch) für Zwecke, die ihnen am Herzen liegen. Jordan und Tim Penquitt sind die Söhne meines Freundes Roger, der meine Moral aufrechterhielt, als wir beide in Afghanistan dienten.

An der Heimatfront hat mein unermüdliches Team von unbezahlten Redakteuren und Korrekturlesern wieder einmal dazu beigetragen, diese Geschichte von einem groben ersten Entwurf zu einem fertigen Werk zu machen. Danke an meine Frau Nicola, meine Mutter Kathy und meine Schwiegermutter Sheila.

Ich bin und werde meinen Freunden bei Pan Macmillan Australia immer für ihre harte Arbeit an der ersten Ausgabe von Red Earth dankbar sein.

Für die deutsche Ausgabe dieses Buches danke ich meiner Übersetzerin, Maya von Dach und Ihrem Team von Korrekturlesenden (Luzia Wyss-Gassner, Manfred Suter, Andreas Gisler), für ihre harte und sorgfältige Arbeit und die daraus entstandene persönliche Freundschaft. Eine besonders schöne Geste ist, dass Mayas Anteil am Verkauf der deutschsprachigen Bücher sowie allfällige Einkünfte aus ihren Buchvorstellungen vollumfänglich der Artenschutzorganisation ›WildlifeACT‹ in Südafrika zugutekommt, die Dank solchen Spenden und der Arbeit Freiwilliger aus aller Welt in den Parks von KwaZulu Natal beeindruckenden aktiven Artenschutz betreibt und lokale Gemeinschaften unterstützt. Maya hat dort schon zahlreiche Einsätze geleistet und ist begeistert von deren Wirken.

Und schliesslich, wenn Sie es bis hierhin geschafft haben, danke ich Ihnen. Sie als Leserin oder Leser zählen am allermeisten!

www.tonypark.net

Auf der Website von Tony Park finden Sie Informationen über aktuelle und künftige deutsche Übersetzungen seiner Bücher.

www.ingramcontent.com/pod-product-compliance
Lightning Source LLC
Chambersburg PA
CBHW060725190726
48285CB00001B/75